HEYNE
BÜCHER

Das Buch

Die Studenten Holly, Prudence und Justin teilen sich im Melbourner Humberstone College ein Büro. Sie alle schreiben an Doktorarbeiten über viktorianische Literatur, aber sonst scheint sie nichts zu verbinden. Prudence ist ein Grufti, sie schwärmt für Gespenster und hat eine Affäre mit einem verheirateten Mann. Holly hat seltsame erotische Träume, in denen ihr ein Geist namens Christian begegnet. Und Justin, der Neffe des Collegeverwalters, leidet darunter, dass er sich schuldig fühlt am Tod seiner Mutter, und sieht sich außerdem den Verführungskünsten seiner Tante ausgesetzt. Jeder von ihnen verbirgt sein persönliches Geheimnis vor den anderen, bis sie entdecken, dass ihre Gemeinschaft das einzig Verlässliche ist in einer immer bedrohlicher werdenden Welt. Denn Randolph Humberstone, der Leiter des Colleges, hat einen grauenhaften Plan: Er will das Buch ›Grimoire‹, dessen Seiten einst in alle Winde zerstreut wurden, wieder zusammenfügen und mit seiner Hilfe den Fürsten der Hölle beschwören.

Die Autorin

Kim Wilkins ist in London geboren und in Australien aufgewachsen. Sie lebt als Autorin und Rockband-Gitarristin in Brisbane. Ihr erster Roman *Das Teufelsmal* ist ebenfalls bei Heyne im Taschenbuch erschienen (01/10978).
Wenn Sie sich mit Kim Wilkins in Verbindung setzen wollen, ihre E-mail-Adresse ist:
kimwilkins@uq.net.au
Weitere Informationen über Kim und ihre Arbeit sind auf ihrer Website zu finden:
http.//student.uq.edu.au/-s333289

KIM WILKINS

DAS MAGISCHE BUCH

Roman

Aus dem Englischen
von Thomas Hag

WILHELM HEYNE VERLAG
MÜNCHEN

HEYNE ALLGEMEINE REIHE
Nr. 01/13067

Die Originalausgabe
GRIMOIRE
erschien bei Random House Australia Pty Ltd

Umwelthinweis:
Das Buch wurde auf
chlor- und säurefreiem Papier gedruckt.

Deutsche Erstausgabe 9/2000

Published by Arrangement with Kim Wilkins

Printed in Germany 2000
Umschlagillustration: photonica/Kamil Vojnar
Umschlaggestaltung: Nele Schütz Design, München
Satz: Pinkuin Satz und Datentechnik, Berlin
Druck und Bindung: Pressedruck, Augsburg

ISBN 3-453-16134-3

http://www.heyne.de

Dieses Buch ist mit liebevollen Gedanken
Prinzessin Katelyn gewidmet

Let Love clasp grief lest both be drowned,
Let darkness keep her raven gloss.
Ah, sweeter to be drunk with loss,
To dance with Death, to beat the ground,

Than that the victor Hours should scorn
The long result of love, and boast,
»Behold the man that loved and lost,
But all he was is overworn.«

ALFRED, LORD TENNYSON

I gotta keep movin', I gotta keep movin' …
There's a hellhound on my trail.

ROBERT JOHNSON

Prolog

1867

P. C. Hallam hatte sich sehr weit von seinem Revier entfernt. Der säuerliche Geruch der Themse, die dunklen Schatten, die im Gaslicht tanzten, die Flüche der Schauerleute, die die Kiste auf den Sparren luden – ein starker Kontrast zu den modischen, freundlichen Straßen von Faraday Square und Milton Close, wo er sonst Streife ging. Vielleicht war es doch keine so gute Idee gewesen, sich zu den Docks zu begeben und hier ohne Uniform an einer dunklen Ecke zu hocken.

Aber er musste Gewissheit haben.

»Langsam ... langsam«, rief ein Maat auf dem Schiff – einer hundert Fuß langen Barke auf dem Weg zu den Kolonien. Die Kiste drohte vom Haken zu rutschen und hing einen Augenblick zitternd über dem Dock, bevor der Kran sie auf das Schiffsdeck beförderte. Sie warf einen rechteckigen Schatten, der die Gesichter der Arbeiter kurz ins Dunkel tauchte. Auf dem Schiff lotsten andere Männer die Kiste in die Frachtluke.

Die kalte Nachtluft streifte wie ein Hauch Hallams Gesicht; er rieb seine behandschuhten Hände aneinander. Seltsam, dass er sich nach der Sicherheit seiner Streife sehnte, hatte er doch gerade dort den grellen Albtraum erlebt, der ihn noch immer verfolgte. Es lief ihm kalt den Rücken herab, als sich das Grauen erregende Bild wieder einmal in seine zögerliche Erinnerung drängte.

Ein Donnerstagabend war es gewesen – frisch, aber nicht zu kalt. Der Abendnebel wallte durch die Straßen, und ein junges Pärchen hatte sich an ihn gewandt und nach einer Adresse gefragt. Er hatte sie gerade auf den Weg geschickt, als aus dem Haus Nr. 13, Milton Close, Schreie ertönten. Peter Owling, dem Bewohner, begegnete er häufiger auf seiner Streife, ein wohl bekannter Exzentriker, der sich meistens in prachtvoll gefärbte Seidengewänder hüllte, die seine Fettleibigkeit noch betonten. Hallam war die Stufen hinaufgerannt und hatte gegen die Tür gehämmert. Keine Antwort – nur ein lautes Schluchzen. Er zerschlug das Türfenster und tastete an der Innenseite nach dem Schloss, stürmte in das Haus und folgte dem Klang der Stimme bis in Owlings prächtiges Esszimmer, verschwenderisch eingerichtet mit dunkelroten Tapeten, vergoldeten Bilderrahmen und einem extravaganten Kerzenleuchter.

Und dann – der Albtraum.

Es sah aus, als habe Owling Gäste zum Essen erwartet. Der Tisch bog sich unter dem Gewicht der Speisen – ein Schinken, gebratener Truthahn, Schüsseln mit Gemüse, Törtchen, Weinflaschen – und in der Mitte, vom schwachen, flackernden Schein der Kerzen erhellt, lag der nackte Leichnam Peter Owlings.

Hallams Blick wanderte durch den Raum. Das Schluchzen kam aus einer Ecke, in der ein Junge kauerte. Es war Christian, Owlings Freund. Er war etwa siebzehn, ein wunderschöner Bursche mit dem Gesicht eines Engels und die Zielscheibe einer Menge Tratsch über das wahre Wesen seiner Beziehung zu Owling.

»Mein Gott, was ist hier geschehen?«, fragte Hallam.

Christian schluchzte nur und deutete überflüssigerweise auf die Leiche.

Hallam näherte sich dem Esstisch. Über Owlings fetten weißen Bauch liefen tiefe, dünne Blutlinien in einem Zickzackmuster, als habe jemand ein grausam feines, scharfes Instrument dazu benutzt, eine Botschaft des Hasses in das aufgedunsene weiße Fleisch zu ritzen. Der Hinterkopf, erkannte Hallam, war eingedrückt, blutig, als habe ihm jemand einen Schlag von erheblicher Wucht versetzt. Und auf seiner Brust lag ein Buch, das jemand mit einem Dolch, der ihm tief ins Herz gebohrt worden war, dort aufgespießt hatte. Oder vielmehr der herausgerissene Teil eines Buches. Dunkles Blut tropfte zäh vom Tisch und bildete auf dem Boden eine Lache.

»Großer Gott«, murmelte Hallam.

»Das nächste Mal wird er uns alle vernichten.«

Hallam fuhr herum. Der Junge hatte etwas gesagt.

»Was ist hier passiert, Christian? Wer hat das getan?«

»Das nächste Mal wird er uns alle vernichten.«

»Warst du es?« Aber kaum hatte er die Frage gestellt, wusste Hallam, dass Christian niemals der Täter sein konnte. Owling war alles gewesen, was der Junge hatte.

»Das nächste Mal …«

»Du sprichst wirr, Junge.«

Christian richtete sein tränennasses Gesicht mit einem dünnen, klagenden Wimmern nach oben, um sogleich wieder in sein trauriges Schluchzen zu verfallen.

Das nächste Mal wird er uns alle vernichten.

Hallam schüttelte den Kopf, um die Vision zu vertreiben. Gerade wurde die letzte Bücherkiste auf die Barke gehievt. Owlings Bücher. Aufgrund seines extravaganten Lebensstils war er zuletzt fast bankrott gewesen und schuldete einer reichen Bankerfamilie – den Humberstones – ein Vermögen. Um einen Teil ihres Geldes zurückzubekommen, hatten sie seinen Haushalt aufgelöst. Und in einer dieser Kisten befand sich das Buch, das an Owlings Brust geheftet war. Hallam wusste es genau, denn er selbst hatte es in die Kiste getan.

Er hatte schon bald genug gesehen, um zu wissen, um welche Art Buch es sich handelte – rückwärts Geschriebenes, Beschwörungen, absurd komplizierte Zeichnungen von Kreisen, dazwischen Abschnitte in alten Sprachen, Pentagramme und Hexagramme. Ein unseliges Buch, etwas, das er so weit weg von London – und sich selbst – sehen wollte, wie es nur ging. Zweifellos war es auch eine unselige Magie, die es verhindert hatte, das Buch zu zerstören. Vergeblich hatten er und zwei andere Constables versucht, es zu verbrennen. Owlings Haustür war noch nicht repariert worden, und so war es ein Leichtes, das Ding zwischen andere Bücher in einer der Kisten zu stecken. Sollte es in den Kolonien landen, wo es keinen Schaden anrichten konnte. Denn das nächste Mal …

Ein Schrei hallte durch die taufeuchte Nachtluft. Hallam fuhr herum und sah, wie eine bleiche Gestalt aus dem Dunkel auftauchte und den Pier entlangrannte, als sei ihr der Teufel auf den Fersen.

Christian. Entsetzen verzerrte sein blasses Gesicht, sein langes, schwarzes Haar wehte im Wind.

»Nein, nein!«, schrie der junge Mann, während er auf die Barke zulief.

»Christian!«, rief Hallam und trat hervor, um ihn aufzuhalten. Doch Christian stieß ihn beiseite und machte sich daran, über die Gangway an Bord des Schiffes zu laufen. Der Vorfall hatte die Schauerleute abgelenkt; die letzte Kiste war bereits vom Kran gelassen worden, und der schwere Haken sauste wieder zum Dock zurück. Hallam erstarrte, als er sah, was geschehen würde.

Der Haken schlug gegen Christians Kopf. Blut spritzte, als das Eisen seine Schläfe zerschmetterte. Die Männer eilten auf ihn zu, aber er wankte ein paar Schritte und stürzte bewusstlos von der Gangway in das schwarze Wasser.

Hallam wandte den Blick von den schreiend umherlaufenden Hafenarbeitern ab. Er wusste, dass sie Christian nicht mehr lebend finden würden – nicht in der schlammigen Tiefe zwischen Dock und Schiff. Vielleicht würde die graue, traurige Leiche in ein oder zwei Tagen aus dem Wasser gezogen werden, von allein an die Oberfläche getrieben, nachdem schon die Fische an ihr genagt hatten. Vielleicht würde sie auch nie mehr aufsteigen und für immer in den stummen Fluten bleiben.

Bedrückt saß Hallam am Rande des Docks, zitterte im düsteren Oktoberwind und beobachtete von seinem Platz im Schatten die halbherzigen Rettungsversuche. Er atmete erst auf, als die Barke schließlich ablegte und die Segel in Richtung Australien setzte. Ans Ende der Welt. Dann richtete er sich schwerfällig auf und machte sich auf den langen Heimweg.

Er vergrub die Hände in den Manteltaschen und hüllte sich in den warmen Stoff. Armer Christian – das zweite Opfer von Owlings unseligen Machenschaften. Hallam erschauderte, als er sich an den seltsamen, leeren Blick des Jungen erinnerte, nachdem sie ihm nach dem Verhör aus dem Polizeigewahrsam entlassen hatten. Er schien halb wahnsinnig vor Schmerz und Schock und hatte ihnen nicht erzählen können, was mit Owling geschehen war.

Aber Hallam war sich keineswegs sicher, ob er das überhaupt wissen wollte.

1. Kapitel

Das Gefühl der Lust war unglaublich.

Heiße, feuchte Spuren der Ekstase liefen in Bögen und Spiralen über ihre Haut. Tiefer, tiefer. Sie stöhnte im Schlaf auf. Die federleichte Berührung warmer Finger auf ihren Schenkeln – weich, langsam, nach oben wandernd, an Intensität zunehmend.

Holly erzitterte und wachte nach Atem ringend auf. Einen Augenblick lang war sie völlig desorientiert, wusste nicht, wo sie war; die Lampe über ihrem Schreibtisch warf ihr Licht auf in der Ecke kauernde Schatten. Sie war allein in ihrem Büro im College, es war sehr spät, und sie hatte gerade einen Orgasmus gehabt, während sie über einem Buch eingedöst war.

»Großartig«, murmelte sie, »feuchte Träume, wie ein Teenager.« Sie drehte sich auf dem Stuhl um. Außer ihrem standen noch zwei weitere Schreibtische im Büro. Einer war für Prudence, dem gelangweilt wirkenden Mädchen mit den lila Haaren, das sie am Nachmittag kurz kennen gelernt hatte. Den anderen sollte jemand namens Justin bekommen, der aber noch nicht im College eingetroffen war.

Holly sah auf ihre Uhr. Sie musste nach Hause; der bloße Gedanke daran deprimierte sie zugleich. Wieder eine schlaflose Nacht, gestört vom kalten Luftzug und krabbelnden Schaben, dazu der muffige Geruch der Wohnung und die lauten Geräusche der Leitungen. Sie schalt sich zum wiederholten Male dafür, die Wohnung nicht besichtigt zu haben, bevor sie den Mietvertrag unterschrieben hatte – aber sie war in solcher Eile gewesen, dass sie wahrscheinlich alles genommen hätte. Sie freute sich auf ihr Stipendium und wollte nur noch fort aus Daybrook und ein neues Leben beginnen.

Am äußeren Rand ihres Blickfelds schien sich ein

Schatten zu bewegen. Rasch drehte sie sich um, sah aber nichts.

»Angst vor dem Dunkeln, Holly?«, fragte sie sich laut, und in dem leeren Raum klang ihre Stimme sehr hohl. Es war der Traum, der ihr Angst machte – die Berührung ihres Traum-Geliebten schien wirklich.

Ja, eindeutig Zeit, nach Hause zu gehen.

Sie beugte sich vor, um die Schreibtischlampe auszuschalten, hielt jedoch inne, als ihr klar wurde, dass sie dann in völliger Dunkelheit dastand. Es machte sicherlich nichts aus, wenn sie das Licht über Nacht anließ.

Ihre Schlüssel klimperten in der Tasche, als sie ihre Jacke anzog. Das Geräusch beruhigte sie, zerbrach die Stille. Sie sah zum Telefon und überlegte sich, ein Taxi zu rufen. Lächerlich – sie wohnte nur zwei Häuserblocks entfernt, und es war erst neun, also noch lange hin bis zur Geisterstunde.

Der Flur lag im Dunkeln, und Holly blieb eine Weile stehen, bis sich ihre Augen an die Finsternis gewöhnt hatten. Der wunderbare Geruch, den dieser Ort verströmte – altes Holz und verstaubte Bücher –, beruhigte sie etwas. Sie hatte alles im Stich gelassen, ihre Familie, ihre Freunde, einen sicheren Job und ein gemütliches Heim, um in einem schabenverseuchten Loch im Souterrain zu hausen – all das für die Gelegenheit, an einem der renommiertesten Institute Australiens eine Dissertation über viktorianische Literatur zu schreiben …

Sie schloss die Bürotür ab und ging zum Treppenhaus, nahm dabei zwei Stufen auf einmal, bis sie vor der Eingangstür stand. In der Dunkelheit glühte schwach das rote Licht des Cola-Automaten in der Cafeteria. Die Klinke lag kalt in ihrer Hand, als sie die Tür aufdrückte und hinaustrat. Mit einem dumpfen Schlag fiel sie hinter ihr zu, und erleichtert blickte sie zu den beruhigend glitzernden Sicherheitslampen über dem Eingang hinauf.

Die zwei alten Feigenbäume, die zu beiden Seiten des Hauptwegs Wache standen, warfen Schatten in das Mondlicht. Holly blieb unter ihnen stehen und drehte sich zur Vorderfront des Humberstone Colleges um, dessen schmale gewölbte Fenster und bröckelnde Balkone von unten durch zwei starke Scheinwerfer erhellt wurden. Das massive, altersgraue viktorianische Sandsteingebäude stand am höchsten Punkt der Eildon Street, in einem der von altem Geld geprägten Vororte Melbournes. Vom Westturm hatte man freie Sicht auf die vom Dunst verhüllte Stadt. Das Haus hatte angeblich eine fantastische, interessante Geschichte. Professor Aswell, ihr Tutor, hatte einer etwas unwilligen Prudence das Versprechen entlockt, Holly in den nächsten Tagen, sobald sie sich eingerichtet hatte, davon zu erzählen.

Wieder bewegte sich am Rand ihres Blickfelds ein Schatten. Holly spürte, wie ihr Herz klopfte, als sie herumwirbelte. Tatsächlich bewegte sich eine Gestalt von der Straße her auf sie zu. Sekundenlang blieb Holly wie gelähmt stehen.

»Reiß dich zusammen, Mädchen«, murmelte sie schließlich. Sie starrte in die Dunkelheit, bis sie erkannte, dass es ein junger Mann war, der sich ihr näherte. Wenn sie weiterging, würde sie direkt auf ihn treffen. Wenn sie zurücklief und sich im Gebäude einschloss, würde sie wie ein Idiot dastehen. Also entschied sie sich, stehen zu bleiben und ihn zu beobachten, während er näher kam.

»Hi«, sagte er, als er nahe genug war, um ihn gut zu erkennen.

»Hi«, entgegnete sie nervös.

»Hab ich dich erschreckt? Tut mir Leid. Ich wollte mir nur das College ansehen. Ich heiße Justin Penney.« Er streckte seine Hand aus.

Justin. Der andere Student, mit dem sie sich ein Büro teilte. »Oh, Justin, ich bin Holly Beck – wir sind im gleichen Zimmer.« Sie schüttelte seine Hand, nicht sehr fest, und ließ sie gleich wieder los. Holly fiel auf, dass er nicht lächelte; dafür lächelte sie um so breiter, als müsse sie es für ihn mit übernehmen, doch er zeigte keine Reaktion. Das fand sie seltsam, weil er ansonsten nicht unfreundlich wirkte.

Er sah zum Gebäude hinauf. »Wow, das ist ja großartig.«

»Ja, aber du solltest es erstmal von innen sehen. Und es riecht fantastisch.«

»Darauf werde ich wohl bis morgen warten müssen.«

Fast hätte Holly gesagt, dass sie einen Schlüssel hatte, aber dann hielt sie sich lieber zurück; mit einem Fremden wollte sie das dunkle Haus nicht betreten.

»Ja, du kriegst einen Schlüssel für den Haupteingang und für dein Büro, wenn du die Kaution bezahlt hast.«

»Warum bist du so spät noch hier?«, fragte er und schaute sie fragend an. Er war nur ein paar Zentimeter größer als sie, trug eine Brille mit kleinen, runden Gläsern und einen fast schulterlangen Mop aus braunen Locken.

»Ich bin über einem Buch eingeschlafen.« Sie spürte, wie ihr warm wurde, als sie sich an ihren Traum erinnerte, und war froh, weil es so dunkel war, dass Justin nicht sah, wie sie errötete. »Ich schlafe zu Hause in letzter Zeit so schlecht, deshalb nicke ich dauernd an den unmöglichsten Orten ein. Und wo kommst du her?«

»Ich bin vor etwa zwei Stunden aus dem Flugzeug gestiegen. Ich war bei meiner Tante und meinem Onkel und brauchte etwas Platz zum Atmen. Ich wohne bei ihnen.«

»Und wo ist das?«

»Einfach die Straße rauf, Mayberry Street«, antwortete er.

»Ich wohne in der Lincoln, gleich um die Ecke. Ich wollte gerade nach Hause gehen.«

Er zögerte kurz und sagte dann leise: »Ich gehe mit dir, wenn du willst.«

»Danke. Es ist zwar nicht weit, aber …« Sie zuckte mit den Schultern und ließ den Satz unbeendet, weil sie nicht zugeben wollte, dass ihr etwas mulmig war.

Er warf noch einen Blick auf das Gebäude. »Bist du hier aus der Gegend?«, fragte er, als er sich umgedreht hatte und sie auf die Straße zugingen.

»Nein, ich komme aus einer kleinen Zuckerrohrstadt namens Daybrook, etwa fünfzig Kilometer von Townsville entfernt. Und du?«

»Aus Sydney.«

»Hast du ein Magnus Humberstone-Stipendium?

Er schüttelte den Kopf. »Nein. Es ist ein bisschen schwierig zu erklären, warum ich hier bin.« Er schwieg, und Holly fühlte sich unbehaglich, als habe sie das Falsche gefragt.

»Ich habe ein Stipendium«, sagte sie leise.

»Wirklich? Du musst gut sein – sie vergeben ja nur noch zwei pro Jahr. Worüber schreibst du deine Prüfungsarbeit?«

»Tennysons *In Memoriam*. Ich bin mir noch nicht ganz sicher, unter welchem Aspekt. Und du?«

Er vergrub die Hände noch tiefer in den Taschen. »Ich denke noch darüber nach. Die Entscheidung, hierher zu kommen, ist sozusagen in letzter Minute gefallen. Vor einem Monat sah meine Welt noch ganz anders aus.«

Erneut schwieg er, und Holly hielt es für besser, ihm keine weiteren Fragen zu stellen. Sie kam sich schon jetzt vor wie ein biederes Landei und wollte nicht in weitere Fettnäpfchen treten.

Sie kamen an die Kreuzung Lincoln. »In unserem Zimmer arbeitet noch ein Mädchen«, sagte sie, um das Schweigen zu beenden.

»Ja, Prudence, ich hab schon von ihr gehört.«

»Oh.« Holly fragte sich, woher, aber wenn sie gefragt hätte, wäre vielleicht wieder ein peinliches Schweigen die Folge gewesen.

»Sie hat voriges Jahr mit ihrer Arbeit angefangen – ob sie die neuen Studenten wohl bewusst mit den alten zusammenstecken? Na ja, jedenfalls soll sie uns offenbar helfen, zurechtzukommen, wie ein Tutor.« Seine Lippen deuteten ein Lächeln an, aber sofort wurde seine Miene wieder ernst.

»Nun, sie sieht nicht aus wie ein Tutor. Sie hat lila Haare und trägt einen Ring in der Nase.« Kaum hatte Holly den Satz beendet, merkte sie, wie konservativ sie klang. »Nicht, dass ich irgendwas komisch daran fände …«

»Ist das hier deine Straße?« Justin blieb stehen.

»Ja, das ist mein Haus.« Sie deutete auf eine große, renovierte Villa im edwardianischen Stil.

»Hübsch.«

»Dachte ich anfangs auch. Aber meine Wohnung liegt nach hinten raus – es ist mehr eine umgebaute Garage. Es zieht, und Kakerlaken gibt's auch.« Ihr fröstelte, aber alles erzählte sie ihm nicht, zum Beispiel, dass es in der Küche komisch roch, dass die Rohre aufheulten, wenn sie das warme Wasser aufdrehte, dass ihr Bad keine Tür hatte – und dass sie geweint hatte, als ihr klar wurde, dass es völlig egal war, weil sie allein war und sich keine Sorgen machen musste, dass ihr jemand zusehen konnte, wenn sie sich auszog.

»Das tut mir Leid. Du solltest dir Insektenspray besorgen.«

Sie schüttelte den Kopf. »Mrs. Partridge – meine Vermieterin – erlaubt es nicht. Sie sagt, ihre Katzen seien allergisch dagegen.«

Er zuckte mit den Schultern. Einen Augenblick standen sie schweigend nebeneinander und betrachteten Hollys Haus. Schließlich sagte er: »Bis morgen dann.«

»Ja«, sagte sie. Er hatte sich bereits umgedreht. »Danke, dass du mich nach Hause gebracht hast.«

»Keine Ursache«, rief er über die Schulter.

Holly sah ihm hinterher, bevor sie ins Haus ging. Irgendwie hatte sie das Gefühl, auf dem falschen Fuß erwischt worden zu sein, wusste aber nicht, warum.

Die Klimaanlage erbebte und schaltete herunter; leise klickte sie in der Dunkelheit, bevor Stille eintrat. Die langen Flure und Wendeltreppen von Humberstone College lagen im Dunkeln, bis auf einen Lichtstrahl, der aus einem Zimmer drang, in dem jemand die Lampe hatte brennen lassen. Kein Laut war zu hören.

Dann wälzte sich ein lang gezogenes, sanftes Stöhnen durch die Finsternis, hallte von den Wänden und sank in den Teppich. Der Laut klang unirdisch, wehmütig und drückte eine Art ewiger Trauer aus. Eine Gestalt, schwärzer als die Dunkelheit um sie herum, erzitterte und verschwand. Das Stöhnen klang wie aus weiter Ferne, bevor es erstarb. Niemand hörte es. Das Gebäude lag wieder still und schweigend da.

Lucien Humberstone erwachte schreiend und mit den Händen um sich schlagend. Die kühle, dunkle Wirklichkeit seines Schlafzimmers drang in sein Bewusstsein. Emma, seine Frau, beugte sich über ihn; ihr blondes Haar fiel über das schlichte Nachthemd.

»Lucien? Ist alles in Ordnung?«

Er richtete sich nach Luft schnappend auf, legte die Hand auf die Brust. Sein Herz schlug wie rasend. Er holte tief Atem und wartete, bis es sich beruhigt hatte.

»Schon wieder ein Albtraum?«, fragte Emma und beugte sich über ihn, um die Lampe anzuknipsen.

Er nickte.

»Vielleicht solltest du einen Therapeuten aufsuchen«, schlug sie vor. »Ich bin sicher, dass es nicht normal ist, wenn …«

»Emma, ich brauche bestimmt keinen Therapeuten. Ich habe schon lange genug mit diesem Problem zu tun und bin mir sicher, dass ich damit fertig werde, ohne mir irgendwelche hochnäsigen, pseudowissenschaftlichen Plattitüden anhören zu müssen.«

Sie sah ihn verblüfft, aber nicht verärgert an. »Soll ich dir was bringen? Eine Tasse Tee vielleicht?«

»Nein, nein, es ist schon gut.« Aber wie stets, so hatte ihn sein Albtraum auch diesmal an seine größte und immer wiederkehrende Angst erinnert.

Die Albträume begannen stets mit den Händen. Eine Form presste sich zwischen seine Finger, klebrig und elastisch. Dann öffnete sich in der Form ein Abgrund. Verzweifelt versuchte er, ihn zwischen den Händen zu bändigen, ihn einzugrenzen, ihn verschwinden zu lassen oder zumindest zu bändigen, zu sichern. Aber immer wieder ergoss sich der Abgrund über seine Finger und kroch seine Arme hinauf. Er war zu tief – er musste wegschauen, wollte er nicht riskieren, wahnsinnig zu werden. Wenn er sein Gesicht nach oben wandte, sah er einen winzigen Lichtpunkt hoch über sich, den die Schwärze umschloss so wie der Mond manchmal die Sonne verfinstert. Liege ich denn schon im Grab? Aber ich bin nicht tot – ich lebe. Der Abgrund verformte sich, dehnte sich nach außen, zur Seite. Schließlich warf er ihn zu Boden und begann die Wände der Grube hochzuklettern. Feuchte Erde unter seinen Fingernägeln, dunkel glitzerndes Gewürm in seinen Händen. Die formlose Dunkelheit öffnete sich unter ihm, verschluckte ihn, holte ihn ins Nichts zurück.

Emma schaltete das Licht aus und gab ihm einen Kuss auf die Wange. »Gute Nacht, Lucien.«

Sie kuschelte sich an ihn und Sekunden später hörte er ihre tiefen, regelmäßigen Atemzüge. Er sank in sein Kissen, zog die Bettdecke hoch und starrte an die dunkle Decke. Seine Haut schien zu kitzeln, als bewege sich etwas unter ihr, und der Gedanke, der unaussprechliche Angst in ihm auslöste, drohte ihn zu überwältigen.

Der Gedanke, dass er eines Tages aufhören würde zu existieren.

2. Kapitel

Prudence Emerson und Dr. Laurence Aswell rauchten auf der Westveranda des Humberstone College eine Zigarette. Gerade hatten sie auf Aswells teurem Mahagoni-Schreibtisch Sex gehabt, nachdem er die Jalousien heruntergelassen hatte. So waren sie vor neugierigen Augen geschützt, aber auch vor dem grausam hellen Licht der Sonne, in dem Aswell sich nur allzu sehr bewusst wurde, wie sein sechsundvierzigjähriger Körper neben ihrem zweiundzwanzigjährigen aussah. Er hätte sich keine Sorgen zu machen brauchen – sie vergötterte ihn. Alles, was zwischen ihr und dem vollkommenen Glück stand, waren seine Frau und sein jugendlicher Sohn.

»Du hast mir besser gefallen, als du blond warst«, sagte er und strich ihr sanft übers Haar.

»Langweilig. Ich brauchte etwas Abwechslung für das neue Jahr.«

»Ja, das neue Jahr; was machen wir nur mit deiner Prüfungsarbeit, Prudence?«

Sie sah ihn mit hochgezogenen Augenbrauen an. »Es wäre sicherlich ein guter Anfang, nicht jedes Mal zu bumsen, wenn ich zu dir komme.«

Aswell sah sich nervös um. »Ja, ich schätze, da hast du Recht.«

»Ich leg dir was vor. Bald.« Prudence gab Aswell die Zigarette und lehnte sich über das Eisengeländer. Eine angenehme Morgenbrise streichelte ihr Haar. Sie hasste jedes Mal diese halbe Stunde, die sie mit Aswell verbrachte, nachdem sie Sex gehabt hatten. Ihre Gefühle verlangten, dass sie ihn in den Armen hielt, dass sie ihm sagte, dass sie ihn liebte und zu hören, dass er sie auch liebte. Das geschah natürlich nie, sie zogen sich immer sofort an und gingen auf die Veranda, wo sie eine Zigarette rauchten. Und er liebte sie nicht. Vielleicht mochte er sie, aber Liebe war es nicht.

Er stellte sich neben sie, und sie sah ihn an. Er hatte sein blondes Haar so schneiden lassen, dass ihm der Pony in die Stirn fiel – er versuchte jünger auszusehen, hipper. Sein Blick wanderte in den Garten. Prudence betrachtete lächelnd sein Profil, bis ihr einfiel, dass sie ihn etwas fragen wollte.

»As, hast du nicht gesagt, Randolph sei in York?«

»Das ist er auch.«

Er konnte lügen, ohne eine Miene zu verziehen. Prudence nahm an, dass er sehr viel mit seiner Frau geübt hatte.

»Ich habe einen Umschlag auf deinem Schreibtisch gesehen«, sagte sie. »Ein Brief von ihm, aus Israel.«

Ein winziges, kaum wahrnehmbares Zögern. »Israel? O ja, ja, er hat dort Zwischenstation gemacht, eine Woche Urlaub. Aber jetzt ist er in York.«

Prudence wusste, dass er schon wieder log. Professor Randolph Humberstone war vor sechs Wochen abgereist. Der Poststempel auf dem Umschlag datierte von voriger Woche. Sie drängte ihn nicht weiter. Irgendwann würde sie die ganze Geschichte hören – wie immer. Aswell konnte kein Geheimnis vor ihr verbergen, und sie besaß das Talent, ihren Mitmenschen selbst die umfassendsten Geständnisse entlocken zu können.

Er wandte sich ihr zu. »Und was hältst du von deinen neuen Mitbewohnern?«, fragte er.

Sie zuckte mit den Schultern. »Holly scheint ganz in Ordnung zu sein. Justin habe ich noch nicht kennen gelernt.«

»Holly ist eine sehr kluge junge Dame.«

Prudence spürte einen Stich der Eifersucht. Holly war wirklich sehr attraktiv, mit ihrem honigblonden Haar, den großen, grünen Augen und mit genau der schlanken Figur, die sich Prudence immer gewünscht hatte. Und Aswell war auch ihr Tutor. »Das habe ich gemerkt. Sie hat ein Stipendium, nicht wahr?«

»Ja, die beste Bewerbung, die ich je gesehen habe. Sie hatte ihre Examensarbeit beigefügt, und sie ist … brillant, anders kann man es nicht sagen.«

»Sie kommt aus dem Norden, oder?«

»Ja. Sie ist verheiratet, lebt aber wohl von ihrem Mann getrennt. Ich glaube, sie hat ihn verlassen, um hierher zu kommen.«

»Verheiratet? Wie alt ist sie?«

»Fünfundzwanzig. Du bist das Nesthäkchen. Justin ist siebenundzwanzig.«

Prudence fischte eine Zigarette aus ihrer Jackentasche. Sie bot auch Aswell eine an, doch der lehnte ab.

»Und was erzählt man sich über ihn?«, fragte sie und nahm einen Zug.

»Sei nett zu ihm. Er hat einen großen Gönner.«

Prudence grinste. »Ich dachte, du würdest sagen, einen großen Schwanz.«

»Du und deine schmutzige Fantasie«, tadelte er sie lächelnd. »Er wohnt bei Onkel und Tante, und dabei handelt es sich um niemand anderen als Lucien und Emma Humberstone.«

Ihre Augen weiteten sich. »Du nimmst mich auf den Arm.« Lucien und Emma gehörte das College. Sie hatten ein milliardenschweres Bankkonto und eine entsprechend hohe Meinung von sich selbst.

»Es stimmt. Offenbar ein Teil der Familie, zu dem lange keine Kontakte bestanden.«

»Faszinierend. Ich muss ihn unbedingt aushorchen.«

Aswell schüttelte den Kopf. »Tu's nicht. Lucien hat mir aufgetragen, ihm nicht zu viele Fragen zu stellen. Es gibt da wohl eine Art Familientragödie. Bis vor kurzem wusste er gar nicht, dass er mit dem Jungen verwandt ist.«

Prudence lächelte. »Und das soll mich davon abhalten, ihn auszuquetschen? Bring meine Fantasie nicht in Gang, As, du weißt, das ist gefährlich.«

Er nahm ihr die Zigarette aus der Hand und zog daran. »Ja, das weiß ich. Und da wir gerade von Fantasie sprechen, lass bitte die Geister weg, wenn du Holly und Justin die Geschichte des Colleges erzählst.«

»Oh, ich bitte dich. Allison aus der Bibliothek erzählt doch ständig, dass es dort spukt. In einem derart alten Gemäuer muss es einfach einen Geist geben. Ich meine, es war doch mal ein Konvent. Vielleicht schwebt der Geist einer wahnsinnigen Nonne über die Flure.« Zumindest hoffte Prudence das. Sie fand den Gedanken absolut aufregend.

»Du liest zu viel, Prudence.« Er schnippte den Zigarettenstummel vom Balkon und sah ihm hinterher.

»Ihr werdet euch noch wundern, wenn es sich herausstellt, dass ich Recht habe.«

Er fuhr ihr durchs Haar. »Dummes Mädchen, es gibt nun mal keine Geister.«

Justin stand vor der Tür von Raum 205, seinem neuen Arbeitszimmer, holte tief Luft und bereitete sich darauf vor, die Klinke herunterzudrücken. Sie wissen nichts, niemand weiß etwas. Alles würde gut werden. Das Mädchen, das er gestern Abend getroffen hatte – Holly – war nett, freundlich. Seine Tante war herzlich, obwohl sein Onkel kaum verbergen konnte, dass ihn die Anwesenheit des neuen Neffen nervös machte. Dr. Jane Macintyre, seine Tutorin, hatte am Telefon ganz angenehm geklungen. Keiner hatte zu viele Fragen gestellt, er schien keine allzu große Neugier zu wecken. Er musste lediglich ruhig bleiben und sein neues Leben beginnen. Kein Problem.

Gerade als er die Klinke berührte, wurde die Tür aufgerissen, und er sah sich einem hübschen Mädchen mit haselnussbraunen Augen und lila Haaren gegenüber.

»Hoppla«, sagte sie. »Ich wollte mir gerade unten eine Cola holen. Du bist sicher Justin?«

»Ja.« Er bemühte sich, aber es gelang ihm nicht, ein Lächeln anzudeuten. Lasst mir Zeit, dachte er.

»Prudence«, sagte sie und streckte ihm eine Hand entgegen, deren Fingernägel Glitzerlack trugen.

Justin hatte kaum ihre Hand geschüttelt, als sie ihn auch schon hinter sich herzog.

»Komm, geh mit. Holly ist noch nicht da. Willst du eine Cola? Ich unterstütze die Multis nur ungern, aber leider bin ich süchtig nach dem Zeug.«

»Ähm … ja gut.«

»Hast du die Cafeteria gesehen? Ein bisschen schäbig, aber das Essen ist toll.«

»Ich habe noch gar nichts gesehen – ich bin gerade erst angekommen.«

Sie führte ihn die Treppe hinunter in die Eingangshalle. Die Empfangsdame, die hinter ihrer Theke stand, winkte ihnen zu.

»Hi, Prudence.«

»Hi, Ruby, das ist Justin.«

Justin hatte kaum die Hand gehoben, als Prudence ihn durch die Cafeteria zerrte, bis sie vor dem Cola-Automaten standen. Zu seiner Erleichterung ließ sie endlich seine Hand los.

»Was willst du haben? Ich lade dich ein.«

Er sah Prudence an, den Automaten und wieder Prudence. »Das gleiche wie du.« Er wollte gar nichts trinken, aber es wäre sicherlich unhöflich gewesen, abzulehnen.

Nachdem sie ein paar Münzen in den Automaten geworfen hatte, polterten zwei Dosen Cola in den Ausgabeschacht; sie reichte ihm eine. Die Dose war eiskalt.

Prudence lehnte sich mit dem Rücken an den Automaten und sah ihn an, während sie ihre Dose öffnete. »Also.«

»Also.« Auch wenn ihm sehr unbehaglich zumute war, tat er sein Bestes, um entspannt und ungezwungen zu wirken. Eigentlich hatte er sein ganzes Leben lang geschauspielert. Manchmal fragte er sich, ob es einen wahren Justin in ihm gab – den armen, verkümmerten Embryo eines richtigen Wesens.

»Nachher werde ich dir und Holly alles zeigen. Holly ist das Mädchen, mit dem wir uns das Büro teilen.«

»Ich weiß, ich hab sie gestern Abend getroffen.«

Prudence hob eine Augenbraue. »Gestern Abend?«

»Ja, ich wollte einen ersten Blick auf das Gebäude werfen, als sie gerade rauskam.«

»Um wie viel Uhr denn?«

»Es war so gegen neun. Sie sagte, sie sei über einem Buch eingeschlafen.« Justin hatte das Gefühl, als sage er mehr, als er solle, aber er wusste nicht, warum.

»Wie interessant.« Ein Lächeln umspielte ihre Lippen. »Sie ist hübsch, nicht wahr?«

»Wie bitte?«

»Holly. Sie ist hübsch, findest du nicht?«

»Oh, ich … ich denke schon.«

»Und klug. Hat man mir jedenfalls erzählt. Wusstest du, dass sie verheiratet war? Sie wirkt so jung, man will gar nicht glauben, dass sie eine gescheiterte Ehe hinter sich hat.«

Justin wusste nicht, ob er dazu etwas sagen sollte, deshalb zuckte er nur mit den Schultern.

»Du hast noch gar nichts getrunken.«

Er betrachtete die Dose. »Sorry.«

»Macht nichts.« Sie trank den letzten Schluck aus ihrer

Dose und zerdrückte sie routiniert mit einer Hand. »So, das war meine morgendliche Zuckerdosis. Jetzt zeige ich dir besser dein Büro.«

»Danke.«

Justin folgte Prudence die Treppe hinauf. Schmale, ziemlich schmutzige Fenster boten auf jeder Etage einen Blick auf den Parkplatz und die Straße. Als er kurz stehen blieb, um das Bild auf sich wirken zu lassen, merkte er, dass Prudence auf ihn wartete. Einsame Erkundungen musste er wohl auf später verschieben.

Sie betraten ihr Büro mit den drei Schreibtischen darin; der von Prudence stand unter dem Fenster, mit Blick auf den Garten, seiner und Hollys standen in gegenüberliegenden Ecken. Das Zimmer war mit neuem Teppichboden in einem nichtssagendem Beige ausgelegt, doch das verschnörkelte Muster auf den Fußleisten und ein unverkennbar muffiger Geruch verrieten das wahre Alter des Gebäudes. Auf Hollys Schreibtisch stapelten sich bereits die Bücher, der von Prudence war dagegen ziemlich leer, bis auf zwei Bücher und ein Häufchen halb abgebrannter Duftkerzen; neben ihrem Pinnbrett hing ein großes Tea Party-Poster.

»Und, gefällt dir dein neues Büro?«, fragte Prudence.

Justin setzte sich an seinen leeren Schreibtisch und stellte die Cola-Dose darauf. »Prima.«

Sie hockte sich auf den Tischrand. »Ich schreibe über George Eliot. Und du?«

Er sah zu ihr auf. Sie stellte so viele Fragen, dass ihm langsam unbehaglich wurde. Aber sie sah ihn so aufmerksam an, während ein freundliches Lächeln ihre geschwungenen Lippen umspielte – es war schwer, nicht zu antworten. »Ich weiß es noch nicht. Hierher zu kommen hatte ich gar nicht geplant – es kam alles ein bisschen überraschend.«

»Oh.«

»Lucien und Emma waren so freundlich, mir hier einen Platz anzubieten, nachdem sich … meine anderen Pläne zerschlagen hatten.«

»Du kennst Lucien und Emma?«

»Ja, ich bin ein Verwandter von ihnen. Ein Neffe.« Er senkte den Blick, bevor er zu viel verriet. Feuchtigkeit rann an seiner Dose hinab und formte eine kleine Pfütze auf seinem Schreibtisch. Prudence schien zu spüren, dass sie weit genug gegangen war und kehrte an ihren Tisch zurück.

»Wenn Holly kommt, führe ich euch beide herum, okay?«

»Klar, danke.« Er hörte, wie sie sich an ihren Schreibtisch setzte und ein Buch aufschlug. Eine Weile wurde es still im Zimmer. Draußen hörte er einen Rasenmäher und das Geräusch eines Seils, das gegen einen Fahnenmast schlug.

»Justin?«

Er sah sich um. »Ja?«

»Willst du den ganzen Tag nur auf deinen Schreibtisch starren?«

»Ich …«

Sie stand auf, ging zu Hollys Tisch und nahm ein Buch weg, das sie ihm reichte. »Hier. Viel Vergnügen.« Dann setzte sie sich wieder in ihren Stuhl und schrieb etwas in eine Kladde.

Justin öffnete das Buch – Tennysons Gesammelte Werke. Auf dem Deckblatt stand der Name Holly Beck, jedoch durchgestrichen und durch Holly Torrance ersetzt. Offenbar war sie noch nicht dazu gekommen, wieder ihren Mädchennamen einzusetzen. Justin fragte sich, woher Prudence so schnell von Hollys gescheiterter Ehe erfahren hatte. Er musste darauf achten, was er zu Prudence sagte, er hatte zu viele Geheimnisse – wenn sie auch nur das Ende von einem zu fassen bekam, würde sie es garantiert ans Tageslicht zerren, auch wenn sie dabei die ganze Zeit mild mit ihren hübschen Augen lächelte. Er musste aufpassen!

Nach nur vier Stunden Schlaf kam Holly am Morgen kaum in die Gänge. Vielleicht war es naiv zu hoffen, dass sich die Dinge schnell zum Guten wandten, aber eine Nacht lang vernünftig zu schlafen, das konnte sicherlich nicht zu viel verlangt sein. Sie war kühle Witterung nicht gewohnt, und die frische Morgenbrise, die unter der Tür durch die Wohnung gestrichen war, kam ihr vor wie Eisfinger, die sie betasteten, während sie zu schlafen versuchte. Den Winter würde sie wahrscheinlich nicht überleben. Sobald die erste Rate des Stipendiums auf ihrem Konto landete, würde sie sich umgehend die dickste Decke kaufen, die man kriegen konnte. Bislang reichte ihr Geld gerade eben mal für Brot und Milch. Sie versuchte, nicht an den alten Queenslander zu denken, den sie und Michael zu Hause gemietet hatten, an die langen, heißen Sommertage, an denen sie auf der Veranda gesessen und auf die Zuckerrohrfelder geschaut hatten, die unter dem endlos blauen Himmelsbogen schimmerten. Das Beste war, überhaupt nicht an Michael zu denken, an den furchtbaren Schmerz, den sie in seinen Augen gesehen hatte, als sie ihm sagte, dass alles vorbei sei, dass auch High School-Pärchen nicht glücklich leben, bis dass der Tod sie scheidet, und dass es dort draußen in der Welt Dinge gab, die sie brauchte, um glücklich zu werden, ohne ihn. Sie konzentrierte sich aufs Duschen und Anziehen und ignorierte den traurigen, kleinen stechenden Schmerz in ihrer Brust. Tragisch, aber alles, was sie Michael letzten Endes hatte bieten können, war Mitleid.

Sie schloss die Wohnungstür hinter sich und wurde von einer sanften Herbstbrise umhüllt. Der Duft von Mandel und Jasmin hing in der Luft, und dicke weiße Wolken trieben träge über ihr. Sie ging auf den Campus zu und bewunderte den Anblick, den die geschwungene, von Bäumen gesäumte Auffahrt bot. Was für ein Versprechen lag darin, in diesen vollkommenen, eleganten viktorianischen Zügen des Gebäudes, das sich dort stolz zwischen den Bäumen erhob, umgeben von dem riesigen, grünen Garten, der unter der sanften Herbstsonne vor sich hin dämmerte. Vielleicht konnte sie sich an alle Unbequemlichkeiten gewöhnen, solange es Augenblicke wie diesen gab – zwischendurch musste sie nur existieren, um aufzuleben, wenn ihre Sinne die Schönheit um sie herum wahrnahmen.

»Mensch, Holly, du machst ja eine richtig spirituelle Erfahrung«, murmelte sie vor sich hin und ging die Einfahrt hinauf.

Als sie das Haus betrat, hüllte sie der üppige Geruch nach altem Holz sofort ein. Am Getränkeautomaten blieb sie stehen und quälte sich ein paar Sekunden lang mit Gedanken an den Dollar, den eine Limonade sie kosten würde, bevor sie sich dagegen entschied und nach oben ging, in ihr neues Büro. Den heutigen Tag hatte sie bereits verplant: Es gab einen Haufen Artikel aus Fachzeitschriften, die sie in der Bibliothek fotokopieren wollte, um am Nachmittag und Abend die Bibliographien durchzusehen, auf der Suche nach Titeln, die ihr vielleicht weiterhalfen; morgen würde sie mit dem Lesen beginnen. Es lagen einige leere Kladden bereit, und es juckte sie in den Fingern, sie zu füllen. Sie genoss das Gefühl, die ersten Buchstaben in ein leeres Heft zu schreiben, am besten mit einem neuen Stift. So fing alles an, unendliche Möglichkeiten taten sich vor einem auf.

Prudence und Justin waren schon da. Prudence saß auf der breiten Fensterbank, mit dem Rücken ans Glas gelehnt, die Füße auf einem Stuhl. Beide schauten auf, als sie hereinkam, doch wandte Prudence ihre Aufmerksamkeit sogleich wieder ihrer Kladde zu.

»Hi«, sagte sie.

»Hi«, antwortete Justin und stand auf. »Hier, das hatte ich mir ausgeliehen.« Er reichte ihr Tennysons Gesammelte Werke, die sie etwas verblüfft entgegennahm.

»Oh, danke.«

»Es sieht aus, als hättest du einen prima Start gehabt«, sagte er und deutete mit einer Kopfbewegung auf ihren Schreibtisch.

Sie sah hin und dann zu seinem, auf dem lediglich eine ungeöffnete Cola-Dose stand. »Du weißt doch, wo die Bibliothek ist, oder?« Hatte sie ihn jetzt etwa beleidigt?

»Wir haben auf dich gewartet. Prudence will uns alles zeigen.«

Holly sah zu Prudence hinüber. »Hast du Zeit? Wenn du willst, kann ich Justin die Bibliothek und den Katalog auch allein zeigen.«

Prudence zuckte mit den Schultern. »Sicher hab ich Zeit.« Sie schob sich vom Fensterbrett. »Wartet hier, ich hole mir den Passepartout von As, damit ich euch auch den Uhrenturm zeigen kann.«

Sie ging an ihnen vorbei auf den Flur, Justin sah ihr nach.

»Sehr scharf darauf, mit uns die Führung zu machen, scheint sie nicht zu sein«, meinte Holly.

»Ja, komisch. Ich dachte, es würde ihr Spaß machen. Sie war ganz aufgedreht, bevor du gekommen bist.«

Holly hatte das Gefühl, als stünde sie unter einer eiskalten Dusche. Prudence mochte sie also nicht. Großartig. »Ich weiß gar nicht, was ich ihr getan habe. Ich hab sie doch gestern zum ersten Mal gesehen.«

Justin drehte sich zu ihr. »Darüber würde ich mir keine Gedanken machen. Wahrscheinlich hat es gar nichts mit dir zu tun. Hattest du gestern Nacht Ärger mit dem Ungeziefer?«

»Ungeziefer?« Holly war eine Sekunde lang völlig verwirrt, bis ihr einfiel, dass sie Justin von ihrer furchtbaren Wohnung erzählt hatte. »Oh, ja. Gegen ein Uhr ist irgendwas in meinen Haaren gelandet, und dann konnte ich bis Sonnenaufgang nicht mehr einschlafen. Hab nur ungefähr vier Stunden Schlaf gehabt.«

Prudence kam ins Büro zurück, ein Wirbelwind aus Silberschmuck und lila gefärbtem Haar. »Also los«, sagte sie. »Ihr werdet von diesem Haus begeistert sein.«

Die drei standen auf dem schmalen Steg, der um das Dach von Humberstone College führte. Das Wartungspersonal nutzte ihn, um an zerbröckelnde Dachziegel und die moderne Klimaanlage zu kommen, die man einfach neben dem Uhrenturm durch das Dach verlegt hatte. Hier oben wehte eine liebliche Herbstbrise, und die Sonnenstrahlen glitzerten in ihren Haaren.

»Also«, sagte Prudence und holte ein Päckchen Zigaretten hervor. Sie bot es Holly und Justin an, die beide ablehnten. Dann steckte sie sich eine Zigarette an und schaute ein paar Sekunden lang über die Dächer der benachbarten Villen, als Vorbereitung auf die Geschichte, die sie vor fast einem Jahr von As gehört hatte.

»Also«, wiederholte sie. »Humberstone wurde 1857 erbaut, und zwar als anglikanisches Kloster. St. Anne hieß es. Der Architekt war Howard Humberstone – er musste nach irgendeinem Skandal London verlassen, wo er sehr erfolgreich gewesen war, und beschloss, sein Glück in den Kolonien zu versuchen. Nach den meisten Darstellungen war er ein bisschen verrückt, nun ja, ein Humberstone eben. Wenn man jahraus, jahrein seine Cousinen heiratet ...« Ihr fiel ein, dass auch Justin Teil dieser Familie war. »Die letzte Bemerkung einfach ignorieren«, fügte sie hinzu.

Justin sah sie verwundert an, bis er zu begreifen schien, dass sie ihn angesprochen hatte. »Oh, das macht nichts. Ich gehöre praktisch kaum zur Familie.«

»Zur Familie?«, fragte Holly neugierig.

»Ja, Lucien Humberstone ist sein Onkel«, antwortete Prudence für den schweigenden Justin. »Entschuldige, Justin, aber das ist doch bestimmt kein Geheimnis.«

»Das ist absolut kein Geheimnis«, entgegnete er hastig. Prudence sah die Zeichen. Es gab also ein Geheimnis; sie konnte es förmlich riechen.

»Erzähl weiter«, sagte Holly. Vielleicht spürte sie Justins Unbehagen.

»Okay. Dem Kloster erging es schlecht. Die Hälfte der Nonnen wurde 1864 von einer Typhusepidemie hinweggerafft, und fast alle anderen versetzte man nach Sydney. Als die Humberstones in London davon hörten – sie waren eine große Bankerfamilie mit einem Trillionen-Vermögen –, beschlossen sie, das Gebäude zurückzukaufen. Damals kauften sie alle von Howard erbauten Häuser zurück – warum, weiß ich nicht. Sie schickten kistenweise Bücher herüber, Teile ihrer eigenen Bibliotheken, die sie zu der Zeit katalogisierten, und so entstand 1867 die Humberstone-Bibliothek, und das blieb sie auch lange Zeit.«

Prudence drückte ihre Zigarette am Geländer aus und schnippte sie in den Garten hinunter. »Wollt ihr den Uhrenturm sehen?«, fragte sie.

»Sicher«, meinte Holly. »Erzählst du uns auch den Rest der Geschichte?«

»Ja, ja. Kommt.« Sie führte sie über den Steg zum Uhrenturm, wo sie versuchte, aus dem dicken Schlüsselbund den richtigen zu finden. Hier hatten sie und Aswell sich das erste Mal geliebt. Sie waren spät zurückgekommen, hatten sich auf dem Balkon eine Zigarette geteilt und über George Eliot gesprochen. Es hatte etwas gedauert, bis sie sich in ihn verliebte – schließlich war er mehr als doppelt so alt wie sie, und sie bevorzugte eigentlich junge, etwas tumbe Männer. Aber er war ein Intellektueller, er stellte etwas dar, er hatte Selbstbewusstsein, und er hatte eine Art, sie anzusehen – graue Augen, die sich förmlich in ihren Schädel brannten, ein leichtes Lächeln um die Mundwinkel – all das nahm ihr den Atem. Er war es gewesen, der den Ausflug aufs Dach vorgeschlagen hatte. Der Aussicht wegen, das waren seine Worte gewesen. Sie hatten auf dem Steg gesessen, verdächtig nahe beisammen und hatten mit leisen Stimmen gesprochen, während sich die Lichter der Stadt wie Juwelen auf einem schwarzen Teppich vor ihnen ausbreiteten. Während eines längeren Augenblicks des Schweigens hatte er sie angesehen – einer dieser elektrisierenden Blicke. Zwanzig Minuten später hatte sie sich die Kleider vom Leib gerissen und es mit ihm hinter dem staubigen Werk einer 150 Jahre alten Uhr getrieben.

Sie fand den Schlüssel und öffnete die Tür, um Justin und Holly hineinzulassen. »Dieses Ding bleibt dauernd stehen, durchschnittlich einmal im Monat. Lange wird es wohl nicht mehr dauern, bis ...« Sie sprach den Satz nicht zu Ende, da sie nicht wusste, was sie in Justins Gegenwart über die Humberstones sagen durfte. Tatsache war, Lucien war so geizig, dass er Reparaturen nur zögerlich ausführen ließ, und dann möglichst billig. Zweifellos würde diese Uhr eines Nachmittags um vier stehen bleiben, und zwar bis zum Jüngsten Gericht.

»In den Zwanzigern ging es mit dem Vermögen der Humberstones ziemlich bergab. Sie konnten sich die Bibliothek nicht mehr leisten und schlossen sie. Sie blieb etwa vierzig Jahre lang geschlossen, bis einer von ihnen auf die Idee kam, sich das Gemäuer mal anzusehen. In den Sechzigern kam Magnus Humberstone und begann, die Bücher zu katalogisieren. Es stellte sich heraus, dass sich hier ein Füllhorn an Wissen ergoss – faszinierende viktorianische Abhandlungen über jedes erdenkliche Thema, kostbare Erstausgaben, längst vergriffene Werke. Zunächst erlaubte er den Universitäten für Forschungszwecke den Zugriff auf die Bibliothek, und irgendwann kam ihm der Gedanke, dass er mit einigen seiner Millionen hier ein College gründen könnte. Keine der australischen Universitäten war an einem Zentrum für viktorianische Studien interessiert, aber das war es, was er wollte. Er hatte zwei Doktortitel und etwa zwanzig Bücher über viktorianische Literatur, Geschichte und Kultur geschrieben. Es war seine Leidenschaft, und er wollte keinen Kompromiss eingehen. Schließlich schloss er einen Vertrag mit der Kingsbury-Universität in York ab, die Studenten gegen eine Gebühr hierher schickten. Deshalb ist Humberstone Teil des britischen Erziehungssystems und hat den Ruf, sehr elitär zu sein. Und weil hier niemand reinkommt, der nicht superschlau ist, es sei denn, er ist superreich.«

Justin hatte sich im Schneidersitz auf dem Boden niedergelassen, Holly stand mit verschränkten Armen neben ihm. Es tat Prudence fast weh, so hübsch war sie. Und sie schien auch noch nett zu sein. Vielleicht zu nett, vielleicht auch ein bisschen brav. As interessierte sich nicht für die Braven – er bewunderte es, wenn jemand Mumm hatte, Verve. Davon hatte Prudence tonnenweise, das wusste sie.

»Lebt er noch?«

»Wie bitte?«

»Magnus Humberstone. Lebt er noch?«

Prudence schüttelte den Kopf. »Er ist 1994 gestorben. Tragisch, weil er die treibende Kraft war. Er hat die Stipendien eingeführt – früher gab es zehn pro Jahr, aber jetzt sind es nur noch zwei. Die meisten Leute müssen also bezahlen, so wie ich. Mein Vater bezahlt für mich, damit ich ihm die Peinlichkeit erspare, einem Zirkus beizutreten oder so.«

Justin hatte offenbar genug von der Rückseite der Uhr gesehen. Er stand auf, drückte sich an Prudence vorbei und spazierte über den Steg auf die andere Seite des Daches. Sie sah ihm nach – was für ein komischer, düsterer Typ.

»Ich habe ein Stipendium«, sagte Holly.

»Ich weiß.« Du würdest dich wundern, was ich noch alles weiß. »Glückwunsch. Sind sehr schwer zu kriegen. In unserer Familie hat meine Schwester die Intelligenz geerbt.«

»Ich bin sicher, dass du auch sehr intelligent bist.«

»Sie hat ihr Juraexamen als Jahrgangsbeste bestanden. Ich bin schon sehr früh ausgestiegen und hab zu den Geisteswissenschaften gewechselt. Zwilling zu sein ist ätzend.« Prudence sah zu Justin hinüber, der wieder zurückkam.

»Magst du As?«, fragte sie Holly. Sie musste es wissen.

»As? Tut mir Leid, aber wer ist As?«

»Laurence. Laurence Aswell – dein Tutor.«

»Oh. Er scheint sehr nett zu sein. Von dir hat er in den höchsten Tönen gesprochen.«

Ein Gefühl der Wärme durchflutete Prudence. Vielleicht hatte sie sich unnötige Sorgen gemacht. Vielleicht stellte Holly gar keine Bedrohung dar, sondern konnte sogar ihre Verbündete werden.

Justin gesellte sich wieder zu ihnen und sah Prudence interessiert an. »Und wer kam nach Magnus?«, fragte er.

»Sein Sohn Graham hat die Leitung übernommen.

Hat im Grunde alles beim Alten gelassen, aber leider nicht lange gelebt. Eines Tages ist er zum Angeln gegangen und nie wiedergekommen.« Sie bemerkte, dass Justin ganz leicht mit dem Mundwinkel gezuckt hatte. Bingo. Vielleicht war Justin Grahams Sohn – unehelich oder so etwas. Die Sache wurde mit jeder Sekunde spannender. »Die Leiche ist nie gefunden worden, aber man ging davon aus, dass er ertrunken ist. Dann übernahm Lucien, sein Bruder. Hast du Lucien schon kennen gelernt, Holly?«

Holly schüttelte den Kopf.

»Ich schätze, er ist ganz in Ordnung. Aber vielleicht sollten wir Justin nach den Details fragen.«

Justin zuckte mit den Schultern. »Du kennst ihn besser als ich. Frag mich in zwei Wochen noch mal.«

»Bestimmt.« Prudence warf einen letzten Blick über die Dächer. »Okay, gehen wir nach unten.«

Polternd liefen sie die Treppe zum Parterre hinab, und Prudence führte sie an der Cafeteria vorbei zum gegenüberliegenden Treppenturm. Ein verblichenes gelbes Band, an dem ein Warnzeichen hing, versperrte ihnen den Weg. Prudence warf einen Blick über die Schulter, bevor sie das Band anhob und sich darunter duckte. Als sie sich umdrehte, standen die beiden anderen noch davor und sahen sie unsicher an.

»Kommt schon«, sagte sie.

»Was ist mit dem Warnschild?«, fragte Holly etwas ängstlich.

»Der Turm zerfällt langsam. Die Stufen sind etwas wackelig. Aber wir gehen gar nicht hinauf. Jetzt macht schon, bevor uns jemand sieht.« Sie winkte ihnen zu, und die beiden sahen sich an, um ihr dann zu folgen.

Sie betraten den Turm und gingen um die Treppe herum; Prudence führte sie zu einem Alkoven auf der anderen Seite. Im Gegensatz zu den anderen Wendeltreppen, die mit Pflanzen und Drucken der Präraffaeliten geschmückt waren, konnte diese nur abblätternde Tapete und löchrige Dielenbretter vorweisen. Hinter der Treppe befand sich eine Tür. »Hier geht es in den Keller«, sagte Prudence und suchte wieder den richtigen Schlüssel.

»Ist es auch sicher da unten?«, wollte Holly wissen.

»Wahrscheinlich.« Sie schob einen Schlüssel ins Schloss und öffnete die Tür. Holly sah sie skeptisch an. »He, beruhige dich. Wir gehen nicht weit. Nur in einen schäbigen Raum, in dem es muffig riecht.«

»Klingt nach meiner Wohnung«, meinte Holly.

»Man kann von draußen reinsehen.« Prudence tastete an der Innenwand nach einem Lichtschalter. Man hörte ein Klicken, aber es blieb dunkel. »Toll, die Birne ist kaputt.«

»Ist das ein Lagerraum?«, fragte Justin.

»Nein, er wird überhaupt nicht genutzt. Er ist winzig und vom Boden her feucht.« Sie machte die Tür zu und schloss wieder ab; dann sah sie die beiden anderen ernst an. »Aber ich bin sicher, dass die Nonnen hier Leichen versteckt haben.«

Einen Augenblick lang herrschte verblüfftes Schweigen, während Justin und Holly herauszufinden versuchten, ob Prudence sie auf den Arm nahm oder nicht.

»Leichen?« Holly sah sie zweifelnd an.

»Sicher. Abgetriebene Föten. Von liederlichen Nonnen, die das Kloster in Verruf gebracht hätten.«

»Klingt nach Schauerroman.«

»Du glaubst also, dass es hier Geister gibt, Prudence?«, fragte Justin. Er wirkte todernst, aber langsam gewöhnte sich Prudence daran.

»Zweifellos. In welchem alten Gemäuer gibt es keine? Man hat bereits gesagt, dass es in der Bibliothek spukt. Wenn man kurz vor dem Schließen die Regale durchgeht, und alle Bücher stehen in Reih und Glied, wird man am nächsten Morgen zwei oder drei auf dem Boden finden. Wahrscheinlich der Geist einer unglücklichen Nonne mit gebrochenem Herzen.«

»Oder ein unglücklicher Doktorand mit Terminschwierigkeiten«, meinte Justin, wobei er keine Miene verzog. Prudence fand ihn faszinierend – ungemein sogar. Dieses

Jahr konnte doch noch gut werden. Vielleicht fand sie sogar ein oder zwei neue Freunde – ein absolutes Novum.

»Na schön«, sagte sie und steckte den Schlüsselbund in ihre Tasche. »Wer hat Lust auf einen Kaffee?«

3. Kapitel

Mitternacht.

Unter einen schwarzen Schirm geduckt, eilten Lucien und Emma im Nieselregen auf den Hintereingang des Colleges zu. Ein fahler Lichtschein aus einem der oberen Fenster verriet ihnen, dass sie bereits erwartet wurden. Der Himmel war wolkenschwer, und es sah aus, als würde der Regen sich einige Tage halten.

Lucien schloss die Tür auf und schob Emma in den Flur, bevor er einen letzten Blick nach draußen warf und hinter sich abschloss. Emma schüttelte den Regenschirm aus und lehnte ihn an die Wand. Sie gingen die Treppe zum dritten Stock hinauf, wo Lucien ein Büro hatte, das er aber nur selten nutzte. Jane Macintyre stand gähnend vor einem offenen Schrank. Nach der Dunkelheit draußen wirkte das Licht unnatürlich grell.

»Guten Abend, Jane«, sagte Lucien und legte seinen teuren ledernen Aktenkoffer auf den Schreibtisch.

»Hallo. Ich suche die Kerzen.«

»In der untersten Schublade, hinter den Büchern.« Er wandte sich an Emma. »Mach uns bitte eine Kanne Tee. Laurence müsste auch gleich hier sein, es sei denn, er ist eingeschlafen.«

Emma nickte und verließ das Büro; Lucien hörte sie in der kleinen Küche nebenan hantieren.

Jane hatte inzwischen eine Hand voll schwarzer Kerzen aus dem Schrank genommen. Sie war eine attraktive Brünette, Ende Dreißig, mit einer straffen, zierlichen Figur, über die Lucien immer öfter seine Blicke gleiten ließ. Emma wurde zu fett. Sie bevorzugte üppige, kalorienreiche Speisen, und er empfand es fast als Beleidigung, dass sie keine Selbstbeherrschung hatte.

»Ich habe sie gefunden«, verkündete Jane und legte die Kerzen auf Luciens Schreibtisch. »Übrigens, heute habe ich deinen Neffen kennen gelernt. Ein sehr netter Junge, aber ein bisschen zu ernst, findest du nicht auch?«

Lucien zuckte innerlich zusammen. Sein Neffe. Wenn es nicht diese Klausel in Magnus' Testament gegeben hätte, wäre Justin niemals aufgetaucht. Jetzt hatte er das Gefühl, als sei irgendwo ein Fehler im System – Justin war ein Unsicherheitsfaktor. »Gewöhne dich nicht zu sehr an ihn«, sagte Lucien. »Er ist jung und weiß nicht, was er will. Schon morgen kann er sich entschließen, uns zu verlassen und in Nepal auf Trekkingtour zu gehen.« Wunschdenken.

Emma kam mit einem Tablett zurück. »Justins Mutter ist kürzlich gestorben«, sagte sie, während sie Tee eingoss. »Er hat Probleme, darüber hinwegzukommen. Wir müssen nett zu ihm sein.« Sie warf Lucien einen vorwurfsvollen Blick zu, den dieser einfach ignorierte. Es war offensichtlich, dass Emma ein Faible für den Jungen hatte. Lucien fragte sich, ob sie ihm absichtlich in kleineren Dingen widersprach, nur um ihn zu ärgern.

Die Tür ging auf, und Aswell trat mit tropfnassem Haar ins Zimmer, er schälte sich aus seinem Regenmantel und hing ihn über eine Stuhllehne. Emma reichte ihm sofort eine Tasse Tee.

»Tut mir Leid, dass ich etwas spät dran bin, aber der Wagen wollte nicht anspringen. Draußen schüttet es wie aus Eimern.«

Lucien ging ans Fenster und sah hinaus. Hinter seinem Spiegelbild sah er den peitschenden Regen. Emma reichte ihm eine Tasse Tee. Lächelnd trank er einen Schluck, und Emma hakte sich bei ihm unter. Jane und Aswell saßen am Schreibtisch und unterhielten sich leise. Schön, dass man bei einem solch ungemütlichen Wetter im Warmen war. Mit selten gewordener Zärtlichkeit küsste Lucien Emmas Haar und drückte sie liebevoll. Vielleicht konnte er sich entspannen, vielleicht würde sich alles zum Guten wenden. Er wünschte sich, nur ein Jahr in die Zukunft sehen zu können, denn nächstes Jahr um diese Zeit würde sicherlich alles vollbracht sein, und er würde nicht mehr von Albträumen gequält aus dem Schlaf schrecken. Die Furcht, der er nicht entrinnen konnte, würde für immer verschwunden sein. Es galt nur noch ein paar Hürden zu überwinden, und er würde alles ertragen – er wusste, dass er es konnte –, wenn am Ende seine Angst vor dem Tod besiegt war.

Er ließ Emma los, reichte ihr seine Tasse und drehte sich um. »Laurence, stell bitte ein paar Stühle zusammen. Wenn wir nicht bald anfangen, sitzen wir noch am frühen Morgen hier.«

Während Aswell ein paar Stühle in einem Kreis aufstellte, öffnete Lucien seinen Aktenkoffer und entnahm ihm mit einigem Respekt das Fragment von Peter Owlings Buch der Schatten.

Die verschmutzten Blätter, die in einem schwarzen Umschlag aus Leder steckten, fielen fast auseinander. Einige – die Seiten des Originals – sahen aus, als seien sie blutbesprenkelt. Das Fragment, auf das Magnus Humberstone zufällig in einem Antiquitätenladen in New York gestoßen war, schien am besten erhalten, während die Seiten, die Magnus über zwanzig Jahre lang für Tausende von Dollar zwischen Guyana und Peru gesucht hatte, an manchen Stellen unleserlich waren. Bei dem Gedanken daran, in welchem Zustand das Fragment sein mochte, dem Randolph in Israel nachjagte, schauderte es ihm, aber er hoffte, dass es der letzte Teil sein würde. Würde er es ertragen können, wenn die Suche nach einem weiteren noch einmal zehn oder mehr Jahre dauern würde?

Die anderen setzten sich und sahen ihn erwartungsvoll an. Das Buch in einer Hand, klappte er den Aktenkoffer zu und gesellte sich zu ihnen. Er warf einen verstohlenen Blick auf Jane, die ihm mit übereinander geschlagenen Beinen gegenüber saß.

»Wie ihr wisst, habe ich an den Seiten 255 bis 289 gearbeitet – der letzte Teil des Guyana-Fragments. Auch wenn es kaum lesbar ist, habe ich in dieser Woche doch einen Durchbruch erzielt. Wir können mit Sicherheit sagen, dass die Methode, mit der im ersten Fragment Wesen heraufbeschworen werden, in seinem späteren Werk durch eine andere abgelöst wird. Da sein Buch eine Art Bericht über seine Arbeit ist, sollten wir uns über einen derart überraschenden Wandel seiner Techniken nicht wundern. Hier, seht ihr dieses Wort?« Vorsichtig drehte er den Band, sodass die anderen die Buchstaben sehen konnten, unter die er seine Finger legte. Aswell und Jane beugten sich vor, während Emma nur einen flüchtigen Blick darauf warf, um dann geistesabwesend aus dem Fenster zu starren. Wut kochte in Lucien hoch.

»Was soll es sein? Ein Name?«, fragte Aswell.

»Veu … nein, ist das ein ›u‹ oder ein ›r‹?« Jane zog die Augenbrauen zusammen.

Lucien drehte das Buch wieder um. »Verräter. Es heißt Verräter. Das Wort sagt einiges über die letzten dreißig Seiten des Guyana-Fragments. Umso mehr sehne ich den nächsten Teil herbei.«

»Wenn Randolph ihn findet«, warf Emma ein.

»Randolph wird ihn finden«, entgegnete Lucien bestimmt, aber er wusste, dass er nicht so zuversichtlich war, wie er tat.

»Ich erhielt einen Brief von Randolph«, sagte Aswell und holte einen feuchten Umschlag aus seiner Jackentasche.

Lucien verkniff sich ein ärgerliches Schnauben. Manchmal fragte er sich, ob dieses Projekt überhaupt erfolgreich beendet werden konnte, wenn Menschen wie Emma dabei waren, die fett und träge in der Ecke saß, oder Aswell, triefnass und schwachsinnig. Nur Jane schien sich wirklich ernsthaft mit dem Thema zu beschäftigen. Sie lächelte ihm aufmunternd zu. Wie schön, dass Geistesverwandte auch ohne Worte kommunizieren konnten.

»Wir kommen noch zu Randolphs Brief«, sagte er geduldig. »Eins nach dem anderen.«

»Was meint Owling mit ›Verräter‹?«, fragte Jane.

»Wie ich schon sagte – hier vollzieht sich ein radikaler Wandel in Owlings Vorgehensweise. Unglücklicherweise wird er auch von einem radikalen Wandel seiner Handschrift begleitet. Ich habe seine alte Schrift so lange entziffert, dass es mir schwer fällt, mich an die neue zu gewöhnen. Aber ich glaube, auch für diesen Wandel gibt es einen Grund. Ich glaube, dass Owling in diesem Stadium materielle Hilfe erhalten hat.«

»Materielle Hilfe?«, wiederholte Jane.

»Ja. Wir wissen ja bereits, dass vieles von Owlings Werk ihm von einer Vielzahl von Geistern diktiert wurde, aber es scheint, als habe ihm hier einer der Geister auch die Hand geführt.«

»Du meinst eine Art automatisches Schreiben? So wie die Texte von Led Zeppelin?«, fragte Aswell.

»Nur, dass dies hier nicht ›Stairway to Heaven‹ ist«, bemerkte Jane trocken. »Wir bewegen uns eher in die andere Richtung.« Sie wandte sich wieder an Lucien. »Mach weiter.«

»Der Geist ist sicherlich nicht einer der Klipothischen Dämonen. Er hat keinen eigenen Namen, und Owlings Handschrift kündet teilweise von seiner Frustration mit diesem Wesen. Aber offenbar hat es Owling doch einige wichtige Erkenntnisse bezüglich seines Projekts verschafft. Die Idee des Verräters.«

»Ich kann nicht ganz folgen«, sagte Aswell.

Lucien war nicht überrascht; Aswell hatte die letzten drei Minuten auf Janes Beine gestarrt.

»Aus dem New York-Fragment geht eindeutig hervor, dass die Klipothischen Wesen zusammenarbeiten und eine Art Sicherheitsnetz um die Quelle ihrer Kraft spannen. Selbst wenn sie einzeln heraufbeschworen werden, behalten sie ein Gefühl der Solidarität mit den anderen. Das Wesen, mit dem Owling Kontakt hergestellt hat, erwähnt den dunklen Klipoth. Ich hielt dies zunächst nur für einen anderen Namen der Wesen, die wir bereits kennen, aber einige Hinweise, die ich erst vor kurzem entschlüsselt habe, lassen anderes vermuten. Es handelt sich um eine andere Gruppe von Wesen, die eifersüchtig auf die Beziehung des obersten Klipoth zu ihrem Monarchen sind und die im Hintergrund warten.«

»Dämonen im Bereitschaftsdienst«, bemerkte Emma höhnisch. Ihre skeptische Haltung ging Lucien immer mehr auf die Nerven.

»Vielleicht in Bereitschaft, aber auf alle Fälle Dämonen, denen ein ethischer Kodex fehlt, Dämonen, die man vielleicht dazu überreden könnte, ihren Monarchen zu verraten. Verräter zu spielen und uns den Satan selbst in die Hände spielen.« In Augenblicken wie diesem wünschte Lucien, dass die Menschen nicht so undurchdringlich wie Kerkermauern wären. Was dachten sie gerade? Sie trafen sich schon seit vielen Jahren, auch mit Randolph zusammen. Sogar als Magnus noch lebte; nur Jane war damals noch nicht dabei gewesen. Emma war skeptisch, machte aber aus Pflichtgefühl gegenüber Lucien mit. Aswell war loyal und fleißig, aber manchmal fragte sich Lucien, ob er wirklich an satanische Rituale glaubte oder ob ihn lediglich eine gewisse Abenteuerlust antrieb. Und Jane – klug, entschlossen, mutig –, sie zuckte nicht einmal, egal was getan werden musste, und ihre üppigen Lippen öffneten sich nicht einmal, wenn sie die absonderlichsten und verwegensten Gedanken Owlings akzeptierte, als seien es ganz vernünftige Überlegungen.

»Glaubst du wirklich, dass wir es schaffen können, Lucien?«, fragte sie.

»Es gibt nichts Wichtigeres im Leben für mich«, sagte er, und es überraschte selbst ihn, wie rau und ehrlich seine Stimme dabei klang. »Zumindest müssen wir es versuchen – besser man bedauert, dass man etwas getan hat, als dass man nichts getan hat, oder?«

Sie lächelte ihn an, ein wenig zu sanft, und er merkte, wie angespannt er gewirkt haben musste. Vielleicht hatte sie sogar gespürt, wie sehr sie ihn anzog. Er schlug das Grimoire zu und wandte sich hastig an Aswell.

»Das ist für den Augenblick alles. Eingedenk dessen,

was ich euch gerade vermittelt habe, werde ich mir den Rest des Fragments ansehen und euch nächste Woche berichten. Und nun zu Randolphs Brief.«

»Ah ja. Er ist in Jerusalem.« Aswell faltete den Brief auseinander und glättete ihn auf seinem Schoß.

Luciens Herz schlug allzu heftig in seiner Brust. Sehnsucht war wie ein Kind, das man nicht kontrollieren konnte, das brüllt und um sich tritt und zu den ungeeignetsten Augenblicken beachtet werden will. Er sagte sich, dass Jane nicht wichtig sei – nur das Grimoire war wichtig.

»Mach schon«, sagte er. »Lies uns den Brief vor.«

»Okay. ›Lieber Lucien et al. Ich bin nach Jerusalem gefahren, weil mir ein sehr seltsamer Mensch, den ich in Eilat traf, dazu geraten hat, ein einäugiger Jude, dessen Großvater sich in Deutschland mit Magie beschäftigte, bevor er vor dem Holocaust hierher flüchtete. Der alte Mann ist lange tot, aber er hat seinem Enkel gegenüber oft von der Existenz einiger seltsamer Blätter gesprochen – er nannte sie das Dunkle Fragment –, die irgendwo in der Altstadt von Jerusalem zu finden seien. Leider wusste er nicht mehr darüber, aber ich habe ihm meine Adresse gegeben, für den Fall, dass er mehr herausfindet.

Ich bin gestern hier angekommen, und ich habe ein Apartment in der Neustadt gemietet, in einem Haus namens Ley Yerushalayim. Hier ist alles sauberer und sicherer als in der Altstadt, und ich bin immer noch nahe genug, um genügend Zeit für Nachforschungen zu haben, vorausgesetzt, ich ertrage den Geruch der Taxifahrer, die mich dorthin bringen.

Die Altstadt ist wie ein Kaninchenstall, den blinde Kaninchen entworfen haben, aber ich bin einmal ganz herumgegangen, um ein Gefühl für die Größe und die Struktur zu bekommen. Sie nimmt nicht viel Fläche ein, ist aber so verwinkelt, dass es nicht leicht wird, hier irgendetwas zu finden. Nach sechs Wochen macht Israel mich langsam mürbe, und ich hoffe, dass mein Vertrauen in meinen Informanten nicht vergebens war. Ich will dieses Fragment finden und nach Hause bringen.

Ich werde euch bald wieder schreiben, wie es mir ergangen ist. Euer Randolph.‹«

Lucien klopfte das Herz. Die Suche hatte sich auf eine Stadt konzentriert, noch dazu auf eine kleine. Er nahm Aswell den Brief aus der Hand und überflog ihn noch einmal.

»Schön, schön. Jetzt kommen wir voran. Wir alle … kommen voran.« Er rückte seine Brille zurecht und rieb sich die Hände. »Zeit für ein kleines Ritual?«

Die anderen räumten die Stühle zur Seite, während Lucien das Grimoire wieder vorsichtig in seinem Aktenkoffer verstaute. Dann packten Aswell und Lucien den Schreibtisch und schoben ihn etwa einen Meter zur Seite, sodass die persische Brücke darunter vollkommen frei lag. Jane rollte sie zusammen und schob sie in eine Ecke. Man sah nun, dass jemand ein Viereck in den Teppich geschnitten hatte, das Aswell zur Seite zog und die darunter liegenden Dielenbretter enthüllte, auf die ein großes Symbol gezeichnet war. Es zeigte einen Kreis mit einer Schlange, die sich dreimal um den äußeren Rand wand, auf dem in gelber Farbe alte hebräische Buchstaben standen. Innerhalb des Kreises befand sich eine Reihe mit fünf spitzen Sternen und eine mit sechs, außerhalb ein Dreieck, an dessen Seiten die Worte *anaphaxeton, primeumaton* und *tetragrammaton* standen. Es war der klassische Kreis, bis auf den Zusatz, den sie auf den Rat ihres verstorbenen Mentors hinzugefügt hatten. Man konnte es auf den Dielen kaum noch erkennen, aber unter den Kreis hatten sie alle – Lucien, Emma, Jane, Aswell und Randolph – mit ihrem eigenen Blut die Worte geschrieben: Ich beschwöre meinen Erlöser herauf.

Jane hatte die schwarzen Kerzen im Zimmer verteilt und entzündete sie, sodass der Raum, nachdem Aswell das Licht gelöscht hatte, in Kerzenschimmer gehüllt war. Jane, Emma und Aswell hockten sich um den Kreis herum auf den Boden, und einige Sekunden lang hörte man nichts als den Regen, der gegen die Scheiben schlug.

Lucien setzte sich zu ihnen. Sie schwiegen, konzentrierten sich auf sich selbst, bis Luciens Stimme durch das Zimmer hallte.

»Emma?«

Ihre weiche Stimme schien ein Spiegel ihrer Formen. »Ich beschwöre meinen Erlöser herauf.«

»Laurence?«

»Ich beschwöre meinen Erlöser herauf.«

»Jane?«

Sie erwiderte kurz seinen Blick. Im Schein der Kerzen wirkten ihre Pupillen riesig und schwarz. Dann versicherte sie mit ruhiger Stimme: »Ich beschwöre meinen Erlöser herauf.« Sie lächelte. »Und du, Lucien?«

Sein Erlöser. Derjenige, der noch die magersten Informationen vor ihm zurückhielt und ihm nur ständig versicherte, dass er die Wahrheit erst dann entdecken würde, wenn er den Schmerz der Ignoranz gespürt hatte, den Schrecken der Sterblichkeit …

»Aber natürlich. Natürlich beschwöre ich meinen Erlöser herauf.«

Prudence war blau, sehr blau. Wahrend sie versuchte, den Haustürschlüssel ins Schloss zu kriegen, beschlich sie das ungute Gefühl, dem Taxifahrer gerade zehn Dollar Trinkgeld gegeben zu haben, und das, nachdem er auf der ganzen Fahrt versucht hatte, sie zu irgendeiner christlich-fundamentalistischen Religion zu bekehren.

Die Tür öffnete sich, und sie stolperte ins Trockene hinein. Julia hatte das Licht nicht angelassen, und als Prudence in der Dunkelheit nach dem Schalter tastete, schlug sie sich an der Kante eines Couchtischs das Schienbein auf.

»Aua. Scheiße.« Na schön, vielleicht befand sie sich nicht in der Nähe des Lichtschalters, aber dafür musste hier ein bequemer Sessel stehen. Sie fand den Sessel, setzte sich hinein, legte die Füße auf den Couchtisch und schloss die Augen. Ein Karussell der Erinnerungen zog farbenfroh seine Kreise in ihrem Kopf. Hatte sie diesem Typen wirklich erlaubt, an ihren Titten zu fummeln? Klar, er war irgendwie süß gewesen, aber sie bezweifelte, dass er älter als sechzehn war. Im Abyss herrschten bekanntlich lasche Regeln, was minderjährige Trinker betraf. Egal, zumindest hatte sie ihn nicht gebumst. Zum Teil wohl auch deshalb, weil sie sich in ihrem Zustand nicht mehr ausziehen konnte.

Plötzlich wurde es furchtbar grell um sie herum; mühsam öffnete sie die Augen. Julia stand vor ihr, mit einem Blick, als wisse sie über alles Bescheid. So sah sie immer aus.

»He, ich war gerade dabei einzupennen«, protestierte Prudence.

»Nun, ich habe bereits fest geschlafen, bis mich eine Herde Elefanten aufweckte.«

»Eine Herde von was ...? Oh, tut mir Leid. War ich so laut?«

»Du kannst hier nicht schlafen, Prudence. Sieh dich an – du bist vollkommen durchnässt. Geh dich warm duschen und dann ab ins Bett.«

Prudence schüttelte den Kopf. »Das schaff ich nicht mehr.«

Julia seufzte und zog Prudence aus dem Sessel. »Komm schon. Mein Gott, Prudence, ich weiß wirklich nicht, warum du immer so abstürzen musst.«

»Es ist Samstagabend.«

»Es ist Sonntagmorgen. Die Sonne geht gleich auf.« Julia dirigierte sie ins Bad. Prudence liebte und hasste sie zugleich. Sie liebte sie, weil sie klug, erfolgreich und patent war, und sie hasste sie, weil sie Prudence ständig daran erinnerte, wie sie ausgesehen hatte, bevor sie begann, mit Haarfarbe, Make-up und Gesichtspiercing zu experimentieren. Wenn sie Julia ansah, fiel ihr wieder ein, wie langweilig sie unter all dem Zeug doch war.

Das Licht im Badezimmer war viel zu hell. Prudence stützte sich am Waschbecken ab, während Julia die Brause aufdrehte und die Temperatur einstellte.

»Du bist so gut zu mir, Julia.«

»Ja, klar. Komm, zieh das aus.« Julia knöpfte Prudence

das rote Samtkorsett auf und begann die Schnüre zu lösen. »Oh, Prudence, ich glaube, du hast Wein darauf verschüttet. Es riecht furchtbar, außerdem ist da ein großer Fleck.«

»O Gott, nein. Es hat über hundert Dollar gekostet.«

»Nun, wenn du dir so teure Sachen kaufst, solltest du besser darauf aufpassen.«

»Scheiße. Wieso musst du immer Recht haben?«

»Nicht fluchen.«

»Scheiße, Scheiße, Scheiße«, sagte sie. Julia zog ihr das Korsett und den schwarzen Rock aus. »Danke, Julia.«

»Keine Ursache.«

»Was würde ich nur ohne dich tun?«

»Das wirst du bald herausfinden.«

»Hä?«

Julia holte tief Luft und setzte sich auf den Rand der Badewanne. »Ich ziehe aus, Prudence. Man hat mir einen Job in den Staaten angeboten, in Boston.«

»Du …?«

»Ich fahre Ende März. Dann hast du das ganze Haus für dich allein.«

Prudence schüttelte den Kopf. »Ist das hier eine Verschwörung oder was? Plant die gesamte Familie schon seit meiner Geburt, mich im Stich zu lassen?«

»Sei nicht albern. Geh duschen, Prudence, und putz dir die Schminke ab. Du siehst aus wie ein Waschbär.«

Prudence streifte sich die Unterwäsche ab und trat unter das warme Wasser. Sie zog den Duschvorhang vor, legte den Kopf in den Nacken und spülte das Make-up fort. »Kann ich mir einen Mitbewohner suchen?«

»Du weißt, dass Mum und Dad so etwas gar nicht gefallen würde.«

»Die sind in dem beschissenen Hongkong. Sie würden es doch gar nicht merken.«

»Was? Ich verstehe dich nicht.«

Prudence lugte hinter dem Duschvorhang vor. »Sie sind in Hongkong. Als ob sie davon erfahren würden.«

Julia schüttelte den Kopf. »Sie wollen sicher, dass du dich wie eine Erwachsene benimmst.«

»Sie wollen sicher nicht, dass ich einsam bin.«

»Du und einsam? Du hast doch tausend Freunde.«

»Aber keine guten. Du bist der einzige Mensch, mit dem ich wirklich reden kann.«

Julia lächelte. »Lieb von dir, Prudence, aber ich gehe jetzt wieder ins Bett. Lass uns morgen weiterreden ... ich meine nachher. Gute Nacht.«

»Ja, gute Nacht.«

Julia ging, und Prudence lehnte sich gegen die Wandfliesen. Großartig. Erst musste ihr Vater wegen dieser Professur nach Hongkong an die Universität, und jetzt ging Julia nach Amerika. Und Prudence blieb allein auf dem Sitz der Familie zurück – sechs Schlafzimmer und eine Zimmerflucht voller Trübsal. Sie war erst zweiundzwanzig –warum mussten die Leute sie ständig wie eine Erwachsene behandeln?

»Allein, allein«, murmelte sie. Vielleicht würde sie mit einem Jurastudium Karriere machen, aber wenn man englische Literatur studierte, hatte man zumindest immer die passenden Zitate zur Hand, besonders was die verschiedenen Formen der Melancholie betraf. *»Allein, gänzlich allein.«*

4. Kapitel

Als die Schatten um sie herum tiefer wurden, merkte Holly, dass sie vier Stunden ohne Pause gelesen hatte. Justin war um drei gegangen, Prudence erst gar nicht gekommen. Die Ruhe hatte sie ausgenutzt, um zu arbeiten, ohne unterbrochen zu werden, aber als sie jetzt nach oben griff, um die Schreibtischlampe einzuschalten, spürte sie ein Ziehen hinter den Augen. Ob sie es doch ein wenig übertrieben hatte?

Sie überflog ihre Notizen, die Seiten, die sie mit ihrer ordentlichen, sauberen Handschrift gefüllt hatte. Dann nahm sie ihren Stift und kritzelte etwas in eine Ecke – ein kleines Wesen mit zwei fetten Füßen und einem runden Körper. Sie hatte das Gefühl, ständig gähnen zu können; zu Hause fand sie noch immer nicht genug Schlaf. Vielleicht sollte sie ihren Schreibtisch kurz im Stich lassen und sich die Beine vertreten.

Auf dem Flur vor ihrem Zimmer war es mittlerweile zwar ziemlich dunkel, aber man konnte durchaus noch etwas sehen. Es war allerdings so still, dass Holly sich fragte, ob sie wohl die Einzige war, die sich noch im College befand. Das Gefühl, das ganze Gebäude für sich allein zu haben, war betörend. Der Regen prasselte schwer auf das Dach und überflutete die Dachrinnen. Sie ging die Treppe hinauf in den dritten Stock, vorbei an Dr. Aswells Zimmer. Kein Licht schimmerte unter der Tür hindurch – er war bestimmt schon längst nach Hause gegangen. Am Ende des Flurs befand sich Lucien Humberstones Büro. Prudence hatte gesagt, es sei palastartig, viel geräumiger, als es von außen schien. Holly hatte weder das Innere von Lucien Humberstones Büro noch ihn selbst gesehen, aber Prudence meinte, sie würde ihn kaum übersehen können, sollte er ihr zufällig begegnen – ein riesiger Mann mit blasser Haut und einem Heiligenschein aus wirren Locken.

Sie ging weiter. Was für eine Wohltat, dass Prudence heute nicht gekommen war. Sie redete praktisch unaufhörlich und schien dafür umso weniger für ihre Prüfungsarbeit zu tun. Gestern Vormittag war Holly in die Bibliothek geflohen, weil Prudence völlig außer sich war. Ihre Schwester zog wohl nach Übersee, und die Selbsttherapieform, die Prudence gewählt hatte, bestand darin, ununterbrochen darüber zu schimpfen. Es war nicht so, dass Holly Prudence nicht mochte – im Gegenteil. Sie schien nur ein bisschen jung und ein bisschen verwöhnt, und sie brauchte so viel Aufmerksamkeit, dass es schon fast anstrengend war. Auch war sie keineswegs das zurückhaltende Mädchen, als das sie am Anfang aufgetreten war; vielleicht wäre es besser so geblieben.

Vorsicht mit dem, was du dir wünschst, sagte Holly zu sich selbst.

Sie kam an die gegenüberliegende Treppe und ging hinauf. An dem schmutzigen Fenster, das sie mit der Außenwelt verband, blieb sie stehen. Mit Justin kam sie viel besser zurecht als mit Prudence, wahrscheinlich weil er älter und zurückhaltender war, aber vielleicht auch, weil er aufmerksamer und vertrauenswürdiger wirkte. Heute Nachmittag hatte er sie schüchtern um Hilfe gebeten. Offenbar hatte Justin niemals Literatur studiert, sondern sein Examen in Kunstgeschichte gemacht. Sie hatte Dante Gabriel Rosetti vorgeschlagen – er könne vielleicht über die Beziehung seiner Malerei zur Poesie schreiben. Er hatte sich so ernst bei ihr bedankt, dass sie fast gerührt war. Nicht auf peinliche Weise überschwänglich, sondern der Dank eines Menschen, der es nicht gewöhnt war, dass ihm andere halfen.

Seufzend legte sie ihre Stirn auf das Glas. Die Dämmerung war hereingebrochen, und der Regen fiel, als wolle er nie mehr aufhören. Ihre Augen schmerzten noch immer. Sie wünschte sich nichts sehnlicher, als irgendwo ihr Haupt zu betten, auf sauberem, frischem Leinen, wo es warm war und sie sich zu Hause fühlte, ohne krabbelndes Ungeziefer. Im Schein der Sicherheitslampen blitzten die Regentropfen golden und silbern auf. Sie fürchtete sich davor, nach Hause zu gehen – und nach Hause zu kommen. Die Feuchtigkeit aus dem Boden schien direkt in ihre Wohnung zu steigen und machte alles kalt und klamm. Sie gähnte und machte sich auf den Weg zurück zu ihrem Büro.

Prudence hatte ein dickes Kissen auf ihren Stuhl getan, das Holly nahm und auf den Boden legte. Sie griff sich Tennysons Gesammelte Werke und ließ sich auf dem Teppich nieder, froh, Schultern und Nacken entlasten zu können. Auf der Seite liegend, öffnete sie das Buch dort, wo sie aufgehört hatte, und las weiter. Zwanzig Minuten später jedoch merkte sie, wie sie langsam einnickte. Sie riss die Augen auf und konzentrierte sich wieder auf die Seite. »*I think we are not wholly brain*«, las sie laut, um mit ihrer Stimme das dösige Gefühl zu vertreiben. »*Magnetic mockeries; not in vain.«* Wieder fielen ihr die Augen zu, aber dieses Mal genoss sie die Dunkelheit. Vielleicht sollte sie gar nicht dagegen ankämpfen. »*Not only cunning casts in clay*«, murmelte sie. Gedankenfetzen drangen in ihr Bewusstsein – die Vorboten göttlichen, warmen Schlafes. Fast schon wie im Traum, an den Rändern zerfransend. Holly ließ sich fallen.

Etwas Warmes, Feuchtes bewegte sich über ihren Hals, ihre Ohren; eine federleichte Berührung auf ihrer Haut. Das Gedicht hatte sie an Ton denken lassen – so fühlte sie sich jetzt. Wie eine Tonfigur, die von den unwiderstehlichen, kräftigen Händen ihres Liebhabers geformt wurde. Heiße Finger glitten unter ihren Rock, in ihre Unterwäsche und verloren sich in den weichen Falten ihres Körpers. Stöhnte da jemand in der Ferne, oder war sie das selbst? Sie begann aufzuwachen, viel zu rasch und versuchte, die Brandung im Zaum zu halten.

»Wer bist du?«, fragte ihre Traumstimme mit schwerer, tönerner Zunge.

Keine Antwort, aber Lippen, die sich um ihre Brustwarzen schlossen, als wolle er ihre Brüste mit dem Mund formen. Die Finger, die zuerst fast unerträglich zart gewesen waren, wurden jetzt immer dreister. Der Druck baute sich immer weiter auf, bis die Welt unter ihr wie eine Sanddüne wegbrach und sie in einem Orgasmus erzitterte.

»Wer bist du?«, fragte sie noch einmal. Ihr Körper bestand nicht mehr aus Ton, gleich würde sie erwachen.

Die Lippen schlossen sich über ihrem Mund, und er flüsterte ihr seinen Namen zu. Dann spürte sie eine kalte Leere, wo eben noch seine Lippen gewesen waren. Holly wachte auf und war allein.

Langsam richtete sie sich auf und sah um sich. Die Muskeln ihrer Oberschenkel zuckten, und sie spürte den Geruch ihrer Erregung. Tennysons Werke lagen aufgeschlagen neben ihr auf dem Boden. Der Traum verschwand in einer dunklen Allee in ihrem Kopf, die Empfindungen aber hallten in ihrem Körper nach.

Sie kam sich irgendwie lächerlich vor, doch sei's drum, immerhin war sie befriedigt. Keine schlechte Art, mit ihrem Mangel an Sex fertig zu werden, wenn ihre Fantasie ihr die spontanen Zusammenkünfte mit einem kunstvollen Traumliebhaber verschaffte. Er hatte sogar einen Namen – wie hieß er noch? Sie schloss die Augen, erinnerte sich an die Berührung seiner Lippen, an seinen warmen Atem, als er seinen Namen genannt hatte.

»Ach ja«, sagte sie in die Dunkelheit. »Christian.«

Als Holly am nächsten Morgen Prudence auf der Fensterbank sitzen sah, ganz in grünen Samt gekleidet, sank ihre Stimmung sofort. Würde sie jetzt wieder den ganzen Tag die sich ständig wiederholende Litanei über den Umzug ihrer Schwester erdulden müssen? Sie wappnete sich bereits dagegen, doch Prudence sah lediglich von ihrem Buch hoch, lächelte ihr zu und las weiter. Holly legte ihre Bücher auf den Schreibtisch und begann mit der Arbeit.

Eine Dreiviertelstunde später hatte Prudence noch immer kein Wort gesagt. Jetzt wurde Holly neugierig; so lange hatte Prudence sich noch nie auf etwas konzentriert.

»Prudence?«

Prudence sah auf. »Ja?«

»Was liest du da? Du scheinst ja ganz fasziniert. Hast du was Interessantes für deine Arbeit gefunden?«

Prudence kicherte. »Kaum. Sieh's dir an.« Sie rückte ein Stück zur Seite und klopfte auf die Fensterbank. »Komm schon, es ist wirklich faszinierend.«

Holly legte ihren Stift beiseite, ging zum Fenster und quetschte sich neben Prudence; dabei warf sie fast eine von ihren Kerzen um. Prudence klappte das Buch zu, ihren Daumen als Lesezeichen benutzend. »Hier.«

Das Buch hieß *Die Architektur des viktorianischen Zeitalters*. »Architektur?«

»Ja, ich hab's per Fernleihe von der Uni Melbourne bekommen. Es hat ein ganzes Kapitel über Howard Humberstone.«

»Der dieses College gebaut hat?«

»Genau: Ich kann's nur wiederholen: Es ist faszinierend.« Sie schlug das Buch wieder auf. »Er war unglaublich reich, aber vollkommen verrückt. Einmal ist er sogar eingeliefert worden, aber nur für einen Monat. Es gibt sogar das Gerücht, dass er eine Prostituierte ermordet haben soll. Ist das nicht toll? Wie Jack the Ripper oder so.«

Holly betrachtete die anderen Bilder auf der Seite. »Diese Gebäude sehen doch völlig normal aus.«

»Aber das sind sie nicht. Er hatte unter alle unterirdische Gänge gebaut. Schau.« Sie drehte die Seite um und zeigte Holly das Schwarzweißfoto eines Tunnels, der sich in verschiedene Gänge verzweigte. Holly musste zugeben, dass ihr Interesse geweckt war.

»Du glaubst also ...«

»Aber ja. Dieses College hat er in seiner Spätphase errichtet. Zwischen 1840 und seinem Tod 1861 hat er kein Gebäude gebaut, ohne nicht mindestens eine unterirdische Kammer anzulegen.«

»Aber müssten die Humberstones – die heutigen – nicht davon wissen?«

»Wahrscheinlich. Sie sprechen nur nicht davon.« Prudence schlug das Buch zu. »Holly, ich sterbe vor Neugier, wenn ich nicht nach diesem Tunnel suche.«

»Ich glaube nicht, dass es solche Auswirkungen haben wird.«

»Du kennst mich nicht. Es ist so, als würde die Neugier mich ausfüllen, bis ich platze.«

»Und was hast du vor?«

»Keine Ahnung, im Moment. Aber ich werde As bearbeiten, vielleicht weiß der etwas. Ich werde auf jeden Fall in den Keller gehen, vielleicht ist der Eingang dort.«

»Wäre es nicht sehr enttäuschend, wenn du nichts fändest?«

»Ich werde schon was finden.«

»Vielleicht deine spukende Nonne«, sagte Holly und bedauerte es zugleich. Sie wollte nicht, dass Prudence dachte, sie mache sich über sie lustig.

»Vielleicht«, entgegnete Prudence, ohne mit der Wimper zu zucken.

Holly sah sie an. Prudence betrachtete den Buchumschlag. Als sie aufsah und Hollys Blick bemerkte, lächelte sie. »Was ist?«

»Glaubst du wirklich an Geister?«

»Ich glaube an alles.«

»Kennst du dich auch mit Traumdeutung aus?«

»Machst du Witze? Ich bin die Traum-Frau. Hast du einen Traum gehabt, der dich belastet?«

Holly bereute es bereits, das Thema angeschnitten zu haben. »Ja, aber ich glaube, ich müsste ein paar sehr intime Enthüllungen machen, wenn ich davon spreche. Der Traum ist ein bisschen ... persönlich.«

»Oh, mach dir deswegen keine Sorgen.« Prudences Blick verschmolz mit dem ihren. Sie hatte so hübsche Augen, mit langen geschwungenen Wimpern. »Du kannst ganz offen zu mir sein. Offen sein, das finde ich immer am besten.«

»Ich weiß nicht.«

»Hast du schon was gegessen?«

»Ja, zum Frühstück.«

»Jetzt ist es halb zwölf. Ich lade dich zu mir nach Hause ein, auf ein kleines Mittagessen. Ich habe ein paar fantastische Bücher über Träume. Du kannst selbst nachschauen, wenn du willst. Ich wohne auf dem St. Angelo Crescent, ganz in der Nähe, auf der anderen Seite des Parks.«

»Ich weiß nicht, Prudence. Ich bin ja gerade erst gekommen.«

»Wer nur die Arbeit kennt und nie das Spiel, der bringt wohl auch im Bett nicht viel.«

Holly musste lachen. Vielleicht fehlte es ihrem Leben wirklich an Spontaneität. »Na schön, warum nicht.«

Prudence ließ das Buch fallen und klatschte in die Hände. »Hurra! Komm, gehen wir.«

Prudence schnatterte aufgeregt, während sie die Treppe hinuntergingen, aus dem Gebäude hinaus, den Hügel hinab, und durch den Fawkner Park zum St. Angelo Crescent, eigentlich ein recht weiter Weg. Der Regen hatte sich zu einem Nieseln abgeschwächt, aber noch immer war alles grau und düster. Holly fiel auf, dass in Prudences Straße offenbar nur Millionäre wohnten. Die Straße wurde zu beiden Seiten von alten Ulmen gesäumt, hinter denen sich edwardianische Villen und moderne Anwesen aus Beton und Glas verbargen. »Wohnst du noch bei deinen Eltern?«, fragte sie.

Sie schüttelte den Kopf. »Nein, ich lebe mit meiner Schwester zusammen, aber, wie du ja mitbekommen haben dürftest, nur noch bis Freitag. Danach bin ich allein. Das Haus gehört meinen Eltern, aber sie leben in Hongkong. Mein Dad arbeitet an der Uni, meine Mum ist Malerin. Drinnen wirst du ein paar von ihren Bildern sehen.« Prudence führte Holly durch ein schwarzes, schmiedeeisernes Tor und über einen Gehweg zu einem zweistöckigen, restaurierten Haus aus rotem Ziegel. Aus einem Pflanzentopf neben der Tür holte sie einen Schlüssel hervor und schloss auf.

»Julia?«, rief Prudence, als sie eintraten. »Bist du zu Hause?«

Keine Antwort.

»Deine Schwester heißt Julia?«, fragte Holly.

»Ja, warum?«

»Waren deine Eltern Beatles-Fans?«

»O Gott, ja, unglaubliche Hippies.« Prudence machte die Tür zu. Das Licht, das durch die Butzenscheiben drang, druckte ein farbiges Muster auf die Terracotta-Fliesen.

»Auf dem *White Album* heißt ein Lied ›Julia‹ und ein anderes ›Dear Prudence‹.«

»Was? Ich bin nach einem Beatles-Song benannt?«

»Wusstest du das nicht? Hast du das Lied nie gehört?«

»Doch, aber ich habe nie geschnallt … na ja, das passt.«

»Haben deine Eltern es dir nie gesagt?«

»Meine Eltern haben mir nie sehr viel gesagt, es sei denn, sie wollten mich aus dem Weg haben.« Prudence ging zur Treppe und rief erneut hinauf. »JULIA! Komm runter, wenn du hier bist.«

»Sieht aus, als wäre sie nicht da«, meinte Holly nach einigen Sekunden Stille.

»Auch gut. Mir nach.«

Holly folgte Prudence durch die Küche und drei Stufen hinunter in den Keller. Prudence schaltete das Licht an. Hunderte von Weinflaschen stapelten sich an den Wänden.

»Das Hobby meines Vaters«, sagte Prudence und durchsuchte die Regale. »Weiß, weiß, weiß«, murmelte sie, zog ab und zu eine Flasche heraus, schob sie aber wieder zurück ins Gefach. »Ah, da ist er. Ein Bordeaux, Château Latour von 1982. Der kostet bestimmt ein Vermögen.« Mit diesen Worten nahm sie nach langem Hin und Her eine Flasche aus dem Regal und ging zur Tür. »Komm, wir gehen in mein Zimmer.«

»Willst du den jetzt trinken?«

»*Wir* werden den jetzt trinken.«

»Aber der Wein gehört deinem Vater. Hat er kein Verzeichnis?«

»Vor Weihnachten kommt er auf keinen Fall zurück. Letztes Jahr ist er nicht mal zu Weihnachten gekommen. Solange Julia es nicht merkt, kann ich den Tag, an dem ich dafür bezahlen muss, ins Unendliche hinausschieben.«

Prudence nahm zwei Gläser aus der Küche mit und führte Holly die Treppe zu ihrem Zimmer hinauf.

»Mutter, Mutter, Mutter«, sagte Prudence und deutete auf eine Reihe schlichter, aber farbenfroher Gemälde, die an der Treppenwand hingen. »Mittlerweile verdient sie fast mehr als Dad. Und das ist eine Menge. Du hast keine Ahnung, wie es ist, Mitglied einer überaus intelligenten und talentierten Familie zu sein, wenn man selbst nur ein ganz gewöhnliches Mädchen ist.«

»An dir ist gar nichts Gewöhnliches, Prudence.«

»Vielleicht sehe ich nicht gewöhnlich aus, aber meine Intelligenz ist äußerst gewöhnlich. Du würdest besser in meine Familie passen als ich.«

Holly wusste nicht, was sie sagen sollte. Prudence führte sie in ihr Zimmer. An den Wänden standen Bücherregale, die bis zur Decke reichten. Von halb heruntergebrannten Kerzen war in unregelmäßigen Mustern Wachs auf das Holz getropft. Da an den Wänden kein Platz mehr war, hatte Prudence ihre Poster an der Decke befestigt – von Bands und komischen Undergroundfilmen, von denen Holly nie gehört hatte. Ihr Blick wanderte wieder zu den Büchern zurück.

»Wow, was für eine Bibliothek«, murmelte sie überrascht.

»Das war ein ziemlich guter Coup. Meine Eltern haben sich Sorgen um meine Gesundheit gemacht – sie meinten, ich müsste öfter an die frische Luft, Sport treiben oder so. Ich hab gesagt, dass ich in einen Fitnessclub gehen würde, wenn sie die Gebühren für eine teuren Club für Frauen in Toorak bezahlen würden. Jetzt schicken sie mir jeden Monat das Geld, und ich kaufe mir Bücher davon. Gesünder bin ich natürlich nicht.« Sie ließ sich auf das ungemachte, riesige Bett fallen, auf dem eine lila Tagesdecke in Batikdruck und nicht mehr ganz frische rote Satinbettwäsche lagen, um einen Korkenzieher aus der Nachttischschublade zu holen. »Aber dafür habe ich viele Bücher.«

Holly machte einen langsamen Rundgang an den Regalen entlang und betrachtete die Buchrücken. Geschichtsbücher, Klassiker und Dutzende von Büchern über Parapsychologie, Dämonologie, Hexenkunst und Okkultismus. »Ich kann nur staunen«, sagte Holly. »Und ich bin neidisch.« Sie drehte sich zu Prudence herum, die auf dem Bett saß und ihr ein Glas Wein hinhielt.

»Ich weiß nicht. Es ist noch so früh, und eigentlich …«

»Hier gelten die Prudence-Regeln, schließlich ist es mein Zimmer, oder?«

Holly setzte sich zu ihr und nahm das Glas. »Danke.«

»Ah, da kommt Sooty und will Hallo sagen.« Eine schwarze Katze miaute misstrauisch an der Tür. Prudence stand auf, nahm sie in den Arm und trat mit dem Fuß die Tür zu. »Komm, Sooty, ich will dir Holly vorstellen.«

Holly streichelte der Katze über den Kopf; das Fell war weich und flauschig. »Sie ist wunderschön.«

»Sie ist ein Er.«

»*Er* ist wunderschön.« Vorsichtig trank sie einen Schluck Wein. Er schmeckte köstlich.

Prudence strich mit dem Gesicht über den Nacken des Katers, bevor sie ihn auf das Bett herunterließ, wo er es sich zwischen den beiden Mädchen bequem machte.

»Also, Holly, dein Traum.«

»Ach, der Traum. Nun, es war eher ... so ein erotischer Traum.«

Prudence konnte kaum an sich halten. »Ein erotischer Traum«, quiekte sie. »Hast du ein Glück. Bist du gekommen?«

Holly sah verschämt in ihr Glas. Vielleicht sollte sie es ganz schnell austrinken, um sich für dieses Gespräch zu stärken. »Tatsächlich.« Sie sah auf. »Beide Male.«

»Du hattest ihn zweimal? Den gleichen Traum?«

»Nicht genau den gleichen Traum ... aber den gleichen Traumliebhaber. Er hat sogar einen Namen: Christian.«

»Wie faszinierend.« Prudence trank ihren Wein aus und schenkte sich nach. Sie hielt Holly die Flasche hin, die aber mit einem Kopfschütteln ablehnte.

»Was glaubst du, bedeutet es?«

Prudence zuckte mit den Schultern. »Liegt nahe – bei einem Namen wie Christian muss es was mit Religion zu tun haben. Bist du je von religiösen Spinnern fertig gemacht worden?«

»In der Tat. Die Familie meines Ex-Mannes war streng methodistisch. Ihre Abneigung gegen mich war einer der Gründe, warum unsere Ehe gescheitert ist.« Holly war ein bisschen enttäuscht, dass es für einen derart sinnlichen und intensiven Traum eine banale, deprimierende Erklärung geben sollte.

»Also, wir können meine Bücher zur Traumpsychologie durchforsten und eine Menge über deinen Traum herausfinden, was er bedeutet, was dir dein Unterbewusstsein damit sagen will, et cetera, bla, bla, bla ... Aber – und dieses Aber ist dicker als mein Hintern – wenn wir das tun, hört der Traum vielleicht auf. Und ich wette, das willst du nicht.«

Holly spürte, wie sie errötete. »Ich … nun, ich schätze nicht. Er ist irgendwie angenehm.« Holly war froh, dass sie Prudence nicht erzählt hatte, dass sie den Traum hatte, als sie spät im College geblieben war. Ihr Lerneifer hätte in einem ganz anderen Licht erscheinen können.

»Das ist also mit deiner Ehe passiert. Die teuflischen Verwandten.«

Holly trank einen Schluck Wein, der ihr sofort zu Kopfe stieg. »Nein, nicht nur das. Die furchtbare, tragische Wahrheit ist, dass ich ihn nicht mehr liebte.«

»Aber er liebt dich noch immer?«

»Ja, bis heute. Deshalb tat es gut, so weit wegzugehen. Es ist furchtbar, wenn man Mitleid mit jemandem haben muss, Prudence. Mitleid ist eine Form der Tyrannei.«

»Wart ihr lange verheiratet?«

Holly schüttelte den Kopf und sagte sich erneut, dass sie dumm war. »Wir hätten nie heiraten dürfen, ich hätte es wissen müssen. Wir waren ein High-School-Paar – er war mein erster Freund, meine erste Liebe, von ihm bekam ich den ersten Kuss …«

»Und den ersten Fick?«

Sie versuchte, nicht allzu schockiert auszusehen. »Das ist eine etwas kompliziertere Geschichte.«

»Ich *liebe* komplizierte Geschichten.« Prudence rückte die Kissen hinter ihrem Kopf zurecht und nahm Sooty auf ihren Schoß.

Holly lachte. »Du bist unglaublich, Prudence. Diese Details lasse ich lieber noch weg – jedenfalls endete alles damit, dass wir heirateten, nachdem ich meinen Abschluss gemacht hatte und wieder zurückgekommen war. Ich fing an, als Lehrerin zu arbeiten. Ich hätte niemals nach Daybrook zurückgehen sollen, aber ich stand unter enormen Druck – von ihm und unseren beiden Familien. Die Ehe dauerte zwei Jahre. Achtzehn Monate davon war ich unglücklich und verzweifelt. Ich habe mich für das

Stipendium beworben, ohne ihm etwas davon zu sagen, und als ich die Zusage bekam, bin ich gegangen.«

»Das tut mir Leid. Zigarette?«

»Ich rauche nicht.«

Prudence steckte sich eine an und zog einen Aschenbecher aufs Bett. »Noch Wein?«

Holly sah in ihr Glas und stellte fest, dass sie alles ausgetrunken hatte. »Klar, warum nicht.«

Prudence reichte Holly den Kater und griff nach der Flasche. Sooty rollte sich in Hollys Schoß zusammen und schnurrte wie ein warm gelaufener Motor. »Was für ein wunderschöner Kater. Und so lieb.«

»Weil er verwöhnt ist. Ist das nicht ein tolles zweites Frühstück?« Prudence füllte Hollys Glas.

»Ich muss sagen, dass ich noch nie Rotwein zum zweiten Frühstück hatte.«

»Dann hast du noch nicht gelebt.«

»Genug von mir. Erzähl mir was von dir. All diese Bücher – hast du sie alle gelesen?«

»Die meisten. Es ist leichter, sie zu kaufen als sie zu lesen.« Sie griff unter die Kissen und holte ein großformatiges Taschenbuch hervor. »Hier, das lese ich momentan.«

Holly nahm das Buch; sein Titel lautete *Begegnungen mit Geistern*.

»Es geht um wahre Geschichten mit Geistern aus der ganzen Welt«, erklärte Prudence.

»Wahre Geschichten?«

»So wahr wie alles andere.«

»Hast du je einen Geist gesehen, Prudence?« Jetzt spürte sie den Wein tatsächlich, denn sie fühlte sich eindeutig beschwipst.

»Ich glaube ja. Ich war sehr jung.« Prudence beugte sich vor, und ihre Stimme wurde eindringlicher. »Willst du die Geschichte hören?«

»Natürlich.«

»Okay, also, wir wohnten an der Gold Coast in Queensland – Dad unterrichtete an der Bond University. Wir hatten ein großes Anwesen im Hinterland, mit einem kleinen Bach, über den eine Brücke führte. Mum hatte diesen Studenten in ihrer Kunstklasse, vor dem ich schreckliche Angst hatte. Er trug immer einen muffigen, alten Mantel. Er war Deutscher, hatte ein rotes Gesicht und diesen … wie nennt man das? Furunkel? Jedenfalls ein großer, glänzender Pickel auf der Stirn. Und er hatte ein Glasauge; wenn er mit einem sprach, schien das Auge in eine ganz andere Richtung zu blicken. Sein Name war Buchmann, und er wirkte so ernst und sah so bizarr aus, dass ich mich vor ihm zu Tode ängstigte.

Ich war in der vierten Klasse, und der Schulbus hielt vor unserem Grundstück, sodass Julia und ich über die Brücke gehen mussten. Montags hatte Julia Klavierstunden, und ich musste allein gehen. Als ich mich an einem dieser Montage der Brücke näherte, sah ich, wie Mr. Buchmann aus unserem Haus kam und auf die Brücke zukam, wo sein Wagen parkte. Ich war noch nie allein mit ihm gewesen, und ich hatte immer Angst davor, dass er mich in seinen alten Mantel wickeln und verschleppen würde. Also drehte ich mich um und rannte davon, in die entgegengesetzte Richtung. Ich lief zur Straße zurück, zum Haus meiner Freundin Tammy, wo ich spielte, bis meine Mutter völlig außer sich anrief. Sie hatte sich Sorgen um mich gemacht.« Prudence drückte ihre Zigarette aus und trank einen Schluck Wein. Die silbernen Ringe an ihren Fingern schlugen gegen das Glas.

»Nun, am Abend rief Mr. Buchmann bei meiner Mutter an und teilte ihr mit, dass ich vor ihm weggelaufen sei, und ich wurde von allen getadelt, weil ich so ein unhöfliches Mädchen gewesen war, und mein Dad gab mir sogar einen richtig festen Klaps auf den Hintern. Jetzt hatte ich nicht nur Angst vor Mr. Buchmann, sondern auch Angst davor, unhöflich zu ihm zu sein.

Danach sah ich ihn ewig nicht mehr. Bis …« Sie machte eine dramatische Pause und zündete sich eine neue Zigarette an. »Ich war für ein Wochenende bei meiner Großmutter, und am Montag fuhr sie mich zur Schule. Als ich an diesem Nachmittag nach Hause kam, sah ich Mr.

Buchmann wieder an der Brücke. Ich hatte Angst, aber ich wollte keinen Ärger mehr kriegen, also ging ich direkt auf ihn zu und sagte Guten Tag zu ihm. Er sah mich nur mit seinem gesunden Auge an und sagte gar nichts. Ich dachte, dass er mich damit bestrafen wollte und ging mit gesenktem Kopf weiter. Er blieb auf der Brücke stehen und sah mir nach.

Als Mum später nach Hause kam, erzählte ich ihr, dass ich Mr. Buchmann gesehen und ihm ganz brav Hallo gesagt hatte. Ich war sehr stolz auf mich, aber meine Mutter erbleichte und lief weinend aus dem Zimmer. Julia und ich saßen am Tisch, aßen Schokoriegel und tranken Limonade. Ich fragte sie, was los sei, und sie schüttelte den Kopf und meinte, wie ich nur so grausam zu Mum sein könne, denn Mr. Buchmann habe am Samstagmorgen mitten in Mums Kunstunterricht einen Herzanfall gehabt.«

Holly hörte gespannt zu. Sie kam sich vor wie ein kleines Mädchen, das bei einer Freundin übernachtet. »Er war tot?«

»Er starb auf dem Weg ins Krankenhaus.«

Holly lief es kalt den Rücken hinab. »Ich kriege eine Gänsehaut.«

»Ich habe ihn gesehen, Holly, so deutlich, wie ich dich jetzt sehe.«

»Ich glaube dir. O Gott, ich hoffe, so was passiert mir nie. Ich würde durchdrehen.«

»Ich bin durchgedreht. Ich konnte in unserem Haus nie mehr richtig schlafen. Zum Glück sind wir ein paar Monate später hierher gezogen.«

In diesem Augenblick klingelte das Telefon und riss sie unsanft aus ihren Geistergeschichten. Sooty sprang vom Bett und stand miauend vor der Tür, Prudence trennte sich von Weinglas und Zigarette und lief aus dem Zimmer, um dranzugehen. Holly nahm das Buch und blätterte es durch. Eine der Geschichten schien interessant, und sie überflog sie kurz – es ging um eine junge Mutter, die Kontakt zu einem Geist aufgenommen hatte, der ihr Kind ängstigte. Sie beschwor ihn mit Hilfe zweier Kerzen und eines Spiegels herauf, unterhielt sich lange mit ihm und bat ihn schließlich, das Kind in Ruhe zu lassen, was der Geist prompt versprach. Prudences Geschichte war weitaus gruseliger gewesen.

»Nur so ein Typ, der einem Ferienreisen andrehen will«, verkündete Prudence, als sie zurückkam und sich wieder aufs Bett fallen ließ.

»Haben dir deine Eltern die Sache mit dem Geist geglaubt?«, fragte Holly.

»Nein. Meine Eltern hören mir meistens gar nicht zu. In diesem Fall dachten sie, ich hätte von Mr. Buchmanns Tod gehört und mir die Geschichte ausgedacht. Aber das habe ich nicht, ich schwöre.«

Holly fragte sich, ob Prudence nicht vielleicht doch im Laufe der Zeit Dinge durcheinander gebracht hatte, sagte aber nichts.

»Irgendwann sollten wir wieder ins College zurückgehen«, schlug Prudence dann vor und trank ihren letzten Schluck Wein. »Wir haben die Flasche fast leer.«

»Im Ernst? Eine ganze Flasche Wein – und das mittags. Ich komme mir ganz dekadent vor.« Holly hielt ihr Glas hoch, und Prudence teilte die letzten Schlucke zwischen ihnen auf.

»Einen Toast«, sagte Prudence und hob ihr Glas.

»Okay. Worauf?«

»Darauf, dass dieses Jahr viel interessanter wird als das letzte.« Ihre Gläser stießen aneinander. »Runter damit!«

5. Kapitel

»Also, kommst du?«

Prudence schaute von ihrem Buch zu Julia hoch, die makellos gekleidet vor ihr stand. Sie trug ein dreiteiliges rotes Wollkostüm, ein schwarzes Samtband hielt ihr nach hinten gekämmtes Haar. Die Abschiedsparty in ihrem

Büro fing in einer halben Stunde an; Prudence war auch eingeladen.

»Ich weiß nicht, Julia. Ich fühl mich heute nicht so gut.«

Julia setzte sich vor ihrer Schwester auf den Sofatisch. »Warum, was war los?«

Was sollte Prudence darauf antworten? Sollte sie sagen: »Ich habe heute As im Schreibwarenladen getroffen, mit seiner Frau und seinem Sohn, und er hat mir höflich zugelächelt, als kenne er mich kaum, und hat mich nicht einmal seiner Familie vorgestellt?« Wie sollte sie jemandem erklären, auch Julia, dass As' Frau attraktiv und aufmerksam war und all die Dinge, von denen As sagte, sie sei es nicht? Das war das Beschissenste an einer Affäre – man konnte mit niemandem über den Geliebten lästern.

»Ich bin nur ein bisschen down, das ist alles.«

»Es wird dich aufmuntern, wenn du mitkommst. Du kannst dich rausputzen und meine Kollegen schockieren.«

»Und das macht dir nichts aus?«

Julia lächelte. »Natürlich nicht. Ich fliege Montag, ich werde sie nie wieder sehen.«

»Kannst du zwanzig Minuten warten? Dann bin ich fertig.«

Julia sah auf ihre Uhr. »Klar. Ohne mich können sie sowieso nicht anfangen.«

Prudence rannte nach oben, wo sie sogleich ein langes schwarzes Satinkleid aus dem Schrank zog. Sie kombinierte es mit der schwarzen Samtjacke, die von ihrem letzten Ausflug noch nach Tabak und Bier roch. Ein Besuch bei der Reinigung war eine Herkules-Aufgabe für sie, deshalb hatte sie sich daran gewöhnt, dass ihre Klamotten zerknittert oder fleckig waren oder komisch rochen. Julia machte das verrückt. Sie strich dicken schwarzen Lidschatten über die Augen und wechselte ihren eher schlichten Nasenstecker gegen einen auffälligeren Ring ein. Als sie Lippenstift auftrug, erschien Julia in der Tür.

»Das ist eine hübsche Farbe – sie passt zu deinem Haar«, sagte Julia.

»Du hast gesagt, ich könne auffallen.«

»Das habe ich – komm, draußen wartet ein Taxi.«

Prudence schnürte ihre Stiefel und folgte ihrer Schwester die Treppe hinunter.

Die Kanzlei Macmillan & Bourke hatte ihr gedämpft beleuchtetes, mahagonigetäfeltes Foyer mit Luftschlangen und Luftballons geschmückt, zu Ehren ihres abschiednehmenden Wunderkinds Julia Emerson. Nachdem Prudence die ersten peinlichen Begrüßungen hinter sich gebracht hatte (›Nein, Sie sind so gar nicht wie Ihre Schwester!‹) und sich die passenden Antworten verkniffen hatte (›Ach, diesen Kommentar habe ich ja noch nie gehört!‹), machte sie es sich mit ein paar Flaschen Wein in der Nähe auf einem Sofa gemütlich und trank sich einen an. Alle gingen ihr auf die Nerven – alle so verdammt adrett angezogen, alle so scheißhöflich und tödlich langweilig.

In einer Ecke hatte man eine kleine Bühne aufgebaut, wo ein Duo langweilige Liebeslieder spielen sollte, aber Prudence hatte mehr Augen für den Tontechniker, der Kabel verlegte und die Mikrofone prüfte. Sein langes schwarzes Haar hatte er zu einem Pferdeschwanz gebunden, er war blass, trug enge schwarze Lederhosen und ein weites, weißes Hemd. In ihren Gedanken hatte sie ihn schon vor zwanzig Minuten ausgezogen und war nun bei den detaillierteren Fantasien.

»Prudence, trink nicht so viel«, zischte Julia, als sie mit einer Gruppe von Freunden vorbeischwebte.

»Zu spät.«

»O Gott, kannst du nicht einmal ein bisschen …?«

»Maß halten?«

Julia schüttelte den Kopf und verschwand in der Menge. »Eine Maß würde ich auch noch halten, wenn's Bier gäbe«, murmelte Prudence und starrte in ihr Glas. As war glücklich verheiratet. As hatte so getan, als würde er sie kaum kennen. As' Frau war ein richtiger Mensch, kein namenloser Hausdrachen mit einer psychischen Störung. Julia fuhr nach Boston, und Prudence hatte keine Freunde. Je länger sie in das Weinglas stierte, desto deprimierter wurde sie. Das Duo hatte die Bühne betreten und eine ziemlich üble Fassung von ›American Pie‹ angestimmt. Der Tontechniker war fertig mit seinem Soundcheck und stand nun im Hintergrund. Er passte nicht zu diesen schick gekleideten, wohlerzogenen, cleveren reichen Leuten.

»Wir gehören zusammen«, murmelte Prudence. Sie mühte sich vom Sofa und ging zu ihm.

»Hi«, sagte er, als sie vor ihm stand. »Ich hab dich schon bemerkt. Du siehst ungefähr so unwohl aus wie ich mich fühle.«

»Wir gehören zusammen«, sagte Prudence, weil ihr nichts anderes einfiel.

»Wir gehören weg von dieser schrecklichen Musik«, entgegnete er, während die Leute den Refrain mitsangen.

»Kannst du hier weg? Ich meine, wenn irgendwas nicht stimmt?«

»Als ob diesem Mob das auffallen würde. Komm.«

Er nahm sie bei der Hand, und sie gingen durch eine Tür, auf der ›Nur für Personal‹ stand, und fanden sich in einem Labyrinth kleiner Büros wieder.

»Es ist dunkel«, stellte Prudence fest.

»Ja, und man hört die Musik kaum noch. Ist doch großartig.«

»Wir hätten Wein mitnehmen sollen.«

Er führte sie ein Büro, das man abschließen konnte, und schloss die Tür ab. »Ich glaube, du brauchst keinen Wein mehr.«

»Großartig, jetzt hörst du dich an wie meine Schwester.« Um sie herum verschwamm alles. Der Gegensatz zwischen der dunklen Stille und den Farben und der Hektik der Party setzte ihrem Kopf zu. Sie merkte, dass er ihren Hals küsste. Sie seufzte und legte den Kopf zurück, schloss die Augen.

»Du glaubst, ich bin nur eine betrunkene Schlampe, die man leicht haben kann.«

»Nein, natürlich nicht.«

»Doch. Aber du sollst wissen, dass ich Literatur studiere.«

»Es ist mir egal, was du machst. Du bist keine Schlampe. Du bist hinreißend.«

»Ich kann Lyrik rezitieren: Die Wälder vermodern und fallen ...« Ihre Stimme erstarb, und sie öffnete die Augen, um ihn anzusehen. Er sah gut aus, roch allerdings ein bisschen nach Schweiß.

Er lächelte sie an. »Ich weiß nicht mal, wie du heißt«, sagte er.

»Ich schätze, das spielt keine Rolle.« Er streifte ihr die Jacke ab. Auf ihrer warmen Haut fühlten sich seine Hände kalt an. »Aber wir tun es nicht auf dem Schreibtisch. Ich mache es jedes Mal mit As auf dem Schreibtisch. Einmal würde ich mich gerne hinlegen und es machen wie alle anderen. In einem Bett.«

»Hier gibt es kein Bett.«

»Ah«, seufzte Prudence. »Kein Bett.«

Er trat einen Schritt zurück. »Warte mal eben.«

Hier warten. Als ob sie irgendwo hingehen würde. Als ob sie jemals irgendwo hinging. Er verschwand für ein paar Minuten – was Prudence wie eine halbe Ewigkeit vorkam – und kehrte schließlich mit zwei riesigen Kissen zurück.

»Die hab ich aus den Sesseln im Empfangszimmer«, verkündete er, während er sie auf den Boden legte. »Hier, fast wie ein Bett.« Stolz betrachtete er sein Werk.

Prudence zog sich das Kleid aus und ließ sich auf die Kissen fallen. »Ah, Schlaf. Ich könnte auf der Stelle einschlafen.«

»Noch nicht.« Er zog ihr die Stiefel aus, dabei fiel ihr auf, dass er nackt war. Sie hatte nicht gesehen, wie er sich ausgezogen hatte und fürchtete für eine Sekunde, dass sie einen Filmriss gehabt hatte. So viel hatte sie doch gar nicht getrunken. Anderthalb Flaschen vielleicht? Oder waren es zweieinhalb?

Sie ließ ihre Finger über seine Haut gleiten. Nackt war er nicht ganz der junge Adonis, den sie sich erträumt hatte – zu behaart und mit ein paar Rettungsringen – nicht der Mann ihrer Fantasie, den sie den ganzen Abend hatte ficken wollen. Egal, sie war selbst kein Supermodel.

»Hast du ein Kondom?«, fragte sie.

»Klar.«

»Du hast so was schon mal gemacht, oder?«

»Mit dir nicht.«

Prudence ließ den Kopf zurücksinken und schloss die Augen. Als er sich auf sie legte, stellte sie sich vor, es sei As, und verfluchte sich stumm dafür, was für eine perverse Schlampe sie war.

Die Küche seines Onkels und seiner Tante erstaunte Justin jedes Mal aufs Neue. Noch nie in seinem Leben hatte er so etwas Blitzsauberes gesehen. Ein riesiger, hallender Raum mit weißen Fliesen, einem Edelstahlherd, und nirgendwo ein Fleck oder ein Staubkorn, das der Herrin über all das, Emma, Schande gemacht hätte. Wenn es nicht ein kleines bisschen Landhausambiente gegeben hätte – ein gerahmter Spruch, ein Bäckerregal aus Holz und Eisen und ein Strauß getrockneter Blumen über der Tür –, hätte es wie eine Leichenhalle ausgesehen, und hinter der glänzenden Kühlschranktür, die er gerade öffnete, hätten genauso gut ein paar Leichen kühl gehalten werden können wie die verschiedenen Softdrinks, die er dort fand. Er nahm sich eine Flasche Limonade und setzte sich auf die Küchenbank. Nur noch ein Rest schaler Limo, na ja. Er schraubte den Deckel ab und trank direkt aus der Flasche. Die Uhr auf dem Mikrowellenherd blinkte, während die Sekunden verstrichen. Viertel nach eins.

Er dachte an die Küche seiner Mutter – nie sauber, Essensreste, wohl für die Schaben, der Herd in jeder Ecke mit festgebackenem Fett bedeckt. Einmal hatte ihn das so sehr angewidert, dass er alles sauber machte. Vier Stunden lang putzte und schrubbte er. Dann war sie aus dem Pub nach Hause gekommen und hatte als Erstes in das Spülbecken gekotzt. Sie spülte den Inhalt ihres Magens eher nachlässig weg, wobei sie einen dünnen Film Erbrochenes auf den Hähnen zurückließ, bevor sie sich ein Käsesandwich toastete. Natürlich ließ sie es anbrennen, und es mutierte zum Ameisenschmaus, während seine Mutter in ihrem Rausch danebensaß. Sie hatte über seine Anstrengungen gelacht. Der einzige Ort, an dem ihm Sauberkeit gestattet war, war sein eigenes Zimmer, das er vorsichtshalber mit einem Vorhängeschloss gesichert hatte.

»Justin?«

Er sah auf, und der Gegensatz zwischen seiner rundlichen, hübschen Tante, die in der Tür stand, und seiner hageren, kratzbürstigen Mutter, an die er gerade gedacht hatte, war fast zu viel für ihn.

»Hi, Emma«, brachte er hervor.

»Wieso bist du so spät noch auf?« Sie stellte sich neben ihn und strich ihm das Haar aus der Stirn.

»Ich hatte Durst. Und du?«

Sie schaute nach oben, als könne er durch die Decke in ihr Schlafzimmer sehen. »Lucien hatte einen Albtraum. Ich mache ihm eine Tasse Tee.« Sie drehte sich um, setzte den Kessel auf und holte einen Teebeutel aus einer Schachtel im Küchenschrank. »Willst du auch eine?«

»Ähm … okay«, sagte er.

Sie stellte drei Tassen bereit und ließ sich seufzend auf dem Stuhl neben ihm nieder. »Ich weiß nicht, was ich mit Lucien noch machen soll. Ich wache jedes Mal auf, wenn er einen Albtraum hat. Vielleicht sollte ich in ein anderes Zimmer umziehen. So schön, wie immer gesagt wird, ist es nicht, mit ein und demselben Mann fünfundzwanzig Jahre in einem Bett zu schlafen.«

Justin hatte keinen Schimmer, was er darauf sagen sollte, also sagte er nichts.

Sie schwieg eine Weile, bevor sie ihn mitfühlend anlächelte. »Vermisst du deine Mutter, Justin?«

»Vielleicht. Die Dinge endeten nicht so, wie ich es gerne gehabt hätte.«

»Ich hoffe, du gibst dir nicht die Schuld. Du hättest gar nichts machen können.«

Eine kalte Hand umklammerte Justins Herz und drückte zu. »Natürlich nicht. Ich weiß, sie war …« Eine

Sekunde lang hatte er das Gefühl, er könne Emma anvertrauen, wie sehr seine Mutter ihn tyrannisiert hatte, wie absurd die Vorstellung war, er könnte sie vermissen. Aber er tat es nicht.

Das Pfeifen des Kessels bewahrte ihn davor, den Satz beenden zu müssen. Emma tat viel Zucker und Milch in seinen Tee – als sei er ein Kind. Dankbar nahm er seine Tasse.

»Gefallen dir die Mädchen in deinem Büro?«, fragte sie und setzte sich mit ihrer Tasse ihm gegenüber.

»Musst du Lucien nicht seinen Tee bringen?«

»Er kriegt ihn schon. Aber es ist schön, mal mit dir zu plaudern.«

»Sie sind ganz nett. Ich komme gut mit ihnen aus.«

»Wie ich gehört habe, sind sie beide ungebunden – ein so hübscher Junge wie du interessiert sie sicher. Hast du schon mal daran gedacht?«

Verblüfft sah Justin sie an.

»Ich wäre nicht überrascht, wenn eine von ihnen – oder sogar beide – Interesse an dir hätten. Vielleicht sind es deine Augen. Oder dein Haar.« Sie strich ihm sanft über die Wange. »Oder deine Lippen.«

Sie zog die Hand weg, und Justin konzentrierte sich auf seinen Tee. Als er wieder aufschaute, sah sie ihn noch immer voller Zuneigung an. Vielleicht sogar mit etwas mehr als nur Zuneigung.

»Danke für den Tee«, sagte er.

»Nichts zu danken. Denkst du manchmal an sie? Laurence sagt, Holly sei ein sehr gut aussehendes Mädchen.«

»Eigentlich trinke ich gar keinen Tee, aber der hier schmeckt gut.«

Sie lächelte ihm zu. »Ich gehe jetzt mal besser zu meinem Mann. Gute Nacht.« Sie beugte sich vor und küsste Justin auf die Stirn. In diesem Augenblick betrat Lucien die Küche, in einem dicken, roten Morgenmantel.

»Emma? Was ist mit meinem Tee?«, fragte er und bedachte Justin mit einem kühlen Blick.

»Aber ja«, antwortete sie. »Ich komme sofort.«

»Ich gehe schlafen«, sagte Justin. »Danke, Emma. Gute Nacht, Lucien.« Er hatte das Gefühl, als müsse er seinen Onkel mit ›Sir‹ anreden, aber er tat es nicht und ging in sein Zimmer zurück. Hinter ihm blieb es still, als warte Lucien, bis er außer Hörweite war, bevor er etwas zu Emma sagte. Als er die Zimmertür öffnete, hörte er Luciens Stimme, leise, aber eindringlich. Offenbar tadelte er seine Frau. Justin schloss die Tür, zog sich die Jeans aus und ließ sich aufs Bett fallen. Er hatte nicht damit gerechnet, schnell einzuschlafen, aber kaum hatte er die Decke um sich gewickelt, als er auch schon einnickte.

Es schien nicht viel Zeit vergangen zu sein, bevor ihn etwas aufweckte – eine weibliche Stimme, die seinen Namen rief. Eine Weile hing sie verschwommen an den Rändern seines Traums, und einen Moment lang glaubte er, er sei zu Hause und seine Mutter würde in einem ihrer trunkenen Anfälle von Zärtlichkeit vor der Tür stehen und seinen Namen rufen. Aber langsam wurde die Stimme deutlicher, und er erwachte und richtete sich auf, um aus dem Fenster zu sehen.

»Justin.« Ein raues Flüstern.

»Wer ist da?«

»Ich bin's, Prudence.«

»Prudence?« Er schälte sich aus seiner Decke, zog die Jeans an und ging zum Fenster. Prudence stand davor, in einer Samtjacke, vor Kälte zitternd. Er klappte den Haken zur Seite und schob das Fenster hoch.

»Was machst du denn hier?«

»Kann ich reinkommen?«, fragte sie. »Es ist ziemlich kalt hier draußen.«

Er roch ihre Alkoholfahne, und der Geruch erfüllte ihn eine Sekunde lang mit einem deprimierenden Ekel. Aber er konnte sie kaum im Regen stehen lassen, und so schob er das Fenster ganz nach oben und half ihr herein. Sie zwängte sich zwischen zwei dichten Büschen hindurch und kletterte wenig grazil durch das Fenster.

»Was machst du hier?«, fragte er erneut, als sie vor ihm stand und sich über die Kleider strich.

»Das ist eine lange Geschichte. Ich kann nicht nach Hause, bin bei meiner Schwester in Ungnade gefallen.«

»Du bist betrunken.«

»Sehr, sehr betrunken. Macht es dir was aus?«

Was sollte er sagen? Mühsam schüttelte er den Kopf. »Wie hast du mich gefunden?«

»Ich war schon mal hier, mit As. Wir haben Bücher abgeholt, und Emma hat mich kurz herumgeführt. Ich dachte mir, dass Lucien dir ein Parterrezimmer geben würde. Ich wäre zu Holly gegangen, aber ich weiß nicht, wo sie wohnt. Kann ich hier schlafen? Ich leg mich einfach auf den Boden oder sowas.«

»Warum kannst du nicht nach Hause gehen?«

Er war irgendwie sauer, wagte es jedoch nicht, es offen zu zeigen.

»Du bist böse auf mich. Du denkst, ich sei bekloppt.« Sie machte einen Schmollmund und setzte sich auf sein Bett. »Ich bin aber nicht bekloppt.«

»Der Meinung bin ich durchaus auch.«

»Aber Julia, meine Schwester. Heute Abend habe ich etwas Schlimmes gemacht – etwas sehr, sehr Schlimmes –, und jetzt denkt sie, ich ...« Ihre Stimme verlor sich, als habe sie Angst davor, zu viel zu sagen.

»Hör mal, du solltest wirklich nach Hause gehen. Ich kann dich hinbringen, wenn du willst. Ich meine, wenn du Angst hast, allein zu gehen.«

Zu seinem Entsetzen begann sie zu weinen. Diese Sache wurde langsam zu einem Albtraum, der ihn an die durchwachten Nächte mit seiner reumütigen Mutter erinnerte. Er merkte, wie er zitterte, unfähig, ihr den Trost zu spenden, den sie wahrscheinlich brauchte. Hastig reichte er ihr ein Kissen. »Okay, okay, schlaf hier. Ich hole dir eine Decke.«

Sie nahm das Kissen und brachte schniefend ein mühsames Danke hervor. Justin ging zum Schrank, öffnete ihn und holte eine dicke Decke hervor. Als er sich umdrehte, lag Prudence schlafend auf seinem Bett. Er ging zu ihr und schüttelte sie sacht an der Schulter. »Prudence?«

Sie murmelte etwas und schlief wieder ein. Er nahm das Kissen, das sie umklammert hielt, und zog ihr die Schuhe aus. Dann brachte er sie in eine etwas gemütlichere Lage. Dankbar hüllte sie sich in die Decke, die er über sie legte und kuschelte sich hinein. Er betrachtete sie ein paar Sekunden, sah, wie ihre Brust sich hob und senkte, sah den offenen Mund und das lila Haar, das sich um sie herum ausbreitete.

Schulterzuckend nahm er das Kissen und die andere Decke und machte es sich auf dem Boden bequem. Vor der peinlichen Szene, die sie beide am Morgen erwartete, grauste ihm schon jetzt.

»Gott sei Dank, keiner da«, murmelte Prudence, als sie das leere Büro betrat. Sie warf die Schlüssel auf den Schreibtisch und ließ sich schwer auf den Stuhl fallen. Noch wollte sie Justin nicht sehen – sie hatte sich Freitagnacht auf so spektakuläre Weise vor ihm lächerlich gemacht, dass sie, als sie am Samstagmorgen erwachte, lieber heimlich aus dem Fenster gekrochen war, bevor Justin aufwachte, anstatt sich für ihre Aktion zu entschuldigen. Noch hatte sie ihn nicht gesehen, und sie freute sich nicht gerade darauf.

Sie beugte sich auf den Ellenbogen vor und starrte aus dem Fenster. Am Himmel flog ein Flugzeug über sie hinweg, und sie fragte sich kurz, ob es Julias sei, aber Julia war ja schon seit Stunden fort. Ihre Schwester hatte sie um vier Uhr morgens geweckt, hatte sie kurz unter Tränen umarmt und war dann mit einem Taxi zum Flughafen entschwunden. »Bis Weihnachten«, hatte sie gesagt. Nun, das hatte Prudence schon öfter gehört.

Elf Uhr. Zum Glück würde Holly gleich kommen. Mit einem Vermittler würde das Treffen mit Justin wesentlich glatter laufen. Sie fragte sich, ob sie je etwas Dümmeres getan hatte, als es auf der Abschiedsparty ihrer Schwester mit dem Tontechniker zu treiben. Sie rechnete kurz nach und kam zu dem Ergebnis, dass sie bald die Zahl zwanzig überschreiten würde, was ihre Sexualpartner betraf – er war Nummer achtzehn gewesen. Eine Sekunde lang stellte sie sich vor, dass sie plötzlich alle im Büro stünden, und eine Welle fast unerträglicher Verletzlichkeit spülte über sie hinweg. Zum Glück ging in diesem Augenblick die Tür auf, Holly kam herein und schickte sie alle in die Vergangenheit zurück.

»Holly, ich bin so froh, dass du kommst.«

Holly schloss die Tür. Sie sah blass und mitgenommen aus und brachte kaum ein Lächeln über die Lippen. »Hi, Prudence.«

Prudence stand auf, ging auf Holly zu und ergriff ihre Hände. »Mein Gott, du siehst schrecklich aus. Was ist los?«

»Ich … ich habe einen Brief von Michael bekommen, der mich etwas aus dem Gleichgewicht gebracht hat, das ist alles«, antwortete Holly.

Prudence führte Holly zu ihrem Schreibtisch und setzte sie auf ihren Stuhl. »Möchtest du was, eine Tasse Tee oder so?«

Holly schüttelte den Kopf. »Nein, danke. Vielleicht später, wenn Justin kommt. Wir könnten in die Cafeteria gehen. Ich würde gern ein Weilchen mit euch zusammensitzen, mit Leuten, die ich mag.«

»O Gott, Justin«, stöhnte Prudence und hielt sich die Hände an die Schläfen. »Ich bin gar nicht scharf darauf, ihn zu sehen.«

»Warum?«

Prudence schaute auf. »Ach, nur meine eigene Dummheit. Deine Sache ist viel schlimmer.«

»Nein, erzähl es mir, das lenkt mich ab.«

Prudence setzte sich auf den Rand von Hollys Schreibtisch und hätte fast einen Bücherstapel umgeworfen. »Also gut, aber versprich mir, dass du mich nicht für schwachsinnig hältst.«

Holly lächelte flüchtig. »Versprochen.«

»Am Freitag war ich auf der Abschiedsparty von meiner Schwester und bin mit diesem Typen … na ja, intim geworden.«

»Wie intim?«

»Nun, ich will es so sagen. Der ehemalige Chef meiner Schwester fand uns in vergnügter, postkoitaler Nacktheit vor, als er den Typen suchte, weil einer der Gäste das Mischpult umgeworfen hatte und niemand das Feedback wegkriegte. Der Typ war der Tontechniker.«

»Wie peinlich.«

»Sehr peinlich.«

»Aber was hat das mit Justin zu tun?«

»Ich war bei Julia natürlich völlig unten durch – was eigentlich ironisch war, weil sie mir vorher noch gesagt hatte, ich könne ruhig auffallen, aber ich denke, sie meinte nicht, die Art von Auffallen, bei der man sich voll laufen lässt und nackt mit einem Fremden gefunden wird. Auf dem Heimweg hatten wir im Taxi einen heftigen Streit, und ich sagte dem Fahrer, er solle anhalten, und bin einfach ausgestiegen ... ich wollte nicht nach Hause, aber ich wusste nicht, wo du wohnst, und die Schlüssel fürs College hatte ich auch nicht dabei, und deshalb ...«

»Bist du zu Justin gegangen?«

»Ja. Ich war schon mal bei den Humberstones, daher kannte ich die Adresse. Er ließ mich durchs Fenster in sein Zimmer, und ich bin auf seinem Bett eingeschlafen. Und am nächsten Morgen bin ich abgehauen, während er noch schlief.«

Holly kicherte. »Was für ein Schlamassel, Prudence. Willst du dich bei ihm entschuldigen?«

»Ich weiß nicht mal, ob ich ihm in die Augen sehen kann. Hältst du mich jetzt für schwachsinnig?«

»Nein, und ich wette, er auch nicht. Du hast ihm nichts von dem Tontechniker erzählt?«

Prudence schüttelte den Kopf. »Nein, ich glaube nicht.«

»Und wirst du ihn wiedersehen?«

Prudence war einen Augenblick lang verwirrt. »Justin?«

»Nein, den Tontechniker.«

»Oh.« Ihr wurde schlagartig klar, dass ihr Sexualverhalten vielleicht völlig anders als das Hollys war. »Nein, nein. Das war nur … nur für einmal, weißt du. Ich weiß nicht mal seinen Namen.«

Holly nickte nur, und Prudence fragte sich, ob sie ihre Entrüstung verbarg oder ob sie die Antwort wirklich nicht überraschte. »Nun, ich bin sicher, dass Justin nicht schlecht von dir denkt.«

Prudence stand auf, streckte sich und ging zu ihrem Schreibtisch zurück. Holly drehte sich in ihrem Stuhl zu ihr um.

»Willst du mein Problem hören?«

»Klar, wenn du es mir erzählen willst.«

»Michael hat gedroht, sich umzubringen, wenn ich nicht nach Hause zurückkomme.«

Prudence atmete tief ein. »O je, was wirst du tun?«

»Ich werde gar nichts tun. Natürlich gehe ich nicht zurück. Es sieht ihm so gar nicht ähnlich … er war immer so … ich meine, er war immer so ein pragmatischer Mensch. Ich glaube, er will mich erpressen.«

Eine Weile herrschte Schweigen. Prudence dachte daran, wie nichtig ihre Probleme ihm Vergleich mit Hollys waren. In der Ferne heulte die Sirene eines Krankenwagens auf. Ihre Probleme waren nichtig im Vergleich zu allen. »Das tut mir wirklich Leid. All die Kacke, die da abgeht.«

»Ja, die Kacke in meinem Kopf. Die Kacke in meinem Leben.«

Prudence hatte Holly nie zuvor fluchen hören. Es schien, als brächte sie die Worte nur mühsam hervor, wie ein Ausländer, der die ersten nervösen Schritte in einer neuen Sprache unternimmt. »Wahrscheinlich hast du Recht, wenn du sagst, dass er dich erpressen will. Außerdem – ich weiß, das klingt brutal – aber was er macht, ist nicht mehr dein Problem.«

»Theoretisch ist er noch immer mein Mann.«

»Na und? Theoretisch hätte ich mittlerweile die Hälfte meiner Prüfungsarbeit fertig haben sollen. Theoretisch bedeutet gar nichts – was zählt, ist ›tatsächlich‹.

Holly kaute auf ihrer Unterlippe herum. Sie sah aus, als würde sie gleich anfangen zu weinen. »Ja, du hast Recht. Ich sollte diese Scheidungssache schnellstens angehen.« Sie legte den Kopf auf den Schreibtisch. »O Gott, ich bin viel zu jung für eine Scheidung. Was ist bloß in meinem Leben schief gelaufen?«

Prudence sprang auf und zog Holly aus ihrem Stuhl. »Komm, Holly, gehen wir in die Cafeteria. Wir hinterlassen Justin eine Nachricht, wo er uns finden kann.«

»Ich weiß nicht.«

»In diesem Zustand kannst du nicht arbeiten.« Prudence unterdrückte das Gefühl, dass sie Holly immer weiter in den dunklen Pfuhl der Sünde zog.

»Wahrscheinlich hast du Recht. Ich brauche etwas Starkes mit viel Koffein.«

Prudence führte sie aus dem Büro, wobei sie geschickterweise vergaß, Justin eine Nachricht zu schreiben. Dieses Problem musste warten.

6. Kapitel

»Du machst dich gut, Holly«, sagte Laurence Aswell und lehnte sich in seinem Ledersessel zurück. »Deine Ideen sind bereits sehr durchdacht, und man merkt, mit welchem Enthusiasmus du an dein Projekt herangehst.«

»Danke, Professor Aswell. Ich habe tatsächlich eine Menge Enthusiasmus.« Sie war sehr zufrieden mit sich. Es war erst ihr zweites Gespräch, und sie hatte bereits eine Menge interessanter Thesen entwickelt – und ihm war es aufgefallen. Sie hätte gerne auf das Gefühl verzichtet, besonders gut sein zu müssen und so ihr Stipendium zu rechtfertigen, aber trotzdem hatte sie das Gefühl, das College überzeugen zu müssen, dass das Geld für sie nicht verschwendet war.

»Nenn mich As – das tut jeder.« Er suchte in seiner Schreibtischschublade, bis er ein Päckchen Pfefferminzbonbons gefunden hatte, und bot Holly eins an, die jedoch ablehnte. »Ich wünschte, dein Enthusiasmus wäre ansteckend. Prudence könnte einiges davon gebrauchen.«

Holly wusste, dass es nicht korrekt war, über Prudence zu sprechen, wenn diese nicht dabei war, aber auch sie hatte das Gefühl, dass sie zu wenig für ihre Arbeit tat. »Oh, sie kommt bestimmt bald in die Gänge«, murmelte sie, auch wenn sie ihre Zweifel daran hatte. Am Montagmorgen in der Cafeteria hatte sie Prudence das letzte Mal gesehen. Danach hatte sie beschlossen, sich eine Woche frei zu nehmen, um Justin aus dem Weg zu gehen. »Tu niemals heute, was du auf den Sankt Nimmerleinstag verschieben kannst«, hatte sie gesagt. Holly musste zugeben, dass es ohne Prudence ein bisschen langweilig war. Justin war so ernst und düster.

»Ich hoffe, du hast Recht. Grips genug hat das Mädchen, aber es fehlt ihr an Motivation.« Er beugte sich vor. »Tut mir Leid, das sollte ich dir wohl lieber nicht erzählen.«

Holly zuckte mit den Achseln. Für einen Mann seines Alters sah Aswell ziemlich gut aus. Er war blond, charmant und zuvorkommend. Aber irgendwie fand sie seine Einstellung nicht besonders professionell. Er machte den Eindruck, als wäre er selbst gerne wieder ein fünfundzwanzigjähriger Student, aber er konnte die Zeit nicht zurückdrehen. Holly nahm ihre Blätter.

»Also, dann werde ich mir die Bücher ausleihen, die Sie mir empfohlen haben und komme in zwei Wochen wieder.«

»Prima. Aber du weißt, du kannst jederzeit vorbeikommen, wenn ich in meinem Büro bin, falls du irgendwelche Probleme hast, du weißt schon.«

»Danke, Professor … Danke, As.«

»Bis dann, Holly, mach weiter so.«

Holly ging hinaus, zurück zu ihrem Zimmer. Die kleine Digitaluhr, die sie auf ihren Schreibtisch gestellt hatte, blinkte ihr zu – fast fünf. Der Nachmittag war wolkenverhangen und trübe, deshalb schaltete sie die Lampe über ihrem Schreibtisch ein. Justin war nach Hause gegangen. Auf seinem Tisch stapelten sich die Bücher mittlerweile genau so hoch wie auf Hollys. Sie ging hinüber und schaute sich einige der Bände an. Neben dem Bücherberg lag aufgeschlagen eine dicke Anthologie. Er musste Dowsons *Cynara* gelesen haben.

»Doch wenn das Mahl beendet und die Lampen verlöscht«, las sie laut, *»Dann fällt dein Schatten, und die Nacht ist dein.«* Sie legte das Buch wieder hin, kehrte an ihren Schreibtisch zurück und holte den Brief von Michael hervor.

Zu ihrem Unmut ärgerte sie sich darüber, wie viele Rechtschreibfehler das verdammte Ding enthielt. Michael war kein Intellektueller und auch kein Bücherwurm wie sie, und die Hoffnung, dass er einer werden könnte, hatte sie eigentlich schon vor langer Zeit aufgegeben: *Holly, ich sterbe ohne dich. Du weist ja garnicht, was du mir genommen hast. Du bist mein alles.*

»Es tut mir Leid, Michael«, flüsterte sie, lehnte sich in ihrem Stuhl zurück und schloss die Augen. »Gott, es tut mir so Leid.« Sie hatte von katholischen Mönchen gelesen, die sich selbst straften, indem sie ein Büßerhemd trugen – so ähnlich fühlte sie sich in ihrem Schmerz. Als scheuere etwas gegen sie, das ihr keine Sekunde Ruhe gönnte. Die Tatsache, dass sie ihn kein bisschen vermisste, machte es noch schlimmer. Das schlechte Gewissen nagte an ihr.

Eine warme Träne tropfte aus ihrem linken Auge und lief kitzelnd über ihre Wange. Etwas strich sanft darüber, fast unmerklich, als wische jemand die Träne fort. Sie schreckte hoch und sah sich um. Außer ihr war niemand im Zimmer, und schnell kam sie zu dem Schluss, dass sie sich alles eingebildet hatte. Sie war offenbar ein wenig überspannt.

Sie nahm die Blätter mit den Notizen, die sie sich in As' Büro gemacht hatte. Zu Hause warteten Verzweiflung und klamme Wände auf sie, besonders an einem regnerischen Freitagnachmittag, wenn sich der Rest der Welt darauf vorbereitet, in Restaurants zu gehen oder gemütliche Treffen zu zweit plant. Unter einem Buchstapel zog sie einen fotokopierten Aufsatz hervor und schraubte die Kappe ihres Textmarkers ab. Vielleicht brauchte sie ein gemütliches Treffen mit einer komplexen, kritischen Theorie, um den Kopf freizukriegen.

Als sie den Artikel zu Ende gelesen hatte, war es draußen schon völlig dunkel, und es gab wirklich keinen Grund mehr, länger zu bleiben. Ein langes, trostloses Wochenende lag vor ihr. Sie dachte daran, Prudence anzurufen, um mit ihr ins Kino zu gehen, aber der erste Schritt außerhalb der universitären Aktivitäten war immer schwer. Ein Mädchen wie Prudence hatte wahrscheinlich eine Million Freunde, und ihr Selbstbewusstsein an ihnen zu testen war das Letzte, was Holly gebrauchen konnte.

Sie nahm den Mantel von der Rückenlehne und zog ihn über, nahm dann die Bücher, die sie zu Hause lesen wollte, und griff nach dem Lichtschalter.

Wieder schien sie etwas zu streicheln, dieses Mal fuhr es über ihren Nacken und strich sanft über ihr Haar. Sie ließ die Lampe brennen und fuhr herum. Ihr Puls raste. Sie musste sich zwingen, nicht laut ›Wer ist da?‹ zu rufen, schließlich sah sie deutlich, dass niemand da war. Sie stützte sich mit einer Hand am Schreibtisch ab und holte tief und zitternd Atem.

»Hier ist nichts«, sagte sie laut. Als sie merkte, dass ihr das gut tat, sagte sie noch einmal, dieses Mal mit festerer Stimme: »Hier ist nichts.« Dann wartete sie ein paar Herzschläge, als ob sie dem Zimmer eine Herausforderung entgegengeschleudert hätte und nun abwartete, wie es reagieren würde. Nichts.

Sie drehte sich zum Schreibtisch um. Plötzlich zischte etwas an ihrem Ohr vorbei, ein Geräusch, als schnappe jemand nach Luft. Unwillkürlich stieß sie einen leisen Angstschrei aus, verlor das Gleichgewicht und musste sich an einem Stuhl festhalten, um nicht umzufallen. Sie ließ sich nieder und atmete schwer. Plötzlich erschienen ihr Prudences Geistergeschichten weitaus beängstigender als zuvor. Sie schluckte und rief mit unsicherer Stimme: »Ist da jemand?«

Wie als Antwort, schob sich das offene Buch auf Justins Tisch ein paar Zentimeter zur Seite, hing kurz über der Kante und fiel auf den Boden. Das Geräusch, mit dem es aufschlug, verstärkte sich in Hollys Ohren ins Monströse. Sie schrie auf, sprang von ihrem Stuhl, stürzte aus dem Zimmer und schlug die Tür hinter sich zu.

Auf dem Flur war es dunkel und still. Sie hörte nur ihren eigenen stoßweisen Atem und das Pochen ihres Herzens, als sie sich mit dem Rücken gegen die Wand lehnte. Ihre Schlüssel. Sie hatte ihre Schlüssel im Büro vergessen. Sie musste sie holen, auch wenn sie das Gefühl hatte, als könne sie das Zimmer nie mehr betreten.

»Vielleicht ist das Buch aus irgendeinem erklärbaren Grund vom Schreibtisch gefallen«, murmelte sie. »Vielleicht habe ich es nicht richtig zurückgelegt. Vielleicht bilde ich mir das alles nur ein. Vielleicht habe ich posttraumatische Halluzinationen.« Es hatte keinen Sinn – sie traute sich nicht wieder in das Zimmer. Ihr Magen hatte sich in Wasser verwandelt, und sie dachte an einen sicheren, hellen Zufluchtsort – die Damentoilette im nächsten Stock.

Sie lief die Stufen hinauf, stieß die Tür auf und griff nach dem Lichtschalter. Alles wurde in grelles, gelbes Licht getaucht, auch ihre zitternden Hände. Sie brauchte ein paar Minuten, bis sie sich wieder einigermaßen beruhigt hatte, und klatschte sich kaltes Wasser ins Gesicht. Über dem Waschbecken hing ein großer, antiker Spiegel mit reich verziertem Rahmen, an dessen Kanten das Silber abgewetzt war. Sie betrachtete sich ein paar Sekunden lang – sie sah aus wie immer, nicht wie jemand, der dabei war, verrückt zu werden.

Also was, zum Teufel, bedeutete das alles? Woher waren diese Berührung, dieses Geräusch gekommen? Holly spürte eine Gänsehaut, als sie an ihren Traumliebhaber dachte und wie echt ihr alles erschienen war. Sie wandte sich von ihrem Spiegelbild ab und lehnte sich gegen das Waschbecken. Prudences Buch – die Frau, die den Geist kontaktiert hatte. Es ging ihr plötzlich nicht mehr aus dem Sinn.

»Das ist doch alles lächerlich«, sagte sie, drehte sich um und stützte sich zu beiden Seiten des Spiegels an der Wand ab. »Völlig lächerlich.« Ohne es zu wollen, nahm sie den Spiegel von der Wand, spürte sein Gewicht in ihren Händen. Sie drückte ihn an sich, schloss die Augen und schaute in ihr Inneres, um noch ein letztes Quäntchen Mut zu finden. Dann öffnete sie die Augen wieder und ging in ihr Büro zurück.

Das Zimmer war leer und sah ganz normal aus; ihre Lampe warf ein warmes Licht auf den Bücherstapel. Sie lehnte den Spiegel an die Wand hinter ihrem Schreibtisch, dann ging sie zu Prudences Schreibtisch, riss zwei Kerzen aus ihren wächsernen Fundamenten und stellte sie zu beiden Seiten des Spiegels auf.

Während sie nach Streichhölzern suchte, sagte sie sich immer wieder, dass sowieso nichts geschehen würde. Es handelte sich nur um ein Experiment, mit dem sie sich selbst beweisen wollte, dass in ihrem Zimmer kein Geist herumspukte, dass es nur ihre hysterische Phantasie war, die Überstunden gemacht hatte. Aber wenn sie sich so sicher war, warum zitterten ihre Hände, als sie die Streichholzschachtel hielt, als sie die beiden Kerzen anzündete und das Licht ausschaltete?

In der gedämpften Dunkelheit tanzten die beiden kleinen Flammen langsam und sorglos vor sich hin. Erneut sah sie ihr Bild im Spiegel – ihre Pupillen waren riesengroß, ihre Kehle so trocken, dass sie sich über die Lippen lecken musste, bevor sie einen Ton herausbekam.

»Christian?«, sagte sie leise in die Dunkelheit.

Herzschläge verrannen. »Christian?«, wiederholte sie. Erleichterung machte sich in ihr breit, auch wenn sie sich etwas dümmlich vorkam.

Dann sah sie im Spiegelbild, wie sich über ihrer Schulter etwas bewegte. Vom Rückgrat aus lief ein kalter Schauder über ihre Arme. Sie drehte sich nicht um, konzentrierte sich nur auf den Spiegel.

»Christian?«

Einen Augenblick lang herrschte Schweigen, Stille –

vielleicht war es nur ein Schatten in der Dunkelheit gewesen. Doch plötzlich materialisierte wabernd die Gestalt eines jungen Mannes hinter ihrer linken Schulter im Spiegel, während ein tiefes Rauschen ertönte.

Sie schrie auf und wirbelte herum. Nichts. Ihr Nervensystem schrie mit, sie packte ihre Schlüssel und ihre Tasche, wandte sich nur kurz um, um die Kerzen auszupusten – ohne in den Spiegel zu schauen –, rannte aus dem Zimmer, schloss die Tür ab, polterte die Treppe hinab, zwei Stufen auf einmal nehmend, und lief aus dem Haus. Sie blieb erst stehen, als sie ihre Straße erreicht hatte.

Japsend beugte sie sich nach vorne und hielt sich an einem Verkehrszeichen fest. Leichter Nieselregen fiel herab. Sie merkte, dass sie weinte. Und obwohl sie in der Nacht im Regen stand, fühlte sie sich fast wie zu Hause. Andere Orte schienen ihr weder Schutz noch Trost bieten zu wollen.

Sie richtete sich auf, strich sich die Haare aus dem Gesicht und ging den Hügel hinauf zum Haus. Sie hatte nicht vor, nach Anbruch der Dunkelheit jemals wieder im College zu sein. Sie konnte ihre Arbeit auch am Tag erledigen, wenn es hell war. Problem gelöst. Und sie konnte so tun, als sei heute Abend nicht das Geringste geschehen.

Aber sein Gesicht – so traurig, so einsam. O Gott, es war zu spät.

Sie hatte Christian gesehen, und er war wunderschön.

Lucien liebte den Samstagvormittag, wenn er das Haus für sich allein hatte. Emma ging schon früh einkaufen, und er hatte sie gedrängt, einen nicht gerade begeisterten Justin mitzunehmen. Selbst wenn er in seinem Büro saß, die Tür verschlossen, unerreichbar, nagte das bloße Wissen, dass jemand anderes im Haus war, an ihm, als gäbe es keinen Ort auf der Erde, an dem er für sich sein könne. An den Samstagen fühlte er sich frei und unbeschwert.

Die Wolken zogen davon, und schwache Sonnenstrahlen fielen wie Flicken auf seinen Schreibtisch. Das Zimmer war groß, überall häuften sich Bücher. Hinter dem Stapel, den er nun beiseite schob, befand sich der Wandsafe, in dem er das Grimoire aufbewahrte. Er stellte die Kombination ein: 34–28–36. Es waren Emmas Maße in Inch, zumindest die von vor zehn Jahren, als er den Safe hatte einbauen lassen. Als er sie noch attraktiv gefunden hatte. Keines dieser Maße konnte noch Bestand haben, ihre Nachlässigkeit hatte sich in Pfunde verwandelt.

Er nahm das Grimoire heraus und setzte sich an seinen Schreibtisch; die letzten Seiten des Guyana-Fragments wollte er bis zum nächsten Treffen am Wochenende unbedingt entziffern. Randolph hatte seit Wochen nichts von sich hören lassen, und da es kaum neue Transkriptionen aus dem Grimoire gegeben hatte, waren die Treffen zu recht kurzen schwarzen Messen geworden – wobei sich Lucien manchmal vorkam wie ein Teenager, der mit einem Ouija-Brett experimentiert. Fühlte er sich nicht so übermächtig von Jane angezogen, würde er die Treffen wahrscheinlich bis auf weiteres verschieben – auch wenn Owling regelmäßige Zeremonien empfahl, um den Geist wachzuhalten und die Dunkelheit zu verdrängen.

Die Handschrift brachte ihn allmählich zur Verzweiflung. Immer wieder betrachtete er die Seite, in der Hoffnung, dass ihm irgendwann das eine oder andere Wort entgegenspringen würde. Der Geist, der die Herrschaft über Owlings Körper gehabt hatte, als jener diese Zeilen schrieb, hatte eine eigenwillige Schreibweise – das y sah aus wie ein j, und sämtliche Vokale schienen durch die Bank durch einen dünnen Haken repräsentiert zu werden. Lucien seufzte und schlug eine Seite auf, setzte sich die Brille fest auf die Nase und konzentrierte sich.

Gegen elf, nach zwei Stunden mühseliger, anstrengender Arbeit erzielte er den Durchbruch. Ihm war ein winziger, aber wichtiger Unterschied in der Art und Weise aufgefallen, wie manche Buchstaben geschrieben waren. Langsam, aber sicher fing alles an, Sinn zu ergeben. Bald hatte er einen ganzen Absatz transkribiert, eine Aufgabe, die durch das Fehlen jeglicher Zeichensetzung und den seltsamen Satzbau nicht eben erleichtert wurde. Er las die transkribierten Sätze und versuchte, ihren Sinn zu verstehen:

verräter muss bekommen jugend jugendliche schönheit, braucht einen körper der gebraucht werden kann der körper der jungen bricht wie eine chrysantheme verräter die reife fülle braucht den körper der jungen ein waise meistens muss sein

Er lehnte sich zurück und las den Text noch einmal. Er schien den Preis zu beschreiben, den man an den Verräterdämon zahlen musste, darüber hinaus ergab er wenig Sinn. Er arbeitete weiter, pflückte die Buchstaben auseinander und transkribierte sie erneut mit seiner ordentlichen, runden Handschrift:

Verräter kommt leicht du musst versprechen nichts zu brechen …

Die nächsten Zeilen waren von einem Brandmal vernichtet worden, als habe jemand ein Siegel auf die Seite gedrückt und die Wörter in seiner Umgebung zerstört. Weiter unten hieß es:

muss natürlich vor unserem Vater knien der in die Hände des magus geht die Hände des Magus zittern nicht stark kein Zweifel

Lucien lehnte sich zurück. Die Anstrengung, diese unleserliche Handschrift zu entziffern, hatte ihn schon genug Kraft gekostet. Immer wieder ließ er den Blick über die Worte gleiten. Sie konnten alles Mögliche bedeuten, und er hatte keine Ahnung, wie er hinter ihren Sinn kommen sollte. Er schluckte seine Enttäuschung herunter und versteckte sie an dem dunklen Ort, an dem er alle unnützen Gefühle verbarg, die ihn zerstören würden, wenn er es zuließ. Er übersprang die nächsten Seiten und benutzte sein Wissen, um den letzten Abschnitt des Fragments zu entziffern.

finde männliche waise frage wieder alles wird dem magus gesagt den verräter finden und durch schritte des schattenvaters

»Durch Schritte des Schattenvaters«, sagte Lucien laut. Wie oft hatte er über den letzten Worten dieses Fragments gebrütet, ohne sie lesen zu können. Der Schattenvater – zwei lange Jahre hatte er gebraucht, um das Wort zu entziffern. Manchmal glaubte er, so etwas wie *Schadenwater* entziffert zu haben, dann wieder schien alles nur eine völlig sinnlose Aneinanderreihung von Konsonanten zu sein, so wenig zu ergründen wie der Sinn des Lebens. Der Schattenvater. Und ein Waisenknabe wurde benötigt. Er ging noch einmal über den Rest seiner Transkription, bis zu der Stelle: *bricht wie eine chrysantheme verräter die reife fülle braucht den körper der jungen.* Langsam klopfte er mit dem Stift auf den Schreibtisch und spürte, wie die Hoffnung sein Herz erwärmte.

In der Ferne hörte er, wie Emma die Tür aufschloss. »Lucien, wir sind zu Hause!«, rief sie. Normalerweise hätte er sich vor Wut über eine solche widerwärtige Unterbrechung vor Zorn gewunden. Nicht so heute. Denn er wusste, dass Emma seinen Waisenknaben mitgebracht hatte.

Montagmorgen. Der schlimmste Tag der Woche. Wie konnte sie nur so blöd sein, sich ausgerechnet diesen Tag auszusuchen, um das Wirrwarr ihres Gefühlslebens zu sortieren. Halbherzig stieß Prudence die Tür zum Büro auf und sah zu ihrer Überraschung Holly.

»Holly! Du bist aber früh dran.«

Holly sah mit einem schüchternen Lächeln auf. »Hi. Ja, ich habe einiges zu erledigen. Morgens riecht es hier immer komisch, findest du nicht auch?«

»Besonders, wenn übers Wochenende abgeschlossen war.« Prudence seufzte und ließ ihre Tasche auf den Stuhl fallen.

»Ich hab dich letzte Woche vermisst.«

Prudence konnte ihr Lächeln kaum verbergen. »Wirklich?«

Holly sah plötzlich etwas pikiert drein. »Es ist ein bisschen langweilig, wenn du nicht da bist.«

»Danke.« Prudence nahm ein paar Bücher von ihrem Schreibtisch. Sie freute sich, dass Holly sie zu mögen schien. Sie wusste, dass sie alle mit ihrem Tempo erschlug und dass sie ein genauso hoffnungsloser Fall war, wie Julia immer gesagt hatte, wenn sie über Freundschaften sprachen.

Die Leute, die sie in den Clubs traf, waren Leute, die nur einen Vornamen hatten und außerhalb der Clubs für sie nicht existierten – manchmal machte es Spaß, mit ihnen zu tanzen oder zu trinken, aber meistens waren sie austauschbar wie Knöpfe. Prudence benutzte sie. »Ich hoffe, As denkt genauso – vielleicht wiegt meine interessante Persönlichkeit die Tatsache auf, dass ich praktisch nichts gemacht habe, seit ich das letzte Mal bei ihm war.«

»Hast du heute Vormittag einen Termin bei ihm?«

»Ja.« Sie seufzte. Sie wusste, dass sie bald anfangen musste, ernsthaft zu arbeiten und keine Zeit mehr damit zu verplempern, nach Quellen zu suchen und Artikel zu kopieren, die sie nie lesen würde. Es gingen ihr aber auch andere Sachen im Kopf herum – zum Beispiel, was sie As dazu sagen würde, wenn überhaupt, wie er sie letzte Woche hatte stehen lassen.

»Ich muss gleich zu ihm. Wenn Justin kommt, bereite ihn bitte darauf vor, dass ich eine lange, längst überfällige Entschuldigungsrede einstudiert habe. Ich bin in einer Stunde wieder da. Sorge bitte dafür, dass er sich nicht in die Bibliothek verzieht oder so.«

»Okay, das werde ich.«

An der Tür blieb Prudence stehen und sah zu Holly hinüber. Sie war blass und hatte dunkle Ringe unter den Augen. »Ist alles in Ordnung?«

Holly zuckte mit den Schultern. »Den Umständen entsprechend schon.«

»Ich hätte dich letzte Woche nicht allein lassen sollen«, sagte Prudence schuldbewusst. »Nicht nach dem, was du mir über Michael erzählt hast.«

»Wirklich, es geht mir ganz gut. Lass uns nachher zusammen essen – wir drei.«

Prudence lächelte. »Okay. Bis gleich.« Sie machte die

Tür hinter sich zu und ging in den dritten Stock hinauf, zu As' Büro.

»Herein«, sagte er, als sie zaghaft an die Tür klopfte.

»Hi«, sagte sie und strich aus Gewohnheit über das Schloss.

»Prudence. Wie geht es dir?« Er stand nicht auf, sondern blieb hinter seinem massiven Schreibtisch sitzen und betrachtete sie wohl wollend. Die Vorhänge waren bereits halb zugezogen – schwerer dunkelgrüner Stoff, der die grelle Morgensonne fern hielt.

»Ich würde gerne sagen gut, aber das stimmt nicht.«

Er zog eine Augenbraue hoch. »Oh?«

»Du hast mich total ignoriert.«

»Dich ignoriert?«

»Als du mich im Schreibwarenladen getroffen hast. Mit deiner attraktiven Frau.«

Er zuckte mit den Achseln. »Du findest sie attraktiv? Du hast sie noch nicht früh am Morgen gesehen.«

»Du mich auch nicht.«

Darauf sagte er nichts.

»Und?« Sie spürte, wie ihr Herz raste. Zum ersten Mal verhielt sie sich As gegenüber nicht wie ein williges Sex-Spielzeug.

»Es tut mir Leid. Ich hab dich gesehen und bin durchgedreht.« Er stand auf und ging um den Schreibtisch herum auf Prudence zu und strich ihr sanft über die Wange. »Manchmal komme ich mir vor, als lebte ich in zwei verschiedenen Welten«, sagte er seufzend. »In der einen bin ich Unidozent und habe eine wunderschöne, sexy Freundin, in der anderen bin ich ein langweiliger, alter Mann mit einer langweiligen alten Frau und den Problemen, die alle haben. Als ich dich dort sah, war es, als würden die beiden Welten plötzlich ineinander krachen, und ich bekam es mit der Angst. Ich wusste nicht, was ich sagen sollte.« Er beugte sich vor und küsste sie auf die Stirn. »Ich hätte dich Mandy vorstellen sollen. Es tut mir Leid. Ich weiß, dass du unser Geheimnis nicht verraten hättest.«

Mandy. Es war das erste Mal, das er ihren Namen benutzt hatte. Sonst nannte er sie nur ›meine Frau‹ und reduzierte sie auf den Status eines leicht in den Hintergrund schiebbaren Objekts. Sie schloss die Augen und schmiegte sich an ihn, spürte, wie seine Lippen über ihr Gesicht glitten, über ihre Lippen. Sie konnte nur dastehen und sich dazu zwingen, nichts zu fühlen, um nicht überwältigt zu werden.

»Prudence?«

»Es tut mir Leid, As, heute nicht.« Sie löste sich von ihm. Er zuckte mit den Schultern und kehrte an seinen Schreibtisch zurück, der einen Meter Mahagoni zwischen sie brachte.

»Seit wir letztes Mal gesprochen habe, habe ich leider nichts Erwähnenswertes geschafft«, gestand sie. »Aber diese Woche werde ich wirklich etwas schreiben. Gut, dass Holly hier ist – sie ist wirklich ein gutes Vorbild.«

»Das freut mich. Ich habe mir Sorgen um dich gemacht.« Klang er sauer? Ein bisschen vielleicht? Hatte er sich das ganze Wochenende auf einen heißen, jungen Körper gefreut? Leide, dachte sie.

»Gut, dann gehe ich jetzt besser«, sagte sie. »Kann ich nächste Woche um die gleiche Zeit kommen?«

»Nächste Woche? Du kannst auch früher kommen, wenn du willst.«

Sie schüttelte den Kopf. »Nein, ich komme erst, wenn ich dir etwas vorweisen kann. Nächste Woche ist okay.« Sie spürte eine ihr fast unangenehme Kraft, als sie sah, wie nervös er wurde.

»Nun, wenn du mich brauchst, kannst du jederzeit …«

»Ist schon okay. Ich brauche dich nicht.« Sie nickte kurz. »Bis nächsten Montag also.«

Er wandte sich ab und tat so, als suche er ein Buch im Regal. »Gut. Bis dann.«

Als Prudence das Büro verließ, war sie sich nicht sicher, wer gewonnen hatte.

Als Justin Anstalten machte zu gehen, verließ Holly fast der Mut.

»Du bleibst noch?«, fragte er, während er seinen Mantel überstreifte.

Sie schaute auf. »Ähm … ja. Ich muss noch ein bisschen arbeiten.«

»Dein Fleiß macht einem ja direkt ein schlechtes Gewissen.«

»Eigentlich ist es kein …« Sie wusste nicht genau, was sie sagen wollte. Plötzlich spürte sie den verzweifelten Wunsch, auch zu gehen, nicht allein in diesem Büro zu bleiben.

Aber dann wiederum! … Nur Mut, Holly. Es ist die Aufregung, nicht die Angst, die dein Blut fast gefrieren lässt.

»Ich bin froh, dass Prudence endlich mit dir gesprochen hat«, sagte sie unvermittelt. »Ich hab schon befürchtet, dass sie dir für den Rest des Jahres ausweichen würde.«

Justins Mund verzog sich zu dem angedeuteten Lächeln, das Holly mittlerweile kannte. »Ich bin auch froh. Ich hatte schon gedacht, ich würde mir alles nur einbilden. Schön zu wissen, dass ich noch nicht wahnsinnig geworden bin.«

Holly spürte, wie ihr Lächeln erstarb. Einbildung und Wahnsinn. Auf was ließ sie sich eigentlich ein?

»Also«, sagte sie. »Wir sehen uns morgen.«

»Bye, Holly.« Leise schloss er die Tür hinter sich, und Holly widmete sich wieder ihrem Text und wartete auf den Anbruch der Nacht.

Gegen acht Uhr hielt sie es nicht mehr aus. Die Sätze, die sie las, ergaben keinen Sinn. Konnte sie sicher sein, dass außer ihr niemand mehr im College war? Sie schaute zur Tür hinaus und lauschte. Vollkommene Stille, nirgendwo Licht. Im Dunkeln schlich sie sich auf die Toilette, nahm den Spiegel von der Wand – sie hatte ihn früh am Morgen wieder aufgehängt – und trug ihn mit klopfendem Herzen zu ihrem Schreibtisch zurück.

Er würde ihr nicht wehtun, das wusste sie – schließlich war er ihr Traummann. Wenn er ihr hätte wehtun wollen, hätte er es schon längst getan. Sie musste dieses Gesicht wieder sehen – das ganze Wochenende hatte sie davon geträumt, Tag und Nacht. Das bleiche Oval, das dunkle Haar, das über seine Schultern floß, die großen blauen Augen, voll ewiger Traurigkeit. Immer wieder hatte sie dieses Bild vor ihrem geistigen Auge heraufbeschworen, und die Sehnsucht, ihn wiederzusehen, hatte sie schier überwältigt. Mit ihm zu sprechen, und wenn es nur einmal war.

Erneut nahm sie zwei Kerzen aus Prudences Schreibtischschublade. Ihre Nerven kitzelten erwartungsvoll, aufgeladen von einer Erotik, die sie sich selbst kaum eingestehen mochte. Erneut schaute sie im Kerzenlicht in den Spiegel und hauchte seinen Namen.

»Christian?«

Dieses Mal spürte sie als Erstes seine Hände auf ihrem Körper. Von unten wanderten sie ihre Rippen entlang und umschlossen wie selbstverständlich ihre Brüste. Sie hielt den Blick auf den Spiegel gerichtet und kämpfte gegen die Panik an, die ihren Geist ergriff und drohte, sie zu zerstören. Seine Daumen strichen über ihre steifen Brustwarzen. Sie spürte warmen Atem auf ihrem Nacken, heiße Küsse hinter den Ohren.

»Christian«, wiederholte sie mit zitternder Stimme. »Ich will dich sehen.«

Die Hände lösten sich von ihrem Körper, und mit einem unheimlichen Rauschen waberte die Luft hinter ihrer linken Schulter und nahm Gestalt an. Instinktiv wollte sie sich herumdrehen, aber eine Stimme, die gleichzeitig von überall her und aus dem Nichts zu kommen schien, sagte: »Tu's nicht. Du kannst mich nur im Spiegel sehen.«

Mit weit aufgerissenen Augen versuchte sie zu begreifen, was sie vor sich sah. Einen betörend schönen jungen Mann in einem dunkelroten Wams – keinen Geist im weißen Laken. Ihr Herz hüpfte in ihrer Brust wie ein wildes Tier.

»O mein Gott«, flüsterte sie. »Was habe ich getan?«

»Du hast nichts getan. Ich bin schon immer hier – wir

treffen uns lediglich an den Rändern unserer Ebenen.« Seine Stimme kam nicht mehr aus den Wänden, es schien, als stünde er direkt hinter ihr.

Sie riss sich zusammen und stellte die einzige Frage, die ihr einfiel: »Wer bist du?«

»Ich bin Christian. Das weißt du doch. Wer bist du?«

»Ich bin Holly. Wieso bist du hier, im Humberstone College?«

»Ich bin hier gefangen. Ich suche nach etwas.«

Fast wäre Holly in hysterisches Gelächter ausgebrochen. Sie versuchte, ein paar Worte herauszubringen, doch sie blieben ihr im Halse stecken. »Ich habe Angst«, kam ihr schließlich über die Lippen.

»Vor mir?«

»Vor der Tatsache, dass ich dich sehen kann … ich frage mich dauernd, ob ich wahnsinnig werde.«

»Du wirst nicht wahnsinnig. Ich bin hier.« Sie sah, wie er den Blick senkte, sah den Schmerz und die Trauer auf seinen Lippen. »Ich wünschte, ich wäre es nicht.«

»Du … du hast mich berührt, nicht wahr?«

»Das ist meine Gabe. Peter hat es mir beigebracht.«

»Peter?«

»Mein Beschützer. Mein Vater. Mein Liebhaber.«

»Wer ist Peter? Ist er auch hier?«

Christian schüttelte den Kopf. »Nein, ich weiß nicht, wo er ist. Vielleicht zu weit entfernt von mir, als dass ich ihn jemals wieder sehe.« Er sprach mit dem Akzent der britischen Oberschicht, mit wohlgerundeten Vokalen; ganz selten nur tauchten Reste eines anderen Dialekts darin auf. Holly war von dieser Stimme, diesem Gesicht wie verhext. Sie spürte, wie sie ganz langsam die Kontrolle über das Geschehen verlor, wie sich ihr Zugriff auf die Realität lockerte.

»Ich weiß nicht, was ich sagen soll. Ich weiß nicht, was ich dich fragen soll«, sagte sie.

»Wir können uns lieben. Du musst nur die Augen schließen.«

»Ich! …« Eine Unmenge von Emotionen wallte ihn ihr

auf, lähmte sie für Sekunden. »Nein, noch nicht. Erzähl mir, wie du hierher gekommen bist. Erzähl mir von Peter.«

»Das ist eine recht lange Geschichte.«

Sie sah auf die Uhr auf dem Schreibtisch. Halb neun.

»Ich habe die ganze Nacht Zeit. Bitte – fang an.«

7. Kapitel

»Meine Mutter und ich waren sehr arm. Meinen leiblichen Vater habe ich nie kennen gelernt«, begann Christian mit leicht geneigtem Kopf. »Während meiner ganzen Kindheit hausten wir in irgendwelchen Löchern, im Sommer lebten wir auf der Straße. Hin und wieder lernte meine Mutter einen Mann kennen, bei dem wir dann für kurze Zeit einzogen, aber diese Episoden endeten stets im Chaos. Der Mann fing an, meine Mutter zu schlagen, und wir landeten erneut auf der Straße.

Als ich etwa acht Jahre alt war, ließ mich meine Mutter immer öfter allein. Manchmal blieb sie ein oder zwei Tage fort und kam mit Brot und frischer Milch für mich zurück, manchmal sogar mit einer Süßigkeit. Sie sagte, sie habe gearbeitet, und ich glaube, dass ich bereits in meinem zarten Alter wusste, dass die Arbeit darin bestand, ihren Körper zu verkaufen. Manchmal kam sie humpelnd und mit blauen Flecken zurück, aber sie klagte nie.

Eines Winters, kurz nach meinem elften Geburtstag, mietete meine Mutter ein Zimmer für uns. Sie sagte, dass wir nun endlich eine Bleibe hätten. Der Raum war düster, die Wände schmutzig, und es zog so kalt durch die Ritzen, dass wir alles mit Papier zustopfen mussten, aber es gab einen großen Kamin und ein Bett, in dem wir beide schlafen konnten. Wir wohnten gerade zwei Wochen dort, als meine Mutter zur Arbeit ging und nie mehr zurückkam.

Ich wartete eine Woche auf sie, dann drängte der

Hausbesitzer auf seine Miete. Ich flehte ihn an, bleiben zu dürfen, bis meine Mutter wiederkam. Er ließ mich einen Monat bleiben, aber ich sah sie nicht wieder. Schließlich warf mich der Hausbesitzer unter Schlägen vor die Tür, weil er sich betrogen glaubte.

Natürlich wusste ich, wie ich einen Londoner Winter ohne Bleibe überstehen konnte, wusste, wie man bettelte, wie man stahl, wo man leer stehende Häuser fand, in denen man unterkriechen konnte. Ich hatte nie ein besseres Leben kennen gelernt und beweinte weder mein Schicksal, noch verfluchte ich die Ungerechtigkeit. Ich überlebte nur.

Und ich erwies mich als recht erfolgreicher Bettler. Eigentlich mögen die Menschen den Anblick der Armut nicht, aber man versicherte mir oft, ich hätte das Gesicht eines Engels. Und einen Engel konnte man nicht in einem Hauseingang verhungern lassen. Um mich herum sah ich, wie andere Kinder von Krankheiten dahingerafft wurden oder vor Hunger und Kälte starben; ich hatte stets zumindest eine bescheidene Mahlzeit am Tag. Dass ich mein Essen mit jemandem teilte, stand nie zur Debatte. Mitleid war mir fremd, und Solidarität kannte ich nicht.

Es war einer der kältesten Winter seit hundert Jahren, und jeden Morgen, wenn ich meine Runde begann, stieß ich auf mindestens eine Leiche – entweder ein Kind oder ein alter Mensch –, deren steifgefrorene Hände sich zu mir reckten. Wenn ich heute daran denke, kommt es mir vor, als erinnere ich mich an einen sehr alten Albtraum, der mich in der Kindheit plagte. Hast du je wirklich gefroren, Holly?«

»Ich …« Holly schreckte auf. Sie hatte sich in seinen Worten verloren, dabei, das Mienenspiel seines zarten Gesichts im Spiegel zu beobachten. »Dort, wo ich jetzt lebe, ist es kalt. Noch kälter, als ich es ohnehin schon gewohnt war. In diesem Winter, Holly …« Seine Stimme wurde leiser, und er seufzte, fuhr aber dann fort. »Stell dir eine Kälte vor, die die Knochen in deinem Körper zu

Eis gefrieren lässt. Stell dir eine solch klirrende Kälte vor, dass man glaubt, die Luft würde zu Eiskristallen zerspringen, wenn man sie berührt. Stell dir vor, wie du stolperst, weil du deine Füße nicht mehr spürst. Stell dir ein eisiges Netz um deinen Verstand herum vor, das jede Hoffnung auf Wärme oder Trockenheit für ewige Zeiten einfriert. Und dann stell dir vor, dass du vor einem Haus stehst, in dessen kleinen Fenstern sich der goldene Widerschein eines prasselnden Kaminfeuers spiegelt. Gedämpftes Lachen dringt nach draußen, und du weißt, dass dich nur ein paar Zentimeter Ziegel und Mörtel von der Rettung trennen. Ein paar Zentimeter, die wie ein sturmgepeitschter, eisiger Ozean sind.

Ich bettelte in der Nähe von Whitechapel, als mir ein Mann, der wie ein Dandy gekleidet war, Geld unter der Bedingung anbot, dass ich mit zu ihm nach Hause käme, um es zu holen. Natürlich folgte ich ihm, aber anstatt mich zu einem Haus zu führen, lockte er mich in eine kleine Gasse und stieß mich gegen die Wand. Ich spürte die kalten Steine auf meiner Wange, doch die Hände, mit denen er mir die zerlumpte Hose abstreifte und meine Beine und meinen Hintern befühlte, waren heiß. Dann drang er in mich ein. Es muss wehgetan haben, auch wenn ich mich an den Schmerz kaum erinnere. Ich erinnere mich an den salzigen Geschmack seiner Hand, die er mir auf die Lippen presste, damit ich nicht schrie, die Geräusche seines sündigen Vergnügens, die Wärme seines Körpers, und an den heißen Samenstrom, der sich mit meinem Blut vermischte. Und natürlich an das Geld. Er warf mir ein paar Münzen vor die Füße und ließ mich stehen. Ich zog mich wieder an, kaufte mir Brot und begann eine neue Karriere.

Dieses Engelsgesicht, dessen von Hunger gepeinigte Züge gütige Menschen nicht hatten ertragen können, wurde ein guter Köder im Strichermilieu. Eines Abends bezahlte ich einen jungen Dieb, für mich bei einem Schneider einzusteigen und einen guten Rock zu stehlen. Wenn ich nicht aussah wie ein zerlumpter Bettler, würde ich auch reichere Männer anlocken können. Mein Gesicht war mein Glück, Holly.«

»Es ist ein wunderschönes Gesicht«, murmelte sie. Jedes Mal, wenn ihr bewusst wurde, was sie erlebte, war ihr, als müsse sie Pfeile abwehren, die in ihr Hirn drangen. Wehr dich nicht, sagte sie sich. Jeden Augenblick konnte sie aufwachen und feststellen, dass alles ein Traum gewesen war; bis dahin musste sie sich das Bild dieses wunderschönen Jungen in ihr Gedächtnis brennen.

»Es hielt mich am Leben. Ich mietete mir ein heruntergekommenes, düsteres Zimmer und überlebte zwei weitere Londoner Winter. Und dann fand mich Peter.

Zunächst hielt ich ihn bloß für einen weiteren Kunden. Er kleidete sich sehr extravagant – in purpurner und goldener Seide, mit einem langen, roten Mantel. Ein Hauch von Dekadenz umgab ihn, als sei er ein degenerierter römischer Herrscher oder ein lasterhafter katholischer Bischof. Schon damals war er dick, auch wenn er im Laufe der Jahre noch fetter werden sollte. Er hatte eine riesige Hakennase und tiefe, dunkle Ringe unter den Augen. Ein hässlicher Mann, ohne Zweifel, aber seltsam anziehend.

Er ging an mir vorbei, doch im letzten Moment blieb er stehen und sah mich an. Ich lächelte ihm zu, wie ich es bei jedem potentiellen Kunden tat, und er erwiderte das Lächeln und ging seiner Wege. Am nächsten Tag sah ich ihn wieder, und am dritten Tag reichte er mir schließlich die Hand und sagte: ›Junge, komm mit mir.‹ Ich folgte ihm zu einer Kutsche, und er brachte mich in sein Haus. Es war das erste Mal, dass ich das Haus eines meiner Gentleman-Kunden betrat, und sicherlich auch das erste Mal, dass ich Räume von solch extravagantem Luxus sah.

Er führte mich in den Salon. Ein Kamin aus rotem Marmor erwärmte das Zimmer, rot-goldene Tapeten bedeckten die Wände, auf dem Boden lagen prachtvolle orientalische Teppiche. Er bat mich in einen Ledersessel vor dem Kaminfeuer und sagte, ich solle auf ihn warten. Als ich zur Decke hinaufsah, stellte ich fest, dass auch sie verziert war. Ein dekoratives Muster aus Pressmetall schlängelte sich um den Stuck. Mein Blick wanderte umher, versuchte, alles aufzunehmen. Der Mann kehrte mit einem Teller heißer Suppe zurück, den ich gierig auslöffelte. Das Brot, das es dazu gab, spülte ich mit einem Glas bitter schmeckenden Weines hinunter. Da ich noch nie zuvor Alkohol getrunken hatte, war ich sofort berauscht. Ein Nebel, der die Geräusche dämpfte, umhüllte mich, und all meine Sorgen schwebten irgendwo unter der gemusterten Decke. Schließlich fragte er:

›Wie heißt du, Junge?‹

›Christian, Sir.‹

›Ich bin Peter. Gefällt es dir hier?‹

›Sehr, Sir.‹

Er nahm mir den Teller ab und zog mich sanft hoch. Seine Hände glitten über meine Knöpfe, und er zog mich zügig, aber behutsam aus. Das Feuer hatte meine Haut erwärmt. Als ich vollkommen nackt vor ihm stand, wollte ich ihm die Kleider ausziehen, aber er schob meine Hand zur Seite.

›Nein‹, sagte er. ›Fass mich nicht an.‹

Er drehte mich um und ließ seine Hände über meinen Körper gleiten, überall, fast als begutachte er mich. Seine warme Hand umschloss eine meiner Pobacken, und er seufzte zärtlich:

›Du bist ein Geschöpf von exquisiter Gestalt, Christian.‹

›Danke, Sir.‹

›Möchtest du bei mir bleiben, hier?‹

›Ja, Sir, das würde ich sehr gerne‹, sagte ich, obwohl ich mir über die Tragweite seiner Frage gar nicht im Klaren war. Ich hielt sie wohl eher für das Angebot eines Mannes, der sich von seiner Lüsternheit hinreißen ließ.

›Wenn du bei mir bleiben willst, musst du mich Peter nennen‹, sagte er.

›Ja, Peter.‹

›Sehr gut. Nun bist du mein.‹ Mit diesen Worten küsste er mich sanft auf die Stirn und warf meine Bettlerkleider ins Feuer. Und von nun an war ich in der Tat sein.«

Christian hielt kurz inne und schlug seine tieftraurigen Augen nieder. Ohne zu überlegen drehte Holly sich mit ihrem Stuhl herum, wollte seine Hand berühren oder eine andere Geste des Mitleids machen, aber er war nicht hinter ihr. Die Stimme zersprang wieder in Fragmente, die von den Wänden hallten. »Dreh dich wieder um, Holly, du kannst mich nur im Spiegel sehen.«

Sie tat es, und da war er. »Ich dachte, ich hätte dich verloren«, sagte sie zärtlich.

»Nein, ich bin noch hier.« Seine Stimme hatte sich wieder gebündelt. So als sei er wirklich da. Sie spürte Kopfschmerzen, das dumpfe Gefühl von Furcht zog sie hinab.

»Was geschah dann? Bist du bei ihm geblieben?«, fragte sie, um die seltsame Stille zu überbrücken.

»Ja. Er breitete seinen roten Mantel vor dem Kaminfeuer aus und sagte, ich solle dort schlafen. Er kam mit Decken und einem großen Daunenkissen, schien jedoch nicht den Wunsch zu haben, mich zu missbrauchen. Er ging mit mir um wie mit einem neuen Schoßhündchen und summte mich trostreich in den Schlaf. Holly, du kannst dir nicht vorstellen, wie es war, nach all den harten Jahren auf der kalten Straße von Liebe und Wärme umhüllt zu werden.

Heute kommt es mir vor, als hätte ich ewig geschlafen. Ich schlief traumlos. Als ich aufwachte, sah ich auf die Uhr über dem Kaminsims. Der nächste Tag war bereits weit vorangeschritten. Am Licht von draußen hätte ich es nicht feststellen können, denn es gab keines. Die Fenster waren mit schweren Stoffen verhangen, durch die nicht ein einziger mutiger Sonnenstrahl dringen konnte, um die Räume zu erhellen. Selbst am Tag brannten Kerzen.

Eine Weile blieb ich vor dem Kamin liegen und überlegte, ob ich aufstehen und nach ihm suchen sollte. Doch dann kam er zu mir und brachte wieder Essen und Wein, woran ich mich gierig gütlich tat. Ich fürchte, meine Tischmanieren ließen arg zu wünschen übrig – ich hatte zu viele Jahre damit verbracht, Nahrung als seltenes Geschenk anzusehen, das man sorgsam hüten musste. Er zog mich auf seinen Schoß und umsorgte mich. Ich aß schweigend. Es war das erste Mal, dass mich jemand auf freundliche, sanfte Art berührte, und ich fand es gleichermaßen seltsam wie wunderbar.

›Kannst du lesen, Christian?‹, fragte er mich nach einer Weile.

›Nein, Sir.‹

›Das überrascht mich nicht; du kannst ja kaum sprechen.‹

Ich war beleidigt. Damals hatte ich mir große Mühe gegeben, mich gewählt auszudrücken, und sah mich als Zierde meiner Zunft – ein gut aussehender, gut angezogener, eloquenter Liebhaber. Dabei redete ich natürlich im harten Ton der Gosse, und er wusste es.

›Nun, ich werde dich lehren, wie man liest und wie man redet, Christian. Du wirst mein Schüler und mein Schoßkind sein. Ich habe kein freies Zimmer mehr, du wirst vor dem Kamin schlafen müssen. Du kannst es dir hier unten gemütlich machen, aber halte dich von den oberen Räumen fern. Wenn ich dich dort erwische, setzt es Prügel.‹

›Ja, Sir.‹ Ich konnte kaum glauben, wie Fortuna mir zulächelte. Er meinte es ernst, ich sollte bei ihm bleiben – ich würde jede Nacht vor dem Kamin ein warmes Lager haben und jeden Tag etwas zu essen. ›Sir, was muss ich tun, um meinen Unterhalt zu verdienen?‹ Ich nahm an, entweder als Diener oder als Puppenjunge angestellt worden zu sein.

›Nichts‹, sagte er. ›Außer schön zu bleiben. Werde nicht alt, werde nicht fett, werde nicht hässlich. Sei schön.‹

Da ich kaum vierzehn war, schien mir diese Aufgabe lösbar. ›Ja, Sir‹, sagte ich gehorsam.

›Gut‹, sagte er. ›Und vergiss nicht, du sollst mich Peter nennen. Ich habe noch einen anderen Namen, den ich dir aber noch nicht verraten kann. Es ist ein geheimer Name. In diesem Haus gibt es viele Geheimnisse.‹

Als vierzehnjähriges Straßenkind, das zum ersten Mal die Aussicht auf Geborgenheit hatte, hätte es mich nicht einmal gestört, wenn Peter der Teufel persönlich gewesen wäre. Dass er von Geheimnissen sprach, beschäftigte mich nicht weiter.«

Holly drückte die Hand gegen die Stirn. Ein scharfer Schmerz pochte über dem linken Auge, und Übelkeit stieg in ihr hoch.

»Geht es dir nicht gut, Holly?«, fragte Christian.

»Mir ist schlecht. Wahrscheinlich ist es der Schock.«

»Ich bin es. Deshalb wird dir übel. Es kommt daher, dass du mir so nah bist. Ich sollte verschwinden.«

»Nein«, sagte sie allzu schnell. »Bitte. Es geht schon noch eine Weile. Erzähl mir mehr. Hat Peter dir das Lesen beigebracht?«

»Ja«, antwortete Christian, und die Erinnerung zauberte ein verhaltenes Lächeln auf sein Gesicht. »Ja, er lehrte mich das Lesen und das Schreiben und das Reden, so wie er gesagt hatte. Vom späten Nachmittag bis abends saßen wir vor dem Feuer und gingen Buchstaben und Wörter durch. Er kaufte mir auch neue Kleider – fantastische, teure Gewänder in glühenden Farben und reich verziert. Er behandelte mich sehr gut, Holly. Ein oder zweimal verlor er die Geduld und tat mir weh. Aber da hatte ich es verdient, sehr sogar.«

»Was tat er dir an?«

»Das war später, viel später. Jetzt möchte ich mich nur an diese Abende erinnern, an denen ich zu seinen Füßen saß, an seine sanfte Stimme, an den seltsamen, moschusartigen Duft, den er verströmte. Er hatte keine Haushälterin und kochte und putzte selbst. Nun, zumindest kochte er. Das Haus war schmutzig – auf allem lag eine dicke Staubschicht, die Polstermöbel und die Teppiche waren fleckig und verdreckt. Ich wohnte bereits zwei Monate in dem Haus, bevor ich herausfand, dass noch jemand dort lebte.«

»Noch jemand?«

»Ja. Sie wohnte in einem der oberen Zimmer. Ich wusste, dass mir verboten war, dort hinaufzugehen, aber nachdem ich mich an meine Umgebung gewöhnt hatte und Peter vertraute, wurde ich neugierig und schlich mich zum Fuße der Treppe, um zu sehen, was oben vor sich ging. Peter verschwand jeden Tag mehrere Stunden dort. Ich wusste, dass er irgendeiner Arbeit nachging, wusste jedoch nicht, welcher Art. Ich stand auf der ersten Stufe, die Hand auf dem Geländer, und starrte in die mir verbotene Dunkelheit hinauf, als plötzlich eine kleine, blasse Gestalt am Treppenabsatz auftauchte. Kaum hatte sie mich gesehen, stieß sie einen überraschten Schrei aus und rannte zurück in die Dunkelheit.

Ich wäre ihr fast nachgelaufen, traute mich jedoch nicht. Es war ein Mädchen gewesen, etwa in meinem Alter, in einem blauen Musselin-Kleid, mit hellblondem Haar, das zu beiden Seiten des Gesichts in Löckchen herabfiel. Sie war sehr hübsch. Ich fragte mich, ob Peter auch sie als sein Schoßhündchen hielt, und ich spürte einen Stich der Eifersucht bei dem Gedanken, dass ich vielleicht nicht sein einziger Liebling war.

So sehr ich es auch versuchte, ich konnte sie nicht vergessen. Wochen vergingen, ohne dass ich sie wieder sah. Peter gegenüber erwähnte ich nicht, dass ich von ihrer Existenz wusste, aus Angst, er könnte mir böse sein.

Ein Tages verließ Peter frühmorgens das Haus, um Geschäfte zu tätigen, wie er sagte; ich solle daheim meine Buchstaben üben. Ich saß in meinem Lieblingssessel in diesem düsteren Haus und lernte fleißig. Draußen prasselte der Regen herab und klatschte von der Dachrinne auf die Straße. Das Ticken der Uhr hallte durch den stillen Raum, und plötzlich dachte ich nur noch daran, dass dies vielleicht meine einzige Gelegenheit war, das obere Stockwerk zu erkunden und das Mädchen zu finden.

Ich legte mein Buch beiseite, vor Aufregung fast benommen. Wenige Monate zuvor hätte es mir nicht das Geringste ausgemacht, durch das Haus zu streifen, einige kostbare Stücke mitgehen zu lassen und sie auf der Straße zu verhökern. Aber Peter hatte mittlerweile einen fast zivilisierten Menschen aus mir gemacht. Und was noch schwerer wog: ich war von seiner Liebe und seiner Güte so abhängig geworden, dass ich mir nicht mehr vorstellen konnte, ohne ihn leben zu müssen.

Deshalb zitterte ich nervös, als ich mich der Treppe näherte und hinaufging. An manchen Stellen war der Treppenläufer abgewetzt. Vorsichtig setzte ich einen Fuß vor den anderen. Es war seltsam. Alle äußeren Anzeichen sprachen dafür, dass ich allein im Haus war, und doch wusste ich, dass sie hier oben sein musste, dass ihr warmes, kleines Herz genauso schlug wie meines. Als ich oben angekommen war, wusste ich nicht, in welche Richtung ich gehen sollte. Ich zögerte. Schließlich holte ich tief Atem und wandte mich nach rechts.

Hier oben war es noch dunkler als unten, auch wenn das fast unmöglich schien. Die Türen zu den Zimmern waren geschlossen, kein einziger Lichtstrahl drang durch die Ritzen. Meine Augen mussten sich erst einmal an die Dunkelheit gewöhnen, und ich tastete mich an der Wand entlang, bis ich einen Türgriff spürte. Mein Herz schlug wie wild, als ich den Griff herunterdrückte und die Tür aufstieß. Ich stand in einem leeren Raum mit zugezogenen Vorhängen, in dem ein muffiger Geruch in der Luft hing. Ich schloss die Tür und ging den Flur entlang.

Obwohl ich angestrengt lauschte, hörte ich kein Lebenszeichen. Mir kam der Gedanke, dass ich das Mädchen womöglich fantasiert hatte, und fast begrub ich meine Hoffnungen. Ich öffnete die nächste Tür, an die ich kam – offensichtlich Peters Schlafzimmer. Es roch sehr stark nach ihm – ein leicht schweißiger, männlicher Geruch. Ich schloss die Tür und ging weiter, öffnete die nächste und fand mich erneut in einem düsteren Zimmer. Meine Augen hatten sich an die Dunkelheit gewöhnt, doch der Raum war so sonderbar eingerichtet, dass ich vor Staunen blinzelte.

Zwei der Wände waren von Bücherregalen bedeckt, und auf die dritte – wo ein Fenster mit Holz verkleidet worden war – hatte jemand einen großen roten Stern gemalt. Um ihn herum liefen Zahlen und Buchstaben – seltsame Buchstaben, wie ich sie noch nie gesehen hatte. Ich trat näher heran und konnte einige der Schriftzeichen entziffern, die meisten jedoch nicht. Ich sah mich um. Das Zimmer erinnerte mich an etwas, ohne dass ich wusste, an was. Auf einem langen, niedrigen Tisch lag ein aufgeschlagenes Buch, und auf dem Boden standen Kerzen in sorgfältiger Anordnung.

Dann erinnerte ich mich – als ich ein kleines Kind war, hatte mich meine Mutter oft mit in Kirchen genommen, wo es Almosen für uns gab. Dieses Zimmer war wie eine Kapelle gestaltet, der lange, niedrige Tisch eine Art Altar. Doch irgendetwas an diesem Raum machte mir Angst. Die Kirchen waren Orte des Lichts und der Liebe gewesen, hier war es dagegen dunkel und kalt. Die seltsame Sprache, die auf die Wand gemalt war, hatte etwas Düsteres, und die Wände atmeten einen schweren, unangenehmen Geruch aus. Ich trat hinaus und schloss die Tür vorsichtig, und in meinem Kopf formten sich unzählige Fragen, von denen ich wusste, dass ich sie niemals stellen durfte.

Nur eine Tür blieb noch übrig auf dem Flur, doch mittlerweile glaubte ich nicht mehr daran, dort noch etwas zu finden. Sachte drückte ich die Klinke hinab und öffnete die Tür.

Und dort war sie. Nach der Dunkelheit blendete mich das Licht in ihrem Zimmer. Die Vorhänge waren zurückgezogen und gaben den Blick auf einen grau verhangenen Himmel frei. Ich hatte das Gefühl, als wäre ich erblindet, wenn die Sonne geschienen hätte. Sie saß auf ihrem Bett und starrte mich mit ihren dunkelblauen Augen an wie ein verängstigtes Kaninchen.

›Ich tu dir nichts‹, sagte ich und ging auf sie zu.

Sie wimmerte leise und wich zurück, aber ich setzte mich neben sie aufs Bett und ergriff ihre Hand. Ihr Teint war zart und blass, ihr Körper unter dem blauen Kleid begann gerade erst zu erblühen. Sie zitterte, und ihre Hand war kalt.

›Ich bin Christian. Hab keine Angst. Ich bin ein Freund von Peter.‹

Sie nickte und schien sich etwas zu beruhigen.

›Ich hab dich vor ein paar Wochen gesehen. Erinnerst du dich?‹ fragte ich.

›Ja‹, antwortete sie leise. ›Ich erinnere mich.‹

›Wie heißt du?‹

›Rosalind.‹

›Wohnst du auch hier?‹

›Ja, ich lebe hier mit Vater.‹

›Vater?‹ Ich brachte das Wort kaum über die Lippen. Sie war Owlings Tochter. ›Hast du eine Mutter?‹

Sie schüttelte den Kopf. ›Ich glaube nicht. Wohnst du jetzt hier?‹

›Ich denke schon. Peter hat mich hierher gebracht und sagte, ich solle bei ihm bleiben. Ich weiß nicht, warum er uns nicht vorgestellt hat.‹

›Ich darf mein Zimmer nicht verlassen.‹

›Und ich darf nicht hier oben sein. Was machst du den ganzen Tag?‹

Sie schien Gefallen an mir zu finden. ›Ich lese, manchmal spiele ich. Magst du mit mir spielen?‹

›Was für Spiele?‹

›Ich erfinde sie – wie Geschichten in Büchern. Manchmal bin ich eine Piratin, oder eine Königin, oder ein Pferd. Hast du Lust, Piraten zu spielen?‹

Sie strahlte mich so bezaubernd an, dass ich ihr die Bitte auch dann nicht abgeschlagen hätte, wenn es meinem kindlichen Gemüt eingefallen wäre, dass ich mich an einem Ort aufhielt, der mir verboten war. Sie verkleidete mich als Pirat, indem sie mir einen Flicken über ein Auge band, und wir verbrachten den Vormittag damit, so zu tun, als sei ihr Bett die Fregatte Rosalind, die gegen die spanische Flotte kämpfte und einen riesigen Schatz in Form von farbiger Wolle anhäufte. Wir lachten und kicherten wie die … nun, Kinder, etwas, das ich nie gekannt hatte. Immer wieder drückte sie ihren warmen, weichen Körper gegen mich, küsste mich auf die Wange oder flüsterte geheimnisvoll in mein Ohr, und ihr süßer, heißer Atem kitzelte mich. Im Nu war ich betört.

Als ich unten die Tür zuschlagen hörte und mir klar wurde, dass Peter zurückgekehrt war, bedauerte ich es eher, mit dem Spiel aufhören zu müssen, als an den Ärger zu denken, der mich erwartete. Rosalind stockte der Atem. ›Vater‹, sagte sie mit tiefer, erschrockener Stimme. Wir sahen einander an, viel zu jung und verwirrt, um eine Entscheidung zu treffen, bevor wir seine Schritte auf der Treppe hörten.

›Christian, wo bist du?‹, rief er.

Ich vertraute darauf, dass Ehrlichkeit mich schützen würde. ›Ich bin hier oben, Peter. Ich spiele mit Rosalind.‹

Die Schritte beschleunigten sich, und wir hörten, wie sie durch den Flur hallten, bevor er die Tür von Rosalinds Zimmer aufriss, das Gesicht dunkelrot vor Wut.

›Was, zum Teufel, geht hier vor?‹, herrschte er mich an.

›Vater, sei nicht böse …‹, versuchte Rosalind ihn zu besänftigen. ›Bitte, sei nicht böse.‹

Ich erinnere mich, dass ich mir gerade die alberne Klappe vom Auge nahm, als Peter mich am Arm packte und mich brutal in den Flur hinausriss. Mit einer schnellen Bewegung schlug er die Tür zu Rosalinds Zimmer zu, und wir standen im Dunkeln. Ich konnte nichts erkennen, und als er mich gegen die Wand warf, verlor ich jeden Orientierungssinn. Unsicher rappelte ich mich auf. Ich wusste nicht, wo Peter stand. Der Schlag kam von hinten; ich prallte mit dem Kopf gegen die Wand. Von der anderen Seite der Tür hörte ich Rosalinds Schrei. Ich stützte mich an der Wand ab, als mich ein heftiger Schlag in den Rücken auf die Knie schickte. Es klingelte in meinen Ohren, ein hoher, wimmernder Ton, und ich spürte den Geschmack von Blut im Mund. Peter war ein massiger Mann, und ich stand gerade an der Schwelle zur Pubertät. Ich hatte nichts gegen ihn aufzubieten, und als die Schläge auf mich herabprasselten, nahm ich sie schließlich mit dem Fatalismus hin, den ich auf der Straße gelernt hatte. Ich nahm an, dass ich sterben musste. Doch

Rosalind rettete mich. Schluchzend rief sie hinter der Tür:

›Aber Vater, sein Gesicht, sein wunderschönes Gesicht.‹

Peter hielt inne. Mühsam brachte ich mich in eine Sitzlage und sah zu ihm auf. Ich spuckte etwas Blut. Sanft berührte er meine geschwollene, blutende Lippe mit seiner fetten, weißen Hand. Ich zuckte zusammen, aber ich hatte keine Angst. All seine Wut schien verraucht, seine Gewalt verebbt, und er war wieder der liebenswerte Fürsorger.

›O Christian, vergib mir.‹ Er beugte sich über mich und schloss mich in seine Arme. Der Schrecken verschlug mir noch immer die Sprache. Ich wehrte mich nicht gegen seine Umarmung und ließ mich von ihm nach unten tragen. Er setzte mich in den Sessel vor dem Kamin und küsste mich sanft auf die aufgeplatzten Lippen. ›Vergib mir, mein wunderbarer Junge. Eines Tages werde ich es dir erklären. Natürlich warst du neugierig. Es tut mir so Leid, so Leid.‹

Natürlich vergab ich ihm. Er war mir teurer als …«

Christians Stimme verlor sich, er presste die vollen Lippen zusammen, von Gefühlen überwältigt. Holly war jedoch froh über die Unterbrechung. Die Übelkeit war immer schlimmer geworden, jetzt war sie kaum mehr erträglich.

»Christian, ich glaube, ich muss brechen.«

»Dann sollte ich schleunigst verschwinden.«

»Nein, bleib.«

»Du kannst mich wieder rufen. Jederzeit. Und wenn du meine Geschichte nicht hören willst, können wir uns lieben.«

Der Gedanke daran machte sie schwach, doch die Drohung ihres Magens, sich seines Inhalts zu entleeren, war bei weitem dringlicher.

»Ich werde ganz bestimmt bald wieder mit dir sprechen«, sagte sie.

Darauf zitterte das Bild und verschwand, und sie blieb

allein im Licht der Kerzen zurück. Fast augenblicklich verschwand auch der Brechreiz, und der Schmerz in ihrem Kopf verebbte.

Und noch nie in ihrem Leben hatte sie sich so einsam gefühlt.

8. Kapitel

»Justin?«

Justin war auf dem Weg in sein Zimmer, als ihn seine Tante von oben rief. Er ging zurück zur Treppe und schaute zu ihr hinauf.

»Hi, Emma.« Heute war ein seltsamer Tag gewesen. Holly war gar nicht gekommen, und Prudence hatte die ganze Zeit auf ihn eingeredet. Sie war nett, aber ein bisschen anstrengend. Vor allem verwirrte es ihn, wie enttäuscht er über Hollys Fortbleiben gewesen war. Es hätte ihm gerade noch gefehlt, sich jetzt auf kindische Weise in jemanden zu verknallen – vor allem jemand, der gerade eine Scheidung durchmachte. Er wollte sich nur noch aufs Bett legen, an die Decke starren und all seine Gefühle ausschalten. Manchmal ging es nicht anders.

Emma kam die Stufen herab, ein Lächeln umspielte ihre Lippen. Für eine ältere Frau sah sie ziemlich gut aus, rund und weich, mit grauen Strähnen in den Haaren und großen, braunen Augen. Aber sie wurde langsam zum Problem für Justin, denn sie schien weit mehr als mütterliche Zuneigung für ihn zu empfinden. Unwillkürlich wich er zurück.

Emma schien es nicht bemerkt zu haben. »Schönen Tag gehabt?«, fragte sie, legte Justin den Arm um die Schultern und führte ihn in die Küche.

»Trinken wir eine Tasse Kaffee und plaudern etwas«, sagte sie, schob ihn zu einem Stuhl neben der Küchenbank, bevor sie den Wasserkessel füllte und den Herd einschaltete. Dann ging sie zu ihm, blieb neben ihm stehen und strich ihm unvermittelt durchs Haar. Er wollte weg von ihr, wusste aber nicht wie. Wenn er wirklich ging oder etwas sagte, würde er zugeben, dass es ihm unangenehm war. Es schien höflicher und auch klüger, ihre Zärtlichkeiten zu ignorieren und darauf zu hoffen, dass sie irgendwann damit aufhörte. Keine effektive Methode, um Probleme zu lösen, wie er aus eigener, bitterer Erfahrung wusste, aber der einzige Weg, den er kannte.

»Wie geht's mit deiner Arbeit im College voran?«, fragte sie, ging wieder zur Anrichte und machte zwei Tassen Kaffee. Sie hatte ihn nie gefragt, wie er seinen Kaffee trank, sondern machte ihn immer mit viel Milch und Zucker. Er bevorzugte ihn schwarz und ohne Zucker, hatte ihn aber schon so oft akzeptiert, dass es zu spät schien, jetzt etwas zu ändern. Sie stellte die Tasse vor ihm ab, und er trank, während sie sich auf den Stuhl neben ihn setzte.

»Ganz gut. Holly ist sehr hilfsbereit, und Jane ist eine gute Tutorin.«

»Ah, all die Frauen in deinem Leben, Justin.« Dann fügte sie leise und traurig hinzu. »Jane ist eine solch attraktive Frau – ich glaube, manchmal hätte Lucien lieber sie als mich.«

Justin sah seine Tante an. »Ich bin sicher, dass du dich irrst.« Justin konnte sich nicht vorstellen, dass Lucien irgendwelche menschlichen Gefühle verspürte, ganz zu schweigen von Liebe oder Sehnsucht. Aber er vermittelte Emma seine Gedanken nicht, sondern ließ sie glauben, er mache ihr ein Kompliment.

Sie lächelte. »Willst du es dir nicht noch überlegen und nächstes Wochenende doch mit uns kommen? So allein wird es einsam für dich sein.«

In zwei Tagen begannen die Osterferien, und Lucien und Emma machten einen Ausflug nach Queensland. Emma wollte ihn zwar dabeihaben, aber als Justin sah, wie sich Luciens Mund bei dem Vorschlag verzogen hatte, zweifelte er nicht daran, wo er Ostern zu verbringen hatte. Genau hier, im heiteren Heim der Humberstones.

»Nein, ich werde mich nicht einsam fühlen. Ich werde ein bisschen arbeiten und die Stadt erkunden.«

Nachdenklich presste sie die Lippen aufeinander. »Vielleicht sollte ich hier bei dir bleiben …«

»Nein«, sagte er und hoffte, dass es nicht zu schnell gekommen war. »Wirklich, Emma – amüsiere dich lieber mit deinem Ehemann.« Sofort bedauerte er seine Wortwahl. Hatte er sie mit dem ›Ehemann‹ schon zu deutlich in ihre Schranken verwiesen? Ein Gespräch mit ihr war wie ein Gang durch ein Minenfeld, von dem sie gar nichts wusste.

»Lucien und ich … nun, wir verstehen uns nicht mehr so gut wie früher.«

Aus Furcht, wieder etwas Falsches zu sagen, sagte er lieber gar nichts.

»Unter uns, wir haben seit Monaten keinen Sex mehr gehabt«, fuhr sie fast beiläufig fort und stellte ihre Tasse auf die Untertasse. Er starrte in seinen Schoß und spürte, wie er errötete.

»Ist dir das peinlich, Justin?« Er schaute auf. Sie hielt ihn in ihrem Blick gefangen.

Stumm schüttelte er den Kopf. »Ich muss wirklich noch ein paar Sachen erledigen«, sagte er, stand hastig auf und ließ eine halb volle Kaffeetasse zurück. Fast hatte er den sicheren Hafen seines Zimmers erreicht, als sie seine Hand ergriff.

»Justin, weich mir nicht aus«, flüsterte sie in sein Ohr. »Du und ich, wir könnten uns so nahe sein – fändest du es nicht schön, jemandem ganz nahe zu sein? Du bist ein so trauriger, ernster Junge. Ich möchte nur deine Freundin sein, deine Vertraute.«

»Emma, ich …« Jetzt wäre es an der Zeit gewesen, ihr deutlich zu machen, dass ihm ihre Vorstellung von Freundschaft nicht paßte, freundlich, aber bestimmt. Doch seine Zunge war wie aus Blei. Sie stand so nahe bei ihm, dass er ihren warmen Kaffee-Atem roch.

»Ich bin eine Frau, Justin. Vielleicht siehst du in mir nur deine mollige, alte Tante, aber ich bin eine Frau.«

»Ich muss für morgen noch etwas lesen«, sagte er so normal wie er konnte. »Jane erwartet mich um neun – ich möchte sie nicht enttäuschen.«

Sie ließ seinen Arm los. »Nein, das darfst du nicht.« Damit drehte sie sich um und ging summend davon, als sei gar nichts geschehen. Erleichtert stieß er die Zimmertür auf und ließ sich aufs Bett fallen. Er sehnte sich nach ein paar Stunden friedlichem Schlaf.

Konzentriere dich, Prudence. Sie musste sich zwingen, sich jetzt nicht davontragen zu lassen. Dieses Mal hatte As gewonnen – er hatte sie in sein Büro bestellt und ihr dort einen Strauß Blumen geschenkt (den er zweifellos vorher für fünf Dollar an einer Tankstelle gekauft hatte – aber der Gedanke zählte) und ihr den Rock über die Hüften geschoben, noch bevor sie ›ich verzeihe dir‹ sagen konnte. Aber jetzt, da sie mit dem Kopf auf seiner Schreibtischunterlage lag, ihre Beine um seine Hüften gewickelt hatte und ihre Hand nach seinem Schlüsselbund ausstreckte, triumphierte sie. Er hatte die Augen zusammengekniffen und stöhnte leidenschaftlich, sodass er weder sah noch hörte, wie sie die Schlüssel ergriff und unter ihren Slip schob, der neben ihr auf dem Tisch lag. Sie hatte, was sie wollte.

Er stieß einen letzten Seufzer aus und ließ den Kopf auf ihre Brüste sinken. Mit der rechten Hand streichelte er ihre Brustwarzen. »Ich bin so froh, dass du zurückgekommen bist, Prudence. Am Montag dachte ich, es sei … du weißt schon, aus.«

»Natürlich nicht«, murmelte sie und strich ihm durchs Haar.

»Ich wollte alles klarstellen, bevor die Ferien beginnen. Zwei Wochen lang werde ich dich nicht sehen, und ich werde deinen herrlichen Körper vermissen.« Sie wusste, dass er nur so tat, als täte es ihm Leid. Über Weihnachten waren sie zwei Monate getrennt gewesen, und es hätte sie fast umgebracht, während es ihm nicht allzu viel ausgemacht zu haben schien. As interessierte sich nur dafür, es ihr noch einmal zu besorgen, bevor er über Ostern mit seiner Familie nach Sydney fuhr. Aber sie nahm sein Kompliment hin, hatte sie doch seine Schlüssel und ein leeres College, in dem sie in den Ferien spielen konnte.

Er machte sich von ihr frei und drehte sich herum, um die Hose hochzuziehen. Als sie sich anzog, steckte sie sich heimlich den Schlüsselbund in den Slip und glättete den Rock darüber. Nicht gerade angenehm, aber es war die Mühe wert.

Aswell drehte sich herum und küsste sie auf die Stirn. »Ich mag dich sehr, Prudence.«

Sie lächelte stumm. Es war nicht das, was sie gerne gehört hätte, aber es musste reichen.

»Wann fährst du morgen?«, fragte sie, als er sie zur Tür brachte.

»Unser Flugzeug geht um neun. Meine Frau hat wie üblich Mist gebaut – ich wollte viel später fliegen. Jetzt müssen wir uns in der Hauptverkehrszeit zum Flughafen durchkämpfen. Sollen wir eine rauchen gehen?«

Sie schüttelte den Kopf. »Nein, ich muss noch ein paar Dinge erledigen, bevor die Ferien anfangen. Viel Spaß jedenfalls.«

Er sah sie leicht überrascht an, ließ sie jedoch ziehen. »Danke, dir auch schöne Ferien.«

Vorsichtig ging sie zur Treppe – gar nicht so einfach mit einem Schlüsselbund in der Unterhose – und betrat kurz darauf erleichtert ihr Büro. Justin und Holly waren da, hatten die Köpfe jedoch über ihre Arbeit gebeugt. Sie schob ihren Stuhl zum Fenster, schob die Finger unter den Rock und nahm heimlich die Schlüssel aus ihrem Slip. Nachdem sie den Bund in ihre Tasche hatte fallen lassen, drehte sie sich wieder um und sagte laut: »Ferienzeit!«

Holly legte ihren Stift zur Seite und sah auf. Prudence war aufgefallen, wie still Holly die ganze Woche gewesen war, aber sie führte es auf den Schock zurück, dass ihr Mann gedroht hatte, sich umzubringen. Justin schwang sich in seinem Stuhl herum und setzte etwas auf, das ein Lächeln hätte sein können, wenn sein Gesicht nicht aus

Stein gewesen wäre. Langsam fand sie es trotzdem liebenswert.

»Fahrt ihr irgendwo hin?«

Holly schüttelte den Kopf, und Justin sagte: »Nein.«

»Ich auch nicht. Ich habe aber ein Haus und einen Weinkeller zur Verfügung. Interesse?«

Holly schien sich das Angebot sehr sorgsam zu überlegen. Schließlich sagte sie: »Das klingt lustig.«

Justin nickte langsam, als habe er erst Hollys Antwort abwarten wollen. *He, was war das denn? War Justin an Holly interessiert?*

»Sollen wir bei dir übernachten?«, fragte er.

»Von mir aus das ganze Wochenende«, antwortete Prudence. Sie war sich nicht sicher, warum sie leichten Ärger darüber verspürte, dass Justin Holly mögen könnte, schließlich war Holly nicht besoffen zu ihm gekommen und auf seinem Bett eingeschlafen. Holly war klug und hübsch und schlank, Holly hatte Manieren und wusste, wann man den Mund hielt. »Wenn ihr kommt, habe ich eine Überraschung für euch, Leute.«

»Was denn?«, fragte Holly.

»Das wird nicht verraten, denn es ist ja eine Überraschung. Bis morgen dürft ihr raten. Kommt so gegen sechs und bringt Sachen zum Übernachten mit. Ich mache uns was zu essen, und wir bleiben die ganze Nacht auf – so wie auf einer Pyjamaparty.« Prudence spürte, wie sie der Eifer packte, als sie das Wochenende plante. »Kommt, das wird superlustig.«

»Ich komme«, sagte Holly bestimmt.

»Ich auch, schätze ich«, fügte Justin hinzu.

Prudence grinste. »Wartet, bis ihr seht, was ich für euch habe.«

Nach dem Aufwachen war für wenige Sekunden alles in Ordnung. Während Holly durch die Schichten des Schlafes nach oben trieb, spürte sie nur etwas Weiches, Warmes dank der Heizdecke, die sie letzte Woche gekauft hatte, und hörte leise den Wind, der in den Bäumen seufzte.

Doch dann trat sie auf dem gedämpften, samtenen Pfad ihrer noch halb schlafenden Gedanken auf einen spitzen Stein. Es stimmte, sie wurde wahnsinnig.

Holly setzte sich auf und schüttelte sich das Haar aus den Augen. Ich werde verrückt. Seit Dienstagmorgen hatte diese Vorstellung sie nicht mehr losgelassen. Montagabend hatte sie geglaubt, dass Christian wirklich existierte, dass die Geschichte wirklich erzählt worden war, dass ein Geist Kontakt mit ihr aufgenommen hatte. In jener Nacht hatte sie mit betäubten Sinnen geschlafen, hatte alles geglaubt. Aber am Dienstag war sie mit dem Gefühl aufgewacht, den Bezug zur Realität völlig verloren zu haben. Es konnte kein Geist gewesen sein. Sie konnte keinen gesehen haben, weil es keine gab. Sie hatte sich alles nur vorgestellt, in einem Anfall von Umnachtung, der Zweifel an ihrer geistigen Gesundheit aufkommen ließ. Vielleicht sollte sie Hilfe in Anspruch nehmen. Woher konnte sie wissen, dass es nicht wieder geschehen würde?

Aber Christian, Christian. Das letzte Mal, dass sie so für jemanden empfunden hatte … nun, wenn sie ehrlich war, hatte sie noch nie so für jemanden empfunden. Sie hatte jede Vorstellung von Liebe aufgegeben, hatte für sich beschlossen, dass es sich nur um eine biologische Notwendigkeit handelte, der durch Wunschdenken bestimmte romantische Eigenschaften angedichtet worden waren. Sich in jemanden zu verlieben, den es gar nicht gab …

Seufzend quälte sie sich aus dem Bett. Es war Karfreitag. Heute Abend fand Prudences Party statt, eine willkommene Ablenkung. Und dennoch, und dennoch, vielleicht war es an der Zeit zuzugeben, dass sie nicht ganz dicht war. Vielleicht sollte sie einen Flug buchen und nach Townsville zurückkehren, zu Michael, zur Schule und zu ihrer Familie. Der Gedanke daran beruhigte sie auf seltsame Weise, auch wenn er sie gleichzeitig vor Frustration krank machte. Sie war überzeugt, dass der ganze Aufruhr, Michaels Brief, ihre schreckliche Wohnsituation, zu ihrem kleinen Zusammenbruch am Montagabend beigetragen hatte. Wenn sie dem entfliehen konnte, dann würde bestimmt alles wieder gut werden.

Das Dumme war nur, dass sie sich vollkommen normal fühlte. Sie hatte das Gefühl, als sei das, was sie erlebt hatte, wirklich passiert. Aber wenn sie verrückt war, dann musste sie ja so denken, oder?

Sie zog den Morgenmantel und die Hausschuhe an und schlurfte in die Küche. Der Wasserhahn über der Spüle tropfte langsam und beharrlich. Als sie einen Teebeutel aus dem luftdichten Behälter nahm, krabbelte eine Schabe unter die Küchenbank. Hinter dem Kessel pellte sich die Tapete ab, und während sie darauf wartete, dass das Wasser kochte, zog sie einen traurigen, grauen Streifen davon ab. Sie machte sich etwas zu essen und rief dann ihre Mutter an.

»Hallo?«

»Mum? Hier ist Holly. Frohe Ostern.«

»Wie schön, dass du anrufst«, sagte ihre Mutter. »Geht es dir gut?«

»Danke, ja. Ich hab ziemlich viel am College zu tun, und heute Abend besuche ich Freunde.«

»Es gefällt dir also noch?« Ihre Mutter hatte seit ihrer Ankunft in Melbourne versucht, sie wieder nach Hause zu bekommen. Ihr Platz war an der Seite ihres Mannes und im Kreis ihrer Familie. So sahen es jedenfalls die Becks. Und Michaels Eltern. Holly weigerte sich, ihre Niederlage einzugestehen – schon gar nicht am Telefon, ihrer Mutter gegenüber.

»Ja, es gefällt mir noch.«

»Michael ist hier.«

Holly erstarrte. »Bei euch zu Hause?«

»Er und seine Familie sind gekommen und nehmen mich zur Kirche mit. Willst du ihn sprechen?«

»Nein, ich kann nicht.«

»Sicher kannst du. Warte, ich geb ihn dir.«

»Nein, Mum, ich ...« Holly hörte ein dumpfes Geräusch, als ihre Mutter den Hörer auf den Tisch legte und sich auf die Suche nach ihrem einstigen Ehemann machte. Sie dachte kurz daran, aufzulegen, aber die Selbstmorddrohung hatte Eindruck hinterlassen. Vielleicht war sie es ihm schuldig, mit ihm zu reden.

Endlich kam er ans Telefon. »Hallo?«

»Frohe Ostern, Michael«, sagte sie und bemühte sich, fröhlich zu klingen, was allerdings misslang.

»Frohe Ostern, Holly«, entgegnete er sanft.

Ein langes, unangenehmes Schweigen folgte.

»Ich habe deinen Brief bekommen«, sagte sie schließlich. »Meinst du wirklich ernst, was du geschrieben hast?«

»Einiges schon.«

»Du denkst doch nicht im Ernst daran, dich umzubringen. Nicht wegen mir, ich bin es doch gar nicht wert.«

»Holly, erzähl mir nicht, was ich zu fühlen habe. Wir gehören zusammen, das weiß ich. Ich will nur, dass du aufwachst und es auch erkennst. Wir gehören zusammen.«

Jetzt wurde es wirklich unangenehm. Am liebsten wäre Holly wieder ins Bett gegangen und hätte geschlafen, bis sie dreißig war. »Michael, ich muss los.«

»Wohin gehst du?«

»Ich … ich treffe mich mit ein paar Freunden.«

Er sagte nichts.

»Michael, bist du noch dran?«

»Auf Wiedersehen«, sagte er. Sie hörte ein Klicken, und es war vorbei – zumindest für den Augenblick. Sie wünschte, sein ›Auf Wiedersehen‹ hätte weniger unheilvoll geklungen. Sie wünschte sich, nicht noch acht Stunden totschlagen zu müssen, bevor sie wieder Gesellschaft hatte.

Lucien sank soeben in einen dringend benötigten Nachmittagsschlaf. Gestern Nacht hatte er kein Auge zugemacht – in fremden Betten konnte er nur selten richtig schlafen. Den Vormittag hatte er damit verbracht, Emma einen Einkaufsbummel zu spendieren, den sie mit einem teuren Mittagessen abgerundet hatten. Er hoffte, dass sie das einige Stunden besänftigen würde; sie schien so viel Aufmerksamkeit zu brauchen.

Plötzlich spürte er, wie sich warme weiche Lippen auf seinen Mund pressten. Mit aller Kraft versuchte er, im dunklen Schlummer zu verharren, aber die Welle des Erwachens schwappte über ihn hinweg. Da waren sie wieder – Lippen, die über sein Gesicht glitten, seinen Hals liebkosten.

»Lucien, bist du wach?« Ihre Stimme schreckte ihn auf.

»Emma? Ich war gerade eingeschlafen. Was machst du da?«

Sie zog die Decke zurück und küsste seine Brust, fuhr mit der Zunge über die Brustwarzen, umfasste mit einer Hand seine Eier. »Komm schon – es ist drei Uhr nachmittags. Warum willst du jetzt schlafen? Wo du doch eine willige Sexsklavin bei dir hast.«

Das Licht, das durch das Hotelfenster schien, zeichnete ihre Figur deutlich ab – die runden, fetten Schultern, den feisten Oberkörper. Es schauderte ihn, als er sie fortstieß. »Emma, ich will mich ausruhen.«

Schmollend richtete sie sich auf. »Lucien, wir haben uns so lange nicht mehr geliebt ...«

»Ich weiß, wie lange es her ist, du brauchst mich nicht daran zu erinnern.« Jetzt war er wütend. Wütend, weil sie ihn geweckt hatte, wütend, weil sie nicht mehr die schlanke, schöne Frau war, die er geheiratet hatte. Und wütend auf sich selbst, weil er seine Wut nicht unterdrücken und seine Pflicht als Ehemann erfüllen konnte.

Wut stand einfach im Weg, wenn es um Liebe ging. »Vergiss es einfach, okay? Ich bin nicht in amouröser Stimmung.«

Sie legte sich mit brütender Miene neben ihn. »Fühlst du dich bedroht?«, fragte sie plötzlich.

»Wovon um alles in der Welt redest du?«

»Justin. Fühlst du dich in seiner Gegenwart alt?«

Darauf war er nicht im Geringsten vorbereitet. »Nein, natürlich nicht. Er ist nur ein schlaffer, verwöhnter ...«

»Er ist jung und schön. Und du gehst auf die fünfzig zu.«

Dafür hätte er sie schlagen mögen. Nicht weil er beleidigt war, sondern weil sie sich offenbar in den Jungen verguckt hatte. In Augenblicken wie diesen fragte er sich, ob sie je genug gemeinsam gehabt hatten, um zu heiraten. Wie verzerrt war ihr Urteilsvermögen eigentlich?

»Emma, du bist vierundvierzig und kaum eine Nymphe. Du unterliegst doch hoffentlich nicht der Illusion, Justin könnte dich attraktiv finden?«

»Ist das so undenkbar?«

Er antwortete nicht, sondern ließ das Schweigen für sich sprechen.

»Er ist ein netter Junge, Lucien, und wenn du dich mehr als fünf Minuten mit ihm beschäftigen würdest, fändest du das auch heraus.«

»Emma, das bildest du dir ein. Er ist trübsinnig und spricht mit keinem eine Silbe. Deute sein Schweigen bitte nicht als unterdrückte Sehnsucht nach dir. Du machst dich zum Gespött.«

Sie schniefte laut, und als Lucien erkannte, dass er sie zum Weinen gebracht hatte, wurde er noch ungeduldiger mit ihr. »Gewöhne dich mal nicht zu sehr an ihn, was immer du auch empfindest. Er ist auf der Durchreise, und bei uns bleibt er nicht, das garantiere ich dir.«

Sie antwortete nicht, und Lucien schloss die Augen, um wieder in den wohligen Schlummer zu sinken, den sie unterbrochen hatte. Aber es ging nicht mehr.

»Vielleicht bleibt er«, sagte sie leise, stieg aus dem Bett und hob ihre Kleider vom Boden auf. »Vielleicht mag er uns ja eines Tages … oder zumindest mich.«

Er richtete sich auf und griff nach dem Buch auf seinem Nachttisch; offensichtlich war ihm patout kein Schlaf vergönnt. »Emma, sieh ihn lieber als zeitlich begrenzte Einrichtung. Das macht es uns allen leichter.« Sein bekräftigendes Lächeln wirkte unsicher. »Glaube mir.«

»Justin? Dich hätte ich jetzt nicht erwartet.« Holly trat zur Seite und ließ Justin herein. Er trug einen dunkelgrünen Pullover und Kordhosen und roch nach einem teuren Aftershave. Wenn sie Prudence gewesen wäre, hätte sie jetzt einen leicht frivolen Kommentar dazu abgegeben, aber solche Dinge überließ man besser den Experten.

»Na ja, ich bin auf dem Weg zu Prudence, und ich dachte, ich schaue mal vorbei, ob du noch da bist. Wir können ja zusammen gehen.«

»Prima. Ich zieh mir nur schnell meine Schuhe an ... ähm! ... setz dich doch.« Sie deutete auf den einzelnen Sessel, der in der Ecke stand, die sie Wohnzimmer nannte, und ging ins Schlafzimmer. Als sie wiederkam, saß er nicht, sondern betrachtete die Bücher in ihrem Regal.

»Hast du das selbst gemacht?«

»Ja, zwei Latten und ein paar Ziegelsteine. Warte, bis du Prudences Regale siehst. Du wirst vor Eifersucht sterben. Ist das nicht eine hässliche Wohnung?«

Er sah sich um und strich sich die Haare aus der Stirn. »Na ja, ziemlich schlicht. Aber ich habe schon schlimmere gesehen.«

»Es ist ein bisschen wärmer, seit ich was gegen den Durchzug unter der Tür angebracht habe. Aber wenn es regnet, riecht es immer furchtbar. Und es regnet viel hier.«

Er sagte nichts, und sie musste sich auf die Zunge beißen, um die Pause nicht mit sinnlosem Geschnatter zu füllen. Sie musste sich nur an seine Art gewöhnen. Prudence schien den Bogen rauszuhaben, sie kümmerte sich nicht darum, ob er zuhörte oder nicht.

»Gehen wir?«, sagte sie schließlich.

»Okay.«

Schweigend gingen sie nebeneinander den Hügel hinauf durch den Park. Holly machte ab und zu eine Bemerkung über das Wetter oder andere Banalitäten. Sie hätte ihn gerne nach so vielen anderen Sachen gefragt – über seinen Onkel und seine Tante, sein Leben, seine Pläne –, aber sie wusste, dass es sinnlos war. Selbst Prudence hatte nichts aus ihm rausholen können.

»Hier ist es«, sagte sie, führte ihn in die Straße und deutete auf Prudences Haus. »Beeindruckend, nicht?«

Er nickte. »Und sie wohnt hier?«

»Ja, aber ihre ganze Familie ist in Übersee. Das musst du doch mitbekommen haben – sie hat eine ganze Woche von nichts anderem erzählt.«

Er zuckte mit den Schultern. Es dämmerte, und in der Dunkelheit konnte sie sein Gesicht nicht mehr deutlich erkennen, sah nur das Licht der Straßenlaternen, das sich in seinen Brillengläsern spiegelte. »Manchmal schalte ich einfach ab, wenn Prudence redet. Ist das nicht furchtbar?«

Holly war ziemlich verblüfft angesichts eines derart offenen und ehrlichen Eingeständnisses seinerseits, dass sie fast vergaß, ihm zu antworten.

»Nein«, sagte sie schließlich. »Nein, sie ist süß, aber sie neigt dazu ...«

»Gehen wir rein«, schnitt er ihr das Wort ab. »Es ist kalt.«

Sie gingen die Einfahrt hinauf und klopften an die Tür; von drinnen hörten sie laute Musik. Sie warteten eine Weile und klopften erneut. Wieder keine Antwort.

»Sie hat die Musik so laut aufgedreht, dass sie uns nicht hört«, sagte Holly.

Justin klopfte noch mal, lauter. »Prudence!«, rief er.

Holly und Justin sahen einander an. »Vielleicht ist die Tür ja auf«, sagte er.

Holly drückte die Klinke hinunter. »Tatsächlich. Meinst du, wir können reingehen?«

»Klar. Schließlich erwartet sie uns.«

Dann standen sie in dem gefliesten Eingangsraum und riefen nach Prudence.

»O Gott, die Musik ist ja furchtbar«, meinte Holly, während sie warteten.

»Gehen wir sie suchen. Offenbar hört sie keinen Ton.«

Sie folgten den Klängen ins Wohnzimmer. Dort fanden

sie Prudence; sie lag mit geschlossenen Augen flach auf dem Rücken, den Kopf zwischen zwei riesigen Stereolautsprechern.

»Prudence?«, sagte Holly und stieß sie mit dem Fuß an.

Prudence riss die Augen auf und schnellte hoch. »Mein Gott, habt ihr mich erschreckt.«

»Wir haben geklopft und geklopft, aber du … kannst du das mal leiser machen?«, rief Holly.

Prudence drehte sich um und schaltete die Anlage aus. »Tut mir Leid. Wenn ich Robert Johnson höre, bin ich immer ganz weg.«

»Wer ist das?«

»Ein Bluesgitarrist aus den Dreißigern. Echt unheimlich. Hi, Justin. Seid ihr zusammen gekommen?«

»Ja. Hollys Wohnung liegt auf dem Weg von mir.«

Holly spürte, wie genau Prudence sie beobachtete, und sie fühlte sich unbehaglich. Die ganze Welt schien für Prudence eine Quelle des ständigen Reizes ihrer Phantasie zu sein.

»Kommt mit. Ich habe das Esszimmer für den besonderen Anlass geschmückt.« Sie stand auf und ging voran. Auf dem Tisch standen zwei schmiedeeiserne Kerzenleuchter, die einzige Beleuchtung in dem ansonsten dunklen Zimmer. Die Tischdecke war dunkelrot, die Servietten schwarz; an jeden Platz hatte Prudence einen silbernen Trinkbecher gestellt. Aus der Küche drang ein köstlicher Geruch.

»Mmh, das Essen riecht gut«, sagte Holly.

»Ach, es gibt nur Nudeln. Aber ich bin eine ganz gute Köchin. Ein weiterer Grund, warum ich eine Hausfrau in der Vorstadt hätte werden sollen. Aber ich hatte ja intellektuelle Ambitionen. Setz euch, setzt euch.«

Sie setzten sich um den Esstisch herum. Prudence hatte für jeden ein großes Schokoladenei bereitgelegt, auf deren Papier ›ein frohes heidnisches Fruchtbarkeitsfest‹ stand.

Holly hätte normalerweise gelacht, aber das Kerzenlicht gruselte sie etwas. Es erinnerte sie zu sehr an Montagabend, an ihre Halluzination, in der sie Christians Geist heraufbeschworen hatte.

»Möchte jemand Wein?«, fragte Prudence, entkorkte die Flasche und füllte ihren Becher.

»Das sind herrliche Gläser, Prudence«, sagte Holly und hielt ihr ihres hin.

»Danke. Ein Geschenk zum einundzwanzigsten. Justin.«

»Er sah unter seinen Locken zu ihr hin. »Eigentlich trinke ich nicht.«

»Komm schon, nur ein Glas. Ich hab den Wein aus dem Keller meines Vaters stibitzt. Ich glaube, so eine Flasche kostet fast fünfhundert Dollar.«

Justin schien einen Augenblick zu überlegen, bevor er Prudence seinen Becher hinschob, damit diese ihn füllen konnte. Holly merkte, dass sie den Atem angehalten hatte. Wenn Justin sich weiterhin so muffelig verhielt, würde das ein ziemlich komischer Abend werden.

Prudence hob ihren Becher und sagte: »Auf die Studenten von Zimmer 205.«

»Hört, hört«, sagte Holly. Justin stieß mit ihnen an, gemeinsam tranken sie einen Schluck.

»Und warum trinkst du nie, Justin?«, fragte Prudence, während sie einen Korb mit Brot herumreichte.

Zuerst sah es nicht so aus, als wolle er antworten, aber dann sagte er: »Meine Mutter hat getrunken. Meine schlimmsten Erinnerungen stinken nach Alkohol.«

»Das tut mir Leid«, sagte Prudence leise. »Und, trinkt noch immer?«

»Sie ist tot. Sie ist im Januar gestorben.«

Holly und Prudence sahen ihn an. War er deshalb so verschlossen? Holly spürte, wie sich ihr Magen zusammenzog.

»O Gott, das tut mir so Leid, wirklich«, sagte Prudence und streichelte seine Hand. »Ich und mein vorlautes Mundwerk.«

»Eine furchtbare Sache«, fügte Holly hinzu.

»Hat der Alkohol sie umgebracht?«, fragte Prudence.

»In etwa. Sie hatte einen Unfall. Hört mal, ich würde lieber nicht … ich meine … wir wollten doch eine Osterparty feiern. Ich komme schon klar damit.«

»Aber ja«, sagte Prudence. »Ich lege Musik auf, okay?« Sie schoss von ihrem Stuhl hoch. Auf dem Weg ins Wohnzimmer rief sie: »Irgendwelche Wünsche?«

»Etwas, das die Verdauung fördert«, rief Holly ihr hinterher und wandte sich an Justin. Sie versuchte ein warmes Lächeln. Als er es erwiderte, wäre sie fast vom Stuhl gefallen. Sie hatte sogar seine Zähne gesehen. Bemüht, sich ihre Überraschung nicht anmerken zu lassen, versuchte sie schnell ein anderes Gesprächsthema zu finden.

»Sind Lucien und Emma weg?«, fragte sie, während angenehme Musik erklang. Mitsummend kehrte Prudence zurück.

»Ja, sie sind zur Gold Coast rauf. Ihr glaubt nicht, was sie getan haben. Sie haben mich aus jedem Zimmer des Hauses ausgesperrt, abgesehen von meinem und dem Badezimmer.«

Prudence ließ sich in ihren Stuhl fallen. »Du machst Witze.«

»Ich war so überrascht wie ihr jetzt.«

»Wirklich seltsam, dass sie so was tun«, meinte Holly.

»Genau genommen sind es sicher nicht ›sie‹. Das kommt von ihm. Emma würde nicht im Traum auf so etwas kommen. Ich hatte mich gewundert, weil am Mittwoch noch ein Handwerker kam. Er hat überall dort Schlösser eingebaut, wo vorher keine waren. Lucien muss es schon länger vorgehabt haben.« Er schüttelte den Kopf. »Das ist wirklich sehr amüsant.«

»Dann hat er etwas zu verbergen«, sagte Prudence interessiert und griff nach der Weinflasche, um jedem nachzuschenken.

»Das glaube ich nicht. Ich denke, er ist einfach paranoid, glaubt, ich würde in seinen Sachen rumschnüffeln.«

»Aber eine verschlossene Tür verbirgt immer ein Geheimnis, nicht wahr?«, entgegnete Prudence. »Eine offene Tür ist nichts als eine offene Tür, aber eine verschlossene

– nun, dahinter wartet ein Abenteuer und eine Geschichte, die erzählt werden will.«

Holly konnte ihre Sympathie für Prudence nicht unterdrücken. Sie war einfach unwiderstehlich. »Du kommst also mit Lucien nicht gut aus?«, fragte sie Justin.

Doch der zuckte mit den Schultern und zog sich in sein Schneckenhaus zurück. Offenbar war es ihm unangenehm, im Mittelpunkt des Interesses zu stehen. »Ich kenne ihn ja kaum«, murmelte er. »Sprechen wir über etwas anderes. Ich bin einfach langweilig.«

Holly sah, dass Prudence mit einem Satz kämpfte, den sie sich letztlich aber verkniff; vielleicht hatte sie doch ein bisschen Taktgefühl. »Ich hole die Vorspeisen«, sagte sie stattdessen.

Prudence war mehr als eine ›ganz gute‹ Köchin. Das Essen war fantastisch – es gab einen warmen Hühnchensalat als Vorspeise, Pasta mit einer herrlich cremigen Pilzsauce als Hauptgericht und einen Käsekuchen mit Schokolade und Minze zum Dessert. Der Wein schmeckte ebenfalls wunderbar – kein Wunder bei dem Preis, dachte Holly. Außerdem hatte er Justin etwas aufgelockert – ein- oder zweimal lachte er sogar, auch wenn es im Vergleich zu den Lachsalven, die Prudence in regelmäßigen Abständen durchschüttelten, ein bitteres, ironisches Lachen war. Holly fühlte sich richtig gut, sie war angenehm satt, und etwas in ihr sehnte sich danach, sich hinzulegen und sich in den Schlaf treiben zu lassen, als Prudence plötzlich aufstand und geheimnisvoll flüsterte: »Wartet hier. Ich habe eine Überraschung für euch.«

Als sie verschwunden war, sahen Justin und Holly einander an. »Was glaubst du, was es ist?«, fragte sie und merkte, dass der Wein ihre Zunge etwas schwer gemacht hatte.

Er zuckte mit den Schultern. »Du kennst doch Prudence. Es kann alles Mögliche sein.«

»Eine Leiche?«, kicherte sie. Sie wusste, wie albern das war, aber sie hatte einfach keine Lust, sich im Zaum zu halten.

»Vielleicht. Aber eher eine außerirdische Leiche.«

»Oder eine ganze fliegende Untertasse.«

Sie lachten noch immer, als Prudence zurückkam und einen schweren Schlüsselbund auf den Tisch legte.

»Ich muss schon sagen, Prudence«, meinte Justin, »das ist jetzt eher enttäuschend.«

Holly legte den Finger auf die Lippen. »Schlüssel, Prudence? Zauberschlüssel?«

Sie schmollte. »Ihr haltet mich wohl für bescheuert. Nein, keine ›Zauberschlüssel‹. Das sind As' Schlüssel. Für das College.«

Zuerst verstanden sie es nicht. »Aber Prudence, wir alle haben Schlüssel für das College.«

»Ja, sicher«, sagte sie ungeduldig. »Für die Haupttür und für unser Büro. Aber mit diesen – kann man alle Türen aufschließen.«

»Du willst doch nicht etwa jetzt mit uns ins College«, sagte Justin. »Es ist arschkalt draußen.«

»O Gott, ihr Leute aus dem Norden seid so verweichlicht. Der Keller. Die Gänge. Wie in dem Buch, das ich euch gezeigt habe. Wollt ihr etwa nicht …«

Holly spürte einen kalten Schauder auf der Haut. »Nein!«, sagte sie eine Spur zu laut. »Machst du Witze? Es gibt nichts, was ich weniger sehen wollte.«

»Was für Gänge?«, fragte Justin interessiert.

»Howard Humberstone, der Erbauer des Colleges, hatte ein Faible dafür, unter seinen Gebäuden Gänge anzulegen. Ich will wissen, ob er das hier auch gemacht hat. Ich muss es wissen.«

Justin nickte bedächtig. »Das könnte Spaß machen.«

»Seid ihr beide verrückt geworden? Ihr wisst ja gar nicht, was alles passieren könnte … wir könnten …« Holly brach den Satz ab, weil ihr nichts einfiel, was ihnen in einer logischen, realen Welt widerfahren könnte, einer Welt, in der es keine Geister gab, so wie den, den sie Montagabend zu sehen geglaubt hatte. »Wir könnten erwischt und rausgeworfen werden«, schob sie halbherzig nach.

»Pah! Ist doch niemand da! Es ist ja nicht so, dass Lucien in den Ferien Geld für Wachpersonal ausgeben würde. Außerdem dürfen wir ins College, wann wir wollen – schließlich haben wir die Schlüssel. Wir machen nur einen ausgedehnten Rundgang. Und wir sind zu dritt, Holly. Uns kann nichts passieren, es sei denn …«

»Es sei denn, was?«

»Es sei denn, ich bin nicht die einzige Bescheuerte, die an die Geister von toten Nonnen glaubt.« Sie fuchtelte mit dem Finger vor Hollys Gesicht herum und machte ein unheimliches, pfeifendes Geräusch. Im Licht der Kerzen waren ihre Augen groß und dunkel.

Holly presste die Lippen aufeinander und verdrängte ihre Furcht. Es gab keine Geister. Wenn Prudence und Justin bei ihr waren, würde sie bestimmt keinen Anfall geistiger Umnachtung wie den von letzten Montag haben. Nur ein bisschen Spaß mit ihren neuen Freunden. »O je«, sagte sie leise. »Gruppendruck halte ich schlecht aus.«

»Dann gehen wir also?« Justin griff bereits nach seinem Pullover. Prudence sah sie erwartungsvoll an. Aufgeregt.

Holly seufzte. »Ich weiß nicht, warum ich es mache, aber ich komme mit.«

9. Kapitel

»Al-so«, sagte Prudence wie ein Drill-Sergeant. »Haben wir alles?« Sie zog das wichtige Utensil aus der Tasche und klimperte damit laut im Dunkeln. »Schlüssel.«

»Taschenlampe«, ergänzte Justin gehorsam und zeigte das entsprechende Teil.

»Wein«, fügte Holly hinzu und klopfte auf die ausgebeulte Tasche des Mantels, den Prudence ihr geliehen hatte. »Können wir reingehen? Es ist wirklich kalt.«

Prudence schloss die Haupttür des Colleges auf und schob sie hinein, um hinter ihnen wieder abzuschließen. Sie konnte kaum fassen, dass es ihr gelungen war, die beiden zu überreden. Sie hatte weit mehr Ablehnung erwartet, besonders von Justin. Vielleicht hatte sie die beiden unterschätzt. Vielleicht zeigte es aber auch nur, wie weit man mit strategischem Abfüllen kam.

Der vertraute muffige Geruch des Gebäudes umhüllte sie. Sie fühlte sich wild, erregt, wunderbar, wie im Rausch. Am liebsten hätte sie Pirouetten gedreht, bis das Dach über ihr wirbelte. Was für eine großartige Sache!

»Folgt mir«, drängte sie leise.

»Warum flüstern wir?«, flüsterte Justin.

»Weil wir nichts Gutes im Schilde führen.« Doch dann prustete sie laut los vor Lachen. Holly sah aus, als wäre sie lieber woanders. »Du blickst so ernst drein, Holly«, sagte sie.

»Na ja, bei euch macht es nichts – aber ich habe ein Stipendium, vergesst das nicht. Es hängt allein vom guten Willen des Colleges ab, ob ich hier bleiben kann.«

»Entspann dich. Wenn wir erwischt werden, erfinden wir was – wir sagen, wir hätten dich entführt. Nicht wahr, Justin?«

»Wenn es nötig sein sollte«, erwiderte Justin ungerührt. Er hatte die Taschenlampe eingeschaltet und ließ den Lichtstrahl in der Eingangshalle umherwandern. Manchmal glitt das Licht über glänzende Oberflächen.

»Also, folgt mir.« Prudence führte sie zu der abgesperrten Treppe und duckte sich unter dem gelben Band hindurch. Sie folgten ihr zur Kellertür, wo sie nach dem richtigen Schlüssel suchte, während Justin die Taschenlampe etwas unsicher auf das Schloss richtete. Bald hatte Prudence den passenden Schlüssel gefunden, drehte ihn herum und stieß die Tür auf. Ein warmer, dunkler Schauder der Spannung lief durch sie hindurch. »Da wären wir«, sagte sie. »Justin, die Taschenlampe.«

Justin reichte sie ihr, und sie steckte die Schlüssel ein und begann vorsichtig, die wenigen Stufen bis zum Keller hinabzusteigen. Holly und Justin folgten ihr, und dann standen die drei in dem kalten, staubigen Raum und schauten sich um.

»Ihr nutzt die Tatsache aus, dass ich betrunken bin«,

sagte Holly nur halb im Scherz. »Ich finde es noch immer unglaublich, was wir hier machen.«

»Es ist einer dieser Zwei-Raum-Keller«, sagte Prudence und ignorierte Holly. Jetzt würde sie bestimmt nicht mehr umkehren. »Wir müssen hier rum.« Sie leuchtete mit der Lampe auf eine Ziegelmauer, an deren Seiten sich zwei dunkle Flure auftaten. Ein muffiger, feuchter Geruch hing auch hier in der Luft. Es kam Prudence vor, als könnte man ihn schmecken. Die beiden Eingänge sahen aus wie schwarze Löcher, die ins Nichts führten. Oder zumindest an einen sehr gruseligen Ort.

Prudence ging voran und hielt die Taschenlampe vor sich wie ein gezücktes Schwert. Justin und Holly hielten sich dicht hinter ihr. Sie führte sie um die Ziegelmauer herum, fünf Stufen hinab in den zweiten Keller. Als sie den Strahl der Taschenlampe über die Rückseite der Mauer gleiten ließ, musste sie einen Ausruf des Abscheus unterdrücken, als ein Heer von ekligen, schwarzen Viechern vor dem Licht das Weite suchten. »O Gott, Schaben. Ich hatte ganz vergessen, dass es diese Viecher hier unten geben muss.«

»Was sind schon ein paar Schaben«, meinte Justin, »gegen übel gelaunte Geister.« Wie üblich merkte man seiner Stimme nicht an, ob er gerade einen Witz gemacht hatte oder nicht, aber sie ging davon aus, dass es einer sein sollte.

»Mach dich nicht lustig über mich. Schaut.« Sie deutete mit dem Lichtstrahl auf die gegenüberliegende Wand, auf eine geschlossene Tür, die in das dunkle Mauerwerk eingelassen war. »Ich wette, ich weiß, wohin die führt.«

»Und ich wette, du willst, dass wir dir folgen«, sagte Holly leise.

»Nun, ohne euch würde es mir keinen Spaß machen«, erwiderte Prudence großzügig. Sie zog die Schlüssel aus der Tasche, ging zur Tür und probierte am Schloss herum.

»Meinst du, er ist dabei?«, fragte Justin.

»Er muss dabei sein. As hat mir erzählt, dass an diesem

Bund die Schlüssel zu sämtlichen Türen des Colleges seien.« Prudence konzentrierte sich darauf, die Schlüssel nacheinander ins Schloss zu stecken, so als sei sie vollkommen nüchtern und ihre Hand völlig sicher. »Ha! Ich hab ihn!«, triumphierte sie, als das Schloss nachgab. Jetzt lag nur noch eine offene Tür zwischen ihr und der anderen Seite. Sie wollte die Vorfreude genießen und sie ganz langsam öffnen, aber Justin hatte bereits die Klinke ergriffen und zog.

»Du meine Güte!«, stieß er ehrfürchtig aus.

Der Schein der Lampe erhellte einen langen Gang, dessen Seiten von einer Reihe von Türen gesäumt wurden. Prudence konnte kaum an sich halten. »Ja, ja, ich wusste es! Ich wusste es!« Ohne sich um die anderen zu kümmern lief sie in den Gang hinein und sang aus voller Kehle »When you wish upon a star … your dreeeeeams come truuuueee …«

»Prudence!«, rief Holly wütend. Aber Prudence war bereits bis zum Ende des Gangs vorgedrungen, wo sie entzückt feststellte, dass er sich in zwei weitere Gänge aufteilte. »O Mann, Leute!«, rief sie, drehte sich um und richtete die Taschenlampe auf die beiden anderen. »Noch mehr Gänge. Es ist ein ganzes verdammtes Labyrinth. O Gott, ich glaube, ich komme!«

»Komm lieber erst mal zurück, Prudence«, sagte Justin. »Wir brauchen die Lampe, wenn wir es zusammen erkunden wollen.«

Prudence sah, dass Holly Justins Hand ergriffen hatte und sie so fest hielt, dass die Knöchel ganz weiß waren. Hatte sie wirklich so große Angst? Auch wenn Prudence beschwipst und aufgeregt war, tat Holly ihr Leid. Sie kam mit der Lampe zurück und berührte Hollys Arm. »Es tut mir Leid. Ich war wohl ein bisschen übereifrig.« Sie hätte Holly gern gefragt, warum sie solche Angst vor dem Dunkeln hatte oder warum ihr die ganze Sache so unheimlich war, aber sie freute sich zu sehr darauf, das Labyrinth zu erkunden.

Holly ließ Justins Hand los und nahm Prudence die Taschenlampe ab. »Hast du was dagegen, wenn ich sie nehme?«

»Kein Problem. Kommt jetzt.«

Die Türen im ersten Gang waren allesamt offen und führten in kleine, dunkle leere Räume. In den Ecken hatten sich Spinnen häuslich eingerichtet. Das Mauerwerk hatte sich teilweise aufgelöst und gab den Blick auf den dahinterliegenden festen Lehm der ersten Aushöhlungen frei. Am Ende des ersten Gangs führten zwei Torbögen in verschiedenen Richtungen in die Dunkelheit; jeder Bogen wurde von einem feinen Mosaik gekrönt.

»Ich frage mich, warum er das alles gebaut hat«, sagte Justin, der das Muster bewunderte.

»Zu der Zeit, als er St. Anne's erbaute, war er mit ziemlicher Sicherheit bereits geisteskrank«, entgegnete Prudence und strich mit den Fingern über das Mauerwerk – es war eiskalt. »Einige der unterirdischen Gänge, die er für andere Gebäude entwarf, waren völlig verschlungen und wanden sich in alle Richtungen.«

»Vielleicht als Symbol für seinen Geisteszustand«, meinte Justin und drängte sie, weiterzugehen.

Dieses Mal machte der Gang eine lang gezogene Kurve. Wieder gingen dunkle Räume zu den Seiten ab. Je weiter sie gingen, desto stärker wurde der kalte, feuchte Geruch. Schließlich gelangten sie an einen weiteren kurzen Gang, der sich allerdings in der Ferne ebenfalls wieder in zwei neue aufteilte.

»Also, wo lang?«, fragte Holly und richtete den Strahl der Taschenlampe in den neuen Gang, um die Biegung herum.

»Ich glaube, der hier führt nur wieder zurück«, sagte Justin. »Ein Kreis. Gehen wir dort lang.«

Prudence zitterte vor Aufregung. »Was glaubt ihr, wie weit wir gekommen sind?«

»Ich schätze, wir sind jetzt unter den Gärten«, meinte Justin. »Ob dieser Gang irgendwohin führt?«

»Die, von denen ich gelesen habe, hatten keinen Ausgang«, antwortete sie.

Der kurze Gang war türlos. Sie standen an der Gabelung. Der nächste Gang war viel stärker gebogen als der andere Kreis.

»Ich wette, dieser Gang führt auch im Kreis«, sagte Holly.

»Seht nur, hier sind wieder Türen«, stieß Prudence hervor und lief voran. Die Räume, die von diesem Tunnel abgingen, waren mit schweren Steintüren verschlossen.

»Vielleicht sind das Kerker oder so was. Gib mir mal die Taschenlampe, Holly.« Sie ließ den Lichtstrahl über die Spalte zwischen Tür und Mauer gleiten. Hinter dem altmodischen Schloss gewahrte man nichts anderes als tiefe Schwärze.

»Tja, dafür habe ich allerdings keinen passenden Schlüssel«, sagte Prudence enttäuscht.

»Vielleicht ist sie ja auf.«

Prudence drückte gegen die Tür, die sich prompt ein paar Zentimeter bewegte. »Tatsächlich.« Ihr Herz schlug wie verrückt. »Ich kann kaum hinsehen. Und wenn dort irgendwas ist? Ich sterbe noch vor Neugier!«

Sie bemerkte, dass Holly sich hinter Justin gestellt hatte und den Saum seines Pullovers hielt, doch war sie viel zu aufgeregt, um sie zu beruhigen.

»Los, mach sie auf«, drängte Justin, der sich von ihrer Aufregung hatte anstecken lassen. Prudence trat einen Schritt zurück und stieß die Tür mit dem Fuß auf.

»Oh, wie enttäuschend«, seufzte Prudence. »Wie die anderen. Was hat er sich bloß dabei gedacht. All diese leeren Räume.«

»Sehen wir uns die anderen an«, schlug Justin vor.

Sie gingen weiter und öffneten mehrere Türen, aber auch diese Räume waren leer. Jedes Mal, wenn eine Tür aufging und nichts als Legionen von Schaben und Spinnen enthüllte, sank Prudences Hoffnung ein bisschen mehr.

Als sie an der Stelle anlangten, an der der runde Gang wieder auf den Tunnel zurückführte, kamen sie an eine Tür zu ihrer Rechten, die sich nicht so leicht öffnen ließ wie die anderen.

»Ich krieg sie nicht auf«, stöhnte Prudence, die sich mit der Schulter dagegen stemmte.

»Muss sich verklemmt haben«, sagte Justin. »Sehen wir uns den nächsten Raum an.«

»Ich will aber sehen, was in diesem ist.« Sie drückte noch einmal.

»Ist bestimmt genau so wie die anderen«, sagte Holly.

Prudence drehte sich zu den beiden um. »Vielleicht klemmt sie nicht. Vielleicht ist sie verschlossen.«

Es dauerte eine Weile, bevor Justin und Holly – die vielleicht schon wussten, wohin es führen würde, wenn sie Prudence nicht beruhigten – ihr antworteten. »Ich bin sicher, dass sie klemmt«, sagte Holly abwehrend.

»Ja«, fügte Justin hinzu. »Warum sollte eine abgeschlossen sein, wenn alle anderen es nicht sind?«

»Ja, warum? Das ist genau die Frage!«

»Das Geheimnis der verschlossenen Tür«, seufzte Holly. »Irgendwie habe ich das Gefühl, das geht ewig so weiter.«

Prudence mühte sich weiter mit der Tür ab, während die beiden anderen immer ungeduldiger wurden. »Ich frage mich, wo der Schlüssel für diese Tür ist.«

»Wahrscheinlich schon seit Jahren verschwunden.«

»Kann einer von euch Schlösser knacken?«

Keine Antwort. »Na schön«, sagte Prudence. »Machen wir den Wein auf und trinken wir etwas zur Feier des Tages.«

»Ich weiß nicht, Prudence«, sagte Holly. »Es ist kalt und dunkel und womöglich reichen die Batterien nicht mehr lange. Können wir nicht einfach nach Hause gehen?«

»Nein, nein, nein! Dazu war dieser Trip zu enttäuschend. Keine Leichen, keine Geister, keine Geheimnisse. Ergo müssen wir die Sache interessant machen. Wählen wir einen dieser Räume und stecken wir unser Gebiet ab.«

Sie wollte gerade in einen der Räume vorangehen, aber Holly packte sie mit eiskalten Fingern ums Handgelenk und hielt sie fest. »Wenn, dann lass uns wenigstens zum ersten Kreis zurückgehen. Ich mag diese Räume nicht – was ist, wenn die Tür zufällt und wir nicht mehr rauskommen? Niemand wird uns jemals finden.«

Prudence ergötzte sich an dieser herrlich gruseligen Vorstellung. »Oh, du hast Recht. Wie schrecklich. Also gut, gehen wir zum ersten Kreis zurück.«

Sie breiteten Prudences Mantel wie eine Decke auf dem Boden aus und stellten in jede Ecke des Raums ein Teelicht auf. Wegen der Kerzen hatte es fast ernsthaften Streit gegeben. Prudence hatte sie aus dem Büro holen wollen, aber bei dem Gedanken, zehn Minuten in der Dunkelheit auf sie warten zu müssen, wäre Holly fast ausgeflippt. Fast – nicht ganz – hätte es den ganzen Abend ruiniert. Schließlich waren sie alle zusammen gegangen, aber die warmen Gänge des Colleges hatten Holly fast genauso geängstigt wie das klamme unterirdische Labyrinth. Justin wiederum spürte, wie ihn der Alkohol aus seiner üblichen Ungeselligkeit befreit hatte und ihm gestattete, den großen starken Mann zu spielen, der sich um das ängstliche, kleine Mädchen Holly kümmerte. Morgen würde er wahrscheinlich bedauern, dass er ihre Hand ergriffen hatte, als Prudence mit der Taschenlampe davongeeilt war, aber es war eine so weiche Hand gewesen, deren Finger vor Angst ganz eisig waren. Irgendwo in der Brust war ihm warm geworden. Normalerweise hatte er solche Gefühle unterdrückt, aber so wohlig betrunken, wie er sich fühlte, war er froh, sie zulassen zu können.

»Sag, Prudence«, fragte Holly mit leicht spöttischer Stimme, »hast du keine Angst, dass diese Kerzen Geister anziehen könnten?«

Prudence trank einen Schluck Wein aus der Flasche und reichte sie an Justin weiter. »Mann, ist der Boden kalt«, sagte sie. »Stimmt es eigentlich, dass man vom Sitzen auf kalten Oberflächen Hämorrhoiden kriegt?«

»Das glaube ich nicht«, sagte Holly stirnrunzelnd aus dem Dämmerlicht. »Das erfindet man, um Kindern Angst zu machen. So wie ›wenn du Kaugummi runterschluckst, wird es in deinem Magen zu einem Knubbel‹.«

Prudence starrte sie an. »Du meinst, das stimmt gar nicht? O Mann, ich habe das immer geglaubt.« Amüsiert schüttelte sie den Kopf. »Dem Weihnachtsmann und der Zahnfee kommt man irgendwann allein auf die Schliche, aber zu Beginn der Pubertät sollten sie einem wirklich ein Informationsblatt geben, wo man nachlesen kann, wie mit den anderen Mythen der Kindheit aufgeräumt wird.« Sie zog sich die schwarze Strickweste fester um die Schultern. »Aber als Antwort auf deine Frage – nein. Man braucht mehr als ein paar Kerzen, um Geister anzuziehen.«

»Ich hab's in deinem Buch gelesen. Kerzen und einen Spiegel.«

»Ein Spiegel ist nur dann sinnvoll, wenn du sie sehen willst. Nein, es braucht mehr als all das. Geister fühlen sich nicht von Kerzen angezogen. Sie fühlen sich von Menschen angezogen. Wenn du für den Geist nicht interessant bist, lässt er dich in Ruhe.«

»Ist das dein Ernst?«, rutschte es Justin heraus. Prudence wusste zu viel über das Übernatürliche, als dass man es als bloße Schwärmerei abtun konnte. Und Holly hatte ihm erzählt, wie viele okkulte Bücher in ihren Regalen standen. Da er nie an etwas anderes geglaubt hatte, als an den ultimativen Schrecken seiner eigenen Sterblichkeit, war er skeptisch.

»Ja, irgendwie schon«, antwortete sie nachdenklich. »Sagen wir, ich bin für jede Möglichkeit offen. Wenn jetzt in diesem Augenblick ein Geist aus der Wand geschwirrt käme und ›Buh!‹ machte, wäre ich nicht überrascht. Andererseits, wenn die Wissenschaftler beweisen, dass es keine anderen Wesen außer uns gibt, wäre ich auch nicht überrascht. Aber denk mal logisch darüber nach – welche Möglichkeit ist die wahrscheinlichere? Niemand wird jemals beweisen können, dass etwas nicht existiert – es gibt schon jetzt genug Unbekanntes im Universum. Es würde eine Ewigkeit dauern, wollte man bestimmen, was existiert und was nicht. Andererseits haben im Laufe der Geschichte Tausende von Menschen Geister gesehen. Die Möglichkeit besteht, in jeder Sekunde. Besonders in alten Gemäuern wie diesem, die eine Geschichte haben.«

»Und warum wird ein Geist von einem Menschen angezogen und von einem anderen nicht?«, wollte Holly wissen.

Prudence zuckte mit den Schultern, holte eine Zigarette hervor und steckte sie sich zwischen die Lippen. »Ich weiß es nicht.« Die Flamme ihres Feuerzeugs erhellte kurz ihr Gesicht. »Vielleicht wiederholt er die Muster seines Lebens. Vielleicht hat der eine Mensch die Möglichkeit, ihm zu helfen, und der andere nicht. Warum interessiert dich das? Hast du Angst, dass dir so etwas passiert?«

Holly schüttelte den Kopf. »Gib mir noch was Wein.«

Justin reichte ihr die Flasche.

»Also«, sagte Prudence und rieb sich die Hände. »Wir sitzen besoffen in einer kalten, dunklen, unterirdischen Kammer. Was machen wir?«

Justin zuckte mit den Schultern. »Ich könnte glatt einschlafen.«

»Nein, nein«, tadelte Prudence ihn und wedelte mit ihrer Zigarette. »Wir erzählen einander Geheimnisse. Das ist doch genau das Richtige für unsere kleine präpubertäre Schlummerparty, meint ihr nicht auch?«

»Was, die Wahrheit, oder muss man eine Aufgabe erfüllen? Oder nur so?«, fragte Holly.

»Ich dachte mehr an so eine Art Beichte. Ich fange an. As hat mir die Schlüssel nicht gegeben.«

»Und wie ...«, setzte Justin an.

»Ich habe sie gestohlen. Als ich Donnerstagnachmittag in seinem Büro war, hat er sich umgedreht, um etwas zu holen, und ich habe sie eingesteckt.«

»Prudence!«, entfuhr es Holly. »Hast du keine Angst gehabt, dass er es merkt?«

»Natürlich wird er es irgendwann merken. Aber ich kenne As. Er wollte nach Hause, in die Ferien, also kam langes Suchen gar nicht in Frage. Und er würde sich nicht trauen, den Humberstones zu gestehen, dass er die

Schlüssel verloren haben könnte. Ich bin mir ziemlich sicher, dass Lucien ihn sowieso für einen Volltrottel hält.«

»Lucien hält jeden für einen Volltrottel«, murmelte Justin. Das Wort ›Beichte‹ hatte die Wirklichkeit in seine umnebelten Sinne schleichen lassen. Diese verdammte Prudence, dauernd wollte sie den Leuten Geheimnisse entlocken.

»Komm, Holly, du bist dran«, sagte Prudence.

»Ich weiß nicht … ich …«

»Sei fair. Ich habe schon gebeichtet. Jetzt bist du dran.«

»Mein Gott, ich komme mir vor, als sei ich wieder ein Teenager. Dabei bin ich eigentlich eine erwachsene Frau.«

»Bitte. Ist doch nur Spaß.«

»Na schön.« Einen Augenblick lang schaute sie in ihren Schoß, dann hob sie den Kopf. »Ich überlege, ob ich nicht wieder nach Hause gehen soll, nach Daybrook.«

Prudence war entsetzt. »Zurück zu Michael?«

»Nun ja, das weiß ich nicht … ich bin ziemlich verwirrt.«

»Aber warum?«, fragte Justin und reichte die Flasche weiter. Das war in der Tat eine überraschende Beichte. Holly war so fleißig und liebte ihre Arbeit so sehr. Er hatte sich nicht vorstellen können, dass sie unglücklich sei. Und dann gab es da noch ein paar egoistische Gründe, aufgrund derer er nicht wollte, dass sie fortging.

»Ich komme mit all dem nicht klar«, sagte sie.

»Ach, Unsinn«, schnaubte Prudence. »Du bist As' Liebling. Er hält dich für ein Genie.«

»Ich meine nicht meine Uni-Arbeit. Das andere. Michaels Drohung, sich umzubringen, und meine Familie, die nur darauf wartet, wann denn mein kleines Abenteuer endlich zu Ende geht. Und meine Wohnung. Und der ganze Aufruhr – ich bin so unter Druck, ich fange an zu …«

Ein paar Sekunden herrschte Stille. »Fange an zu was?«, fragte Justin nach.

Sie seufzte tief. »Vielleicht wäre es für alle besser, wenn ich nach Hause ginge.«

»Nein!«, rief Prudence. »Tu das nicht. Du hast jetzt Freunde hier, und du hast ein aufregendes Projekt vor dir. Du wirst schon klarkommen. Wenn du jetzt nach Daybrook zurückkehrst, wirst du das dein ganzes Leben lang bereuen. Du musst das tun, was dir am wichtigsten ist, Holly, egal, was es dich kosten mag. Und dieser Ort ist doch das Wichtigste, oder?«

»Es ist seltsam«, erwiderte Holly nachdenklich. »Ich bin in meinem ganzen Leben nicht zufriedener gewesen, aber gleichzeitig habe ich das Gefühl, mich auf sehr dünnem Eis zu bewegen. Gefährlich dicht am Unglück vorbei.«

»Das ist nur deine verkorkste, repressive Persönlichkeit«, meinte Prudence freundlich und reichte ihr die Weinflasche. »Du bist es nicht gewohnt, zufrieden und glücklich zu sein, deshalb denkt sich dein Hirn Ängste aus, um dein Glück zu sabotieren. Mädchen, du hast so hart gearbeitet, um hierher zu kommen. Du bist ein hohes Risiko eingegangen, und es hat sich prächtig ausgezahlt. Könntest du wirklich in dein altes Leben zurückkehren?«

Holly lächelte. »Du bist sehr einfühlsam, Prudence.«

»Das ist ein Talent«, sagte sie ungerührt und zündete eine neue Zigarette an. »Habe ich dich überzeugt? Justin möchte auch nicht, dass du gehst, stimmt's, Justin?«

Prudence hatte Recht. Spürte sie bereits, wie sehr Justin Holly mochte? Sie war wirklich sehr einfühlsam, vielleicht sogar hellseherisch. »Aber ja.«

»Siehst du? Also, was meinst du? Bleibst du hier?«

Holly hob die Arme. »Wie ich schon sagte, Gruppendruck vertrage ich nicht. Also gut, ich bleibe. Wahrscheinlich habt ihr Recht. Unter Stress passieren die komischsten Sachen im Kopf.«

»Sehr komische«, fügte Prudence hinzu. »Okay, Justin, du bist dran. Beichte oder sei verdammt.«

»Kann ich nicht gleich verdammt werden?«, entgegnete er nervös. Die altvertraute Panik stieg in ihm auf.

»Was denn, du würdest lieber ewig in lodernden Flammen schmoren als uns ein kleines Geheimnis verraten?

Weißt du eigentlich, dass in dem Fall Satan dann jeden Morgen deinen Eiern einheizt?«

»Ach ja? Nach ein paar Tagen hätte ich mich bestimmt dran gewöhnt.«

»Komm schon, trau dich.«

Justin wusste, dass er Prudence auf keinen Fall eines seiner wahren Geheimnisse anvertrauen würde. Was also tun, ohne als Spielverderber dazustehen? Lügen, oder etwas erfinden. »Also«, begann er, »am Dienstagabend hörte ich, dass Lucien und Emma sich laut stritten, und ich ging an die Tür und habe gelauscht.«

»Oh, ein Ehekrach«, sagte Prudence begeistert. »Worum ging's?«

Justin dachte daran, was seine Tante gesagt hatte. »Emma will Sex, aber Lucien nicht.«

Prudence quietschte vor Vergnügen. »Oh, das ist absolut niederträchtig.« Sie schüttelte ihm die Hand. »Glückwunsch, Justin. Du hast es geschafft, etwas zu beichten, ohne uns das Geringste über dich selbst zu verraten.«

»Ich dachte, die Tatsache, dass ich gelauscht habe, sei beichtenswert.«

Sie winkte ab. »Wer hätte da nicht gelauscht. Das ist kein Geheimnis, das ist ganz normal. Also, Lucien ist nicht gerade ein Hengst zwischen den Laken, was? Ich muss sagen, das überrascht mich. Er hat dieses gewisse Etwas, sexy und dominant, findest du nicht auch, Holly?«

»Ich weiß nicht, ich hab ihn ja noch nie gesehen.«

»Du findest Lucien doch nicht etwa attraktiv?« Justin war total verblüfft, denn er sah ja in seinem Onkel einen komischen, großen Kauz, dessen menschliche Züge irgendwo in seinem Inneren gut verstaut waren.

»Er hat eine gewisse Anziehungskraft, aber ich würde ihn bestimmt nicht ficken«, entgegnete Prudence. »Wer hat den Wein?«

Holly reichte ihn ihr. »Ich fürchte, viel ist nicht mehr drin.«

»Justin, willst du das austrinken?«, bot Prudence an, aber er schüttelte den Kopf.

»Nein, mach du nur.«

Sie leerte die Flasche und stand auf. »Mir ist kalt, und ich bin ein bisschen müde. Sollen wir nach Hause gehen?«

»Ein warmes Bett, das klingt gut«, sagte Holly.

»Ihr kommt doch beide mit zu mir?«, fragte Prudence.

»Na klar«, antwortete Holly.

Justin dachte daran, dass es etwas komisch für einen einzelnen Mann war, in einem Haus mit zwei Frauen zu übernachten. Er musste sich noch daran gewöhnen, Emma im Bad und auf den Fluren seines neuen Heims auszuweichen. Das war schwierig genug, zumal er Emma im Verdacht hatte, die Begegnung mit ihm bewusst zu suchen.

»Ich habe auch keine Lust, in mein leeres Anwesen zurückzugehen«, sagte er. »Ich komme mit. Gibt's was Gutes zum Frühstück?«

»Ich werde euch ein Frühstück machen, von dem ihr träumen werdet«, versprach Prudence. »Und dann ... dann wartet ein neues Abenteuer auf uns.«

»Ein neues Abenteuer?«, meinte Holly vorsichtig. »Ich weiß nicht, ob das was für mich ist.«

»Was für ein Abenteuer?«, fragte Justin.

»Irgendwie müssen wir einen Schlüsseldienst dazu bringen, uns einen Satz von diesen Schlüsseln zu machen«, sagte Prudence und klimperte mit dem Bund. »Ich muss unbedingt hierher zurück können.«

»Also, du weißt, was du sagen musst.«

Holly seufzte. »Prudence, vielleicht solltest du das lieber machen.« Die drei standen auf dem Bürgersteig gegenüber einem Schlüsseldienst auf der Punt Road. As' Sicherheitsschlüssel durften nicht nachgemacht werden, und die Wahl war auf Holly gefallen, den Schlosser irgendwie zu überreden. Sie hatte überhaupt kein gutes Gefühl bei der Sache, aber das hatte sie schon das ganze Wochenende über nicht gehabt. Doch gegen Prudence kam man halt schwer an.

»Sei nicht albern«, sagte sie jetzt. »Du musst es machen. Glaubst du, einem Mädchen mit einem Ring in der Nase tun sie einen Gefallen oder so einem langhaarigen Schlaffi wie Justin? Tut mir Leid, Justin«, fügte sie hinzu.

»In so was bin ich nicht gut«, versuchte es Holly erneut.

»Du wirst es schon schaffen. Du bist hübsch, und du bist nett angezogen, und der Typ da drüben ist offensichtlich nicht der Chef.« Sie deutete hinüber, und durch das große Fenster sah Holly einen jungen Mann, der hinter der Theke stand und in einem Magazin blätterte. »Das wird ein Klacks. Weißt du noch, was du sagen sollst?

Holly nickte. »Ja, das weiß ich. Wartet hier.«

»Na klar.«

»Viel Glück, Holly«, sagte Justin.

»Danke.« Sie wartete auf eine Lücke im Verkehr und lief über die Straße zum Laden. Als sie ihn betrat, ertönte eine Türglocke, und der junge Verkäufer schaute auf. Sie schenkte ihm ein entwaffnendes Lächeln.

»Guten Morgen«, sagte sie.

»Hallo, was kann ich für Sie tun?«, fragte er freundlich und schob das Magazin beiseite.

»Ich komme von Peterson & Partner. Mein Chef, Dick Peterson, hat Donnerstagnachmittag bei Ihnen angerufen und eine Kopie dieses Schlüsselsets bestellt.« Sie legte die Schlüssel auf die Theke.

»Okay, ich schau eben in der Liste nach.« Er drehte sich um und öffnete einen Ordner, der auf der Werkbank hinter ihm lag. Holly hielt den Atem an. Sie hatte so etwas noch nie getan! Irgendwo in ihrem Kopf saß eine furchtbare Angst davor, dass dieser Unsinn dazu führen könnte, dass sie ihr Stipendium verlor. Dabei wünschte sie sich gerade nach ihrem nächtlichen Gespräch mit Justin und Prudence nichts sehnlicher, als in Humberstone zu bleiben.

Der Verkäufer wandte sich ihr wieder zu und schüttelte bedauernd den Kopf. »Für Peterson & Partner habe ich keinen Eintrag. Sind Sie sicher, dass er angerufen hat?«

»Ja, ich meine … ich hoffe, er hat es nicht vergessen. Er ist für die nächsten vier Wochen weg, und es ist furchtbar wichtig.«

»Es tut mir Leid, aber ohne Bestätigung kann ich keine Kopie machen – Sie sehen ja den Hinweis.« Er deutete mit einem schmutzigen Daumennagel auf die Sicherheitswarnung. »Wenn Sie Dienstag wiederkommen könnten, dann ist der Ladeninhaber hier und kann es noch mal nachprüfen.«

»Aber Dienstag ist es zu spät«, sagte sie mit pochendem Herzen. »Ich bin ganz neu, es ist mein erstes Wochenende in der Stellung, und … wir brauchen die Schlüssel vor Dienstende, sonst …« Die Sätze, die Prudence ihr eingetrichtert hatten, lösten sich in Nichts auf. Wer hatte eigentlich diese blöde Idee gehabt? Die letzten vierundzwanzig Stunden hatte sie wie ein Sklave alles getan, was Prudence wollte. Eine ganze Nacht an diesem düsteren, schrecklichen Ort und jetzt das hier – sie log und gefährdete ihr Stipendium. Zu ihrer eigenen Überraschung fing sie an zu weinen.

»Es tut mir Leid«, sagte sie und wischte sich ungelenk die Tränen von den Wangen. »Es tut mir wirklich Leid, es ist nur so, dass …«

»Also gut«, sagte er fast erschrocken. »Hören Sie, ich kann Ihnen die Schlüssel kopieren. Es ist wahrscheinlich nur ein Versehen – der Typ, der Donnerstag hier gearbeitet hat, hatte es wahrscheinlich eilig, nach Hause zu kommen und hat vergessen, es aufzuschreiben. Weinen Sie nicht, ich kann Ihnen die Schlüssel machen.«

Verblüfft sah sie ihn an. Die Tränen hatten dort gewirkt, wo die Lügen versagt hatten. Sie nickte und suchte in ihrer Handtasche nach einem Taschentuch, während er sich bereits zur Werkbank umgedreht hatte und sich die Schlüssel vornahm.

»Sie müssen einen Namen und eine Adresse hinterlassen«, murmelte er über die Schulter. »Nur für den Fall, wissen Sie.«

»Sicher, sicher. Vielen Dank, Sie haben mir eine Menge Kopfschmerzen erspart.«

Wenig später drehte er sich um und legte die Schlüssel in ihre ausgestreckte Hand. »Das macht achtundzwanzig Dollar zusammen.«

Sie bezahlte und dankte ihm vielmals. Er traute sich kaum, ihr in die Augen zu schauen, wohl aus Angst, sie könnte wieder anfangen zu weinen.

»Schreiben Sie einfach Namen und Adresse oben auf die Rechnung«, sagte er und legte ihr einen Quittungsblock mit Durchschlagpapier hin. Mit zitternder Hand trug sie erfundene Daten ein und nahm ihre Ware.

»Danke«, sagte er. »Einen schönen Tag noch.«

»Jetzt wird er das bestimmt, danke.«

Als sie den Laden verließ, hörte sie noch einmal die Türglocke, bevor sie über die Straße lief. Prudence und Justin warteten in einem Straßenbahnhäuschen. Schwer atmend setzte sich Holly zu ihnen.

»Hast du sie?«, fragte Prudence.

Holly zeigte ihr die Hand voll Schlüssel. »Aber klar. Ich musste zwar erst in Tränen ausbrechen, aber es hat geklappt.«

»Tränen! Auf die Idee bin nicht mal ich gekommen.«

Prudence holte eine Geldbörse aus ihrer Schultertasche, zählte achtundzwanzig Dollar ab und drückte sie Holly in die Hand. »Großartig«, sagte sie. »Unbeschränkter Zutritt.«

»Ich hoffe nur, dass es niemand herausfindet«, sagte Holly nervös. »Ich möchte nämlich meinen Platz in Humberstone nicht verlieren.«

»Wenn es ein Trost für dich ist – wir würden alle zusammen untergehen«, sagte Justin. »Was immer passiert, von jetzt an stecken wir gemeinsam in der Sache.«

10. Kapitel

»Wow!«

Holly ließ ihre Tasche neben dem einsamen Sessel fallen und sah zu Prudence hinüber.

»Was heißt wow?«

»Wow heißt, es ist so schlimm, wie du erzählt hast. Ich hatte einen gewissen Spielraum für Übertreibung eingerechnet.«

»Übertreiben kann man das hier nicht«, seufzte Holly. »Kaffee?«

»Danke.« Prudence folgte Holly in die winzige Kochnische. »Trotzdem könntest du was draus machen.«

Holly bereitete zwei Tassen Kaffee zu. Es war Sonntagnachmittag, und sie hatte zwei Nächte in Prudence' Haus verbracht. Im Vergleich wirkte ihre Wohnung um so schäbiger. Justin war am späten Samstagnachmittag nach Hause gegangen, aber sie hatte der Versuchung, eine weitere Nacht im Luxus zu verbringen, nicht widerstehen können.

»Ich weiß nicht, wie das gehen soll. Die Grundvoraussetzungen stimmen einfach nicht. Es ist kalt, und es ist voller Ungeziefer.«

»Besorg dir eine Schabenbombe.«

»Mrs. Partridge sagt ...«

»Scheiß auf Mrs. Partridge und scheiß auf ihre Katzen.« Prudence kicherte. »Natürlich nur symbolisch. Wie oft siehst du sie?«

»Alle zwei Wochen, wenn ich die Miete bezahle.«

»Na also, dann kriegt sie gar nicht mit, wenn du deine Wohnung bombardierst. Und wenn doch, und sie schmeißt dich raus, dann kannst du dich immer noch nach was Besserem umsehen.«

Holly reichte Prudence den Kaffee. »Ich kann mir nichts Besseres leisten, Prudence. Ich muss mit meinem Stipendium auskommen.«

»Hast du gar keine Ersparnisse? Du hast doch zwei Jahre gearbeitet, oder?«

Holly starrte in ihre Tasse und spürte, wie sich von der Kehle aus die Röte in ihrem Gesicht ausbreitete. Prudence würde ihr den Kopf abreißen. »Ich habe alles für Michael dagelassen.«

»Was? Bist du verrückt? Warum hast du das getan?«

»Ich weiß nicht. Ich fühlte mich schuldig, weil ich fortging, und er brauchte meine Unterstützung. Ohne mich hätte er die Miete nicht weiterzahlen können.«

»Hatte er keinen Job?«

»Doch, aber der war nicht gut bezahlt. Er hat im örtlichen Eisenwarenladen gearbeitet.« Sie brachte es nicht über sich, Prudence zu gestehen, dass der Laden in Daybrook ungefähr die Größe von Prudence' Badezimmer hatte, oder dass Michaels Job als ›Geschäftsführer‹ darin bestand, den Ladenbesitzer am Wochenende als Verkäufer zu vertreten. Aber irgendwie schien es ihr nicht fair gegenüber Michael, dieser so anderen Welt zu verraten, was für eine kleine Nummer er war.

Prudence musste sich offensichtlich mühen, sich auf die Zunge zu beißen. Holly lächelte ihr zu. »Ich weiß, was du denkst, aber es ist nun mal passiert. Wahrscheinlich war es nicht das Klügste.«

»Schon gut, Holly, aber lass dir eines von mir sagen. Kauf dir eine Schabenbombe. Mrs. Partridge wird es nicht merken. Und ich habe zu Hause noch einen alten Radiator, den kannst du haben. Dienstag kaufen wir ein paar große Kissen und ein paar Läufer, um die Wohnung ein bisschen aufzumöbeln. So kannst du nicht wohnen.« Prudence deutete um sich. »Kein Wunder, dass du daran gedacht hast, wieder nach Hause zu gehen. Kann man sich hier irgendwo hinsetzen?«

Holly zuckte mit den Schultern. »Na ja, im Schlafzimmer.«

Prudence folgte Holly und setzte sich neben ihr aufs Bett. »Du hast dein Bett gemacht«, stellte Prudence verwundert fest.

»Ja.«

»Manche Leute haben komische Gewohnheiten. Hast

du dir noch nie klargemacht, dass du es wieder in Unordnung bringst?«

»Oh, ich schlafe sehr ordentlich.«

Prudence lachte laut. »Das hätte ich mir denken können.« Sie stellte ihre Kaffeetasse auf dem Boden ab und ließ sich nach hinten fallen. »Und, wie hat dir das Wochenende gefallen?«

Holly sah sie an. Unter dem Lila wuchsen ihre dunklen Haarwurzeln nach. »Welche Farbe hat dein Haar eigentlich wirklich?«, fragte sie.

»Eine Art dunkelbraun. Ungefähr eine Woche, bevor du kamst, war ich platinblond. Du hast meine Frage nicht beantwortet.«

»Ich fand, es war … gemischt.«

»Gemischt? Oha. Ich dachte, mehr Spaß, als ich organisiert habe, können drei Leute angezogen gar nicht haben.«

»Na ja, es hat auch Spaß gemacht. Aber es war auch ein wenig wild und beängstigend für mich. Vierundzwanzig Stunden nachdem ich bei dir angekommen war, war ich ins College eingebrochen, hatte zwei Stunden in einer eiskalten, unterirdischen Kammer gesessen, mehr Wein getrunken, als gut für mich ist, eines meiner dunkelsten Geheimnisse preisgegeben, einen Schlosser belogen und etwa mein eigenes Gewicht an Ostereiern aus Schokolade gegessen. Nicht schlecht für jemanden, der sich bislang für die Königin der Mäßigung gehalten hat.«

Prudence errötete, aber wohl nicht aus Scham. »Ich bin das Mädchen, mit dem zu spielen dir deine Mutter verboten hat.«

»Genau!«, erwiderte Holly lachend. Sie ahmte die Stimme ihrer Mutter nach: »Du gehst nicht mehr zu dieser Prudence. Wenn du zurückkommst, bist du immer so dreckig und überzuckert.«

Das fand Prudence offenbar besonders witzig, denn sie kicherte eine ganze Weile hemmungslos. »Du bist witzig, Holly«, meinte sie schließlich.

»Nein, ich bin langweilig.«

»Unsinn. Es macht Spaß mit dir, und auch mit Justin, aber ihr … ihr erforscht eure Spaß-Seite viel zu wenig. Das ist mein Job, diese Seite zu erkunden.«

»Ich konnte es kaum glauben, aber Justin muss an diesem Wochenende mindestens ein halbes Dutzend Mal gelächelt haben«, sagte Holly erstaunt.

»Und gelacht! Ich wusste, wenn wir auf der Fährte bleiben, finden wir es irgendwo in ihm. Außerdem ist es anders, wenn man weiß, warum er so betrübt wirkt. Es ist ja erst ein paar Monate her, seit seine Mutter gestorben ist.«

»Schrecklich«, murmelte Holly und legte sich neben Prudence aufs Bett. Sie starrte die Schimmelflecken an der Decke an, und sie schwiegen eine Weile.

»Aber ich glaube, das ist nicht alles«, sagte Prudence schließlich.

»Was?«

Prudence drehte sich zu ihr. »Ich glaube, Justin hat uns etwas verschwiegen. Ein Geheimnis.«

»So was kannst auch nur du denken.«

»Mir fallen eben Dinge auf, die andere nicht bemerken.« Sie tippte Holly lächelnd auf die Schulter. »He, gefällt Justin dir?«

Holly stöhnte. »Wieso habe ich das Gefühl, dass das eine Fangfrage ist?«

»Ich finde, es ist ziemlich klar, dass Justin in dir ein potentielles Objekt seiner Zuneigung sieht.«

»Ich weiß nicht, wie du auf diese Idee kommst.«

»Ich bin ungewöhnlich sensibel«, entgegnete sie, legte sich auf den Rücken und streckte sich. »Du hast es selbst gesagt. Er sieht dich an, wenn du wegschaust.«

Holly war verblüfft. Es war ihr etwas unangenehm, aber es schmeichelte ihr auch. »Nun, wenn das irgendeine Form der Schwärmerei sein soll, bleibt sie jedenfalls unerwidert.«

»Ach komm, er ist süß.«

»Er ist zu klein.«

»Nur für eine Amazone wie dich. Ich finde ihn nett. Ich hab ihn schon mal ohne Hemd gesehen.«

Holly drehte sich um und sah Prudence lächelnd an. »Ach ja? Wann?«

»Als ich nachts bei ihm aufgetaucht bin.«

»Und?«

»Und was?«

»Ist er … du weißt schon … wie sieht er aus?«

Prudence schüttelte den Kopf. »Du bist mir eine, Holly. Du interessiert dich also doch für ihn?«

Unter normalen Umständen wäre sie es vielleicht gewesen, aber Holly hatte sich längst in eine räumliche Projektion ihres überspannten Hirns verliebt. Traurig, krank, aber wahr. »Wie du sagst, er ist nett. Aber ich glaube, es wäre nicht sehr schlau, was mit ihm anzufangen.«

»Also, er ist blass, und er hat ein paar dunkle Haare um die Brustwarzen und den Bauchnabel herum. Ein bisschen dünn, aber glatte, reine Haut. Keine Aknenarben.«

»Klingt so, als hättest du genau hingeschaut. Warum machst du dich nicht an ihn ran?«

»Zwei Gründe. Erstens will er dich. Zweitens bin ich nicht auf Männersuche.«

»Wieso nicht?«

Prudence lächelte ironisch. »Das würde mich bei meinen Studien stören.«

Holly lachte. »Ich wünschte, du würdest das ernst meinen.«

Holly war froh, dass Prudence auch den Rest der Ferien mit ihr verbrachte. Sie machten sich daran, Hollys Wohnung mit Restposten und Sonderangeboten aus Billig-Läden und einigem aus Prudences Schränken zu verschönern. Wie Prudence vorausgesagt hatte, merkte Mrs. Partridge nichts von der Schabenbombe, die sie eingesetzt hatten, und jeden Morgen kehrte Holly Dutzende toter Schaben zusammen. Am Ende der Woche, als es langsam wieder Zeit wurde, ans College zurückzukehren, hatte Holly keinen Schlag für ihre Arbeit getan, aber dafür hatte sich ihre Wohnung in eine Höhle mit gebrauchten Batikkissen und Rosenölduft verwandelt. Holly unterdrückte den Verdacht, dass sie sich in einen Prudence-Emerson-Klon verwandelte.

»Das sieht viel besser aus«, sagte Justin, als er am Sonntag zum Essen vorbeikam. Holly hatte beschlossen, die Renovierung mit einer Einweihungsparty zu feiern.

»Dafür ist Prudence verantwortlich.«

»Nur teilweise«, protestierte Prudence vom Boden, wo sie an einem tragbaren Radio mit Kassettenrecorder und CD-Player herumfummelte, den sie in einem ihrer Schränke gefunden und großzügigerweise Holly geschenkt hatte.

»Sind Lucien und Emma wieder zurück?«, fragte Holly Justin, der ihr in die Küche folgte.

»Sie kamen gerade an, als ich ging. Ich bin nicht mehr zurück, um Hallo zu sagen.«

»Jetzt bist du also nicht mehr allein im Haus«, sagte Holly und stellte einen Topf mit heißem Wasser auf eine Herdplatte.

»Nein, aber zumindest kann ich wieder in die Küche. Darf ich dir helfen?«

»Ja, du kannst die Dose aufmachen«, sagte sie und reichte ihm eine Büchse Tomatenmark und einen Dosenöffner. Sie sah ihm zu, sah die langen, schlanken Finger, die Locken, die ihm ins Gesicht fielen. Ja, er war süß, und er schien nett und klug und witzig. Die Woche mit Prudence war so schnell an ihr vorbeigewirbelt, dass es ihr fast gelungen war, die Furcht um Christian in eine dunkle Ecke ihrer Phantasie zu schieben. Vielleicht war er doch nur das Produkt eines traurigen, überarbeiteten Geistes. Wenn das so war – aber auch nur wenn! – dann durfte sie sich durchaus für Justin interessieren.

Aber Justin hatte nicht diese schrecklich verletzlichen blauen Augen. Oder diesen traurigen Schwung der Lippen. Aber das war ja lächerlich. Im Gegensatz zu Justin existierte Christian nicht.

Laute Musik aus dem Wohnzimmer unterbrach sie in ihren Gedanken. Justin reichte ihr die Dose. »Hört sich an, als hätte Prudence das Radio in Gang gebracht.«

»Gott steh uns bei«, sagte Holly. »Beten wir, dass sie keine von ihren CDs mitgebracht hat.«

Man hörte, wie ein Schalter betätigt wurde, und kurz darauf erfüllte Robert Johnsons Stimme mit Rauschen und Kratzern den Raum, voll aufgedreht, weit über dem Schmerzlevel.

Justin runzelte die Stirn. »Du hättest früher mit dem Beten anfangen sollen.«

Es stellte eine nicht enden wollende Qual für Lucien dar, dass sie zu fünft waren. Gäbe es irgendeinen praktikablen Weg, allein an seinem Projekt zu arbeiten, würde er ihn gerne gehen. Aber nein, er hatte vier Mitverschwörer, wozu auch immer.

Er stand mit dem Rücken zum Fenster und blickte im Raum umher. Emma und Jane tranken plaudernd Tee, während Aswell mit leerem Blick an der Kante von Luciens Schreibtisch lehnte. Er mochte es nicht, wenn es spät wurde.

Lucien hatte es satt, von diesen Menschen umgeben zu sein, die er nicht vollkommen im Griff hatte. Es war sowieso ein Fehler gewesen, fünf Leute dabeizuhaben. Das Problem mit Owlings Grimoire bestand darin, dass es sich um eine chronologische Aufzeichnung seiner Experimente handelte, und mit jedem Schritt konnten sich die Regeln ändern. Auch Owling hatte mit einer Gruppe von fünf Personen begonnen – eine für jeden Punkt des Pentagramms. Doch im mittleren Abschnitt des Guyana-Fragments hatte Owling offenbar beschlossen, dass er seine vier Begleiter nicht mehr brauchte und hatte sie sich vom Hals geschafft. Wie, wurde in dem Buch nicht erwähnt, doch fragte Lucien sich manchmal, ob Owling sie nicht ermordet hatte. Es wäre wohl die effektivste Lösung gewesen, um sie für immer zum Schweigen zu bringen, aber für Lucien kam sie nicht in Frage. Zum einen sah sich Randolph als der eigentliche Führer der Gruppe, auch wenn noch nie offen darüber geredet worden war. Außerdem war seine eigene Frau dabei, und die liebliche Jane, die auf Randolphs Wunsch die Stelle Magnus' eingenommen hatte – etwa zwei Monate bevor sie herausfanden, dass sie eigentlich überhaupt kein fünftes Mitglied brauchten. Aswell würde er nicht vermissen – der Mann war praktisch ein Idiot. Wenn Aswell und Randolph nicht so enge Freunde gewesen wären, hätte er wohl kaum an dem Projekt teilgenommen.

Aber obwohl sie seine Gefährten waren, wussten sie nicht alles; Lucien behielt eine Menge für sich. Es würde nur schwierig sein, bestimmte Dinge vor Randolph zu verbergen, sobald dieser aus Israel zurückkam. Lucien wollte seine Pläne bezüglich Justin erst dann enthüllen, wenn es nicht mehr anders ging. Und dann würde sich hoffentlich ihre Selbstsucht durchsetzen. Wenn ihr eigenes Leben auf dem Spiel stand, würde sicherlich niemand mit der Wimper zucken, was Justins kleines Schicksal betraf.

»Lucien«, rief Emma vom anderen Ende des Raums und riss ihn aus seinen Überlegungen. »Wie heißt noch mal dieses Restaurant in Carlton, das wir so mögen?«

»Restaurant?«

»Ja, das nepalesische. Ich habe es gerade Jane empfohlen – sie soll mal mit ihrem neuen Freund hingehen«, fügte sie betont hinzu.

Lucien knirschte beinahe mit den Zähnen. »Ich weiß es nicht mehr, Emma. Schließlich bist du die Expertin, was Nahrungsaufnahme betrifft.« Geradezu lachhaft, sich mit seiner teetrinkenden Frau zu zanken, wenn man sich zu einem Ritual schwarzer Magie versammelt hatte. Ein Grund mehr, warum er sich wünschte, sie loszuwerden. Wie hatte Owling das bloß bewerkstelligt?

Er trank seinen Tee aus und seufzte. Hoffentlich würde Randolph bald mit dem letzten Fragment des Grimoire zurückkehren. Er wollte nicht so sterben wie Magnus, wartend. Die kalte, schwarze Faust der Furcht fuhr in seinen Magen.

»Laurence, vielleicht solltest du uns Randolphs letzten Brief vorlesen«, schlug Lucien vor, als sie sich im Kreis zusammensetzten.

Aswell zog einen Brief hervor und glättete ihn auf seinem Schoß. Im Grunde stank es Lucien gewaltig, dass Randolph Aswell schrieb und nicht ihm. Auf diese Weise verhinderte Randolph, dass Lucien alles unter Kontrolle hatte. Die Rivalität zwischen den Cousins bestand schon lange. Während Lucien und sein älterer Bruder Graham ihrem Vater Magnus nie besonders nahe gestanden hatten, hatte Randolph sich bei jeder Gelegenheit eingeschmeichelt. Der alte Mann hatte den Unterschied zwischen wirklicher Zuneigung und schamloser Erbschleicherei nicht erkennen können, und so war Randolph wie ein dritter und bevorzugter Sohn in alle Familiengeschäfte eingebunden worden. Letzten Endes aber hatte Lucien gewonnen, denn nach Grahams vorzeitigem Tod hatte er das College und den Hauptanteil am Familienvermögen geerbt; dennoch hielt Randolph sich Lucien gegenüber als durchaus ebenbürtig.

»Du wirst erfreut sein, Lucien«, sagte Aswell. »Es klingt, als sei er sehr nahe dran.«

»Lies vor, lies vor«, drängte Lucien ungeduldig.

»Aber ja. ›Lieber Laurence et al. Diese Stadt ist voller Touristen! Ostern fallen all die dummen Pilger in Jerusalem ein, und ich habe das Gefühl, als sei mir jeder Einzelne von ihnen in den letzten Tagen über den Weg gelaufen. Die Taxifahrer haben den Ansturm als Gelegenheit genutzt, ihre Fahrpreise zu erhöhen, sodass ich viele Orte zu Fuß aufsuchte. Und das erwies sich als mein Glück. Ich versuchte, die Davidstraße zu finden und verirrte mich total. Ich hatte den Straßenplan verkehrt herum gehalten, und ihr wisst, wie schlecht mein Ortssinn ist. Du erinnerst dich, wie wir uns dank meiner erschütternden navigatorischen Fähigkeiten auf dem Weg nach Canberra verfahren haben – nur gut, dass du über einen inneren Radar zu verfügen scheinst, sonst wären wir halb über den Nullabor gewesen, bevor ich meinen Fehler erkannt hätte. Jedenfalls konnte ich die Davidstraße nicht finden, und während ich umherirrte, kam ich an einem kleinen Buchladen vorbei, eingezwängt zwischen einem ärmlichen

Lädchen und einem zugenagelten Computergeschäft. Wenn ich mich nicht verirrt hätte, wäre ich nie daran vorbeigekommen, und manchmal denke ich, dass solche Ereignisse Belohnungen für unsere Arbeit sind. Ihr müsst während meiner Abwesenheit sehr intensiv an euren Ritualen arbeiten, denn irgendeine Art dunkler Energie scheint mich hier voranzutreiben.

Natürlich betrat ich das Geschäft – schließlich hatte ich mir vorgenommen, jeden Buchhändler dieser Stadt aufzusuchen. Der Laden war klein und schäbig, und der Besitzer verbrannte Weihrauch, um einen feuchten, muffigen Geruch zu überdecken. Es hatte in der letzten Woche schwere Regenfälle gegeben, und von der Decke tropfte Wasser in einen Eimer, der zwischen zwei Regalen stand. Der Besitzer, ein großer hagerer Mann, beugte sich über ein Vergrößerungsglas, mit dem er die Schrift auf dem Rücken eines alten Buches zu entziffern suchte. Ich lehnte mich an die Theke und wartete darauf, dass er Notiz von mir nahm.

»Entschuldigen Sie«, sagte ich schließlich.

Erschrocken fuhr er hoch. »Verzeihung«, sagte er. »Ich habe Sie nicht bemerkt. Sie sind sehr leise hereingekommen.« Sein Englisch war sehr gut, wenn auch erkennbar nicht seine Muttersprache.

»Ich suche ein sehr seltenes Buch, und ich habe Grund zu der Annahme, dass ich es hier in Jerusalem finden kann.«

Er zuckte mit den Schultern und legte die Hände auf die Theke. »Jerusalem ist nicht so klein, wie Sie vielleicht glauben. Es gibt viele Orte, an denen Bücher verborgen sind. Vielleicht verraten Sie mir etwas über das Buch, und vielleicht kann ich Ihnen ein wenig helfen, ja? Der Name? Der Verleger?«

»Das Buch ist nie öffentlich erschienen. Es handelt sich um ein handgeschriebenes Unikat, etwa einhundertundfünfzig Jahre alt. Haben Sie davon gehört?«

»Sie sollten es in einem richtigen Antiquariat versuchen, nicht in einem Buchladen wie diesem. Ich handele zwar auch mit gebrauchten Büchern, aber sie können lediglich Ihre alten bei mir eintauschen. Drei von Ihren gegen eins von meinen, kein Problem. Ich führe, wie Sie sehen, viele Titel.«

»Ich interessiere mich nur für dieses eine. Haben Sie vielleicht gehört, dass ein solches Buch unter den Händlern in Jerusalem herumgeht? Manche nennen es das Dunkle Fragment.«

Plötzlich blinzelte er und wandte etwas zu rasch den Blick ab. »Das Dunkle Fragment? Wer ist der Verfasser? Vielleicht kann ich es in meinem Katalog finden.« Er blätterte in den Papieren unter der Theke herum. »Ich habe noch nie davon gehört.«

Ich spürte, dass er etwas wusste, griff in meine Brieftasche und legte dreihundert NIS auf die Theke. »Wenn Ihnen etwas zu besagtem Fragment einfällt, könnten Sie das hier in die Reparatur Ihres Daches stecken.« Ich deutete auf die dunklen Flecke an der Decke.

Er schüttelte den Kopf. »Wenn ich nichts weiß, kann mir nichts einfallen.«

Ich verdoppelte die Summe und beugte mich vor. »Es gibt noch mehr. Ich zahle einen sehr guten Preis für Informationen über das Dunkle Fragment.«

Einen Augenblick lang dachte ich, er würde das Geld nehmen. Er sah die Scheine an, doch dann schaute er beiseite. »Ich kenne dieses Dunkle Fragment nicht. Schauen Sie sich bitte meine anderen Bücher an. Eine große Auswahl herrlicher Titel.«

Ich nahm das Geld und steckte es wieder in die Brieftasche. »Sie haben gerade einen Kunden verloren«, sagte ich und wandte mich um. Insgeheim hoffte ich, er würde mich zurückhalten, doch er ließ mich wortlos gehen.

Ich schlich mich in das Geschäft nebenan. Ein mürrisches jüdisches Mädchen, etwa fünfzehn Jahre alt, stand hinter der Theke, um sie herum Kisten mit vergammeltem Gemüse. Ich nahm die *Jerusalem Post* aus einem Regal und ging zu ihr, um zu bezahlen.

»Wann schließen Sie?«, fragte ich, während sie das Geld in Empfang nahm.

»Um sieben«, antwortete sie.

»Das ist ein langer Tag. Arbeiten Sie durch?«

»Nein, mein Vater kommt um vier. Wenn nicht viel los ist, machen wir früher zu.«

»Wie ist das mit dem Buchladen nebenan? Macht der auch um sieben zu?«

Sie schnaubte gelangweilt. »Manchmal macht er um eins zu, manchmal ist er noch auf, wenn wir gehen. Warum fragen Sie ihn nicht selbst?«

»Danke, das werde ich.«

Ich überquerte die Straße. Nach etwa hundert Metern kam ich an eine Bushaltestelle, die mir Schutz vor dem Nieselregen bot und von der aus ich die Tür des Buchladens beobachten konnte. Ich setzte mich und wartete.

Kurz nach fünf, es wurde bereits langsam dunkel, sah ich, wie der alte Mann zur Vordertür kam und sie verriegelte. Ich konnte gerade noch erkennen, wie er im Laden herumstöberte, eine bleiche Gestalt im Dämmerlicht. Schnell ging ich über die Straße und schlich mich um die Ecke des geschlossenen Computergeschäfts. Dort führte ein Betonweg entlang, aus dem das Gras wuchs und wo der Müll aus dem Geschäft nebenan verrottete. Ich verbarg mich in der Tür des Computerladens und lauschte. Bald hörte ich, wie die Hintertür des Buchladens aufging, und ich riskierte einen Blick. Er stand mit dem Rücken zu mir und schloss ab. Ich sprang aus meinem Versteck, legte ihm die Hand auf den Mund und zerrte ihn in den Schatten. Dann hielt ich die Spitze meines Taschenmessers in seine Seite und sagte, er solle still sein. Langsam nahm ich die Hand von seinem Mund. Er atmete heftig, entsetzt.

»Das Buch«, sagte ich. »Das Dunkle Fragment. Sie wissen, wo es ist.«

»Ich schwöre, ich weiß nicht …«

Ich drückte das Messer gegen ihn und spürte, wie es durch den Stoff seiner Kleider ging. »O doch«, sagte ich, wenngleich ich mir längst nicht mehr sicher war, ob er tatsächlich etwas wusste. Vielleicht hatte ich mich in ihm getäuscht. Ich hatte sieben Stunden in einer Bushaltestelle gehockt, mit nichts als der *Jerusalem Post*, um mich abzulenken, und ich fragte mich, ob er mir überhaupt helfen konnte.

»Warum wollen Sie es? Es ist böse«, krächzte er mit furchterfüllter Stimme.

Bingo, dachte ich. Er weiß also doch etwas. »Du sagst mir jetzt alles, was du weißt, alter Mann, sonst schlitze ich dich hier mitten auf der Straße auf.« Er wusste natürlich nicht, dass ich nur ein simples Taschenmesser in der Hand hielt. Er spürte nur die Spitze der Klinge und musste das Schlimmste fürchten.

»Ich will nichts mit diesem Machwerk zu tun haben. Sie versündigen sich.«

»Sag mir nur, wo ich es finden kann, sonst töte ich dich, ist das klar?«

Er schluckte hörbar. »Ein Antiquitätenhändler in der Altstadt – im Christenviertel –, er hat mir erzählt, er habe es verkauft, an ...«

Plötzlich ging die Tür des Geschäfts auf, ein fetter Mann kam heraus und warf noch mehr Müll auf die Straße. Diese Gelegenheit nutzte mein Opfer, um einen Hilferuf auszustoßen. Nach einigen Sekunden der Verwirrung ließ ich ihn los und rannte hinter dem Laden herum auf die Straße. Der dicke Mann verfolgte mich, aber er war viel zu fett, um mich einzuholen. Ich verschwand in einer Seitenstraße und kehrte schließlich in mein Apartment zurück.

Seitdem habe ich den Buchladen jeden Tag aufgesucht, aber er war stets geschlossen. Er weiß, dass ich zurückkomme, und versteckt sich vor mir. Ich gebe ihm noch zwei Tage, dann werde ich jeden einzelnen Antiquitätenhändler in der Altstadt aufsuchen. Einen Schritt näher, meine Freunde. Ich kann es kaum erwarten, diesen Ort zu verlassen, und ich bin sicher, es dauert nicht mehr lange.

Euer Randolph!‹

»Und noch eine Geschichte aus den abenteuerlichen Tagebüchern des Randolph Humberstones«, meinte Lucien säuerlich. Es widerte ihn an, dass Randolph sich als eine Art Action-Held stilisierte und fragte sich, wie viel an diesen Darstellungen übertrieben war.

»Vielleicht solltest du froh darüber sein, dass Randolph so viel auf sich nimmt, um die Informationen zu besorgen, die du brauchst«, entgegnete Aswell mit kaum verhülltem Zorn.

Heute Abend lief alles schief. Wenn sie doch alle nur den Mund halten würden und das täten, was er ihnen befahl, wenn er sie doch bloß in Schachteln sperren könnte, um sie nur dann herauszuholen, wenn er sie brauchte ... Aber Geduld. Randolph war vielleicht wirklich nahe dran.

»Holt die Kerzen«, befahl er. »Machen wir uns an die Arbeit.«

Erst als die Lichter gelöscht waren und die Kerzen brannten und sie alle tief und langsam atmend in einem Kreis beisammensaßen, konnte Lucien sich etwas entspannen. Rituelle Magie war enorm schwierig, man brauchte Jahre der Übung und Geduld, wurde dafür aber auch um so reicher belohnt. Er schloss die Augen und murmelte die Namen der klipothischen Wesen, mit denen sie arbeiteten. »Bael, Agares, Vassago, Gamigin ...« Seine tiefe Stimme vibrierte durch den Raum. Die anderen fielen ein – zweiundsiebzig Namen hatten sie auswendig gelernt. »Marbas, Valefor, Amon, Barbatos ...«

Ihre Stimmen vereinigten sich, strichen warm über Luciens Gesicht.

Die Temperatur im Raum stieg jäh an. Schweißperlen bildeten sich auf seiner Stirn. Wie immer dauerte es nur wenige Minuten, bis er sich in einer anderen Landschaft wieder fand. Das widerfuhr nur ihm, nicht den anderen. Ein weiterer Grund, warum er der Führer der Gruppe sein sollte. Ein dunkles, außerirdisches Panorama schwarzer Berge umgab ihn, ein rötlich glühender Himmel tat sich dahinter auf. Die Schatten der klipothischen Wesen – die Dämonen – umringten ihn. Viele erkannte er wieder: Ipos, eine Gestalt ohne Kopf, in dessen Handflächen gelbe Augen leuchteten; Belial, mit grauenhaft vernarbtem Gesicht und ebensolchem Rücken; Zagan und Asmodeus, in ewigem infernalischen Kampf aneinander geklammert. Schaute er in die Hölle? Lucien wusste es nicht, hatte aber auch keine Angst, selbst dann nicht, als die Wesen sich ihm zuwandten und anstarrten – einige neugierig, andere unverhüllt feindselig. Für ihn gab es nur ein Ziel. Wenn er das erreicht hatte, konnte die Hölle ewig warten. Er blieb am Leben.

Er blinzelte in die Dunkelheit. Hinter den zweiundsiebzig Wesen konnte er die schemenhaften Formen endloser anderer Entitäten erkennen. Vielleicht befand sich unter diesen Schatten der Dämon, der ihnen Satan in die Hände spielen würde. Denn nur Satan selbst konnte ewiges Leben verleihen, und wenn er auf die richtige Weise heraufbeschworen wurde, dann würde er ihren Befehlen gehorchen müssen.

Sie kamen zum Ende ihres langen Singsangs. »Decarabia, Seere, Dantalion, Andromalius.« Er öffnete die Augen. Kaum war die letzte Silbe verklungen, sank die Temperatur, sodass sie alle zitterten. Die anderen sahen ihn erwartungsvoll an, wollten wissen, was er auf der anderen Seite gesehen hatte.

»Am Horizont warten Schatten«, sagte er. »Es wird nicht mehr lange dauern.«

Justin zog den Mantel fester um sich, während er den Hügel hinaufstieg. Es war spät, und er fror, aber im Inneren fühlte er sich warm und zufrieden. Er hatte wieder einen Abend mit Prudence und Holly verbracht, sie hatten gut gegessen und wunderbare Gespräche geführt. Auf Wein hatte er an diesem Abend verzichtet, genau wie Holly, aber Prudence konnte wahrscheinlich jeden unter den Tisch trinken.

Außer vielleicht seine Mutter. Aber an sie wollte er jetzt nicht denken. In den ersten siebenundzwanzig Jahren seines Leben hatte sie dafür gesorgt, dass er kaum soziale Kontakte knüpfen konnte, und er wollte nicht zulassen, dass sie die nächsten siebenundzwanzig auch noch ruinierte. Das Leben, das er mit ihr geführt hatte – die ständige Angst vor der Katastrophe – hatte verhindert, dass er Freundschaften schloss. All seine Energie wurde dadurch aufgebracht, dass er auf die grauenhaften Stimmungsschwankungen seiner Mutter wartete, auf die nächste, lange Nacht, in der sie um Verzeihung bettelte, auf das nächste Mal, wenn er sie vom Boden aufheben und ins Bett schleppen musste, ohne dass sie ihm das Gesicht zerkratzte.

Das alles lag hinter ihm. Neue Freunde traten in sein Leben.

Aber wenn sie herausfinden, wer du wirklich bist …

Das war lächerlich. Er war er selbst – vielleicht zum ersten Mal –, und er würde nicht zulassen, dass die Jahre des Schreckens mit ihren unablässigen Attacken gegen sein Selbstvertrauen ihn jetzt behinderten.

Als er sich dem Haus näherte, sah er zu seiner Überraschung, dass Lucien und Emma gerade die Vordertür aufschlossen. Wo waren sie so spät gewesen? Es sah Lucien nicht ähnlich, mit Emma auszugehen, besonders nicht nach einer Woche Ferien. Er schaute auf seine Uhr. Fast drei. Fast hätte er ihnen zugerufen, aber dann überlegte er es sich anders. Er wollte gerade jetzt nichts mit Emma zu tun haben, wollte sich nicht rechtfertigen müssen, dass er bei Holly gewesen war. Was Emma betraf, war sowieso schon alles zu kompliziert – ihr aus dem Weg zu gehen schien die beste Verteidigung.

Er versteckte sich hinter einem Baum und wartete, bis sie hineingegangen waren und die Lichter in ihrem Schlafzimmer verlöschten. Dann schlich er sich leise ins Haus und flüchtete in sein Zimmer. Er fragte sich noch immer, wo sie an einem Sonntagabend so spät gewesen sein mochten.

11. Kapitel

»Guten Morgen, Prudence. Wie geht es dir?«

Prudence gähnte ungeniert. »Ich bin müde. Es ist spät geworden.«

As nickte. »Bei mir auch, Liebes.«

Spät? An einem Sonntagabend? Mit der Frau, die er angeblich nicht mehr liebte? »Warum? Was hast du gemacht?«

»Oh, ich war mit ein paar Freunden aus«, tat er die Frage ab.

»Mit deiner Frau?«

»Nein, nur mit Freunden. Was hast du mir denn heute mitgebracht?«

Prudence mochte es nicht, wenn die Leute etwas vor ihr verbargen. Es beleidigte ihre Intelligenz. Schnelle Themenwechsel, abweisende Gesten, Allgemeinplätze. Alles Hinweise darauf, dass etwas im Busch war. Aber sie würde ihn nicht drängen, sie würde es später aus ihm herauskriegen. Wenn er Sex wollte, wurde er sehr manipulierbar.

Sie griff in ihre Tasche und zog stolz acht getippte Seiten hervor. »Ich habe mit meiner Prüfungsarbeit begonnen.«

»Halleluja!«, sagte As und sah sie erfreut und beinahe liebevoll an. Vielleicht hätte sie schon ein paar Monate früher anfangen sollen.

»Aber ich möchte nicht, dass du es liest.«

»Ich muss es lesen.«

»Ich weiß, aber ich will nicht. So gut wie Holly werde ich nie.«

Er kam um den Schreibtisch herum und nahm die Seiten. »Kümmere dich nicht um Holly, kümmere dich um Prudence. Soll ich es jetzt lesen?«

»Wie du willst.«

Er beugte sich zu ihr, und sie spürte seinen warmen Atem an ihrem Ohr. »Ich habe dich vermisst.«

Offenbar wollte er den Text doch nicht sofort lesen, offenbar wollte er etwas anderes. Sie spürte Schmetterlinge im Bauch, wie immer, wenn As sich ihr näherte. Egal, wie viel Mühe sie sich gab, ihn nicht zu lieben, nicht von seinen wankelmütigen Beweisen der Zuneigung abhängig zu sein, sie hing hoffnungslos am Haken. Als seine Finger über ihr Kinn strichen, schnappte sie fast nach Luft.

Er küsste ihren Hals, und beiläufig fragte sie: »Also, was hast du gestern Abend gemacht, As? Du tust schrecklich geheimnisvoll.«

»Prudence, sei still.«

»Je mehr du mir ausweichst, desto neugieriger werde ich.«

»Prudence!« Er ließ sie los und trat einen Schritt zurück. »Ich hab mich mit ein paar alten Freunden getroffen, okay? Mein Gott, du witterst überall Verschwörungen. Manchmal glaube ich, dass du leicht paranoid bist.«

Sie war verletzt und verwirrt. Hatte er Recht? Tränen traten ihr in die Augen, und sie holte zitternd Luft. »Sei nicht so gemein«, sagte sie. Sie sah ihn mit traurigen Augen an und machte ihren besten Schmollmund. Mist, vielleicht war sie ja tatsächlich paranoid. Nicht jeder hatte ein Geheimnis, auch wenn sie sich nichts sehnlicher wünschte.

»Ich bin nicht gemein«, sagte er sofort reumütig. Vielleicht fürchtete er um die Chance, sie flachzulegen. In diesem Augenblick klingelte das Telefon, und As lächelte ihr beruhigend zu, bevor er an seinen Schreibtisch zurückging.

»Hallo? Lucien, hi ...« Er drehte Prudence den Rücken zu und führte das Gespräch im Flüsterton weiter. Prudence ging zum Regal und tat so, als sehe sie sich die Bücher an. Aber sie versuchte zu lauschen, während sie in ihrer Tasche nach den Schlüsseln suchte.

»Nein, nein ... ich habe sie noch nicht gefunden. Natürlich. Natürlich, Lucien. Ja, ich verstehe das ...«

Oha, Lucien machte ihm wegen der Schlüssel die Hölle heiß. Sie räusperte sich, um das Klirren der Schlüssel zu übertönen und deponierte den Bund hinter einer Porzellanvase im zweiten Regal. Dann zog sie ein Buch hervor und tat, als ob sie las. As sprach jetzt noch leiser, und so sehr sie sich anstrengte, sie konnte nicht hören, was er sagte. Schließlich legte er auf und drehte sich zu ihr um.

»Ärger mit Lucien«, sagte er und verzog das Gesicht.

»Wieso?«

»Ich habe meine Schlüssel verlegt. Ich hab es ihm erst vor einer Stunde gebeichtet, aber seitdem hat er bereits dreimal angerufen. Er meint, es sei ein Sicherheitsrisiko ...«

»Deine Schlüssel? Die liegen doch hier im Regal.«

Er sah sie ungläubig an. »Was?«

»Hinter deiner blauen Vase. Hier.«

Er hastete zum Bücherregal und ergriff die Schlüssel.

»Wie um alles in der Welt kommen sie hierher?«

»Weiß ich doch nicht.«

»Ich rufe Lucien besser sofort an. Gott, jetzt hält er mich wahrscheinlich für einen kompletten Idioten.«

Wenn er das nicht ohnehin schon tat. »Natürlich nicht, jeder kann mal einen Fehler machen.«

»Du musst mich entschuldigen, Prudence«, sagte er, öffnete die Tür und bat sie hinaus. »Aber ich muss allein mit Lucien sprechen.«

Prudence war perplex. »Ich soll gehen? Aber wir haben noch nicht mal ...«

»Vielleicht morgen Vormittag?«, fragte er lächelnd und knipste den Charme an.

»Da habe ich schon was vor«, sagte sie wütend.

»Du hast was vor?«

»Mit Justin«, log sie. Auch wenn sie nicht wusste, wieso, dachte sie, sie könne ihn damit eifersüchtig machen. Sie durfte nicht vergessen, dass sie nur ein Sex-Spielzeug für ihn war, nicht mehr.

»Na schön«, sagte er brüsk und machte ihr die Tür vor der Nase zu.

Ein paar Sekunden blieb sie draußen stehen und kämpfte mit den Tränen.

»Na schön«, sagte sie schließlich und ging die Treppe hinunter zu ihrem Zimmer.

»O Gott, ich bin derartig fett, ich muss unbedingt abnehmen.« Prudence hockte auf der Kante von Hollys Schreibtisch, ließ nervös ihre Beine baumeln und griff sich in nichtexistente Fettpölsterchen.

»Du bist nicht dick«, sagte Holly. Sie wusste bereits, dass es unmöglich war zu arbeiten, wenn Prudence in Plauderlaune war. In den Ferien zusammen rumzuhängen, das war in Ordnung, aber während des Semesters wollte sie sich auf ihre Arbeit konzentrieren.

»Aber dünn bin ich auch nicht.«

»Wenn Gott gewollt hatte, dass du dünn bist, hätte er dir keine Hüften und keine Brüste gegeben.«

»Ich glaube nicht an Gott.«

»Du glaubst doch sonst an alles. Dann such dir eben eine Gottheit aus. Du hast nun mal weibliche Formen. So ein Zufall.«

Prudence kniff die Augen zusammen. »Ist das nur eine freundliche Art zu sagen, ich sei dick?«

Holly seufzte ergeben. »Prudence, du bist nicht dick.«

»Ich bin kein Supermodel.«

»Gut so! Du bist viel interessanter als ein Supermodel. Vielleicht solltest du dir erst mal einen Kaffee holen, der muntert dich auf.«

»Kommst du mit?«

»Ich habe eine Menge Arbeit, Prudence.«

Ihr ging ein Licht auf. »Oh, ich verstehe, ich störe dich. Es tut mir Leid.«

Holly nickte schuldbewusst. »Ich muss noch ein paar Sachen lesen, bevor ich mich morgen mit As treffe, und es ist schon vier ...« Und sie wollte auf keinen Fall den Abend im College verbringen, allein.

Prudence überlegte nicht lange. »Na gut, ich spendiere uns beiden einen Kaffee, und ich verspreche dir, dass ich dich in Ruhe lasse, wenn ich zurückkomme.«

»Danke«, sagte Holly. »Und Prudence«, fügte sie hinzu, als diese die Tür aufmachte, »du bist nicht dick.«

Prudence zuckte mit den Schultern und machte die Tür hinter sich zu.

Holly lehnte sich zurück und starrte an die Decke. Mit Prudence zusammen zu sein war anstrengend, aber es lohnte sich. Fast so, als hätte man einen kleinen Hund oder so. Justin schien wesentlich leichter mit ihr umgehen zu können, aber wahrscheinlich nur deshalb, weil er sich stets hinter seine ernste Maske zurückziehen konnte. Sie sah zu seinem Schreibtisch hinüber. Er war vor zwei Stunden gegangen, müde und mit Kopfschmerzen. Heute hatte er besonders anziehend ausgesehen, mit struppigem Haar und zerknitterten Kleidern. Aber bevor ihre Scheidung nicht durch war, würde sie gar nicht daran denken, mit jemandem eine romantische Beziehung einzugehen. Sie wollte wissen, wie sie allein zurechtkam, nicht als Teil eines Paares.

Auf Prudences Kassettenrekorder lief Musik – hübsche Klaviermelodien, darüber eine hübsche Mädchenstimme. Holly mochte es. Durch das staubige Fenster über Prudences Schreibtisch schimmerten die letzten Sonnenstrahlen und hüllten das Zimmer in einen goldenen Glanz. Ihre Augen fielen zu, und sie sank in einen Tagtraum.

Etwas berührte sie. Ganz sanft glitten Finger über ihr Haar.

Sie riss die Augen auf und hielt den Atem an. Sie war allein.

Christian.

Aber nein, Christian gab es nicht. Es war eine Ausgeburt ihrer Phantasie. Wagte sie es, das Schicksal herauszufordern? Erneut schloss sie die Augen. Eine Hand in ihrem Haar, heißer Atem auf ihrem Hals. Um ihre Ohren bildete sich ein Druck, als würde sich ein Wort formen wollen. Ein Wort, das mit ›h‹ begann – vielleicht ihr eigener Name. Ihr Puls raste, aber sie brachte es nicht über sich, die Augen zu öffnen. Sie wollte die Berührung ihres Geliebten genießen.

Doch dieses Mal spürte sie eine große Traurigkeit in seinen Händen. Eine Sehnsucht, ein Schmerz, der vorher nicht da gewesen war. Seine Berührung war zögerlich, als fürchte er Zurückweisung.

»Vermisst du mich, Christian?«, flüsterte sie. Die späte Nachmittagssonne drückte ein rotes Muster auf ihre geschlossenen Augenlider. »Hältst du mich für gemein, weil ich nicht mehr mit dir gesprochen habe?«

Der Druck auf ihren Ohren änderte sich. Er versuchte ihr etwas zu sagen, aber die Worte wollten sich nicht formen. Plötzlich zersprang der Druck in tausend Stücke, und zurück blieb ein scharfes Pfeifen. Prudence hatte die Tür geöffnet.

»Die Kaffeetante«, sagte sie lächelnd und stellte einen Plastikbecher mit Kaffee auf Hollys Schreibtisch.

Holly blinzelte sie verwirrt an. Was war gerade geschehen? Ihre Haut brannte dort, wo Christian sie berührt hatte, aber er war verschwunden. In den tiefsten Winkeln ihres Verstandes formte sich eine Panik, die sie zu verschlingen drohte.

»Alles in Ordnung?«, fragte Prudence und beugte sich über sie.

»Ich … war in Gedanken versunken. Du hast mich erschreckt.« Es hatte keinen Sinn, Prudence anzulügen, das wusste sie.

Prudence lächelte. »Bist du sicher, dass das alles ist?«

Holly holte tief Atem. Sie hatte keine Lust, sich jetzt von Prudence ausfragen zu lassen. »Ich möchte nicht darüber reden«, sagte sie nur.

Ihre Freundin sah sie überrascht an, schien ihre Antwort jedoch zu akzeptieren. »Bitte schön, ignoriere mich einfach. Ich bin leicht paranoid. Ich hab's aus offizieller Quelle.«

Und ich werde verrückt, dachte Holly. Zeit, etwas dagegen zu unternehmen.

Nach dem langen Weg einen kalten Hügel hinauf, wirkte das Licht in der Praxis warm und Vertrauen erweckend. Sie ging auf die Sprechstundenhilfe zu, die ihr ein Routinelächeln schenkte.

»Ja?«

»Ich bin Holly Beck. Ich habe einen Termin um sieben.«

Die Frau sah in ihrem Terminkalender nach. »Bei Dr. Porter?«

Holly hatte sich Dr. Porter ausgesucht, weil sie einen freien Termin gehabt hatte, aber auch, weil sie eine Frau war. Wenn sie schon jemandem beichtete, dass sie geistige Umnachtung fürchtete, dann wenigstens einer anderen Frau.

Die Sprechstundenhilfe reichte ihr ein Formular. »Füllen Sie das bitte aus. Sie kommt gleich.«

Holly lehnte sich an die Theke und machte pflichtbewusst ihre Angaben. Als sie der Frau den Kugelschreiber wiedergab, sah sie sich selbst in einem Spiegel an der Wand. Der weite Weg durch die kalte Abendluft hatte ihre Nase und ihre Augen gerötet. Ihr blondes Haar ergoss sich über einen alten Mantel und einen Fransenschal – beides Dauerleihgaben von Prudence. Wahrscheinlich wirkte sie völlig verwahrlost, und genauso fühlte sie sich auch innerlich. Sie nahm ein Magazin aus dem Regal, setzte sich und las irgendeinen Artikel.

Als sie den Bericht über den ersten Schultag von Fünflingen zur Hälfte gelesen hatte, rief jemand ihren Namen.

»Holly Beck?«

Sie sah auf. Eine junge Ärztin stand am Eingang der Chirurgie. Sie lächelte Holly zu. »Kommen Sie mit.«

Holly nahm ihren Mut zusammen und folgte der Ärztin in ein kleines, geschmackvoll eingerichtetes Zimmer. Der Fichtengeruch von Desinfektionsmitteln hing in der Luft. Dr. Porter bot ihr einen Stuhl an, und Holly setzte sich, die Handtasche in den Schoß gedrückt.

»Wie kann ich Ihnen helfen, Holly?«, fragte Dr. Porter, nachdem sie hinter ihrem Schreibtisch Platz genommen hatte. Sie war eine gut aussehende Frau Anfang Dreißig und trug außer einem Ehering und einem goldenen Armreif keinen weiteren Schmuck.

»Ich ... weiß nicht genau, wo ich anfangen soll«, stotterte Holly. Sie merkte, wie sie nervös mit den Händen spielte.

»Am Anfang«, schlug Dr. Porter vor.

»Ich glaube, ich werde verrückt.«

»Warum glauben Sie das?«

Holly sah die Ärztin an, die ihr freundlich und aufmunternd zulächelte.

»Ich sehe Dinge«, begann sie schließlich, »Dinge, die nicht da sind.«

Dr. Porter nahm einen Stift und machte sich Notizen. »Was für Dinge sehen Sie?«

»Es ist mehr, ich spüre Dinge, höre Dinge.« Mit zitterndem Atem unterdrückte Holly ein Schluchzen tief in ihrer Kehle. »Es ist … ich habe solche Angst.« Sie gab auf und begann zu weinen. Dr. Porter reichte ihr eine Schachtel mit Papiertaschentüchern.

Die Ärztin wartete eine Weile, bevor sie ihre Frage wiederholte. »Und was sehen Sie?«

»Einen Geist«, antwortete Holly schniefend. »Den Geist eines jungen Mannes. Zuerst spürte ich seine Gegenwart – ich … ich war eingenickt, und er hat mich berührt … und dann eines Abends … habe ich einen Spiegel aufgestellt und ihn gebeten zu erscheinen und … er hat sich sehr lange mit mir unterhalten. Und er ist wunderschön.«

»Worüber hat er gesprochen?«

»Über sein Leben. Er hat um 1800 gelebt, in London, als Stricher. Ich weiß, ich bilde mir das alles nur ein, aber es ist so realistisch. Ich hatte sehr viel Stress – ich habe meinen Ehemann verlassen und bin hierher gezogen, und ich habe kein Geld … keine … keine Sicherheit. Ich brauche wahrscheinlich ein Beruhigungsmittel, Valium oder so etwas.«

»Wo arbeiten Sie?«

»Ich bin Studentin am College. Ich schreibe eine Arbeit über viktorianische Lyrik.«

Die Ärztin nickte. »Sind Sie sich im Klaren darüber, dass ein Beruhigungsmittel einen negativen Effekt auf ihre geistige Tätigkeit haben kann?«

»Oh. Nein, das möchte ich nicht.«

»Gehen wir ein paar Schritte zurück. Wir haben viel

Zeit. Erzählen Sie mir, warum Sie Ihren Mann verlassen haben.«

Holly holte tief Atem und versuchte, der Ärztin alles zu erklären. Sie sprach sogar von den Orgasmuserfahrungen, die sie mit Christian gehabt hatte. Dr. Porter nickte zwischendurch und lächelte freundlich, manchmal fragte sie etwas, machte sich Notizen, gab aber keine Urteile ab.

»Nun, Holly, wenn Sie es wünschen, kann ich Sie an einen Psychiater hier in der Nähe überweisen. Er hat allerdings eine lange Warteliste, es könnte also ein bis zwei Monate dauern, bevor Sie einen Termin bekommen. In der Zwischenzeit könnte sich Ihr Problem von ganz allein gelöst haben.«

»Können Sie mich nicht trotzdem überweisen?«, fragte Holly verzweifelt. Sie wollte vermeiden, mit nichts in der Hand weggeschickt zu werden, mit der oberflächlichen Versicherung, dass alles halb so schlimm sei. Sie hatte Angst, sie fühlte sich überfordert, und sie hatte nicht die Kraft, mit ihren Ängsten allein fertig zu werden.

»Natürlich. Ich werde ihm einen Brief schreiben, und seine Sprechstundenhilfe wird Sie dann wegen eines Termins anrufen. Aber ich möchte, dass Sie noch etwas anderes in Betracht ziehen, Holly. Sind Sie sicher, dass Sie sich dies alles einbilden?«

Hollys Augen weiteten sich überrascht. »Das kann nicht anders sein. Ich meine … Geister … nun, es gibt sie einfach nicht.«

Dr. Porter nickte bedächtig. »Sind Sie dessen sicher? Es gibt mehr Dinge zwischen Himmel und Erde, Holly, als wir uns träumen lassen. In jeder anderen Hinsicht sind Sie eine vollkommen angepasste Frau. Sie haben noch nie an Psychosen gelitten, und ihre Visionen sind begrenzt und sehr spezifisch. Sie sagen, dass dieser Geist … wie hieß er gleich noch?«

»Christian.«

»Dass Christian Ihnen niemals wehtun würde?«

»Nein, niemals. Es ist so … als ob uns etwas verbindet.«

»Wenn das der Fall ist, Geist hin oder her, haben Sie nichts zu befürchten. Sie werden nicht verrückt, Holly. Damit will ich nicht sagen, dass es für das, was Sie gesehen haben, keine psychologischen Ursachen gibt, aber ganz allgemein sind Sie eine geistig ganz gesunde junge Frau.«

Holly schüttelte den Kopf. »Sie sind Ärztin, ich dachte, Sie würden nach einer rationalen Erklärung suchen.«

Dr. Porter warf den Kopf zurück und lachte. »Wissen Sie, Holly, manchmal wirft die Wissenschaft mehr Fragen auf, als sie Antworten bringt. Vielleicht ist ein Geist die rationalste Erklärung für ein solch kohärentes, isoliertes Vorkommen einer unerklärlichen Erscheinung.«

Holly dachte nach. Dr. Porter wollte ihr sicherlich helfen, aber Holly konnte die kalte Furcht, die in ihrem Inneren klapperte, nicht bändigen. »Aber Sie überweisen mich trotzdem an den Psychiater?«

»Natürlich, wenn Sie das möchten.«

»Ich glaube, das ist besser.«

»Aber denken Sie darüber nach, was ich gesagt habe, Holly.«

Holly nickte und schaute zu Boden. »Sicherlich. Ich denke darüber nach.«

Singt, Chöre der Engel.

Justin wusste, dass er träumte. Dunkle, samtene Schichten von Wärme umhüllten ihn.

Singet Jubellieder.

So bald schon Weihnachten? Ein warmer Sommerabend. Er stand draußen. Bunte Lichter in den Fenstern der Häuser. Ein Chor, der sang – Engel in Weiß.

Singt, ihr Bürger Bethlehems.

Einer der Engel näherte sich ihm. Holly. Ihr Haar hatte die Farbe von Weizen in der Sonne. Sie reichte ihm ihre Hand.

Gott im Himmel sei gelobt.

Sie lächelte und neigte ihren Kopf leicht zur Seite, so wie sie es im wahren Leben tat. Grüne Augen, lange, schwarze Wimpern.

O kommt, lasset uns anbeten …

Er ergriff ihre Hände, warme, weiche Hände. Sie zog ihn zu sich.

O kommt, lasset uns anbeten …

Sie drückte ihren Busen an seine Brust, ein heißer Mund auf seiner Wange, seinem Kinn, seinen Lippen. Göttlich. Es war so lange her, dass er einen solchen körperlichen Kontakt gespürt hatte. Und wenn es auch nur ein Traum war. Genieße es, lass es geschehen.

Woher kam diese kalte Luft, die seinen Bauch heraufkroch?

»Mir ist kalt«, sagte er zu der Traum-Holly.

O kommt, lasset uns anbeten …

»Ich wärme dich.« Das war nicht Holly, die da sprach. Die Stimme schien von draußen zu kommen. Ein heißer, feuchter Druck zwischen seinen Beinen. O Gott, wie lange war das her? Irgendwo in einer anderen Welt öffnete er den Mund zu einem Stöhnen.

»Ist das schön?«, fragte die andere Stimme.

»Ja«, sagte er, ein langsames Zischen.

Die Traum-Holly schüttelte ihn. »Wach auf. Das bin nicht ich, das ist *sie!*«

»Sie?«

»Das bin nicht ich. Du träumst nicht.« Der Chor sang nicht mehr. Es war nicht mehr Weihnachten. Ihre warmen Hände lösten sich aus seinen.

Die andere Stimme ertönte: »Justin, o Justin.«

Mit einem Schlag war er wach. »Großer Gott!« Er schreckte hoch, sah den blonden Kopf zwischen seinen Beinen.

Emma sah auf. Sie hielt seinen Schwanz in der Hand. »Leg dich einfach hin, Justin. Leg dich hin und genieße es.«

»Emma … nein!«

Aber sie hatte ihn wieder in den Mund genommen, und es fühlte sich gut an, so verdammt gut. Und er war bereits so dicht dran.

Aufstöhnend ließ er sich aufs Bett fallen, ließ sie ihre

Sache zu Ende machen, kam selbst zum Ende. Eine unaufhaltsame Ekstase lief in Wellen durch seinen Körper. Dann hörte es auf, und zurück blieb nur Scham. Er wagte es nicht, die Augen aufzumachen, hätte fast geschluchzt wie ein kleiner Junge. Er hörte, wie sie ihn zudeckte und wortlos das Zimmer verließ.

Gütiger Gott, was hatte er getan?

Das Telefon schrillte in der Dunkelheit. Das schrecklichste Geräusch – ein Anruf mitten in der Nacht. Holly sprang aus dem Bett, lief in die Küche und nahm den Hörer ab.

»Hallo?« Ihr Herz schlug laut und ängstlich. Vielleicht hatte sich jemand verwählt.

»Holly, hier ist Mum.«

»Mum? Ist alles …«

»Michael ist im Krankenhaus. Er hat versucht, sich umzubringen.«

»Was? Was ist passiert?«

»Du kommst nach Hause.«

Holly presste die Hand gegen die Stirn. »Mum, ich kann nicht, ich muss …«

»Holly! Wir sprechen hier von deinem Mann. Er ist auf der Intensivstation, und vielleicht kommt er nicht durch. Willst du das auf dich laden?«

Ein Alptraum. »Ich kann mir den Flug nicht leisten. Ich habe Michael mein ganzes Geld gegeben.«

»Wir buchen dir einen Flug. Für morgen.«

»Hin- und Rückflug?«

Schweigen am anderen Ende der Leitung.

»Mum?« Holly ließ nicht locker. »Antworte mir.«

»Du gehörst dort unten nicht hin. Das dürfte wohl klar sein, nach allem, was passiert ist.«

Holly blieb hart. »Wenn kein Rückflug dabei ist, komme ich nicht.«

»Gut, du bekommst deinen Rückflug.«

»Und ich entscheide, wann ich wieder gehe.«

Erneutes Schweigen.

»Mum?

»Also gut«, sagte ihre Mutter. »Wir geben dir dann die Flugzeiten durch.«

»Okay, ich rufe in ein paar Stunden wieder an.«

Es klickte in der Leitung; lange stand Holly fröstelnd in der Dunkelheit.

12. Kapitel

Der Geruch des Wagens ihrer Mutter hatte eine direkte körperliche Wirkung auf Holly. Es hätte der beruhigende Geruch mütterlicher Fürsorge sein sollen, aber Holly kam es vor, als seien die letzten beiden Monate wie weggewischt und sie kehre in ein Leben zurück, dem sie vergeblich zu entkommen versucht hatte. Sie hörte, wie der Kofferraumdeckel zuschlug, und ihre Mutter stieg in den Wagen.

»Wie geht's dir, Holly?«, fragte sie, während sie sich in den Verkehr einordnete.

»Ich bin müde. Der Flug war lang. Wie geht es Michael?«

»Er hat die Intensivstation verlassen. Heute Morgen haben sie ihn ins Krankenhaus in Daybrook verlegt.«

Holly musste sich auf die Zunge beißen. Warum hatten sie ihr das nicht heute Morgen am Telefon gesagt, als ihr Vater sie wegen des Fluges angerufen hatte? Wenn er überleben würde, warum sollte sie dann so überstürzt an sein Krankenbett eilen? Aber sie wusste, warum. Ihre Eltern wollten sie davon überzeugen, nach Hause zu kommen und die Ehe zu retten. Damit sie ihre überspannten Ideen ein für alle Mal vergaß. Sie erinnerte sich an die Worte ihres Vaters, als sie gebeichtet hatte, dass sie nach Melbourne ans Humberstone gehen würde: »Hast du denn noch nicht genug gelernt, Mädchen?«

Sie starrte aus dem Fenster, während ihre Mutter auf den Freeway auffuhr, in Richtung Daybrook. Sie hatte vor Furcht Bauchschmerzen, doch hatte das keineswegs etwas mit Michaels Wohlergehen zu tun. Sie musste ständig daran denken, wie viel Arbeit sie nachholen musste, wenn sie ans College zurückkehrte. Tief seufzend lehnte sie den Kopf ans Fenster.

Ihre Mutter streichelte ihr Knie. »Alles wird gut, Liebes. Ich weiß, dass du dir Sorgen machst. Aber es sieht aus, als würde er es überstehen.«

Holly wandte sich ihr zu und hätte ihr fast verraten, worum sie sich wirklich Sorgen machte, überlegte es sich jedoch anders.

»Wie hat er es getan?«, fragte sie stattdessen.

»Er hat sich im Bad die Pulsadern aufgeschnitten. Die Ärzte sagen, dass er nur deshalb noch lebt, weil er die Arterie der linken Hand verfehlt hat. Seine Schwester hat ihn gefunden und den Krankenwagen gerufen, bevor er zu viel Blut verloren hatte.«

Der arme Michael. Konnte sich noch nicht mal richtig umbringen. Draußen huschte die vertraute Landschaft vorbei, und Holly musste sich Mühe geben, sie nicht zu hassen, weil sie das Symbol einer sinnlosen Existenz war. Die Abfahrt nach Daybrook tauchte vor ihnen auf. *Ihr, die ihr eintretet, lasst alle Hoffnung fahren.*

»Wir fahren zuerst zu Hause vorbei, und du kannst deine Tasche dalassen«, sagte ihre Mutter. »Hast du auch genug Sachen dabei?«

»Ich bleibe nicht lange.«

Eine scharfe Linie bildete sich um die Mundwinkel ihrer Mutter. »Vielleicht änderst du deine Meinung, wenn du Michael siehst.«

Holly antwortete nicht. Es würde noch härter werden, als sie erwartet hatte.

Das Haus ihrer Eltern kam ihr größer und heller vor als früher. Obwohl der Herbst schon weit fortgeschritten war, war es noch so warm, dass der Ventilator an der Decke des Wohnzimmers seine Kreise drehte und alle Fenster geöffnet waren. Welch ein Gegensatz zum trüben Melbourne, das sie heute Morgen verlassen hatte. Sie stellte die Tasche in ihr altes Kinderzimmer, das zum Gästezimmer umgewandelt worden war. Auf dem Kopfteil klebte noch immer der Holly-Hobby-Sticker. Sie setzte sich auf das Bett und versuchte den Sticker abzuziehen, wobei sie an die Prügel dachte, die sie bezogen hatte, weil sie ihn dort festgeklebt hatte. Wie alt war sie gewesen? Neun? Zehn? Seltsamerweise kam es ihr heute vor, als sei sie noch immer ein Kind. Ihre Familie kümmerte es nicht, ob sie intelligent, begabt oder erwachsen war. Sie war die kleine Holly, und sie gehörte in ihren Kreis.

»Hier bist du, Liebling.« Ihre Mutter stand hinter ihr, ein kaltes Getränk in der Hand. Dankbar nahm Holly das Glas.

»Kann ich telefonieren? Ich muss dem College mitteilen, dass ich ein paar Tage fort bin.«

»Ein paar Tage?«

»Mum, bitte.«

Ihr Mutter ging mit ihr zum Telefon und blieb neben ihr stehen, während Holly telefonierte. Soviel zur Privatsphäre. Holly nahm den Hörer und wählte Prudences Nummer. Es klingelte vier Mal, bevor der Anrufbeantworter zu hören war.

»Hi, hier ist Prudence. Ich kann gerade nicht ans Telefon, aber Sie können eine Nachricht hinterlassen. Wenn ich nicht zurückrufe, nun, ziehen Sie Ihre eigenen Schlüsse daraus.«

Für Holly, die in einem Meer aus unangenehmen vergangenen Tagen zu ertrinken drohte, war Prudences Stimme wie ein Rettungsring. »Prudence, ich bin's, Holly. Ich bin in Daybrook. Michael hat versucht, sich umzubringen. Ähm … ich weiß nicht, wann ich zurückkomme. Bitte sag Dr. Aswell Bescheid und grüße Justin von mir.«

Ihre Mutter schaute betont auf ihre Armbanduhr, und Holly hinterließ ihre Telefonnummer, bevor sie auflegte.

»Wir sollten jetzt zum Krankenhaus fahren«, sagte ihre Mutter. »Michael freut sich bestimmt, dich zu sehen.«

Wenn sie dieses Gefühl nur teilen könnte. Mit bleischweren Füßen folgte sie ihrer Mutter zum Wagen.

Gegen vier Uhr konnte Justin sich nicht länger zurückhalten. Er hatte Prudence sowieso schon im Verdacht, dass sie etwas von seiner Sympathie für Holly ahnte, und er hatte weitaus dunklere Geheimnisse zu verbergen.

»Weißt du, wo Holly heute steckt?«, fragte er, wobei er sich Mühe gab, ganz beiläufig zu klingen; aber wahrscheinlich hörte er sich so steif und unsicher an wie immer.

»Nein, vielleicht fühlt sie sich nicht wohl. Oder sie arbeitet zu Hause. Warum rufst du sie nicht an?«

Justin starrte auf seinen Schreibtisch. »Vielleicht könntest du sie anrufen.«

»O Gott, was für ein Feigling!«, rief Prudence vergnügt. »Ich bin gleich wieder da.« Sie nahm ihre Tasche und lief zum öffentlichen Telefon hinunter.

Justin ging zu Prudences Schreibtisch und schaute aus dem Fenster. Die Ahornbäume im Garten verloren ihre Blätter, und der Wind hatte sie in ihren Herbstfarben zu großen Hügeln vor dem Zaun aufgetürmt. Gähnend legte er seine Stirn gegen das Glas. Er hatte nicht geschlafen. Nach Emmas Überraschungsbesuch hatte er wachgelegen, die Decke angestarrt und versucht, seine Gefühle auszublenden. Irgendwie war es auch seine Schuld. Kaum hatte er seine Abwehr gelockert, kaum hatte er andere in seinen eng gezogenen Kreis gelassen, hatte er unter den Folgen zu leiden. Hatte er nicht aus bitterer Erfahrung gelernt, dass es sich nicht auszahlte, jemandem zu vertrauen? Jemanden zu lieben? Jemandem zu zeigen, wie schwach er, Justin, letztendlich war?

Er seufzte und drehte sich um. Hatte er nicht aus bitterer Erfahrung gelernt, dass es am sichersten war, seine Tür abzuschließen? Was, um Himmels willen, versprach sich Emma davon? Er war ihr an diesem Morgen aus dem Weg gegangen, aber ihr auf Dauer aus dem Weg zu gehen würde schwierig werden.

»Justin! Du glaubst nicht, was passiert ist!« Prudence kam ins Zimmer gestürzt und ergriff seine Hand.

»Was ist los? Ist ihr was passiert?«

»Sie ist nach Hause!«

Es dauerte eine Sekunde, bevor er begriffen hatte. Nun schienen auch die letzten Reste seines Glücks zu verblassen. »Nach Hause? Zu ihrem Mann?«

»Sie war nicht da, deshalb habe ich meinen Anrufbeantworter abgehört. Michael hat versucht, sich umzubringen, deshalb ist sie heute Morgen zurückgeflogen.«

»Für immer?«

»Das hat sie nicht gesagt. Sie sagte, sie wüsste nicht, wann sie zurückkäme. Ich fasse das nicht.« Sie setzte sich auf die Schreibtischkante und schlug die Hände vors Gesicht. »Ich fasse es nicht, ich wollte, dass sie hier bleibt.«

»Ich auch.«

Prudence schaute auf. »Sie hat eine Nummer genannt. Heute Abend rufe ich sie an und lasse mir die ganze Geschichte erzählen.«

»Ruf mich danach an und erzähl's mir auch.«

»Klar.« Prudence schüttelte den Kopf. »Mann, ich hoffe nur, sie bleibt nicht da. Sie hat etwas Besseres verdient als diesen zurückgebliebenen Loser von einem Ehemann.«

Ein lauter Knall über Hollys Schreibtisch ließ sie erschrocken herumfahren.

»Was war das?«, fragte Prudence atemlos und legte sich erschrocken eine Hand auf die Brust.

Vorsichtig ging Justin zum Schreibtisch. »Hier liegt überall Glas. Oh, die Glühbirne in ihrer Lampe ist zerplatzt.«

»Wie ist so etwas möglich?« Prudence stand hinter ihm.

Justin zuckte mit den Achseln. »Ich weiß nicht. Sie war aus, nicht wahr?«

»Ja.« Behutsam nahm Prudence eine Scherbe in die Hand. »Sie ist einfach so explodiert?«

Justin antwortete nicht. Prudence untersuchte die Lampe, dann wandte sie sich mit einem Lächeln Justin zu. »Wow.«

»Was?«

»Bist du sauer, weil Holly zu ihrem Mann zurückgegangen ist?«

»Nein, eigentlich nicht. Ich bin natürlich enttäuscht. Warum?«

»Psychokinese. Wenn du richtig sauer warst, es aber nicht ausdrücken konntest, dann kann es sein, dass du – nun – deinen Zorn auf ein unbelebtes Objekt projiziert hast.«

Justin schüttelte den Kopf. »Tut mir Leid, Prudence, aber dieses Mal schießt du übers Ziel hinaus. Ich bin nicht zornig.«

»Wenn du nicht zornig bist, wer dann?«

»Prudence, nur weil die Birne ...«

»Wir haben es hier nicht mit einer kaputten Glühbirne zu tun«, sagte sie und deutete auf das über Hollys Schreibtisch verstreute Glas. »Wir sprechen von einer zerstörten. Vielleicht gibt es hier einen zornigen Geist.«

Unter normalen Umständen hätte Justin sie toleriert. Aber er fühlte sich elend und einsam, und es ärgerte ihn, dass Prudences imaginierter Geist plötzlich wichtiger geworden war als Hollys überstürzte Abreise. Er nahm seinen Mantel, der über der Lehne seines Stuhl hing, und ging zur Tür. »Ruf mich an, wenn du mit Holly gesprochen hast«, sagte er brüsk.

»Sicher, sicher«, entgegnete sie und winkte ihm abwesend hinterher. Sie untersuchte allen Ernstes die Überreste der zerborstenen Glühbirne.

Nur mühsam gelang es ihm, nicht wütend auf sie zu sein. Emmas Avancen machten ihm weitaus mehr zu schaffen als ihre Spinnerei. Er stapfte die Stufen hinunter und hoffte, dass Emma nicht zu Hause war.

Nach einem kurzen, aber heftigen Streit erklärte Hollys Mutter sich bereit, wieder nach Hause zu fahren und Holly allein zu Michael gehen zu lassen. Es roch angenehm im Krankenhaus von Daybrook, die Wände hatte man zitronenfarben gestrichen, und die Krankenzimmer waren durch Tapeten mit Blumenmuster verschönert. Sie ging über den Flur zu dem Zimmer, in dem Michael lag. Es kam ihr komisch vor, ihn zu sehen, nach dem, was passiert war. Mittlerweile kam er ihr wie ein Fremder vor. Ein dunkelhaariger Mann, mit dem sie den größten Teil ihrer Jugendjahre verbracht hatte, und dennoch war er ihr vollkommen fremd.

»Michael?«

Er lag mit dem Rücken zu ihr und drehte sich um, während sie sich auf den Stuhl neben seinem Bett setzte. Er war blass, aber seine Haut hatte nicht die wunderschöne Transparenz wie die Christians, sondern den grauen, fahlen Ton eines sehr Kranken. Er sah massiger aus als sie ihn in Erinnerung hatte, mit großen viereckigen Händen und behaarten Unterarmen.

»Holly, du bist zurückgekommen!«

Wie konnte sie diesen Schmerz ertragen. Sachte strich sie über seine fest bandagierten Unterarme und spürte die Tränen in ihren Augen. »Nein, nicht für immer, nur fürs Wochenende.«

Sein Gesicht fiel in sich zusammen. »Dann hat mein Leben keinen Sinn.«

»Das ist lächerlich. Michael, du kannst … alles machen. Du kannst eine andere finden …«

»Hast du das gemacht? Einen anderen gefunden?«

Sie dachte an Christian, an seine warmen, begnadeten Berührungen, sogar an Justin und sein verdrehtes, ironisches Lächeln. Gut aussehend, interessant, intelligent, aber emotional verkrüppelt. »Nein, ich habe niemanden gefunden.« Jedenfalls niemanden, zu dem sie Zugang finden konnte.

Er seufzte und wälzte sich im Bett herum. »Dann hättest du gar nicht kommen brauchen, Holly. Sobald du weg bist, werde ich es wieder tun.«

»Hör zu, Michael, du brauchst Hilfe. Du musst mit einem Therapeuten sprechen, oder …«

»Ich bin nicht verrückt, verdammt!«, rief er. Leiser fuhr er fort: »Du willst, dass ich zu einem Seelenklempner gehe? Wie eine verheulte Hausfrau, die mit ihren Problemen nicht fertig wird?«

»Vielleicht hilft es. Vielleicht brauchst du das.«

»Ich weiß, was ich brauche. Ich brauche dich. Und wenn ich dich nicht haben kann, will ich gar nichts.«

»Michael …«

»Geh. Mit deinem Kommen hast du alles noch schlimmer gemacht.« Er drehte sich auf die andere Seite.

Unschlüssig nahm Holly ihre Tasche und stand auf. Sie zögerte. Sie wollte nichts sehnlicher als zu gehen, aber sollte sie nicht bleiben und versuchen, ihm etwas Vernunft einzureden? Was würde Prudence sagen? *Es ist nicht dein Problem, Holly.* Jedenfalls hatte sie das Gefühl, als habe man sie in ein anderes Sonnensystem verfrachtet, um dort ein Problem zu lösen, als habe dieses traurige kleine Familiendrama nur sehr wenig mit ihr zu tun.

»Ich bin hier, wenn du mich brauchst«, murmelte sie, legte die Tasche wieder ab und setzte sich auf den Stuhl neben seinem Bett. Leider war es *ihr* Problem.

Das Klopfen an Justins Zimmertür ließ ihn hochfahren. Er hatte auf dem Bett gelegen und die Nase in ein Buch gesteckt, für eine Weile vergessen, welche Probleme er sich mit Emma eingehandelt hatte. Misstrauisch erhob er sich und rief: »Wer ist da?«

»Lucien.«

Sein Onkel. Er ging zur Tür und schob den Sessel beiseite, den er unter die Klinke gestellt hatte, um sich gegen Emma zu verbarrikadieren. Lucien hätte niemals die Tür aufgemacht und wäre ohne zu fragen hereingekommen – er hatte einen angeborenen Respekt für persönliche Distanz. Eine Sache, die Justin und sein Onkel gemeinsam hatten.

Justin öffnete die Tür einen Spaltbreit und schaute nervös über die Schulter seines Onkels nach Emma.

»Was gibt es?«, fragte er. Ob ihm seine Schuld ins Gesicht geschrieben stand, wo Lucien sie ohne weiteres lesen konnte?

»Ein Anruf für dich. Von Prudence Emerson.« Lucien überbrachte die Nachricht ohne ein Lächeln.

»Danke, ich geh in der Küche dran.« Von oben hörte er den Fernseher und nahm an, dass sich seine Tante dort aufhielt. Je weiter sie weg war, umso besser.

»Wie du willst.« Lucien nickte und machte sich davon. Mit steifem Rücken und saurer Miene ging er die Treppe hinauf.

Justin sah ihm nach, dann lief er in die Küche und nahm den Hörer ab.

»Prudence?«

»Hi, Mann, Lucien ist ein echter Charmeur, nicht wahr?«

»Das ist nur eine seiner positiven Eigenschaften. Hast du mit Holly gesprochen?«

»Ja, sie ist völlig durcheinander, Justin. Es wäre schön, wenn du sie auch mal anrufen würdest.«

»Vielleicht. Lucien hat nicht viel für Ferngespräche übrig. Er schimpft sogar Emma deswegen aus. Kommt Holly zurück?«

»Sie hat sich sehr vage geäußert, aber ich denke schon. Ihr Mann – Michael – hat sich in der Badewanne im heißen Wasser die Pulsadern aufgeschnitten. Er wäre fast gestorben, aber jetzt erholt er sich bereits.«

Justin versuchte es sich vorzustellen – das hervorquellende Blut, dunkel an den Rändern. Es machte ihm Angst. Egal, wie schlimm alles kommen würde, er würde sich nie umbringen. Er hatte zu viel Angst vor dem Sterben.

»Das ist furchtbar. Wie geht es ihr?«

»Sie ist verwirrt, verständlicherweise. Sie glaubt, sie sei für ihn verantwortlich oder so etwas.«

»Aber das ist lächerlich. Er ist ein erwachsener Mann, warum versucht er nicht, sich damit abzufinden? Dauernd gehen Ehen kaputt.«

»He, das weiß ich schon alles. Aber mach dir keine Sorgen, ich bearbeite sie, und ich habe sie bald wieder hier.«

Zur Abwechslung war Justin einmal dankbar dafür, dass Prudence immer alles daransetzte, damit die Dinge so liefen, wie sie es wollte. Wenn jemand Holly überzeugen konnte, zurückzukommen, dann Prudence. »Ich hoffe, du hast Recht«, sagte er.

»Habe ich je Unrecht?«

»Selten. Gib mir ihre Nummer.«

Als Justin die Nummer aufschrieb, hörte er, wie jemand die Küche betrat. Ohne sich umzusehen, wusste er, dass es Emma war. Ein Hauch von Parfüm wehte zu ihm herüber. Unwillkürlich erschauderte er.

Unsicher sagte er Prudence auf Wiedersehen und legte den Hörer auf. Emma umschlang seine Hüften.

»Wer war das?«, fragte sie.

»Prudence«, antwortete er, wand sich aus ihrem Griff und ging zur Tür.

»Wohin gehst du?«, fragte sie schmollend.

»Ich habe noch eine Menge zu tun«, rief er über die Schulter, aber sie folgte ihm. Er schloss die Tür seines Zimmers hinter sich, bevor sie ihn erreicht hatte.

Sie klopfte leise an seine Tür und fragte: »Ist da etwas zwischen Prudence und dir?« Als er nicht antwortete, fügte sie zornig hinzu: »Justin, du weißt, dass du mir nicht ewig aus dem Weg gehen kannst.«

Vielleicht nicht, aber er konnte es zumindest versuchen.

Als Holly erwachte, war sie völlig desorientiert. Die Gerüche und Geräusche waren vertraut, aber irgendwie schienen sie nicht richtig. Es dauerte einige Augenblicke, bis ihr einfiel, dass sie im Haus ihrer Mutter war. Sie öffnete die Augen und ließ den Blick durch ihr altes Kinderzimmer gleiten. Billige Holzpanelen. Verschiedenfarbige Bettwäsche. Es war Samstagmorgen, und Elstern zwitscherten in den Bäumen vor dem Fenster. Unter der Decke wurde ihr bereits unangenehm warm, dabei konnte es kaum später als acht sein. Sie streifte sie ab und zog die Vorhänge auf, legte sich wieder hin, lag in ihrem Nachthemd in einem morgendlichen Sonnenstrahl und dachte an Christian.

Es schien, als habe sie nie aufgehört, an ihn zu denken,

seit sie nach Hause zurückgekehrt war. Es gab so vieles in ihrem neuen Leben, warum nahm sie ausgerechnet dieses imaginierte Wesen so gefangen? Warum dachte sie nicht an ihre Prüfungsarbeit, ihre neuen Freunde? Eines wusste sie genau – sie wollte so schnell wie möglich zurück ans Humberstone. Leider wusste sie nicht, wie sie das schaffen konnte. Ihre Familie übte einen unerträglichen Druck auf sie aus. Auch Michaels Mutter hatte sie aufgesucht und eine ebenso lange wie peinliche Klage darüber geführt, welcher Schaden entstand, wenn man mit den Gefühlen anderer Menschen spielte. Sie hatte deutlich zu verstehen gegeben, dass sie Holly für Michaels Flirt mit dem Tod verantwortlich machte. Und hier, zwischen all den Relikten ihrer Kindheit, fiel es Holly viel zu schwer, als unabhängige, starke Frau zu reagieren. Stattdessen schlüpfte sie in die Rolle der Zehnjährigen, die dem kleinsten Druck nachgab. Vor vier Tagen war sie angekommen. Vier Tage hatte sie stundenlang bei Michael gesessen – der entweder schwieg oder sie anflehte, zu ihm zurückzukehren. Vier Tage unter dem Beschuss ihrer Familie, die ihr ein schlechtes Gewissen machte. Die Zeit schien ihr allzu schnell zu entgleiten, als sei Daybrook ein Märchenland, und als verginge für jede Stunde, die sie hier verbrachte, eine Woche oder zwei in der realen Welt. Der Welt, in die sie gehörte.

Sie schloss die Augen, lehnte den Kopf nach hinten und erinnerte sich daran, wie Christian ihre Haut gestreichelt hatte, erinnerte sich an jedes Detail dieses traurigen, einsamen Gesichts. Hatte die Ärztin Recht? War es möglich, dass es keine Einbildung war? Sie strich sich mit den Händen über den Körper. Wie fühlte sie sich für ihn an? Fleisch und heißes Blut?

Unten klingelte das Telefon. Die Sonnenstrahlen schienen den dünnen Stoff ihres Nachthemds zu durchdringen und stempelten warme Muster auf ihre Haut. Sie versank in einen sinnlichen Schlummer, als die Tür aufgerissen wurde und ihre Mutter hereinstürmte. »Holly, steh auf! Zieh dich an!«, rief sie.

Dösend richtete Holly sich auf. »Was? Was ist los?«

»Er hat es schon wieder getan!«

»Ich verstehe nicht, wie sie ihn allein lassen konnten«, schluchzte Michaels Mutter unter Tränen. »Jemand hätte auf ihn aufpassen müssen. Ich werde sie verklagen. Ich werde das Krankenhaus deswegen verklagen.«

Michaels Vater stützte sie. Holly versuchte sie zu ignorieren. Sie standen um Michaels Bett herum, auf der abgedunkelten Intensivstation. Holly hielt Michaels eiskalte Hand; er war nicht bei Bewusstsein. Die Sicherheitsmaßnahmen im Krankenhaus waren nicht besonders strikt, und es war Michael gelungen, eine Schere aus dem Schwesternzimmer zu stehlen, sich ins Bad zu schleichen und zu versuchen, den angefangenen Job dort zu vollenden. Er lag auf dem harten, weißen Bett, ein erbarmungswürdig bleiches Wesen, umgeben von Maschinen und hin und her eilenden Krankenschwestern. Das Krankenhaus verfügte über keine restlichen warmen Blutreserven seines Typs, und da sein Zustand zu instabil war, um ihn nach Townsville zu transportieren, mussten sie ihm Transfusionen mit tiefgekühltem Blut verabreichen. Er zitterte und zuckte konvulsiv. Holly dachte an den Morgen, als sie im Bett lag und sexuelle Träume von einem anderen Mann hatte, während ihr Ehemann verblutete.

Nein, nicht ihr Ehemann, nur ein Fremder. Ein bleicher Fremder, aus einer Welt, die sie nicht mehr verstand.

»Ich hoffe, du bist zufrieden«, stieß Michaels Mutter hervor, die offenbar jemanden brauchte, an dem sie ihre Wut und ihre Trauer auslassen konnte. »Du hast ihn soweit gebracht. Du mit deinen albernen Ideen über Gedichte. Und, ist es das wert? Sind deine Gedichte es wert, dass du meinem Sohn so etwas antust?« Sie brach in Schluchzer aus und zitterte.

Holly sah sie an, und Zorn stieg in ihr hoch. Das habe ich nicht verdient. Das Leben war mehr als dieser lange, tödliche Alptraum. Diese Menschen saugten ihr jeden Tropfen einer eigenen Identität aus. Sie musste weg hier.

Dort draußen wartete ein wunderschöner Geist auf sie, mit kühlen, blassen Händen und aquarellblauen Augen.

»Ich muss gehen«, sagte sie und legte sachte Michaels Hand auf das Bett.

»Bleib nicht zu lange weg«, sagte sein Vater. »Sonst bist du nicht hier, wenn er aufwacht.«

Sie holte tief Atem und nahm alle Kraft zusammen. »Nein, ich meine, ich muss fort. Für immer.«

Michaels Mutter starrte sie mit offenem Mund an. »Du wirst ihn doch nicht verlassen?«

»Ich habe ihn schon lange verlassen. Dieses Mal komme ich nicht wieder zurück.« Sie nahm ihre Tasche und warf einen letzten Blick auf Michaels Gesicht, sein dunkles Haar, die großen, breiten Arbeiterhände. Vielleicht würde er sterben. Wenn nicht jetzt, dann vielleicht später. Aber wenn ihn zu retten hieß, jeden Traum und jede Hoffnung, die sie aus falschem Mitleid nährte, zunichte zu machen, musste sie ihn verlassen, um ihn zu retten.

»Auf Wiedersehen, Michael«, flüsterte sie in sein Ohr. »Mein Flugzeug geht bald.«

Justin saß in der Küche, las die Morgenzeitung und aß Toast. Seit ein paar Tagen hatte er Emma erfolgreich gemieden. Beim Essen war Lucien anwesend, und seine Tante konnte nur einen vorsichtigen Augenkontakt herstellen, den Justin problemlos abprallen ließ. Ansonsten blieb er in seinem Zimmer und kam nur heraus, wenn er wusste, dass Lucien zu Hause war. Aber heute Morgen würde es anders sein, denn eigentlich ging er jeden Samstag mit seiner Tante einkaufen, eine Gewohnheit, die seinen Onkel freute. Deshalb hatte er gezögert, damit zu brechen, aber heute würde er sich weigern. Er wollte nicht mit Emma allein sein.

»Justin, du bist noch nicht fertig«, sagte Lucien mit einem Blick auf Justins Jogginghose und T-Shirt, als er hereinkam und eine Kaffeetasse aus dem Regal nahm.

»Ich glaube, ich bleibe heute zu Hause.«

»Ich fürchte, das wird nicht gehen.«

Justin schaute von seiner Zeitung auf. »Warum nicht?«

»Weil du mit deiner Tante einkaufen gehen wirst. Weil ich es sage.«

»Aber ich …«

»Was du willst, steht kaum zur Debatte.« Strenge Linien durchzogen das Gesicht seines Onkels. Justin musste zugeben, dass er Angst vor Lucien hatte. Emma tauchte hinter ihm auf.

»Justin? Lucien? Ist alles in Ordnung?«

Lucien drehte sich zu ihr um. »Es ist alles bestens, Emma. Ich habe Justin lediglich erinnert, dass er dich heute begleitet.« Er ging zur Bank und schaltete den elektrischen Wasserkocher ein.

Emma sah Justin an. »Nun, ich fahre in zehn Minuten. Du machst dich besser fertig, Justin.«

Ihr gemeinsamer Druck war zu viel für ihn, er gab nach. Mit hängenden Schultern ging er in sein Zimmer und zog sich Jeans und ein frisches T-Shirt an. Immer wieder sagte er sich die Worte, die er sich für Emma zurechtgelegt hatte. *Was du getan hast, war falsch. Es wird nicht wieder passieren. Es wäre besser, wenn wir beide diese Nacht vergessen.*

»O Gott«, stöhnte er, ließ sich aufs Bett fallen und legte die Hände aufs Gesicht. Nichts von dem wollte er eigentlich sagen. Eigentlich wollte er sagen, *es tut mir Leid, dass ich gekommen bin.* Denn das war die Wahrheit. Er fühlte sich vollkommen verantwortlich für dieses Durcheinander, einfach deshalb, weil er sich im entscheidenden Moment nicht hatte beherrschen können.

Nach den langen, traurigen Jahren mit seiner Mutter, nach der furchtbaren Nacht, in der sie gestorben war, hatte er das Gefühl gehabt, dass vielleicht alles besser würde. Und als Lucien bei der Beerdigung seiner Mutter aus dem Schatten getreten war, eine gut gekleidete Ausnahme unter ihren ehemaligen Saufkumpanen, da hatte er gedacht, dies könne der Beginn eines neuen, schöneren Lebens werden. Dass sich der reiche Onkel, von dem er nicht einmal gewusst hatte, seiner annahm, dass er in eine neue

Stadt kam, in die Wiege des Luxus, an eine angesehene Institution der Wissenschaft – das alles war der Stoff, aus dem Märchen waren. Aber von Anfang an hatte er begriffen, dass Lucien nicht aus Liebe handelte und dass Emmas Gefühle für ihn eher sexueller als mütterlicher Natur waren. Offenbar musste er einen Preis dafür zahlen, dass er sich von seiner Mutter befreit hatte.

»Justin, bist du soweit?«

Er nahm die Hände vom Gesicht. Emma stand vor ihm, in einem blauen Kleid. Ihr offenes Haar hing über die Schultern. Sie war so üppig, so verführerisch. Am liebsten hätte er geweint.

»Ich bin soweit«, sagte er.

Er folgte ihr zum Wagen, und sie plauderte munter drauflos, als hätte sich an ihrer Beziehung nie etwas geändert. »Hat Lucien dich getadelt, weil du zu Hause bleiben wolltest?«, fragte sie, als sie die Beifahrertür geöffnet hatte und auf die andere Seite ging.

»Ziemlich.«

»Er ist da ein bisschen komisch«, erklärte sie und schnallte sich an. »Immer will er allein an diesem dummen Buch sitzen.«

»Er schreibt ein Buch?«

Emma lächelte geheimnisvoll, als sie auf die Straße zurücksetzte. »Eines Tages werde ich es dir erzählen, Justin. Einstweilen, vertrau Tante Emma und halt dich samstags von ihm fern.«

Vertrau Tante Emma. Das hatte ihm bislang nicht sehr genützt. Er musste etwas sagen, er musste das Problem aus der Welt schaffen. Es dauerte ein paar Minuten, bevor er den Mund aufmachte.

»Emma, ich möchte mit dir … wir sollten darüber sprechen … du weißt schon.«

»Erspar es dir, Justin. Ich weiß, dass ich dich in eine sehr unangenehme Lage gebracht habe, und es tut mir Leid.«

»Und du wirst es nicht wieder tun?«, fragte er mit sehr kindlicher Stimme.

»Das habe ich nicht gesagt!«, erwiderte sie lachend.

»Aber …«

Sie seufzte, ließ ihre Hand auf seinen Oberschenkel fallen und drückte ihn leicht. »Justin, komm schon. Du brauchst dich vor mir nicht zu genieren.«

Ein Alptraum. Sag es, Justin, sag es einfach. Emma, ich habe kein Interesse an dir.

»Emma, ich, verstehst du … ich habe kein Interesse an dir.« Die Worte blieben im fast im Hals stecken, aber im letzten Moment bekam er sie noch heraus.

»Was?«

»Ich habe kein … in dieser Nacht, ich schlief halb, und ich konnte nicht aufhören. Aber in dieser Beziehung interessiere ich mich nicht für dich. Du bist meine Tante.«

»Wir sind nicht verwandt. Dein Vater war der Bruder meines Mannes. Es ist kein Inzest oder so was.«

»Nein, ich meine, ich sehe dich einfach nicht … so.«

»Oh.« Ihre Mundwinkel fielen herab, und sie presste die Lippen zusammen, um die Tränen zurückzuhalten.

»Es tut mir Leid. Wirklich.«

»Es tut dir Leid? Meinst du, das hilft mir?« Emma reagierte sehr aufgebracht.

Er erstarrte. Mit Frauen und ihren Stimmungsschwankungen konnte er nicht umgehen; er fühlte sich wie gelähmt.

»So, wie ich es sehe«, fuhr sie fort, »schuldest du mir etwas.«

»Ich schulde dir etwas?« Etwas schnürte ihm die Kehle zu.

»Du hattest dein Vergnügen. Wo bleibt meins?« Sie schlug auf das Lenkrad und weinte hustend wütende Tränen. »Wo bleibt meins? Was kriegt Emma jemals?«

»Es tut mir Leid.«

Sie fuhr an den Straßenrand und zog ein Taschentuch hervor, haltlos schluchzend. Zitternd und mit offenem Mund starrte Justin sie an. Er wollte die Wagentür aufreißen und davonlaufen, so bedrängt fühlte er sich. Aber sie warf sich in seine Arme, und er musste sie halten, sie trösten.

»Verzeih mir, verzeih mir«, schluchzte sie.

Er hielt sie steif umschlungen und klopfte ihr unsicher auf den Rücken.

»Ich bin so unglücklich mit Lucien, fühle mich gar nicht mehr wie eine Frau. Ich komme mir vor, als sei ich … unsichtbar. Eine fette alte Schlampe, so nennt er mich. Er sagt, ich sei eine fette, hässliche alte Schlampe.«

»Aber das bist du nicht«, protestierte Justin, der wusste, dass er jetzt etwas sagen musste. »Du bist schön.«

Sie sah zu ihm auf. »Findest du? Findest du das wirklich?«

Er nickte steif. Sie packte ihn beim Kragen und zog ihn dicht zu sich heran. »Nur einmal, Justin. Kannst du mich nicht einmal lieben? Damit ich mich wieder wie eine Frau fühlen kann?« Ihre Lippen strichen über seinen Hals, er spürte ihren Atem am Ohr. Irgendwo regten sich seine Sinne.

»Ich weiß nicht, Emma …«

»Du schuldest es mir«, sagte sie. Eine schamlose Hand fuhr zwischen seine Beine. »Am Montagabend sind Lucien und ich bei seinem Finanzverwalter zum Essen eingeladen. Ich sage, ich sei krank und bleibe zu Hause. Bitte, Justin, nur einmal.«

Sie hatte die Gelegenheit gut gewählt. Seine Emotionen befanden sich im Schockzustand. Verwirrt saß er da, während sie ihren warmen Körper an ihn drückte. »Lässt du mich danach in Ruhe?«, keuchte er. Schuld, Angst und Verwirrung drehten sich um ihn und machten ihn hilflos.

»Ja, ich schwöre es«, hauchte sie.

»Also gut«, gab er nach, um es augenblicklich zu bereuen. »Nur ein Mal.«

Holly weinte fast vor Erleichterung, als das Taxi in die Sheldon Street einbog und sie die Umrisse der Türme Humberstones vor dem wolkenverhangenen Abendhimmel sah. Seit zehn Uhr morgens war sie unterwegs gewesen, hatte zwei qualvolle Stunden auf dem Flughafen von Brisbane festgesessen, wo sie zweimal beinahe in den nächsten Flieger zurück nach Townsville gestiegen wäre. Aber dann hatte sie sich entschieden.

Für Christian.

»Sind Sie sicher, dass ich Sie hier absetzen soll?«, fragte der Taxifahrer, als sie ihn bezahlte. »Sieht nicht so aus, als sei jemand hier.«

»Das geht schon in Ordnung. Ich bin mit einem Freund verabredet.« Sie zählte ihm ihre letzten Münzen in die Hand und nahm ihre Taschen.

Das Taxi verschwand in der Dunkelheit, und sie warf einen langen Blick auf die glatte Steinfassade des Gebäudes, die im blassblauen Licht des Mondes schimmerte. Der Wind wurde stärker und schüttelte die Baumkronen.

»Will ich das wirklich?«, fragte sie sich.

Aber das, was Prudence zu ihr gesagt hatte, war der letzte, entscheidende Anstoß gewesen. Holly hatte sie vom Brisbane Airport aus angerufen, einmal, um ihr mitzuteilen, dass sie nach Hause kam, und um sich die Zeit zu vertreiben. Wie immer sprudelte Prudence vor Enthusiasmus über.

»Stell dir vor, Holly, ich glaube, wir haben einen Geist in unserem Zimmer im College!«

»Wie kommst du darauf?«, fragte Holly und merkte, wie ihr ein bisschen die Luft wegblieb.

»Eine Glühbirne ist explodiert – *peng* – einfach so. Ohne Grund. Zuerst dachte ich, es könne sich um eine Art psychokinetischer Energie von Justin handeln – ich hatte ihm gerade erzählt, dass du zu deinem Mann zurückgekehrt seist. Aber er schwört, dass er nicht wütend war.«

»Eine explodierte Glühbirne ist wohl kaum ein Beweis für ein übernatürliches Wirken«, erwiderte Holly. Warum war sie so aufgeregt? Warum spürte sie eine Hoffnung, die sie fast schweben ließ, was für ein goldenes Licht breitete sich in ihr aus?

»He, finde eine andere Erklärung, und ich höre zu.«

Holly hatte nicht geantwortet.

Sie stand drinnen, mit dem Zuschlagen der Tür verlöschten die Sicherheitslichter hinter ihr. Sie wartete, bis sich ihre Augen an die Dunkelheit gewöhnt hatten, und ging zu ihrem Zimmer hinauf. Der Geruch des Hauses betörte sie – Holz, Bücher und Stein, nicht der schreckliche Duft von Toilettendeo im Haus ihrer Mutter. Sie stellte die Taschen auf dem Boden ab, ging zu Prudences Schreibtisch und nahm zwei Teelichter aus dem obersten Regal. Ihre Hände zitterten, als sie die Streichhölzer fand, die Kerzen entzündete und sie auf ihren Schreibtisch stellte.

Den Spiegel brauchte sie noch nicht, noch musste sie ihn nicht sehen. Aber seine Berührung, die brauchte sie. Eilig schloss sie die Bürotür ab und zog sich aus. Vor Kälte zitternd legte sie sich auf den Boden, auf ihre abgestreiften Kleider. Unwillkürlich bekam sie eine Gänsehaut.

»Ich bin hier«, rief sie in die Dunkelheit. Augenblicklich war er bei ihr.

Sie schloss die Augen, als er sie berührte. Sanfte Finger auf ihrem Bauch, warme Handflächen, die ihre Brüste umschlossen.

»Es tut mir Leid«, sagte sie. »Es tut mir Leid, dass ich dachte, du existierst nicht.«

Warme Lippen auf ihren. Sie wollte die Arme um ihn legen, griff jedoch ins Leere.

»Warum kann ich dich nicht fühlen?«, fragte sie.

Keine Antwort. Sie würde ihn später fragen, wenn sie ihn sehen und hören konnte. Jetzt begnügte sie sich damit, eine passive Liebhaberin zu sein. Er wusste genau, wo er sie berühren musste, so als könne er ihre Sehnsüchte lesen, die ungehemmt durch ihre Nerven rasten. Warme, feste Hände, eine heiße, nasse Zunge, sein Haar, das auf ihrer Wange kitzelte, ihrem Bauch, ihren Oberschenkeln. Sie breitete die Beine aus, und spürte, wie sich sein Gesicht dazwischen drückte. Sie wurde bezaubert, wurde in die Höhe gehoben und dann wieder fallen gelassen, bis ganz nach unten. Bis sie sich nach Luft schnappend auf dem Boden des Büros wieder fand, nackt, allein.

Sie öffnete die Augen. Auch wenn er sie nicht mehr berührte, spürte sie eine warme Zone im Zimmer, dort, wo sie ihn vermutete.

»Ich hole den Spiegel«, sagte sie und zog sich an. »Wirst du auf mich warten?«

Wieder keine Antwort. Sie lief in den dritten Stock hinauf und brachte den Spiegel mit zurück. Ihr Gesicht war gerötet und heiß, der Kitzel des Orgasmus pochte noch immer zwischen ihren Beinen. Christian, sie musste Christian wiedersehen. Eine Sucht.

Sie stellte den Spiegel auf den Schreibtisch, setzte sich davor und konzentrierte sich auf die Finsternis hinter ihrer Schulter. Eine warme, dunkle Gänsehaut der Furcht ebbte durch sie hindurch. Was sie tat, war verrückt. Vielleicht doch Wahnsinn?

Egal.

»Christian«, sagte sie mit weicher Stimme. »Komm zu mir.«

13. Kapitel

»Holly, warum hast du mich so lange gemieden?« Seine blauen Augen sahen sie traurig und mahnend an. Es versetzte ihr einen Stich ins Herz, und sie erkannte verwirrt, dass ein Blick von ihm sie mehr rührte als der Anblick des gescheiterten Selbstmörders Michael.

»Ich dachte, dass ich mir dich nur einbilde, dass ich verrückt werde. Aber du existierst wirklich, nicht wahr?«

»Ich bin hier bei dir. Wie kann ich nicht existieren?«

»Aber warum kann ich dich nicht berühren? Warum kann ich dich nicht gleichzeitig sehen, hören und berühren?«

»Wir existieren auf zwei verschiedenen Ebenen, Holly. Deine irdische Ebene kann mich als körperloses Wesen nicht beherbergen. Für deine Welt bin ich tot. Ich bin ein unnatürliches Wesen. Wenn wir uns an den Grenzen unserer Ebenen treffen, können wir eine Imitation körperlichen Kontakts schaffen, nie jedoch wirklichen Kontakt.«

»Wir könnten nie …«

Er schüttelte den Kopf. »Ich kann nie mehr auf die irdische Ebene, du müsstest hierher kommen.«

»Was ist hierher?«

»Das Elysium.«

»Ist es wie der Himmel?«

»Das weiß ich nicht – vielleicht für andere. Ich jedoch bin an die Erde gekettet.«

»Warum?«

»Ich suche etwas. Ein Buch. Es ist eine lange Geschichte, und sie muss erzählt werden. Erinnerst du dich, wo ich das letzte Mal aufgehört habe?«

Schon jetzt streckte die Übelkeit ihre ungelenken Finger nach ihr aus. Fragen konnten warten. »Du hast von Rosalind erzählt, dass Peter dich entdeckte und prügelte. Was geschah danach?«

»Rosalind.« Er ließ das Wort langsam über die Zunge gleiten, als habe es einen Geschmack. Er senkte den Blick und begann. »Rosalind und ich wurden Freunde. Nachdem Peter sich damit abgefunden hatte, dass ich von ihr wusste, sperrte er sich nicht dagegen, dass ich mit ihr spielte. Aber ich musste ihm einen Schwur leisten. Ich durfte niemandem von ihrer Existenz erzählen. Es gab allerdings auch niemanden, dem ich davon hätte erzählen können.

Ich wusste nicht, warum er aus Rosalind ein Geheimnis machte, und ich kam auch nicht darauf zu fragen. Du magst dich wundern, warum die Sache nicht meine Neugier entfachte, aber du darfst nicht vergessen, dass ich nichts von einem normalen Familienleben oder üblichem sozialen Verhalten wusste. Es gab vieles, was ich bezüglich Peter auf sich beruhen ließ, einfach aus dem Grund, weil es mir nicht als ungewöhnlich auffiel. An einem Freitagabend, zwei Wochen später, erfuhr ich jedoch etwas über die Natur seines Geheimnisses um Rosalind.

Freitags gönnte sich Peter stets einige Gläser Whisky.

Ansonsten trank er kaum, auch wenn er mir immer Wein zum Essen reichte. Aber am Freitagabend saß er vor dem Feuer und trank sich einen angenehmen Rausch an. Dann zog er mich auf seinen Schoß und umarmte mich lange und liebevoll. Ich kuschelte mich gerne an seinen dicken, warmen Bauch und genoss es, wie er mir durch die Haare strich. An diesem Freitag war er betrunkener als sonst und recht gesprächig.

›Du und Rosalind, ihr werdet Freunde werden. Gemeinsam werden wir drei hier leben, und die Welt wird nie etwas von unserer kleinen Familie erfahren.‹ Immer weiter malte er das Bild von einem gemütlichen Familienleben für uns drei aus. Nach einer Weile verfiel er in Schweigen, und ich dachte, er sei eingedöst, wie meistens, doch dann sagte er traurig: ›Das Schlimme ist, sie sieht genauso aus wie ihre Mutter.‹

Ich hob meinen Kopf, der auf seiner Brust ruhte und schaute ihn an. Er schien halb zu schlafen. Auf seinem Kinn glänzte Spucke, und ich wischte sanft mit meinem Ärmel darüber. Er lächelte und döste weiter. Ich nahm an, dass er Rosalind gemeint hatte und überlegte, warum er sie versteckt hielt. Vielleicht suchte die Familie ihrer Mutter nach ihr, und er wollte nicht, dass man sie ihm wegnahm. Das kam mir ausgesprochen plausibel vor. Ich schwor mir, dass ich alles tun würde, um Rosalind vor der Familie ihrer Mutter zu schützen.

Zuerst sah ich Rosalind nur abends. Dann durfte ich ihr das Abendbrot auf einem Tablett hinaufbringen und zusammen mit ihr essen. Manchmal spielten wir danach noch stundenlang, bis Mitternacht oder gar später. Peter achtete nicht darauf, wann wir zu Bett gingen, sodass wir manchmal vor Übermüdung fast fantasierten, bevor er uns schlafen schickte.

Nach etwa einem Monat lockerte Peter seine Haltung gegenüber Rosalind – sie durfte nun so ungehindert durch das Haus streifen wie ich – unter der strikten Auflage, keinen Fuß vor die Tür zu setzen. Die Freitagabende wurden noch schöner. Wenn Peter berauscht war, setzten sich Rosalind und ich abwechselnd auf seinen Schoß oder wir lagen zu seinen Füßen am Kaminfeuer.

Natürlich hatte ich mich in Rosalind verliebt, aber auf eine sehr unschuldige Weise. Ich hielt sie für unglaublich schön und lebte nur noch für ihr Lächeln. Sie hätte mir befehlen können, was sie wollte, und ich hätte gehorcht, aber sie war zu süß, um mich gegen meinen Willen zu etwas zu zwingen. Und obwohl wir eigentlich nicht mehr die Kinder waren, zu denen wir bei unseren Spielen wurden, gab es nicht den Hauch einer sexuellen Spannung zwischen uns. Wir schubsten einander und rangelten, ohne darauf zu achten, dass unsere Körper nicht mehr die von Kindern waren. Wenn ich je ihre Brust streifte oder zufällig die Kurven ihrer Hüfte umfasste, so war das für mich so harmlos, als hätte ich ihre Schulter oder ihren Arm berührt.

Ich glaubte Peter. Ich glaubte, dass wir drei für immer in unserem staubigen, vergoldeten Kokon leben würden. Aber all das sollte sich kurz vor meinem fünfzehnten Geburtstag ändern, als Peter begann, seine ›Partner‹ einzuladen.

Da wir noch nie zuvor Besucher gehabt hatten, reagierte ich entsetzt auf die Stimmen vor unserer Tür und das laute Klingeln der Türglocke. Ich schrie auf und rannte nach oben, um Peter zu holen. Er kam aus seinem Zimmer, in eine purpur-goldene Seidenrobe gehüllt, und schob mich vor sich die Treppe hinunter.

›Aber, aber, Christian. Bleib einfach hier, sag nichts und benimm dich. Meine Partner bleiben nur kurz, und wenn wir uns nicht als gute Gastgeber zeigen, werden sie nicht wiederkommen wollen.‹

Ich nickte mit großen Augen, ging zu meinem Sessel, nahm mein Buchstabenbuch und begann mein Wochenpensum an Wörtern abzuschreiben. Während der ganzen Zeit schaute ich aus den Augenwinkeln zu Peters Partnern, neugierig, wie sie wohl aussahen.

Zu meiner Enttäuschung handelte es sich um ein Quartett recht unauffälliger Männer in den Vierzigern. Sie reichten Peter ihre Mäntel und Hüte, der sie bei der Haustür sorgfältig an einen Kleiderständer aus schwarzer Eiche hing; dann bat er sie in den Salon.

›Wer ist der Bursche?‹, fragte einer von ihnen. Ich konzentrierte mich auf meine Buchstaben. Ich war nervös, weil sie mich bemerkt hatten, und befürchtete, Peter könnte böse auf mich sein.

›Das muss Peters Sohn sein‹, mutmaßte ein beleibter Mann. ›Er hat den gleichen Geschmack wie sein Vater, was Kleidung betrifft. Ganz der junge Dandy, nicht wahr? Ist es dein Sohn, Peter?‹

Peter trat zu ihnen an den Kamin, wo sie einen Kreis der Neugier um mich gebildet hatten. ›Nein, das ist nicht mein Sohn, das ist eine Waise. Er ist stumm. Ist es nicht so, mein Junge?‹

Ich sah verwirrt zu ihm hinauf und nickte langsam. Wenn er wollte, dass ich stumm war, würde ich stumm sein. Für mich waren die Worte Peters weise wie die Worte Gottes.

›Es wird also kein Sicherheitsproblem geben, wenn ihr versteht, was ich meine‹, fügte Peter hinzu und führte seine Partner nach oben.

›Gut so, Peter. Schließlich soll es nicht die ganze Welt erfahren‹, hörte ich einen von ihnen sagen, bevor ihre Stimmen verhallten.

Ich wusste, dass es nur einen Raum gab, in den Peter sie bringen würde – der Raum, den ich nicht betreten durfte und den er sein Lesezimmer nannte. Ich hatte ihm nie gebeichtet, dass ich diesen Raum schon gesehen hatte, an dem Tag, als ich Rosalind fand. Es war das Zimmer mit dem seltsamen Stern an der Wand, und ich hätte es auch dann nicht betreten, wenn Peter es mir erlaubt hätte.

Die Besuche von Peters Partnern wiederholten sich in regelmäßigen Abständen, und wenn die Türglocke ertönte, wusste ich, dass es Sonntagabend sein musste. Außer ihnen kamen keine anderen Gäste. Nach ein paar Wochen kannte ich sie ganz gut; Patrick, ein freundlicher Mann mit einem runden Gesicht, auf dessen Haut selbst an den kältesten Tagen ein Schweißfilm lag. Edmund, der jüngste, blond und gut aussehend und stets makellos gekleidet. Oft jedoch roch er nach Whisky. Thurber, der Beleibte, der mich oft mit unverhohlener Wollust ansah, wenn Peter nicht hinschaute. Und Ezekial, ein großer, kräftig gebauter Mann mit Eidechsenaugen und einem spitzen Kinn. Von allen vieren mochte ich nur Patrick. Er brachte mir manchmal Süßigkeiten mit und begrüßte mich jedes Mal. Die anderen waren arrogant und nützten jede Abwesenheit Peters, um Witze über das Wesen unserer Beziehung zu machen, in dem Glauben, ich könne sie nicht wiedergeben. In der Tat erzählte ich Peter nichts von diesen Scherzen, weil ich insgeheim annahm, es sei meine Schuld, dass sie diese Witze machten. Ich war so lange ein Puppenjunge gewesen, vielleicht sah man es mir an.

Stets verbrachten sie einige Stunden im Lesezimmer. Wenn sie herunterkamen, waren ihre Gesichter gerötet, manchmal wirkten sie schweigsam und bedrückt, dann wieder über die Maßen aufgekratzt. Peter schien froh zu sein, die Tür hinter ihnen schließen zu können und in seine dunkle Einsiedelei zurückzukehren. Er murmelte, es sei schade, jedoch ›der einzige Weg‹ für ihn, voranzukommen. Ich schloss daraus, dass er die Besuche seiner Partner nicht mehr genoss als ich, fragte ihn aber nicht, warum er sie brauchte. Dann erwähnte er stets, wie spät es sei, und machte mir mein Bett auf dem Boden zurecht, so fürsorglich wie eine Henne für ihr Junges.«

»Was, glaubtest du, taten sie in dem Lesezimmer?« Ein stechender Schmerz pochte über Hollys rechtem Auge. Sie versuchte ihn zu ignorieren.

»Ich kam überhaupt nicht auf die Idee, mich das zu fragen. Ich hinterfragte so wenig, da ich annahm, dass Peter gute Gründe für sein Handeln hatte. Erst Rosalind weckte meine Neugier.

Nach dem Abendessen begann für mich die schönste Zeit des Tages, wenn Peter sich an seine Studien machte und ich mit Rosalind in ihrem Zimmer saß. Im Sommer standen wir manches Mal am Fenster und blickten hinaus auf die schmutzigen Dächer und Schornsteine der Stadt. Ich hatte fast ein ganzes Jahr keinen Schritt nach draußen getan, und Rosalind sagte, sie könne sich gar nicht erinnern, jemals das Haus verlassen zu haben. Ich erzählte ihr von meinen Abenteuern auf der Straße, von den eiskalten Wintern, und sie erschauderte und erklärte, dass sie die Welt gar nicht kennen lernen wolle, wenn sie so grausam sei.

Sonntags sperrte Peter Rosalind in ihrem Zimmer ein, um sie von den Blicken seiner Gefährten fern zu halten. Ich nahm das als weiteren Beweis dafür, dass Rosalinds Familie nach ihr suchte und dass Peter verzweifelt danach trachtete, sie für sich zu behalten. Ich stellte mir Rosalinds Mutter als eine nachlässige und grausame Frau vor, wie meine eigene Mutter, die ihre Tochter, sollte sie sie wieder finden, nur in einer verdreckten Absteige im Stich lassen würde. So lag mir ebenso viel daran, Rosalind zu verstecken wie Peter.

›Wie sehen sie aus, Christian?‹, fragte sie mich eines Abends.

›Wer?‹

›Papas Partner. Sind sie ebenso edel und gut wie er?‹

Ich beschrieb ihr die Männer genau, besonders Patrick, den ich am meisten mochte. Sie schloss die Augen, als könne sie sie vor sich sehen.

›Wer hat die weiche, rollende Stimme?‹, fragte sie, als sie die Augen wieder öffnete.

›Das muss Ezekial sein.‹

›Und wem gehört die Stentorstimme?‹

Damals wusste ich nicht, was das Wort bedeutete, aber da ich nicht als Dummkopf dastehen wollte, entgegnete ich: ›Ich weiß nicht, ich achte nicht sehr auf ihre Stimmen.‹

›Ich schon. Ich presse mein Ohr ans Schlüsselloch und lausche, so fest ich kann. Aber wenn sie in Papas Studierzimmer verschwunden sind, höre ich kaum noch etwas. Manchmal wird jemand lauter, oder jemand lacht, manchmal höre ich eine zornige Stimme, aber Wörter kann ich nicht unterscheiden. Was glaubst du, was sie dort machen, Christian?‹

›Das geht uns nichts an.‹

Sie schlug mir scherzhaft auf den Arm. ›Ach, Christian, du bist einfach zu gut. Nur weil Papa nicht will, dass du es weißt, heißt das doch nicht, dass du nicht darüber nachdenken darfst. Vielleicht sind sie Piraten, die eine Reise nach Spanien planen. Komm schon, denk dir auch eine Geschichte aus.‹

Ich überlegte. ›Vielleicht sind sie Kreuzritter und untersuchen, wie man Hexen fängt.‹

›Oder sie schreiben ein Theaterstück.‹

›Oder es sind Adelige im Exil.‹ Ich tat so, als mache mir das Geschichtenerfinden Spaß, aber ich war mit einem Mal völlig sicher, dass es sich bei dem, was Peter und seine Kumpane trieben, um etwas Unzüchtiges handeln musste. Ich schwieg, weil Rosalind es weder verstehen noch verarbeiten würde. Mit einem bitteren Geschmack von Eifersucht vergrub ich den Gedanken in meiner Brust. Peter machte mir keine Avancen, obwohl er ständig meine Schönheit pries. Ich verstand nicht, warum er mit den anderen unzüchtige Dinge trieb, aber nicht mit mir. Ich hätte mich ihm ohne Zögern hingegeben – ich lebte, um ihn zu erfreuen. Aber sein Geschmack schien ihn zu anderer Gesellschaft zu ziehen.

Ich musste ständig daran denken und konnte die Bilder, die sich vor meinem geistigen Auge formten, nicht unterdrücken. Mit der Zeit wurde ich wie besessen davon und schwermütig. Eines Abends zuckte ich zurück, als er mich in seine Arme nehmen wollte. Er versetzte mir einen heftigen Schlag aufs Ohr und sagte barsch: ›Christian, du gehörst mir. Du gehorchst, und zwar sofort.‹

Ich schmiegte mich widerwillig an seinen Bauch, während mir heiße Tränen die Wangen herabliefen. Ich fühlte mich in meiner Liebe betrogen.

Du musst verstehen, dass meine Gefühle für ihn nicht sexueller Natur waren. Ich fühlte mich von ihm weder angezogen, noch erregte er mich. Nun wusste ich wenig von der Liebe – alles, was ich kannte, war die schmerzliche Sehnsucht, nie mehr im Stich gelassen zu werden. Ich dachte, dass ich mich nicht zu sorgen brauchte, nicht fürchten musste, davongeschickt zu werden, solange ich Peters Wünsche erfüllte.

Meine Neugier, meine Obsession, wurde zu stark, um ihr zu widerstehen. Am nächsten Sonntag wartete ich darauf, dass seine Partner eintrafen. Nachdem sie nach oben gegangen waren, wartete ich ein paar Minuten, bevor ich ihnen hinterherschlich.

Holly? Geht es dir nicht gut?«

Holly hatte mit einem leisen Seufzer ihren Kopf in die Hände fallen lassen. »Mein Kopf. Er tut weh.«

»Halte die Augen für eine Weile geschlossen.«

Sie schloss die Augen, und das dumpfe Pochen hinter ihren Schläfen schien etwas nachzulassen. »Hast du etwas gesehen?«, fragte sie.

»Ich hockte mich vor die Tür und schaute durch das Schlüsselloch. Das Zimmer wurde von einem Dutzend Kerzen erleuchtet. Die flackernden, springenden Schatten Peters und seiner Freunde verdunkelten die furchtbare Tapete. Zu meiner Erleichterung waren sie alle bekleidet. Sie saßen in einem Kreis auf dem Boden, Peter unterhalb des aufgemalten Sterns. Ihre Augen waren geschlossen, und sie murmelten etwas mit leisen Stimmen; es war, als vibrierten die Worte in der Luft. Es summte in meinen Ohren, und mit jeder Zeile entspannte ich mich mehr. Die Worte, die sie sagten, ergaben keinen Sinn, es schien, als redeten sie in einer fremden Sprache.

Sie hörten gar nicht mehr auf, und ich döste fast ein, mir fielen die Augen zu, und mein Kopf fiel nach hinten. Ich stützte mich noch immer am Türrahmen ab, aber mein Gesichtsfeld schien sich zu erweitern. Langsam fühlte ich mich, als sei ich an einem anderen Ort. Die Luft schien schwül und feucht, obwohl es fast Winter war. Vor meinem geistigen Auge sah ich ein Feld, Lehmklumpen und glatte Steine. Am Horizont gewahrte ich ein rotes Glühen, das in unregelmäßigen Abständen stärker und schwächer wurde, und von dort kam auch das schreckliche, gedämpfte Wehklagen. Riesige Wolken aus Rauch und Dampf drückten auf mich nieder. Nun tauchten aus dem rötlichen Schimmer Gestalten auf, die näher kamen, nicht langsam, sondern unwirklich schnell. Sie rasten auf mich zu, manche zu Fuß, andere mit großen Flügeln wie Fledermäuse. Sie alle öffneten den Mund, als wollten sie etwas sagen.

Ich war in meiner Beinahe-Trance wie angewurzelt. Eines der Wesen erreichte mich vor allen andern – ein Furcht erregender, kopfloser Leichnam mit geschwärzten Gliedern und einer grausamen, klaffenden Wunde in der Brust. Er blieb vor mir stehen und streckte mir langsam seine Hände entgegen. In jeder Handfläche glitzerte ein vorwurfsvolles, goldenes Auge. Dann hob er die Arme und griff nach mir, und der Gestank, der seiner faulenden Haut entströmte, raubte mir das Bewusstsein. Ich schrie und spürte, dass ich fiel, und ich wurde mir erst in dem Augenblick wieder klar, dass ich zu Hause und in Sicherheit war, als mein Kopf sehr schmerzhaft auf den Boden aufschlug.

Sofort wurde die Tür aufgerissen, und Peter und seine Gefährten umringten mich. Benommen streckte ich die Arme nach Peter aus und stöhnte schreckerfüllt. Er hob mich hoch und sagte zu den anderen, sie sollten wieder hineingehen. Dann brachte er mich in sein eigenes Zimmer. Im Vergleich zu dem Ort, den ich gerade besucht hatte, kam es mir sehr kühl und dunkel vor. Er legte mich auf die verstaubte Bettdecke und ließ sich schwerfällig neben mir nieder. Seine Hände zitterten vor Zorn.

›Was hast du dort getan?‹, grollte er und umschloss mit seiner großen Hand meine Kehle.

Vergeblich schnappte ich nach Luft. ›Ich habe … ich habe …‹, würgte ich hervor.

Er lockerte seinen Griff und beugte sich nahe über mich. ›Was hast du?‹

›Ich habe solche Angst, Peter.‹ Ich versuchte mich an ihn zu kuscheln, aber er ließ mich nicht an sich heran.

›Sag mir, was du gesehen hast, oder ich schlage dich zu Brei‹, zischte er zwischen den Zähnen hindurch. Ich wusste aus Erfahrung, dass es sich nicht um eine leere Drohung handelte.

›Ich habe ... die Hölle gesehen‹, antwortete ich.«

»Die Hölle?«, fragte Holly und öffnete die Augen. Sofort schoss der Schmerz zurück in ihren Kopf.

»O ja. So wenig ich von der Theologie wusste, das Reich des Bösen erkannte ich sofort. Es geschah instinktiv, auch du hättest es sofort erkannt. Solch eine Vision gibt es nur einmal.

Peter verstummte augenblicklich. Ich glaube, es war das erste Mal, dass ich ihn sprachlos erlebte. Einige Minuten verstrichen, während denen er mich nur wortlos in der Dunkelheit anstarrte. Er schien abzuwägen, was meine Worte bedeuteten. Ich hatte Angst vor ihm, mehr Angst als je zuvor, denn in seiner Wut war er stets brutal. Als er die Hand nach mir ausstreckte, zuckte ich ängstlich zurück, aber er strich mir lediglich übers Haar und sagte: ›Warte hier‹, bevor er mich allein ließ und zu seinen Partnern zurückkehrte.

Ich hörte, wie er sich im Flur entschuldigte. Er sagte, ich sei krank geworden und man müsse das heutige Treffen leider beenden. Ezekial, die alte Echse, beschwerte sich vehement, aber Peter bestand darauf. Ich kam mir sehr wichtig vor, weil ich der Grund für die Absage war, und lag auf seinem verstaubten Bett, darauf wartend, dass er zurückkam und mir alles erklärte.

Als ich ein paar Minuten später hörte, wie die Haustür zuschlug, stand ich auf und ging zur Schlafzimmertür. Peters Schritte hallten die Treppe herauf, und dann war er wieder da. Er nahm mich sanft in die Arme, legte mich wieder aufs Bett und streichelte mein Haar.

›Mein wunderschöner, wunderschöner Junge‹, sagte er. ›Kann es sein, dass du über weitere Gaben verfügst als über die Schönheit?‹

Ich wusste nicht, was ich darauf sagen sollte, also schwieg ich.

›Was hast du gesehen, Christian? Beschreibe es mir, jedes Detail.‹

Gehorsam gab ich wieder, was ich gesehen hatte, wie ich in Trance gefallen war, welche Geräusche und Gerüche ich wahrgenommen hatte. Er stellte mir tausend Fragen, und ich musste alles ständig wiederholen. Als ich seine Neugier endlich befriedigt hatte, beugte er sich über mich und küsste mich liebevoll – ein Kuss, der endlos schien.

Schließlich hörte er auf und lächelte mich an. ›Du bist ein Geschenk des Herrn, Christian, und ich liebe dich.‹

Ich war trunken vor Glück, stumm vor Freude.

›Wir werden dein zweites Gesicht trainieren, Christian.‹ Er kicherte leise vor sich hin. ›Du wirst ein Zauberlehrling werden.‹«

14. Kapitel

Holly ließ den Kopf fallen und holte tief und zitternd Luft. Die Übelkeit wurde überwältigend, ihr Mund war trocken, der Magen schmerzte. Ihr fiel ein, dass sie seit dem Frühstück nichts gegessen hatte.

»Soll ich gehen?«, fragte Christian.

Sie hob den Kopf und sah ihn an. Das blasse, vollkommene Gesicht erwiderte ihren Blick im Spiegel, mit besorgten blauen Augen. »Ich will nie, dass du gehst. Ich könnte dir ewig zuhören, wenn mir nur nicht so schlecht wäre.«

»Vielleicht können wir uns morgen Abend wieder treffen.«

»Nein, sprich weiter. Ich sage dir Bescheid, wenn mir übel wird. Warum sagte er Zauberlehrling? Praktizierte er schwarze Magie?«

»Zu diesem Zeitpunkt waren seine Aktivitäten noch ein Rätsel für mich. Er versprach mir, mich das nächste Mal in den Kreis seiner Gefährten mitzunehmen; ich war begeistert. Doch bevor das geschah, sollte Peters finanzielle Situation sich zum Schlechten wenden. Ein Handelsschiff, in das er investiert hatte, ging vor der Küste Indiens bei einem gewaltigen Sturm unter. Er hatte sich das Geld dafür von der Familie Humberstone geliehen, und sie hatten wenig Mitleid mit ihm und seinen Verlusten. Sobald die schlechten Nachrichten London erreicht hatten, erschien Philip Humberstone vor unserer Tür und wollte wissen, wie die Schulden nun getilgt werden sollten. Peter kannte nur einen Weg – er flüchtete.

Nach Mitternacht kam eine Kutsche. Nervös und eilig half uns Peter in den Wagen, bevor er selbst einstieg. Für Rosalind und mich war es ein großes Abenteuer.

›Werden wir wieder zurückkommen?‹, fragte Rosalind, die auf ihrem Sitz saß und nach links und rechts schaute.

›Ja, ja, irgendwann‹, antwortete Peter und machte meinen Schal fest, der sich gelockert hatte. ›Es hängt alles von Lord Burghleys Großzügigkeit ab. Vielleicht sogar vom Charme meines Christians. Christian, was würdest du für mich tun?‹

›Alles‹, erwiderte ich aus tiefstem Herzen. Ich war froh, es endlich sagen zu dürfen. ›Ich würde alles tun.‹

›Nun, das wird vielleicht nicht nötig sein‹, murmelte er, während die Kutsche losfuhr und Milton Close hinter sich ließ. ›Hoffen wir nur, dass der alte Hund nicht vergessen hat, wie viel er mir schuldet.‹

Vor Aufregung blieben wir ein oder zwei Stunden wach, aber irgendwann schläferte uns das rhythmische Klappern der Pferdehufe ein. Zwei- oder dreimal schreckte ich aus meinem Schlummer auf, durch ein Geräusch oder ein Schlagloch, und ich sah, dass Peter hellwach war und über uns wachte. Die Reise durch die Nacht schien endlos, und das Geräusch der Pferdehufe, der Geruch der Kutsche und die dunkle Welt draußen drangen in mein Bewusstsein, während ich dahindämmerte. Dabei dauerte die Reise wohl nur sieben Stunden, bevor wir kurz vor Anbruch der Dämmerung Lord Burghleys Anwesen erreichten.

Peter weckte mich sanft. Rosalind regte sich neben mir, ihr warmer, kleiner Körper lehnte an meiner Schulter. ›Christian, Rosalind, wir sind da.‹

Ich schaute aus der Kutsche hinaus. Der Himmel hatte eine blasse, graublaue Farbe, und die rosafarbenen Streifen der Dämmerung erstreckten sich vom Horizont über die Wipfel eines Eichen- und Eschenwaldes. Rosalind erwachte.

›Christian, sieh nur.‹ Sie nahm meine Hand und deutete aus dem Fenster. Ich drehte mich um und sah verblüfft, dass sich ein riesiges Herrenhaus vor uns auftat. Griechische Säulen und eine Marmortreppe säumten eine gewaltige Eichentür. Geschlossene Fensterläden hielten die Morgensonne ab, die sich langsam über den Horizont schob. Ich beugte mich über Rosalind und schaute zum Haus hinauf.

›Ist das eine Burg?‹, hauchte ich bewundernd. Du darfst nicht vergessen, dass ich dergleichen nur aus Büchern kannte.

Peter lachte. ›Ich schätze, man könnte es eine Burg nennen … eine Art Burg.‹

›O Papa, es ist herrlich. Wer wohnt hier?‹

›Ein alter Freund. Henry Clement, der achte Lord Burghley. Wir haben zusammen in Oxford studiert.‹

›Erwartet er uns?‹

Peter runzelte die Stirn. ›Nicht direkt, aber er müsste wissen, dass ich eines Tages bei ihm auftauchen würde. Kommt, schauen wir, ob wir jemanden aufwecken können.‹

Der Kutscher half uns, unser Gepäck vor dem Eingang abzuladen, dann fuhr er seines Weges. Peter zog nervös an seinen Handschuhen. Beißender Frost hing in der Luft.

›Wünscht mir Glück, Kinder‹, sagte er, als wir vor der Tür standen und er einen verzierten Türklopfer aus Kupfer ergriff.

In der kalten Morgenluft hörte sich das Klopfen sehr laut an. Sein Echo schreckte Vögel aus einem Baum in der Nähe hoch, die in den Himmel aufstiegen. Rosalind sah sich mit großen Augen um und zog ihren Schal fester, um sich vor der Kälte zu schützen.

Endlich öffnete sich die Tür, und eine Frau mittleren Alters in einem einfachen Kleid schaute heraus. ›Wer seid ihr?‹

Peter lächelte ihr zu, aber sie sah ihn nur misstrauisch an. ›Wer seid ihr?‹, wiederholte sie.

›Mein Name ist Peter Owling. Ich bin ein alter Freund Lord Burghleys. Könnten Sie ihn bitte wissen lassen, dass wir hier sind.‹

›Er schläft.‹

›Es wird ihm nichts ausmachen, wegen mir geweckt zu werden.‹

Sie überlegte kurz, dann machte sie die Tür auf und bat uns in die Eingangshalle. ›Wartet hier‹, sagte sie. ›Ich schicke jemanden, der den Kamin schürt.‹

Erleichtert traten wir aus der Kälte. Peter ließ sich auf einem Polstersofa nieder, nachdem uns die Haushälterin verlassen hatte. Rosalind und ich quetschten uns auf eine Fensterbank und bestaunten die Welt dort draußen.

›Egal, wie sehr ich die Augen aufreiße, ich kann gar nicht alles erfassen‹, seufzte Rosalind und lehnte sich an mich. ›Ich wusste gar nicht, wie weit der Himmel ist.‹

Nach einigen Minuten tauchte ein Mann mit einem krummen Rücken auf, der sich noch den Schlaf aus den Augen wischte, und machte ein Feuer im Kamin an. Rosalind und ich sahen ihm schweigend zu, Peter schien eingenickt zu sein, sein Kinn lag auf der Brust. Bald wurde es wärmer, und wir zogen Handschuhe, Schal und Mantel aus. Vorsichtig gingen Rosalind und ich näher ans Feuer, um unsere Gesichter zu wärmen. Der krumme Mann nickte uns höflich zu und ging.

›Glaubst du, das war Lord Burghley?‹, fragte ich Rosalind im Flüsterton, um Peter nicht aufzuwecken.

›Sei nicht albern. Ein Lord geht aufrecht und ist imposant gekleidet. Das war ganz bestimmt nur ein Diener.‹

Meine Unwissenheit war mir peinlich, und ich sagte nichts mehr. Wir setzten uns nebeneinander vor das Feuer, und bald wurde ich wieder schläfrig. Dünne, goldene Sonnenstrahlen drückten sich durch die Risse in den Fensterläden und fielen durch den Raum bis zu uns. Mein Kopf sackte nach vorne.

›Bist du müde, Christian?‹ Durch den Nebel des nahenden Schlafes drang Rosalinds Stimme nur gedämpft zu mir.

Ich nickte und legte meinen Kopf in ihren Schoß. ›Dann ruh dich aus, solange wir auf Lord Burghley warten. Wenn er ein wichtiger Mann ist, kann es noch eine Ewigkeit dauern.‹

Sie brauchte mich nicht lange zu bitten. Ich schlang meine Arme um ihre Knie, schloss die Augen und nickte ein, während sie mir mit warmen Händen über die Stirn strich.

Lord Burghley ließ sich in der Tat Zeit. Als Rosalind mich anstupste und ich erwachte, war die Sonne ganz aufgegangen. Die Haushälterin teilte Peter mit, dass Lord Burghley in Kürze erscheinen werde. Peter strich sich die Kleider glatt, fuhr sich durchs Haar und wies uns an, es ihm gleichzutun. Wir erhoben uns von unserem Platz vor dem Kamin und setzten uns neben Peter auf das Sofa. Rosalind glättete ihre Röcke und faltete die Hände in den Schoß.

Bald darauf betrat ein Mann – groß und imposant gekleidet, wie Rosalind vorausgesagt hatte – den Raum. Sein Haar war dunkelbraun, seine Augen fast schwarz, und seine Haut hatte die Farbe von blassem Gold. Er trug eine rote Seidenweste und ein Hemd, und obwohl ich angenommen hatte, er sei ebenso alt wie Peter, schien er doch erst Anfang Dreißig. Etwas unsicher erhoben wir uns und sahen ihn erwartungsvoll an.

Lord Burghley wandte sich an Peter. Ein verhaltenes Lächeln umspielte seine Mundwinkel. ›Bei Gott‹, sagte er schließlich. ›Bei Gott, Owling, du bist es in der Tat. Als Agnes mir berichtete, du seist hier, wollte ich ihr nicht glauben. Aber du bist es wirklich.‹

›Es tut mir Leid, dass wir so früh eingetroffen sind, Clement, aber ich musste mich kurzfristig einer … unvorteilhaften Situation entziehen.‹

Lord Burghley streckte Peter seine Hand entgegen, der sie fest und herzlich schüttelte. ›Keine Ursache, Owling. Ich freue mich, dich zu sehen. Ich freue mich wirklich, und ich bin ebenso überrascht wie enttäuscht, dass du nicht schon früher zu mir gekommen bist. Ich habe nicht vergessen, was du für mich getan hast, nie. Sind das deine Kinder?‹

Peter stellte uns ihm vor. ›Das ist meine Tochter Rosalind.‹

›Ah, Madeleine wie aus dem Gesicht geschnitten. Wie geht es dir, Rosalind?‹

›Danke, gut, My Lord‹, antwortete sie, ergriff seine Hand und machte einen Knicks.

›Und wer ist dieses exquisite Geschöpf?‹, fragte Lord Burghley, als er meine Hand nahm. Er sah mir eingehend ins Gesicht. ›Ein wahrer Engel, Owling. Nicht dein Sohn, hoffe ich.‹

›Nein, Christian ist eine Waise, die ich inoffiziell adoptiert habe. Er ist ganz zu deinem Vergnügen da, Clement.‹

Ich sah Peter verwirrt an, aber er lächelte nur und erinnerte mich mit einem Kopfnicken an meine Manieren.

Ich verbeugte mich tief. ›Eine Ehre, Euch zu begegnen, My Lord‹, sagte ich.

Lord Burghley schien meine Hand kaum loslassen zu wollen. ›Das Vergnügen ist ganz meinerseits, Christian.‹ Schließlich gab er mich frei und wandte sich an Peter. ›Agnes bereitet die Zimmer für euch vor. Wollt ihr mir inzwischen beim Frühstück Gesellschaft leisten?‹

Holly, noch nie in meinem Leben hatte ich eine solch üppige Mahlzeit zu mir genommen. Die verschiedensten Gerichte türmten sich auf dem Tisch – Schinken, Pasteten, Räucherfisch, frisches Obst, heißer Tee. Die ganze Zeit wurden wir von zwei Dienern umsorgt, die jeden Fleck wegwischten und unaufgefordert Tee nachschenkten. Ich aß und aß. Danach zeigte Agnes uns die Zimmer, und ich fiel erneut für mehrere Stunden in den Schlaf, mit vollem Bauch und beruhigt.«

»Beruhigt?«, fragte Holly erstaunt. »Aber Peter hatte dich Lord Burghley ›zu seinem Vergnügen‹ angeboten. War es ihm egal, wie du dich dabei gefühlt hast oder was du wolltest?«

»Es machte mir nichts aus. Ich hatte in meinem Leben schon schlimmere Dinge gemacht, und ich war übleren Männern an übleren Orten zu Diensten gewesen als Lord Burghley in seinem Schloss.«

»Aber es ist widerwärtig. Peter hat getan, als habe er dich aus der Prostitution befreit, ich glaube jedoch, er hatte nicht die besten Absichten …«

»Schweig!«, rief Christian. »Wage es nicht, so über Peter zu reden. Er wusste, was er tat. Er kümmerte sich um uns alle – um mich und Rosalind, wie auch um sich selbst.«

Holly schwieg. Christians Bewunderung für Peter war offenbar ungebrochen, und es hatte wenig Sinn, Christian nach all den Jahren von der anderen Seite des Grabes aus zu zeigen, wie schamlos Peter ihn ausgebeutet hatte. Ihr war schlecht, und sie hatte Kopfschmerzen, aber sie wollte wissen, wie die Geschichte weiterging.

»Es tut mir Leid, Christian. Erzähl weiter.«

»Nach zwei Wochen fühlte ich mich auf Lord Burghleys Anwesen wie zu Hause. Meistens schlief ich nachts in seinem Bett – manchmal wollte er mich nur in seinen Armen halten, wenn er einschlief, manchmal verlangte er mehr. Ich mochte ihn, er war sehr freundlich, auch wenn ich lieber in meinem eigenen Zimmer geschlafen hätte. Es war das erste Mal in meinem Leben, dass ich so viel Platz für mich allein hatte. Morgens ging ich nach dem Frühstück oft in mein Zimmer und legte mich für ein paar Stunden ins Bett, wo ich las oder tagträumend vor mich hin döste.

Nachmittags spielte ich mit Rosalind. Wir rannten in den endlosen Gärten umher, bis wir erschöpft zu Boden fielen, mit Grasflecken auf den Kleidern. Wir starrten in den Himmel hinauf, malten Bilder in den Wolken, und sie ergriff meine Hand und nannte mich ihren ›lieben, lieben Christian‹. Eines Nachmittags kam sie ganz dicht zu mir her, nahm mein Gesicht in ihre Hände, beugte sich herab und küsste mich auf den Mund. Ich spürte ihren warmen, milchigen Atem, und ihr Haar kitzelte mich. Dann saß sie schon wieder kichernd aufrecht. Ich fühlte mich seltsam schuldig, als hätten wir etwas Verbotenes getan. Dieser eine keusche Kuss hatte all meine Sinne auf eine Weise geweckt, wie es die intimsten Zärtlichkeiten Lord Burghleys nicht vermocht hatten.

Peter verbrachte die Nachmittage mit dem Lord in dessen Arbeitszimmer. Ich fragte Peter, was sie dort taten, und er antwortete, dass Lord Burghley ihm das Fischen beibringe. Dann lachte er und zerzauste mir das Haar.

›Zerbrech dir nicht den Kopf, Christian, geh lieber mit Rosalind spielen.‹

Nach jenen ersten zwei Wochen setzte der Regen ein. Es sei um diese Jahreszeit stets unerträglich verregnet, erklärte uns Lord Burghley. Nachdem Rosalind und ich es gewohnt waren, uns in den unbegrenzten Gärten und Grünflächen auszutoben, fiel es uns schwer, unsere Energie zwischen den glatten Mauern des Anwesens im Zaum zu halten. Wir versuchten es mit Lesen, wir versuchten es mit Geschichtenerzählen, wir spielten Versteck, wir gingen dem Koch auf die Nerven und den anderen Dienstboten, wir quälten die arme Agnes, bis sie fast aus der Haut fuhr. Am achten aufeinander folgenden Regentag saßen wir in Rosalinds Zimmer und schauten gelangweilt aus dem Fenster. Plötzlich sah mich Rosalind mit einem verschlagenen Glitzern in den Augen an.

›Ich weiß etwas‹, sagte sie bedächtig, ›das bestimmt Spaß macht.‹

›Was?‹, fragte ich.

In gespieltem Bedauern schüttelte sie ihre Locken. ›Nein, du wärst nicht mutig genug.‹

›Doch, bestimmt‹, erhob ich Einspruch. Was Rosalind von mir dachte, bedeutete mir alles.

›Du müsstest aber sehr mutig sein‹, wiederholte sie.

›Das bin ich.‹

›Was glaubst du, machen Papa und Lord Burghley?‹

›Geschäfte.‹

›Ja, aber welche Art von Geschäften?‹

Ich war überrascht. ›Peter hat gesagt, Lord Burghley bringe ihm das Fischen bei.‹

Rosalind lachte. ›Du Dummchen. Es gibt dieses Sprichwort, gib einem Mann einen Fisch, und du ernährst ihn für einen Tag, aber bring ihm das Fischen bei, und du ernährst ihn sein ganzes Leben. Papa ist hierher gekommen, um sich Geld von Lord Burghley zu leihen, aber jetzt bringt Lord Burghley ihm bei, wie er selbst zu Geld kommen kann. Ich habe sie gestern gehört, als wir Verstecken gespielt haben.‹

›Was bringt er ihm denn bei?‹

Sie zuckte mit den Schultern. ›Das weiß ich nicht. Deshalb müssen wir sie belauschen.‹

›Belauschen?‹

›Du hast gesagt, du seist mutig genug.‹ Und schon saß ich in der Falle.« Christian hielt inne und streckte eine blasse Hand in die Dunkelheit. »Holly, dir geht es nicht gut.«

Bleich und schwankend erhob sich Holly. »Warte hier«, sagte sie. »Ich bin gleich wieder zurück.«

»Ich gehe, ich will dir nicht schaden.«

»Nein«, entgegnete sie fast schroff. »Nein, warte hier. Ich muss den Rest hören.«

Eine Welle der Übelkeit schwappte durch sie hindurch. Sie stolperte auf den Flur hinaus und lief die Treppe zur Damentoilette hinauf. Kalter Schweiß sammelte sich auf ihrer Stirn, als sie sich über die Toilette beugte. Für einen kurzen Augenblick glaubte sie, ihr würde doch nicht schlecht werden, doch dann schien sich ihr Magen umzustülpen, ihre Speiseröhre legte den Rückwärtsgang ein, und ein Schwall von bitterem Erbrochenem schoss ihr aus der Kehle.

Minutenlang stand sie über die Kloschüssel gebeugt,

holte immer wieder tief Luft und spuckte Schleim aus. Schließlich ging sie zum Waschbecken, ließ Wasser über ihr Gesicht laufen und fuhr sich mit zitternder Hand über den Mund. Die Vision machte sie offenbar wirklich krank – Christian hatte Recht, sie sollten aufhören. Aber nachdem sie sich übergeben hatte, ging es ihr etwas besser. Die Kopfschmerzen waren geblieben, ein pochendes Stechen, aber wenn sie die Augen schloss und das Bild Christians verdrängte, würden sie vergehen. Sie sah auf die Uhr – fast zehn. Eine Stunde vielleicht noch, dann konnte sie nach Hause gehen und sich ausschlafen.

Als sie wieder ins Zimmer kam, schien es leer zu sein, nur die beiden kleinen Kerzen flackerten im Spiegel; doch sie spürte seine Aura, also setzte sie sich wieder und schloss die Augen.

»Geht es dir wieder besser?«, fragte Christian besorgt. Sie spürte, wie seine Hand sanft ihren Hinterkopf berührte.

»Wenn ich bei dir bin, geht es mir gut. Ansonsten nicht. Als ich bei Michael war …«

»Michael. Ich habe gehört, was er getan hat.«

»Wie?«

»Das lila Mädchen hat davon gesprochen. Und der andere Mann, der manchmal hier ist.«

»Hast du die Glühbirne zerbrochen?«

»Ungewollt. Manchmal, unter Druck, kann ich auf Dinge in deiner Welt einwirken.«

»Warst du zornig?«

»Ich dachte, du kämest vielleicht nicht zurück.«

»Ich bin zu dir zurückgekommen.« Sie hob den Kopf und schaute in den Spiegel. Christians Gestalt tauchte aus der Dunkelheit auf, sein dunkles Haar fiel über die Schulter, als er den Kopf neigte, um sie anzusehen. Ein scharfer Schmerz durchzuckte ihr rechtes Auge. »Glaubst du, das ist verrückt?«

»Nein, der einzige gute Grund, warum man irgendwo sein sollte, ist Liebe. Schließ die Augen, Holly. Ich will nicht, dass dir wieder schlecht wird.«

Sie schloss die Augen, verschränkte die Unterarme auf dem Schreibtisch und legte den Kopf darauf. »Du wolltest also Peter und Lord Burghley belauschen. Was haben sie getan?«

»Wir wussten, dass sie sich jeden Tag gegen zwei in Lord Burghleys Arbeitszimmer trafen, und verkündeten nach dem Mittagessen, dass wir uns etwas ausruhen wollten. Stattdessen schlichen wir uns ins Arbeitszimmer und versteckten uns auf dem Fenstersitz hinter den schweren roten Vorhängen. Rosalind saß auf der einen Seite, ich auf der anderen. Niemand konnte uns sehen, und unsere Rücken lehnten an den Fensterscheiben, auf die der Regen prasselte.

Nach etwa zwanzig Minuten kamen Peter und der Lord. Vorsichtig spähte ich an den goldenen Vorhangfransen vorbei in das Zimmer. Rosalind tat es mir auf ihrer Seite nach.

Aus irgendeinem Grund hatten sie Mina – eine von Lord Burghleys Bediensteten – mitgebracht. Sie war eine recht junge Frau, über die Rosalind und ich uns heimlich lustig machten. Sie hatte braunes Haar, braune Augen, bräunliche Haut und trug stets ein braunes Kleid. Von Kopf bis Fuß schien sie nur aus einer Farbe zu bestehen, und wir hatten ihr den Spitznamen ›Miss Brown‹ verpasst.

›Also, Mina‹, sagte Lord Burghley mit väterlichem Ton. ›Du brauchst dir keine Sorgen zu machen. Entspanne dich nur und folge Mr. Owlings Anweisungen, und du findest am Ende des Monats eine Zugabe in deiner Lohntüte.‹

›Ja, Herr‹, sagte sie etwas unsicher, bevor sie in einen Polstersessel gebeten wurde.

›Gut. Nun, Owling‹, wandte er sich an Peter, ›hast du den Kristall?‹

Peter griff in seine Westentasche und zog eine durchsichtige Kristallkugel hervor, die gerade in seine Handfläche passte. Er und Lord Burghley stellten sich dicht vor Mina, und Peter hielt die Kugel dicht vor ihr Gesicht, etwas oberhalb der Augen.

›Schau in den Kristall, Mina‹, sagte er.

›Ja, Sir‹, antwortete sie. Ich sah, wie sie den Blick nach oben richtete und in die Kugel sah.

›Schau weiter hinein.‹ Er bewegte die Kugel fast unmerklich näher und begann sie dann sachte von links nach rechts zu führen. ›Schau hinein‹, sagte er mit leiser, eindringlicher Stimme. ›Schau hinein.‹

Ich sah zu Rosalind hinüber, aber sie hatte ihr Gesicht dicht an den Vorhang gedrückt und beobachtete das Geschehen fasziniert. Ich wandte meinen Blick wieder Mina zu. Sie konzentrierte sich so sehr auf den Kristall, dass ihre Augenlider flatterten.

›Lass ab von der Welt, Mina‹, sagte Peter. ›Mach dich frei, lass dich treiben. Ja, so ist es gut. Beobachte den Kristall, folge dem Kristall. Lass dich treiben.‹

Er wiederholte es immer wieder, so lange, dass selbst ich in den Bann gezogen wurde. Dann sah ich, dass sich Minas Augen schlossen und sie in den Sessel sackte. Lord Burghley legte die Hand auf Peters Schulter. ›Du hast es geschafft, Owling, sie ist weg.‹

Peter richtete sich mit zufriedener Miene auf. ›Und nun?‹

›Nun kannst du alles mit ihr machen, was du willst. Sie wird sich nicht wehren und sich an nichts erinnern, wenn sie aufwacht.‹

›Bist du sicher?‹

›Ja, sieh her.‹

Lord Burghley trat auf Mina zu und schob ihr die Röcke bis zur Hüfte hinauf. Darunter war sie nackt. Er schob ihre dünnen, braunen Beine auseinander und schob ihr ohne Umschweife zwei Finger ins Geschlecht. Wieder spürte ich dieses seltsame Schuldgefühl, und es war mir furchtbar peinlich, dass Rosalind bei mir war. Aber sie saß bewegungslos da und sah zu, wie ihr Vater es Lord Burghley gleichtat und die Scham des Mädchens erkundete, ebenso grob wie dieser.

›Bitte, Owling, nimm sie, wenn du magst. Ich bin nicht interessiert, wie du weißt‹, sagte Lord Burghley.

Mit angehaltenem Atem sah ich zu. Ich fühlte mich enttäuscht von Peter und verspürte Eifersucht, aber er ersparte mir das Letzte. Er schob Mina die Röcke wieder über die Beine und wandte sich ab. ›Nein, ich bin auch nicht interessiert.‹

›Bist du sicher? Magie nährt sich doch von Übertretungen, nicht wahr. Und du beschäftigst dich doch noch mit Magie, Peter?‹

›Ich bitte dich, Clement, ich bin ein erwachsener Mann. Magie ist ein Steckenpferd für Studenten.‹

›Du hast es ernster genommen als jeder Student, den ich kannte‹, entgegnete Lord Burghley.

›Das ist alles Vergangenheit‹, meinte Peter. ›Was machen wir jetzt mit Mina?‹

›Das ist das Schöne – du kannst jede Suggestion in sie pflanzen‹, sagte Clement. ›Du kannst sie dazu bringen, dass sie jeden Morgen nach dem Aufwachen kräht wie ein Hahn, wenn du willst. Damit kann man schlechte Gewohnheiten aufbrechen, es entspannt, und es heilt Probleme nervöser Natur. Es wird keine hysterische Ehefrau in London geben, deren Mann nicht gutes Geld dafür zahlen wird, sie von Peter Owling heilen zu lassen. Und wenn du auch nur andeutest, dass sie wiederkommen muss, nun, dann hast du eine unbegrenzte Einkommensquelle. Komm, denken wir uns etwas für Mina aus.‹

Sie überlegten eine Weile und fassten den Entschluss, Mina jedes Mal wie eine Katze fauchen und buckeln zu lassen, wenn sie einen Hund sah oder hörte. Meine Nase juckte, weil ich sie lange an den Vorhang gedrückt hatte, also lehnte ich mich zurück und sah eine Weile nicht mehr zu. Rosalind lehnte sich ebenfalls zurück, und sie drückte meine Hand und verdrehte aufgeregt die Augen. Es würde nicht das letzte Mal gewesen sein, dass wir spionierten.«

»Was geschah mit Mina?«, fragte Holly.

»Als ich sie das nächste Mal sah, wirkte sie ganz normal. Rosalind und ich kamen auf den heimtückischen Gedanken, von einem Versteck aus Hundgebell nachzuahmen, und als sie vorbeikam und es hörte, sprang sie wirklich auf und lauschte gebückt, wie eine Katze es tun würde, bevor sie einen harschen, fauchenden Laut von sich gab. Dann schien sie sich gefangen zu haben und ging kopfschüttelnd weiter. Nachdem wir es zum dritten Mal getan hatten, brach sie in Tränen aus. Danach ließen wir sie in Ruhe. Eine Woche später schien sie wieder ganz normal zu sein. Ich sah, wie sie Peter und Lord Burghley beim Essen bediente, und sie zeigte nicht das geringste Anzeichen dafür, dass sie wusste, wie sehr die beiden sie erniedrigt hatten. Ich nahm an, dass sie in der Tat nichts davon mitbekommen hatte.

Von diesem Tag an wollte Rosalind nichts anderes mehr, als Peter und dem Lord nachzuspionieren. Ich jedoch zögerte, denn zum einen hatte ich Angst davor, erwischt zu werden und Prügel zu beziehen. Rosalind würde sicherlich nicht so hart bestraft werden, also hatte sie weniger zu befürchten. Ich fürchtete aber auch, dass wir Zeuge davon werden könnten, dass sie noch andere intime Akte mit ihren Opfern durchführten, und ich wollte Rosalind vor diesem Anblick bewahren. Eines Tages bedrängte sie mich so lange mit dem Wunsch, sie zu begleiten, dass ich die Geduld verlor. Ich sagte, dass ich unter keinen Umständen gehen würde und rannte zornig in mein Zimmer.

In dieser Nacht verlangte Lord Burghley nicht nach meiner Anwesenheit in seinem Bett, was selten vorkam. In solchen Nächten versuchte ich, nicht einzuschlafen, um die Einsamkeit und die damit verbundenen Fantasien um so länger auskosten zu können. Ich malte mir aus, dass ich der Herr dieses Anwesens sei und dies meine Schlafkammer. Rosalind war meine Lady. Seitdem sie mich an jenem Nachmittag geküsst hatte, hatte sich meine unschuldige Zuneigung zu ihr in etwas verwandelt, das für einen fünfzehnjährigen Jungen ganz natürlich war. Aber weil ich solch große Hochachtung vor ihr hatte – sie war meine liebe, süße Rosalind –, zwang ich mich, mir nicht vorzustellen, was sie und ich als Lord und Lady in unserem Schlafgemach tun würden, und beschränkte mich darauf, mir vorzustellen, wie ich von den Geschäften berichtete, die ich tagsüber getätigt hatte.

Als ich aus der Fantasie in den Schlaf glitt, hörte ich ein Klopfen an der Tür. Ich erhob mich und öffnete sie, und Rosalind stand vor mir.

›Christian‹, flüsterte sie, ›lass mich hinein. Ich muss dir ein schreckliches Geheimnis anvertrauen.‹

Ich zog sie ins Zimmer und schloss die Tür. Als ich eine Kerze entzünden wollte, hielt sie mich zurück. ›Nein, diese Geschichte kannst du nur im Dunkeln hören.‹

Wir gingen zu meinem Bett und legten uns unter die Decke. ›Was für ein Geheimnis?‹, fragte ich. Ich starb vor Neugier.

›Ein schreckliches, schreckliches Geheimnis. Ich wollte es dir schon früher erzählen, aber ich dachte, du bist noch böse auf mich. Als es dunkel wurde und ich allein in meinem Zimmer war, da fürchtete ich mich jedoch zu sehr, um es bei mir zu behalten. Christian, Lord Burghley ist ein Mörder!‹

›Ein Mörder?‹

›Ja! Ich habe mich heute wieder in das Zimmer geschlichen, und zuerst war alles so langweilig – sie rauchten, und sie redeten von Oxford und von Leuten, von denen ich nie gehört hatte. Und dann …‹

›Und dann …?‹, gab ich das Stichwort.

›Du weißt doch, dass Papa ein paar Mal gesagt hat, Lord Burghley schulde ihm einen Gefallen. Es scheint, als habe ein junger Mann, der in den Collegetagen des Lords – als er noch Henry Clement und nicht Lord Burghley war – sein Liebhaber war, damit gedroht, seinen Vater davon zu unterrichten, dass er intime Beziehungen zu Männern habe. Der junge Mann war außer sich, weil der Lord die Beziehung zu ihm beendet hatte, und wollte sich rächen. Stell dir vor – das Anwesen, das Land, der Titel, all das wäre an seinen jüngeren Bruder gegangen, wenn er enterbt worden wäre.‹

›Und deshalb hat er den Mann getötet?‹ Ich hielt den Atem an und zitterte unter der Decke.

›Ja! Er und Papa erzählten davon, und sie lachten! Wie der junge Mann wimmerte, als er Lord Burghley in seinem Zimmer vorfand. Wie er mit einem Stein zu Tode geschlagen wurde, den der Lord später im Garten des Hauses des jungen Mannes vergrub. Und schlimmer noch – wie Papa ihm half, den Leichnam zu beseitigen.‹

Ich war fassungslos. ›Bist du sicher?‹

›Vollkommen. Sie erzählten, wie Papa seine Füße packte und wie sich Lord Burghley seine Samtweste ruinierte, weil er den blutigen Kopf hielt. Ist das nicht schrecklich?‹

Mir fiel auf, dass Rosalind mehr erregt denn entsetzt zu sein schien. Ich für meinen Teil glaubte, dass Peter sehr gute Gründe gehabt haben musste, um sich auf so etwas Schändliches einzulassen. Sicherlich hat er Lord Burghleys Aktivitäten nicht gutgeheißen und ihm nur aus falsch verstandener Loyalität geholfen.«

»Du glaubst es bis heute nicht, stimmt's?«, fragte Holly ohne nachzudenken.

»Ich glaube noch immer, dass Peter mit den besten Absichten gehandelt hat, egal, was er … egal, was er getan hat«, antwortete Christian zögernd. Er schwieg eine Zeit lang, und Holly schaute wieder auf. Christian starrte mit traurig herabhängenden Mundwinkeln ins Nichts.

»Du vermisst ihn?«, fragte sie, obwohl sie die Antwort kannte.

»Ich vermisse ihn mehr als … mehr als ich sagen kann.«

Holly spürte eine seltsame Eifersucht auf den grausamen, verderbten Peter, auch wenn er schon lange tot war. »Das tut mir sehr Leid.«

»Jedenfalls«, fuhr Christian fort, »sollten wir nicht mehr lange bei Lord Burghley bleiben. Zum Glück. Nachdem ich erfahren hatte, wozu er fähig war, fürchtete ich mich davor, bei ihm zu schlafen, obwohl er meinen Abscheu nicht zu bemerken schien.

Rosalind und ich nahmen unsere Spionage nun mit um so größerem Enthusiasmus wieder auf, sie aus Entzücken an weiteren Monstrositäten – der Gedanke, dass dieser elegante Lord ein Mörder war, schien sie in der Tat zu erregen –, ich, weil ich hören wollte, wie Peter jede Schuld, die er in meinen Augen hatte, zerstreute. Aber sie erwähnten den Mord nie wieder. Wir hörten jedoch den Streit, der dazu führte, dass Lord Burghley uns fortschickte.

Wir lauschten vielen geschäftlichen Gesprächen, die uns unsäglich langweilten, und oft verdrehten wir in unserem Versteck die Augen und taten so, als ob wir vor Langeweile gähnten, wobei wir fast begonnen hätten zu kichern und dadurch ohne Zweifel aufgeflogen wären. Offenbar wollte sich Peter Geld von Lord Burghley leihen, aber der Lord ging nie auf dieses Anliegen ein, sondern lenkte das Gespräch stets auf gute Geschäftsstrategien und Investitionen, mit denen Peter selbst finanziell wieder auf die Beine kommen sollte. Schließlich verlangte Peter ohne Umschweife eine Summe, mit der er seine Schulden gegenüber den Humberstones hätte begleichen können.

Lord Burghley schwieg lange. Schließlich sagte er: ›Owling, du weißt, ich will dir helfen, aber …‹

›Clement, es steht in deiner Macht, meine Schulden vollständig zu begleichen, ohne dass du das Geld vermissen würdest. Ich will es ja nicht geschenkt, ich bitte dich nur um einen Kredit. Ich weiß, du wärest ein freundlicherer Gläubiger als die Humberstones und würdest mir Zeit geben, wieder auf die Beine zu kommen. Wirklich, Clement, nach allem, was wir zusammen durchgemacht haben …‹

›Es gibt eine Möglichkeit, Owling.‹

›Nenne deine Bedingungen.‹

›Sie werden dir nicht gefallen.‹

›Mach schon, nenne sie.‹

Erneut verfiel Lord Burghley in Schweigen. Ich beobachtete ihn durch die goldenen Fransen. Er ging im Zimmer auf und ab und schien seine Worte sorgfältig abzuwägen.

›Du weißt, dass es in meiner Verantwortung liegt, irgendwann einmal den neunten Lord Burghley zu produzieren, aber eine Heirat hat meinen Interessen stets widersprochen. Auf der anderen Seite habe ich eine Pflicht meiner Familie, meinem Stammbaum gegenüber.‹

›Was hat das mit …?‹

›Ich bin bereit, dir soviel Geld zu geben, wie du brauchst – als Geschenk, nicht als Kredit. Im Gegenzug nehme ich deine Tochter zur Frau.‹

Ich sah, wie Peters Gesicht rot anlief; die massigen Wangen zitterten vor Zorn. ›Du willst … Rosalind?‹

›Sie würde Lady Burghley werden, und ihre einzige Pflicht bestünde darin, einen männlichen Erben zu gebären. Danach wäre jeder körperliche Kontakt zwischen uns sofort beendet. Sie würde ein Leben in unendlichem Luxus führen, du hättest dein Geld, und Christian könnte mich regelmäßig besuchen, bis das Alter seine Schönheit verwüstet hätte. Wir würden alle davon profitieren, Owling. Denk darüber nach.‹

›Wie kannst du es wagen, mir ein solch infames Angebot zu machen!‹, rief Peter aus. ›Mein kleines Mädchen!‹

›Owling, sie ist fast fünfzehn. Sie muss sowieso bald heiraten, und, ehrlich gesagt, ein besseres Angebot wird sie nicht bekommen. Peter Owlings mittellose Tochter zu sein dürfte in den Augen heiratswilliger Männer keinen Vorteil darstellen. Ich bin bereit, dir als dein Freund einen Gefallen zu tun …‹

›Wie kannst du es wagen? Wie kannst du daran denken … solange ich in der Lage bin, es zu verhindern, wird Rosalind nicht heiraten. Nach dem, was ich für dich getan habe, schuldest du mir weitaus mehr Respekt als …‹

Lord Burghley baute sich vor ihm auf und sprach in einem harschen Flüsterton auf ihn ein. ›Owling, ich schulde dir gar nichts. Du bist in die ganze Sache genauso verstrickt wie ich, das weißt du. Sein Blut klebte auch an deinen Händen. Also versuche nicht, mich zu erpressen.‹

Peter sah aus, als würde er vor Zorn explodieren. Ich saß zitternd am Fenster. Doch dann nahm er sich zusammen und schob die Schultern nach vorn. ›Wir fahren‹, verkündete er. ›Ich werde es nicht zulassen, dass ein verdammter Schnösel wie du mich und meine gesamte Familie beleidigt.‹ Er stürmte aus dem Arbeitszimmer, der Lord hinter ihm her. Ich hörte, wie er Peter hinterherrief, und ich hörte auch meinen Namen. Vorsichtig krochen Rosalind und ich aus unserem Versteck und hielten uns nervös an den Händen.

›Du glaubst doch nicht, dass er Papa etwas tun wird, oder?‹, fragte sie mich, blass vor Angst.

›Nein, bestimmt nicht‹, antwortete ich, mehr um sie zu beruhigen als aus Überzeugung. Wir stahlen uns nach oben in unsere Zimmer und warteten darauf, was geschehen würde. Auch wenn es mir Leid tat, das Anwesen verlassen zu müssen, war ich doch stolz darauf, wie unnachgiebig Peter Rosalind und mich vor Lord Burghleys selbstsüchtigen Plänen geschützt hatte. Als es leise an meine Tür klopfte, nahm ich an, dass es Rosalind sei, und bat sie herein.

Es war nicht Rosalind, es war Lord Burghley. Unwillkürlich wich ich zurück und stieß einen leisen Schrei aus.

›Was ist denn, Christian?‹, fragte er besorgt und kam tröstend auf mich zu. ›Ich bin es nur. Ich werde dir nicht wehtun. Hat Owling dich schon davor gewarnt, was für ein Schurke ich bin?‹

Ich schüttelte nur den Kopf und ließ es zu, dass er mir das Haar aus der Stirn strich. ›Christian, ich habe dich sehr lieb gewonnen, aber jetzt will Owling dich mir wegnehmen. Ich will dir nur eines sagen: Wenn du hier bleiben willst, dann werde ich es ihm nicht gestatten.‹

Ich starrte ihn eine Weile an, bevor mir klar wurde, dass er auf eine Antwort wartete. ›Ich gehöre zu Peter‹, sagte ich leise, auch wenn mir das dunkle, staubige Haus am Milton Close nach zwei Monaten auf dem Anwesen nicht mehr sehr einladend vorkam.

Er nickte freundlich. ›Ich verstehe. Aber versprich mir eins. Wenn Owling … ich meine, wenn Peters Aktivitäten‹, er machte eine bedeutsame Pause, ›zu verstörend für dich werden, dann springst du in eine Kutsche und kommst zu mir. Ich bezahle den Kutscher, sobald du hier ankommst. Du findest immer Zuflucht bei mir.‹

Ich wusste, dass dieses Angebot mehr mit unzüchtigen Sehnsüchten als mit Freundlichkeit zu tun hatte und schüttelte bestimmt den Kopf. ›Nein, ich gehöre zu Peter.‹

›Peter ist ein böser Mensch‹, sagte er. ›Er hat die Fähigkeit, teuflische Dinge zu tun.‹

Ich war sprachlos vor Wut. Tränen des Zorns verzerrten meine Züge. ›Lügner!‹, schrie ich.

Er hob nur die Hände und lächelte. ›Du kannst immer zu mir kommen‹, wiederholte er und verließ das Zimmer.

Kurz darauf kehrten wir nach London zurück.«

»Christian«, sagte Holly und streckte eine zitternde Hand aus. »Hier musst du aufhören. Ich fühle mich nicht …«

»Sehe ich dich bald wieder?« Holly war schwindelig, und sie hatte Angst davor, ohnmächtig zu werden, wenn sie sich nicht von dem Übelkeit erregenden Druck befreite, der auf ihr lastete.

»Wann immer du mich rufst. Auf Wiedersehen.«

Sie sah zu, wie er sich im Spiegel auflöste. Ohne ihn kam ihr die Luft im Zimmer irgendwie klarer vor, und sie stand auf unsicheren Beinen da und holte tief Atem. Sobald sie zu Hause im Bett lag, würde es ihr wieder gut gehen.

Sie nahm ihre Taschen und ihre Schlüssel, stolperte durch den Flur und hinaus in die kühle Nachtluft. Nachdem sie sich vergewissert hatte, dass sie die Tür abgeschlossen hatte, ging sie mit unsicheren Schritten die Straße hinauf. Sie kniff sich mit den Fingernägeln in die Handflächen, aus Angst, ohnmächtig zu werden. Die Gestalten aus Christians Geschichte spukten in ihrem Kopf herum. Henry Clement, der achte Lord Burghley, ein arroganter Flegel, der gemordet hatte, um seinen Titel nicht zu verlieren. Und Peter Owling – ein furchteinflößender Mann in grellen Gewändern, der eine solch übernatürliche Kontrolle über Christians Gedanken und Meinungen ausübte, dass der arme Junge nicht sehen konnte, was für ein Monstrum er in Wirklichkeit war. Ihr war noch immer hundeelend, und sie spürte ein komisches Brennen hinter den Augen. Eine Sekunde lang glaubte sie wirklich, Peter ginge hinter ihr, eine dunkle, teuflische Gestalt. Langsam begann sich alles um sie herum zu drehen; sie schüttelte den Kopf und blinzelte.

Als sie die Augen öffnete, kam der Boden auf sie zu. Sie hatte gerade noch Zeit, die Taschen loszulassen und den Fall mit den Händen zu bremsen, bevor sie in tiefe Bewusstlosigkeit sank.

15. Kapitel

Als am Sonntagnachmittag das Telefon klingelte, erkannte Prudence die dünne Stimme am anderen Ende der Leitung zuerst gar nicht.

»Hallo?«

»Prudence, ich bin's.«

»Holly? Was ist los?« Prudence nahm sofort an, dass Michael tot war. Es verursachte ein seltsames, morbides Prickeln bei ihr.

»Ich bin krank. Ich kann nicht … kannst du vorbeikommen?«

»Krank? Oh. Und Michael, geht es ihm gut?«

»Ich weiß nicht, ich habe nichts gehört, ich … ich habe seit Samstagmorgen nichts mehr gegessen und mich ungefähr achtmal übergeben, und ich fühle mich ziemlich … fiebrig. Ich kann kaum …« Ihre Stimme endete in einem hilflosen, leisen Röcheln.

»Mein Gott, du klingst furchtbar«, sagte Prudence ehrlich besorgt. »In ein paar Minuten bin ich bei dir. Halt durch. Leg dich wieder ins Bett und rühr dich nicht.«

»Okay, bis gleich.«

Prudence legte auf. Sie schnappte sich ihre Tasche und lief in die Küche, wo sie ein paar Dosensuppen und einen frischen Laib Brot aus dem Schrank holte. Kranke brauchten Suppe. Prudence hatte eigentlich keinen Schimmer, wie man Kranke versorgte, aber die Aussicht darauf, die Rolle der Schwester Prudence zu übernehmen, gefiel ihr auf eine seltsame, fast kindliche Art.

»Niemand soll sagen dürfen, dass ich keinen Kontakt mehr zu der Achtjährigen in mir habe«, murmelte sie, während sie Paracetamol, Tabletten gegen Durchfall und Tütchen mit Mineralersatzstoffen aus dem Schrank über der Spüle holte und in ihre Tasche warf. Jetzt fehlte ihr nur noch ein kleiner Koffer und eine Haube mit einem roten Kreuz drauf. Wahrscheinlich würde man sogar irgendwo in diesem Haus ein solches Kostüm finden. Ihre Mutter brachte es nicht fertig, irgendetwas wegzuwerfen, deshalb stapelten sich Kartons mit Spielzeug und Kinderbüchern in ihrer Garage.

Wer brauchte auch etwas wegzuwerfen, wenn man einfach ans andere Ende der Welt ziehen konnte, um das Zeug nicht mehr sehen zu müssen, dachte Prudence verbittert. Sie schnappte sich Mantel und Hausschlüssel und ging.

Sonntagnachmittage lösten in Prudence stets ein eigenartiges Gefühl aus. Die Welt war still und grün, aber es schien, als fehle irgendwas, und sie spürte ein leises, erwartungsvolles Kribbeln im Bauch. Wahrscheinlich kam das von den vielen Jahren unerledigter Hausarbeiten, die man erst in letzter Minute machte, bevor der Montag anbrach. Alles hinauszuschieben, das war schon immer ihr Fluch gewesen. Und Sonntagnachmittag war die Zeit gewesen, in der ihr am deutlichsten klar wurde, wie unweigerlich die Zeit verging und es noch so viel zu erledigen gab. Ihre Prüfungsarbeit schrieb sich auch nicht von selbst. Das würde noch fehlen, dass sie nach Ablauf ihrer zwei Jahre nicht fertig wäre oder einen solchen Mist geschrieben hätte, dass ihre Arbeit abgelehnt wurde. Noch zwei verschwendete Jahre. Aber selbst wenn sie bestand, was sollte sie danach machen? Welche Laufbahnen gab es für Mädchen wie sie? Würde sie eine konservative Kehrtwende machen, sich Büroarbeit von neun bis fünf antun, den gleichen Job, fünf Tage in der Woche? Für immer auf die Dienstagvormittage oder die Donnerstagnachmittage zu verzichten, wenn die Welt sich drehte, Kaffee dampfte und die Kinos denen offen standen, die sich den Luxus Zeit erlauben konnten? Der Gedanke frustrierte sie so sehr, dass sie hätte explodieren können. Es musste mehr geben, als fünf Siebtel ihrer wachen Stunden zu verschenken und sich mit den Wochenenden zu begnügen. Dabei wurde ihr schmerzhaft bewusst, dass es ihr an irgendwelchen besonderen Talenten mangelte. Das also geschah mit Mädchen wie ihr – ein paar Jahre der Rebellion, gefolgt vom Sturz ins Mittelmaß.

Woher kamen eigentlich diese Gedanken, die sie so deprimiert hatten? Sie näherte sich Hollys Haus, und ihr wurde klar, dass sie weitaus fröhlicher auftreten musste, wenn sie Schwester Prudence überzeugend darstellen wollte. Das war das Problem – sie hatte nicht das Recht, sich depressiv zu fühlen, während es den anderen um sie herum viel schlimmer ging als ihr. Sie hatte noch keine große Tragödie erlebt, hatte weder eine Scheidung ertragen müssen, wie Holly, noch eine alkoholkranke Mutter, wie Justin. Bislang war das Leben für Prudence Emerson ein Spaziergang gewesen.

Die Tür stand offen, und sie trat ein. »Schwester Prudence ist da!«, rief sie munter.

»Bin im Schlafzimmer«, antwortete Holly schwächlich.

Prudence schaute zu ihr hinein. Das Gesicht ihrer Freundin sah eingefallen und bleich aus. »Warte mal eben«, sagte sie.

»In meinem Zustand gehe ich nirgendwo hin«, meinte Holly ernst.

Prudence tanzte durch die Küche, kochte Suppe und toastete Brot, brachte Holly ein Glas Wasser und Paracetamol – und kam sich dabei ziemlich lächerlich vor.

»Wenn ich so etwas mache, komme ich mir richtig erwachsen vor«, meinte sie zu Holly, als sie ein Tablett mit einer Schüssel Kürbissuppe und Toast hereinbrachte. Dabei wäre sie fast über das Telefon gestolpert, das Holly ans Bett gezogen hatte, um es in der Nähe zu haben.

»Ich finde, das ist eine seltsame Bemerkung«, entgegnete Holly und nahm dankbar das Tablett entgegen. »Ich habe mich schon mit siebzehn erwachsen gefühlt, als ich von zu Hause fortging, um zu studieren.«

Prudence setzte sich auf die Bettkante. »Kriegst du was runter?«

»Ich glaube schon. Seit ein Uhr habe ich nicht mehr brechen müssen. Wie spät ist es jetzt?«

»Nach drei. Du hättest mich früher anrufen sollen.«

»Ich wollte dir keine Umstände machen.«

»Ja, da ich doch am Sonntagnachmittag immer so viel zu tun habe«, entgegnete Prudence sarkastisch.

Holly stippte den Toast in die Suppe und nahm einen vorsichtigen Bissen. »Hast du keine anderen Freunde?«

»Ich kenne eine Menge Leute, aber nicht die von der Sorte, die ich anrufen oder treffen wollte, oder … weißt du, mir fällt es ziemlich schwer, Freunde zu finden.«

»Das kann ich kaum glauben.«

»Du und Justin und ich, wir sind praktisch gezwungen, uns jeden Tag zu sehen – deshalb fiel es mir bei euch leichter. Ich melde mich nie bei den Leuten, entwickele oft unbegründete Vorurteile gegen sie. Letzten Endes enttäuschen mich alle. In meinem zweiten Jahr an der Uni hatte ich eine sehr gute Freundin, aber als ich sie eines Tages anrief und sie sagte, sie könne nicht mit mir sprechen, weil sie sich gerade die ›Ashes‹ ansehe …«

»Ashes?«

»Du weißt schon, Kricket. Siehst du, das mag ich an dir. Du weißt nicht mal, wer die Ashes sind. Jedenfalls habe ich sie nie wieder angerufen. Ich meine, Sport *mir* vorzuziehen.«

»Eine Todsünde.«

»Mach dich nicht lustig.«

Holly aß noch ein paar Löffel Suppe. »Nun, ich hoffe, ich werde dich nie enttäuschen.«

»Natürlich wirst du das nicht«, entgegnete Prudence

und hoffte, dass sie Recht behalten würde. »Glaubst du, du bist durch die Aufregung krank geworden?«

Holly sank auf ihre Kissen zurück. »Vielleicht.«

»Weißt du was Neues von Michael?«

»Ich habe mit niemandem gesprochen, seit ich hier bin, außer mit dir. Vielleicht rufe ich Mum nachher an. Aber es war grauenhaft, Prudence. Ich habe das bestimmte Gefühl, in Daybrook in nächster Zeit nicht sehr willkommen zu sein.«

»Und ich habe das bestimmte Gefühl, dass du auch gar nicht zurück willst.«

»Vielleicht hast du Recht.«

»Vielleicht? Wenn ich du wäre, würde ich nie zurückgehen.«

»Aber du bist nicht ich. Ich bin ich.«

»Wohl richtig. Ich möchte nicht dorthin zurück, wo ich aufgewachsen bin. Manchmal kann ich es nicht einmal ertragen, mich als Kind zu sehen – die Dummheiten, die ich gemacht habe. Es ist, als wollte ich es bewusst vergessen, als könnte ich mich ausradieren, sodass es wenigstens nur ich in der Gegenwart bin, die mir Sorgen macht.«

»Prudence, du klingst sehr niedergeschlagen«, sagte Holly und legte den Löffel in die leere Suppenschale.

Prudence nahm Holly das Tablett ab und lächelte etwas zu fröhlich. »Ja, dabei habe ich gar keinen Grund dazu. Es ist alles nur bourgeoise Langeweile.« Sie brachte das Tablett in die Küche und setzte Wasser auf. »Willst du eine Tasse Tee?«, rief sie.

»Nein, ich ...« Plötzlich hastete Holly aus dem Schlafzimmer ins Bad, und Holly hörte, wie sie sich erbrach.

Prudence ging ihr nach und legte Holly, die gebeugt über der Toilettenschüssel lag, die Hand auf die Schulter.

»Es tut mir Leid«, flüsterte Holly.

»Du brauchst dich nicht zu entschuldigen. Dusch dich heiß und zieh einen frischen Pyjama an, okay?«

Holly holte tief Luft und nickte. »Gut«, sagte sie. »Aber das Badezimmer ... ich meine, es hat keine Tür.«

»Schon gut. Ich setze mich neben dein Bücherregal und trinke eine Tasse Tee. Soll ich dir noch was besorgen?«

»Nein, nein, nur …« Sie winkte ab und Prudence ging.

Der Kessel pfiff, Prudence machte sich einen Tee und wartete, bis Holly fertig war. Wie seltsam von ihr, sich zu genieren, weil das Bad keine Tür hatte. Schamhaftigkeit faszinierte Prudence.

Als Holly wieder unter der Decke lag, frisch duftend, aber noch immer sehr blass, brachte Prudence ihr einen Mineraldrink und setzte sich ans Ende des Betts. Holly nippte an dem Getränk und rümpfte die Nase.

»Schmeckt wie Orangensaft mit Salz.«

»Das Beste.«

Holly kicherte schwach und trank aus, dann machte sie es sich zwischen den Kissen bequem.

»Vielleicht solltest du ein bisschen schlafen.«

»Es ist schön, dich hier zu haben. Erzähl mir von dem Geist.«

»Welchem Geist?«

»Der die Glühbirne zerbrochen hat.«

Wie hätte sie das vergessen können. »Ach, der. Seit wir das letzte Mal geredet haben, gibt es keine neuen Beweise. Ich bin immer noch im Zweifel, ob es nicht doch Justin war.«

»Nein, nicht Justin. Erzähl mir von dem Geist. Was für eine Art Geist würde so etwas tun?«

Wenn Holly Geistergeschichten hören wollte, war sie an die Richtige geraten. »Nun, ich will dir keine Angst machen.« Das war gelogen.

»Mach schon, ich hab keine Angst.«

»Es ist nur so … ich meine, die Glühbirne ist genau in dem Moment explodiert, als ich Justin erzählte, dass du weggehst. Vielleicht gibt es in unserem Büro einen Geist, der eine seltsame Zuneigung zu dir entwickelt hat, Holly.«

Holly lächelte schwach. »Niemals.«

»Das ist meine Schlussfolgerung.«

»Ich schätze, Glühbirnen gehen dauernd scheinbar grundlos kaputt.«

»Klar. Trotzdem macht mir der Gedanke Spaß. Seit wann machen physikalische Gesetze Spaß?«

»Aber … ich meine, falls da ein Geist wäre, der sich für mich interessiert … könnte der mich krank gemacht haben?«

Die Frage schien Prudence völlig zu verblüffen. »Was? Warum fragst du das?«

»Nun, gestern Abend ging es mir noch gut. Ich habe mich von einem Taxi zum College bringen lassen, weil ich ein Buch mitnehmen wollte. Ich blieb … eine Weile dort – vielleicht eine halbe, vielleicht auch eine ganze Stunde –, und ich sah die Überreste der Glühbirne, dachte an Geister und all das Zeug. Und auf dem Heimweg wurde mir schlecht und ich fiel in Ohnmacht. Mrs. Partridge fuhr zufällig vorbei, und sie half mir und brachte mich nach Hause. Es kam alles so plötzlich.« Irgendwie klang Holly nicht überzeugend.

Prudence schaute sie an. »Hast du etwa einen Geist gesehen?«

»Nein, natürlich nicht.«

»Du würdest es mir aber erzählen, wenn dem so wäre, oder? Du würdest es nicht vor mir verbergen?«

»Natürlich würde ich es dir erzählen. Ich frage mich nur …«

Vielleicht hatte Holly doch Fieber, dachte Prudence. »Nein, ich denke, der Stress hat dich krank gemacht. Ich meine, was mit Michael passiert ist, hat verständlicherweise ungeheuren Druck auf dich ausgeübt. Du solltest es nicht verharmlosen, indem du glaubst, ein Geist …«

»Aber können Geister Menschen krank machen?«

»Es gibt Fälle. Die Empfindung ihrer Gegenwart stellt eine große Anstrengung für die Sinne dar.«

»Ist schon mal jemand daran gestorben?«

Prudence lachte. »Nein, soviel ich weiß, nicht. Mensch, Holly, du benimmst dich wirklich seltsam. Ich glaube, du brauchst einfach Schlaf.« Schwester Prudence war der

Meinung, dass Holly die Sache mit Michael zu verdrängen versuchte. »Ich setze mich ins Wohnzimmer. Ruf mich, wenn du wach bist.«

Holly nickte schwach und legte den Kopf aufs Kissen.

Es folgte eine lange, fiebrige Phase der Dunkelheit, in der Holly überzeugt war, dass sie im Sterben lag. Geisterhafte Finger schienen aus den Schatten nach ihr zu greifen. Eine Stimme, die der ihrer Mutter sehr ähnelte, sagte vorwurfsvoll: »Du wolltest bei Christian sein – jetzt siehst du, wie das ist, immer bei ihm zu sein.«

Die Hände zogen sie in den Schatten, die Ränder wurden unscharf. »Es ist nur gerecht, dass es du bist und nicht Michael«, sagte ihre Mutter. »Er ist nicht weggelaufen und hat sich mit Büchern und Geistern eingelassen.«

Ihr Körper fühlte sich unerträglich schwer an, als wäre er festgenagelt. Dunkle, kalte Wellen durchliefen sie. Starb sie? Sie versuchte sich aufzurichten, doch die knochigen Finger zerrten nur noch grausamer an ihr und zwickten sie.

»Er sieht nicht gerade gut aus«, flüsterte die Stimme ihrer Mutter dicht an ihrem Ohr, fast in ihrem Kopf. Jedes Wort zischte und knisterte in ihrem Schädel. »Mittlerweile besteht er nur noch aus Knochen. Ein leerer Schädel, der dich angrinst. Keine aquarellblauen Augen, keine Porzellanhaut, keine traurigen Lippen. Alles vergangen, alles der Verwesung anheim gefallen.«

Ein Läuten in der Ferne, sehr leise. Es kam ihr vor, als sei sie durch unzählige Vorhänge davon getrennt, doch es schien wichtig. Dann hörte sie eine andere Stimme, wie unter Wasser. Prudences Stimme. Sie bemühte sich, die Augen zu öffnen, und sah eine seltsam verschwommene Welt um sich herum.

»Es tut mir Leid, aber Holly ist sehr krank«, sagte Prudence.

Holly öffnete den Mund und wollte sagen, dass sie wach sei, brachte aber nicht mehr als ein schwaches Krächzen hervor. Prudence drehte sich zu ihr um, und ihre Augen weiteten sich vor Besorgnis. Sie streckte ihre silbern beringte Hand aus und legte sie Holly auf die Stirn.

»Ja, ja, ich sage es ihr. Keine Sorge, sie ruft Sie so bald wie möglich an ... ja – ja. Natürlich werde ich das. Nein, ich bin sicher, dass es ihr bald wieder gut geht, vielleicht ein Virus oder so etwas ... okay. Auf Wiedersehen.« Prudence legte den Hörer auf, setzte sich auf die Bettkante und strich Holly die Haare aus der Stirn.

»Ich will dir keine Angst machen, Holly, aber du siehst schlechter aus. Und deine Temperatur ist auch gestiegen. Vielleicht sollten wir dich zu einem Arzt bringen.«

»Nein, ich will zu keinem Arzt. Es geht mir gut. Es ist der Stress, wie du gesagt hast. Wer war am Telefon?«

»Deine Mutter. Tut mir Leid, ich hätte das Telefon mit rausnehmen sollen und dich schlafen lassen.«

»Wie geht es Michael?«

»Er ist in Townsville. Morgen hat er einen Termin bei einem Psychologen. Mach dir keine Sorgen um Michael. Ich hole dir ein Glas Wasser. Justin ist hier, soll er kommen und dir Hallo sagen?«

»Justin ist hier?«

»Er ist vorhin gekommen, wollte sehen, ob du schon zu Hause bist.«

Auch wenn sie Fieber hatte, war Holly eitel genug, um ihm ihren Anblick ersparen zu wollen. »Lieber nicht. Aber sag ihm, ich freue mich, dass er gekommen ist.«

Prudence nickte und ging; sie hörte die beiden leise im Wohnzimmer reden. Sie wollte nicht zum Arzt. Christian machte sie krank – nicht der Stress, kein Virus – sondern ein Geist. Die Übelkeit würde bald vergehen. Und dann würde sie wieder abends ins College gehen und ihn rufen, das wusste sie. Egal, was es sie kostete.

»Sie schläft wieder«, sagte Prudence als sie am frühen Abend aus Hollys Schlafzimmer kam. Es wurde langsam dunkel, und Prudence schaltete das Licht an, vertrieb die Schatten in den Ecken. Justin saß auf dem einzigen Stuhl, deshalb machte Prudence es sich mit einem Kissen auf dem Boden bequem.

Justin sah zu ihr. »Ich schätze, ich gehe dann mal.«

»Du willst doch gar nicht gehen.«

Er betrachtete sie eine Weile. »Und woher weißt du das?«

»Deine Stimme, deine Wortwahl. Du ›schätzt‹, du gehst dann ›mal‹. Bleib hier. Ich bleibe wahrscheinlich noch lange und passe auf sie auf.« Prudence spürte, dass sie es nicht unaufregend fand, am Abend mit Justin in diesem stillen Zimmer zu sitzen. Wollte sie versuchen, ihn zum Reden zu bringen, oder wollte sie etwas anderes? Sie hoffte, es war nicht das andere. Ihr Liebesleben war auch so unerträglich kompliziert, und die Liste ihrer Liebhaber schon viel zu lang.

Er zuckte mit den Schultern. »Bleibe ich eben noch eine Weile.«

»Warum willst du nicht nach Hause gehen?«

»Weißt du das nicht? Haben meine Stimme und meine Wortwahl dir das nicht verraten?«

Sie lachte und wollte sich von seiner Humorlosigkeit keinesfalls einschüchtern lassen. »Ich bin sensibel, aber ich bin keine Hellseherin. Ich wünschte, ich wäre eine.«

Justin lehnte sich zurück. »Ich fände es schrecklich, ein Hellseher zu sein. Ich würde sicherlich herausfinden, dass mich niemand leiden kann.«

»Jeder kann dich leiden.«

»Aber die Leuten denken anders als sie reden, Prudence. Leute denken nicht höflich. Selbst meine Freunde … selbst wenn du und Holly nur eine meiner Schwächen kennen würdet, wenn ich davon wüsste, würde mich der Gedanke krank machen, ich wäre überzeugt, ihr hasst mich deswegen.«

Prudence dachte darüber nach. »So habe ich es noch nie gesehen. Wahrscheinlich hast du Recht. Aber vielleicht würdest du dich nach einer Weile an den Gedanken gewöhnen, dass die Leute dich auch mit deinen Schwächen mögen.«

»Die Übergangsphase würde meine Seele nicht überstehen.«

»Ich glaube nicht, dass du irgendwelche Schwächen hast, wenn es dich beruhigt.«

Er schüttelte den Kopf. »Jetzt lügst du. Willst du wirklich sagen, du hättest nie gedacht, ›er ist so schroff, so unkommunikativ, so angespannt‹?«

»Aber ich finde diese Eigenschaften faszinierend. Es ist wie ein Puzzle.«

»Aber du hast es gedacht.«

»Ja, habe ich. Aber niemand kann dir übel nehmen ... ich meine, ich kann verstehen, warum du nicht der glücklichste Mensch auf der Welt bist, da deine Mutter erst vor ein paar Monaten ...« Sie brach den Satz ab, als sie merkte, dass sie ihn lieber gar nicht erst begonnen hätte.

»Prudence, gib zu, dass du nicht weißt, was wirklich mit mir los ist. Ich habe Geheimnisse – dunkle Geheimnisse tief in mir.«

»Versuchst du mich anzumachen?«, kicherte sie.

Unwillkürlich musste er lächeln. »Nein.«

»Warum willst du dann nicht nach Hause?«

Er seufzte und beugte sich nach vorne, stützte die Ellbogen auf die Knie und legte den Kopf auf die Hände. »Lucien und Emma.«

»Was haben sie getan?«

»Nichts. Ich fühle mich nur mit keinem von ihnen wohl.«

»Auch nicht mit Emma?«

Er presste die Lippen zusammen. Ja, sie wäre gerne eine Hellseherin. Er verbarg etwas hinter diesen runden Brillengläsern. »Nein, nicht mal Emma. Ich bin ... ich bin so was nicht gewohnt, ich meine, ich weiß nicht, wie man sich in einer Familie benimmt.«

»Du wirst dich dran gewöhnen. Wenn ich die Gelegenheit hätte, in diesem Haus zu wohnen ... Mann, ich würde alles ertragen.«

»Wirklich? Dass sie die Zimmer abschließen, wenn sie

weggehen, und dich mit Argusaugen beobachten, wenn sie zu Hause sind? Aber reden wir nicht von mir.«

Prudence setzte sich aufrecht und drückte das Kissen an ihren Bauch. »Wie wär's, wenn wir ein Essen zur Feier der Heimkehr Hollys veranstalten?«

»Klar, wann?«

»Sobald es ihr besser geht. Vielleicht schon morgen Abend?«

»Morgen nicht. Ich habe versprochen, zu Hause zu bleiben und Emma bei irgendwas zu helfen.«

Prudence zögerte. Dass er sie beim Sprechen nicht ansah, machte sie neugierig. »Eine von ihren Wohltätigkeitssachen?«, fragte sie schließlich.

»Ja, irgend so was. Morgen Abend ist Holly bestimmt noch nicht nach Dinner Party.«

»Was für eine Wohltätigkeit?«

»Ich weiß nicht, ich habe sie nicht gefragt.«

»Sie hat mich mal gebeten, irgendwelches Zeug in Umschläge zu stecken, aber ich habe mir eine Entschuldigung ausgedacht«, sagte Prudence.

»Ja, genau das machen wir, Karten in Umschläge stecken.«

Prudence wusste, dass er log. Die Vorstellung, Lucien oder Emma würden sich mit wohltätigen Aktivitäten abgeben, war absurd. Prudence kannte sie besser als Justin. Also was ging da vor? Welche ›dunklen Geheimnisse‹ verbarg er? O Mann, wie sie solche Geheimnisse liebte!

16. Kapitel

Lucien hielt sich den ersten Montag jeden Monats für einen Besuch im College frei. Abgesehen von den sonntäglichen Schwarzen Messen blieb er Humberstone fern, so gut es ging. Er hatte kein Interesse an Literatur, und in den Studenten – auch in denen, die Gebühren zahlten – sah er Vampire, die ihm und seinem Vermögen das Blut aussaugten. Wenn es nach ihm gegangen wäre, hätte er das Gebäude niederreißen und an seiner Stelle einen Wohnkomplex errichten lassen. Weitaus lukrativer. Man brauchte kein Geld für Bücher und Reparaturen auszugeben und nicht Unsummen für Stipendien zu verschwenden, damit Studenten sinnlose Arbeiten über tote Dichter schreiben konnten.

Aber all das war ihm durch Magnus' Testament strikt untersagt. Magnus hatte seine Söhne nur zu gut gekannt. Um ihren eher praktischen ökonomischen Interessen entgegenzuwirken, waren einige Bedingungen gestellt worden. Mit dem Erbe des Vermögens hatten sie sich verpflichtet, die Verwaltung des Colleges zu übernehmen und es effizient zu führen. Was Lucien tat, wenn auch widerwillig.

Mit einem gezwungenen Hallo begrüßte er Ruby, die Empfangssekretärin, und stieg die Treppe hinauf. Im zweiten Stock blieb er stehen. Vielleicht war es angebracht, einen Blick in die Arbeitszimmer der Studenten zu werfen, besonders das seines Neffen. Das neue Mädchen, Holly, hatte er überhaupt noch nicht kennen gelernt, dabei knöpfte sie ihm jährlich Tausende von Dollars für ihr Stipendium ab. Und vielleicht konnte er sich einen Eindruck davon verschaffen, wie ernst es Justin mit dem Studium war. Schließlich brauchte er ihn noch eine Weile.

Gemessenen Schrittes ging Lucien über den Flur, blieb an den zumeist offenen Türen stehen und begrüßte die Studenten. Die Ersten schienen nicht einmal zu wissen, wer er war, ihren leeren Blicken nach zu urteilen, aber sie lächelten und nickten ihm zu. Im nächsten Büro saß eine einsame Frau, die erschreckt aufblickte, als er sie begrüßte, ihre Bücher zusammenschob und respektvoll ›Guten Morgen, Mr. Humberstone‹ sagte. Das nächste Zimmer war das von Justin; die Tür war zu. Er klopfte sachte, öffnete sie und sah Justin mit Prudence plaudernd auf der Fensterbank.

»Lucien«, sagte Justin überrascht.

»Guten Morgen, Justin, guten Morgen, Prudence.« Das

Mädchen mochte er überhaupt nicht. Sie zeigte keinerlei Respekt, und er war sicher, dass Aswell sie nebenbei vernaschte. Er sprach zu viel und zu oft von ihr, und die Leidenschaft, mit der er sich für ihren Verbleib am College ausgesprochen hatte, obwohl sie die akademischen Anforderungen für das vergangene Jahr nicht erfüllt hatte, sprach Bände. Er vermutete, dass Prudence am Humberstone College etwas anderes lernte als Literatur – nämlich wie man einen Schwachkopf in der Midlife-Crisis bei Laune hält.

»Hi, Lucien«, sagte sie. »Womit haben wir die Ehre verdient?«

Da war er wieder, dieser leicht spöttische Tonfall. War ihr nicht klar, dass er mit einer einzigen Unterschrift ihre Einschreibung streichen und sie zu Papa zurückschicken konnte? »Ich wollte endlich Holly kennen lernen und ihr zu ihrem Stipendium gratulieren.« Und herausfinden, ob sie auch tratschend auf der Fensterbank hockte. Wenn, hätte er sich ihr Stipendium etwas genauer angesehen.

»Sie ist krank. An der Schwelle des Todes, praktisch. Irgendein Magenvirus, As… Dr. Aswell weiß Bescheid«, entgegnete Prudence.

»Gut.« Er nickte. Justin sah ihn mit seinem üblichen verschlossenen, leicht dümmlichen Blick an. »Gut«, wiederholte er und lächelte mechanisch. »Auf Wiedersehen.« Er schloss die Tür hinter sich und hörte, wie Prudence kicherte. Vielleicht sollte er mit Aswell ein Wörtchen über sie reden. Nicht nachvollziehbar, was der Mann überhaupt an ihr fand. Sie sah aus wie ein Freak vom Jahrmarkt.

Er ging weiter, die Treppe hinauf und sah, dass Aswell gerade vor seiner Bürotür stand. Er hielt einen Luftpostbrief in der Hand und suchte in seinen Jackentaschen nach dem Schlüssel, sodass er Lucien gar nicht bemerkte.

»Wieder die Schlüssel verlegt?«, fragte Lucien.

Aswell fuhr zusammen und drehte sich um. »Lucien! Nein, nein, ich …«

Lucien nahm ihm den Umschlag aus der Hand. Es handelte sich um einen Brief von Randolph, noch ungeöffnet. »Wann ist der gekommen?«

»Er lag heute Morgen in meinem Postfach.«

»Aber ich nehme an, dass du ihn mir nicht vor Sonntag gezeigt hättest?«

Ein trotziger, zorniger Blick tauchte auf Aswells Gesicht auf – wenn auch eher mit der Autorität eines Teenagers als der eines echten Mannes. Er schloss die Tür zu seinem Zimmer auf und bat Lucien hinein. Drinnen sagte er zu ihm: »So machen wir es doch immer. Wo ist das Problem?«

»Hast du was dagegen, wenn ich ihn jetzt mitnehme?«

»Aber ich habe ihn noch gar nicht gelesen.«

»Ich bringe ihn zurück, sobald ich fertig bin.«

»Du machst sowieso, was du willst«, murmelte Aswell düster.

»Sei nicht so empfindlich, Laurence. Es gibt noch etwas anderes, worüber ich mit dir sprechen will.«

»Und das wäre?«

Lucien deutete auf Aswells Sessel, und er setzte sich. Lucien blieb jedoch stehen, mit geradem Rücken und gefalteten Händen.

»Es geht um Prudence Emerson«, begann er.

»Was ist mit Prudence?«

»Hast du Sex mit dem Mädchen?«

Aswells Gesicht lief tiefrot an. »Was soll das für eine Frage sein …?«

»Ach komm, Laurence. Ich vermute es schon seit längerem, und ich bin sicher, Mandy auch, wenn sie ein bisschen Grips hat. Ich warne dich – Männer können mit heruntergelassenen Hosen nicht denken. Es steht zu viel auf dem Spiel, und wenn du dich verplappern solltest …«

»Ich fasse es nicht.« Aswells Stimme wurde lauter. Dann besann er sich und fuhr ruhiger fort: »Du beleidigst mich. Ich schlafe nicht mit Prudence, und ich verrate auch niemandem Geheimnisse. Ich hoffe in der Tat, dass Randolph bald zurückkommt, denn du scheinst größenwahnsinnig zu werden. Du unterschreibst vielleicht die Gehaltsschecks, aber wenn wir im Kreis sitzen, sind wir alle gleich. Du hast nicht das Recht mir vorzuschreiben, wohin ich meinen Schwanz stecke.«

»Damit gibst du also zu ...«

»Lucien, hör auf. Wenn es sich nicht um fachliche Angelegenheiten handelt, solltest du jetzt besser gehen. Ich muss einige Arbeiten korrigieren.«

Lucien unterdrückte seine Wut. »Ich bringe den Brief zurück, sobald ich fertig bin.«

»Schieb ihn einfach unter der Tür durch.«

»Wie du willst.« Er ging, und es kribbelte ihm in den Fingern, den Brief zu öffnen und allein in seinem Büro zu lesen.

Als Lucien die Tür seines Zimmers hinter sich abschloss, begann draußen ein nebliger Regen zu fallen. Er schaltete absichtlich das Licht nicht an, auch wenn dunkelgraue Wolken die Sonne verdeckten. Im Zimmer roch es noch leicht nach Kerzenwachs vom Ritual des vergangenen Abends, aber das war der einzige Hinweis darauf, dass hier auch anderes vor sich ging als nüchterne Verwaltungsarbeit. Er stellte seinen Aktenkoffer neben dem Schreibtisch ab und setzte sich in seinen Sessel.

Lucien schlitzte den Umschlag auf und zog den Inhalt heraus. Eine Postkarte landete auf dem Tisch. Er sah sie sich an: Es handelte sich um ein Hologramm von Maria und dem Jesuskind. Wenn man es zur einen Seite hielt, schaute Maria liebevoll in das Gesicht des Säuglings. Von der anderen aus sahen Maria und Josef Lucien an. Das Ganze war in kräftigen Blau- und Gelbtönen gehalten und wurde von einem goldenen Rahmen gesäumt. Er drehte es ein paar Mal hin und her, bevor er sich dem Brief zuwandte.

»Lieber Laurence,

gefällt dir so was? Es ist kaum zu glauben, welchen Kitsch man im christlichen Viertel findet. Ich habe ein Kreuz gekauft, das im Dunkeln glüht. Jesus sieht aus, als stünde er kurz vor dem Orgasmus, und unter seinen Füßen ist ein Stempel ›Made in Taiwan‹. Ich bringe es mit nach Hause.«

Der Brief eines Touristen? Was sollte das? Lucien überflog die ersten anderthalb Seiten, auf denen Randolph von Rosenkränzen in Schockfarben und Kreuzigungsszenen in Samt schwadronierte. Schließlich kam der interessante Teil.

»Ich bin deshalb so guter Laune, weil ich das Gefühl habe, dass wir dem Dunklen Fragment sehr nahe sind. Ich schreibe diesen Brief auf einer Steintreppe gegenüber dem Haus einer Antiquitätenhändlerin namens Lily Kirkwood. Sie hat es seit einigen Tagen nicht mehr verlassen, aber irgendwann wird sie rauskommen müssen, und ich habe sehr viel Geduld.

Schon der erste Antiquitätenladen führte mich auf Lilys Spur. Den Laden überhaupt zu finden, das sollte sich als die schwerste Aufgabe des ganzen Unterfangens herausstellen. Es ist sehr leicht, sich in der Altstadt zu verlaufen. Zunächst zögerte ich, einige der schmaleren Gassen zu betreten, die mehr wie Abflusskanäle aussahen, in denen man wahrscheinlich auf immer verschwinden konnte. Dazu kam, dass ich oft die falschen Wege wählte, weil meine Karte ein billiges, unbrauchbares Machwerk war, offenbar von jemandem angefertigt, der niemals hier gewesen ist. Doch schließlich fand ich *Wilsons Antiquitäten* in einer belebten Straße hinter den Muristan-Märkten.

Ich nahm an, dass jeder dieser Läden im christlichen Viertel Stücke des Kreuzes anbot, an das man Jesus genagelt hatte, aber das Angebot bei Wilson war noch erbärmlicher – es bestand hauptsächlich aus Teetassen und schlecht geflickten Polsterstühlen. Der stämmige, bärtige Mann hinter der Theke erwies sich jedoch als sehr freundlich.

›Guten Morgen, Sir. Suchen Sie etwas Bestimmtes?‹

›Ja, in der Tat‹, sagte ich und ging auf ihn zu. ›Ich suche einen Teil eines alten Buches, von dem ich annehme, dass es hier in der Altstadt zirkuliert. Manche nennen es das Dunkle Fragment.‹

›Dieses Ding? Lily Kirkwood hat das übernommen. Ich wollte es nicht.‹

›Warum nicht?‹, fragte ich beunruhigt.

›Weil es wertlos ist. Ein paar Seiten, aus einem alten Buch herausgerissen, das wahrscheinlich nur spätviktorianisch ist – dergleichen findet man recht häufig – und vollkommen unleserlich. Wohl in einer Art Geheimschrift verfasst. Aber Lily schien anderer Meinung. Als der alte Mann kam, um es mir zu verkaufen, verwies ich ihn sofort an Lily. Sie handelt mit Kuriositäten und allem möglichen Kitsch. Ich weiß nicht, wie viel sie dafür bezahlt hat, aber ich hatte das bestimmte Gefühl, dass der alte Knabe es loswerden wollte. Sein Vater hatte es bei Renovierungsarbeiten unter den Dielenbrettern seines Hauses entdeckt und hatte später behauptet, es sei an allem Unglück in seinem Leben schuld. Dieser Bursche hatte es nach dem Tod seines Vaters wieder hervorgeholt – aus Aberglauben hatten sie es in einer Kiste Salz vergraben – und es mir zur Schätzung gebracht. Die Leute kommen auf die seltsamsten Ideen, nicht wahr?‹

›Und wann war das?‹

Er schürzte die Lippen und überlegte. ›Mmh … warten Sie … vor etwa achtzehn Monaten.‹

›Wissen Sie, ob Lily einen Käufer gefunden hat?‹

›Das weiß ich nicht‹, sagte er schulterzuckend. ›Aber ich bezweifle es. Viele Menschen kommen in diesen Teil der Erde, weil das Land heilig ist. Man munkelt, das Dunkle Fragment sei etwas … nun, Unheiliges.‹

›Unheilig?‹

›Man vergräbt nur Bücher in Salz, wenn sie etwas mit dem Teufel zu tun haben‹, antwortete er. ›Sagt man zumindest. Was mich betrifft, ich bin nicht abergläubisch. Für mich war es nur ein dreckiges, altes Buch, das irgendein verrückter Engländer in Geheimschrift verfasst hat. Wahrscheinlich ein Bericht seiner sexuellen Eroberungen.‹ Er lachte schallend, und ich wäre fast mit eingefallen, vor Aufregung allerdings – es schien so nahe.

›Können Sie mir sagen, wo Lily wohnt?‹

Du wärst stolz auf mich gewesen, Laurence. Ich hatte mir Visitenkarten drucken lassen, mit einem falschen Namen und einer Adresse in Tel Aviv, um meine Spuren zu verwischen, sollte irgendetwas geschehen. Ich gab dem Händler zwei – auf die eine sollte er Lilys Adresse schreiben und kurz den Weg dorthin skizzieren, die andere sollte er behalten.

›Glauben Sie, dass sie zu Hause ist, wenn ich gleich vorbeischaue?‹, fragte ich in jovialem Ton.

›Oh, höchstwahrscheinlich, Mr. …‹ Er schaute auf die Karte. ›Mr. Clark. Sie verlässt ihr Haus nur selten. Etwas wunderlich, das ist sie. Geht vielleicht nur einmal aus dem Haus, um Vorräte zu kaufen und Geschäfte zu erledigen, aber ansonsten schließt sie sich zu Hause ein.‹

›Vielen Dank‹, sagte ich und reichte ihm die Hand.

Er schüttelte sie fest. ›Lassen Sie mich wissen, wenn Sie Erfolg haben.‹

Ich machte mich mit der gekritzelten Karte auf die Suche nach Lilys Haus. Manchmal wusste ich nicht mehr, wo ich mich befand. Der Weg führte mich durch schlammige Gassen, unter Brücken hindurch, an den höhlenartigen Märkten am Ende der David Street vorbei, bis ich fast schon im muslimischen Viertel war. Lily wohnte in einem Apartment, das zu einem Irrgarten von Gebäuden gehörte, in dem an den unmöglichsten Stellen Stufen und Balkone auftauchten. Ich ging eine dieser Stufen hinauf und blieb zögernd vor dem Eingang stehen. Ich konnte nur hoffen.

Nachdem ich zweimal geklopft hatte, öffnete sie. Sie sah völlig anders aus, als ich erwartet hatte. Nachdem, was mir der Händler erzählt hatte, hatte ich eine versponnene Greisin mit Haaren auf dem Kinn und tiefliegenden Augen erwartet. Stattdessen begrüßte mich eine Frau Mitte fünfzig, die ihr haselnussbraunes, von grauen Strähnchen durchzogenes Haar in einer kunstvollen Hochfrisur trug. Sie trug ein dunkelgraues Kostüm und hatte roten Lippenstift aufgelegt.

Ich hielt ihr eine Visitenkarte hin. ›Mrs. Kirkwood? Ich bin Barry Clark. Ich glaube, dass Sie Informationen über ein altes Buch besitzen könnten, das ich suche.‹

Sie nahm meine Karte und las sie gelangweilt, bevor sie sie einsteckte.

›Normalerweile handele ich nicht mit Büchern.‹ Sie hatte einen amerikanischen Akzent.

›Ich glaube, an dieses erinnern Sie sich. Manche nennen es das Dunkle Fragment – ein älterer Herr hat es Ihnen vor etwa achtzehn Monaten verkauft.‹

Lily Kirkwoods Lippen pressten sich zu einem schmalen Spalt zusammen. ›Vielleicht kommen Sie lieber herein, Mr. Clark‹, sagte sie.

Ihre Wohnung war mit seltsamem Müll aus diversen Jahrhunderten voll gestopft. Ein schmales Fenster bot einen Blick aus das benachbarte Gebäude und sonst nichts. In einer Ecke stand eine Topfpflanze, die ihre braunen Blätter traurig herabhängen ließ. Es war staubig und dunkel, und es roch nach Mauerwerk, Schimmel und Katze. Ein getupfer Kater, der so alt schien wie Lily, beobachtete mich misstrauisch vom Sofa aus, während zwei andere Katzen zusammengerollt auf einem Stapel Magazine schliefen.

Sie bot mir einen Stuhl an einem Tisch an, auf dem sich alte Bücher und Zeitungen türmten, und setzte sich mir gegenüber. Noch immer presste sie die Lippen zusammen.

›Ich will Ihnen gleich sagen, dass dieses Fragment nicht zum Verkauf steht‹, erklärte sie kategorisch.

Ich konnte meine Erregung kaum verbergen. Sie hatte es! Irgendwo hier, vielleicht sogar unter diesem Bücherstapel vor mir, lag das, was wir schon so lange suchen.«

An dieser Stelle musste Lucien tief und heftig Atem holen. Einige Sekunden lang konnte er die Buchstaben kaum noch erkennen, und sein Herz klopfte schneller. Er zwang sich zur Ruhe und las weiter.

»Meine Erfahrung mit dem alten Mann in dem Buchladen hatte mich gelehrt, dass nicht jeder käuflich ist. Trotzdem versuchte ich es. ›Ich kann Sie zu einer wohlhabenden Frau machen.‹ Ich deutete durch den Raum. ›Sie leben praktisch in Armut. Wenn Sie mir das Fragment verkaufen, wird das Ihr Leben grundlegend verändern.‹

Resolut schüttelte sie den Kopf. ›Mr. Clark, dieses Buch ist wertvoller für mich als alles Geld, das Sie mir anbieten könnten.‹

Damit hatte ich nicht gerechnet – mir kam der Verdacht, dass vielleicht auch sie das Grimoire studierte, wahrscheinlich aus dem gleichen Grund wie wir. Wenn, dann würde sie sich keinesfalls von ihm trennen.

›Sie wissen, dass es sich nur um ein Teilstück handelt?‹, fragte ich sie, in der Hoffnung, etwas über Inhalt und Herkunft des Fragments zu erfahren.

›Und ich nehme an, dass Sie andere Teile dieses Buches haben. Sind Sie deshalb daran interessiert?‹

Ich nickte. ›Ich bin Literaturwissenschaftler – Viktorianismus.‹

›Ich habe genug Stellen des Fragments entschlüsselt, um zu wissen, dass mir einiges fehlt. Aber das macht mir nichts aus, denn ich weiß auch, dass es sich um den letzten und bei weitem wichtigsten Teil eines mächtigen Grimoires handelt. Wissen Sie, was ein Grimoire ist, Mr. Clark?‹

Ich schüttelte den Kopf, damit sie mir noch mehr verriet.

Sie erhob sich und ging zu einer Arbeitsplatte, wo sie zwischen schmutzigen Kaffeetassen einen Aschenbecher hervorholte und sich anschließend eine Zigarette anzündete. ›Ich bin sicher, dass ein Gentleman wie Sie zweifelsohne nur aus wissenschaftlichen Gründen an dem Dokument interessiert ist. Aber dieses Buch ist nicht nur eine Kuriosität oder ein literarisches Werk, das aus der Distanz der Jahrhunderte nüchtern untersucht werden kann. Es ist ein Lehrwerk in schwarzer Magie.‹

Offensichtlich wollte sie mich schockieren, vielleicht sogar abschrecken. Ich tat überrascht. ›Sie glauben doch sicherlich nicht an schwarze Magie‹, sagte ich.

Sie lachte über meine vermeintliche Angst, voller Arroganz und Spott. ›Vielleicht sollte ich es erklären – ich bin eine Hexe, Mr. Clark. Seit zweiunddreißig Jahren studiere ich Nekromantie. Ich bin keine dieser heidnischen Friedensapostel‹, fuhr sie fort und spuckte die Silben verächtlich aus. ›Bei mir geht es ums Echte. Schwarze Magie, Voodoo, Hexensprüche, Prophezeiungen. Ich bin vor fünf Jahren mit der Absicht hierher gezogen, den Treibstoff zu finden, der mich zur Meisterin der schwarzen Magie macht, zu der ich vorherbestimmt bin.‹

Ihre Selbstsucht ging mir auf die Nerven, die schwere, dramatische Betonung, mit der sie die Worte aussprach. ›Und, Sie glauben, das Fragment ist ein solcher Treibstoff?‹

›Ich weiß es – und sobald ich den Code vollständig entschlüsselt habe, stehen mir seine Geheimnisse offen.‹

›Geheimnisse?‹

›Wenn ich sie Ihnen nennen würde, wären es keine Geheimnisse mehr. Verstehen Sie jetzt, warum ich es nicht verkaufen kann?‹

Ich nickte demütig. ›Natürlich. Wenn Sie es sich trotzdem anders überlegen …‹

›Ich werde es mir nicht anders überlegen‹, erwiderte sie.

Ich zögerte kurz, bevor ich die nächste Frage wagte. ›Darf ich es sehen?‹

›Unter keinen Umständen, niemals. Es darf nur von meinen Händen berührt, von meinen Augen gesehen werden.‹ Bei diesen Worten wanderte ihr Blick unwillkürlich in Richtung eines Raums, der vom Wohnzimmer abging; somit wusste ich, wo sie es versteckte.

›Aber warum sind Sie davon überzeugt, dass es der letzte Teil ist? Haben Sie genug übersetzt, um dessen sicher zu sein? Es könnte etwas fehlen, es könnte nicht reichen.‹

›Es ist auf alle Fälle der letzte Teil, Mr. Clark, das weiß ich aus einem sehr trivialen Grund. Es hat einen Rückumschlag.‹

›Und Sie interessieren sich nicht für den ersten Teil?‹

›In diesem Stadium benötige ich ihn nicht. Falls doch,

werde ich mich bestimmt an Sie wenden und ein Angebot machen‹, sagte sie herablassend.

Ich musste mich zwingen, die Frau nicht auf der Stelle zu fesseln und zu knebeln, so sehr ärgerte ich mich über sie. Aber bei ihr einzubrechen stellte das kleinere Übel dar, und so sagte ich ihr Auf Wiedersehen und ging.

Von meinem derzeitigen Versteck aus kann ich ihre Haustür sehen und bin vor dem Regen geschützt. Der Mann aus dem Antiquitätenladen hatte Recht – diese Frau verlässt ihr Haus so gut wie nie. Ich warte hier seit vier Tagen, vom Morgengrauen bis zur Abenddämmerung. Zu allem Überfluss plagen mich schreckliche Kopfschmerzen. Vielleicht fliegt sie aus dem Kamin zu ihren Hexensabbaten, und ich kriege nichts davon mit. Aber irgendwann wird sie das Haus verlassen müssen, und dann werde ich das Fragment endlich in die Finger kriegen. Vielleicht habe ich es schon, wenn du diesen Brief liest. Wünsch mir Glück.

Randolph.«

Lucien legte den Brief auf den Schreibtisch. Seine langen, blassen Finger zitterten. Fast am Ziel – fast am Höhepunkt der dreißig Jahre dauernden Suche nach den Teilen des Grimoires, eine Suche, deren Früchte er bald ernten würde. Er presste die Handflächen auf den Tisch, in dem Versuch, seine Nerven zu beruhigen. Es hat einen Rückumschlag. Das letzte Stück. Er beugte sich über seinen Aktenkoffer, schloss ihn auf und zog die ersten drei Viertel des Grimoires hervor. Er erinnerte sich an einen halb vergessenen Psalm aus der Sonntagsschule, genoss die profane teuflische Ironie. »Und wandle ich auch durch das Tal des Schattens des Todes, so fürchte ich mich nicht.« Er strich mit dem Finger über die verblasste Tinte. »Denn du bist bei mir.«

»He, As, was ist das?« Prudence knöpfte sich die Bluse zu, als sie den Luftpostbrief auf dem Boden vor der Tür sah.

»Was ist was?« Er zog sich auch gerade an und strich sein Haar glatt.

»Dieser Brief.« Sie hob ihn auf. »Jemand muss ihn unter der Tür durchgeschoben haben, während wir … oh, er ist von Randolph.«

Sofort riss er ihr den Brief aus der Hand. »Man liest nicht anderer Leute Post, Prudence.«

Es war zu spät – sie hatte das Datum, die Briefmarke und den Poststempel gesehen. »Er ist in Jerusalem«, sagte sie und dachte daran, wie zögerlich As gewesen war, was Randolphs Aufenthaltsort betraf.

»Es ist nur ein Zwischenstopp. Er hat Freunde dort. Wir erwarten ihn täglich zurück.« All das sagte er in einem auffällig beiläufigen Ton, während er den Brief in eine Schublade legte. »Warum interessiert es dich?«

Sie zuckte mit den Schultern. »Mich interessiert alles. Mein Leben ist ziemlich langweilig. Warum tust du so geheimnisvoll?«

»Das tue ich nicht. Prudence, ich hoffe, das ist nicht wieder deine unangebrachte Paranoia.«

»Ach je«, sagte sie lakonisch.

Er sah sie an, als wolle er etwas sagen, besann sich dann jedoch eines Besseren. »Willst du eine Zigarette?«, fragte er.

»Nein. Ich möchte wissen, was du mir gerade sagen wolltest.«

Er seufzte ergeben. »Prudence, setz dich.«

»Das gefällt mir nicht. Mir gefällt kein Satz, der mit ›Prudence, setz dich‹ beginnt.« Sie lachte nervös, und ihr Herz pochte laut. Würde er Schluss machen? War ihre ›Paranoia‹ zu viel für ihn geworden? Verdammt, sie musste wirklich lernen, wann sie den Mund zu halten hatte.

Er schob ihr einen Stuhl heran und lehnte sich an den Schreibtisch. Unsicher setzte sie sich. »Prudence, heute Morgen war Lucien hier. Er zeigte sich … besorgt über unsere Beziehung.«

»Was? Woher weiß er davon?«

»Er weiß es nicht genau, vermutet es aber. Das ist für uns beide sehr schlecht. Für dich, weil du mit deiner Arbeit nicht vorankommst, und für mich … nun, weil ich eine Familie habe. Vielleicht sollten wir die Sache eine Weile abkühlen lassen.«

Prudence versuchte, wütend zu werden, nur damit sie nicht weinen musste. »Ich …«, begann sie zögernd.

»Du weißt selbst, es ist besser so.«

»Habe ich dir zu viele Fragen wegen Randolphs Brief gestellt?«, platzte sie heraus. »Ich weiß, ich kann nervig sein. Aber ich kann mich ändern, ich kann mich …« Wieder erstarb ihre Stimme, denn sie hätte den Satz mit einem Wort beenden müssen, das sie hasste, wie anpassen oder unterordnen.

»Nein, das ist es nicht. Die Diskussion, die ich mit Lucien hatte, hat mich nur nervös gemacht, das ist alles. Es soll ja auch nicht für immer sein, ich meine, nur für eine Weile.«

»Und weshalb hast du mich dann eben noch gefickt, wenn du heute Morgen das Gespräch mit Lucien hattest? Ein bisschen Spaß wolltest du schon noch haben, oder was?« O Gott, wieder ging ihr Temperament mit ihr durch. Toll.

»Natürlich nicht, Prudence …«

»Quatsch, genau das war es. Du behandelst mich, als wäre ich ein Spielzeug zum Aufziehen oder so etwas, aber nicht wie einen Menschen.«

»Prudence, bitte, ich schwöre.« Er legte die Hand aufs Herz. »Ich schwöre«, wiederholte er leise.

Sie nahm ihre Tasche und ihre Bücher. »Bleibst du mein Tutor?«

»Vielleicht wäre es besser, wenn ich Jane bitte, dich zu übernehmen.«

»Oder Randolph, wenn er wieder hier ist.« Sie konnte der Versuchung nicht widerstehen, ihm vielleicht doch noch eine Information zu entlocken.

»Mal sehen. Komm nächste Woche zu mir, dann lasse ich dich wissen, was ich arrangiert habe.«

»Danke«, sagte sie sarkastisch.

»Auf Wiedersehen, Prudence, es tut mir Leid.«

»Ja, ist sowieso egal.«

Sie schloss die Tür hinter sich und trat auf den leeren Flur hinaus. Leer wie sie. Zu Hause war auch niemand. Vielleicht sollte sie nach Holly sehen.

Das war's also. Sie stapfte den Hügel hinauf und ließ das Gespräch mit As noch einmal Revue passieren. Irgendwann musste es enden, das hatte sie immer gewusst. Nur in ihren wildesten Träumen hatte sie daran geglaubt, dass er seine Frau verlassen und sich ganz offiziell mit ihr zusammentun würde. Aber das hatte sie nicht erwartet. Und er hätte es ihr beinahe nicht gesagt. Fast wäre er mit ihr auf eine Zigarette auf den Balkon gegangen, wie üblich. Hätte sie ihn nur nicht gedrängt.

Aber warum schob er das Gespräch mit Lucien vor? Offenbar hatte er daran gar nicht gedacht, als sie zu ihm gekommen war. Er hatte ihr das erste Kapitel ihrer Prüfungsarbeit zurückgegeben, voller Anmerkungen in blauer Tinte, und dann hatte er sie fast brutal genommen und es auf dem Schreibtisch mit ihr getrieben. Kein Zögern, keine Unsicherheit. Es schien, als sei es eher der Umstand, dass Prudence den Brief gesehen hatte, der ihn nervös gemacht hatte. Worum ging es da? Warum log er sie wegen Randolph an? Wen interessierte es, ob er in New York war oder nicht?

Aber wenn es niemanden interessierte, wäre As nicht so nervös geworden. Es war wichtig. Dass Randolph in Jerusalem war, sollte offenbar ein Geheimnis bleiben.

Wunderbar – ein Geheimnis.

Sie hatte Hollys Haus erreicht. Das Gartentor quietschte, als sie es öffnete, und ein plötzlicher Windstoß schüttelte die Regentropfen aus den Bäumen auf sie herab. Sie strich sich die Haare aus dem Gesicht und klopfte an der Tür.

»Ich bin's, Prudence!«, rief sie.

»Komm rein«, antwortete Holly mit schwacher Stimme von drinnen.

Prudence stieß die Tür auf und hielt schnurstracks auf Hollys Schlafzimmer zu. Sie war blass und hatte dunkle Ringe unter den Augen.

»Holly, du siehst immer noch nicht besser aus.«

»Aber ich fühle mich etwas besser. Immerhin habe ich mich heute noch nicht übergeben.« Schwach schlug sie auf den Rahmen ihres Bettes. »Klopf auf Holz.«

»Hast du was gegessen?«

»Ein bisschen Toast, heute Morgen, aber die meiste Zeit habe ich geschlafen.«

Prudence überlegte. Holly brauchte jemanden, der sich um sie kümmerte, und Prudence hatte Liebeskummer und war einsam. Ein perfektes Paar. In der Hölle. »Warum ziehst du nicht für ein paar Tage zu mir? Hier riecht es komisch, wenn es regnet, bei mir dagegen kann ich für dich kochen und dich, wenn es regnet, aufpäppeln.«

»Ich will dir nicht zur Last fallen.«

»Wirklich, Holly, ich könnte etwas Gesellschaft gebrauchen. Ich bin ein bisschen down heute. Wir nehmen ein Taxi.«

»Nun ja, wenn du dir ganz sicher bist. So völlig allein ist es hier wirklich ziemlich deprimierend.«

»Wenn ich mich um dich kümmere, geht es dir in null Komma nichts besser«, sagte Prudence. »Vertrau mir.«

Holly schlug die Decke zurück und richtete sich langsam auf. »Hilfst du mir beim Packen?«, fragte sie.

Prudence half ihr erst mal auf die Beine. Sie brauchte Gesellschaft, das war alles. Nur nicht allein sein, dann würde sie As bald vergessen haben. Sie musste sich nur beschäftigen, an andere Sachen denken. Ihre Prüfungsarbeit war genau das Richtige.

Ganz zu schweigen davon, As' Geheimnis auf den Grund zu gehen.

Justin versuchte, seine Gefühle zu identifizieren – wofür stand diese alles umwühlende, schmerzhafte Übelkeit in seinem Bauch? Verlegenheit, Furcht, Bedauern. All das. Aber keine Sehnsucht, keine Erregung, kein Schauder der Vorfreude. Es ging nicht.

Oben hörte er Lucien, Schritte, die vom Bad ins Schlafzimmer hallten. In einer halben Stunde würde er fort sein und Emma mit Justin und seinem unbedachten Versprechen allein im Haus zurücklassen.

Er wollte nicht.

Die Hände hinter dem Kopf, lag er auf seinem Bett und bedachte seine Optionen. Hinhalten. Aber sie würde nicht aufhören, ihm nachzustellen. Ausziehen. Sicher, und die Miete mit Kronkorken bezahlen. Also gut, sich einen Job besorgen und das College vergessen. Und damit die beiden einzigen Freunde verlieren, die er je gehabt hatte, eine davon eine Frau, die er mehr als anziehend fand. Aber wie konnten Holly und Prudence ihn noch mögen, wenn sie erführen, was er mit seiner Tante tun würde?

Würde er es wirklich tun? Luciens Schritte waren an der Treppe zu hören. »Hast du meine Uhr genommen? Ich hatte sie ans Telefon gelegt«, rief er.

Er hörte Emmas Stimme, verstand aber nicht, was sie sagte. Sie lag oben in ihrem Bett und täuschte Übelkeit vor.

Nicht wie Holly, die wirklich krank war. Mit ihr sollte er seine Abende verbringen – mit der warmherzigen, intelligenten, hübschen Holly. Die wahrscheinlich auch Gesellschaft brauchte. Er konnte sich davonstehlen, ohne dass Emma zunächst etwas merken würde. Und ihr dann so lange wie möglich aus dem Weg gehen und eine Konfrontation vermeiden. Er stand auf und öffnete die Tür einen Spaltbreit. Lucien schlug die Haustür hinter sich zu. Emma war nicht in Sicht. Er schlich sich in die Küche, nahm das Telefon und wählte Hollys Nummer. Lucien startete in der Garage den Wagen und fuhr davon.

»Justin!«, rief Emma von oben. Justin ließ es mehrere Male klingeln. Hoffentlich schlief sie nicht. Er musste sie sehen, er musste Emma entkommen.

»Justin! Komm, Justin, Lucien ist fort.«

Fünf Mal, sechs Mal. Geh ran, geh ran.

Leise Schritte an der Treppe. »Justin, wo bist du?«

Acht, neun, zehn Mal. Sie war nicht zu Hause. Verdammt, sie war nicht zu Hause.

»Justin, wen rufst du an?« Emma legte ihre Arme um

ihn, presste ihre weichen Brüste an seinen Rücken. Er spürte, wie seine Knie schwach wurden.

»Niemanden«, antwortete er, legte auf und drehte sich um. Sie trug etwas Durchsichtiges aus roter Spitze. Die üppigen Formen ihres blassen Körpers waren deutlich zu erkennen. Er berührte ihre Schultern, die warme, glatte Haut. Sie war schön, aber sie war seine Tante.

»Emma ...»

Sie küsste seinen Hals. »Komm nach oben.«

Er nickte. »Geh schon vor. Ich komme gleich.«

Sie hielt ihm ihren Mund für einen Kuss hin, und er drückte sanft seine Lippen darauf. Lächelnd trat sie zurück. »Mach nicht zu lange.«

Er sah ihr nach und wartete, bis er sicher war, dass sie im Bett lag. Seine Lippen schmeckten leicht nach Kirsche, dort, wo sie ihn geküsst hatte. Er zauderte – vielleicht wäre es gar nicht so schlecht. Es war sehr lange her.

Aber mit seiner Tante?

»Es tut mir Leid, Emma«, flüsterte er.

Er schlüpfte durch die Haustür, machte sie leise hinter sich zu und rannte zur Hauptstraße, um eine Straßenbahn zu erwischen.

17. Kapitel

Am Freitagmorgen kam Holly zum ersten Mal seit ihrem Treffen mit Christian wieder ins College. Im Sonnenlicht und mit Menschen drin sah es ganz anders aus. Prudence arbeitete an ihrem Platz am Fenster an einem Laptop und genoss dabei die Sonnenstrahlen; Justin war in ein Buch vertieft.

»Guten Morgen«, sagte sie und stellte ihre Tasche auf ihren Schreibtisch.

Justin sah auf. »Hi, Holly, geht es dir besser?« Kein Lächeln, aber daran hatte sie sich gewöhnt.

»Viel besser.«

»Ich habe versucht, sie zu überreden, sich noch zwei Tage auszuruhen, aber sie ist ein schrecklicher Patient«, sagte Prudence. »Widerspenstig und viel zu unabhängig.«

»Irgendwann musste ich ja auch mal wieder nach Hause«, meinte Holly und nahm einen verschlossenen Umschlag, der auf ihrem Schreibtisch lag. Wenn sie ehrlich war, hatte sich ihre Gesundheit in Prudences Haus stark verbessert, aber ihr Nervenkostüm war mit jeder Minute, in der Prudences Geplapper zugenommen hatte, dünner geworden. So schäbig ihre eigene Wohnung auch war, konnte sie dort doch zumindest endlose Ruhe genießen. Sie öffnete den Umschlag.

»Was ist das?«, fragte sie, indem sie eine Karte herausnahm, die mit Glitter in Form einer Weinflasche geschmückt war.

»Lies«, drängte Prudence.

Justin hielt eine ähnliche Karte hoch. »Es ist eine Einladung.«

»Nichts verraten«, sagte Prudence zu ihm.

Holly klappte die Karte auf und las. Sie war mit violetter Tinte geschrieben und mit Herzen zum Aufkleben verziert. *Prudence Emerson bittet herzlich um die Gesellschaft von Holly Beck und Justin Penney bei einem großen Besäufnis in ihrem Haus am Sonntagabend, gefolgt von einem Trip zum Beichtstuhl.*

»Gefällt es dir«, fragte Prudence, die Holly über die Schulter schaute. »Ich war wieder acht – Glitter und Liebesherzchen.«

»Sehr hübsch. Aber was ist der Beichtstuhl?«

»Du weißt doch – unser Raum unter dem College. Wo wir einander unsere dunkelsten Geheimnisse anvertrauen.«

»Oh, natürlich.« Ein ganzes Wochenende zu Hause wäre schön gewesen – lange ruhige Stunden, in denen sie lesen, schreiben und an Christian hätte denken können.

»Also, um sechs Uhr bei mir. Wir bestellen Pizza«, sagte Prudence und setzte sich wieder.

»Alles klar, ich komme.« Sie setzte sich und nahm ein Buch; dann schaute sie auf die Uhr. Nur noch acht oder neun Stunden, bis sie ihn wieder rufen konnte. Ihr Rücken kitzelte, und ihre Hände zitterten leicht. Bald, Christian, bald.

Holly stand am Fenster und sah, wie der Hausmeister des Colleges davonfuhr. Am Nachmittag war starker Wind aufgekommen, und die beiden Bäume, die den Eingang flankierten, schüttelten zornig ihre Blätter. Selbst durch das geschlossene Fenster hörte sie das wilde Rascheln.

Sie drehte sich um und schloss die Augen.

»Christian.«

Der warme Luftzug und das Gefühl seiner Hände auf ihren Rippen. Aber irgendwas stimmte nicht – kaum hatte er sie berührt, kam die Übelkeit wieder, heftig und überwältigend.

»Halt!«, rief sie und riss die Augen auf. Seine Hände verschwanden. Sie beugte sich mit Magenkrämpfen nach vorne. »O Gott.«

»Holly?« Eine schwache Stimme drang durch die Dunkelheit um sie herum.

»Mir ist übel geworden. Vielleicht bin ich immer noch krank.«

»Dann bleibe ich nicht. Ich möchte dich nicht krank machen.«

Jedes Wort stach ihr wie ein Messer in den Kopf. Instinktiv drückte sie die Hände gegen die Ohren. »Nein, geh nicht. Gott, wie ich dich vermisst habe. Ich möchte so gerne bei dir sein.«

»Aber ich will dir nicht wehtun, Holly. Auf Wiedersehen.«

Sie spürte seine Anwesenheit nicht mehr. Die Luft veränderte sich, und die Übelkeit ließ langsam nach. »Nein, Christian, komm zurück. Bitte, es ist mir egal, ob mir übel wird«, flüsterte sie heiser in die Dunkelheit. »Bitte komm zurück.«

Dieses Mal brachten sie Decken mit. Als sie durch den Fawkner-Park gingen, balancierte Prudence ihren zusammengefalteten Quilt mit ausgebreiteten Armen auf dem Kopf. Justin neckte sie und versuchte noch andere Sachen auf ihrem Kopf zu platzieren – Schlüssel, die Weinflasche, seine eigene Decke. Sie quietschte und kicherte und schubste ihn weg. Holly wurde klar, dass sie viel nüchterner war als die beiden anderen. Nachdem sie so lange krank gewesen war, hatte sie darauf geachtet, nicht zu viel zu trinken. Prudence hatte das locker wettgemacht, und Justin war es fast gelungen, mitzuhalten. Er war schon am frühen Nachmittag bei ihr aufgekreuzt und hatte gefragt, ob er eine Weile bei ihr bleiben könne. Offenbar hatte es irgendwelche Schwierigkeiten mit Lucien und Emma gegeben, und er wollte sich so lange es ging von ihnen fern halten. Auf dem Weg zu Prudence hatte sie Pizza gekauft, und es gab ein frühes Abendessen. Justin hatte sogar als Erster dem Wein zugesprochen, aber im Laufe der Zeit war Prudence immer hemmungsloser geworden. Trotzdem war Holly froh, dass sie mitgekommen war. Es schien, als müsse man sie daran erinnern, auch mal Spaß zu haben. Verantwortungsbewusst und fleißig zu sein war halt nicht alles. Und an Christian zu denken, das konnte auch nicht das einzige Freizeitvergnügen sein.

Während sie den Hügel zum College hinaufgingen, hatte Prudence zunehmend Probleme, die Decke weiterhin auf dem Kopf zu tragen. Sie klemmte sie sich unter den Arm und hakte sich mit dem anderen bei Holly unter. »Amüsierst du dich, krankes Mädchen?«, fragte sie etwas zu laut, aber liebenswürdig.

»Aber natürlich.«

»Oh, es wird noch viel lustiger. Wie spät ist es?«

Holly sah auf ihre Uhr und drehte sie hin und her, bis die Straßenbeleuchtung aufs Zifferblatt schien. »Erst kurz nach halb acht.«

»Die Nacht ist jung.« Sie näherten sich dem College. »Justin, du hast den Wein?«, fragte Prudence ungefähr zum vierten Mal.

Er hielt die Flasche hoch. »Jawohl, Captain.«

»Holly, du musst auch etwas trinken. Du bist zu nüchtern, und wir kommen uns vor wie Idioten, habe ich Recht, Justin?«

»Jawohl, Captain.«

Als sie vor der Eingangstür standen, reichte Prudence Holly ihre Decke. Sie hatte ihre violette Haarfärbung vor kurzem aufgefrischt, und ihr Kopf schien unter den Sicherheitslampen förmlich zu glühen. Sie griff in ihre Tasche, suchte nach den Schlüsseln, fand sie und präsentierte sie schwungvoll. »Auf zum Beichtstuhl, Freunde.«

Zwanzig Minuten später machten sie es sich auf ihren Decken bequem. Justin lag auf der Seite und döste fast ein. Prudence stellte die letzten Kerzen auf, und Holly versuchte in Stimmung zu kommen, indem sie einen ordentlichen Schluck Wein direkt aus der Flasche trank. Die Luft war feucht und roch nach Erde, und das flackernde Kerzenlicht warf seinen Schein immer wieder auf glänzende schwarze Käfer, die in die Ecken krabbelten.

»Wie schaffst du das nur, Prudence?«, fragte Holly, als Prudence sich ihr gegenüber setzte. »Wie kriegst du diese Haarfarbe hin?«

»Ich bleiche es, bevor das Violett reinkommt. Sie nennen es aber nicht Violett, sondern Schock-Purpur. Passend, nicht wahr?«

»Ja.«

»Hast du nie was mit deiner Haarfarbe angestellt?«

Holly schüttelte den Kopf.

»Das ist ja eine echte Herausforderung für mich«, schwärmte Prudence und nahm eine Strähne von Hollys strohblondem Haar in die Hand. »Als Rothaarige würdest du klasse aussehen – Feuerwehr-Rot. Oder wie wär's mit Schwarz?«

»Ich bin mit dieser Farbe ganz zufrieden.«

»Sie langweilt dich nie?«

»Nein. Die Vorstellung, dass mich meine Erscheinung langweilen könnte, ist lächerlich. Dinge, die ich tue, können mich langweilen, aber nicht meine Haarfarbe.«

Prudence stöhnte auf. »Oh, sieh nur, wir haben Justin mit unserem Mädchenthema eingeschläfert. Justin, wach auf!«

Justin öffnete die Augen. »Ich bin wach. Ich höre nur zu.«

»Es ist Zeit zu beichten«, erklärte Prudence und steckte sich eine Zigarette an. Wie immer hielt sie ihre Schachtel den anderen hin, und wie immer lehnten Holly und Justin ab.

»Ich weiß nicht, ob mir heute nach Beichten zumute ist«, entgegnete Holly. »Kann ich nicht aussetzen?«

»Du weißt, dass du das nicht kannst. Hier, schütt noch was Wein in dich rein. Das hilft.« Prudence reichte ihr die Flasche, bevor sie sich bequemer hinsetzte. »Ich habe die größte Sache zu beichten – eine richtig große Sache.«

»Dann los«, drängte Justin.

»Eine Bedingung. Es ist eine Sex-Beichte, also müsst ihr hinterher auch etwas aus eurem Liebesleben preisgeben.«

»Das klingt irgendwie nach Betrug«, meinte Holly.

»Nein, nein. Wenn ihr erst gehört habt, was ich zu sagen habe …«

»Also gut«, sagte Justin. »Fang an.«

Prudence holte tief Luft. Holly musste zugeben, dass sie neugierig war. Prudences Obsession für Geheimnisse schien meistens die anderer Leute zu betreffen und nicht ihre eigenen. Holly war eigentlich überrascht, dass sie überhaupt eins hatte. Sie schien nicht fähig, etwas zu unterdrücken.

»Seit einem Jahr«, begann sie langsam, »habe ich eine Affäre mit As.«

Ein paar Sekunden schwiegen die anderen beiden verblüfft, dann flüsterte Holly: »O mein Gott.«

»Wow!«, rief Justin. »Ist er nicht verheiratet?«

»Doch, wir haben es immer nur in seinem Büro getan …«

»In seinem Büro? Mitten am Tag? Während wir eine Etage tiefer saßen?«, fragte Holly ungläubig. Damit hätte sie niemals gerechnet. Prudence und Dr. Aswell, das war einfach unvorstellbar. Wie konnte sie ihrem Tutor noch in die Augen schauen? Jede Faser von Respekt hatte sich in Nichts aufgelöst.

»Du klingst so schockiert.«

»Prudence, das ist ein massiver Vertrauensbruch. Er ist dein Lehrer. Er sollte es besser wissen.«

»Nun, es ist alles vorbei. Am Montag hat er Schluss gemacht.« Prudence senkte den Kopf.

»Er hätte nie damit anfangen dürfen … Prudence, geht es dir gut?«

Prudence schaute auf und brach in Tränen aus. »Nein, es geht mir nicht gut. Ich liebe ihn.« Sie verzog das Gesicht und schluchzte hemmungslos. Flüchtig bemerkte Holly, wie Justin sich abwandte und die Knie an die Brust zog. Sie ging zu Prudence hinüber und legte ihr einen Arm um die Schultern.

»Ist ja gut, ist ja gut«, sagte sie und strich über das violette Haar. »Ohne diese Art von Beziehung bist du besser dran, und du wirst dich auch bald besser fühlen.«

Prudence lehnte sich an sie und weinte wie ein Kind. »Ich will mich nicht besser fühlen. Ich will mich immer so fühlen wie jetzt. Ich will ihn immer lieben.«

Justin kam ebenfalls heran und strich ihr zögerlich über den Arm. »Es tut mir Leid, dass du Kummer hast«, sagte er steif.

Prudence drehte sich zu ihm, mit glänzenden Augen und verschmiertem Make-up. »Danke«, sagte sie leise.

Nachdem Holly sie losgelassen hatte, wischte sie sich die Augen aus und zog die Nase hoch. »Nun, das war mein Geheimnis«, sagte sie.

»Ein echter Knaller«. Holly reichte ihr die Weinflasche. »Hier, ertränk deine Sorgen.«

»Danke, euch beiden. Jetzt seid ihr dran.«

»Wenn es dir so schlecht geht, ist es vielleicht nicht der beste Augenblick für so etwas«, meinte Holly, nachdem Justin sich wieder auf seine Decke gelegt hatte, die Arme unter dem Kopf verschränkt.

»Machst du Witze? Es wird mich aufmuntern, von den

schlimmen Geschichten anderer zu hören. Komm, Holly, du hast mal angedeutet, dass du nicht als Jungfrau geheiratet hast – was ist vorher passiert?«

»Vergisst du eigentlich nie etwas?«, fragte Holly.

»Kaum. Also – was ist passiert?«

Normalerweise hätte sie sich geweigert, darüber zu reden, aber sie wollte Prudence aufheitern. Außerdem war ihre sexuelle Laufbahn im Vergleich zu der ihrer Freundin eher zahm. Und, das musste sie zugeben, sie brannte geradezu darauf, was Justin beichten würde.

»Okay. Also, Michael und ich haben uns auf der High School kennen gelernt, und seine Eltern waren strenge Methodisten, und deshalb haben wir nie … ihr wisst schon …«

»Nein, wissen wir nicht«, meinte Prudence und zündete sich eine neue Zigarette an. »Klär uns auf, wissenschaftliche Ausdrücke und so.«

Holly nahm noch einen Schluck Wein, um sich zu stärken. »Na schön, wir sind also nie bis zum Äußersten gegangen. Wir hatten nie … Sex. Zufrieden?«

»Viel besser so. Mach weiter.«

Holly spürte Justins Anwesenheit sehr genau, obwohl er sich weder bewegt noch irgendwie geäußert hatte. Er lag nur da und starrte in die Dunkelheit.

»Als ich an der Universität angenommen wurde, musste ich während des Semesters nach Brisbane ziehen. Es war das erste Mal, dass Michael und ich getrennt waren, und zuerst vermisste ich ihn schrecklich. Aber dann begann mir das Leben in der Stadt zu gefallen. In meinem vierten Jahr lebte ich in einer WG mit diesen beiden schwulen Typen. Einer von ihnen hatte einen Bruder, Danny, und wir kamen uns sehr nahe. Ich nahm an, er sei auch schwul – typisch Landei –, bis zu dem Abend, an dem er mich küsste.«

»Oh, eine verbotene Liebe. Da steh ich drauf. Und dann?«

»Ich hatte ein schlechtes Gewissen, aber gleichzeitig machte es mich total an. Er war hinreißend. Wir hatten so etwas wie eine Affäre. Es dauerte ein paar Monate, dann zog er nach Sydney, und ich ging nach Hause und heiratete Michael. Und in unserer Hochzeitsnacht hielt Michael mich noch immer für eine Jungfrau. Gott, ich kann nicht glauben, dass ich euch das erzähle.«

»Also, um es noch mal deutlich zu machen«, sagte Prudence und strich sich ihr Haar nach hinten. »Du hast Michael betrogen. Du – die selbst ernannte Königin der Zurückhaltung – hast einen Typen gefickt, der nicht dein Verlobter war?«

»Ja, und da war noch mehr.« Langsam fand Holly einen seltsamen Gefallen daran, dies alles auszuplaudern. »Michael – der noch nie mit einer Frau geschlafen hatte – hatte keine Ahnung, wie man es macht. Aber Danny kannte eine Menge Tricks, und die habe ich Michael alle beigebracht. Ich habe ihn sozusagen nach Dannys Vorbild sexuell erschaffen.«

»Mein Gott, Holly, du hast es fertig gebracht, mich erröten zu lassen«, sagte Prudence, wahrscheinlich nicht im Ernst. »Ich bin schockiert.«

»Ich hatte ein sehr schlechtes Gewissen damals. Und nach allem, was passiert ist, habe ich es wohl immer noch.« Als ihr einfiel, in welchem Zustand Michael sich befand, sackte ihre Begeisterung deutlich ab.

»Das brauchst du nicht«, sagte Justin leise. »Was Michael getan hat, ist nicht deine Schuld.«

Sie schwiegen.

»Na toll«, sagte Prudence schließlich. »Eigentlich wollten wir ein paar aufregende und schmutzige sexuelle Geheimnisse erkunden und dabei Spaß haben. Aber irgendwo zieht es einen eher runter.«

»Was sagt das über Sex?«, fragte Justin.

»Du bist dran«, entgegnete Prudence ungerührt.

Justin seufzte. »Prudence, es ist nicht … ich weiß nicht, ob …«

»Komm schon – ein kleines Geheimnis. Hast du es je in einem Lift getan? Vom Bauernhof geträumt? Zwei Frauen gleichzeitig gehabt?«

»Zwei Frauen?«

»Ja, das ist doch die übliche männliche Wunschvorstellung, oder?«

Justin zuckte mit den Schultern. »Ich weiß nicht warum – die meisten Kerle haben doch nur einen Penis.«

Holly kicherte und reichte Justin die Flasche. »Hier, zur Stärkung. Du kannst Prudence nicht entkommen.«

Justin nahm die Flasche, trank aber nicht; er sah sie nur ein paar Sekunden lang an. »Also schön«, sagte er schließlich. »Wahrscheinlich brauche ich wegen dieser Sache sowieso eure Hilfe.«

»Unsere Hilfe? Justin, hör auf. Mir wird ganz heiß.«

Er lächelte. Das Kerzenlicht schimmerte in einem seiner Brillengläser. »Nein, Prudence, nicht diese Art von Hilfe. Es geht um Emma.«

»Emma?«, platzte Prudence heraus. »Hast du etwa …«

»Nein, aber sie will. Sie hat ganz deutlich gemacht, dass ihre Gefühle für mich durchaus nicht nur mütterlicher Natur sind. Neulich abends ist Lucien ausgegangen und sie … sie ist zu mir gekommen.«

»Mit eindeutigen Absichten?«

»Sie trug Reizwäsche, sie war parfümiert und sagte, ich solle in ihr Schlafzimmer kommen.«

»Das ist ziemlich eindeutig.«

»Aber sie ist deine Tante«, meinte Holly entsetzt.

»Ja, angeheiratet. Und vergiss nicht, dass ich sie erst als Erwachsener kennen gelernt habe.«

»Aber …« Holly biss sich auf die Zunge. Sie konnte es sich kaum leisten, Kommentare über die Verderbtheit der Welt abzuliefern, derweil sie eine Affäre mit einem Geist hatte.

»Wie hast du reagiert?«, fragte Prudence mit aufgerissenen Augen.

»Ich sagte, sie solle nach oben gehen, ich käme gleich nach. Dann bin ich weggelaufen.«

Prudence verzog das Gesicht. »Aua. Schlecht gemacht, Justin.«

»Wohin bist du gegangen?«, fragte Holly.

»Ich bin mit der Bahn in die Stadt gefahren und habe den ganzen Abend in einem Café gesessen, bis ich sicher sein konnte, dass Lucien wieder zu Hause war. Jetzt verbringe ich mein Leben damit, Emma aus dem Weg zu gehen. Gestern habe ich das Haus um sieben Uhr morgens verlassen und bin nicht vor sieben Uhr abends zurückgekehrt. Es macht keinen Spaß. Ich weiß, ich hätte anders damit umgehen müssen, aber meine Fluchtimpulse sind wohl stärker entwickelt als meine Kampflust.«

Wieder kurzes Schweigen. Dann fragte Prudence: »Hättest du gewollt?«

Justin zögerte. »Vielleicht. Sie sieht gut aus, und es ist …« Er hielt kurz inne. »Aber dann auch wieder nicht. Holly hat Recht – es ist meine Tante. Es wäre nicht richtig.«

»Ich weiß, wie du das Problem lösen kannst und Emma das Gesicht wahren kann«, schlug Prudence vor.

»Wie?«

»Sag ihr, du hast eine Freundin. Deshalb bist du davongelaufen – du hättest schon Lust gehabt, weil sie so hinreißend ist, aber du wolltest deiner neuen Freundin nicht untreu werden.«

»Und wenn sie die Freundin kennen lernen will? Das ist zu kompliziert.«

»Dummkopf – ich bin die Freundin. Natürlich tue ich nur so. Ich rufe sowieso ständig bei dir an. Sie wird es schon glauben. Unterschätzt meine schauspielerischen Fähigkeiten nicht. Und mein Problem würde das auch lösen – As hat Angst, wegen unserer Beziehung Ärger mit Lucien zu kriegen. Wenn Lucien denkt, Justin und ich gehen zusammen, lässt er As in Ruhe. Und macht so den Weg frei, damit ich meine kranke und letzten Endes selbstzerstörerische Affäre mit ihm fortsetzen kann.«

»Das würdest du tatsächlich, was?«, fragte Holly besorgt.

»Sofort. Wie schon gesagt, ich liebe As. Was meinst du, Justin?«

Justin überlegte. »Ich möchte Hollys Meinung hören.«

Holly merkte, dass beide sie ansahen und auf ihren

Kommentar warteten. »Das kommt mir alles so verdreht vor«, meinte sie. »Kannst du ihr nicht einfach die Wahrheit sagen?«

Er schüttelte den Kopf. »Brutale Ehrlichkeit liegt mir nicht.«

Holly dachte darüber nach. Sie spürte eine gewisse Eifersucht. Was, wenn aus dieser vorgetäuschten Freundschaft eine echte wurde? Aber sie hatte Christian und deshalb wohl kaum das Recht, eifersüchtig zu sein, und was verdreht war, konnte sie auch kaum beurteilen.

»Also gut, macht es so. Ich bin dafür.«

»Seht ihr, es paßt doch alles wunderbar zusammen«, sagte Prudence und lehnte sich zurück. »Seid ihr nicht froh, gebeichtet zu haben?«

Prudence konnte nicht schlafen. Nach der Beichte waren Justin und Holly nicht mehr mit zu ihr gekommen. Irgendwie war das Ganze doch ein bisschen deprimierend gewesen, und niemand hatte große Lust gehabt, die Nacht durchzumachen. Jetzt war sie allein zu Haus, halb blau und mit einem Kopf voller Geheimnisse.

Und sie musste dauernd an As denken. An seine warmen Hände, die etwas rauen Handflächen, die hellblonden Härchen auf seinen Fingern. Die Lippen, die sich kräuselten, wenn er sie zusammenpresste, sodass es immer aussah, als lächele er, wenn er über etwas nachdachte. Seine Augen, dieses stürmische Grau, das manchmal ins Blaue, manchmal ins Grüne changierte, je nach seiner Laune. Jetzt, wo sie ihn nicht mehr haben konnte, schien er ihr umso begehrenswerter. Heute Nacht würde sie keinen Schlaf finden. Sie schaltete das Licht an und sah auf die Uhr. Erst halb zwölf. Sie stand auf und zog sich an.

Als sie in einem schwarzen Kleid und einem langen Mantel aus dem Haus ging, wusste sie wirklich nicht, wohin ihr Weg sie führen würde. Sie trug violette Doc Martens und stapfte durch das taufeuchte Gras. Und als sie merkte, dass sie zu As' Haus ging, überraschte sie das nicht. Sie war schon einmal dort gewesen, natürlich ohne sein Wissen. Nur, um es sich von außen anzusehen. Sich vorzustellen, wie es drinnen aussah, von dem Tag zu träumen, an dem sie dort wohnte. All das war jetzt natürlich aussichtslos.

Ein eisiger Wind wehte ihr die Haare ins Gesicht. Die Straßen waren in Aufruhr; eine steife Brise verwandelte Blätterhaufen in Wirbelstürme, und die windgeschüttelten Zweige warfen im Licht der Straßenlaternen flackernde Schatten. Hier und da leuchteten Reklamen auf, und ein Auto fuhr vorbei. Es war Sonntagnacht, und die meisten Leute lagen zu Hause im Bett. Sie kam sich vor, als sei sie die einzige Überlebende in einer post-apokalyptischen Welt, die durch einsame Vorstadtstraßen ging, auf der Suche nach einem anderen Lebewesen.

Sie nahm eine Abkürzung über den Innenhof einer Wohnanlage und musste kurz der Versuchung widerstehen, Unterwäsche zu stehlen, die jemand über Nacht zum Trocknen aufgehängt hatte. Sie war zweiundzwanzig, zu alt für Kinderstreiche. Die Bruchstücke ihres Liebeslebens zusammenzuklauben war eine angemessenere Freizeitgestaltung.

Dann stand sie vor As' Haus, das schweigend in der Dunkelheit lag. Sie stellte sich hinter einen Baum und betrachtete es. Niedrig, Schieferdach, bemalte Fensterläden. Ein Muster vorstädtischen Glücks. As' Wagen stand in der Einfahrt, der seiner Frau Mandy jedoch nicht. As hatte Prudence einmal erzählt, dass sie jedes Wochenende mit dem Sohn zu ihrer Mutter fuhr und erst am Montag zurückkam. Als Prudence ihn daraufhin mit einer möglichen Wochenend-Liaison bedrängte, hatte er jedoch rasch einen Rückzieher gemacht. Es wäre komisch, sie im Haus zu haben. Er habe zu viel andere Dinge zu erledigen. Die Nachbarn würden es merken und tratschen. Warum, um alles in der Welt, hatte sie diesen Mist geschluckt? Ihm machte es Spaß, in seinem Büro Sex mit ihr zu haben, denn es war schlüpfrig, es war verboten, und er brauchte am Morgen nicht neben ihr aufzuwachen. Wenn es nicht innerhalb der Arbeitsstunden geschah, war es kein Spaß mehr, dann wurde es lästig. Sie seufzte und lehnte ihren Kopf an den Baum. Verrückt, Prudence, du warst verrückt. Aus dieser Beziehung konnte nichts werden, und selbst der Sex war so großartig nun auch wieder nicht gewesen.

Aber man konnte sich nicht aussuchen, wen man liebte. Sie stand auf, um einen letzten Blick auf As' Haus zu werfen, als sie bemerkte, dass drinnen ein Licht brannte. War er noch auf? Es musste kurz vor Mitternacht sein. Vielleicht ging er gerade ins Bett. Vielleicht las er noch, trank eine Tasse Tee oder duschte, tat etwas von den unzähligen Dingen, von denen sie ausgeschlossen war.

Dann ging die Haustür auf, und er trat heraus. Erschrocken duckte sie sich hinter den Baum und spähte vorsichtig hinüber. Er schloss die Tür ab, ging zu seinem Wagen und stieg ein. Bevor er auf die Straße bog, ließ er den Motor eine Weile laufen. Prudence drückte sich gegen den Baum und wartete, bis die Rücklichter am Ende der Straße verschwanden, bevor sie wieder Atem holte.

Wohin fuhr er?

Dann dämmerte es ihr mit schrecklicher, eifersüchtiger Gewissheit. Er hatte eine andere Frau – natürlich. Er betrog nicht nur Mandy, sondern auch sie. Deshalb wollte er sich nicht am Wochenende mit ihr treffen. Er hatte eine Frau für das Büro, eine für zu Hause, und eine fürs Wochenende – die perfekte Kombination. Wenn sie ein Auto gehabt hätte, wäre sie ihm hinterhergefahren, aber als sie zum Ende der Straße gelaufen war, war sein Wagen längst verschwunden. Auf dem Weg zu einer nächtlichen Liaison mit einer Frau, die, davon war Prudence überzeugt, schlank, reif und wunderschön war.

Eine Frau, die Prudence auslachen würde, wenn sie sie sah.

»Du Arschloch«, zischte sie. »Du verdammtes Arschloch.«

Hitze und Dunkelheit. Schwefel und staubige Erde. Eine eisige Klauenhand, Fingerspitzen, die über seine Wange strichen.

»Lucien … Lucien.« Eine meilenweit entfernte Stimme aus dem Dunkel.

Die Hand grub sich in seine Schulter. »Ich warte, Lucien. Du wirst mich nicht im Stich lassen, oder?« Die Stimme des Wesens war wie ein Reibeisen, das über Glassplitter fährt.

»Wer bist du?«, japste er. Die Hitze fuhr in einem rauchenden Schwall seine Kehle hinab.

Ein Wort, das mit ›Aah‹ begann, sich aber nie zu einem Ganzen formte.

»Lucien … alles in Ordnung? Macht das Licht an.« Wieder die Stimme aus dem Dunkeln, ein Kiesel in einem Sumpf, um den sich Finger schlossen.

»Ich warte, Lucien. Du bist auserwählt, nicht die anderen. Du bist der, auf den ich warte.«

»Wie finde ich dich wieder?«, krächzte Lucien.

»Keine Bange. Sobald der Rest des Buches dein ist, wirst du mich finden.« Der Dämon begann sich aufzulösen, ein rotes Muster brannte auf Luciens Lidern, die Welt strömte in seine Sinne zurück.

Er öffnete die Augen. Jane beugt sich über ihn, ihr dunkles Haar fiel herab. Er schaute hinter sich und sah Emma, die seinen Kopf in ihrem Schoß hielt. Auch Aswell war da. Die Erinnerung kam zurück. Sie hatten die Messe zelebriert, die Temperatur war gestiegen, und er war mit Gewalt in die Dunkelheit gestoßen worden und hatte den Kontakt zur Wirklichkeit verloren.

»Emma?«, murmelte er schwach.

Sie half ihm sich aufzurichten. »Geht es dir gut? Du hast uns Angst gemacht, Lucien. Was ist passiert?«

»Ich … ich weiß nicht. Ich möchte ein Glas Wasser. Meine Kehle fühlt sich an, als ob …« Als ob er in der Hölle geatmet hätte. Aber das würde er ihnen nicht erzählen. Aswell reichte ihm ein Glas Wasser, das er dankbar austrank. »Danke«, sagte er und gab es ihm wieder zurück.

»Was ist passiert?«, fragte Emma noch einmal. Jane hatte sich zurückgezogen und kniete etwas entfernt auf dem Boden.

»Ich glaube, ich hatte einen direkten Kontakt zu einem der Schattendämonen.«

»Dann hat es geklappt«, sagte Jane.

Am Morgen zuvor hatte Lucien einen Abschnitt des Guyana-Fragments entschlüsselt, eine Beschwörung, die Owling wie zufällig zwischen seine Schriften gepackt hatte, die aber höchst bedeutungsvoll schien. »Die andere Seite zu berühren«, hatte es geheißen, »sich mit den Schattenwesen zu verbünden.«

Lucien nickte. Seine Sinne taumelten noch immer umher. »Ja, es hat geklappt.«

18. Kapitel

»Emma, können wir ... miteinander reden?« Justin kämpfte das Flattern in seinem Magen nieder, als er vor seiner Tante im Wohnzimmer stand. Sie hatte die Beine übereinander geschlagen und las einen Roman; ihr blondes Haar hing offen über die Schultern.

»Ich weiß nicht, was du mir zu sagen haben könntest«, entgegnete sie scheinbar desinteressiert, ohne von ihrem Roman aufzuschauen.

»Bitte, solange Lucien außer Haus ist. Wir müssen etwas klarstellen.«

Sie legte das Buch beiseite und sah ihn an. Am liebsten wäre er davongelaufen, aber er zwang sich, einen Stuhl heranzuziehen, sich zu setzen und ihre Hand zu ergreifen. »Ich muss dir erklären, was geschehen ist.«

»Ich weiß, was geschehen ist. Ich werde es nie vergessen. Nie in meinem ganzen Leben bin ich so enttäuscht, beleidigt und erniedrigt worden.«

»Emma, ich wollte. Sehr gerne.« Prudence hatte ihm geholfen, diesen Teil einzustudieren, deshalb kamen ihm die Worte flüssiger von den Lippen, als es sonst der Fall gewesen wäre. »Aber – und das hätte ich dir früher sagen müssen – ich habe eine Freundin.«

Sie sah ihn verblüfft an. »Seit wann?«

»Seit etwa einem Monat. Ich hab dir nichts gesagt, weil … ich weiß nicht. Und ich fand, ich finde dich attraktiv, aber ich wollte sie nicht betrügen. Ich mag sie sehr.« Er sah ihr in die Augen. »Ich war sehr nahe dran, Emma.«

»Ich glaube dir nicht.«

»Du musst mir glauben. Es ist wahr. Lucien muss verrückt sein. Du bist sehr schön.«

Sie lächelte fast verschämt. »Meinst du das ernst?«

»Natürlich.«

Sie strich ihm eine Locke aus der Stirn und fuhr mit dem Handrücken über seine Wange und die Schulter. Er ließ sie gewähren und spürte, dass er errötete.

»Wer ist sie? Mit wem gehst du? Jemand aus dem College?«, fragte sie mit einer Stimme, die, wie er im Nachhinein erkannte, viel zu freundlich klang.

»Prudence Emerson.«

Sie reagierte, als habe ihr jemand einen Elektroschock verpasst. Plötzlich war jeder freundliche Ton aus ihrer Stimme verschwunden. »Prudence? Dieses kleine Stück … warum sie?«

Er zuckte mit den Schultern und wandte den Blick ab. »Ich weiß nicht. Gegensätze ziehen sich an, schätze ich.«

Sie sah ihn mit kalten Augen an. »Sie ist eine dumme kleine Herumtreiberin. Wie konntest du sie mir vorziehen?«

Justin erstarrte. Er wusste nicht, wie er reagieren sollte. »Emma, ich …«

Sie stieß ihn weg, stand auf und schleuderte ihre Lektüre gegen die Wand. »Weißt du überhaupt, dass Aswell schon vor dir dran war?«

Justin vergaß nicht, dass er auch Prudences Interessen schützen musste. »Nein, das stimmt nicht. Sie hat nie mit Dr. Aswell …«

»Du bist blind!«, schrie sie. »Sie wird dir niemals treu bleiben, sie ist eine unanständige, arrogante Person und …« Plötzlich brach sie in Tränen aus und ließ sich wieder in ihren Sessel fallen.

»Emma, es tut mir so Leid«, sagte Justin, der nicht wusste, ob er sie trösten sollte oder nicht.

»Geh mir aus den Augen. Du hast mich beleidigt, noch mehr als am letzten Montagabend. Mich wegen ihr zu versetzen. Verschwinde und wage es nicht, mit mir zu sprechen oder mir auch nur nahe zu kommen.«

Erleichtert wurde Justin klar, dass diese hässliche Szene wahrscheinlich das Beste war, was ihm passieren konnte, so verrückt es auch scheinen mochte. Sie wollte ihn nicht mehr sehen, er war frei.

»Wenn du meinst«, murmelte er so traurig, wie er konnte. Er verließ das Zimmer und ließ sie zurück. Sie hatte die Fäuste vor die Augen gepresst und weinte wie ein kleines Mädchen.

Prudence wartete bis zum späten Dienstagnachmittag, bevor sie As aufsuchte. Sie war noch immer wütend auf ihn, immer noch innerlich zerrissen. Mal wollte sie ihn ignorieren, dann wieder ein Gespräch mit ihm führen, um ihn zu überzeugen, was für einen großen Fehler er gemacht hatte. Im Kopf spulte sie diese Gespräche ab, in denen keines ihrer sorgsam gewählten Worte ihr Ziel verfehlte und As ihrer Logik nachgab. Ob eines dieser Gespräche je stattfinden würde, war eine andere Sache.

Aufgeregt klopfte sie an seine Tür.

»Herein.«

Sie trat ein, musste sich zurückhalten, nicht abzuschließen und setzte sich so lässig wie möglich vor den Schreibtisch. »Hi«, sagte sie leise.

»Hi, Prudence. Ich schätze, wir sollten im Hinblick auf deinen neuen Tutor ein paar Dinge besprechen …«

»Moment. Ich wollte dir nur sagen, dass Lucien denkt, Justin und ich seien ein Paar.«

»Sein Neffe?«

»Ja. Und wenn er das glaubt, kann er ja unmöglich glauben, dass wir beide… du weißt schon. Also können wir … ungestört … weitermachen.«

»Ich glaube, das wäre nicht sehr klug.«

»Aber du hast gesagt ...«

»Prudence, vergiss Lucien. Unsere Beziehung musste irgendwann enden.« Er sah auf seinen Schreibtisch und sprach in geschäftsmäßigem Ton weiter. »Ich habe mit Jane gesprochen. Sie ist gerne bereit, deine neue Tutorin zu werden.«

»Ich will nicht zu Jane, ich will zu Randolph. Jane steht auf diesen ganzen psychoanalytischen Mist – das Es und das beschissene Überich. Langweilig.«

Er blieb ruhig. »Randolph ist nicht hier, Prudence.«

»Du hast gesagt, er käme bald zurück. Ich warte auf ihn. Jane will ich nicht.« Jane schüchterte Prudence ein, mit ihrem gepflegten Äußeren, dem schicken Haarschnitt, dem braunen Lippenstift und dem überlegenen Tonfall.

As schien klein beizugeben. »Also gut, aber wenn er bis Ende Mai nicht zurück ist, schicke ich dich zu ihr.«

Prudence zögerte kurz. »Du schläfst nicht mit Jane, oder?«

»Was? Natürlich nicht.«

»Triffst du dich mit einer anderen?«

Er lächelte. »Du traust mir ja einiges an sexueller Energie zu, Prudence.«

»Ich meine, willst du dich deshalb von mir trennen – weil es eine andere gibt?«

»Nein, Prudence, nein.«

Er musste lügen. Natürlich würde er es ihr nicht sagen. Das Telefon klingelte, und er entschuldigte sich, bevor er den Hörer abnahm. Prudence tat so, als suche sie in ihrer Tasche nach einigen Papieren.

»Hallo ... Lucien ... nein, nein ... ich hätte es dir schon gesagt ... ich schaue jeden Morgen nach ... Lucien, wirklich, ich lasse es dich sofort wissen, wenn etwas eintrifft ... ich muss Schluss machen, ich habe jemanden bei mir ... ja, auf Wiedersehen.« Er legte den Hörer auf, und Prudence schaute mit einem Lächeln auf.

»Macht Lucien dir Schwierigkeiten?«

»Nichts Neues. Du gehst jetzt besser, Prudence.«

Sie wollte ihm ein paar Seiten hinüberreichen. »Könntest du dir das mal ansehen – es ist der erste Entwurf meines zweiten Kapitels.«

Er zögerte, dann schüttelte er den Kopf. »Nein. Bis Randolph da ist, musst du allein zurechtkommen. Auf deinen eigenen Wunsch.«

Sie stopfte die Blätter zurück in die Tasche. »Das war's dann?«

»Ja. Es scheint so.«

Es blieb offenbar nichts mehr zu sagen. Prudence nahm wortlos ihre Sachen und ging. Aswell brachte sie zur Tür und bedachte sie dabei mit einem kurzen, schwachen Lächeln. Das Geräusch, mit dem das Schloss hinter ihr wieder zuschnappte, brach Prudence fast das Herz.

Justin war nach Hause gegangen, Holly aber saß noch an ihrem Schreibtisch, den blonden Schopf über ein Heft gebeugt, eifrig Notizen machend. Prudence hatte bislang niemanden gekannt, der so fleißig war wie Holly. Fast unheimlich.

»Hallo, Studentin«, sagte sie und ging an ihren Schreibtisch, um den Laptop auszuschalten. »Ich bin weg. Hast du Lust, mit der Bahn in die Stadt zu fahren? Wir könnten 'nen Happen essen gehen. Wir könnten auch Justin anrufen und fragen, ob er Lust hat mitzukommen.«

Holly schaute auf. »Eigentlich muss ich das hier fertig kriegen.«

»Du musst?«

»Okay, ich will es fertig kriegen. Sorry.«

Prudence schaute Holly über die Schulter. »Du arbeitest zu viel.«

»Der Meinung bin ich nicht. Ich komme erst ziemlich spät, und dann verbringe ich die Hälfte des Tages damit, mit dir zu plaudern. Das meiste schaffe ich erst, wenn ihr weg seid.«

»Wie spät bleibst du denn abends?«, fragte Prudence und spürte einen Stachel des Misstrauens in sich, für den sie sich fast ein wenig schämte.

Holly schaute auf ihre Notizen. »Kommt ganz darauf an.«

»Worauf?«

»Oh, manchmal höre ich auf, wenn ich Hunger kriege. Manchmal fällt mir nichts mehr ein. Manchmal kann ich auch stundenlang arbeiten.«

»Ganz allein?« Oder doch mit jemandem wie As.

»Soweit ich weiß«, entgegnete sie etwas zu beiläufig, ohne Prudence anzuschauen. Warum hielt sie sich so bedeckt? Prudence spürte ein leichtes Prickeln, als die Alarmglocken schellten. Konnte es sein, dass Holly – ihre beste Freundin – As' andere Frau war? Hatte sie Prudences Beichte deshalb so schockiert?

Nein, das war lachhaft.

Oder?

»Okay, dann bis morgen«, sagte Prudence, streckte sich und ging zur Tür.

»Klar. Bye, Prudence.«

Holly schaltete ihre Lampe ein. Prudence war vor einer halben Stunde gegangen, und sie hatte noch immer ein schlechtes Gewissen. Die arme Prudence, die von Geistern so besessen war und dafür gestorben wäre, einem zu begegnen. Und sie, Holly, hielt dieses Geheimnis von ihr fern. Heimliche Treffen in der Dunkelheit, wie ein Teenager. Aber sie wollte Christian nicht teilen. Er gehörte ihr.

Wenn er kam. Holly schüttelte den Kopf. Natürlich würde er kommen. Er war am Freitag ja nur deshalb verschwunden, weil es ihr so schlecht ging. Aber jetzt war sie nicht mehr krank – selbst nach der Pizza und dem Wein am Sonntag war ihr nicht schlecht geworden. Heute musste er kommen!

Sie holte den Spiegel und stellte ihn auf ihren Schreibtisch, zündete die Kerzen an und schaltete das Licht aus. Ein tiefer Atemzug. »Christian?« Ihre Stimme waberte in der Dunkelheit. Nichts geschah.

»Christian?« Sie klang schon etwas verzweifelter. »Christian, bitte. Es geht mir besser, wirklich.«

Sie wartete. Die Stille lag schwer auf ihr.

»Bitte.«

Stille, fünf Minuten verhallten zu zehn.

»Bist du in der Nähe? Kannst du mich hören?«

Ein plötzlicher Luftzug rauschte an ihren Ohren vorbei, löschte die Kerzen aus und tauchte sie in völlige Finsternis. Ihr Herz schlug schneller. »Dann komm zu mir. Es geht mir gut. Du brauchst dir keine Sorgen zu machen, dass du mir wehtust.«

Nichts. Sie legte den Kopf in die Hände, spürte, wie die Haare über ihre Finger fielen. »Versteh doch. Ich will nur bei dir sein.« Das Zimmer blieb stumm, dunkel und leer. Christian kam nicht.

Das Telefon klingelte, als Holly in ihre Wohnung kam. Sie ließ die Schlüssel auf die Arbeitsplatte in der Küche fallen und nahm den Hörer ab.

»Hallo.«

»Ich bin's.« Ihre Mutter.

»Hi, Mum, geht es Michael gut?« Sie hielt den Atem an, das Schlimmste befürchtend.

»Es überrascht mich, dass du fragst. Seit du fort bist, hast du dich nicht mehr gemeldet.«

»Ich war krank, Mum.« Die Wahrheit war, dass sie sich nicht melden wollte. Die Reise hat zu viele Wunden geschlagen, und sie war ihrer Familie sehr böse.

»Das hat mir deine Freundin bereits mitgeteilt.«

»Und, Mum, wie geht es Michael?«

»Er ist noch immer im Krankenhaus und wird von einem Seelenklempner behandelt. Allerdings weiß er noch nicht, dass er ohne Arbeit und Wohnung dasteht, wenn er nach Daybrook zurückkommt.«

»Wie meinst du das?«

»Der Eisenwarenladen macht dicht. Seit du fort bist, geht es ihm finanziell sowieso nicht gut, aber als der Vermieter hörte, dass er arbeitslos sei und im Krankenhaus, hat er seine Familie angerufen und verlangt, dass sie seine Wohnung räumen. Das hat ihm noch keiner gesagt.«

»Ich hab ihm alles Geld dagelassen, das ich hatte, Mum. Es ist nicht meine Schuld.«

»Ich sage nicht, dass es deine Schuld ist. Hast du gehört, dass ich das gesagt habe?«

»Es klang so.«

»Ich denke, du solltest zurückkommen.«

Holly stöhnte innerlich auf und fuhr sich mit der Hand durchs Haar. »Mein Gott, Mum, dieses Thema sollte doch wohl endgültig abgehakt sein. Ich komme nicht zurück.«

»Er hat nichts.«

»Wenn ich zurückkomme, habe ich nichts.«

»Sei nicht so dramatisch«, sagte ihre Mutter verächtlich. »Lernt man das auch am College?«

»Ich bin sehr gerne hier.«

Ein paar Sekunden angespannter Stille. Sie glaubte, ein Schluchzen zu hören.

»Mum? Weinst du?«

»Wenn du jetzt nicht zurückkommst, dann brauchst du nie mehr zurückzukommen.«

Holly fasste es nicht. »Was?«

»Du hast es gehört.« Die Stimme ihrer Mutter war tränenerstickt. »Dein Vater und ich haben dich nicht großgezogen, damit du so grausam … und unverantwortlich bist.«

»Mum, das ist lächerlich. Ehen können scheitern – viele tun das.«,

»Ich bin jetzt seit achtundzwanzig Jahren mit deinem Vater verheiratet, Holly. Es war nicht immer alles rosig, aber wir haben zusammengehalten. Man muss für sein Glück arbeiten. Du kannst nicht weglaufen, wenn es Probleme gibt, und denken, sie könnten dich nicht einholen.«

Holly war für Sekunden sprachlos. Das einzige Licht in ihrer Wohnung waren die grünen Ziffern an der Mikrowelle. Sie sah, wie sie im Dunkeln blinkten, und schüttelte den Kopf. »Mum… ich weiß nicht, was ich sagen soll.«

»Sag, dass du nach Hause kommst.«

Sie musste sich anstrengen, ihre Wut zu unterdrücken. »Nein, ich komme nicht nach Hause.«

»Dann sag auf Wiedersehen.«

Sie zögerte. Ein leeres, übles Gefühl klebte wie eine Luftblase in ihrer Kehle. »Auf Wiedersehen«, sagte sie schließlich.

Es klickte in der Leitung. Sie legte auf und sah sich verwirrt um. Wäre sie doch mit Prudence und Justin in die Stadt gegangen. So wie es aussah, hatte sie nur noch die beiden.

Justin war auf dem Weg von der Haustür zu seinem Zimmer, als Emma ihm entgegentrat.

»Warst du mit Prudence aus?«, fragte sie.

»Ja, wir waren essen.« Das war nicht gelogen. Prudence hatte ihn aus der Stadt angerufen und sich mit ihm in ihrem Lieblingsrestaurant in der Swanston Street verabredet. Wie üblich hatte Prudence jede Sekunde mit ihrem energischen Geplapper gefüllt; er hatte kaum ein Wort sagen müssen.

»Ich hoffe, du gibst das Geld, das du von uns bekommst, nicht für sie aus. Dieses Geld ist nur für deinen Unterhalt während des Studiums da.«

»Nein, Prudence bezahlt immer für sich selbst.« Was sollte das? Sie hatte ihm doch immer währenden Hass und Schweigen geschworen.

»Hast du überhaupt Zeit, mit ihr herumzulaufen? Arbeitest du genug? Du weißt, dass du die akademischen Anforderungen erfüllen musst, wenn du bei uns bleiben willst.«

»Es klappt schon alles«, sagte er gelangweilt und wollte an ihr vorbei.

Sie streckte die Hand aus und hielt ihn auf. Er zögerte. Ihre Augen wurden schmal. »Ich kann dir das Leben schwer machen. Glaub ja nicht, dass sie die Nächte in meinem Haus verbringen darf.«

»Meinetwegen.«

»Emma?«, ertönte Luciens Stimme hinter ihnen. Kaum

hatte sich Emma herumgedreht, schlüpfte Justin unter ihrem Arm hindurch und ging zu seinem Zimmer. »Was ist los?«, hörte er Lucien fragen, doch anstatt die Tür hinter sich zu schließen, blieb er stehen und versuchte zu lauschen. Gedämpfte Stimmen, die er nicht verstehen konnte. Er wollte hören, was Emma über ihn sagte, wollte wissen, was sie gemeint hatte, als sie sagte, sie könne ihm das Leben schwer machen. Was würde Prudence jetzt tun?

Er trat aus seinem Zimmer und schlug laut die Tür zu, damit es sich anhörte, als sei er zu Bett gegangen, dann schlich er sich auf Zehenspitzen in den dunklen Flur. Ein paar Schritte vor der Wohnzimmertür konnte er endlich hören, was sie sagten.

»Es ist Prudence Emerson, Lucien. Ich würde mich nicht einmischen, wenn er sich ein anständiges Mädchen gesucht hätte.«

»So? Sie ist eine Schlampe, und er ist ein Einfaltspinsel. Klingt nach dem perfekten Paar. Gib es zu, Emma, dir liegt nicht sein Wohlergehen am Herzen. Du kannst dich einfach nicht damit abfinden, dass er dein Interesse nicht erwidert. Ich habe dich gewarnt, dass so etwas passieren würde, wenn du dir Illusionen machst.«

»Nein, das stimmt nicht.«

»Sei nicht albern. Du bist doppelt so alt wie Prudence Emerson, und du wiegst doppelt soviel. Wieso überrascht es dich, dass er an ihr mehr interessiert ist als an dir? Warst du wirklich so dämlich zu glauben, er fände dich attraktiv?«

»Ich bin attraktiv.«

»Dieses ganze Gespräch ist idiotisch. Ich mache das nicht weiter mit. Vergiss deine absurde Fixierung auf dich selbst, Emma. Es stehen wichtigere Dinge auf dem Spiel als dein Sex Appeal. Bald werden wir von Randolph hören, und dann beginnt die letzte Phase unseres Plans.«

»Du und dein dummes Buch! Was, wenn es nicht klappt, hast du daran gedacht? Was machst du dann? Dann zählen Dinge wie Familie … und Liebe.«

»Natürlich klappt es.«

»Und wenn nicht?«

Luciens Stimme hob sich, und er sprach jedes Wort mit Vehemenz aus: »Es – wird – klappen!«

Als er hörte, wie Lucien die Beherrschung verlor, hielt Justin es für besser, wieder in seinem Zimmer zu verschwinden. Von welchem Buch und von welchem Plan redeten sie da? Emma hatte einmal angedeutet, dass Lucien etwas schrieb oder übersetzte. Seine wütende Reaktion verriet, dass er eine Menge Leidenschaft investiert zu haben schien. Justin öffnete die Tür zu seinem Zimmer und schloss sie leise hinter sich.

Lucien hielt ihn also für einen Einfaltspinsel. Umso besser. Wenn nichts von ihm erwartet wurde, vereinfachte das ihre Beziehung. Er zog die Schuhe aus, nahm ein Buch und ließ sich aufs Bett fallen. Seine Augen waren schwer, aber er wollte noch ein Kapitel lesen. Morgen hatte er einen Termin bei Jane. Ganz kurz konnte er die Augen sicherlich zumachen. Die Dunkelheit hatte etwas Besänftigendes. Er hatte die Hand neben den Kopf gelegt und hörte, wie seine Armbanduhr leise tickte. Und vergaß alles über Pläne und Bücher, während er in einen süßen, wohltuenden Schlummer glitt.

In den frühen Morgenstunden wurde Lucien vom Sturm geweckt. Donner grollte, und das Schlafzimmer wurde immer wieder von Blitzen erhellt. Der Regen schlug gegen die Fenster, und der Wind heulte in den Bäumen. Er wälzte sich eine halbe Stunde hin und her, bevor er aufgab. So sehr brannte er darauf, Neues von Randolph zu hören, dass er sich auch unter den günstigsten Umständen kaum entspannen konnte, und schon gar nicht, wenn der Regen ohrenbetäubend auf das Dach prasselte. Neben ihm lag Emma und schlief zufrieden; Lucien betrachtete sie eine Weile. Was, um alles in der Welt, hatte sie sich von Justin erhofft? Und dann diese Eifersucht, als sie von Prudence Emerson hörte, als nehme sie es persönlich. Sie tat ihm Leid, die traurige, plumpe Närrin. Vielleicht tat er auch sich selbst Leid, weil er mit ihr zusammen war.

Er verabschiedete sich von dem Gedanken an Schlaf, stand auf und zog sich einen Morgenmantel an. Es blieben noch zwei Seiten zu entschlüsseln, aber er war sich bereits ziemlich sicher, dass es sich um überflüssigen Müll handelte. Andererseits war es eine Randnotiz gewesen, die ihn am Sonntagabend in Kontakt mit dem Schattendämon gebracht hatte. Es zahlte sich nicht aus, voreilige Schlüsse zu ziehen.

Am Ende der Treppe warf er einen Blick in den Flur. Unter Justins Zimmertür schimmerte Licht hervor. Lucien sah auf seine Uhr. Es war fast zwei. Er schlurfte durch den Flur, wobei er die Kälte der Fliesen spürte, und klopfte leise an Justins Tür.

Es vergingen etliche Sekunden, bevor ihm ein schlaftrunkener Justin vorsichtig öffnete. Er spähte über Luciens Schulter. Hielt er nach Emma Ausschau? Was stellte sie an, wenn er nicht da war?

»Ich bin's nur«, sagte er. »Ich habe noch Licht bei dir gesehen.«

»Ich bin eingeschlafen, ohne es auszumachen. Tut mir Leid.«

»Ich wollte mich bei der Gelegenheit für Emmas Benehmen entschuldigen. Sie hat kein Recht, sich in deine privaten Dinge einzumischen.«

Justin sah ihn nur an, sprachlos wie immer. Er schien nicht die geringsten Manieren zu haben – die Entschuldigung zu akzeptieren wäre immerhin ein Anfang gewesen. Was für eine Frau musste die Mutter des Jungen gewesen sein, und was hatte Graham nur an ihr gefunden? Aber er hatte leicht wieder in den Stall zurückgefunden, so wie Justin. Geld war wie ein Magnet.

»Gute Nacht«, sagte Lucien und wollte gehen.

»Danke, Lucien«, brachte Justin immerhin hervor.

Lucien zögerte. »Ich möchte, dass du dich bei uns wohl fühlst, Justin. Es ist auch dein Heim, und das Geld, das wir dir vorschießen, ist dein Geld. So steht es in Magnus' Testament.«

»Danke.«

Lucien nickte und ging durch den Flur in sein Büro. Er hörte, wie sich die Tür hinter ihm schloss; der gelbliche Lichtschein unter Justins Tür verlöschte. Der Bursche musste unbedingt bleiben, jetzt da er für die Pläne der Gruppe wichtig werden konnte. Es sah Emma ähnlich, mit ihrem unaufhörlichen Wunsch nach Bewunderung alles zu verderben.

Der Sturm hatte sich verzogen, aber der Regen fiel in Strömen, als Lucien sich in seinem Büro über das Grimoire beugte, einen Stift in der Hand. Das elektrische Licht tat seinen Augen weh und machte es schwer, sich zu konzentrieren. Halbherzig bearbeitete er ein paar Passagen, dann schob er das Buch beiseite, legte den Kopf auf den Schreibtisch und fiel in einen leichten Schlaf. Die Geräusche des Sturms schienen in ihn einzudringen, bis er träumte, er stände draußen im Regen. In seinen Händen waberte eine gallertartige Masse, in der sich plötzlich ein Abgrund auftat. Er versuchte, nicht in diesen Abgrund zu schauen, weil er wusste, dass er wahnsinnig werden würde, wenn er in diesen Schlund der Unendlichkeit blickte und sah, wie die Dunkelheit dort taumelte. Doch dann öffnete sich der Abgrund mit einem lauten Brüllen und verschluckte ihn. Er schlug gegen die Wände eines finsteren, nach Erde riechenden Gefängnisses, schlug immer häufiger, und jeder Schlag hallte lauter wider.

Als er aufwachte, merkte Lucien, dass die Schläge nicht aus seinem Traum stammten. Jemand klopfte gegen die Tür. Er riss sich zusammen, schüttelte den Terror des Traumes ab und verließ das Büro. Das Klopfen hörte nicht auf? Wer wollte mitten in der Nacht zu ihm? Fast wäre er auf den Fliesen im Flur ausgerutscht. Erneut klopfte es, laut und beharrlich.

»Ja, ja, ich komme«, rief er, richtete sich auf und ergriff die Türklinke. Er spähte durch den Spion, konnte jedoch nur eine dunkle Gestalt in einem Regenmantel und mit Hut erkennen, die sich unter der Dachtraufe vor dem Wolkenbruch schützte. Misstrauisch schaltete er das Licht an und öffnete die Tür.

Der Mann schaute auf und nahm den Hut ab. »Hallo, Lucien.«

Randolph.

Seine seltsamen albinoartigen Augen glitzerten in einem grauen Gesicht, und Regentropfen hingen wie Juwelen in seinem Bart. Luciens Herz hämmerte in der Brust. »Randolph … hast du …«

Randolph legte ein Päckchen in Luciens Hände. »Das kommt aus Jerusalem«, sagte er mit einem schiefen Lächeln. »Per Eilbote.«

19. Kapitel

Lucien war buchstäblich sprachlos. Gebannt hielt er den Umschlag in seinen langen Händen.

»Vielleicht holst du mich erst mal aus dem Regen rein«, schlug Randolph vor.

»Natürlich.« Lucien bat ihn ins Haus.

Randolph trat ein, stellte seinen Koffer ab und streifte den Regenmantel und den Rucksack, den er trug, ab. »Gehen wir in dein Büro, dort können wir uns unterhalten«, sagte er, während er den Mantel an die Garderobe neben der Tür hängte.

»Ja, ja. Komm.« Lucien ging vor und schloss die Tür hinter ihnen ab. Randolph stellte den Rucksack auf den Boden und ließ sich in einen Ledersessel fallen, derweil Lucien das verpackte Grimoire vorsichtig auf den Schreibtisch legte.

»Na los, mach es auf«, drängte Randolph.

»Ich genieße die Vorfreude!«

»Warst du so auch schon als Kind? Oder hast du am Weihnachtsmorgen das Papier zerrissen wie alle anderen?«

Lucien dachte zurück. War er jemals Kind gewesen? Es kam ihm vor, als erinnere er sich an das Leben eines anderen. »Ich glaube, ich habe mir Zeit gelassen. Ich habe die Verpackung ganz sorgfältig aufgemacht.«

Randolph schnaubte. »Das ist nicht normal.«

Lucien lächelte Randolph an. »Aber wenn das hier klappt, haben wir alle Zeit der Welt.«

»Mach es endlich auf«, sagte Randolph ungeduldig.

Lucien faltete den Umschlag auseinander und zog das Grimoire beinahe liebevoll heraus. Es hatte in der Tat einen Rückumschlag, wie diese Lily gesagt hatte. Er ließ die Finger über das Leder gleiten.

»Es ist Menschenhaut«, sagte Randolph.

Lucien zuckte zusammen und zog die Hand angewidert zurück. »Wirklich?«

»Wahrscheinlich von einem ungetauften Kind.«

»Woher weißt du das?«

»Lily hat sich sehr intensiv damit beschäftigt.«

»Du hast also noch einmal mit ihr gesprochen?«

Randolph schüttelte den Kopf. »Nicht direkt. Ich möchte dir gerne erzählen, was geschehen ist.«

Lucien schlug das Buch auf und überflog einige der Seiten. Alles war in einem offenbar extrem verschlüsselten Code geschrieben. Es bereitete ihm Kopfschmerzen, wenn er nur daran dachte, es zu transkribieren.

»Warum bist du zu mir gekommen und nicht zuerst zu Aswell? Du hast alle deine Briefe an ihn adressiert.« Lucien hatte nicht so bitter und vorwurfsvoll klingen wollen, aber in der Aufregung hatte er seine übliche Selbstbeherrschung verloren.

»Ich bin heute Nacht zu dir gekommen, weil es Geheimnisse gibt, die in den Schoß der Familie gehören.«

»Was meinst du?«

»Ich meine, dass ich Laurence Aswell niemals das erzählen könnte, was ich dir gleich erzählen werde. Die Humberstones schützen einander, egal was passiert.«

Lucien spürte, wie ihm ein kalter Schauer über den Rücken lief. »Was hast du getan, Randolph?«

»Wie wäre es mit einer Tasse Kaffee und einem Happen zu essen? Dann werde ich dir erklären, was ich getan habe.«

Lucien nickte und ließ Randolph im Büro zurück. Er

ging in die Küche, wo er Kaffee kochte und mit vor Aufregung zitternden Händen ein paar Sandwiches zubereitete. Als er zurückkam, stand Randolph am Fenster und starrte in den Regen hinaus. Der Raum wurde lediglich von der Lampe über Luciens Schreibtisch erhellt. Lucien stellte den Teller mit den Sandwiches und den Kaffee auf den Schreibtisch. Donner und Blitz hatten aufgehört, aber es regnete noch immer in Strömen.

»Was ist passiert?«, fragte Lucien.

Randolph drehte sich um und lehnte sich ans Fensterbrett. »Ich habe fast zwei Wochen vor ihrem Haus gewartet, egal ob es regnete oder die Sonne schien. Ich saß dort auf den kalten Steinen und wartete und wartete darauf, dass die Hexe ihr Haus verließ. Als sie endlich herauskam, war ich vor Langeweile fast verrückt geworden. Außerdem hatte ich die schrecklichsten Kopfschmerzen, die man sich vorstellen kann, wie Migräne.« Mit einem Seufzer schob er den Sessel an Luciens Schreibtisch heran. Er setzte sich, nahm ein Sandwich, goss sich eine Tasse Kaffee ein; Lucien nahm ihm gegenüber Platz.

Randolph aß ein paar Bissen, bevor er weitersprach. »Am Sonntagmorgen trat sie vor die Tür. Ich sah ihr nach, bis sie um eine Ecke bog, bevor ich zu ihrem Haus ging. Die Eingangstür hatte eines dieser altmodischen Schlösser, und so dauerte es nur wenige Sekunden, bis ich drin war und die Tür hinter mir schloss. Ihre Katzen – Gott, ich hasse Katzen – starrten mich böse an, Lucien, ich schwöre es dir. Ihre Augen glitzerten im Dunkeln. Ich trat nach der fettesten, und sie verzogen sich. Das Haus roch nach altem, gekochtem Fleisch. Ich ging sofort in das Zimmer, in dem das Grimoire versteckt sein musste.« Er hielt inne, um sein Sandwich aufzuessen, und spülte es mit einem Schluck Kaffee runter.

»In dem Zimmer sah es aus wie in einem der alten Zimmer von Großmutter Humberstone damals in London, alles voll gestopft mit vergessenem Krimskrams und überall Berge von muffigen Kleidungsstücken und Zeitungen. An der Wand stand ein Eichenschrank, in dem ich das

Grimoire vermutete, aber er war verschlossen und ließ sich nicht so leicht öffnen wie die Tür. Ich musste mich beeilen, deshalb ging ich in die Küche, wo ich unter der Spüle einen Hammer fand, mitten zwischen Dutzenden halb leerer Flaschen mit Reinigungsmitteln und Schabenkot. Zwei Schläge – das Schloss zerbrach, die Tür ging auf.

Lucien, es war der Schrank einer Hexe. Aus dem obersten Regal grinste mich ein Schrumpfkopf an. Darunter standen Tüten mit Pulver und Flaschen mit Tinkturen sowie eine Sammlung von Nadeln und Stiften. Und im untersten Regal fand ich eine Voodoo-Puppe von mir selbst.«

»Was?«

»Ja. Sie hatte einen Bart aus Baumwolle und trug genau die gleichen Sachen, die ich bei meinem Treffen mit ihr getragen hatte. Und sie hatte eine Nadel …«

»Im Kopf?«

»Genau. Sie hatte mir die Kopfschmerzen angehext. Wahrscheinlich, weil ich sie nicht mit dem Respekt behandelt hatte, den sie ihrer Meinung nach verdiente. Ich war wütend, ich war sehr, sehr wütend, zog der Puppe die Nadel aus dem Kopf und steckte sie ein. Hier ist sie.« Randolph griff in die Innentasche seiner Jacke und holte ein Püppchen hervor. Lucien nahm sie vorsichtig. Sie sah Randolph in der Tat auf unheimliche Weise ähnlich, sogar das Gesicht war wie eine Karikatur aufgemalt.

»Was wirst du damit machen?«

»Sie irgendwo sicher aufbewahren. Ich habe Angst, sie zu zerstören – aus offensichtlichen Gründen. Kannst du sie in deinem Safe zu dem Grimoire legen?«

»Natürlich.« Vorsichtig legte Lucien die Puppe auf den Schreibtisch, bedacht, sie nicht fallen zu lassen oder sonst wie zu beschädigen. »Eigentlich bin ich sicher, dass nur die Hexe, die sie gemacht hat, Einfluss auf sie hat.«

»Ich möchte lieber kein Risiko eingehen.«

»Gut, ich kümmere mich darum. Fahr fort.«

»Ich durchsuchte den ganzen Schrank, aber das Grimoire konnte ich nicht finden. Gerade als ich aufgeben wollte, entdeckte ich, dass der Schrank einen doppelten Boden hatte. Ich ertastete ein Scharnier, und Sekunden später hatte ich die Schublade geöffnet. Darin lagen viele beschriebene Seiten, und das Grimoire war darunter verborgen. Ich warf einen Blick auf die Papiere. Du wirst begeistert sein, Lucien. Hier, schau.« Er beugte sich über den Rucksack, zog einen Stapel Blätter heraus und reichte sie Lucien.

Lucien zog an dem Knoten der Kordel, die sie zusammenhielt. »Was ist das?«

»Ihre Notizen über das Fragment. Und ihre Versuche, es zu entschlüsseln.«

Lucien blätterte die Seiten durch. Wunderbar, die meiste Arbeit war schon getan. Lilys gedrungene Handschrift bedeckte die Blätter, hier stand alles – ihre Beobachtungen, ihre Forschungen, ihre Übersetzungen samt Schlüssel. »Perfekt«, sagte er leise.

»Ich ging sie durch, als ich ein Geräusch hinter mir hörte. Ich drehte mich um. Dort saß eine der Katzen – die fette – und sah mich einfach nur an. Ich zischte sie an, aber sie rührte sich nicht. Ich war nervös, und die Katze machte mich noch nervöser, sodass ich schließlich zum Hammer griff und ihn nach ihr warf. Er traf sie an der Pfote, und sie sprang auf und miaute, lief aber nicht davon, sondern sah mich weiterhin nur an. Ich wollte ihr nicht gerne den Rücken zukehren, angespannt wie ich war. Also packte ich die Notizen und das Grimoire in meinen Rucksack, und als ich mich umdrehte, um nach der Katze zu sehen, stand Lily dort, die Katze im Arm und sah mich an. Ich erstarrte.

In diesem überlegenen Tonfall, der zeigen sollte, dass sie keine Angst vor mir hatte, sagte sie: ›Was machen Sie da, Mr. Clark?‹

Ich wusste nicht, ob ich fliehen oder versuchen sollte, mich aus dieser Sache herauszureden. Das Wichtigste war, mit dem Grimoire aus dem Haus zu kommen. Sie hätte … nun, wenn sie nur ein bisschen weniger arrogant gewesen wäre, ein bisschen weniger egoistisch, dann hätte ich nicht tun müssen, was ich tat. Aber sie nahm mir die Entscheidung ab. Sie sagte: ›Ich würde Ihnen nicht raten, mit meinem Buch zu verschwinden, Mr. Clark. Das nächste Mal wäre es nicht nur eine Nadel in ihrem Kopf, vielleicht wäre es ein Tumor in ihrem Bauch oder eine Kerzenflamme unter ihren Eiern.‹ Wie sie das sagte, wie sie mich bedrohte, machte mir nicht nur klar, dass es zu gefährlich war, sie am Leben zu lassen, es brachte mich auch in Rage. Ich ließ den Rucksack fallen und wollte mich auf sie stürzen, doch die vermaledeite Katze zischte und kratzte mich, und Lily ließ sie fallen und rannte aus dem Zimmer.

Ich verfolgte sie bis zur Haustür, und sie hätte es fast geschafft, wenn sie bei ihrer Rückkehr nicht hinter sich abgeschlossen hätte. Es dauerte zu lange, die Tür wieder zu öffnen. Sie schrie nicht, sie gab nur diese lauten, schluckenden Geräusche von sich. Ich legte meine Hände um ihren Hals …«

Lucien ließ sich etwas Zeit. »Erzähl weiter«, sagte er schließlich.

»Ihre Kehle war blass und weich, und meine Hände – in unserer Familie haben alle so große Hände.« Wie zum Beweis breitete er eine Hand auf dem Schreibtisch aus. »Ich habe sie erwürgt. Sie erschlaffte in meinen Armen, und ich ließ sie zu Boden fallen. Ein ekelhafter, dumpfer Laut. Mein Herz … ich kann dir nicht beschreiben, wie ich mich fühlte. Entsetzt, aber auch erregt. Ich lief in den anderen Raum zurück und packte meinen Rucksack. Die Katze starrte mich an. Ich wollte sie ebenfalls töten, hatte aber, glaube ich, mehr Angst vor ihr als vor Lily.

Ich war fast draußen, als ich ein verdächtiges Geräusch hörte. Ich drehte mich um – sie lebte noch! Sie schnappte nach Luft und versuchte aufzustehen, ihre Hände krallten sich in den Teppich. Ich habe keine Übung im Morden, Lucien.« Er ließ den Kopf sinken und verharrte so fast eine Minute. Die Uhr auf Luciens Schreibtisch tickte leise.

Randolph holte Atem und fuhr fort. »Ich ging in die Küche. In der Spüle fand ich ein großes Fleischmesser mit einem dicken Fettfilm. Ich hatte keine Zeit zu überlegen, also nahm ich es und ging zurück zu ihr. Sie lag noch immer auf dem Boden, und ich … kniete mich auf ihre Arme, auf die Ellenbogen. Ich glaube, ich hörte, wie einer brach. Sie schrie auf. Ihre Augen waren glasig, vielleicht bekam sie nicht mehr mit, was geschah. Ich roch Urin, und mir wurde klar, dass sie …«

Randolphs Hände fingen an zu zittern. Er stellte die Kaffeetasse auf dem Schreibtisch ab. »Ich stach auf sie ein«, sagte er leise ohne aufzuschauen. »In die Brust, in den Hals, vielleicht ein Dutzend Mal. Die Klinge war fettig, und das Blut lief in unebenen Mustern daran herunter. Die Messerspitze … so scharf.« Er hielt inne, bevor er hinzufügte: »Du kannst dir nicht vorstellen, wie viel Blut in einem Menschen ist.«

Lucien merkte, dass er den Atem anhielt. Er atmete aus und sagte leise, aber bestimmt: »Du hast das Richtige getan, Randolph.«

»Ich weiß.«

»Du musstest das Fragment haben und du musstest davonkommen. Sie hätte Alarm geschlagen. Du hast das Richtige getan.«

Randolph schaute auf. »Ja, das habe ich. Und Lucien, ihre Katze, die große, alte, als Lily starb, kam sie herbei und legte sich auf ihre Brust. Und starb ebenfalls. Sie lag einfach da, schloss die Augen und tat den letzten Atemzug.

Ich wollte sie einfach dort liegen lassen – ihr Blut sickerte in den staubigen Perserteppich. Die Frau verlässt … verließ kaum das Haus. Man würde sie nicht vermissen, wochen- vielleicht sogar monatelang. Wenn man sie finden würde, wäre sie nur noch Haut und Knochen. Aber dann dachte ich daran, dass eine Leiche nicht auf angenehme Art und ohne Gestank verwest, und die Häuser standen sehr dicht zusammen.

Ich durchsuchte ihren Küchenschrank und fand ein paar große Müllbeutel und ein Knäuel Schnur. Die Katze konnte ich ohne Probleme in einen der Beutel packen, aber dann merkte ich, dass ich Lily nicht in einen anderen tun konnte, ohne mich mit ihrem Blut zu besudeln. Da war so viel Blut. Ich konnte nicht mit blutverschmierten Kleidern ins Hotel zurückgehen. Als zog ich mich nackt aus und legte meine Sachen neben die Tür.

Lucien, ich hatte nicht erwartet, mich an diesem Morgen nackt in der Gesellschaft einer Frau wieder zu finden, die ich gerade erstochen hatte. Ein plötzliches und gewaltsames Zittern packte mich, und ich fürchtete, den Verstand zu verlieren. Während ich versuchte, sie in die Tüte zu stopfen, sah ich mir selbst aus der Ferne zu. Ich sah, wie ich ihre Beine in eine Tüte steckte, die ich fest um ihre Taille band. Dann sah ich, wie ich, beschmiert mit Blut, ihr die andere Tüte um den Oberkörper stülpte. Der Eisengeruch des Blutes hing schwer in der Luft. Das einzige Geräusch war mein Keuchen, während ich mit ihrem Körper kämpfte. Und ... ich weiß nicht, ob ich dir das erzählen soll ...«

»Erzähle mir alles.«

»Ich war nackt, und ihr Körper war noch warm, als ich ihn hielt, das Blut glitschig ...« Er schüttelte den Kopf und lachte ungläubig. »Ich bekam eine Erektion. Wieder war es, als sähe ich einem anderen zu. Ich erinnere mich, dass es mir peinlich war ... und das in einer solchen Situation ...« Erneut schüttelte er den Kopf, bevor er fortfuhr. »Ich umhüllte sie mit einer zweiten Schicht Plastiktüten, und mit einer dritten, damit kein Geruch nach außen dringen konnte. Dann zog ich ihre Leiche in das Zimmer, in dem sie das Grimoire versteckt hatte.

Ich räumte den Eichenschrank aus, warf Flaschen und Pulver achtlos auf den Boden. Mit dem Hammer zertrümmerte ich die Regale, so dass ich sie in den Schrank packen konnte. Ich tat die Katze dazu und schloss die Türen. Da ich das Schloss zerstört hatte, schlang ich Kordel um den ganzen Schrank, damit die Türen nicht aufgehen konnten. Immer wieder ging ich um das Möbel herum, bis das Knäuel aufgebraucht war. Ich handelte wie in Trance.

Dann sah ich an mir herab. Ich war von oben bis unten mit Blut verschmiert, also ging ich in ihr Badezimmer, das nur aus einer kleinen, durch einen Vorhang abgetrennten Ecke in ihrem Schlafzimmer bestand. Ich stieg in die Badewanne, drehte den Wasserhahn auf und schrubbte mich sauber. Ich schrubbte mir den Bart und die Füße und trocknete mich mit einem ihrer Handtücher ab. Es roch leicht nach Moschus – der Geruch der Frauen.«

Randolph schaute auf und zuckte mit den Schultern. Jetzt, da die Geschichte erzählt war, wirkte er wieder normal, fast prahlerisch. »Ich zog mich an, verschwand unbemerkt. Und hier bin ich.«

»Und du hast deine Spuren verwischt?«

»Ich habe drei falsche Namen benutzt. Die Visitenkarten tragen eine Adresse in Tel Aviv. Sie können mich nicht finden. Besonders, wenn wir etwas von unserer … Macht einsetzen, um für unsere Sicherheit zu sorgen.«

»Wir werden Sonntagabend daran arbeiten. Randolph, ich versichere dir, in der Geschichte der Humberstones gibt es noch viel hässlichere Geheimnisse.«

»Ich weiß. Aber es belastet mich nicht mehr. Sie war eine Hexe, sie hatte den Tod verdient.«

Lucien nickte mit zusammengepressten Lippen. »Aber ja. Und Opfer müssen gebracht werden – dessen sind wir uns alle bewusst.«

»Ja.«

»Grahams Sohn ist hier.«

Erstaunt wich Randolph zurück. »Wirklich?«

»Eine lange Geschichte, aber du bist sicherlich müde und willst nach Hause.«

»Nein, nein. Bist du sicher, dass es sein Sohn ist?«

»Zweifellos. Er sieht genauso aus wie Graham.«

»Wie alt ist er?«

»Siebenundzwanzig.« Lucien lächelte in sich hinein. »Kaum zu glauben, wie lange das her ist. Ich war erst zwanzig, als es passierte, Graham nur ein paar Jahre älter.«

»Und Magnus ist in das ganze Durcheinander spaziert,

hat Geld verteilt und seine seltsamen Versprechen gemacht. Ich habe nie jemanden kennen gelernt, den es so interessiert hat, was nach seinem Tod geschieht. Es ist, als kontrolliere er uns alle noch aus dem Grab. Selbst den Jungen von Graham, den er nie gesehen hat. Wie heißt er?«

»Justin. Wir erfuhren vom Tod seiner Mutter, und ich erschien zu ihrem Begräbnis.«

»Hatte er irgendeine Ahnung, dass er ein Humberstone ist?«

»Nein, er kannte nicht einmal unseren Namen. Sein Nachname ist Penney.«

»Wird er ihn ändern lassen, einer von uns werden?«

Lucien dachte nach. Irgendjemandem musste er es anvertrauen, und warum nicht Randolph. So wenig er ihn mochte, er gehörte zur Familie, also war Vertrauen gefragt. »Ich glaube nicht. Ich habe etwas mit ihm vor.«

»Am College?«

Lucien lächelte. »Kaum. Er ist praktisch ein Idiot. Ich glaube, ich kann es dir anvertrauen – mit den anderen habe ich noch nicht darüber gesprochen.«

»Natürlich. Wir sind Humberstones – Geheimnisse bleiben in der Familie.«

Lucien faltete die Hände und legte das Kinn auf die Fingerspitzen. Es war eine seltsame Nacht gewesen, und er war viel zu aufgeregt, um schlafen zu können. Er wollte wach bleiben, bis der Morgen kam, wollte über das Grimoire reden, darin lesen, darüber nachdenken. Es war das Wichtigste in seiner Welt. »Es gibt eine Menge nachzutragen und eine Menge zu planen«, sagte er schließlich. »Ich mache uns frischen Kaffee.«

20. Kapitel

Während die meisten Menschen ihre Samstagabende gerne in Clubs, Bars, Restaurants oder im Kino verbringen, fand Prudence sich zum zweiten Mal in einer Woche in

Aswells Straße wieder. Sie wusste nicht, was sie eigentlich sehen wollte. Vielleicht eine hinreißende Rothaarige, die gerade ihren Wagen in seiner Einfahrt parkte, oder As, wie er im Wohnzimmer die Füße einer großen Brünetten massierte. Hollywood-Szenen gefährlicher Liebschaften liefen in ihrem Kopf ab, und fünf Minuten lang vergaß sie völlig, dass As gar nicht ihr Mann war. Als sie schließlich vor seinem Haus stand, sein Wagen nicht dort war und das Haus bis auf eine Sicherheitslampe über der Tür dunkel war, war sie fast enttäuscht.

Sie trat ihre Zigarette auf dem Gehweg aus und steckte die Hände noch tiefer in die Manteltaschen. Es war eigentlich zu kalt für diesen Wahnsinn. Was erhoffte sie sich überhaupt davon? »Prudence, du bist eine Närrin«, sagte sie zu sich. In der kalten Luft wurde ihr Atem zu Nebel. Sie spielte mit den Schlüsseln in ihrer Tasche und warf einen letzten Blick auf As' Haus. Sie wollte nicht nach Hause, aber es war unsinnig, hier zu bleiben.

Die Schlüssel.

Prudence hielt den Atem an. As' Schlüssel waren doch alle nachgemacht worden, und irgendwo in diesem Bund steckten deshalb sicherlich auch seine Hausschlüssel. Sie zog die Schlüssel hervor und betrachtete sie. Sollte sie?

Warum nicht? Sie war hierher gekommen, um Beweise dafür zu finden, dass As es mit einer anderen trieb, und wenn sie in das Haus gelangte, würde sie bestimmt etwas Belastendes finden. Vielleicht Liebesbriefe.

Sie nahm all ihre Entschlusskraft zusammen und ging über die Straße zu seiner Haustür. Nachdem sie ein paar Schlüssel ausprobiert hatte, fand sie tatsächlich den passenden. Das Sicherheitslicht machte sie nervös, aber As' Haus lag in einer ruhigen Straße. Kein Auto fuhr vorbei. Außerdem war es nicht so, als würde sie die Tür mit einem Eisen aufbrechen. Sie öffnete die Tür, trat aus der kalten Nachtluft in den Flur und begann, sich in As' Haus umzusehen.

Ihre Augen gewöhnten sich noch an die Dunkelheit, als sie bemerkte, dass eine Katze um ihre Füße strich. Sie bückte sich und nahm sie in die Arme. As hatte eine Katze – wieso hatte er nie davon gesprochen? Wie viele Dinge aus seinem Leben hatte er ihr verschwiegen?

»Na du«, sagte sie und rieb mit dem Kinn über das Katzenfell. »Sooty würde dich eines Tages gerne mal kennen lernen.«

Sie hielt die Katze im Arm, während sie weiterging. Duftschalen mit Jasmin standen in den Ecken. Das Wohnzimmer war groß und gemütlich. In einer Ecke stand ein großer Fernseher, an der Wand eine moderne Stereoanlage, über der eine Kopie der *Lady of Shalott* von Waterhouse hing. Eine Menge prächtiger Pflanzen. Prudence schaltete das Licht ein und ging die CDs durch. So wie es aussah, gehörten die meisten As' Sohn. Ein Teenager mit schlechtem Geschmack – fast nur Death Metal und Ami-Punk.

»Siehst du, Kätzchen, das macht das Testosteron aus ganz normalen kleinen Jungen«, sagte sie, während sie ein besonders widerliches Albumcover betrachtete. Sie stellte es wieder in die Reihe und erkundete die anderen Zimmer, die vom Flur abgingen. Das erste gehörte dem Sohn – ein Fernseher, ein Super Nintendo und – überall verstreut – Spielcassetten und Kleidungsstücke. Von der Wand grinste sie ein Marylin-Manson-Poster an. Sie ging weiter und kam zu einem geschmackvoll eingerichteten Zimmer, in dem sich ein paar Kartons stapelten, und ein weiteres Zimmer, in dem Mandys Nähmaschine stand. Überall lagen Stoffreste herum, und eine Schneiderpuppe streckte die Brüste heraus, ohne zu wissen, dass ihr der Kopf fehlte. Schließlich kam sie zum Schlafzimmer. Sein Schlafzimmer.

Sie machte das Licht an und sah sich um. Bett, Schminktisch, Spiegelschränke und eine unnatürlich grüne Topfpflanze. Sie ließ die Katze herunter und legte sich vorsichtig auf das Bett. So fühlte es sich also an, in As' Bett zu liegen. Sie schloss die Augen und stellte sich vor, wie er auf ihr lag. Die Katze miaute leise, entweder weil sie Hunger hatte oder Aufmerksamkeit wollte. Sie seufzte und öffnete die Augen, richtete sich auf und sah die Schachtel mit den Anti-Baby-Pillen auf dem Schminktisch.

»Scheiße«, sagte sie, stand auf und ging hinüber zu dem Tisch. As hatte ihr gesagt, dass er und Mandy keinen Sex mehr hätten. Aber warum nahm sie die Pille, wenn sie abstinent war? Prudence konnte es nicht fassen, wie unglaublich naiv sie gewesen war. Sie nahm die Schachtel, auf der ein Zettel klebte. Mandy Aswell stand darauf.

Scheiß auf Mandy Aswell.

Aber das brachte sie nicht weiter. Sie suchte nach Liebesbriefen anderer Frauen, und bislang hatte sie lediglich einen etwas genaueren Blick in As' tägliches Leben geworfen. Die Katze umstrich ihre Knöchel, und sie nahm sie wieder in den Arm. Sie schnurrte an ihrer Wange. Mit dem freien Arm machte sie die Schubladen des Schminktischs auf. Mandys Unterwäsche, Mandys Pullover. Und in der dritten Schublade – As' Sachen, ordentlich gefaltet und nach Weichspüler duftend.

»Kätzchen, was ich jetzt tue, geht über Neugier weit hinaus und lässt sich tief im Reich des Perversen ansiedeln«, sagte sie, während sie Socken und Unterhosen untersuchte, in der Hoffnung, irgendwo einen Umschlag zu finden, eine Karte, irgendeinen Liebesbeweis. Nichts. Je weiter sie zum Boden der Schublade vordrang, auf desto mehr ausgefranste Unterhosen und löchrige Strümpfe stieß sie. Sie kam sich total blöd vor und knallte die Schublade zu. Dann machte sie sich an den Kleiderschrank, in dem Mandys Kleider hingen. Erfreut stellte Prudence fest, dass fast alles in Beigetönen gehalten war. Wie langweilig. Wie jemand beige tragen konnte, ging über ihre Vorstellungskraft hinaus. Wollten sie mit dem Hintergrund verschmelzen? Wie bizarr.

Sie ließ alles so zurück, wie sie es vorgefunden hatte, bevor sie in das angeschlossene Badezimmer ging. Nicht ganz so ordentlich. As' Rasiersachen standen in einer kleinen Seifenpfütze, Haarspray und Deos standen ohne Kappen auf dem Rand des Waschbeckens, über den Rand der

Badewanne hingen getragene Sachen. Und das Fenster war auf. Offenbar kümmerten sie sich nicht groß um Sicherheit im Heim.

Ein plötzliches Geräusch von draußen, und sie spitzte die Ohren. Die Katze entwand sich wie Zahnpasta ihrem Arm und lief in die Dunkelheit davon. Hastig verschwand sie aus dem Bad, machte das Licht im Schlafzimmer aus und schlich sich näher an die Haustür. Jemand schloss sie auf. Er war nach Hause gekommen.

Was sollte sie jetzt tun? Sollte sie aus dem Badezimmerfenster steigen oder sich ihm stellen?

Die Katze wartete ungeduldig vor der Tür. Prudence schlich sich ins Wohnzimmer, wo das Licht noch brannte, setzte sich auf ein Sofa und wartete. Sie wollte sich ihm stellen.

Sie hörte seine Stimme. Er sprach mit der Katze.

»Hallo, Micawber. Warst du auch artig?« Ein Klirren, als er seine Schlüssel auf die Ablage an der Tür warf. Dann eine Pause, nachdem ihm offenbar aufgefallen war, dass im Wohnzimmer Licht brannte, obwohl er sicher war, es nicht eingeschaltet zu haben. Nach ein paar Sekunden tauchte er in der Tür zum Wohnzimmer auf, eine Kentucky-Fried-Chicken-Tüte in der Hand.

»Prudence, was zum Teufel ...«

»Hi. Tut mir Leid.«

»Wie bist du reingekommen?«

»Badezimmerfenster. Du solltest vorsichtiger sein.«

Ein paar Sekunden stand er völlig verblüfft da. Dann fragte er mit ungläubiger Stimme: »Was machst du hier?«

Sie seufzte und stand auf. »Ich dachte, du wärst weg.«

»Ich hab mir nur ein Hähnchen geholt«, sagte er und hob die Tüte. »Das mache ich jeden Samstagabend, wenn Mandy nicht da ist, um mir einen Vortrag über Herzkrankheiten zu halten. »

»Man kriegt sie jetzt auch ohne Haut.«

»Wozu sollte man sich dann ein gegrilltes Hähnchen kaufen? Du hast meine Frage noch nicht beantwortet.«

»Ach, nur einer meiner üblichen Einbrüche. Aber ich

wollte nichts stehlen. Ich wollte nur mal sehen … wie du so lebst.«

Er schüttelte fassungslos den Kopf. »Die paranoide Prudence auf Pirsch.«

»Nette Alliteration. Hast du je daran gedacht, Gedichte zu schreiben?«

Er seufzte. »Komm, setz dich mit mir in die Küche. Die Katze scheint dich zu mögen.« Er nickte zu Micawber, der sich schon wieder miauend an ihren Beinen rieb.

»Alle Katzen mögen mich. Bei Hunden ist das eine andere Sache.«

»Er würde dich nicht mögen, wenn er etwas von menschlicher Treue verstünde. Er ist nämlich Mandys Kater, und er verehrt sie geradezu.«

»Katzen sind bekannt für ihre Illoyalität.«

»Komm.«

Sie folgte ihm in die Küche und setzte sich zu ihm an den Tisch. Er zog sein Brathähnchen und eine Portion Pommes aus der Tüte und ging zum Kühlschrank. »Willst du was trinken?«

»Ja, gern.«

Er goss zwei Glaser mit Limonade ein und setzte sich wieder. Als er ihr von den Pommes Frites anbot, nahm sie dankbar an. Sie hatte seit dem Mittagessen nichts mehr gegessen.

»Prudence«, sagte er sanft. »Das muss aufhören.«

»Ich habe es erst einmal gemacht.«

»Nein, ich meine nicht das In-mein-Haus-Einbrechen. Deine Weigerung zu akzeptieren, dass unsere Beziehung zu Ende ist, ist … verstörend. Du musst loslassen.«

Sie schaute nach unten, und ihr stiegen Tränen in die Augen. »Ich komme mir so dumm vor.«

»Du bist nicht dumm, Prudence. Du machst nur manchmal dumme Sachen.«

»Mandy trägt Beige. Wie kannst du sie lieben?«

»Ich liebe sie nicht. Aber ich mag sie. Ich bin an sie gewöhnt.«

»Frauen, die Beige tragen, können letzten Endes wohl

kaum mehr erwarten, als dass man sich an sie gewöhnt«, witzelte sie und wischte sich die Finger an einer Serviette ab. Dann fragte sie leise: »Gibt es eine andere?«

Seine Augen blitzten. Wenn er wütend war, war er doppelt attraktiv. »Prudence, normalerweise würde ich sagen ›nein‹, aber da unsere Beziehung mittlerweile rein akademischer Natur ist, sage ich ›das geht dich nichts an‹.«

»Du hast vergessen, dass unsere Beziehung nicht mal mehr akademischer Natur ist.«

Er nahm ein neues Stück Hähnchen aus der Schachtel. »Da fällt mir ein, Randolph ist wieder da. Er fängt Montag an zu arbeiten, und ich habe ihn schon auf dich vorbereitet.«

Ihr Mut sank. Es war alles vorbei. »Bist du sicher, dass du mich nicht leid bist, weil du eine andere hast?«

Er mahlte mit den Kiefern. »Das geht dich nichts an.«

Sie war außer sich. Warum weigerte er sich, es zuzugeben? Vielleicht weil er wusste, dass sie durchdrehen würde. Sie schob den Stuhl so heftig zurück, dass die Katze davonlief. »Es tut mir Leid«, sagte sie höflich. »Auf Wiedersehen.«

Er brachte sie nicht zur Tür, und dann stand sie vor dem Haus auf der Straße. Was für ein närrisches, erfolgloses Unterfangen. Sie steckte die Hände in die Taschen und machte sich auf den langen Heimweg.

Der Rhythmus ihrer Schritte half ihr beim Nachdenken. Kein Beweis für eine Affäre, aber würde er etwas Verfängliches im Haus aufbewahren, wo Mandy jederzeit darüber stolpern konnte? Was war mit seinem Büro? Auch dafür hatte Prudence die Schlüssel. Beinahe hätte sie sich auf den Weg zum College gemacht, aber dann erinnerte sie sich daran, wie peinlich ihre Begegnung mit As gewesen war, und sie überlegte es sich anders. Paranoia war kein Talent, das man fördern sollte. Vielleicht würde es ihr gut bekommen, As eine Zeit lang zu vergessen. Sie zündete sich eine Zigarette an und ging nach Hause.

»Ich bin sicher, das ist nicht gut für meine Augen, Prudence.«

»Hör auf rumzumeckern und lies. Du bist dran.«

Holly richtete den Strahl der Taschenlampe auf die Seite vor ihr und begann zu lesen. *»O what can ail thee, knights at arms, alone and palely loitering ...«* Von all den originellen sozialen Anwandlungen Prudences war diese bislang Hollys liebste. Es war Donnerstagabend, die drei saßen im Beichtstuhl und lasen im Licht einer schnell schwächer werdenden Taschenlampe abwechselnd aus ihren liebsten Geistergeschichten und gruseligen Gedichten vor. Wie üblich standen die Kerzen in den Ecken, und sie hatten einen kleinen Schwips, weil sie weitere sündhaft teure Weine aus Mr. Emersons ständig schrumpfendem Weinvorrat getrunken hatten. Prudence hatte ihnen Poe vorgelesen, Poe und noch mehr Poe, Justin hatte Teile aus Goethes Faust gewählt, und Holly hatte etwas Coleridge und heute Keats vorgetragen. Prudences einzige Regel hieß: keine viktorianischen Autoren! Von denen hatten sie tagsüber genug.

Die Taschenlampe hielt bis zur elften Strophe durch, bevor sie ihren Geist aufgab. Holly schüttelte sie, und sie flackerte noch einmal auf, aber dann war Schluss.

»Mist!«, zischte Prudence, nahm Holly die Lampe ab und schüttelte selbst noch einmal heftig.

»Wir hätten wohl Ersatzbatterien mitnehmen sollen«, kommentierte Justin.

»Ich dachte, diese hier wären neu. Verdammt, dabei ist die Nacht noch so jung.« Wütend warf sie die Taschenlampe auf den Boden. »Was machen wir jetzt?«

»Wir könnten nach Hause gehen«, schlug Holly vor.

»Aber es wurde gerade interessant. Ich spürte gerade dieses hysterische pubertäre Gefühl. Ich *lebe* für dieses Gefühl.«

»Prudence, in deinem Kopf ist doch bestimmt ein ganzes Lager von Gruselgeschichten«, sagte Justin. »Du könntest uns doch mit Sicherheit stundenlang unterhalten.«

Prudence grinste. »Ich schätze, das könnte ich. Ich habe auch eine Idee – macht mal die Kerzen aus.«

»Ich weiß nicht, Prudence, wir säßen dann im Stockdunkeln«, sagte Holly, die ein leichtes Frösteln spürte.

»Darum geht es ja. Komm, Justin, mach die Kerzen aus.«

Justin wandte sich an Holly. »Was meinst du? Ist es dir zu unheimlich?«

Holly spürte, dass die Stimmung davon abhing, ob sie einwilligte. »Okay, mach die Kerzen aus«, sagte sie. »Aber ich behalte die Streichhölzer.«

Prudence reichte Holly die Schachtel, während Justin in die Ecken ging und die Kerzen auspustete. Sie steckte die Streichhölzer ein und wartete darauf, dass die Dunkelheit sie umfing. Die letzte Kerze verlöschte, und die plötzliche schwarze Finsternis nahm ihr fast den Atem.

Aus dem Dunkeln hörten sie Justins Stimme. »Und wie komme ich jetzt zurück, ohne auf jemanden zu treten? Ich sehe rein gar nichts.«

»Wir sind hier«, sagte Prudence. »Folge dem Klang meiner Stimme. Holly, gib mir deine Hand.«

Holly beugte sich vor und streckte die Hand aus, die ihre Freundin ergriff und leicht drückte.

»Keine Panik«, sagte Prudence sanft.

»Ihr müsst mich für einen solchen Feigling halten«, sagte Holly lachend. Justin wäre fast über sie gestolpert.

»Tut mir Leid«, sagte er. »Wer war das?«

»Ich«, antwortete Holly. »Setz dich.«

»Nimm meine Hand und die von Holly«, sagte Prudence.

Holly spürte, wie Justins Hand ihr Knie berührte, und sie ergriff sie. Die drei saßen im Kreis, in absoluter Dunkelheit.

»Unsere Augen werden sich bald anpassen, oder?«, fragte Holly.

»Viel wirst du nicht sehen können«, entgegnete Prudence und drückte ihre Hand noch einmal. »Entspann dich. Vertrau mir, vertrau Justin. Dies ist eine den Charakter formende Erfahrung.«

Schweigend saßen sie eine Weile da; langsam konnte Holly die Schemen ihrer Freunde von der Dunkelheit unterscheiden. Aber es gab keine Details, auf die man sich konzentrieren konnte, nur eine unheimliche Stille, und eine Anonymität, die sich bis in die Unendlichkeit zu erstrecken schien. Sie hörte ihren eigenen Herzschlag und ihren Atem wie über einen Verstärker, aber ihr Geist schien auf seltsame Weise von ihrem Körper getrennt. Sie spürte Prudences warme Hand, spürte die Ringe auf ihrer Haut. Auf der anderen Seite hielt Justin ihre Hand leicht, aber sicher.

»Als ich achtzehn war«, begann Prudence mit tiefer, ernster Stimme, »starb meine Großmutter. Wir hatten uns sehr nahe gestanden, als ich klein war, aber nach unserem Umzug nach Melbourne sah ich sie kaum noch, und für einen Teenager ist die Oma nicht gerade die coolste Person zum Abhängen. Wir flogen zurück nach Norden, zum Begräbnis. Die Totenfeier fand in einem Beerdigungsinstitut statt, und dann gingen meine Eltern und meine Tanten und Onkel zum Friedhof, wo sie beerdigt wurde. Ich konnte es nicht ertragen, mitanzusehen, wie sie in die Erde gelassen wurde, deshalb schlug ich vor, dass ich zum Haus meiner Oma vorgehen und alles für den Leichenschmaus vorbereiten würde, ihr wisst schon, die Fenster öffnen, den Kuchen bereitstellen. Mein Onkel Peter hatte das Haus geerbt, und er hatte schon all diese Pläne, damit er es vermieten konnte. Also dachte ich, dass dies vielleicht die letzte Gelegenheit war, das Haus so zu sehen, wie ich es kannte, und ging allein voraus.

Ich ging durch die Zimmer und sah mir alles genau an. Zwischen ihren Teetassen stand das winzige Teeservice, aus dem ich und Julia als Kinder trinken durften. Ihre Zeichnungen lagen noch unter dem Bett, so wie früher, ordentlich aufeinander gelegt, durch Pergament getrennt. Ich ging sie alle durch, wie ich es als Kind getan hatte. Und ich wünschte mir, zeichnen zu können.« Prudence lachte bitter. »Ein weiteres beschissenes Talent, das ich nicht geerbt habe.«

Es war ein wolkenverhangener, düsterer Spätnachmittag, und von der See zog eine Abendbrise herauf. Ich war mit meinen Erinnerungen allein. Dämmerung, Staub und Lavendelduft. Und ich hatte das Gefühl, es war so stark, dass Oma bei mir war und diese letzte Stunde mit mir verbrachte.« Sie hielt inne und holte tief Luft, als versuche sie, Tränen zurückzuhalten. »Das ist alles.«

»Glaubst du, es war ihr Geist?«, fragte Justin.

»Wer weiß? Ich wollte euch nur die Geschichte erzählen. Heute ist es genau vier Jahre her, seit sie gestorben ist. Ich vermisse sie immer noch.«

Die schwarze Stille übernahm wieder das Kommando, und das Schwarz schien Holly zu verschlingen.

Tapfer erhob Prudence ihre Stimme gegen das Nichts. »Vermisst du deine Mutter, Justin?«

Die Antwort kam sofort, ein kaltes »Nein.«

»Nein, ich vermisse sie nicht, oder nein, darauf antworte ich nicht?«

»Nein, ich vermisse sie nicht.«

»Aber du hast sie geliebt?«

Holly fasste es nicht, dass Prudence so direkt war.

»Natürlich habe ich sie geliebt«, antwortete Justin leise. »Sie war meine Mutter.«

Es entstand eine lange Pause, und Holly war froh, dass sie die Hände ihrer Freunde hielt. Anderenfalls hätte sie das Gefühl gehabt, in der Ewigkeit verschwunden zu sein.

»Aber ich vermisse sie nicht«, fuhr Justin plötzlich fort. »Sie war eine ständige Quelle des Unglücks, ein trauriges, heruntergekommenes Wrack, das durch mein Leben taumelte und alles zunichte machte. Ich ziehe ihre Abwesenheit vor. Es wird nicht schlimmer. Es tut weh, aber es bleibt gleich, verändert sich nicht. Ich vermisse sie überhaupt nicht.«

Holly merkte, dass sie den Atem angehalten hatte. Sie drückte Justins Hand. »Es tut mir so Leid.«

Er schwieg, und sie wünschte sich, sein Gesicht sehen zu können. Sie wusste auch, dass er bei Licht nie über seine Mutter gesprochen hätte. Die Dunkelheit tauchte sie in eine zeitweilige Anonymität. Ihr kam der etwas zynische Gedanke, dass Prudence alles so geplant hatte.

»Geistergeschichten, Prudence«, sagte Holly sanft. »Deshalb haben wir die Kerzen gelöscht. Du wolltest, dass wir uns bei deinen Geschichten vor Angst in die Hosen machen.«

»Aber Geistergeschichten handeln vom Tod. Darüber, was auf der anderen Seite des Lebens geschieht. Der Tod ist schwärzer als dieser Raum. Weil es dort keinen Justin gibt, keine Holly. Es gibt keine Streichhölzer, die man anzünden kann, wenn einem angst und bange wird.«

»Aber einem wird nicht angst und bange«, fügte Justin hinzu. »Einem wird nichts mehr.«

»Bitte nicht«, sagte Holly. »Es ist zu unheimlich, es ist zu dunkel, und wir sitzen zu tief unter der Erde, um über den Tod zu sprechen.« Holly konnte von sich behaupten, dass sie durch das Leben ging, ohne oft über die großen Themen wie Gott und Tod nachzudenken, aber hier unten, fast blind, in dieser seltsamen Atmosphäre, mit diesen aufgeladenen Emotionen, hatte ihr das Gespräch über den Tod Angst gemacht. Es kam ihr vor, als trüge sie einen Mantel aus warmen Sternen, die in verrückten Mustern über ihre Haut liefen. »Es ist zu groß, um daran zu denken«, flüsterte sie.

»Also gut, ich erzähle eine Geistergeschichte, eine wahre, ich habe sie erst gestern gelesen.«

»Können wir die Kerzen wieder anmachen?«, bat Holly.

»Von mir aus«, antwortete Prudence. Der Kreis brach auf, und Holly zündete die Kerzen wieder an. Als Prudence ihre Geschichte – die nicht sehr gruselig, aber sehr fantasievoll war – mit ihrem üblichen Verve erzählte, spürte Holly, wie ihre Anspannung wich. Sie lachte, und sie fühlte sich wohl.

Als sie geendet hatte, wandte Prudence sich an Holly und sagte: »Du interessierst dich bestimmt für etwas anderes, das ich auch in dem Buch gelesen habe. Weißt du noch, als du Fieber hattest, hast du mich gefragt, ob Geister einen krank machen können? Eine Frau in Mexiko hatte dieses Problem, und sie hat es mit Tabletten gegen Kinetose gelöst. Offenbar handelt es sich um eine Störung im Innenohr – so wie bei Seekrankheit, die manche Menschen allergisch gegen Geister macht.« Justin lachte verächtlich. »Eine Geister-Allergie?«

»He, lach nicht mich aus. Holly dachte, sie hätte eine geisterbedingte Magen-Darm-Entzündung.«

»Ich habe eine Entschuldigung, denn ich lag ja im Fieberwahn«, protestierte Holly, die ihre Aufregung kaum verbergen konnte. Tabletten gegen Seekrankheit – war es so simpel, so trivial?

Justin gähnte und schlug vor, zusammenzupacken, da er morgen um neun einen Termin bei Jane habe.

»Von mir aus«, sagte Prudence. »Ich sollte morgen auch mal früher anfangen zu arbeiten. Was ist mit dir, Holly? Wann kommst du morgen?«

Die Frage riss sie aus ihren Überlegungen. »Was?«

»Kommst du früh genug, um mit Justin und mir Kaffee zu trinken, bevor er seinen Termin hat?«

»Nein«, antwortete sie beiläufig. »Ich komme etwas später.« Sie musste unbedingt zur Drogerie.

Das süße Zwielicht, der Geruch der alten Bücher. Holly hoffte, dass Christian erscheinen würde. Sie schluckte ein paar der kleinen Tabletten und spülte sie mit einem warmen, schalen Schluck Limonade aus der Dose herunter, den sie sich den ganzen Nachmittag aufgehoben hatte. Der Spiegel stand bereit, das Licht war gelöscht, die Kerzen flackerten.

»Es ist alles gut, Christian«, sagte sie in die Nacht. »Ich verspreche, dass mir dieses Mal nicht übel wird. Du musst mich doch genauso vermisst haben wie ich dich.«

Dieses Mal kam er sofort.

21. Kapitel

Ihr Name materialisierte in einem traurigen Atemzug. »Holly.« Sie hätte weinen können.

»Christian, ich habe dich vermisst.«

»Schließ die Augen.«

Sie schloss die Augen und spürte seine warmen Hände an ihrer Seite, heiße Lippen auf ihrem Hals. Sie genoss die Berührungen, jede Stelle, über die er strich, prickelte und kitzelte. Als er sie weiter unten liebkoste, ließ sie den Kopf nach hinten fallen und gab sich der dunklen, üppigen Süße hin.

Als Christian ihr zu einem fulminanten Höhepunkt verholfen hatte, öffnete sie die Augen und sah ihn eine Weile an. Sie spürte eine Wehmut im Herzen, ein trauriges Gefühl in der Brust. Wie liebte sie ihn, obwohl sie durch das unüberwindlichste Hindernis von ihm getrennt war, das man sich vorstellen konnte – den Graben zwischen Leben und Tod.

Schließlich fragte sie: »Wie ist es, wenn man stirbt?«

Christian sah sie überrascht an. »Warum willst du das wissen?«

»Ich habe vor kurzem mit ein paar Freunden darüber gesprochen.«

Er dachte kurz nach. »Es ist sehr beängstigend. Man verliert die Kontrolle über den Körper, will Glieder und Gelenke bewegen, aber sie gehorchen nicht. Der Überlebensinstinkt ist überwältigend, er beherrscht alles andere, und die Sekunden dauern ewig, während man verzweifelt versucht, sich an den letzten Lebensfaden zu klammern.«

»Und dann?«

»Dann kommen lange Strecken der Dunkelheit, die in der Ewigkeit verschwinden. Augenblicke seltsamen, unzusammenhängenden Bewusstseins. Danach kommt das Elysium, für andere der Abgrund, für einige gar nichts, und für mich …« Er hob die Hände und deutete um sich.

»Ist Peter der Grund, warum du noch hier bist?«

»Peter hat etwas sehr Böses getan, und ich will für ihn büßen.«

»Wie böse?«

»Ich werde dir alles erzählen, damit du ihm gerecht wirst. Er hatte gute Gründe für alles, was er tat. Du sagst, du liebst mich, also verstehst du vielleicht, dass er mich auch geliebt hat. Dass er manchmal qualvolle Schnitte durch Konvention und Moral machte, um mich zu beschützen.«

»Dann erzähl weiter. Ihr fuhrt nach London zurück, nach eurem Aufenthalt bei Lord Burghley.«

»Peter gab Anzeigen auf, in denen er sich als Spezialist für Hypnose und Heilung psychischer Störungen ausgab. Zunächst kamen nicht viele Patienten. Das Läuten der Türglocke war für Rosalind stets das Zeichen, sich in ihrem Zimmer zu verstecken. Ich hielt mich meistens in der Nähe auf, wenn Peter seine Patienten – meistens Frauen – ins Haus bat. Wir hatten das obere freie Zimmer renoviert. Ein Ledersofa und ein großes Bücherregal dominierten den Raum. Peter hatte drei gerahmte Drucke aufgehängt, und wir hatten die Tapeten abgeschrubbt, bis die ursprüngliche grüne Farbe wieder leuchtete. Es war der bei weitem angenehmste Raum im ganzen Haus, und ich musste dafür sorgen, dass es so blieb. Ich wischte jeden Tag Staub und räumte auf.

Zunächst störten die Patienten nicht, vor allem, weil es so wenige waren. Später wurden sie zur Plage, aber damals kamen nur so viele, dass Peter in der Lage war, die niedrigsten Raten an die Humberstones zurückzuzahlen, damit sie ihn nicht in den Schuldturm schicken konnten.

Einer der Gründe war auch der, dass Lucy Humberstone – Philberts Frau – eine der ersten Patientinnen Peters war. Sie hatte noch keinen Erben zur Welt gebracht, und Philbert war überzeugt, dass eine Nervenstörung ihrerseits die Ursache war. Also schickte er sie einmal in der Woche vorbei, und Peter musste sie behandeln, ohne dafür bezahlt zu werden. Das Honorar wurde einfach von seinem enormen Schuldenberg abgezogen.«

Er zögerte einen Moment, als müsse er die nächsten Worte sorgfältig abwägen. »Lucy Humberstone war wunderschön, aber sie hatte etwas Verschlagenes an sich. Sie war Ende Zwanzig, vielleicht Anfang Dreißig, ihre Augen waren fast schwarz, ihr Haar goldblond. Wenn sie im Wohnzimmer an mir vorbeiging, warf sie mir Blicke zu, die mich auf seltsame Weise nervös machten, und zwar so sehr, dass ich begann, jeden Tag zu bedauern, an dem sie nicht kam. Sie kam jeden Mittwoch, allein, in einer zweirädrigen Droschke, teuer gekleidet, und an Hals, Ohren und Armen juwelengeschmückt.

Sieh dich um, Holly, sieh dir an, was die Humberstones besitzen, ein Jahrhundert später. Peters Blut ist in diesen Wänden. Sie trieben ihn zu dem, was er tat, so als hätten sie ihm mit dem Tode gedroht. Sie besaßen so viel, und doch pressten sie aus ihm heraus, was er ihnen schuldete, bis er verzweifelte.«

Er hielt inne, richtete den Blick himmelwärts. Holly konnte sich an seinen engelsgleichen Zügen nicht sattsehen. Ihre Sehnsucht war von Schmerz kaum noch zu unterscheiden. Was nutzte es ihr, in dieses Wesen verliebt zu sein? Aber sie liebte ihn, komme, was da wolle.

Mit einem Blinzeln fuhr er fort: »Peter nahm wieder die sonntäglichen Treffen mit seinen Partnern auf. Sie waren wütend auf ihn, weil er London so lange verlassen hatte, ohne sie zu informieren, und deshalb vollzogen sie ihr Ritual in den ersten Wochen wie gewohnt. Erst als sich ihr Zorn gelegt hatte, trug Peter die Idee an sie heran, dass ich Teil des Rituals werden sollte.

An dem ersten Abend, an dem ich teilnahm, führte mich Peter schweigend in den rituellen Kreis. Ich trug eine lange, schwarze Robe, unter der ich nackt war. Natürlich hatte ich Angst. Ich mochte das Zimmer nicht, und Peters Partner mochte ich noch weniger, bis auf Patrick, der mir wie stets beruhigend zulächelte. Peter setzte mich in die Mitte des Kreises, den sie gebildet hatten, und gab mir Feder und Tinte. Dann öffnete er ein gebundenes Buch, schlug eine leere Seite auf und legte es mir in den

Schoß. Peter wollte, dass mich weiterhin alle für stumm hielten, und hatte mich strikt angewiesen, keinen Laut von mir zu geben, sondern nur aufzuschreiben, was ich sah und hörte.

Die fünf saßen um mich herum. Peter leitete den Kreis, während die anderen zweifelnde Blicke austauschten. Sie schienen überzeugt, dass ich bei ihrem Ritual nichts zu suchen hatte. Edmund und Thurber trugen wie üblich ihr arrogantes Mienenspiel zur Schau, während mich Ezekial mit kalten, glitzernden Augen musterte. Ich wich ihren Blicken aus und starrte auf das leere Blatt vor mir.

Sie begannen, leise zu singen, ihre Stimmen summten durch die Luft. Als die Temperatur sich schlagartig erhöhte, bildeten sich Schweißperlen auf meiner Stirn. Selbst mein Geist schien sich aufzuheizen, meine Sehfähigkeit verschwamm, als versuche man, durch eine Dampfwolke hindurch zu blicken. Mir fiel nicht auf, dass sich meine Augen irgendwann schlossen, und es kam mir ganz natürlich vor, dass ich plötzlich wieder in der fremden Landschaft stand, in dem Tal zwischen den Bergen der Hölle.

Wie beim letzten Mal wurde ich von einer Schar Kreaturen umringt, aber dieses Mal schrie ich nicht. Ich wusste, dass ich nur die Augen öffnen musste, um in meine Welt zurückzukehren, aber ich hatte mir geschworen, Peter nicht zu enttäuschen. Ich hielt stand, schweißgebadet, während sie mich untersuchten und ihr heißer Schwefelatem mir ins Gesicht schlug.

Hinter mir rief jemand etwas – es war mein Name –, und zuerst dachte ich, die wirkliche Welt dränge sich herein, aber der Ruf wurde wiederholt, und ich drehte mich um, auf der Suche nach dem Rufer. In der Ferne, auf einem schwarzen Hügel, stand ein Wesen, dessen Silhouette sich vor dem feurig schimmernden, infernalischen Himmel abzeichnete, und winkte mir.

Ich wollte auf ihn zugehen, aber an diesem Ort brachten einen die Füße nicht weiter. Nur durch meinen Willen näherte ich mich dem Wesen. Es sah entsetzlich aus. Vielleicht war es einmal ein Mann gewesen, jetzt aber war es lediglich ein vernarbtes und welkes Etwas. Ein paar wenige Büschel gepuderten Haares bedeckten seinen glänzenden Schädel, die Augen schienen geschmolzen zu sein. Aufgrund eines deformierten Lides war das eine halb geschlossen, das andere schimmerte gelblich. Er stank nach verwesendem Fleisch und verbranntem Haar.

›Ich habe eine Botschaft für deinen Herren‹, sagte er.

Ich versuchte, etwas zu sagen, doch meine Zunge gehorchte mir nicht.

›Sag ihm, dass Aathahorus bereit ist, mit ihm zu verhandeln, aber nur mit ihm allein. Es gibt einiges zu bereden. Du magst als Unterhändler bleiben, aber die anderen müssen gehen.‹

Ich nickte. Meine Zunge, mit der ich über meine trockenen, aufgeplatzten Lippen fuhr, war wie geröstet. Noch immer konnte ich nichts sagen, als hätte ich die Sprache verloren. Je länger ich blieb, desto mehr vergaß ich die Welt, die mir schon jetzt wie die Illusion eines Aquarells vorkam – hübsch, aber letzten Endes nur ein Fantasiegebilde, das die düstere Realität erträglicher machte.

Flüche und laute Schreie brachten mich wieder zu mir selbst, und ich bekam mit, dass Peter meinen Arm ergriffen hatte und mich schüttelte. Als ich die Augen öffnete, spürte ich, dass etwas in meinen Händen brannte und blickte in einer Art benommener Neugier an mir herab.

›Mach es aus, bevor das ganze Buch verbrennt!‹, schrie Ezekial.

Irgendwie hatte ich in meiner Trance die Feder in die Tinte getaucht und sie gewaltsam in die Seite gepresst. Ein seltsames Zeichen zierte das Buch, von Tintenklecksen umrahmt, und zu meinem Entsetzen qualmte es, und winzige Flammen loderten am Rand der verschlungenen Linien und Kreise. Ohne zu überlegen, schlug ich das Ende meines Umhangs über die Seite und erstickte damit die Flammen, bevor sie das ganze Buch verschlingen konnten. Peter riss mir das Grimoire aus der Hand und untersuchte es entsetzt. Ich umklammerte noch immer die

Feder, und Tinte spritzte auf meine Hand und den Unterarm. Mein Puls raste, mein Atem ging stoßweise. Das Zimmer kühlte sich ab, ich bekam eine Gänsehaut.

Ezekial schrie Peter mit blitzenden Eidechsenaugen an: ›Das ist also das Ergebnis deines großen Plans, Owling. So etwas geschieht, wenn Dummköpfe den Verstand an die Lust abgeben. Der Junge hätte das Grimoire fast zerstört – wirst du jetzt vernünftig und lässt ihn in seinem Zimmer, wo er hingehört?‹

Selbst Patrick, der mir sonst so zugetan war, stimmte zu. ›Schlecht, Owling, sehr schlecht. Das war wohl eher Wunschdenken. Schick den Jungen nach unten und lass uns weitermachen.‹

Die anderen stimmten zornig murmelnd zu, und ich war so verstört, dass ich den Kopf senkte und losheulte. Peter legte den Arm um mich und verteidigte mich vor den Beleidigungen der anderen.

›Ihr Narren! Natürlich hat nicht Christian das Buch in Brand gesteckt – es war jemand anderes. Jemand von der anderen Seite. Es könnte der wertvollste Kontakt sein, den wir je hatten, und das Buch ist fast unversehrt, es ist kein Schaden entstanden.‹ Aber sie hörten nicht auf ihn, sie glaubten, ich hätte mit irgendeinem Trick das Buch absichtlich entzündet. Ich fühlte mich beschämt und beleidigt, und ich rannte aus dem Zimmer, schluchzend, und ließ die Robe zu Boden fallen.

Nackt lief ich in Peters Zimmer und vergrub mich in seinem Bett. Aus dem Arbeitszimmer drangen noch immer laute Rufe und Beleidigungen, und ich hörte, wie die Partner aufbrachen. Einer von ihnen, ich erkannte nicht welcher, steckte den Kopf in Peters Schlafzimmer, und als er mich unter den Decken sah, schüttelte er lachend den Kopf und murmelte etwas von Peters sexuellen Vorlieben, bevor er weiterging. Sie alle eilten hinaus, und Peter schrie ihnen Beleidigungen hinterher. Ich hörte, wie etwas im Flur zu Bruch ging. Offenbar hatte jemand eine Vase umgestoßen, vielleicht sogar absichtlich. Ich fragte mich, ob sich Rosalind wegen des Aufruhrs ängstigte, aber dann fiel mir ein, dass Rosalind sich vor kaum etwas ängstigte.

Kurz darauf zeigte sich Peters massige Gestalt in der Tür. Ich kauerte mich instinktiv zusammen, auch wenn ich wusste, dass Peter zu mir gestanden hatte. Er kam zum Bett, streifte seinen Morgenmantel ab und legte sich nackt zu mir. Ich kuschelte mich an ihn, und er streichelte mein Haar.

›Es tut mir Leid, Christian‹, sagte er. ›Es tut mir Leid, dass du ihre Beleidigungen ertragen musstest.‹

›Und mir tut es Leid, dass deine Gruppe auseinander gegangen ist.‹

›Oh, die kommen nächsten Sonntag wieder, wenn sie sich beruhigt haben. Mach dir keine Gedanken.‹

So lagen wir lange Zeit da, ohne ein Wort zu sagen. Ich drückte mein Gesicht gegen seine weichen Schultern und vergrub meine Finger in dem dichten Haar auf seiner Brust. Kurz bevor ich eindöste, sagte er plötzlich etwas.

›Was hast du gesehen, Christian?‹

Ich schreckte hoch und richtete mich auf. ›Ein Teufel hat zu mir gesprochen.‹

›Wer war er? Hat er seinen Namen genannt?‹

Ich nickte, zermarterte mir das Hirn, konnte mich aber nicht erinnern. Nachdem ich mein Bewusstsein wiedererlangt hatte, verblassten die Erinnerungen an die Trance schnell. ›Ich habe ihn vergessen, aber er fing mit einem A an.‹

›Nun, egal. Komm mit.‹ Er wuchtete sich aus dem Bett, warf sich seinen schwarzen Morgenmantel um und ging zur Tür. Ich folgte ihm zum Arbeitszimmer, blieb aber nervös davor stehen.

›Hab keine Angst, Christian. In meiner Nähe bist du sicher.‹

Ich nickte, und er führte mich hinein. Er entzündete eine Laterne, und dann fand ich meine Robe auf dem Boden und umhüllte mich damit. Er fiel auf die Knie und suchte in seinem Regal, bis er ein großes, in Leder gebundenes Buch herauszog. Dann griff er nach dem Grimoire, das noch immer auf der verbrannten Seite aufgeschlagen dalag.

Während er Seiten umblätterte und vor sich hin murmelte, sah ich mich im Zimmer um. Irgendwie konnte ich mich an die Atmosphäre, die hier herrschte, nicht gewöhnen. Die Ecken schienen dunkel und heiß, dort schien die Luft irgendwie dicker, als murmelten um mich herum, gerade noch hörbar, Millionen von Stimmen.

›Christian, ich glaube, dass dieses Zeichen den Namen des Dämons darstellt, dem du begegnet bist‹, sagte Peter. Er hatte eine Schablone auf die Seite des Grimoires gelegt und zeichnete sie mit ruhigem Finger nach. ›Aa-th-a-ho-ru-s. Stimmt das? Aathahorus?‹

Der Name stimmte, aber er hatte einen anderen Klang gehabt. So wie man etwas träumt, das keinen Sinn ergibt, wenn man aufwacht. Ich nickte. ›Ja, Peter, so lautet er.‹

›Gut, gut. Und hat dieses Wesen etwas zu sagen gehabt?‹

Als ich den Namen hörte, fiel mir auch alles andere wieder ein, ich erinnerte mich sogar an den genauen Wortlaut der Sätze. ›Er sagte, er habe eine Botschaft für meinen Herren, für dich. Er habe einiges zu bereden, aber er will nur mit dir allein verhandeln. Ich kann als Unterhändler dienen, aber die anderen sind ausgeschlossen.‹

Peters Augen weiteten sich. ›Ich allein?‹

Ich nickte. Peter packte mich an den Armen und schüttelte mich. Die Robe glitt von meinen Schultern und fiel zu Boden. ›Warum hast du das nicht früher gesagt? Mein Gott, Christian. Er will mit mir allein verhandeln? Aber das ist ja wunderbar. Dann brauche ich die anderen gar nicht, ich habe sie nie gebraucht. Was war ich für ein Narr.‹

Auch wenn er mich heftigst schüttelte, merkte ich doch, dass es mehr aus Aufregung denn aus Zorn geschah. Ich war stolz darauf, ihm eine solch wichtige Nachricht überbracht zu haben, und versuchte deshalb nicht, mich seinem Griff zu entziehen, auch wenn er mich so fest gepackt hatte, dass ich bestimmt blaue Flecken bekommen würde. Dann ließ er mich plötzlich los und hockte sich hin.

›Aber was ist nun zu tun, mein Bursche, was nun?‹ Er stützte das Kinn auf die Hand und überlegte einige Minuten, in denen ich auf die Perlen seiner Weisheit wartete. Langsam hob er die Augen und sah mich an. Er presste die Lippen zusammen.

›Christian, willst du mir helfen?‹

›Ich tue alles für dich, Peter.‹

Er lächelte. ›Ja, das würdest du, nicht wahr?‹ sagte er mehr zu sich selbst. ›Mein Christian würde alles für mich tun. Was für ein guter Bursche du bist. Und weil du so ein guter Bursche bist, darfst du heute Nacht in meinem Bett schlafen.‹

Er machte sein Versprechen wahr, indem er mich in sein Schlafzimmer zurückführte und mich unter die Decke steckte. Aber er legte sich nicht zu mir. Ich streckte meine Arme nach ihm aus. ›Peter? Gehst du nicht ins Bett?‹

Er schüttelte den Kopf und ging zu seinem Kleiderschrank, wo er begann, sich ausgehfertig zu kleiden. ›Nein, nein, Christian, ich habe sehr viel zu tun, ich muss ein paar Dinge organisieren. Schlaf gut, ich bin in ein paar Stunden zurück. Du warst ein sehr guter Junge, ein sehr guter Junge.‹ Er kam ans Bett und berührte mein Gesicht. ›Aber was sage ich‹, fügte er hinzu. ›Du bist fast ein erwachsener Mann, und ich rede mit dir wie mit einem Kind. Und du hast nicht ein Jota deiner Schönheit verloren, mein Christian. Mein Engel.‹

Ich drückte meine Lippen auf seine Hand und küsste sie. Er zog sie sachte weg. ›Schlaf gut, mein Engel‹, sagte er, als er ging. Ich hörte seine Schritte auf der Treppe, dann schlug die Haustür zu.

Ich machte es mir in dem großen, gemütlichen Bett bequem, fand aber keinen Schlaf. Jedes Mal, wenn ich fast eingenickt war, besuchten mich die Schatten meiner Vision. Die Silhouette der Berge vor dem glühenden Himmel schien in meine Augenlider eingebrannt, und das

Echo von Aathahorus' zischender Stimme murmelte gedämpft und raspelnd in meinem Ohr. Ich hatte das deutliche Gefühl, als habe sich etwas in mir für immer verändert – nun, da ich diese Dinge gesehen hatte, würden sie mich ewig begleiten, vielleicht kaum merklich.«

Er schwieg, und Holly betrachtete sein Gesicht.

»Und stimmte das?«, fragte sie. »Warst du für immer verändert?«

»Ja, ich glaube schon. Sicherlich bin ich an diesem Tag erwachsen geworden – auch wenn ich noch zu schockiert und verwirrt war, um das zu wissen. Aber es war der erste Augenblick der Reflektion, der Erkenntnis, dass es kein Zurück mehr gab. Dass die Zeit vergeht, dass sie dir Streiche spielt, die dich auf unvorhersehbare Weise verändern, dass nur du aus deinen Augen schauen kannst und für den Rest der Welt Objekt bist, das betrachtet wird.«

»Wie alt warst du, als …« Holly zögerte, wünschte sich, die Frage, die sie stellen würde, wäre so absurd, wie sie klang. Aber sie konnte die Tatsachen nicht ändern. »… als du starbst?«

»Siebzehn«, antwortete Christian. »Es geschah kurz nach meinem siebzehnten Geburtstag.«

»Und wie …«

»Im Wasser, Holly. In der kalten, kalten Themse.«

Holly traten Tränen in die Augen. »O Gott, das tut mir so …« Leid war nicht das richtige Wort. Es gab keine richtigen Worte, wenn man mit einem Geist sprach. »Warum wurdest du nicht hundert Jahre später geboren?«

»Ich bin hier, bei dir.«

»Ich wünschte, ich könnte dich berühren«, sagte sie leise.

»Soll ich die Geschichte weiter erzählen?«, fragte er sanft.

Sie nickte.

»Etwas später in der Woche kam Peter zu mir. Rosalind war gerade schlafen gegangen, und ich döste vor dem Kamin, als Peter mich wachrüttelte.

›Christian‹, sagte er. ›Wach auf, Junge, ich muss dir etwas zeigen.‹

Verschlafen richtete ich mich auf und zog mir die Decke fester um die Schultern. ›Was denn?‹ fragte ich.

›Komm mit ins Esszimmer.‹

Ich folgte ihm, und er bat mich, an dem großen, verstaubten Tisch Platz zu nehmen. Dann stellte er eine kleine, silberne Schatulle vor mich. ›Hier‹, sagte er. ›Schau hinein.‹

Ich hantierte am Schloss herum, bis der Deckel aufsprang. In ihr befand sich ein feines, weißes Pulver. ›Was ist das?‹ fragte ich.

›Berühre es nicht. Es ist eine Überraschung für meine Partner. Ich brauche deine Hilfe.‹

Neugierig sah ich ihn an. ›Was soll ich tun?‹

›Wenn wir am Sonntag unser Ritual beendet haben, lade ich sie nach unten auf ein Glas ein. Ich schicke dich fort, um den Wein einzugießen, und du musst in jedes Glas einen Löffel von diesem Pulver tun, außer in meins. Du darfst das Pulver nicht berühren, sonst wird es verunreinigt. Aber das Wichtigste ist, mich zuerst zu bedienen und mir ein unversetztes Glas Wein zu geben. Verstanden?‹

»Ja, aber was macht das Pulver?‹

›Es ist nur eine Droge, um sie zu entspannen.‹

Ich sah ihn misstrauisch an.

›Die Leute bezahlen viel Geld für dieses Pulver‹, sagte er und klappte den Deckel zu. ›Es ist ein Geschenk für meine Partner, um sie nach dem Streit am letzten Sonntag zu besänftigen.‹

›Ist es Opium?‹ Eine der vielen fantastischen Ideen Rosalinds drehte sich um Opium-Piraten in Ost-Indien.

›Je weniger du weißt, desto besser‹, sagte Peter mit strenger Miene. ›Achte nur darauf, dass ich nichts davon bekomme. Ich bin allergisch dagegen. Du willst doch nicht, dass ich krank werde, nicht wahr?‹

Ich wunderte mich zwar, dass er sich so gönnerhaft gab, gab seinem Wunsch aber nach.

In dieser Woche dachte ich nicht mehr an die silberne Schatulle mit dem Pulver, denn Peter kam plötzlich die Idee, einen Hausputz zu veranstalten. Jeden Morgen scheuchte er mich und Rosalind aus dem Bett, um ihm dabei zu helfen, alte Sachen wegzuschmeißen und überall sauber zu machen. Rosalind hatte Küchendienst, mir wurde der Keller zugewiesen. Wenn ich ehrlich bin, fand ich, dass ich das kleinere Übel vor mir hatte, denn unsere Küche war eine einzige stinkende Kloake. Der Keller mochte feucht und verstaubt sein, aber hier musste man wenigstens nicht den jahrealten Schmutz Peters abkratzen.

Vorsichtig ging ich mit meiner Laterne die Treppe hinab und untersuchte, was vor mir lag. Alte kaputte Möbelstücke wurden hier verwahrt, und ich fand ein halbes Dutzend volle Flaschen Wein, die wohl schon in Essig übergegangen waren. Seinen guten Wein lagerte Peter oben. Überall lagen Bücher und Papiere herum, denen das Alter und die Feuchtigkeit teilweise arg zugesetzt hatten. Die Seiten waren aufgequollen, die Buchstaben bis zur Unkenntlichkeit verwischt. Ich lehnte meinen Besen an die Treppe und begann mit der Arbeit.

Am Abend lobte mich Peter. Ich hatte die Möbel weggeräumt und die Bücher ordentlich an einer Wand aufgestapelt, nachdem ich unzählige tote Insekten zusammengekehrt hatte.

›Gut gemacht, Christian, gut gemacht‹, sagte er und klopfte mir herzlich auf den Rücken. ›Jetzt geh nach oben und leiste Rosalind Gesellschaft. Ich muss hier unten noch einiges erledigen und ein paar Sachen durchsehen.‹

Und so ließ ich die Lampe bei ihm und ging nach oben.

Ich fand sie im Esszimmer, wo sie die Wände abschrubbte. Sie hatte sich einen alten Schal um den Kopf gebunden, und ihr Gesicht war schmutzig. An den Stellen, wo ihr in Seifenlauge getunkter Schwamm über die Tapete gefahren war, leuchtete sie in ihrer ursprünglichen Farbe. Als sie mich sah, hellte sich ihr Gesicht auf.

›Christian, Gott sei Dank!‹ Papa lässt mich den ganzen

Tag wie eine Sklavin schuften, aber er sagte, ich könne aufhören, wenn du heraufkämest.‹ Sie ließ ihren Lappen in einen Eimer mit schmutzigem Wasser fallen und warf die Arme um mich. Auch ich war voller Staub und verschwitzt. ›Wo ist Papa jetzt?‹

›Er ist im Keller. Ich glaube, er geht ein paar Papiere durch. Dort unten waren eine Menge alter Bücher und Ordner.‹

Sie trat einen Schritt zurück und betrachtete mich. ›Du bist schmutzig, wir sind beide schmutzig. Ich glaube, wir sollten ein Bad nehmen.‹

Baden war nichts, was uns sehr interessierte, auch wenn Lord Burghley darauf bestanden hatte, dass wir regelmäßig badeten, als wir bei ihm waren. In Peters Haus gab es einen kleinen, gefliesten Raum, der von seinem eigenen Zimmer abging, in dem eine fleckige Emaillewanne stand.

Rosalind ergriff meine Hand und zog mich in die frisch geputzte Küche. ›Komm, wir tun, als seien wir in Arabien und würden in Ziegenmilch baden wie ein arabisches Königspaar.‹

Sie goss Wasser in einen Topf und setzte ihn auf den Ofen. Zunächst füllte ich die Wanne mit kaltem Wasser, dann trug ich das kochende vorsichtig nach oben und goss es hinzu. Der alte Spiegel im Badezimmer beschlug. Rosalind durchsuchte Peters Kleiderschrank nach Handtüchern und Seife, und erst als wir vor der Wanne standen, riss uns die Erkenntnis aus unseren arabischen Träumen, dass wir uns voreinander ausziehen mussten. Irgendwann in den letzten Monaten hatten wir die Scham der Erwachsenen entdeckt.

Rosalind kicherte. ›Du zuerst‹, sagte sie.

Ich schüttelte den Kopf. ›Vielleicht sollten wir nacheinander baden.‹

Sie seufzte und schlug die Augen nieder. ›Das könnten wir, aber es würde sicherlich nicht soviel Spaß machen.‹ Plötzlich strahlte sie mich an. ›Ich weiß. Ich schließe die Augen, bis du in der Wanne sitzt, und dann machst du es genauso. Wenn wir erst im Wasser sind, ist es doch egal, oder?‹

Ich hatte den Verdacht, dass es nicht egal wäre, aber ich war auch neugierig und aufgeregt. Das Vergnügen des Verbotenen prickelte in mir. ›Meinst du nicht, Peter wäre böse, wenn er uns findet?‹

›O nein, natürlich nicht. Wir sind doch wie Bruder und Schwester. Ich wette, Brüder und Schwestern baden immer zusammen.‹ Sie breitete die Arme aus, als schließe sie mit diesen Worten die ganze Welt ein. ›Außerdem hockt Papa stundenlang im Keller. Fang an – ich halte mir die Augen zu.‹

Sie legte die Hände auf die Augen, und ich pellte mich eilig aus meinen schmutzigen Sachen und stieg in das warme Wasser. Wohlig umhüllte es meinen Rücken und meine Arme, die von der harten Arbeit des Tages schmerzten.

›Ich bin drin‹, sagte ich und zog die Knie an die Brust.

Rosalind nahm die Hände von den Augen. ›Jetzt ich‹, sagte sie. ›Wage es nicht zu gucken.‹

Auch ich legte die Hände über die Augen, konnte jedoch der Versuchung, die Finger einen Spaltbreit zu öffnen, nicht widerstehen. Doch der Anblick ihrer kleinen festen Brüste mit den rosa Brustwarzen verwirrte mich so sehr, dass ich verlegen die Augen zukniff.

›Ein Teil noch‹, hörte ich sie sagen. Dann musste sie das Licht gelöscht haben, denn ich merkte, dass es dunkel geworden war. Ich spürte, wie ihr Körper ins Wasser glitt. Ihre Füße streiften meine Knöchel, als sie sich setzte.

›Jetzt kannst du sie wieder aufmachen.‹

Ich nahm meine Hände weg. Aus einem winzigen, hohen Fenster leuchtete ein wenig Mondschein in das Badezimmer. Rosalind war kaum mehr als ein bleicher Glanz mir gegenüber, und ein paar verlockende Schatten tanzten über die Kurven und Einbuchtungen ihres Körpers. Verlegen begann ich hektisch meine Arme und meine Brust zu waschen. Sie beugte sich vor und ergriff meine Hand.

›Hier‹, sagte sie. Ich spürte ein Stück glitschiger Seife. ›Die eine Hälfte für dich, die andere für mich.‹

Oh, wie gerne hätte ich ihren Körper berührt, gerne wäre ich mit der Seife über ihre süßen, nassen Rundungen geglitten. Ich war froh, dass es dunkel war, denn ansonsten hätte ich meine Sehnsucht nicht verbergen können – sie hatte sich physisch manifestiert. Aber wir wuschen uns schweigend und ohne einander zu nahe zu kommen, und wenn sich unsere Beine berührten, dann murmelten wir eilig eine Entschuldigung.

Als wir fertig waren, hatte sich das Wasser beträchtlich abgekühlt. Rosalind befahl mir mit schüchterner Stimme, mich abzuwenden, als sie aus dem Bad stieg und sich in ein Handtuch hüllte. Ich folgte ihr und wickelte mir schamhaft ein Tuch um die Hüfte. Mit dem Rücken zueinander stehend, trockneten wir uns ab. Die kalte Luft ließ mich frösteln, und ich beeilte mich, doch als ich einen kurzen Blick zur Seite warf, sah ich, dass Rosalind mich betrachtete.

Es war mir peinlich, auch wenn sie mich in dem dunklen Raum sicher nicht gut erkennen konnte.

›Christian‹, sagte sie. ›Tritt einen Schritt zurück.‹

Ich bedeckte mich mit dem Handtuch und gehorchte ihr. Erstaunt sah ich sie an.

›Und noch einen.‹ Ihre Stimme hallte warm und weich durch das kalte Zimmer. Ich trat einen zweiten Schritt nach hinten. ›Ah, das ist besser‹, sagte sie mit einem Seufzer.

Ich sah, dass ich genau in dem Mondlicht stand, das durch das hohe Fenster fiel. Verlegen senkte ich den Kopf, und mein nasses Haar kräuselte sich auf meinen Schultern. Im nächsten Augenblick stand sie vor mir, legte mir die Hände um die Hüften und zog mich zu sich.

›Du bist so schön, Christian‹, murmelte sie mir ins Ohr. ›Schau, wir sind beide schön.‹

Ich hob den Kopf und betrachtete uns im Spiegel. Wir sahen aus wie zwei bleiche, gefallene Engel. Ihr Haar glänzte golden, ihr weißer Körper schien mit meinem zu verschmelzen. Meine Sinne erwachten, mein Herz raste in der Brust. Sie löste mein Handtuch, es fiel auf den Boden. Wir umarmten uns für eine Sekunde, nackt, und mein hart gewordener Schwanz drückte sich gegen ihren weichen Bauch. Dann wich sie leise lachend zurück, hüllte sich wieder in ihr Handtuch und schüttelte die feuchten Locken aus. ›Oh, Christian, du bist ein böser Junge. Ich habe es gespürt, ich habe es gespürt.‹ Ich begriff, dass sie meine Erektion meinte. Sie kicherte.

›Ich kann nichts dafür‹, sagte ich hilflos.

›Komm, ziehen wir uns an. Wir sollten so etwas nie wieder tun, und wir sollten auch nie darüber sprechen. Ich habe es gespürt, Christian, und ich weiß, was es bedeutet, wenn er hart ist. Ich meine, ich weiß, wozu es da ist. Aber das dürfen wir niemals tun.‹

Vor Scham zitternd, nahm ich meine Kleider und begann mich hineinzuzwängen, als mir einfiel, dass sie völlig verdreckt waren. Rosalind zog ihr Nachthemd an und drückte ihre anderen Sachen gegen die Brust. ›Ich gehe ins Bett‹, sagte sie rasch, fast atemlos. ›Wir sehen uns morgen.‹

Fort war sie, und ich stand da, im dunklen Badezimmer, die Hälfte meiner schmutzigen Sachen am Leib. Ich zog sie ein zweites Mal aus und ging in Peters Zimmer, auf der Suche nach etwas Sauberem zum Anziehen. Ich zog einen roten Hausmantel aus Satin über und legte mich aufs Bett. Meine Lenden schmerzten, und mein Schwanz war noch halb steif. Ich rollte mich auf den Bauch und presste meinen Unterleib gegen die Matratze. Der Satin glitt unerträglich sanft über meine Haut. Ich dachte an ihren Körper – so frisch und weich. Keuchend lag ich in der Dunkelheit und rieb meinen Schwanz gegen den Stoff und gegen die Matratze, bis ich die Innenseite des Mantels mit meinem Samen befleckt hatte. Ich drehte mich auf den Rücken und musste daran denken, was Rosalind gesagt hatte. ›Ich weiß, wozu es da ist, aber das dürfen wir niemals tun.‹ Ich wusste, dass sie Recht hatte. Wir waren nicht füreinander bestimmt. Aber ein Teil des

Satzes ging mir nicht aus dem Kopf. ›Ich weiß, wozu es da ist.‹ Woher wusste sie das? Sie war gerade vierzehn und hatte ihr ganzes Leben in dem Haus verbracht. Und obwohl sie viel las und eine rege Phantasie besaß, so hatten ihre Worte doch zu wissend geklungen, fast obszön. Ich folgte ihrem Wunsch und erwähnte es nie wieder, aber noch oft fragte ich mich, was sie wohl gemeint hatte und woher sie es wusste.

22. Kapitel

»Empfandest du etwas für Rosalind«‹, fragte Holly. »Hast du sie geliebt?«

»Ich habe sie geliebt«, antwortete Christian. »Nicht wie ein Liebhaber, aber auch nicht wie ein Bruder. Nach unserem Bad war es, als habe jemand einen falschen Ton in einer vollkommenen Melodie gespielt. Als sei auf einmal ein Misston erklungen, der manchmal und ohne Vorwarnung in den süßesten Tönen mitschwang. Ich gab mir die größte Mühe, sie aus meinen sündigen Phantasien herauszuhalten, und meistens gelang es mir auch – besonders an den Tagen nach einem Besuch von Lucy Humberstone. Ich muss zugeben, dass Lucys schmale, dunkle Augen oft in meinen Tagträumen auftauchten. Ganz zu schweigen von anderen Teilen von ihr, die ich bis dato nicht gesehen hatte.«

Holly lachte, und Christian lächelte ihr im Spiegel zu. »Es ist wunderbar, dein Lachen zu hören.«

»Es ist wunderbar, dein Lächeln zu sehen«, entgegnete sie.

Er nickte, doch dann erstarb das Lächeln auf seinen Lippen. »Ich sollte nicht lächeln«, sagte er. »Denn bald darauf geschah etwas sehr Böses.

An jenem Sonntag erschienen Peters Partner, und unter Entschuldigungen und Selbstbezichtigungen schritten sie die Treppe hinauf, um ihr Ritual zu vollziehen – ohne mich. Ich saß in der Küche, bei den Weingläsern und der Schatulle mit dem weißen Pulver, und wartete auf weitere Anweisungen von Peter. Die Uhr über dem Kaminsims tickte vor sich hin, und die Schläge hallten durch die leeren Parterrezimmer. Ich spielte mit den Gläsern, stellte sie wie Soldaten in Reih und Glied auf, betrachtete die Welt durch ihre gewölbten Füße, stellte sie auf den Kopf und stapelte sie zu einer waghalsigen Pyramide. Das Kerzenlicht brach sich im schweren Kristall, das die Dinge unzählige Male und in seltsam verzerrten Formen reflektierte. Irgendwann hörte ich ihre Stimmen auf der Treppe.

Ich erhob mich und spähte ins Wohnzimmer. Peter plauderte lachend mit seinen Partnern, und ich hielt meine Befürchtungen schon für unbegründet. Vielleicht war das weiße Pulver wirklich nur ein teures Geschenk zur Feier ihrer Versöhnung. Peter sah meinen Blick und lächelte mir zu.

›Christian, mein Junge, schenk uns doch allen ein Glas Wein ein.‹ Dann wandte er sich an die anderen und sagte: ›Meine Freunde, wie wär's mit einem Glas auf unseren kleinen magischen Zirkel?‹

Sie stimmten zu und nickten, und selbst Ezekial schien ungewohnt guter Laune. Patrick lächelte mich mit seinem Mondgesicht an, und ich erwiderte sein Lächeln. Ja, ein Glas zur Feier des Tages. Dass sie mich vor einer Woche so erniedrigt hatten, war fast vergessen.

Ich ging in die Küche zurück und schenkte fünf Gläser Rotwein ein. Mit sicherer Hand schüttete ich weißes Pulver in vier der Gläser und rührte sie mit einem Löffel um. Diese vier Gläser platzierte ich auf einem Silbertablett, so, dass Peters Glas etwas abseits stand. Vorsichtig trug ich das Tablett ins Wohnzimmer, wobei ich meinen Blick auf die Gläser gerichtet hielt, so als könnten sie sich von selbst verschieben, wenn ich auch nur eine Sekunde lang wegschaute. Ich stellte das Tablett auf dem Kaminsims ab und nahm sofort Peters Glas und brachte es ihm. Er lächelte und nickte, und es erfüllte mich mit Stolz, dass er mir diese Aufgabe anvertraut hatte.

Dann reichte ich den anderen ihre Gläser. Peter wartete, bis alle versorgt waren, dann hob er sein Glas.

›Ein Toast auf den magischen Zirkel‹, sagte er. Seine Augen funkelten.

Sie hoben die Gläser. Ich klemmte mir das Tablett unter den Arm und blieb an der Tür stehen. Sie tranken, lobten den Wein und tranken erneut. Peter drängte sie, ihre Gläser wie Männer zu leeren und nicht wie Weiber daran zu nippen. Sie lachten und folgten seinem Beispiel. Ich atmete auf, alle schienen bester Laune. Ich drehte mich um und wollte gehen, als Patrick laut zu husten begann.

Ich fuhr herum. Patrick hielt sich die Brust, er hustete ununterbrochen, und sein Körper zuckte. Auf seinen Lippen zeigten sich Blutbläschen. Edmund sprang auf, um ihm zu Hilfe zu eilen, als auch er sich hustend krümmte. Thurber ließ sich auf einen Stuhl fallen, er griff sich mit den Händen an den Hals und gab würgende, ächzende Laute von sich. Nur Ezekial stand noch aufrecht da. Alles Blut war aus seinem Gesicht gewichen, und seine Augen weiteten sich entsetzt, als ihm die schreckliche Erkenntnis kam.

Er zeigte mit einem seiner langen Finger auf mich und schrie: ›Er hat uns vergiftet. Er …‹ Dann ging seine Stimme in ein bellendes Husten über. Blut und erbrochener Wein schossen ihm aus dem Mund. Er stolperte auf mich zu, warf einige Möbelstücke um und wäre fast auf dem Teppich ausgerutscht. Ich schrie auf und wich zurück, ließ das silberne Tablett fallen und streckte abwehrend die Arme aus. Ezekial war zu schnell und zu stark für mich. Er packte meine Handgelenke und riss mich an sich. Seine Fingernägel stachen mir ins Fleisch.

›Du! …‹ Wieder musste er husten, und sein Blut spritzte mir ins Gesicht. ›Du … Mörder!‹

Seine Nägel rissen mir die Haut auf. Mit dem letzten Rest seiner Kraft warf er mich gegen die Wand, und ich schlug mit dem Kopf dagegen und sank zu Boden. Er ließ sich auf mich fallen und schlug auf mich ein, aber seine Fausthiebe waren die eines Kindes, und dann hustete er noch einmal abgehackt, japste und starb, auf mir liegend.

Vor Schreck und Schmerz verlor ich das Bewusstsein. Ich weiß nicht, wann ich wieder erwachte – vielleicht nach Minuten, vielleicht schon nach Sekunden – aber ich hörte, wie Peter im Hintergrund lachte. Benommen und entsetzt sah ich auf. Edmund, Thurber und Patrick lagen tot da, ihre leblosen Körper im Zimmer verstreut wie weggeworfenes Spielzeug. Ich wand mich unter Ezekials Körper hervor und wischte mir sein Blut aus dem Gesicht. Ein hysterischer Schrecken lauerte in meiner Kehle, den ich kaum unterdrücken konnte.

›Sie dachten, du hättest es getan‹, sagte er und klopfte sich auf die Schenkel. ›Sie wussten nicht einmal, dass ich es war. Hi, hi, hi, das perfekte Verbrechen.‹

Ich öffnete den Mund, wollte Worte für das finden, was ich ihm sagen wollte, aber alles, was mir entfuhr, war ein langer, grässlicher Schrei. Augenblicklich sprang er auf und hielt mir den Mund zu.

›Psst, psst, Christian, mein Junge. Sei still, tu Peter den Gefallen, bitte. Alles ist gut. Psst, Junge, psst.‹ Er redete mit sanfter Stimme auf mich ein, und ich schloss die Augen, weil ich den Anblick der Leichen nicht mehr ertragen konnte. Sie streckten die Hände aus, und an ihren Lippen begann das Blut bereits zu trocknen. Ein weiteres böses Bild, das den Geist verstörte und das ich nicht vergessen sollte.«

»O mein Gott«, sagte Holly mit Tränen in den Augen. »O Christian, armer Christian.«

»Peter brachte mich in die Küche und gab mir ein Glas Brandy – den Wein, den er mir anbot, wagte ich nicht anzurühren –, und er saß lange bei mir und streichelte mein Haar. Aber ich beruhigte mich nicht, solange ich wusste, dass ihre Leichen dort draußen lagen, dass sie auf mich warteten, dass der nackte, dunkle Schrecken des Verbrechens im Wohnzimmer lauerte.

Irgendwann forderte Peter mich auf, mich für die letzte Runde zu wappnen, und ich folgte ihm. Einen nach dem anderen zogen wir durch die Küche und schleppten ihn die Treppe hinunter in den Keller. So erfuhr ich, was Peter in der Nacht dort unten gemacht hatte, in der Rosalind und ich gemeinsam badeten. Er hatte keine Papiere durchgesehen, sondern hatte Ziegel aus der Kellerwand entfernt, hinter denen die dunkle Erde zum Vorschein kam. Dann hatte er hölzerne Pflöcke in die Erde getrieben, an denen wir die Leichen festbanden, Seite an Seite.

Es nahm kein Ende. Ich arbeitete in einem seltsamen Delirium – ich zog die Leichen hinter mir her, half Peter, sie gegen die Wand zu stemmen, band Knoten, sah, wie die Körper zusammensackten, nachdem sie angebunden waren, hielt mir die Ohren zu, als Peter ihnen mit einem Schlagholz die Knie brach, damit sie nicht später durch das frische Mauerwerk drangen. Ein pochender Schmerz tobte in meiner Brust, mir war übel, und mein Leben kam mir unwirklich und wie verschleiert vor, als betrachtete ich aus der Ferne ein Bild.

Aber Ezekial. O Gott, er war so groß und schwer. Und seine Augen … Peter schob sein Lid nach oben, um sicherzugehen, dass er auch tot war, und es schien, als sähe er mich wieder an, als sagte er mit seinem einen Auge noch einmal ›du Mörder‹. Denn so wie ich wusste, dass selbst nach dieser Schreckensnacht ein neuer Tag anbrechen würde, wusste ich, dass ich ihn ermordet hatte. Ich hatte sie alle ermordet.«

»Aber das stimmt nicht«, wandte Holly ein. »Peter hat dich dazu gebracht. Er hat dich belogen, er hat dir nicht gesagt, dass es Gift war.«

»Säure, Holly, es war Säure. Sie hat ihnen die Gedärme und den Magen zerfressen. Er hat das Pulver bei einem verbrecherischen Apotheker in St. Giles gekauft, der es so süßte, dass man es aus Wein nicht herausschmecken konnte. Das alles hat er mir viel später erzählt. Die Körper verbrannten von innen, ihre Organe wurden zersetzt. Die Schmerzen müssen ungeheuerlich gewesen sein.«

»Christian, du warst es nicht. Du hast nur getan, was er dir auftrug. Dein einziges Verbrechen besteht darin, einem teuflischen Menschen vertraut zu haben.«

Zornig schüttelte er den Kopf. »Peter war nicht teuflisch, Holly. Er hatte bei seinen Taten höhere Ziele im Auge.«

Holly blickte traurig zu Boden. Er konnte nicht überzeugt werden. »Aber du hast sie nicht ermordet.«

»Ich habe das Pulver in die Gläser getan. Ich habe sie ihnen gereicht. Ezekial hatte Recht.«

Holly wusste nicht mehr, was sie sagen sollte, also sagte sie nichts.

»Wir zogen die Ziegelmauer wieder hoch und begruben so die Leichen dahinter. Wahrscheinlich sind ihre Skelette noch immer dort, eine Sammlung von Knochen in einer Aushöhlung zwischen Erdwerk und Mauer. Vielleicht hängt die eine oder andere knochige Hand noch an ihrem Seil. Drei Wochen lang war der Geruch fast unerträglich, dann verschwand er. Ich bin nie wieder in den Keller gegangen.«

»Hat niemand Verdacht geschöpft? Ist die Polizei nicht gekommen?«

»Nein. Niemand wusste von dem magischen Zirkel. Peters Partner waren respektable Männer aus guten Familien, und sie hatten niemanden von ihren sonntäglichen Freveln erzählt. Wahrscheinlich hatte nie jemand den Namen Owling erwähnt. Peter schickte mich zu Bett, dann säuberte er das Wohnzimmer vom Blut. Als ich am Morgen herunterkam, war es, als wäre nichts geschehen. Ich nahm mein Lesebuch und machte dort weiter, wo ich gestern aufgehört hatte, und begrub das Geheimnis meiner Schuld so tief in meiner Seele, wie ich nur konnte.

Peter wartete nur eine Woche, bevor er mich in das Arbeitszimmer drängte, wo ich erneut Kontakt mit dem Geist Aathahorus aufnehmen sollte. Ohne die anderen wirkte alles leer und seltsam. Nur Peter und ich saßen in schwarze Roben gehüllt vor dem Grimoire. Er zeigte mir eine Liste von Wörtern, mit denen er Kontakt zur anderen Seite aufnahm, und brachte mir bei, wie man sie aussprach. Es ging nicht darum, sie möglichst laut zu sagen, sondern sie von den Lippen fallen zu lassen, sodass sie in der Luft hingen und vibrierten.

Dann geschah etwas sehr Seltsames. Ich erinnere mich an ein Gefühl der Müdigkeit, alles wurde dunkler, und ein anderes Bewusstsein nahm meine Stelle ein – Aathahorus sprach durch mich, ich erwiderte etwas, und Peters Stimme ertönte. Aber all diese Gedanken schienen nicht mehr als eine Sekunde in Anspruch zu nehmen. Und doch hatte ich meinen ersten eigenen zusammenhängenden Gedanken erst Stunden später, als ich in Peters Bett aufwachte.

Ich hatte Angst und war desorientiert, aber Peter saß neben mir.

›Was ist passiert?‹, fragte ich. Ich konnte kaum den Kopf vom Kissen heben.

›Aathahorus hat für kurze Zeit deinen Körper eingenommen. Er hat durch dich gesprochen. Christian, du bist mein Engel. Wer hätte vor all den Jahren, als ich dich zum ersten Mal auf der Straße sah und mit zu mir nahm, gedacht, dass du dich als mein wertvollster Besitz erweisen würdest.‹

›Was meinst du, er hat meinen Körper eingenommen?‹

›Du warst von ihm besessen. Er ist in deinen Körper eingedrungen und hat mit mir gesprochen. All das Wissen, die Weisheiten, die er mit mir teilt – Christian, das ist unbezahlbar. Und du hast es möglich gemacht.‹

Natürlich freute es mich, dass Peter so zufrieden mit mir war, aber die lange Bewusstlosigkeit machte mir Sorgen. Peter schien das zu spüren, drückte mich an sich und strich mir übers Haar.

›Christian, erinnerst du dich an letzte Woche, als ich darauf vertraute, dass du mir kein Pulver in den Wein tatest? Als ich darauf vertraute, dass du mich nicht vergiftest?‹

Ich nickte, aber der Gedanke an die Morde ließ mich schaudern.

›Nun, so wie ich dir vertraute, musst du mir vertrauen. Wir müssen einander vertrauen.‹

›Natürlich müssen wir das‹, sagte ich leise.

›Und ich schwöre dir, Christian, alles, was ich tue, geschieht zu deinem und Rosalinds Bestem. Ich tue es, damit wir zusammenbleiben können und damit die Welt unser Glück nicht zerstören kann. Ich schwöre es dir, Christian. Liebst du jemanden in der Welt mehr als Rosalind und mich?‹

Ich schüttelte den Kopf. ›Natürlich nicht.‹

›Wenn du mir also vertraust, und wenn du mich und Rosalind liebst, und wenn du willst, dass wir immer glücklich miteinander leben, dann brauchst du nie mehr irgendwelche Fragen zu stellen oder dich zu ängstigen. Verstehst du das?‹

Ich habe ihn verstanden.«

»Und du hast ihm vertraut«, sagte Holly. »Trotz allem, was er getan hatte, hast du ihm vertraut.«

»Wenn wir nicht einmal denen vertrauen, die wir lieben, gibt es wenig, worauf wir hoffen könnten.«

»Wie ging es weiter?«

»Jeden Sonntag ging er mit mir in sein Arbeitszimmer. Ich fiel für eine Stunde oder mehr in Ohnmacht und erwachte in Peters weichen Armen. Er fütterte mich mit Suppe und kräftigem Brot, und manchmal schenkte er mir Süßigkeiten oder ein Buch; er schätzte meine Hilfe. Manchmal zeigte er mir, was ich unter dem Einfluss Aathahorus' geschrieben hatte. Für mich war es unleserliches Gekritzel, aber Peter verstand es.

So ging unser Leben weiter. Die Leichen verwesten vergessen im Keller, am Sonntag half ich Peter, die Zahl seiner Patienten nahm ständig zu, ich hatte noch immer ein Auge auf Lucy Humberstone geworfen, mein Lesen wurde immer besser, und schließlich verblasste auch die Erinnerung an die Morde, bis ich manchmal tagelang nicht mehr daran dachte.

Rosalind und ich standen uns näher als je zuvor, jetzt da wir zu alt für Kinderspiele wurden und begannen, zusammen zu lesen und zu lernen. Sie hatte angefangen zu zeichnen, und ich war ihr liebstes Motiv. Jede Woche musste ich für sie posieren, und ihr Strich wurde immer sicherer, ihr Auge für die Proportionen immer schärfer. Es war das reine Glück, so wie Peter gesagt hatte, und jetzt, da wir etwas mehr Geld hatten, konnten wir uns besseres Essen leisten und bekamen öfter neue Kleider.

Das Kleidungsstück, das ich am meisten liebte, war eine rot-goldene Seidenkrawatte, die ich jeden Mittwoch trug, wenn Lucy Humberstone zu uns kam. Um elf Uhr hielt ich mich stets im Wohnzimmer auf, und Lucy nickte mir lächelnd zu. Manchmal verweilte ihr Blick etwas länger auf mir, aber Peter bat sie stets umgehend in sein Zimmer, und dann sah ich sie erst eine Stunde später wieder, wenn sie sich mit einem erneuten Lächeln und einem Nicken verabschiedete und bis zur nächsten Sitzung verschwand.

Doch eines Mittwochs, ich war gleichermaßen erschrocken und erregt, blieb sie auf ihrem Weg nach oben stehen und sprach mit mir. Sie blieb lächelnd vor meinem Stuhl stehen und nahm meine Seidenkrawatte in die Hand.

›Sie ist sehr schön, Christian.‹

Ich lächelte schüchtern, sagte jedoch nichts. Peter behauptete weiterhin, ich sei stumm, und so war ich ans Schweigen gewöhnt.

Sanft nahm sie die Hand fort und zog ihre Handschuhe aus, die sie mit einer auffälligen Geste auf den Kaminsims legte. Dann folgte sie Peter, der auf sie wartete. Sobald sie verschwunden waren, ergriff ich einen der Handschuhe und atmete ihren Duft ein. Lavendel und Moschus – göttlich. Ich hielt den Handschuh eine Weile, fürchtete dann jedoch, ich könnte ihn schmutzig machen, und legte ihn ehrfürchtig zu seinem Zwilling. Ich widmete mich wieder meinem Buch, bis ihre Stunde vorüber war.

Als sie mit Peter plaudernd die Treppe herunterkam, stand ich auf und ergriff die Handschuhe, um sie ihr zu geben. Aber sie schaute überhaupt nicht in meine Richtung, und ich konnte sie ja nicht ansprechen. So ging sie ohne sie.«

»Sie hat sie absichtlich vergessen, nicht wahr?«, fragte Holly.

»Ja, es war Absicht. Zwei Stunden später kam eine Nachricht mit der Bitte, ich solle ihr die Handschuhe am Nachmittag nach Hause bringen. Sie versprach, Peter mit einer beträchtlichen Summe für die Unannehmlichkeiten zu entschädigen, und er schickte mich sofort los.

In der City von London, in der ich früher meinem Gewerbe nachgegangen war, kannte ich mich noch sehr gut aus, doch in Camden, wo wir und auch die Humberstones wohnten, war das nicht der Fall. Peter zeichnete mir eine Karte, und ich ging ohne Probleme die Camden Road hinunter, vorbei an zwei Bahnhöfen. Aber am Ende der Straße verlief ich mich, und erst nachdem ich eine halbe Meile die High Street hinuntergelaufen war, merkte ich, dass ich in die falsche Richtung ging. Als ich den Weg wieder gefunden hatte, verwirrte mich der Zoologische Garten, den Peter nicht eingetragen hatte, und ich folgte der Straße, die um das Ende des Regent Parks herumführt – sicherlich ein Umweg von über einer Meile –, bis ich Hanover Gate fand und dahinter Hanover Mews, wo die Humberstones wohnten. Ich war zu erschöpft und nervös, um die Pracht ihres Anwesens zu registrieren, ging schnell zur Haustür, klingelte und wartete mit klopfendem Herzen.

Eine Dienerin öffnete die Tür, und ich gab ihr die Nachricht, die Lucy geschickt hatte. Sie las sie und bat mich herein.

›Mrs. Humberstone kommt gleich‹, sagte sie, verbeugte sich leicht und ließ mich im Salon warten. Ich saß auf einem schweren, gepolsterten Sofa. Jeder freie Zentimeter des Zimmers schien mit etwas Extravagantem gefüllt – Bilder mit Goldrahmen, Samtkissen, Zigarrendosen aus Marmor, seltsame Gemälde in Öl, bunte Vorhänge. Lord Burghleys Zimmer waren im Vergleich dazu spartanisch gewesen.

Schon bald kehrte das Dienstmädchen zurück und kündigte Lucy an. Sie nickte ihr kurz zu und verschwand, sodass ich mit Lucy allein war.

Ich hatte völlig meine Manieren vergessen. Erst jetzt sprang ich auf und verneigte mich, bevor ich ihr die Handschuhe reichte.

›Danke, Christian‹, sagte sie und warf sie achtlos auf einen Couchtisch. ›Setz dich doch.‹

Ich setzte mich wieder auf das Sofa, und sie ging zum Fenster und zog die Vorhänge zu. Der Raum wurde plötzlich sehr dunkel. Verwirrt blickte ich um mich, naiv, wie ich war, wusste ich noch immer nicht, was sie vorhatte.

Sie setzte sich zu mir und sah mich an. ›Armer kleiner, stummer Junge‹, sagte sie und legte einen Finger auf meine Lippen.

Ich hätte ihr gerne gesagt, dass ich gar nicht stumm war, dass ich nur so tat, weil Peter es wünschte, aber Peter vertraute mir, und ich durfte ihn nicht enttäuschen. Sie nahm den Finger von meinem Mund und griff an ihr Mieder.

›Ich habe bemerkt, wie du mich ansiehst, Christian‹, sagte sie leise, fast unhörbar. Während sie langsam das Mieder aufknöpfte, richtete sie ihre dunklen Augen auf mich. Sanft ergriff sie meine Hand und führte sie an den Ausschnitt ihrer Bluse. Sie ließ den Kopf nach hinten fallen und stöhnte leise. Mit einer Hand löste sie ihr langes blondes Haar, das kunstvoll aufgetürmt gewesen war.

Abgesehen von meiner kurzen Umarmung mit Rosalind im Bad hatte ich nie eine Frau berührt. Ich schob meine Hand unter ihr Korsett, und meine Fingerspitzen fanden eine kleine, steife Brustwarze. Ich berührte sie mit ebenso viel Neugier wie Erregung.

›Zieh mich aus, Christian‹, sagte sie mit heiserer Stimme.

Ich hatte keine Ahnung, wo ich damit beginnen sollte, und sah sie verwirrt an. Sie hielt mein Zögern für Angst und lächelte mir beruhigend zu. ›Keine Bange. Philbert ist verreist, und die Diener wagen es nicht, uns zu stören.‹

Ich tat, als würde ich mein eigenes Hemd aufknöpfen, deutete auf ihr Mieder und zuckte mit den Schultern.

›Oh, du weißt nicht, wie es geht? Lieber Christian, warst du denn noch nie mit einer Frau zusammen?‹

Ich schüttelte den Kopf.

›Und du begehrst Frauen, keine Männer? Nicht Peter?‹

Als Antwort ergriff ich ihre Hand und küsste sie innig. Ich spürte die weiche Haut unter meinen Lippen und meiner Zunge.

›Gütiger Gott, du bist wirklich ein Engel‹, sagte sie. Ihre Augenlider flatterten vor Lust. ›Nun, mein Engel, lass mich deine Lehrerin sein. Mein Ehemann ist wie ein kalter Fisch, Christian. Für ihn ist Liebe nichts weiter als Penetration, ein Akt, bei dem man so viele Kleider anlässt, wie es möglich ist. Hier ...‹ Sie führte meine Hände und half mir dabei, ihr das Mieder und die Röcke auszuziehen, mehrere Schichten Unterwäsche, wie mir schien, und sogar ein Paar seidener Pumphosen. Sie auszuziehen schien eine köstliche Ewigkeit zu dauern, und jede Schicht brachte mir mehr von ihrer duftenden Haut. Ich war so hart, als müsse ich jeden Augenblick explodieren, und in der Tat, als das blonde Dreieck zwischen ihren Beinen vor mir enthüllt wurde und sein Duft meine Sinne quälte, spürte ich eine letzte Anspannung und die Feuchtigkeit in meiner Hose. Verlegen stand ich vor ihr.

Sie musste gemerkt haben, was mir passiert war, denn sie verhielt sich sehr sanft und freundlich und versicherte mir, dass ein Mann mehr Möglichkeiten habe, eine Frau zu verwöhnen, als nur dieses eine Werkzeug. Sie führte mich sorgsam über ihren nackten Körper – ich war noch immer vollständig bekleidet –, nannte mir die Namen bestimmter Stellen, zeigte mir, wie man sie am besten berührte, wobei sie oft stöhnend innehielt und ›mein Engel‹ flüsterte. Für mich war es eine Reise in eine mysteriöse und sinnliche neue Welt. Nur ein einziger tapferer Sonnenstrahl schien durch die Vorhänge. Alles andere war warm und dunkel, und ihr Duft betäubte mich.

›Du kannst zwar nicht sprechen‹, sagte sie schießlich, ›aber ich hoffe, dass deine Zunge ansonsten funktioniert.‹ Sie schob meinen Kopf zwischen ihre Beine und erklärte mir genau, was ich tun sollte. Ihr Geruch und der Hauch des Verbotenen, der über all dem lag, ließ mich wieder hart werden, aber selbst nachdem auch sie einen Höhepunkt gehabt hatte, zog sie mich weder aus, noch tat sie mir einen anderen Gefallen. Im Gegenteil, sie zog sich wieder an, dankte mir und verabschiedete mich.«

»Das war alles?«, fragte Holly. Die Episode hatte sie sowohl erregt als auch eifersüchtig gemacht.

»Es gab keinen Hinweis darauf, dass ich sie wiedersehen würde, jedenfalls nicht vor ihrem nächsten Besuch bei Peter. Ich war verwirrt, auch etwas enttäuscht, aber vor allem seltsam … seltsam selbstbewusst. Zum ersten Mal in meinem Leben fühlte ich mich wie ein Mann, nicht wie ein hübscher Junge.«

Holly lachte leise. »Armer Christian. Vielleicht warst du zu hübsch, um ernst genommen zu werden.«

»Ja, dieses Gefühl hatte ich oft. Und natürlich sah ich Lucy wieder. Am folgenden Mittwoch erschien sie in Begleitung ihrer Schwester Catherine, einer unattraktiven Frau mit strähnigem braunem Haar und einem bleichen Teint. Sie hatte mit Peter vereinbart, dass Catherine nach ihr einen Termin hatte.

Eine Stunde lang saß ich mit Catherine im Salon, während sie bei Peter war. Catherine nahm meine Stummheit zum Anlass, mir eine minutiöse Schilderung ihres täglichen Lebens zu bieten. Ich muss dir nicht sagen, wie ich litt. Aber ich ertrug sie tapfer, auch weil ich ahnte, was Lucy vorhatte.

Als sie mit Peter nach unten kam, sagte er zu mir, bevor er mit Catherine nach oben ging: ›Kümmere dich bitte um Mrs. Humberstone, solange ich mit ihrer Schwester beschäftigt bin.‹ Ich nickte. Ich bezweifle, dass Peter auch nur die leiseste Ahnung davon hatte, wie gut ich mich um Lucy kümmern wollte.

Zuerst hatte ich schreckliche Angst davor, mit ihr erwischt zu werden. Aber dann sagte ich mir, dass Peter seine einstündigen Sitzungen niemals unterbrach, wovon wohl auch Lucy ausging, und dass Rosalind ihr Zimmer ebenfalls auf keinen Fall verlassen würde, wenn Patienten im Haus waren. Ich war mit Lucy und der tickenden Uhr ganz allein. Und so wurde eine neue Gewohnheit eingeführt.«

»Sie kam jetzt jedes Mal mit ihrer Schwester?«

»Ja, und jeden Mittwoch von zwölf bis eins liebten Lucy und ich uns vor dem Kamin in Peters Salon. Sie zeigte mir Dinge, von denen ich nie zu träumen gewagt hätte, und sie verschaffte mir ungeahnte Genüsse, so wie ich ihr. Nach drei Monaten kannte ich jeden Teil ihres Körpers sehr intim, und Peter ahnte noch immer nichts. Lucy bezahlte ihm das Dreifache, weil seine Dienste angeblich so hervorragend seien, aber ich wusste, dass es für mich war, damit wir unsere Schulden um so früher bezahlen konnten. Sie hatte eine große Zuneigung für mich entwickelt und wollte mir Gutes tun.«

Er hielt inne, und Trauer verdüsterte seine Züge. »Die Welt war gut damals, Holly, so wie Peter versprochen hatte. Und obwohl ich manchmal wegen meiner Affäre mit Lucy Schuldgefühle hatte, versuchte ich es dadurch wieder gutzumachen, indem ich mich gut benahm und Peter so viel Arbeit wie möglich abnahm. Ich putzte sogar. Und ich verbrachte Stunden mit Rosalind, stand für ihre Zeichnungen Modell und lauschte ihrem Geplauder, wenn es ihr erlaubt war, sich frei im Haus zu bewegen. Ja, damals war alles gut. Aber es blieb nicht so.«

»Was geschah?«

»Rosalind war natürlich eine Frau, aber sie hatte immer etwas Mädchenhaftes an sich gehabt, auch weil sie einen solch zierlichen Körper hatte, mit schmalen Gliedern und einem kleinen Busen. Aber im Herbst dieses Jahres begann sich ihre Figur plötzlich zu ändern. Sie wurde runder, und ihre Röcke spannten um die Hüften. Im November war klar, dass sie ein Kind erwartete.«

»Was?«, entfuhr es Holly. »Sie war schwanger? Aber wie?«

»Dein Entsetzen ist nur ein Echo des meinen. Ich hatte es schon seit einigen Wochen vermutet, aber eines

Abends, als wir in ihrem Zimmer saßen und lasen, gestand sie es mir.

Sie schob mit ihrer kleinen Hand mein Buch beiseite. ›Wir müssen reden, Christian. Ich glaube, dass etwas sehr Ernstes passiert.‹

Ich wandte mich ihr zu. Sie legte den Kopf in meinen Schoß und sah mich mit ihren riesengroßen Augen an. Ich spürte eine seltsame Trauer in mir, weil ich wusste, dass sich bald alles ändern würde, und ich wünschte mir verzweifelt, alles würde so bleiben wie in diesem Augenblick, in dem sie bei mir lag und mich ansah und meine Wange streichelte. Ich liebte sie so sehr, Holly. Liebe, liebe Rosalind.« Traurig schüttelte er den Kopf, und Holly spürte, wie ihr Herz wild schlug.

»Sie sah zu mir hoch und flüsterte: ›Christian, es scheint, als bekäme ich ein Kind.‹

Obwohl ich es vermutet hatte, klang die Bestätigung wie eine Totenglocke für mein so glückliches Leben. Ich konnte den Gedanken nicht ertragen, dass sie den Körper eines Mannes so kennen gelernt hatte, wie Lucy und ich einander kannten. Und die Frage lautete, welcher Mann? Ein paar Minuten saß ich schweigend da, hörte ihrem Schluchzen zu und wusste nicht, was ich sagen sollte. Dann kam mir der Gedanke, dass Peter sie vor Zorn töten könnte, wenn er es erfuhr. Oder noch schlimmer, uns beide, in der Annahme, ich sei der Vater seines ungeborenen Enkelkindes. Ich kam als Übeltäter schließlich als erster in Frage. Aber ich hätte mir keine Sorgen zu machen brauchen, denn ich sollte die Wahrheit sofort erfahren.«

»Was meinst du damit? Hat sie dir gesagt, wer der Vater war?«

»Es war das Erste, was ich fragte, als ich meine Stimme wieder gefunden hatte. Ich sagte: ›Rosalind, wer ist der Vater?‹

›Papa‹, antwortete sie.

Ich verstand sie nicht. Natürlich. ›Nein, wer ist der Vater des Kindes?‹, fragte ich.

Und sie wiederholte das Wort. ›Papa.‹ Die Erkenntnis war grauenvoll, wirklich grauenvoll.«

Holly schnürte es die Kehle zu. »Was ... doch nicht etwa ... Peter, mit seiner eigenen Tochter?«

»Doch. Peter und Rosalind waren schon lange ein Liebespaar. Es erklärte einiges, warum ich unten schlafen musste, warum sie Dinge wusste, die einem jungen Mädchen nicht ähnlich sahen, warum er so außer sich geriet, als Lord Burghley um ihre Hand anhielt – alles. Er liebte sie, aber nicht auf die Art, wie ein Vater seine Tochter lieben sollte.«

Holly war außer sich vor Abscheu. Die Worte sprudelten nur so aus ihr heraus. »Das ist krank. Das ist teuflisch. Christian, Peter war ein Teufel.«

»Sag das nicht, Holly. Er tat, was er tun musste.«

»Mein Gott, ich kann nicht glauben, dass du so etwas sagst. Er benutzte dich, um vier Männer zu töten, er missbrauchte dich für seine diabolischen Experimente, und er vergewaltigte seine eigene Tochter. Kannst du denn nicht sehen, dass dies nicht die Taten eines guten Menschen sind?«

Holly sah im Spiegel, wie er sich die Ohren zuhielt. »Schweig, wage es nicht noch einmal, so etwas zu sagen. Ich dachte, du würdest es verstehen, aber vielleicht habe ich mich geirrt, vielleicht habe ich mich einfach in dir geirrt.«

»Christian, sei kein Narr. Dieser Mann war infam. Er hat dich benutzt, ausschließlich für seine eigenen Zwecke, für seine eigenen abartigen Pläne. Es ist mehr als ein Jahrhundert her, und du verteidigst ihn noch immer?«

Plötzlich verschwand Christian.

Holly hielt den Atem an. »Christian?«, flüsterte sie.

Die Stille dämpfte ihre Wut, und sie hörte noch einmal seine letzten Worte. *Ich dachte, du würdest es verstehen, aber vielleicht habe ich mich in dir geirrt.* Was hatte sie getan?

»O Christian, bitte. Es tut mir Leid. Geh nicht. Komm zurück und erzähle deine Geschichte zu Ende. Ich werde nichts mehr sagen, ich verspreche es dir. Ich kann dir nicht versprechen, dass ich Peter verstehe und ihm verzeihe so wie du, aber ich werde zuhören und nicht urteilen. Bitte, Christian.« Schweigen. »Bitte.«

Aber sie wusste mit schrecklicher Gewissheit, dass er nicht wiederkam.

23. Kapitel

Vier Wochen lang wich Prudence Randolph erfolgreich aus. Einmal wäre sie ihm fast über den Weg gelaufen, auf dem Flur, als sie aus ihrem Zimmer kam. Noch bevor er sie gesehen hatte, hatte sie die Tür aber wieder zugemacht. Nicht weil sie Angst vor ihm hatte, auch nicht, weil sie ihre Trennung von As noch nicht verkraftet hatte, sondern einfach, weil Randolph den Ruf hatte, ein strenger Tutor zu sein, und sie hatte im Moment einfach keine Lust, so viel zu arbeiten, wie er von ihr verlangen würde. Sie lag schon jetzt weit hinter ihrem Pensum zurück, war aber durch As' Rücksichtnahme immer zurechtgekommen. Man brauchte keine Phantasie, um sich vorzustellen, dass Randolph ein ganz anderer Tutor sein würde.

Immerhin hatte sie bei ihrer Prüfungsarbeit einige Fortschritte gemacht. Teilweise war das Hollys Schuld, die plötzlich sehr still und deprimiert gewirkt hatte. An manchen Tag redete sogar Justin mehr als sie. Auf Prudences Fragen nach der Ursache ihrer Melancholie hatte sie geantwortet, das Wetter ziehe sie runter, und der Beginn des Winters war in der Tat unangenehm gewesen – regnerisch und bitterkalt. Aus ihrer Heimat kannte Holly blauen Himmel und Sonnenschein. Wenn es sonst noch Gründe gab, dann hielt Holly sich bedeckt. Da sie also für intensive Plaudereien und andere Unternehmungen nicht zur Verfügung stand und Justin eben Justin blieb, hatte Prudence praktisch keine andere Wahl, als zwangsläufig mehr als bisher zu arbeiten.

Als sie schließlich an einem Montagmorgen vor Randolphs Zimmer stand, hatte sie zumindest drei Kapitel ihrer Prüfungsarbeit mitgebracht. Er war ein Humberstone, ein direkter Verwandter Luciens, der sie ohne weiteres vom College werfen konnte. Es gab zwar Gerüchte, dass Lucien und Randolph sich nicht leiden konnten, aber sie konnte es trotzdem nicht riskieren, einen Humberstone zu verärgern. Den Zorn und die Enttäuschung ihrer Eltern würde sie noch vom anderen Ende des Erdballs spüren.

»Herein«, sagte Randolph, nachdem sie geklopft hatte.

Sie holte tief Luft und öffnete die Tür.

Randolphs Büro sah genauso aus wie As', nur seitenverkehrt, weil es auf der anderen Seite des Gebäudes lag. Der gleiche Mahagoni-Schreibtisch, die gleichen Bücherregale neben der Tür. Aber hier schaute man vom Fenster aus auf den Parkplatz und die kahlen Äste der Ulmen an der Auffahrt. Sie blickte kurz hinaus, während Randolph hinter seinem Schreibtisch saß und auf sie wartete.

»Guten Morgen, Prudence«, sagte er schließlich.

Sie drehte sich zu ihm um und lächelte. »Guten Morgen, Professor Humberstone.«

»Sagen Sie ruhig Randolph.«

»Okay.« Sein Haar und sein Bart waren weiß. Prudence hatte den Unterschied zwischen silbergrau und schlichtem Grau nie verstanden. Er hatte komische helle, rötlich geränderte Augen. Normalerweise suchte Prudence in einem Gesicht immer nach einer attraktiven Eigenschaft, ob es freundliche Augen, glatte Haut oder eine markante Form war, fast jedes Gesicht hatte etwas Positives, und sie konzentrierte sich darauf und ignorierte Unzulänglichkeiten. Auf diese Weise gab es nur schöne Menschen. Aber bei Randolph fiel es ihr schwer, und als er lächelte und einen Satz schiefer, nikotingelber Zähne zeigte, gab sie auf. Er war einfach hässlich.

»Ich hatte dich schon vor einiger Zeit erwartet, Prudence«, sagte er.

»Hat As von mir gesprochen?«

»Ja.«

»Was hat er gesagt?«

»Laurence meinte, ein Tutorenwechsel könne dir nicht schaden.«

»Hat er gesagt, warum?«

»Ich habe ihn nicht gefragt. Ich nehme an, weil er zu beschäftigt ist, um sich ausreichend um dich zu kümmern. Da ich so lange fort war, musste er meine Studenten mit übernehmen.«

Er verbarg sich hinter einer kühlen, wie poliert wirkenden Fassade. Prudence beschloss, sogleich schweres Geschütz aufzufahren.

»Ja, Sie waren in Israel, nicht wahr?«

Kein Zeichen von Überraschung. Er lächelte verhalten. »Ja, aber das wissen nur wenige Leute. Eigentlich wollte ich diese Sache ganz für mich behalten, weil ich einige persönliche Dinge zu erledigen hatte. Es schien mir klüger, meine Kollegen glauben zu lassen, dass ich mich an der Universität in York aufhielt. Ich würde es schätzen, wenn du es nicht weitererzählst.«

Ein verdammt guter Lügner! Aber vielleicht, dachte Prudence mit wachsender Enttäuschung, sagte er auch einfach nur die Wahrheit. »Natürlich nicht. Es geht mich ja auch gar nichts an«, murmelte sie und kam sich völlig dämlich vor, weil sie es erwähnt hatte.

»Du arbeitest also an Mr. Oscar Wilde, Prudence. Die Gedichte, die Stücke, die Kritiken, die Romane?«

Sie reichte ihm die frisch ausgedruckten Seiten ihrer Prüfungsarbeit. »Alles eigentlich. Vielleicht kann ich das Ihnen hier lassen und vor den Ferien mit Ihnen darüber sprechen.« Sie wollte weg. Er war so abweisend, dass er sie zwang, ernst zu sein, und nichts entfremdete sie mehr von sich selbst. Sie brauchte einen Kaffee, eine Zigarette und einen guten schmutzigen Witz.

»Natürlich. Wie wär's am 25. Juni um neun Uhr?« Er machte sich eine Notiz in seinen Schreibtischkalender. As hatte nie einen Termin in seinen Kalender geschrieben; er hatte ihn lediglich für Gekritzel oder irgendwelche Zitate benutzt.

»Ja, gut«, sagte sie und trug Datum und Zeit in ihr Notizbuch ein. »Bis dann.«

»Bring ein, zwei Stunden Zeit mit, Prudence. Wir werden uns eingehend unterhalten und dich wieder auf die Spur bringen. Ich habe gehört, dass du ein wenig hinterherhinkst.«

Sie nickte, und plötzlich kamen ihr fast die Tränen. Sie würde schuften müssen, genau wie sie erwartet hatte. Und er war nicht As, und ihre Termine würden erheblich langweiliger werden. Keine Zigarette und keinen Sex mehr, der alles aufheiterte. Mit einem Mal sah ihr Leben nur noch grau aus.

»Bis nächste Woche«, sagte sie leise und verließ sein Büro.

Als Prudence nach ihrem Treffen mit Randolph ins Zimmer kam, wirkte sie derart deprimiert, dass Holly sogar ihren eigenen Kummer vergaß.

»Prudence, was ist los?«

Justin erhob sich und legte Prudence mitfühlend die Hand auf die Schulter. Sie waren sich in den letzten Wochen viel näher gekommen, und Holly fühlte sich etwas ausgeschlossen. Allerdings war sie selbst schuld, da sie Prudences Einladungen allzu oft ausgeschlagen hatte und die beiden dann allein ausgegangen waren.

»Ich hasse ihn!«, schluchzte sie. »Ich hasse ihn, er ist furchtbar.«

»Warum?«, fragte Justin besorgt. »Was hat er zu dir gesagt?«

»Er will mich ans Arbeiten kriegen.«

Holly musste lachen, und Prudence sah sie mit ihren tränenverschleierten Augen düster an.

»Es tut mir Leid, Prudence, aber das ist seine Aufgabe. Er will dir nur helfen.«

»Aber er ist so ... so ... leer. Er ist niemand. Es macht keinen Spaß mit ihm, es ist, als existiere er gar nicht.«

»Prudence, er ist dein Lehrer. Dr. Aswell war sicherlich ganz anders. Du wirst dich an ihn gewöhnen.«

»Ich will mich nicht an ihn gewöhnen. Ich will weg.« Sie hockte sich neben Hollys Schreibtisch und legte das Kinn auf die verschränkten Arme. »Ihr müsst mir helfen – ich muss viel mehr für meine Prüfungsarbeit tun. Er stellt Erwartungen an mich, die ich nicht erfüllen kann.«

»Nun, viel kann ich dir nicht helfen …«

»Doch, das kannst du. Wie machst du es? Mein Gott, es gibt noch so viel zu erledigen. Sie werden mich aus dem College werfen.« Sie senkte den Kopf und begann heftig zu schluchzen.

Prudences Sturz in den Sumpf der Verzweiflung war ebenso heftig wie ihre manischen, emotionalen Höhenflüge. Aber irgendwie hatte Holly sie deshalb um so lieber. Sie streichelte ihr lila Haar und sagte ein paar tröstende Worte. »Mach dir keine Sorgen, das wird schon. Wir werden dir beide helfen. Du wirst nicht rausgeschmissen.«

Prudence schaute auf und wischte sich dicke Tränen aus dem Gesicht. »Wie kann ich es schaffen?«

»Es ist nur eine Frage der Zeiteinteilung.«

Prudence verzog erneut das Gesicht. »Hör auf, ich kann dieses Wort nicht hören. Minuten und Sekunden lassen sich nicht gerne herumschubsen. Sie wollen abhängen, bis der Spaß kommt und sie irgendwohin mitnimmt.«

Justin zog einen Stuhl heran, setzte sich und grinste Holly an. Prudence schaute ziemlich betreten drein.

»Ich mache ein ziemliches Theater, was?«, meinte sie leise.

»Nein, überhaupt nicht.«

»Du bist durcheinander«, meinte Justin. »Nach einer Tasse Kaffee fühlst du dich bestimmt besser.«

Prudence richtete sich auf. »Bestimmt. Aber können wir jetzt weg? Müssen wir nicht im College bleiben?«

»Es wäre wahrscheinlich kein guter Beginn deiner …« Holly sah Prudences Miene und überlegte es sich anders. »Na klar können wir gehen. Justin?«

Er nickte. »Klar. Wir können ab morgen ernst werden.«

Prudence strahlte ihn an. »Du sagst nicht viel, aber wenn du etwas sagst, ist es genau das Richtige. Kommt.«

Sie nahmen die Bahn in die Stadt. Prudences Laune befand sich wieder im Aufwind. Holly versuchte ihr ein paar Studientips zu geben, die sie jedoch alle als ›übertrieben‹ verwarf.

»Du kannst mir kaum vorwerfen, ich übertriebe es mit meiner Arbeit, Prudence. Du übertreibst es selbst mit deinem Interesse an den Geheimnissen anderer Leute.«

»Das ist keine Übertreibung, sondern natürliche Neugier.«

»Zu große Neugier treibt den Vogel in die Schlinge, sagt man.«

»Ja, aber Vögel haben ein Hirn von der Größe einer Nuss.« Zur Demonstration formte sie mit Daumen und Zeigefinger einen Kreis. »Ich bin weitaus schlauer als ein Vogel.«

Holly lachte, und Prudence sagte etwas zu Justin. Holly schaute aus dem Fenster. Sie hatte das Gefühl, als würde sie sich nie an diese Kälte gewöhnen, und dachte mit einer seltsamen Sehnsucht an die subtropischen Winter daheim. Wo der Himmel blau war und wo man sich mit einem Buch und einer Tasse Tee auf die Veranda setzen und sich von den Sonnenstrahlen wärmen lassen konnte. Und die halbstarken Stürme hier in Melbourne konnten es auch nicht mit der beeindruckenden Kraft und der Gewalt der heimatlichen Sommerstürme aufnehmen, wenn der Himmel grün-schwarz wurde und Blitze ihn zu spalten schienen, wenn ein krachender Donnerschlag die ganze Welt erzittern ließ.

Sie seufzte. Sie vermisste mehr als nur das Wetter, wenn sie an Zuhause dachte. Ihre Mutter hatte nicht mehr angerufen, so wie sie angedroht hatte. Schließlich hatte Holly zum Telefon gegriffen. Mit kühler Stimme hatte ihr Vater ihr mitgeteilt, dass ›deine Mutter noch nicht bereit ist, mit dir zu sprechen.‹ Ihre Fragen nach Michael hatten ihm nur ausweichend gemurmelte Banalitäten wie ›ein langer, steiniger Weg‹ und ›weiterhin finanzielle Schwierigkeiten‹ entlocken können. Holly hätte schreien können, dass es nicht ihre Schuld sei, aber das sagte schließlich auch niemand. Jedenfalls nicht explizit.

Die Entfremdung von ihrer Familie – auch wenn sie sie durch ihr unangebrachtes Mitleid mit Michael bis zur Weißglut ärgerte – lastete schwer auf ihr. Ein Mädchen brauchte Vater und Mutter, brauchte Sicherheit und bedingungslose Liebe. Besonders jetzt, da ihr Leben völlig aus den Fugen geraten war und sie keine Ahnung hatte, wie sie es wieder zusammenflicken konnte. Sich in einen Geist zu verlieben war sicherlich das Dümmste, was sie je getan hatte. Aber vielleicht war das Dümmste auch, ihn vertrieben zu haben. Was spielte es für eine Rolle, was er nach mehr als einem Jahrhundert von Peter Owling hielt? Warum hatte sie ihn nicht in Ruhe lassen können? Weil sie einen perfekten Christian wollte, weil sein Fehlurteil dieses perfekte Bild schon ruinierte?

Unzählige Male hatte sie diese Gedanken gewälzt, und immer noch wusste sie nur eins: dass Christian nicht mehr wiederkommen würde. Sie hatte es immer wieder versucht, aber er kam nicht. Langsam kam ihr die Beziehung zu ihm vor wie ein Traum, wie ein ausgedehntes Delirium. Ihr Herz schmerzte, es schmerzte, aber es brach nicht. Vielleicht weil ein Herz jemanden braucht, der ihm lauscht und bei dem man bittere Tränen vergießt, bevor es bricht; ihre Liebe zu Christian jedoch konnte sie niemandem gestehen. Ihr Schmerz war wie eine innere Wunde, ein dumpfer, süßer Schmerz, der gleichmäßig und beständig pochte.

»Holly, hörst du zu?«

Prudence zwickte sie leicht in den Arm und riss Holly aus ihren Gedanken.

»Was? Oh, tut mir Leid.«

»Du warst ziemlich weit weg. So schön ist die Aussicht auch wieder nicht.«

»Hab ich was verpasst?«

»Justin hat gerade erzählt, dass Lucien – ausgerechnet

Lucien – mich zum Essen mit der Familie eingeladen hat. Wie findest du das?«

Hollys Blick wanderte von Prudence zu Justin, der wie üblich dreinschaute, als ginge ihn das alles gar nichts an. »Wow! Wie das?«

»Du weißt doch, sie denken, sie sei meine Freundin«, antwortete er schulterzuckend. Und … außerdem habe ich am Donnerstag Geburtstag.«

»Davon hast du uns gar nichts erzählt«, entrüstete sich Prudence. »Das müssen wir feiern.«

»Und genau das ist ja das Problem mit der Einladung. Ich hoffe, du bist nicht böse, Holly. Ich hätte lieber etwas mit euch beiden unternommen, aber dann kam Lucien …«

»Natürlich bin ich dir nicht böse.«

»Wahrscheinlich wird es sowieso ein Abend in der Hölle. Lucien wird uns stirnrunzelnd mustern, und Emma wird Prudence mit dem bösen Blick bedenken.«

»Aber du willst mitmachen?«, fragte Holly.

»Ich habe wohl keine andere Wahl.«

»Ich werde etwas Auffälliges anziehen«, verkündete Prudence.

»Vielleicht ist das nicht sehr klug«, meinte Holly. »Vielleicht wäre etwas Konservatives besser.«

Justin schüttelte den Kopf. »Nicht nötig. Ich finde, sie sollte sie selbst sein.«

»Siehst du«, meinte Prudence und stieß Holly an. »Justin ist viel toleranter als du.«

»O Mutter, lass uns nicht um deine Liebe streiten«, entgegnete Holly trocken.

»Und wie alt wirst du?«, fragte Prudence Justin.

»Tu nicht so, als wüsstest du das nicht«, antwortete er. »Achtundzwanzig?«

»Ja, so nah an dreißig, dass man Angst kriegen könnte. Und ich habe noch immer nichts aus meinem Leben gemacht.«

Prudence lächelte. »Aber du hast uns getroffen.«

»Ja, das stimmt.«

»Nun«, sagte sie, legte den Kopf an seine Schulter und

ließ ihre langen schwarzen Wimpern flattern, »das sollte jedem Mann reichen.«

Eine Schlampe und ein Einfaltspinsel. Justin hatte nicht vergessen, wie Lucien Prudence und ihn eingestuft hatte, und auch wenn er für diesen ruhigen Tisch in der ruhigen Ecke eines ruhigen Restaurants bezahlte, für den teuren Wein, der in einem Kühler auf dem Tisch stand, für die leise Musik und das gedämpfte Licht, fiel ihm dabei nur ein, dass man mit Geld keine gute Stimmung kaufen konnte. Aber da es Luciens Idee gewesen war, sie alle zu Justins Geburtstag einzuladen, könnte sich seine Meinung geändert haben. In Justins Augen schien er kein Mann zu sein, der etwas ohne Motiv oder Absicht tat.

Emma konnte ihre tiefe Abneigung nur mühsam hinter gezwungen wirkender Fröhlichkeit verbergen. Sie lächelte ständig und stellte Prudence höfliche Fragen, aber ihre Feindseligkeit offenbarte sich in den bösen Blicken, die sie Justin zuwarf, wenn sie sich unbeobachtet glaubte. Justin ließ sich nichts anmerken und ließ das Räderwerk des sozialen Theaters ohne Reaktion vor sich hin knirschen. Er traute Prudence zu, sich in jeder Situation behaupten zu können, und sie hatte ihm versprochen, es so aussehen zu lassen, als seien sie das glücklichste Paar, um jedwede Hoffnung, die auf Emmas Seite noch bestehen mochte, zu ersticken.

Während Prudence angeregt mit seinem Onkel und seiner Tante plauderte, beobachtete er sie mit stiller Bewunderung. Sie trug kirschfarbenen Samt und schwarze Spitze, und ihr lila Haar leuchtete im gedämpften Licht. Juwelen und Mondstein schmückten ihre Finger und Ohren. Einmal schaute er von seinem Essen auf, und sie lachte, und Lucien lachte tatsächlich mit ihr. Wie schaffte sie das? Wie konnte sie mit diesen fast Fremden so ungezwungen umgehen? Justin lebte seit vier Monaten zusammen mit ihnen in einem Haus und hatte nicht ein einziges Mal mit Lucien über irgendetwas gelacht. Er fragte sich, wie anders die letzten Monate ohne Prudence verlaufen wären.

Sie streckte die Hand aus und drückte liebevoll die seine. Eine Sekunde lang war er völlig verwirrt, dann dachte er an ihr Spiel und tat es ihr nach. Und er meinte es ehrlich.

»Und wie gefällt Ihnen Ihr neuer Tutor, Prudence?«, fragte Emma, wahrend sie vorsichtig die Sahne von ihrem Nachtisch löffelte.

»Randolph? Oh, gut. Er ist sehr … professionell.«

»Warum haben Sie denn gewechselt?«

Justin merkte, dass sie Prudence bloßstellen wollte, aber Prudence biss nicht an. »Ich weiß es eigentlich gar nicht. Aber es spielt kaum eine Rolle, weil sie ihre Aufgabe beide sehr gut erfüllen.«

Emma warf Justin erneut einen wütenden Blick zu. Prudence entschuldigte sich und verschwand in Richtung Damentoilette. Sofort warf Emma ihre Serviette auf den Tisch und folgte ihr. Justin und Lucien blieben allein zurück, halb gegessener Nachtisch und leere Weingläser zwischen sich.

Justin wusste, dass er irgendetwas sagen musste und nahm sich zusammen. »Übrigens, vielen Dank, Lucien, für das Essen und überhaupt.«

Lucien nickte. »Keine Ursache.«

Nach einer Weile des Schweigens sagte Justin: »Ich weiß, ich bin nicht … ich weiß, ich rede nicht viel, aber … danke für das, was du für mich getan hast. Ich meine nicht nur das Essen. Alles. Mich ausfindig zu machen und nach Melbourne zu holen und …« Ihm fiel nichts mehr ein, und er kam sich wie ein Dummkopf vor. Lucien schien sich ebenso unbehaglich zu fühlen wie Justin.

»Du musst mir nicht danken. Als einer unserer Familie hast du auf alles einen Anspruch.«

»Nun ja …«

»Und deine Zurückhaltung wird von mir eher geschätzt als kritisiert«, murmelte Lucien. »Ich muss mir schon den ganzen Tag Emmas Schwachsinn anhören.«

Ein größeres Kompliment hatte Justin von Lucien noch nicht bekommen. Verlegen senkte er den Kopf und widmete sich der Aufgabe, an der Ecke seiner Serviette zu zupfen, bis Prudence und Emma zurückkehrten.

Lucien war erwartungsgemäß niemand, der lange an einem leeren Tisch sitzen blieb. Kaum hatte Emma ihr Dessert verspeist, verlangte er nach der Rechnung, bezahlte mit seiner goldenen American Express-Karte und schob seine Gäste praktisch aus dem Restaurant hinaus in den draußen parkenden Wagen.

Auf dem Weg zurück plauderte Prudence munter weiter, bis sie in ihrer Straße angekommen waren und sie Lucien zeigte, wo sie aussteigen wollte.

»Vielen Dank für die Einladung«, sagte sie noch einmal höflich, als sie vor ihrer Gartenpforte hielten.

»Keine Ursache, Prudence«, erwiderte Lucien wie ein Automat.

»Justin, bringst du mich noch zur Tür?«

Überrascht sah Justin sie an, und sie musste ihm erst vielsagend zunicken, bevor er begriff.

»Aber ja. Es dauert nicht lange, Lucien.«

Die beiden stiegen in die kalte Nachtluft hinaus und schlossen die Wagentüren. Prudence sagte kein Wort, bis sie vor ihrer Haustür standen. Sie schloss auf, legte die Arme um Justin und flüsterte ihm ins Ohr: »Deine Tante ist nicht ganz dicht.«

»Tut mir Leid, wenn sie …«

»Nein, ich meine es ernst. Sie ist gestört, verdammt noch mal. Sie hat mich in der Toilette gestellt und mir diesen ganzen schrägen Mist von dir und ihr erzählt, dass du eine heiße Affäre mit ihr hättest und mich nur benutzen würdest, damit Lucien nicht dahinter käme.«

»O nein.«

»Nun«, kicherte sie, »immerhin benutzt du mich ja wirklich.«

»Ich weiß nicht, was in sie gefahren ist«, sagte er mit schlechtem Gewissen. Sein Moment der Schwäche verfolgte ihn.

»Sie ist verknallt in dich, Justin. Aber sie hat Wahnvorstellungen. Sie hat gesagt, ich sei keine Konkurrenz für sie, und sie hat mir im Detail beschrieben, was ihr alles getrieben habt.«

Justin stöhnte. »Das gibt es nicht.«

»Willst du die Details hören?«

»Vielleicht ein anderes Mal, Prudence, ich …«

»Was?«

Er gab sich einen Ruck. »Es ist einmal was passiert, aber das muss unter uns bleiben. Sie ist in mein Zimmer gekommen, während ich schlief, und sie hat …«

»Dich gefickt?«

»Nein.«

»Dir einen geblasen?«

»Ja. Ich habe geschlafen, und als ich aufwachte, war es schon fast zu spät, und seitdem …« Sein Gesicht brannte vor Scham. »O Gott, jetzt hältst du mich bestimmt für einen perversen Idioten.«

»Quatsch. Du tust mir Leid. Sie wird Ärger machen, Justin, behalte sie im Auge. Du weißt, dass du immer zu mir kommen kannst, wenn es zu schlimm wird.«

»Danke.«

Lucien hupte.

»Ich muss los«, sagte er.

Sie nickte, und er drehte sich um. Nach ein paar Schritten kam er wieder zu ihr zurück. »Sag Holly nichts.«

Sie hob eine Augenbraue. »Ihre Meinung ist dir sehr wichtig, was?«

»Bitte.« Er bedauerte seine Beichte bereits zutiefst.

»Natürlich werde ich es ihr nicht erzählen. Niemandem. Weißt du, ich kann durchaus verschwiegen sein. Hier«, sagte sie und hielt ihm ihren Mund hin. »Emma erwartet bestimmt einen Gute Nacht-Kuss.«

Er küsste sie sanft auf die Lippen. Sie trat einen Schritt zurück und lächelte. »Richtiger Schritt, falsches Mädchen. Vielleicht hättest du doch Holly rekrutieren sollen, um deine Freundin zu spielen«, sagte sie neckend.

»Bitte, Prudence, du hast versprochen, diskret zu sein.«

»Nur, was andere Leute betrifft. Dich kann ich gnadenlos hänseln, wenn wir allein sind.«

Lucien hupte erneut, und mit einem gequälten Lächeln lief Justin zum Wagen.

Die Buchstaben verschwammen vor seinen Augen, er hatte Kopfschmerzen, und sein Verstand stand kurz vor der Kapitulation, aber Lucien hörte nicht auf zu arbeiten. Er fragte sich kurz, ob sein obsessives Übersetzen schon den Hauch des Wahnsinns atmete, aber dann tröstete er sich mit dem Gedanken, dass Wahnsinnige sich keine Gedanken darüber machen, ob sie geistig gesund sind. Vielleicht lauerte der Wahn in der Nähe, aber bestand das Leben allgemein nicht darin, den Wahnsinn ängstlichen Herzens zu unterdrücken, sobald man über die eigene Sterblichkeit nachdachte? Zumindest suchte er ernsthaft nach einem Heilmittel für diesen Wahn.

Lily Kirkwood war eine Stümperin gewesen, ohne Zweifel. Einige ihrer Übersetzungen und Tabellen waren sehr nützlich, andere hatten ihn so weit von seinem Ziel weggeführt, dass er zweifelte, je wieder zurückzufinden.

Er blätterte die restlichen Seiten durch. Einige ähnelten Pidginenglisch, andere – zu viele – waren mit unzähligen Zeilen in einem hingekritzelten, unverständlichen Code bedeckt. Frustriert schloss er das Buch und sah sich an, was er bislang herausgefunden hatte. Listen mit einfacheren Beschwörungen und den Namen der Dämonen in verschiedenen Kulturen, seltsame, halb verstandene Sätze, die eine Bedeutung trugen, und doch noch zu kryptisch blieben, um von Nutzen zu sein. Er unterstrich einen Satz in seinem Notizbuch, der sich erneut auf den Waisenjungen bezog.

bezahle mit diesem Körper diesen Christian diesen Waisenjungen

Im Grimoire stand unter diesen Worten in der gut lesbaren Handschrift Peter Owlings ein düsterer Schwur: *Das werde ich.*

Dieser Christian? Hatte das etwas mit dem Namen zu tun, oder bedeutete es einfach nur christlich? Von der religiösen Orientierung des Jungen war bislang nicht die Rede gewesen, und Owling wusste auch nicht, wie weit der Begriff hier gefasst war. Hatte Justins Mutter ihn jemals taufen lassen? Es hatte schon einige Anlässe gegeben, bei denen Lucien panikartige Zweifel an der Eignung Justins gekommen waren. Konnte man ihn wirklich dem Wesen opfern, oder war er mit fast dreißig gar kein ›Waisenjunge‹ mehr? Wenn nicht, was sollte Lucien dann tun? Ein Kind aus einem Heim zu entführen, nun das schien wohl keine geeignete Lösung.

Zu viele Fragen und nicht genug Zeit, sie zu beantworten. Lucien war schon achtundvierzig Jahre alt. Bei guter Gesundheit und mit Glück blieben ihm vielleicht noch dreißig bis vierzig Jahre. Nicht genug. Die Zeit war ein winziger, klaustrophobischer Raum, der sich zu einer spitzen Nadel verjüngte. Abwesend drehte er an seinem obersten Hemdknopf. Sein Atem schien in den Lungen plattgedrückt zu werden.

Er musste einfach alles entschlüsseln, es musste gelingen! Und in der Zwischenzeit musste er am Leben bleiben. Nicht wie Owling, der so weit gekommen war, nur um kurz vor Beendigung seiner Aufgabe ermordet zu werden. Obwohl Lucien auch erleichtert war, dass er es nicht geschafft hatte. Er wurde den Verdacht nicht los, dass es auf der Welt nicht genug Platz für Peter Owling und ihn gegeben hätte. Lucien ließ sich Owlings tragisches Schicksal eine Lehre sein und vermied alles, was das Risiko eines frühzeitigen Todes barg. Er fuhr wie eine alte Dame, trocknete sich gründlich die Hände ab, bevor er zum Elektrorasierer griff und hielt sich von Booten und dunklen Vierteln fern. Emma beklagte sich ständig über seine extreme Vorsicht und setzte sie nicht mit Weisheit, sondern mit Feigheit gleich. Dass sie dabei eine solch elementare Ignoranz bewies, erzürnte ihn über alle Maßen.

Er wandte sich den letzten zehn Seiten des Buches zu – leere Seiten, die auf die letzten Geheimnisse des ewigen Lebens warteten. Vielleicht konnte Lucien sie bald selbst füllen.

bezahle mit diesem Körper diesen Christian diesen Waisenjungen

Lucien nahm seine Lesebrille ab und rieb sich die Nase. »Das werde ich«, murmelte er vor sich hin. »Das werde ich.«

Er griff zum Stift und machte weiter.

24. Kapitel

Die Eichentüren der Bibliothek mit ihren Milchglasscheiben stammten aus dem neunzehnten Jahrhundert, und leider schien das Computersystem genauso antiquiert. Der Geruch von altem Holz und der staubige Duft, der aus den Büchern aufstieg, konnten die lange Wartezeit, die der Computer dafür brauchte, um auf eine Anfrage Hollys zu reagieren, nur bis zu einem gewissen Grad erleichtern. Vielleicht hatte sie dem Ding zu viele Suchbegriffe auf einmal eingegeben. Auf einem leeren Bildschirm blinkte ein offenbar völlig verwirrter Cursor. Sie seufzte, lehnte sich zurück und wartete.

Die Bibliothek mochte sie von allen Räumen des Colleges am liebsten, hier waren der Geruch und die Präsenz der Geschichte am stärksten. Sie erstreckte sich über zwei Stockwerke, und die Erscheinungen neueren Datums standen in der modern eingerichteten Abteilung im zweiten Stock. Die alten Zeitschriften und die seltenen Bücher befanden sich hier oben, im größtenteils verwaisten dritten Stock. Die Bibliothekarin war eine seltsame, aber sehr freundliche schottische Frau Mitte zwanzig, die auf dem besten Wege zur Exzentrikerin war. Sie behandelte die Bücher, als wären sie ihre Kinder, und für jeden Studenten, mit dem sie zu tun hatte, erfand sie einen bizarren Spitznamen; heute trug sie eine verfilzte Baskenmütze und ein Winnie-the-Pooh-T-Shirt.

»Probleme, Holly?«, fragte sie, nachdem Holly ihre Frustration über den Computer bereits fünf Minuten im Zaum gehalten hatte.

»Ich glaube, er ist abgestürzt, Noni.«

Noni kam zu ihr und hieb ein paar Mal auf die Enter-Taste ein. »In Zweifelsfällen sollte man der Technologie stets mit roher Gewalt kommen«, sagte sie in ihrem schweren schottischen Dialekt.

Als der Computer noch immer nicht reagierte, trat sie einen Schritt zurück und schüttelte den Kopf. »Ich weiß nicht, was damit los ist. Vielleicht probierst du es an einem anderen Terminal. Was suchst du denn? Vielleicht weiß ich, wo es steht.«

»Einen Mikrofichekatalog, in dem ich wissenschaftliche Zeitschriften aus dem neunzehnten Jahrhundert finden kann.«

»Ah, du brauchst *Journals of Discovery*. Der ist hier drüben.« Sie bedeutete Holly, ihr zu folgen. Holly fragte sich, ob Nonis Eigenart, den Büchern verschiedene Geschlechter zuzuweisen, irgendeinem logischen Prinzip folgte oder pure Willkür war.

»Also, schauen wir mal.« Noni presste die Lippen zusammen, während sie ein Regal durchforstete. »Er hat einen grünen Rücken ... ah, hier.« Sie zog eine Lose-Blatt-Sammlung hervor und reichte sie Holly. »Die Mikrofiches dafür sind bei MF292. »Ruf mich, wenn du Hilfe brauchst.« Sie nickte Holly lächelnd zu, bevor sie fortging, änderte aber plötzlich ihre Richtung und verschwand zwischen den Regalen.

Holly setzte sich mit dem Ordner an einen Ecktisch. In das Holz geritzte Initialen krönten eine verblichene Amateurzeichnung, die Analsex zeigte. Holly konnte sich nicht vorstellen, dass es jemandem Spaß machte, einen solchen Ort zu beschmieren. Sie öffnete das Buch und ging den Buchstaben O durch. Oswald, Ottager, Owen – da war er – Owling, Peter, geb. 1818, gest. 1867. Ihre Vermutung hatte sich bezahlt gemacht. Er hatte zwei Artikel über experimentelle Wissenschaft in Fachjournalen veröffentlicht: 1856 eine Untersuchung über die möglichen Auswirkungen der Astrologie auf regionale Wettermuster und 1860 einen Artikel, in dem anhand der Daten verurteilter Mörder untersucht wurde, ob sie unter paranormalem Einfluss gestanden hatten.

Holly schrieb sich die Referenznummern auf, ohne genau zu wissen, ob sie in diesen Artikeln etwas Brauchbares finden würde. Eigentlich wollte sie ja nur wissen, wie Christians Geschichte endete. Sie wusste nicht einmal genau, von wann bis wann Christian bei Peter gelebt hatte oder ob Peter vor ihm gestorben war. Ihr fiel ein, dass sie vielleicht in den Todesanzeigen für das entsprechende Jahr etwas über Peter finden würde. Sie vergaß den Ordner und ging zum Online-Katalog zurück. Dieses Mal ließ er sich herab, ihr zu helfen, und spuckte eine Liste mit den auf Mikrofiche gesammelten Tageszeitungen aus, die im damaligen viktorianischen London erschienen waren. Ein Titel fiel ihr sofort ins Auge – *The Camden New Town Mail*. Christian hatte erwähnt, dass Peters Haus in Camden war; wahrscheinlich würde sie hier am ehesten eine Todesanzeige finden. Immerhin ein Anfang! Von hier aus konnte sie vielleicht herausfinden, ob Christian ihn überlebt hatte und wie lange, und dann fand sie vielleicht auch eine Meldung über seinen Tod. Der Gedanke, etwas darüber zu lesen, versetzte ihr einen Stich, auch wenn sie bereits wusste, dass er schon lange tot war.

Sie fand den richtigen Film ohne große Mühe, und schon bald saß sie in einer einsamen Ecke der Bibliothek und fuhr gespannt am Lesegerät über die Mikrofiche-Seiten. Die *Camden New Town Mail* war zum Glück eine Wochenzeitschrift, sodass sie nur zweiundfünzig Ausgaben durchsehen musste. Sie durchkämmte die Seiten, bis sie auf die Todesanzeigen stieß. Zuerst las sie fast alle, doch nach der dreißigsten Woche verlor sie langsam das Interesse, weil sie echte Killer-Kopfschmerzen bekam. Das zweite Band war zu Ende, sie drückte auf den Rückspulknopf und bereitete das dritte vor.

»Alles okay?«

Holly zuckte zusammen. Sie hatte fast vergessen, dass sie nicht allein auf der Welt war.

Noni lächelte. »Sorry, ich wollte dich nicht erschrecken.«

»Alles prima«, sagte Holly und legte das dritte Band ein. Ihr gesenkter Kopf und das lange Haar verbargen, dass sie vor Verlegenheit rot geworden war. Ächzend wickelte sich das Band auf die Spule.

Noni ging wieder zu den Regalen, um sich um ihre Kinder zu kümmern. Holly schaute auf den Bildschirm. Die beiden ersten Seiten der Ausgabe vom siebten Oktober warteten darauf, gelesen zu werden.

»Mein Gott«, hauchte sie. Unter der Überschrift ›Polizeinachrichten‹ stand in großen Buchstaben: *Peter Owling brutal ermordet.*

Hastig überflog sie den Artikel. Er war in seinem Haus am Milton Close erstochen worden. Einen Jungen, der bei ihm wohnte, hatte die Polizei in Gewahrsam genommen. Er konnte der Polizei aber kaum helfen, da er stumm war.

»Christian«, murmelte sie und spürte, wie ihr die Tränen in die Augen stiegen. Sie blinzelte und las weiter.

»Mr. Owling war experimenteller Wissenschaftler und Hypnotiseur. Er studierte am Corpus Christi College, Oxford und veröffentlichte eine Anzahl von Artikeln in wissenschaftlichen Journalen. Zur Zeit seiner Ermordung schuldete Mr. Owling privaten Gläubigern aus London und dem Ausland mehrere tausend Pfund. Er war Witwer und hinterlässt keine Familie.«

Nichts weiter über Christian, gar nichts über Rosalind. Mehr Fragen als Antworten. Langsam ging sie den Rest der Zeitung durch, fand aber nichts mehr. In der Ausgabe der nächsten Woche stand nichts Weiteres über die Tat. Ungeduldig spulte sie weiter und hätte fast die Polizeinachrichten vom 20. Oktober übersehen, deren Inhalt sie bis ins Innerste erschütterte. *Mordverdächtiger ertrunken* lautete die Überschrift.

»Der Hausdiener des ermordeten Wissenschaftlers Peter Owling ertrank am Mittwochabend bei den Docks. Er wurde allgemein, wenn auch nicht offiziell des Mordes an seinem Herren verdächtigt. Dass es sich offensichtlich um

Selbstmord handelte, scheint diese Annahme zu bestätigen. Constable Charles Hallam, der sowohl am Ort des Verbrechens als auch bei der Bergung der Leiche des Jungen anwesend war, bestätigte, dass der Hausdiener in der Tat als Mörder von Mr. Owling in Frage kam. Die Polizei hat daher den Fall abgeschlossen.«

»Christian, o nein.« Er war also ein Mörder, und die vehemente Verteidigung Peters nur ein Ergebnis der furchtbaren Schuld, die er sich aufgelastet hatte. Und sein Selbstmord vielleicht der einzige Weg, mit dem er den Mord sühnen konnte. Sie war den Tränen nahe. Wie sehr sehnte sie sich danach, ihn wiederzusehen, ihm sagen zu können, dass es ihr egal war, ob er Peter Owling umgebracht hatte oder nicht. Aber es war über einen Monat her, seit sie mit ihm gesprochen hatte, und ihre Hoffnung, ihn je wiederzusehen, erstarb mit jedem Tag etwas mehr.

Sie machte sich eine Kopie des Artikels, faltete ihn sorgfältig zusammen und steckte ihn ein. Ein kurzer Durchlauf der restlichen Ausgaben vom Oktober und November ergaben nichts Neues, und schließlich spulte sie den Mikrofilm wieder zurück und ging zum Computerkatalog.

Nachdem sie Humberstone als Suchbegriff eingegeben hatte, spielte der Computer ein zweites Mal an diesem Tag verrückt und stürzte ab; wahrscheinlich trug jeder Eintrag das Wort als Standortbestimmung. Sie ging zur Theke und klingelte nach Noni.

»Was gibt's?« Noni kam mit einem halb gegessenen Sandwich aus dem Hinterzimmer, und Holly fiel ein, dass sie das Mittagessen verpasst hatte. Nur allzu gerne hätte sie sich Justin und Prudence geschnappt und wäre mit ihnen in die Cafeteria gegangen, wo es matschiges Blumenkohlgratin mit salzigen Pommes gab.

»Haben wir irgendwelche Bücher über die Humberstones?«

Noni biss ein Stück von ihrem Sandwich ab und kaute nachdenklich. »Hm, mal sehen. Über die Familie an sich haben wir nichts, aber du könntest natürlich Lucien fragen, er hat sicherlich einiges in seiner Privatsammlung.«

»Nein, das möchte ich nicht. Ich bin einfach nur neugierig, und er soll nicht glauben, dass ich …«

»Ah, da fällt mir was ein!« Sie widmete sich ihrem Computer und ließ die Finger über die Tastatur fliegen, wobei sie das Sandwich mangels Ablagemöglichkeit zwischen den Zähnen hielt. »Hier ist es: Der Einfluss des privaten Bankwesens auf das wirtschaftliche Wachstum in den Kolonien von 1850 bis 1910. Magnus' erste historische Doktorarbeit. Er hat vier Familien untersucht – darunter auch seine eigene. Aber das ist im Moment nicht im Regal. Schauen wir mal.« Sie drückte ein paar weitere Tasten, während Holly wartete. »Ach ja, es wird gerade neu gebunden. Wir haben eine ganze Ladung zum Binden an eine Firma in Südaustralien geschickt.«

»Wieso Südaustralien?«

»Die Firma macht es am billigsten, und Lucien hat es ja mit dem Sparen.«

»Davon habe ich gehört.«

»Es dauert noch ein, zwei Wochen, bevor es zurückkommt. Ich leg's dann für dich beiseite. Frag mich nach den Ferien.«

»Okay, danke.«

»Kein Problem, Hollywood. Schöne Winterferien.«

Lucien musste zugeben, dass er aufgeregt war. Als die fünf am Sonntag – kurz nach Mitternacht – den Kreis bildeten, zitterten seine Hände, als er die Seiten des Grimoire umblätterte. Samstagnacht hatten sie einen Durchbruch erzielt. Die Buchstaben waren längst zu bedeutungslosen Strichen geworden, die seinen Bemühungen spotteten, aber dann hatten sie sich mit einer fast übernatürlichen Geschwindigkeit zusammengefunden und ergaben Sinn.

Aathahorus.

Ein Brandzeichen im Guyana-Fragment hatte nach der Entschlüsselung den gleichen Namen ergeben. Dass er in dem Jerusalem-Fragment wiederholt wurde, deutete Lucien als Hinweis darauf, dass Aathahorus der Name des Dämons war, mit dem Owling gearbeitet hatte. Der Dämon, der mit Lucien gesprochen hatte, als er während der Sitzung in Ohnmacht gefallen war, dessen Namen mit A begann. Vielleicht war es das. Vielleicht war dies der Schlüssel, um den Dämon wieder zu finden, um ihm Fragen über die Beschwörung stellen zu können. Um den unverständlichen Code zu knacken, in dem der Rest des Grimoire geschrieben war.

Den anderen hatte er jedoch nichts davon gesagt. Was er in seinen Trancezuständen gesehen und gehört hatte, darüber verlor man am besten so wenig Worte wie möglich. Keiner von ihnen hatte eine Vorstellung von der Tiefe und der Intensität seiner Visionen – sie hielten das Wissen, das er mitbrachte, für vage und verschwommen, wie eine Prophezeiung in einem Jahrmarktszelt. Nur er wusste von den brennenden Landschaften und den grotesken Wesen, die sie bevölkerten. Und diese Informationen für sich zu behalten, verschaffte ihm einen Vorteil gegenüber den anderen. Er hatte das Gefühl, sie zu beherrschen.

Das Kerzenlicht flackerte, die Stimmen verstummten. Lucien sah sich um. Jane lächelte ihm zu, ihre Augen wirkten im Dämmerlicht groß und dunkel; Emma und Laurence blickten in den Kreis und konzentrierten sich; Randolph hatte die Augen geschlossen. Mit seiner Rückkehr kam Lucien noch immer nicht zurecht. Allein seine Gegenwart wirkte herausfordernd, war eine Gefahr für die Herrschaft Luciens. Mit einem tiefen Atemzug verbannte er seine Ängste. Randolph gehörte zur Familie, und sie mussten treu zueinander stehen. Als Lucien vorgeschlagen hatte, Justin dem Verräterdämon zu opfern, hatte er nicht einmal mit der Wimper gezuckt. »Wenn es nötig ist«, hatte er nur gesagt.

»Also«, begann Lucien, und seine Stimme hallte weich durch das gedämpfte Licht. »Was auch immer geschieht, holt mich nicht zu früh aus meiner Trance. Haltet die Augen geschlossen und singt weiter. Habt keine Angst um mich. Ich habe einen Schlüssel in der Hand, und ich glaube, ich kann den Kontakt zu unserem Verräter herstellen.«

Die anderen nickten ernst. Sah er da so etwas wie eine Herausforderung oder Eifersucht in Randolphs Augen aufblitzen? Lucien und Graham hatten Magnus' Fähigkeit zur Trance geerbt, Randolph dagegen nicht; aber vielleicht hatte das Licht ihm einen Streich gespielt.

»Lasst uns beginnen.« Lucien schloss die Augen. Einer nach dem anderen beschworen sie ihren Erlöser und stimmten den Gesang an.

Die Temperatur stieg ebenso plötzlich wie heftig; Lucien spürte, wie ihm der Atem aus der Kehle gerissen wurde und ihm Lippen und Zunge verbrannte, er hustete und schnappte nach Luft. Schließlich nahmen seine Lungen die Arbeit wieder auf und ließen ihn atmen, wenn auch flach und angestrengt. Das Muster der Kerzenlichter vor seinen geschlossenen Augen verblasste, und mit einem seltsamen Seufzer und einer unerwarteten Intensität tat sich die infernalische Landschaft vor ihm auf. Die Zeit schien sich zu verlangsamen. Er blickte auf die Berge der Hölle. Heiße Schwaden orangefarbenen Rauchs schlugen in die Luft am Horizont. Der Klipoth führte in der Ferne einen wahnsinnigen Tanz auf, dunkle Silhouetten vor dem glühenden Himmel, die sich nicht mehr für Lucien Humberstone interessierten. Er hatte deutlich gemacht, dass er nicht vorhatte, ihre Dienste in Anspruch zu nehmen. Sie erwarteten die Ankunft geringerer, weniger mutiger Zauberer.

Lucien schaute um sich, und das Gefühl für seinen Körper verschwand mit jeder Sekunde; er schien allein zu sein.

»Aathahorus!« Seine körperlose Stimme echote hart von den Hügeln. Er hörte keine Vibration in sich und fragte sich, ob sein Körper in dem Zimmer im Humberstone College nicht laut genug gesprochen hatte, oder ob er die Verbindung zur Realität schon ganz verloren hatte.

Keine Antwort. Das Knistern von Feuer in der Ferne. Dahinter ein hallendes Geheule und Gestöhn, das jenseits der Hörgrenze abfiel, wenn er versuchte, sich darauf zu konzentrieren.

»Aathahorus!«

Dieses Mal erwiderte ein unmenschliches Kreischen seinen Ruf. Der alles durchdringende Laut fuhr in seinen Kopf und hallte dort schmerzhaft wider. Es wurde immer lauter. Lucien fürchtete, es würde nicht mehr aufhören und seinen Schädel spalten. Fast hätte er vor Schmerzen aufgeschrien, doch dann hörte es auf.

»Sprich dieses Wort nie, nie wieder aus!«

Lucien wirbelte herum. Der Dämon, der, mit dem er schon einmal gesprochen hatte, stand vor ihm. Er war kaum noch als menschliche Gestalt wahrnehmbar. Seine Arme waren verdorrte Stümpfe, der große kahle Kopf so deformiert, als sei er an der einen Seite geschmolzen wie Kerzenwachs; ein mächtiger, verbrannter Bauch hing über grotesk missgestalteten Genitalien.

»Ist das nicht dein Name?«

Das Wesen kreischte erneut auf, ein Schrei der Wut.

»Nein«, rief es schließlich mit heiserer Stimme. »Es ist nicht mein Name, sondern der meines Feindes. Wenn du mich heraufbeschwören willst, sage einfach ›Verräter, komm‹. Es ist sehr einfach, Magus.«

»Der Code im Grimoire ist nicht sehr einfach«, entgegnete Lucien. »Er ist unentschlüsselbar.«

»Du wirst es herausbekommen.«

»Und wie lautet dein Name?« Lucien wusste, dass der Schlüssel zur Beherrschung der Dämonen darin lag, ihre Namen zu nennen.

»Das kann ich dir nicht sagen, solange ihr einen Verräter in eurer Mitte habt.«

»Ich verstehe nicht.«

»Komm mit mir, Magus. Lass uns in den Park gehen und über ein paar Dinge sprechen. Du hast Fragen, und ich habe Antworten.«

»Der Park?«

Mit einem seiner Stümpfe deutete das Wesen auf einen geschwärzten, vom Blitz getroffenen Baum, der sich mit

Wurzeln in den staubigen Boden klammerte, die so verschlungen und unheimlich waren wie die Gedanken eines Irren. Das Wesen lachte Ekel erregend. »Ein schöner Park, nicht wahr?«

Sie gingen darauf zu. Lucien gewöhnte sich an das körperlose Gefühl; er ließ sich mit dem Wesen unter dem Baum nieder. Der Himmel hatte eine gelb-graue Farbe angenommen, Schwefeldämpfe zogen wie Nebel durch die kahlen Zweige.

»Was wir besprechen, können die anderen nicht hören«, sagte das Wesen, als könne es Luciens Gedanken vorausahnen. »Alles bleibt also vertraulich. Und das ziehe ich vor, weil ich nicht mit den anderen verhandeln will, sondern nur mit dir.«

»Warum?«

»Ich mag die anderen nicht, ich mag nur dich«, sagte es in einem Tonfall, der Lucien fast unverschämt schien.

»Aber ich verstehe nicht ...«

»Was ich sage, gilt!«, schrie das Wesen. Lucien schreckte zurück. Er hatte es hier nicht mit einem vernunftbegabten Menschen zu tun, und er tat gut daran, das nicht zu vergessen.

»Du kennst meinen Preis?«, fragte das Wesen mit seiner leise mahlenden Stimme.

»Du willst in den Körper eines Waisenjungen fahren. Ich habe jemanden gefunden, aber ich weiß nicht, ob er geeignet ist.«

»Ist er männlich und elternlos?«

»Ja.«

»Dann ist er geeignet. Du wärest ebenso geeignet, Magus. Deine Eltern leben auch nicht mehr.« Das Wesen lachte wieder, ein Geräusch, als zerbreche Glas. »Obwohl ich einen hübschen Knaben vorziehen würde. Es ist lange her, seit ich die Freuden des Fleisches genossen habe.«

»Es ist mein Neffe. Er ist jung und hübsch genug.« Verglichen mit dem Zustand des Wesens würden sich nur wenige Körper finden lassen, die nicht geeignet wären.

»Ah, das klingt gut. Ich freue mich darauf, mit dir zu arbeiten, Magus.«

»Du erwähntest einen Verräter.«

»Die Frau, die, an die du manchmal denkst. Mmmh.« Plötzlich tauchte vor ihm das schimmernde Bild Janes auf, als habe es jemand aus seinem Kopf gestohlen und in die Landschaft projiziert.

»Jane? Jane betrügt uns?«

Das Bild verschwand. »Dich, Magus. Sie betrügt dich. Oder zumindest beabsichtigt sie es. Du bist zu naiv. Du hilfst diesen Leuten, sich der schwarzen Magie zu bedienen, und achtest nicht darauf, was sie damit anstellen. Wirf sie sofort aus dem Kreis, schneide ihr die Kraft ab. Danach kann sie dir nicht mehr schaden.«

Lucien verspürte Übelkeit. Jane hatte vor, ihn zu hintergehen? Er hatte geglaubt, sich auf sie am meisten verlassen zu können. »Natürlich. Ich werde mich sofort von ihr trennen.«

Das Wesen beugte sich mit einem eifrigen Glitzern in den Augen vor. »Wirst du sie töten?«

»Dazu besteht kein Grund.«

Es schnaubte verächtlich. »Es gab eine Zeit, da hätte ein Magus wie du jeden Tag eine Schandtat begangen, um dem Fürsten der Finsternis seine Loyalität zu beweisen.«

»Ich bin kein Mörder.«

»Ach?« Das Wesen grinste tückisch. »Du bist zu feige, Magus. Eine Schwäche, die ich von Anfang an bei dir beobachtet habe.«

»Wie lange hast du mich beobachtet?«

»Mein Zeitkonzept ist nicht mehr besonders genau. Monate, vielleicht Jahre.« Abweisend fügte er hinzu: »Ich werde deiner Fragen müde. Es ist Zeit für dich, zurückzugehen.«

»Warte – du musst mir bei dem Code des Grimoire helfen. Es dauert zu lange. Ich brauche deine Hilfe, ich brauche den Beschwörungsritus.«

Sein Gesicht verzog sich zu einem hässlichen Grinsen. »Monate und Jahre, Magus. Das ist ein Hinweis.«

»Aber warum kannst du nicht …«

»Leide! Leide, Magus, so wie ich gelitten habe. Erwarte nicht, mit einem Wesen wie mir zu arbeiten und es leicht zu haben. Bitterkeit kann fast süß schmecken, wenn man sie großzügig unter anderen verteilt.«

»Warte!«, rief Lucien. Die Landschaft vor seinen Augen verblasste. Seine Glieder wurden schwerer, sein Körpergefühl kehrte zurück. Er hörte den Gesang seiner Gefährten immer lauter, bis er sich schließlich wieder in ihrem Kreis fand, mit rasendem Herzen und trockener, geschwollener Zunge.

»Wasser!«, krächzte er, als er wieder bei vollem Bewusstsein war und ein unerträglicher Durst in seiner Kehle wütete. »Ich muss trinken.«

Es war eine der unumstößlichen Tatsachen des Lebens, dass Prudence an As' Büro vorbei musste, wenn sie zur Damentoilette wollte. Man konnte kaum von ihr erwarten, dass sie die Blase anhielt, nur um ihm nicht zu begegnen. Aber seine Tür war stets geschlossen oder höchstens einen Spaltbreit geöffnet, sodass sie jede Hoffnung auf ein zufälliges Treffen bald begrub. Und damit auch die Hoffnung, eines jener sorgfältig einstudierten Gespräche mit ihm zu führen, die sie sich für den Fall der Fälle vorbereitet hatte. In diesen Gesprächen war sie schlagfertig, sexy, unwiderstehlich, und sie endeten fast immer mit einer Versöhnung. Im Extremfall stellte sie sich sogar vor, dass sie in einer festen Beziehung endeten. Dann hockte Mandy mit dem Kind verlassen in einer Sozialwohnung, und Prudence war auf magische Weise fünf Kilo leichter. Aber so extrem dumm war sie nur selten.

Wie jetzt. Sie stand an der Treppe und lauschte. Die Tür stand etwa zehn Zentimeter auf, und sie hörte die Stimmen von Randolph und As. Sie bekam kaum etwas mit, war aber sicher, dass sie über sie sprachen.

Sicher, Prudence. Was hatten sie sonst schon an Wichtigem zu besprechen? Sie schüttelte den Kopf angesichts ihrer eigenen unkontrollierbaren Selbstbezogenheit und schimpfte sich einen egoistischen Schwachkopf, aber sie lauschte weiter.

Sie strengte sich an und hörte die Worte ›Mandy‹ und ›am Wochenende weg‹. Dann Randolphs Stimme, etwas lauter, offenbar ging er an der Tür vorbei. »… das musst du hinkriegen, Laurence.«

Mein Gott, wie aufregend. Mandy, am Wochenende weg, etwas, das hingekriegt werden musste. Hatte das etwas mit ihr zu tun? Mit der anderen Frau? Sie sah sich um. Niemand kam die Treppe herauf. Sie schlich sich auf den Absatz und drückte sich an die Wand.

»… wird misstrauisch. Wenn ich so spät nach Hause komme …« Das war As, der den Satz irgendwie zu Ende nuschelte.

Randolph ging wieder an der Tür vorbei, und sie hörte ihn deutlich. »Warum auf einmal diese Änderung? Sie verbringt doch jetzt seit zwei Jahren die Wochenenden bei ihrer Mutter.«

Es ging also um Mandy. Sie wollte an den Wochenenden zu Hause bleiben, und As machte sich Sorgen, weil sie bemerken würde, dass er abends immer fortging und spät nach Hause kam. Es musste eine andere Frau sein! Obwohl Prudence stolz darauf war, dass sie Recht behalten hatte, so war der Sieg dennoch teuer bezahlt, stellte er doch den Todeskuss für jede Hoffnung dar, sich jemals mit As zu versöhnen.

Die Stimmen wurden leiser, bis sie Randolph wieder an der Tür hörte. »Viel Glück dabei, Laurence.«

»Danke, ich kann es brauchen. Was macht er eigentlich heute hier?«

»Luciens Wege sind rätselhaft, mein Freund.«

Plötzlich ging die Tür auf, doch bevor sie sie entdecken konnten, war Prudence zwei Stufen zurückgewichen. Randolph und As traten aus dem Büro, und Prudence ging die Treppe hinauf, als sei sie gerade erst gekommen.

»Hallo, Prudence«, sagte Randolph mit seinem üblichen, nichts sagenden Lächeln.

»Hi, Randolph, hi, As.«

Randolph verabschiedete sich und eilte an Prudence vorbei die Treppe hinunter. Sie stand vor As, und jeder kluge Eröffnungssatz ihrer erdachten Gespräche war wie weggeblasen.

»Wie geht's dir, Prudence?«, fragte er.

»Ganz gut.«

»Wolltest du zu mir?«

»Nein, zur Toilette.« Gut, Prudence, das würde ihn anmachen.

»Oh. Dann lass dich nicht aufhalten.« Er ging an ihr vorbei.

Sie wartete, bis er verschwunden war, und trat mit Wucht gegen die oberste Stufe. »Mist!«, zischte sie. »Mist, Mist, Mist!«

Doktor Jane Macintyre. Lucien zog die Personalakte heraus und legte sie vor sich auf den Schreibtisch. Ihr Lebenslauf, ihre Zeugnisse, ihre Vierteljahresberichte. Er blätterte alles durch, bis er gefunden hatte, was er suchte. Ihren Vertrag.

Er hatte sich die Sache lange überlegt und war zu der Überzeugung gekommen, dass man sie am besten auf legalem Wege löste. Er las den Vertrag. Da war sie, Klausel 10C. *Dieser Vertrag kann jederzeit durch den Arbeitgeber aufgelöst werden, wenn der Arbeitnehmer durch sein Verhalten dem College Schaden zufügt.* Danke, Magnus, für deine unbegründete Paranoia gegenüber illoyalen Mitarbeitern und Bücherdieben.

Lucien legte einen Bogen mit dem Briefkopf des Humberstone Colleges in seinen Drucker und begann einen Brief an Jane zu tippen.

Er schloss gerade den Briefumschlag, als Aswell an der Tür klopfte. Zögernd bat er ihn herein.

»Gut, dass du da bist, Lucien, ich muss etwas mit dir besprechen.«

»Bitte, nimm Platz.« Lucien machte die Tür hinter ihm zu und ging an seinen Schreibtisch zurück, wobei er den Umschlag in seinen langen Fingern drehte.

»Mandy hat beschlossen, ihre Mutter nicht mehr zu besuchen, schon in der Woche nach den Ferien nicht mehr.«

»Und was hat das mit mir zu tun?«

Aswell sah ihn verärgert an. »Der Kreis, Lucien. Ich kann nur deshalb jeden Sonntag ins College, weil ich Mandy keine Rechenschaft ablegen muss, wohin ich gehe und warum ich so spät wiederkomme. Vielleicht könnten wir das Treffen auf einen Zeitpunkt legen ...«

»Das kommt überhaupt nicht in Frage, und das weißt du auch.«

»Aber wie soll ich ...«

»Dann kommst du nur, wenn du kannst.«

»Wird das den Kreis nicht schwächen?«

»Randolph hat monatelang gefehlt. Wir kommen auch ohne dich zurecht.« Lucien spürte ein fast hysterisches Gefühl der Freiheit. Jane ging, Aswell ging, er wurde sie alle los. Langsam, aber sicher. Und je kleiner die Gruppe, desto leichter, ihr seinen Willen aufzuzwingen.

Aswell nickte. »Solange ich auf dem Laufenden bleibe ...«

»Aber natürlich. Mit den wichtigen Dingen warten wir, bis du kannst.« Es war eine Lüge, und Aswell wusste das wahrscheinlich genauso gut wie Lucien.

»Randolph wird mich schon informieren.« Aswell konnte es sich nicht verkneifen, Lucien an Randolphs geteilte Loyalität zu erinnern.

»Davon bin ich überzeugt. Ist Jane heute da?«

»Ich habe sie nicht gesehen. Warum?«‹

»Könntest du ihr diesen Brief bringen?« Er reichte ihn Aswell. »Wenn sie nicht da ist, schieb ihn einfach unter ihrer Tür durch.«

Aswell nahm den Brief, ohne einen Blick darauf zu werfen. »Ja, Sir. Noch andere Dienste, die ich für Sie erledigen kann. Den Einkauf vielleicht?«

»Auf Wiedersehen, Laurence. Wir sehen uns dann Sonntag.« Lucien beugte sich über Janes Akte. Er hörte, wie die Tür auf- und zugemacht wurde. Als er aufschaute, war As gegangen.

25. Kapitel

Justin träumte von dem Hund, den er als Kind gehabt hatte, Jack, in einer blauen und grünen Welt voll Sonnenschein und Wind in den Bäumen. Der Traum war so glücklich und simpel, dass er sich daran festklammerte, auch als sein Bewusstsein bereits die Alarmglocken läutete.

Jemand versucht einzubrechen.

Das Spiel in der endlosen Landschaft der Kindheit musste aufhören. Er schreckte hoch, seine Sinne angespannt, und lauschte. Ein Geräusch an seiner Tür, als wolle jemand hinein. Seit dem Erlebnis mit Emma schloss er immer ab; fast unmerklich bewegte sich die Türklinke in der Dunkelheit.

»Emma?«

Keine Antwort. Was, wenn es ein Einbrecher war? Sein Zimmer lag im Parterre, und vielleicht vermutete der Dieb hier ein Büro mit Safe. Die Humberstones waren für ihren Reichtum sicherlich bekannt.

Ein Kratzen am Metall. Er setzte sich auf. Jemand hantierte am Schloss herum. Es war nicht eins der Schlösser, wie sie Lucien an den anderen Türen hatte anbringen lassen. Jeder konnte diese Tür mit einem Brotmesser aufkriegen. Sein Herz schlug wie wild. Sollte er schreien? Wer würde ihn hören? Was, wenn der Einbrecher bewaffnet war …

Er stieg aus dem Bett und sah sich nach einer Waffe um. Wenn er ein echter Mann wäre, hätte er einen Kricketschläger, irgendein fernöstliches Kampfgerät oder eine Footballtrophäe, mit der er einem Einbrecher eine hätte überziehen können. Aber so ein Typ war er nicht. Mit Bedauern stellte er sich vor, wie es sein mochte, mit einem Buch auf den Eindringling loszugehen.

Er ließ den Blick durchs Zimmer gleiten. Dann entdeckte er etwas auf dem Schreibtisch. Sein Laptop! Er schlich sich zum Tisch und packte das Gerät. Damit konnte man wahrscheinlich jemandem wehtun. Das Teil war fünf Jahre alt, und dementsprechend war sein Gewicht.

Das Schloss bewegte sich langsam nach rechts. Er stellte sich neben die Tür, hob das Laptop hoch und wartete.

Die Tür ging auf, und natürlich stand Emma vor ihm.

»Verdammte Scheiße!«, rief er entnervt. »Was, zum Teufel, machst du da?«

Sie sah zu ihm auf, sah den Laptop und hatte tatsächlich die Frechheit, ihn beleidigt anzuschauen.

»Sprich nicht so mit mir.«

Justin verlor so gut wie nie die Fassung, in seinem ganzen Leben war es vielleicht vier oder fünf Mal geschehen. Aber jetzt, da sein Herz noch immer raste und seine Knie zitterten, verwandelte sich die Erleichterung, dass es sich bei dem Eindringling nur um Emma handelte, in eine unaufhaltsame Wut darüber, dass sie ihm wieder nachstellte. Er hatte sein Leben fast im Griff, war fast glücklich, und nun das. Als er bei seiner Mutter gewohnt hatte, hatte sein Leben aus Elend und grauen Tagen bestanden, so dass es keinen Sinn machte, sich jedes Mal aufzuregen. Aber jetzt, da die Chance bestand, dass alles gut werden würde, erzürnten ihn ihre ständigen Belästigungen über alle Maßen.

»Verschwinde!«, brüllte er und warf den Laptop durch das Zimmer. Laut krachend schlug er gegen die Wand. »Verschwinde! Wie kannst du es wagen, in mein Zimmer einzubrechen, während ich schlafe!«

Schockiert wich sie zurück. »Sprich nicht so mit mir …«

»Ich spreche so mit dir, wie ich will. Du treibst mich in den Wahnsinn. Ich will nicht mit dir schlafen. Lass mich allein.« Doch sein Zorn war bereits verflogen, und zurück blieb nur ein unerträgliches Gefühl von Schuld und Furcht. »Lass mich in Ruhe«, wiederholte er sanfter. »Bitte, Emma.«

Lucien stand an der Treppe. »Was ist da unten los?«, rief er.

Emma trat auf den Flur hinaus. »Alles in Ordnung, Lucien. Geh wieder schlafen.« Sie wandte sich Justin zu. »Es war doch nur Spaß. Du brauchst dich nicht gleich so aufzuregen.«

Er bedauerte jedes Wort, das ihm herausgerutscht war, und wusste nicht, was er noch sagen sollte. Er nahm sanft ihren Arm und schob sie auf den Flur hinaus. Dann schlug er ihr die Tür vor der Nase zu und schloss sie nicht wieder ab, sondern schob einen Stuhl unter die Klinke und ging ins Bett.

Sie hat sie nicht mehr alle. Vielleicht hatte Prudence Recht. Hier war er nun, er lebte im Luxus, mit einem verächtlichen Onkel und einer wahnsinnigen Tante. Gerne hätte er mit Holly und ihrer schäbigen Wohnung getauscht und die beiden nie mehr wiedergesehen.

Er drehte sich um und betrachtete die Bäume vor seinem Fenster, die groß und dunkel im Mondlicht aufragten. Langsam dämmerte es ihm. Er musste ja gar nicht hier bleiben. Lucien wollte ihn sowieso nicht um sich haben – das hatte er ziemlich deutlich gemacht. Prudence hatte ihm angeboten, bei ihr zu wohnen, zumindest eine Zeit lang. Als Grahams Sohn mussten sie ihm Geld zukommen lassen – und sei es nur für das Notwendigste. Lucien hatte ihn nicht von Sydney hierher geholt und ihm von seinem Stammbaum erzählt, wenn er nicht einen Anspruch hätte. Und selbst wenn nicht, er konnte sich immer noch einen Teilzeitjob besorgen. Vielleicht konnte er sich mit Holly zusammen eine Wohnung suchen.

Er riss sich zusammen, bevor seine Phantasie mit ihm durchging, aber nichts konnte ihn mehr aufhalten. Er würde ausziehen, es musste einen Weg geben. Bei seiner Mutter war er geblieben, weil sie ihn brauchte; Lucien und Emma brauchten ihn nicht, er konnte gehen, wann er wollte.

Als er die Augen schloss, schwor er sich, am Morgen mit Lucien zu sprechen.

Er wartete bis elf Uhr, bevor er sich auf den kurzen, aber schweren Weg zu Luciens Büro machte. Emma war nirgendwo zu sehen. Vielleicht hatte sie sein Zornesausbruch dazu gebracht, sich dessen zu schämen, was sie getan hatte, und sie ging ihm bewusst aus dem Weg.

Allerdings zweifelte er daran.

Er klopfte an die Tür und wartete. Keine Antwort. Gerade wollte er ein zweites Mal klopfen, als sich die Tür einen Spaltbreit öffnete und Lucien auf ihn herabschaute.

»Ja?«

»Ich muss mit dir reden.«

»Ich bin beschäftigt.«

Justin wollte fast aufgeben, doch der Gedanke, alles beim Alten belassen zu haben, bevor er Emma wieder gegenübertrat, versetzte ihn in Panik. »Es ist wirklich wichtig.«

Lucien nickte und öffnete die Tür. »Also gut. Komm rein.«

Das Büro war hell beleuchtet, geschmackvoll eingerichtet und fast unnatürlich ordentlich. Es gab viel Platz und viele leere Flächen. Luciens Schreibtisch war leer, und offenbar hatte er alles weggeräumt, bevor er die Tür aufgemacht hatte. Hatte er an diesem Buch gearbeitet, von dem Emma gesprochen hatte? Es spielte eigentlich keine Rolle mehr. Was ihn betraf, hätte Lucien von seinem Schreibtisch aus einen internationalen Schmugglerring leiten können, es war ihm egal. Er wollte weg.

Sie saßen einander gegenüber, durch die große Schreibtischplatte getrennt.

»Was gibt es, Justin?«

»Ich möchte ausziehen.«

Schweigen. Justin sah Lucien nicht an.

»Ich fürchte, das ist unmöglich«, sagte sein Onkel.

Justin war so überrascht, dass ihm keine passende Antwort einfiel. »Was?« Mehr brachte er nicht heraus.

»Es ist nicht möglich, Justin. Du musst hier bleiben.«

»Ich muss nicht.«

»Doch.«

»Warum?«

»Warum erzählst du mir nicht, wieso du gehen willst?«

Justin zuckte mit den Schultern. »Ich möchte eine eigene Wohnung. Ich habe das Gefühl, ich störe. Ich …«

»Es ist Emma, nicht wahr?«

Da er nicht wusste, was er sagen sollte, sagte Justin nichts.

»Ich habe euren Streit gestern Nacht gehört. Ich glaube, ich weiß, was da vorgeht. Und ich entschuldige mich. Ich werde mit Emma sprechen und dafür sorgen, dass sie dich in Ruhe lässt. Du brauchst nicht zu gehen.«

»Aber ich will«, platzte Justin heraus. »Ich will allein sein.« Wie seltsam. Welche Gründe konnte sein Onkel haben, ihn hier halten zu wollen? Er hatte angenommen, dass er froh wäre, wenn er fort sei.

»Nein, du kannst nicht gehen.«

Entnervt wiederholte Justin seine frühere Frage. »Warum nicht?«

Lucien zögerte kurz, dann sagte er: »Dale Emerson ist ein guter Bekannter von mir.«

»Wer?«

»Prudences Vater.«

»Oh.« Was sollte das jetzt?

»Prudence ist für ihre Eltern ein ständiger Quell des Kummers, wie du dir vorstellen kannst. Dale machte sich Sorgen, dass Prudence faul und verwöhnt werden könnte. In seinen Augen ist das College für sie die letzte Gelegenheit, sich zu bewähren. Ich erinnere mich, dass Dale vor ihrem Umzug nach Hongkong zu mir sagte: ›Das ist ihre letzte Chance, Lucien. Wenn sie wieder versagt, werden wir sie nicht mehr unterstützen.‹ Ich nehme an, er meinte finanziell.«

Justin schüttelte den Kopf. »Ich verstehe nicht, warum du mir das erzählst.«

»Prudence hat die akademischen Anforderungen im letzten Jahr keineswegs erfüllt, und sie hat es nur den fast schon peinlich anmutenden Interventionen ihres Tutors zu verdanken, dass sie weitermachen durfte. Ich kann diese Entscheidung jederzeit widerrufen.«

Justin brauchte ein paar Sekunden, bis er begriff. Die

Erkenntnis war ebenso verwirrend wie unangenehm. Lucien erpresste ihn.

»Wenn ich also gehe …?«

»Verliert Prudence ihren Platz am College. Und alles, was dazugehört, darunter auch das luxuriöse Heim, in das sie dich zweifellos schon eingeladen hat. Aber wenn du bleibst, garantiere ich dir, dass Prudence nicht nur ihren Platz behält, sondern auch am Ende des Jahres besteht, egal, welchen wirren Unsinn sie als Prüfungsarbeit einreicht.«

Justin traute seinen Ohren nicht.

»Bleibst du?«, fragte Lucien.

»Natürlich, ich habe ja wohl kaum eine Wahl. Ich frage mich nur, warum du mich hier behalten willst.«

»Magnus wollte, dass du ein Teil der Familie wirst.«

Das war kaum eine Erklärung, aber Justin stand noch unter dem Schock von Luciens Vorschlag. Er hatte seinen Onkel für arrogant, hochmütig und distanziert gehalten, aber nicht für erpresserisch, für einen Verbrecher.

»Stell keine weiteren Fragen und sprich mit niemandem darüber. Vergiss nicht, welche Macht ich über deine Freundin habe, auch wenn sie so tut, als könnte ihr keiner was.«

Justin hob hilflos die Hände. »Gut.« Er stand auf und machte einige Schritte zurück. »Gut.«

»Und um Emma kümmere ich mich. Sie wird dich nicht mehr belästigen.«

»Gut.« Er ging aus dem Büro, machte die Tür hinter sich zu und ließ sich gegen die Wand im Flur fallen. Die Last dieser plötzlich auf ihn zugekommenen Verantwortung für Prudence wog schwer. Das kleine Fenster in seinem Leben, durch das die Sonne gedrungen war, war soeben geschlossen worden und hatte ihn wieder in die Dunkelheit zurückgeworfen. Er hätte seinen Mund halten sollen, er hätte alles so lassen sollen, wie es war.

Aber trotzdem war es zu merkwürdig. Warum hatte Lucien so reagiert? Ging da etwas vor, in das Justin ohne sein Wissen verwickelt war? Ein Erbschaftsstreit, eine juristische Familienschlacht? Er hatte zu viel Zeit mit Prudence verbracht, um nicht misstrauisch zu werden.

Stell keine Fragen und sprich mit niemandem darüber. Unter Androhung, das Leben einer seiner besten Freundinnen zu ruinieren. Lucien brauchte sich keine Sorgen zu machen. Wenn Justin eines konnte, dann war es schweigen.

Die Tür fiel ins Schloss, und Lucien war schon auf dem Weg, um das Grimoire wieder aus dem Safe zu holen, als das Telefon klingelte. Am liebsten hätte er es ignoriert, aber es war seine Privatverbindung, deren Nummer nur Menschen kannten, denen er vertraute.

»Hallo?«

»Was hat dieser Brief zu bedeuten?« Es war Jane.

»Genau das, was darin steht. Du hast deinen Vertrag gebrochen, und ich entlasse dich.«

»Wie? Wie soll ich meinen Vertrag gebrochen haben?« Ihre Stimme verriet ihm, dass sie den Tränen nahe war.

»Bist du allein?«

»Ja, ich bin in meinem Büro im College. Warum?«

»Es ist eine delikate Angelegenheit. Ich habe eine vertrauliche Mitteilung über deine Illoyalität mir gegenüber erhalten.«

»Lucien, ich verstehe dich nicht. Sag mir bitte, was hier vorgeht.«

»Was hattest du vor, Jane? Wolltest du schwarze Magie an mir üben? Mich krank machen? Den Zirkel übernehmen?«

Zunächst bestand ihre Antwort aus einem bedeutungsvollen Schweigen.

Schließlich sagte sie: »Ich weiß nicht, wovon du sprichst. Du weißt, dass ich hundertprozentig hinter dir stehe. Ich bin die Einzige, auf die du wirklich zählen kannst, Lucien. Du darfst mich nicht entlassen.«

»Es hat es mir bestätigt.«

»Es?«

»Ich hatte Kontakt zur anderen Seite, Jane. Mir wurde gesagt, dass es nicht funktionieren würde, solange du dabei bist. Verräter, so nannte es dich.«

»Das kannst du nicht tun.«

»Ich kann. Es ist auf meiner Seite. Wer weiß, welche Macht es besitzt. Du wirst mir nicht mehr in die Quere kommen. Wenn du mir oder meinen Plänen schadest, kann es gefährlich für dich werden.«

Erneutes Schweigen. »Du drohst mir?«

»Ich glaube ja.«

»Du kannst nicht ...«

»Ich kann, du weißt, dass ich es kann. Räum deinen Schreibtisch und sei bis zum Wochenende verschwunden. Achte darauf, dass ich nie wieder von dir höre. Es hat mir deine innersten Gedanken verraten, Jane, und ich bin sicher, dass es dich dafür bestrafen könnte, wenn ich es ihm befehlen würde.«

Einige Sekunden lang sagte sie gar nichts.

»Jane? Stimmst du meinen Bedingungen zu?«

»Das tue ich«, sagte sie leise. Fast wäre er schwach geworden, bei dem Gedanken an ihre wunderschönen Augen, ihre besonnene Intelligenz.

»Dann leb wohl, Jane«, sagte er, und seine Stimme schwankte mit jeder Silbe zwischen Hass und Zuneigung.

Es klickte in der Leitung, als sie auflegte.

Er lehnte sich in seinen Sessel zurück. Seinen Einfluss zweimal hintereinander so deutlich zur Geltung gebracht zu haben, erfüllte ihn mit Stolz. Vielleicht war es an der Zeit, jetzt mit Emma zu sprechen.

Nach dem dritten Abend begannen die Wiederholungen amerikanischer Sitcoms und die Instantmahlzeiten Prudence zu deprimieren. Während sie lustlos mit der Fernbedienung von Kanal zu Kanal zappte und eine Fünf-Minuten-Nudel mit der Gabel aufrollte, fragte sie sich, ob zuerst ihr Gehirn schrumpfen und sie dann Skorbut bekommen würde oder umgekehrt.

Es war jetzt über sechs Wochen her, seit As ihre Beziehung offiziell beendet hatte, also warum tat es jetzt so weh wie nie? Ihre fröhlichen Verdrängungsversuche hatten sich keineswegs bezahlt gemacht. Sie war daran gewöhnt, das vom Leben zu bekommen, was sie haben wollte, aber jetzt musste sie zur Kenntnis nehmen, dass As es mit einem anderen armen Mädchen trieb. Prudence war abgelegt worden, freigesetzt. Wahrscheinlich hatte er ihren Körper zu gut gekannt, um ihn noch aufregend zu finden.

Warum spielte jede Sitcom in New York? Prudence hatte das Gefühl, als kenne sie die Skyline dieser Stadt inzwischen besser als die Melbournes. Gelbe Taxis und Hot-Dog-Stände, gut aussehende Amerikaner, die mehr oder weniger clevere Witze machten. Sie drückte auf den Aus-Knopf, und der schwarze Bildschirm verschluckte sie alle. Sooty schaute zu ihr hoch, als ärgere es ihn, dass sie abgeschaltet hatte.

»Tod den Yankees«, murmelte sie und aß ihre Instant-Nudeln auf. Es war Mittwochabend, und sie war unglücklich. Wie lange würde dieser Trauerprozess noch dauern? Sie fühlte sich aufgedunsen – zu viel Glutamat? –, und ihre Nerven vibrierten, weil sie im Laufe des Tages einen Liter Cola und vier Tassen Kaffee getrunken hatte.

Eines brauchte sie jetzt ganz dringend – eine Zigarette.

Sie hatte ihre Tasche hinters Sofa geworfen. Als sie darin nach einer Schachtel Zigaretten wühlte, fand sie nur Supermarktrechnungen, mehr oder weniger gebrauchte Papiertaschentücher, einzelne Tampons und eine Bürste, die selbst mal gebürstet werden musste. Dann fiel ihr ein, dass sie die letzte Zigarette auf dem Balkon im College geraucht hatte. Sie hatte vergessen, unterwegs neue zu kaufen. Zum Glück hatte sie in ihrem Kleiderschrank eine eiserne Reserve.

Sie lief nach oben und machte die Schranktüren auf. Im obersten Regal, neben Klamotten, die sie nie mehr tragen würde, und unerwünschten Weihnachtsgeschenken von Verwandten, fühlte sie nach der Stange. Aber das Papier ließ sich allzu leicht zerdrücken. Ganz hinten musste doch noch eine Schachtel stecken.

»Bitte, o bitte«, murmelte Prudence, als sie die Verpackung herauszog. Leer, keine Notvorräte mehr, keine einzige Zigarette im Haus. Ihre Lust auf Nikotin war in dem Maße gestiegen, in dem die Aussicht auf schnelle Befriedigung geschwunden war.

Es gab nur eine Lösung, auch wenn es draußen dunkel und kalt war und es regnete – eine Expedition zur Milchbar. Widerstrebend zog sie sich wieder Schuhe und Mantel an, trug Sooty auf, die Wohnung sauber zu machen, bis sie zurückkam, und schloss die Haustür hinter sich ab.

Auf dem Weg zur Milchbar quälte sie sich mit Gedanken an As' neue Freundin. War es eine andere Studentin? Jemand von außerhalb des Colleges? Eine alte Flamme, wieder entfacht? Wer, wer, wer? Es machte sie verrückt, dass sie es nicht wusste. Wenn sie nicht schon verrückt war. In der Milchbar war es hell und warm. Sie schnappte sich eine Dose Cola und einen Violet Crumble und ging zur Kasse, wo sie die Zigaretten bekam.

Als sie unter dem Vordach der Milchbar stand, konnte sie sich nicht entscheiden, welche ihrer drei Leckereien sie als Erste öffnen sollte. Die Sucht nach Nikotin siegte, und sie stopfte die Cola und die Schokolade in ihre Manteltaschen. Rauchend stand sie vor der Bar, sah den Autos hinterher, die über den nassen Asphalt flitzten, und überlegte sich etwas. Sie würde zum College gehen und As' Büro durchsuchen. Und damit hätte es sich dann. Es sollte das letzte Mal sein, dass sie etwas Verrücktes und auch Illegales tat, das mit As zu tun hatte. Sie würde nur schnell nach einem Beweis suchen – sie wollte nur wissen, wer die neue Frau war, vielleicht ein Foto von ihr finden –, und dann würde sie ihn vergessen. Vernünftig sein. Ihn ziehen lassen.

Ihn ziehen lassen. Auf dem Weg zum College aß sie die Schokolade und trank die Cola und rauchte noch eine Zigarette; danach war ihr ziemlich übel. Vielleicht sollte sie morgen damit beginnen, gesund zu essen. Schließlich konnte sie sehr gut kochen und sollte sich selbst öfter damit verwöhnen. Das College lag schweigend zwischen den riesigen Bäumen, die es flankierten. Die Sicherheitslampen erhellten die Fassade von unten. Sie schloss die

Tür auf und trat aus dem Nieselregen ins Trockene. In der Cafeteria summten die Kühlschränke. Nachdem sie die Tür wieder abgeschlossen hatte, ging sie zu As' Büro hinauf.

Eine Taschenlampe wäre jetzt sehr nützlich gewesen. Sie stand in As' Büro, nachdem sie die Türe leise hinter sich geschlossen hatte, und wagte es nicht, das Licht einzuschalten. Immerhin drang etwas Helligkeit von den Sicherheitslampen durchs Fenster, und nachdem sich ihre Augen an die Dunkelheit gewöhnt hatten, schlich sie zu As' Schreibtisch und setzte sich dahinter. Die oberste Schublade. Natürlich abgeschlossen. Sie zog ihr Feuerzeug heraus und beleuchtete ihren Schlüsselbund. Der kleinste sah am vielversprechendsten aus. Er passte, sie drehte ihn herum, und die Schublade ging auf.

Im flackernden Licht des Feuerzeugs begann sie die Schublade zu durchstöbern. Kugelschreiber, Bleistifte, Büroklammern, die sich wie die Kaninchen vermehrten, Reinigungstücher für die Lesebrille, die er aus Eitelkeit nie öffentlich trug, Formulare für Papierwaren ... alles langweiliges Zeug. Sie schlug die Schublade zu und probierte die nächste, die ebenfalls verschlossen war. Dieses Mal wurde sie nach ebenso problemlosem Öffnen mit einem Stapel zusammengefalteter Papiere belohnt. Sie legte sie auf den Schreibtisch und ging sie durch. Noch mehr Formulare, Teilnahmelisten, eine Liste mit den Namen und Telefonnummern von Studenten – ihre und Hollys waren auch dabei –, aber nichts Belastendes. Keine Fotos, keine Liebesbriefe, nichts.

Untere Schublade. Sie schloss sie auf. Hier fand sie Kondome – Prudence hatte sie selbst gekauft. Er konnte es angeblich nicht, weil ihn jemand ›sehen könnte‹. Als interessiere sich die ganze Welt für seinen Schwanz. Sie schob sie beiseite, fand einen teuren Füller in einer Box und darunter einige Umschläge, in denen Briefe steckten.

Ihr Daumen wurde heiß. Sie machte das Feuerzeug kurz aus, bevor sie die Flamme wieder entzündete und bei dem schwachen Licht den ersten Umschlag untersuchte. Es war ein Brief von Randolph, aus Israel. Kein Liebesbrief, aber ebenso aufregend.

Sie zog ihn aus dem Umschlag und las:

Auf den Rat eines sehr seltsamen Burschen hin, den ich in Eilat getroffen habe, bin ich nach Jerusalem gefahren. Der Mann war ein einäugiger Jude, dessen Großvater in Deutschland Magie betrieben hatte …

Prudence hielt den Atem an. Magie? Eine Sekunde glaubte sie, Randolphs schwer leserliche Handschrift und die Dunkelheit hätten ihren Augen einen Streich gespielt.

Der alte Mann ist tot, aber offenbar hat er seinem Neffen gegenüber öfter von der Existenz einer seltsamen Schriftsammlung gesprochen – das ›Dunkle Fragment‹, so nannte er es, und es sollte irgendwo in der Altstadt Jerusalems sein.

Prudences Herz schlug schneller, eine fast ekstatische Freude stieg in ihr auf. Magie. Seltsame Schriften. Das ›Dunkle Fragment‹. Ein Geheimnis, direkt vor ihrer Nase.

Sie überflog den Rest des Briefes, fand aber nichts Interessantes mehr, bis sie zur vorletzten Zeile kam: *Ich will dieses Fragment finden und nach Hause bringen.*

Unbeantwortete Fragen rasten Prudence durch den Kopf, als sie den Brief mit zitternden Händen in den Umschlag zurückschob. Was? Wann? Was wenn? Sie griff nach dem zweiten Brief, kaum fähig, ihre Aufregung unter Kontrolle zu halten.

In diesem Augenblick hörte sie Schritte auf der Treppe.

Sie atmete heftig ein, legte die Papiere zurück in die Schublade, packte den Füller und die Kondome wieder obendrauf und schloss alles wieder ab. Die Tür war zu, und wer immer es war, würde weitergehen. Es sei denn, er wollte in dieses Zimmer. Das würde noch fehlen, dass As sie hier erwischte, wie sie – schon wieder – in seinen Privatsachen schnüffelte. Leise stand sie auf und schlich sich an die Tür.

Plötzlich verstummten die Schritte, und Prudence hatte das schreckliche Gefühl, als stünde der oder die andere draußen vor der Tür und lausche ebenfalls.

Ein paar Herzschläge später hörte sie erneut die

Schritte, die sich entfernten. Erleichtert seufzte Prudence auf. Sie wartete ein paar Minuten, bevor sie die Tür einen Spaltbreit öffnete und hinausspähte. Der Flur war leer. Sie schlich sich auf Zehenspitzen hinaus und schloss die Tür. Dass sie die restlichen Briefe und ihre Geheimnisse zurücklassen musste, tat ihr fast genauso weh wie die Trennung von As. Aber sie konnte wiederkommen und die Briefe später durchsehen. Vielleicht nachts, wenn niemand sie stören würde. Jetzt wollte sie so schnell wie möglich raus, damit der oder die andere sie nicht bemerkte.

Sie schlich sich mit kleinen, vorsichtigen Schritten die Treppe hinunter und spähte in den Flur im zweiten Stock. Unter der Tür ihres Büros schimmerte Licht hindurch. Als sie nach oben gegangen war, hatte es noch nicht gebrannt, da war sie ziemlich sicher. Holly oder Justin. Sie tippte auf Holly.

Als sie sich der Tür näherte, hörte sie ein Schluchzen. Sie blieb stehen und lauschte. Ja, da weinte jemand. Sachte klopfte sie an die Tür.

»Holly?«

Das Weinen hörte auf. »Prudence?«, kam die Antwort aus dem Zimmer.

Prudence machte die Tür auf und ging hinein. Ihre Freundin saß am Schreibtisch, hatte aber kein Buch geöffnet, hielt auch keinen Stift in der Hand. Sie saß nur da, als warte sie auf etwas.

»Was machst du hier?«, fragte Prudence.

»Ich hatte ein Buch vergessen. Und du?«

Prudence ignorierte die Frage einfach. »Hast du geweint?«

Holly schaute auf ihren Schreibtisch, als überlege sie, ob sie die Frage ehrlich beantworten sollte. Nachdem ihr wahrscheinlich klar geworden war, dass sie gegen Prudence keine Chance hatte, nickte sie langsam. »Ja.«

»Warum?«

»Ich bin einfach … es läuft alles nicht so gut.«

»Und du bist lieber ins College gegangen, um dir die

Augen auszuheulen, anstatt zu mir kommen, wo es Tee und Anteilnahme gegeben hätte?«

»Tut mir Leid, ich hatte gar nicht vor … ich … tut mir Leid.«

»Schon gut.« Natürlich machte Prudence sich Gedanken. Aber sie wollte Holly nicht mit Fragen bedrängen, wenn es ihr so offenkundig nicht gut ging. Irgendetwas beschäftigte sie seit etwa einem Monat, aber Prudence hatte keine Ahnung, was es sein konnte. Es ging bestimmt nicht um diesen Ehemann, der sich nicht mal richtig umbringen konnte. Die Familie, die nicht mehr mit ihr reden wollte? Zum Teufel, Prudences Familie sprach auch nicht mehr mit ihr. Zumindest hatte Hollys Familie den Anstand gehabt, es vorher anzukündigen und einen Grund zu nennen.

»Komm«, sagte Prudence. »Schnapp dir dein Buch und lass uns zu mir gehen. Ich taue einen Apfelkuchen auf.«

»Ja, gut.« Holly nahm das oberste Buch vom Stapel – es sah nicht so aus, als kümmere es sie, welches es war – und erhob sich. In Prudences Kopf kreisten langsam zu viele Fragen. Ihre Gedanken waren noch immer bei den Briefen in As' dritter Schublade.

Holly legte ihren Arm um Prudences Hüfte. »Du bist so gut zu mir.«

»Du verdienst nur das Beste«, sagte Prudence und verließ mit Holly das Büro. Sie warf einen sehnsüchtigen Blick zur Treppe in den dritten Stock, aber Holly hatte traurig ihren Kopf gegen ihre Schulter gelehnt. Die Geheimnisse mussten warten. Der Apfelkuchen rief.

26. Kapitel

Gemäß der Einladung, die sie am Freitagmorgen auf ihrem Schreibtisch gefunden hatte, wartete Holly am Sonntagabend um sieben auf den Stufen des Colleges darauf, dass die nächste Sitzung im Beichtstuhl begann. Sie zog ihren neuen Wollmantel etwas fester um die Schultern und sah zu, wie der eisige Wind die Zweige der Bäume schüttelte. Ihre Finger fühlten sich an wie Eiszapfen. Sie hoffte, Prudence würde bald kommen.

Fünf Minuten später tauchte Prudence auf, eine Decke unter dem Arm und Justin im Schlepptau. Holly spürte einen Stich der Eifersucht, auch wenn sie nicht genau wusste, warum. Es ging nicht darum, ob Justin in Prudence eine mögliche Freundin sah oder nicht, sie hatte wohl eher Angst, dass sie, Holly, übrig bleiben würde, die Freundin, die störte, wenn die beiden allein sein wollten. Ziemlich dumm. Aber da sie so sehr spürte, dass Justin und Prudence die wichtigsten Menschen waren, die sie hatte, konnte sie es nicht ertragen, sich von ihnen ausgeschlossen zu fühlen. Sie begrüßte sie etwas zu fröhlich.

»Wartest du schon lange?«, fragte Prudence.

»Ungefähr fünf Minuten.«

»Wir haben was zu essen mitgebracht – zeig's ihr, Justin.«

Justin hielt eine Plastiktüte mit Folienbehältern hoch. »Thai«, sagte er. »Mein Lieblingsessen.«

»Und genug Wein zum Runterspülen«, fügte Prudence hinzu und klopfte auf ihre Tasche. »Heute gibt es zwei Flaschen, die sind zusammen etwa achthundert Dollar wert.«

Holly hatte ein schlechtes Gewissen, weil sie Prudences Vater den teuren Wein wegtranken, aber manchmal verführte Prudence sie so charmant, dass sie gar nicht merkte, welche Grenzen der Moral, des Anstands oder der Gesetze sie übertraten. Aber trotz ihres extrovertierten Auftretens und gelegentlichen Anfällen von Selbstsucht – Holly hatte noch nie einen so warmherzigen und liebenswerten Menschen wie Prudence kennen gelernt. An dem Abend, an dem Prudence sie schluchzend im Büro angetroffen hatte – nach einem weiteren vergeblichen Versuch, Christian zu rufen –, hatte sie Holly mit nach Hause genommen, hatte sie mit Apfelkuchen und heißer Schokolade gefüttert (mit Schlagsahne aus der

Sprühdose) und nicht eine einzige Frage gestellt. Holly wusste, welche Anstrengung das für Prudence bedeutete. Heute würde sie bestimmt gefragt werden, und sie hatte sich schon eine passende Antwort zurechtgelegt. Noch konnte sie Christians Geschichte mit niemandem auf der Welt teilen. Das Ganze war so intim, dass sie es in stillen Augenblicken nur für sich genießen wollte. In letzter Zeit waren diese Minuten jedoch öfter von Melancholie und Trübsinn geprägt.

»Folgt dem Teamchef Prudence«, sagte Prudence, als sie die Vordertür aufschloss und sie einließ. »He, war einer von euch gut in Sport?«

Sie schloss die Tür von innen ab, und sie gingen durch das Foyer zum Keller.

»Nein«, gab Justin zu. »Die anderen waren alle größer als ich. Ich trug eine Brille und war gut in Kunst. Ich war der typische Freak.«

»Aus Freaks werden später immer die coolsten Leute«, versicherte Prudence ihm. »Nimm mich zum Beispiel. Und du, Holly?«

»Hm, eigentlich auch nicht. Auch wenn mein Dad mir die Mitgliedschaft in einem Tennisclub bezahlte, bis ich zwölf war. Ich schäme mich fast, es zuzugeben.«

»Zu Recht«, sagte Prudence, schaltete die Taschenlampe ein und schloss die Kellertür hinter ihnen. »Ich bin sicher, dass ich gut beim Schulsport gewesen wäre, wenn sie als Hundert-Meter-Bahn einen unterirdischen Tunnel gehabt hätten.«

»Ich bin in jedem Rennen die Vorletzte geworden«, sagte Holly.

»Ich Drittletzter«, meinte Justin.

Prudence drehte sich lachend zu ihnen um. »Und ich die Allerletzte. Aber ich habe mich auch nicht bemüht. Ist euch aufgefallen, dass die Sportler nie in den Debattierclub gewählt wurden? Oder in die Theaterklasse? Ich fand es immer ätzend, dass Sport ein Pflichtfach war.« Sie leuchtete in den Gang, der vor ihnen lag. »Gehen wir essen.«

Holly war sich nicht ganz sicher, ob es eine gute Idee war, im Beichtstuhl zu essen. Es roch komisch dort, und die Schaben waren nie weit weg. Was, wenn eine in ihr Essen fiel, und sie merkte es nicht?

»Ist es denn hygienisch, da unten zu essen?«, fragte sie, während Prudence sie um die erste Biegung in den Beichtstuhl führte.

»Nicht schlimmer als in vielen der Diners, in denen wir schon waren.« Prudence stellte Kerzen in den Ecken auf und zündete sie an. Dann schaltete sie die Taschenlampe aus. Sie streifte ihren Mantel ab und breitete die Decke auf dem Boden aus. »Sir, Madam, Ihr Tisch.« Mit einer Verbeugung kreuzte sie die Beine und ließ sich nieder; Justin und Holly setzten sich ebenfalls.

Vorsichtig begann Holly in ihrer Schüssel herumzustochern und achtete darauf, sie zum Schutz gegen herabfallende Schaben möglichst bedeckt zu halten; Prudence entkorkte den Wein.

»Dies ist übrigens eine Feier«, sagte Prudence, als sie einen Schluck genommen und die Flasche weitergereicht hatte.

»Was feiern wir? Dass wir uns nie mit Hepatitis angesteckt haben?«, fragte Holly mit vollem Mund.

»Nein. Wir feiern drei Dinge. Nummer eins – Justins Geburtstag, auch wenn der schon vor einer Woche war. Aber das Essen mit den Verwandten war der Sache irgendwie nicht angemessen. Habe ich Recht, Justin?«

Er schüttelte seine dunklen Locken. »Es war extrem unangenehm.«

»Einschließlich eines bizarren Wortschwalls, der von Emmas Seite auf mich niederging, über … nun, darauf können wir später noch kommen. Nummer zwei – wir feiern die Ferien, die offiziell heute beginnen, weil es der erste Tag der ersten Woche der Halbjahres-Ferien ist. Und das bringt mich zu Nummer drei. Wir feiern die Tatsache, dass wir nun ein ganzes Semester Freunde sind. Auf uns.«

»Auf uns«, erwiderten Holly und Justin. Die Flasche machte die Runde, und plötzlich konnte Holly sich gar keine Umstände vorstellen, unter denen sie lieber gespeist hätte.

Nach dem Essen streckte sich Holly im Licht der Kerzen auf ihrer Decke aus. Ein angenehm sattes Gefühl im Magen verband sich mit dem angenehm angeheiterten Gefühl in ihrem Kopf.

»Bevor wir heute mit den Beichten beginnen«, sagte Prudence, während sie sorgfältig ihre Plastikgabel in der leeren Folienpackung verstaute, »würde ich gerne diese verschlossene Tür am Ende des zweiten Tunnelrings noch einmal untersuchen. Noch mal sehen, wie gut sie verschlossen ist. Ich habe einen Schraubenzieher mitgebracht. Vielleicht kriegt man das Schloss ganz leicht auf. Was meint ihr?«

»Blöde Idee«, entgegnete Holly. »Aber zweifellos wirst du uns überreden, mitzugehen.«

»Du musst ja nicht«, sagte Holly stirnrunzelnd. »Aber wenn du mitmachst, verrate ich dir auch ein wirklich irres Geheimnis, wenn wir zurückkommen.«

»Deines oder das eines anderen?«, fragte Justin nervös.

Prudence boxte ihn auf den Arm. »Keines von deinen. Fang bloß nicht an, hier rumzuschwitzen.«

Justin zuckte mit den Schultern. »Okay. Ich komme mit. Holly?«

Prudence sah sie an. »Holly?«

»Ihr müsst mich ja für sehr langweilig halten«, sagte Holly entrüstet. »Ihr fragt immer erst mich, bevor ihr etwas Aufregendes macht. Als sei ich eure fade alte Tante.«

Prudence sah sie verblüfft an. »Was hast du denn für Ideen?«

»Natürlich gehen wir«, murmelte Holly, wischte sich ein Reiskorn vom Schoß und stand auf.

Justin nahm die Taschenlampe und schaltete sie ein. Prudence durchwühlte ihre Tasche auf der Suche nach dem Schraubenzieher. Sie gingen in den Tunnel, durch den kurzen Gang, bis zum zweiten Ring. Prudence drückte Hollys Hand.

»Wir wollten dich wirklich nicht beleidigen.«

Holly seufzte. »Ich fühle mich nur ein bisschen … ich bin halt nicht so mutig wie ihr beiden.«

»Mutig? Machst du Witze? Du bist wahrscheinlich die Mutigste von uns allen. Du hast alles riskiert, um nach Melbourne zu kommen. Ich habe nie im meinem Leben etwas riskiert, außer vielleicht die Gesundheit meiner Haare.«

»Das ist nicht dein Ernst«, sagte Holly. Die Luft schien in diesem Teil des Labyrinths muffiger und schwerer zu werden; vor der verschlossenen Tür blieben sie stehen.

»Doch. Ich bin ein bewegliches Ziel, Justin ist ein unsichtbares. Du – du bist einfach du und tust, was du tun musst, und trägst die Konsequenzen. Wir beide finden das großartig, nicht wahr, Justin?«

Justin nickte zustimmend und leuchtete mit der Lampe auf das Schlüsselloch. »Ich kann nichts erkennen, Prudence.«

»Okay, leuchte nur drauf, ich versuche mich mal an dem Schloss.« Sie zog den Schraubenzieher hervor, steckte ihn in das Schlüsselloch und bewegte ihn ein paar Mal hin und her. Dann zog sie ihn wieder heraus und spähte durch das Schlüsselloch. »Eigentlich weiß ich gar nicht, was ich hier mache«, gab sie zu. »Ich kann ungefähr so gut Schlösser knacken wie Fußball spielen.«

»Hier kann keiner Fußball spielen«, meinte Justin. »Hier spielen alle nur Rugby.«

»Ich dachte, Schlösser zu knacken gehört zu deiner Ausbildung in den Fächern Geheimnisse und Rätsel, Prudence«, sagte Holly, als sie zurückgingen.

»Ich habe es immer vorgezogen, die Schlüssel nachzumachen, anstatt die Schlösser aufzubrechen«, antwortete Prudence kichernd. »Das ist mein *modus operandi*. Ihr tätet gut daran, das nicht zu vergessen.«

Wieder zurück im Beichstuhl, legten Prudence und Holly sich auf die Decke, Justin setzte sich mit gekreuzten Beinen auf seinen Mantel, die Hände auf den Knien. Prudence griff nach der Weinflasche und nahm einen Schluck.

»Also, ich habe ein Geheimnis.«

»Raus damit«, sagte Holly.

»Wir sind uns doch abends im College begegnet, Holly.«

»Ja.«

»Davor war ich in As' Büro.«

»Ich dachte mir doch, ich hätte etwas gehört«, sagte Holly und schnippte mit den Fingern. »Das warst du?«

»Ja. Ich habe ja seine Schlüssel, wie ihr wisst, und ich wollte mir seine Schubladen ansehen.«

»Prudence! Du hast doch nicht etwa ...!« Holly war entsetzt.

»Das ist eine lange Geschichte. Ich hatte gute Gründe, ehrlich. Jedenfalls habe ich diese Briefe gefunden, und ich habe sie gelesen.«

Dieses Mal meldete sich Justin. »Prudence, du bist wirklich skrupellos.«

»Das nehme ich als Kompliment«, erwiderte Prudence, aber es klang nicht so, als ob sie es ernst meinte. »Wollt ihr jetzt hören, was ich gefunden habe, oder wollt ihr auf eurem hohen Ross sitzen bleiben und mich wie zwei scheinheilige Spießer verurteilen?«

Holly und Justin sahen einander verlegen an.

»Tut mir Leid, Prudence«, sagte Justin.

»Tut mir Leid, Prudence«, wiederholte Holly. »Erzähl weiter.«

»Also gut. Anfang des Jahres hatte ich mitbekommen, dass Randolph in Israel war, aber jedes Mal, wenn ich As danach fragte, leugnete er es. Mittlerweile habe ich von Randolph selbst erfahren, dass er dort war, aber er verrät nicht, warum.«

Holly traute ihren Ohren nicht. Prudence schien zu glauben, sie habe das Recht, alles zu erfahren, als begehe jemand ein Verbrechen gegen die Menschheit, wenn er ihr auf ihre Fragen nicht antwortete.

»Es kam mir alles ein bisschen komisch vor, weil Randolph offiziell in York an einem wissenschaftlichen Projekt arbeitete. Und gestern Abend habe ich Briefe gefunden, die Randolph aus Jerusalem an As geschrieben hat.« Sie richtete sich auf und rückte etwas näher zu den beiden anderen. Ihre Augen leuchteten im Kerzenlicht, und ihre Aufregung war spürbar und fast ansteckend. »In einem dieser Briefe war die Rede von einer merkwürdigen Schriftsammlung – von deren Existenz Randolph über einen Magier oder so erfahren hatte. Er nannte es das ›Dunkle Fragment‹, und er wollte es finden und hierher bringen. Randolph ist vor sechs Wochen zurückgekehrt, und ich wette, er hat es gefunden, was immer es sein mag.«

Dass von Magie die Rede war, machte Holly nervös, da es sie an Peter Owling und seine Experimente zur Geisterbeschwörung erinnerte. Aber da sie eine logische Erklärung parat hatte, musste sie die Fantastereien ihrer Freundin anzweifeln.

»Prudence, ich möchte kein Spielverderber sein, aber Randolph ist Experte für viktorianische Texte. Könnte es nicht sein, dass er hinter diesem Schriftstück her war, weil es von großem wissenschaftlichen Wert ist?«

Prudence runzelte die Stirn. Holly kam sich ziemlich fies vor. Offenbar war sie auf diese Erklärung gar nicht gekommen.

»Aber ... aber er hat gesagt, er sei aus persönlichen Gründen dort gewesen. Und As wollte nicht mal zugeben, dass er sich dort aufhielt. Warum sollte man sich wegen eines Forschungsprojekts so bedeckt geben?«

»Denkt an Ockhams Rasiermesser«, sagte Justin. »Vergrößere die Anzahl der Möglichkeiten nicht unnötig. Die einfachste Erklärung ist meistens die richtige. Randolph will vielleicht deshalb nichts von dem Projekt nach außen dringen lassen, weil es auf seinem Gebiet etwas sehr Wichtiges, ja Bahnbrechendes ist. Du weißt, wie Akademiker sind.«

»Tut mir Leid, Prudence, ich wollte dich nicht enttäuschen«, sagte Holly und strich ihrer Freundin über die Schulter.

»O Gott, ich bin ein solcher Idiot!«, jammerte Prudence.

»Ich dachte, ich hätte einen Zirkel der schwarzen Magie oder so etwas entdeckt. Ich könnte heulen.«

»Ich bin schuld«, sagte Holly. »Ich hätte ...«

»Nein, es ist nicht deine Schuld, es ist meine. Ich muss aufhören, wie eine Achtjährige zu denken.«

»Aber trotzdem«, sagte Justin in einem offensichtlichen Versuch, Prudence aufzumuntern, »diese Papiere klingen interessant. Vielleicht kannst du Randolph assistieren, wenn er mit der Arbeit daran beginnt. Vielleicht ist es ein Buch mit alten Zauberformeln.«

»Ach, das ist mir jetzt egal. Ich mache mir lieber einen Vorsatz für die zweite Jahreshälfte. Von heute an werde ich handeln wie jemand mit gesundem Menschenverstand.«

»Bitte nicht«, flehte Holly. »Bleib, wie du bist.«

»Nein, ich bin entschlossen. Ihr müsst mich zurückhalten, wenn ich durchdrehe. Gebt mir einfach einen Klaps oder so etwas.« Dann sah sie erwartungsvoll Holly an. »Und du? Was ist dein Halbjahresvorsatz?«

Holly war überrascht. »Tja, ich habe gar keinen.«

»Dann denk dir einen aus. Um mich aufzuheitern.«

»Okay, also ich nehme mir vor, für den Rest des Jahres keine langweilige alte Dame mehr zu sein und Spaß zu haben.« Die Flasche machte wieder die Runde. Holly fiel auf, wie schnell sie geleert wurde.

»Justin.«

»Ich nehme mir vor, genauso zu bleiben, wie ich bin«, meinte er trocken.

Prudence klatschte lachend in die Hände. »Warum etwas reparieren, wenn es nicht kaputt ist, was? He, Justin, wie sieht es mit Emma aus?« Prudence legte sich wieder auf die Seite, zündete sich eine Zigarette an und betrachtete Justin. »Ist sie noch immer irre?«

»Überraschenderweise nicht. Sie lässt mich seit ...«, er rechnete nach, »... sechs Tagen in Ruhe.«

Prudence sah ihn überrascht an. »Wirklich?«

»Warum bist du so verblüfft, Prudence?«, fragte Holly. »Das war doch der Plan.«

»Als wir an Justins Geburtstag in diesem Restaurant waren, hat sie mir in der Damentoilette aufgelauert und mich bedroht. Ich sollte Justin aufgeben. Ich dachte, ich sei in *Eine verhängnisvolle Affäre* oder so.«

»Nun, ich habe mich mit Lucien ganz ruhig unterhalten«, sagte Justin. »Das hat gewirkt. Außer ein paar Floskeln hat sie seit Montag kein Wort mit mir gewechselt. Und Freitag habe ich einen neuen Laptop bekommen.«

»Wieso?«

»Ich habe meinen in einem Wutanfall gegen die Wand geschmissen«, murmelte er mit gesenktem Kopf.

»Das gibt es nicht.«

»Es ist wahr. Emma hatte wieder eine unplanmäßige Zwischenlandung in meinem Zimmer versucht ... und ich habe die Beherrschung verloren.«

Holly und Prudence lächelten einander zu. Holly konnte sich nicht vorstellen, dass Justin wütend wurde oder lauter, ganz zu schweigen davon, etwas vor Wut zu zertrümmern.

»Klingt ziemlich aufregend«, sagte Prudence, Hollys Gedanken in Worte fassend.

»Aufregend?«

»Das verstehst du nicht. Ist Mädchensache.«

»Du musst jetzt also nicht mehr so tun, als seist du meine Freundin«, fügte Justin verlegen hinzu. »Ich glaube, mein Problem ist gelöst.«

»Verkünde es aber nicht offiziell oder so. Sonst merken sie noch, dass es inszeniert war.« Prudence trank den letzten Schluck aus der ersten Flasche und entkorkte die zweite. Holly hätte fast gesagt, dass sie genug hatte, aber in Erinnerung an ihren Vorsatz nahm sie Prudence die Flasche aus der Hand und trank einen ordentlichen Schluck.

»Bravo, Holly«, sagte Prudence. Sie zündete sich eine Zigarette an und hielt sie Holly hin. »Hier, ein neues Laster für dich.«

Holly zögerte, dann nahm sie die Zigarette. »Was soll's. Zweifellos werde ich im kalten harten Licht des morgigen Tages etwas anders über diese Vorsatz-Geschichte denken.« Sie zog vorsichtig an der Zigarette und atmete elegant aus. Kein Hustenanfall, aber ihr wurde etwas schwindelig.

»Trotzdem, Justin«, sagte Prudence. »Du musst auch einen Vorsatz fassen.«

»Ich will nicht, Prudence. Ich hasse es, an die Zukunft zu denken. Nichts macht mir mehr Angst.«

»Warum?«

»Weil … ich weiß nicht. Weil sie eines Tages verrinnt, und ich weiß nicht, wann.«

Prudence lächelte ihn an. »Langsam glaube ich, dass du zu morbiden Gedanken neigst, habe ich Recht?«

»Das ist nicht morbide, sondern die Wahrheit. Das Leben ist wie ein schwacher Funke zwischen zwei kalten Polen. Es bewegt sich vom Nichts ins Nichts, und es ist so … beschissen ziellos.«

»Bitte, redet nicht wieder vom Tod«, bat Holly, der von der Zigarette leicht schlecht geworden war. »Redet über etwas Lustiges.«

»Wir haben noch nicht gebeichtet«, verkündete Prudence. »Und wir sind alle betrunken genug, um es jetzt zu tun, nicht wahr?«

»Um was soll es heute gehen?«, fragte Holly, die froh war, dass das Thema Tod erst einmal vergessen war.

»Ich weiß nicht … mal sehen … wie wär's damit: das Gemeinste, was ihr jemals einer anderen Person angetan habt. Justin, du fängst an.«

»Als ich vor Emma davongelaufen bin, das war ziemlich gemein«, sagte er, ohne sie anzusehen.

»Nein, es muss aus der Zeit sein, als wir uns noch nicht kannten.«

Justin presste die Lippen aufeinander und dachte nach. »Okay. Als ich siebzehn war, hatte meine Mutter einen Freund, ein verdreckter, alter Trunkenbold, den ich hasste. Ich hasste alle ihre Freunde. Er hatte diese seltene Frank Sinatra-LP, die er mitbrachte und auf dem alten Plattenspieler meiner Mutter laufen ließ. Ich wusste, wenn Frank anfing zu singen, hatten sie Sex. Ich hasste die Platte so sehr, dass ich eines Tages, sie waren gerade weg, eine Stecknadel nahm und sie so zerkratzte, dass man sie nicht mehr abspielen konnte. Eine neue kriegte man auch nicht. Als er es entdeckte, hat er tatsächlich geweint. Geweint wie ein kleiner Junge.«

»Hast du dich schlecht gefühlt?«

Justin schüttelte den Kopf. »Ich fand es lustig. Kurz darauf hat er sich von meiner Mutter getrennt, sodass ich auf der ganzen Linie Erfolg hatte.«

Prudence warf Holly einen auffordernden Blick zu. »Und du, Holly? Was war das Gemeinste, das du jemandem angetan hast?«

Holly dachte nach. Ihren Mann zu verlassen? Christians Ein und Alles zu verleumden? Prudence Beweise für die Existenz eines Geistes vorzuenthalten?

»Komm schon«, sagte Prudence.

»Ich denke nach.«

»So edel kannst du auch nicht sein.«

»Zählen Sachen aus der Kindheit auch?«

»Um Gottes willen, nein. Als Kinder waren wir alle selbstsüchtige, kleine Teufel. Aber vergessen wir das. In Wirklichkeit will ich nur eins wissen. Was hast du Mittwochabend im College gemacht, als du dir die Augen ausgeweint hast?«

Holly machte die Zigarette aus und schloss die Augen. In ihrem Kopf drehte es sich, sie fühlte sich gar nicht gut. Sie hatte gewusst, dass die Frage kommen würde. »Ich bin in letzter Zeit einfach ein bisschen down. Die Sache mit Michael, dazu das Wetter, und meine Eltern, die nicht mit mir reden. Ich war müde und verwirrt.«

»Das ist alles?«

»Wirklich. Hast du nie ohne Grund geweint?«

»Weinen? Ich doch nicht. Ich bin zäh. Noch eine Zigarette, Holly?« Sie beugte sich zu ihr. Holly öffnete die Augen und sah, wie sie mit einer angezündeten Zigarette vor ihrem Gesicht wedelte. Sie machte den Mund auf und ließ sie sich von Prudence zwischen die Lippen stecken.

»Justin?« Nun hielt Prudence ihm eine Zigarette hin.

»Sie wird nicht eher ruhen, bis wir alle Lungenkrebs haben«, sagte Holly.

»Danke.« Er nahm die Zigarette und beugte sich vor, damit Prudence sie anstecken konnte.

»Schade, dass wir keine Musik haben«, sagte Prudence. »Wir könnten Hollys Ghettoblaster mitnehmen. He, vielleicht sollten wir mal hier unten übernachten.«

Holly schüttelte den Kopf. »Ich weiß nicht, ob ich noch lange mit dir mithalten kann, Prudence. Seit meinem Vorsatz sind gerade mal anderthalb Stunden vergangen, und ich bin schon müde, außerdem ist mir schlecht.«

Sie legten sich auf den Rücken und starrten in die Dunkelheit. Phasen langer, angenehmer Stille wurden von Geständnissen, Gekicher, albernen, angeheiterten Bemerkungen und Prudences Anleitungen zum Blasen von Rauchkringeln unterbrochen. Der einzige Hinweis darauf, dass die Zeit verstrich, war das langsame Herunterbrennen der Kerzen in den Ecken der Kammer. Als die Erste aufflackerte und erstarb, war Holly fast eingeschlafen, und Prudence sang leise vor sich hin.

Justin setzte sich auf und warf einen Blick auf die verbliebenen Kerzen. »Bald wird es hier sehr dunkel werden«, sagte er. »Soll ich neue holen gehen?«

»Weißt du, wo sie sind?«, fragte Prudence. »In meiner obersten Schreibtischschublade.«

»Ich weiß. Ich hoffe, du hast nichts dagegen, wenn ich mich mal ein bisschen umsehe und in deinen Briefen herumstöbere.«

»Mach dich nicht lustig über mich. Wie spät ist es?«

Justin sah auf seine Uhr. »Fast Mitternacht.«

»Ja, besorgen wir noch mehr Kerzen. Machen wir die Nacht durch. Wir haben auch noch etwas Wein. Was meinst du, Holly? Was sagt dein neues Ich dazu?

»Mehr Kerzen, mehr Wein, mehr Zigaretten«, verkündete Holly, die all diese Dinge nicht so sehr wollte wie ein warmes, weiches Bett und einen langen, guten Schlaf.

»Du hast sie gehört. Hol die Kerzen.«

Justin stand auf und strich sich die Haare aus der Stirn. »Bin gleich wieder da«, sagte er, nahm die Taschenlampe und ging zur Tür.

Holly sah ihm nach, bis sie merkte, dass Prudence grinste.

»Was ist?«, fragte sie.

»Du magst ihn, nicht?«

»Ich bin betrunken. Jeder sieht langsam gut aus. Du siehst selbst gar nicht mal schlecht aus.«

Prudence lachte ihr wunderbares Lachen, das aus dem Bauch zu kommen schien, und wischte sich vorsichtig die Augen, um ihr Make-up nicht zu verwischen. »Ganz unter uns, du bist Justins Favoritin.«

Holly spürte, wie sie errötete, und musste sich Mühe geben, nicht dümmlich zu grinsen. »Woher weißt du das?«

»Er hat es mir gesagt. Nicht mit vielen Worten, aber es hat gereicht. Du brauchst ihn dir nur zu nehmen.«

»Ich nehme ihn nicht.«

»Aber warum denn nicht?«

Plötzlich tauchte Justins Kopf in der Tür auf. »Da draußen ist jemand«, flüsterte er aufgeregt.

Erschrocken richteten sich Prudence und Holly auf.

»Wer? Wo?«, fragte Prudence.

Holly spürte, wie ihr Herz klopfte. Entdecken, man würde sie entdecken. Ende des Stipendiums, Ende aller Träume.

»Sie sind oben. Ich hatte die Kellertür schon halb geöffnet, als ich hörte, wie die Vordertür aufging.« Er fuhr sich mit der Hand durchs Haar. »Es hört sich verrückt an, aber ich glaube, es waren Lucien und Emma. Ich habe sie reden hören. Obwohl ich mir nicht vorstellen kann, was sie Sonntagnacht hier vorhaben könnten.«

Prudence stand auf und zog Holly hoch. »Kommt, gehen wir zur Kellertür, vielleicht lässt sich was erkennen.«

»Und wenn sie uns sehen?«, fragte Holly voller Angst.

»Sie kommen dem Keller nicht nahe. Die Treppe dort ist doch gesperrt. Ich muss unbedingt wissen, was sie hier machen.«

»Sie sind nach oben gegangen«, wiederholte Justin. »Von der Kellertür aus kannst du gar nichts sehen.«

»Nun, vielleicht hören wir was. Kommt, ich bin neugierig.«

Prudence dirigierte sie mit der Taschenlampe, sie hatten keine Wahl, also gingen sie mit. Holly war nicht nur übel, sie hatte auch Kopfschmerzen, und ihr war schwindelig. Auf dem Weg durch den Tunnel blieb sie dicht bei Justin. An der Tür zur Welt blieben die drei stehen, und Prudence schaltete die Lampe aus. Vorsichtig schob sie die Tür auf und spähte hinaus. Eine Weile lang tat sich nichts, und zu hören war ebenfalls nichts.

Doch dann ging die Vordertür erneut auf, und zwei männliche Stimmen erklangen.

Prudence wich zurück und schloss die Kellertür, so dass sie alle in völlige Dunkelheit getaucht waren. »Scheiße – das sind Randolph und As. Was, zum Teufel, geht hier ab? Mitternächtliche Konferenzen?«

»Ich bin mal sonntags spät nach Hause gekommen und habe gesehen, wie Lucien und Emma auch gerade vorfuhren.«

Prudences Augen weiteten sich. »Ja, und ich habe vor zwei Wochen gesehen, wie As sein Haus am Sonntag gegen Mitternacht verlassen hat. Meint ihr, die treffen sich hier regelmäßig?«

»Was auch immer, es ist ziemlich merkwürdig.«

»Justin, hast du öfter mitgekriegt, dass sie am Sonntag noch spät aus dem Haus gehen?«

»Nein, aber die Garage ist auf der anderen Seite des Hauses. Ich würde das gar nicht bemerken.«

Prudence schnippte mit dem Finger. »Natürlich! Ich habe gehört, wie As sich bei Randolph darüber beklagt hat, dass seine Frau es ihm so gut wie unmöglich machen würde, an den Wochenenden fortzugehen. Ich dachte, er spräche von einer anderen Frau, aber er muss diese Treffen gemeint haben.« Sie schüttelte sich. »Mir läuft es kalt den Rücken runter.«

Prudence öffnete die Tür und schaute hinaus. Holly musste sich daran erinnern, regelmäßig zu atmen.

»Was sollen wir machen?«, fragte sie. »Schleichen wir uns raus?«

»Nein, wir wissen ja nicht, wer vielleicht noch kommt. Sieht so aus, als würden wir unsere kleine Schlummerparty doch noch feiern.«

»O Gott, Prudence ich habe die ganze Zeit getrunken. Ich muss mal«, sagte Holly, den Tränen nahe. Sie hatte keine Lust, die Nacht im Dunkeln in der unterirdischen Kammer zu verbringen, während über ihr die Leute saßen, die über ihre Zukunft entscheiden konnten.

»Dann geh doch in eine der Kammern hinter der Biegung. Es wird sich kaum jemand daran stören, wenn es da ein bisschen nach Pipi riecht. Außerdem habe ich Papiertaschentücher dabei.«

Holly schloss die Augen und lehnte sich an die Wand. »Ich bin in der Hölle.«

»He, so schlimm ist es nicht. Gehen wir zurück in den Beichtstuhl.«

Sie trotteten in die Kammer zurück, wo mittlerweile eine weitere Kerze erloschen war. Holly zog sich verlegen und verängstigt in eine der hinteren Kammern zurück und erleichterte sich dort so schnell es ging, stets ein Auge auf die Tür gerichtet. Sie wusste nicht, was sie am meisten fürchtete – das Auftauchen einer teuflischen Erscheinung, ihren akademischen Tutor, oder Prudence mit einer smarten Bemerkung.

Als sie zurückkam, hatte Prudence ihre Tasche wie ein Kopfkissen hingelegt und sich mit ihrem Mantel zugedeckt. Justin lag auf dem Rücken. Mit einem Seufzer legte sich Holly ebenfalls hin.

»Ich habe wirklich kein gutes Gefühl bei dieser Sache.«

»Was ist mit der neuen Holly?«, fragte Prudence.

»Sie hat sich aufgelöst, als die alte sich vorstellte, vom College zu fliegen.«

Prudence schüttelte den Kopf. »Ich verstehe das alles nicht. Was passiert hier? Vielleicht spricht der Wein aus mir, aber glaubt ihr nicht, es könnte etwas mit dem Brief von Randolph zu tun haben?«

»Ich dachte, wir hätten diese These gestrichen.«

»Scheiß auf Ockhams Rasiermesser. Ockham war ein fantasieloser Idiot. Der Brief war an ›Laurence et al‹ adressiert, also an eine Gruppe. Und oben haben wir eine Gruppe – darunter Randolph und As. Und Lucien und Emma, die Justin schon einmal an einem Sonntag hat spät nach Hause kommen sehen.«

»Ich muss dir da noch etwas sagen.« Justin drehte sich auf die Seite. »Ich werde es bestimmt bereuen, weil du jetzt nie mehr den Mund halten wirst.«

»Was?«, sagte Prudence. »Du weißt etwas?«

»Nein, aber … Lucien schließt sich oft in seinem Büro ein. Ich weiß nicht, was er dort macht, aber seit Randolph zurück ist, ist er noch häufiger dort. Und Emma hat mehr als einmal angedeutet, dass Lucien an einem Buch oder einer Übersetzung arbeitet.«

Prudence fielen fast die Augen aus dem Kopf. Holly hätte gelacht, wenn sie nicht dieses Gefühl nahenden Unheils gehabt hätte, das sich über ihnen auszubreiten begann.

»Wirklich, oh, Justin.« Sie drückte die Hand auf die Stirn, als müsse sie die unzähligen Spekulationen, die in ihrem Kopf tobten, zurückhalten. »Bei mir brennt gleich eine Sicherung durch. Ein Buch – oder eine seltsame Schriftsammlung. Ein dunkles Fragment. Und dort oben sind sie alle – aber was tun sie? Gott, ich sterbe.«

»Das wirst du nicht«, meinte Holly.

»Ich hätte das gar nicht erwähnen sollen«, seufzte Justin. »Oder erst morgen, wenn wir nüchtern sind.«

»Es muss eine logische Erklärung geben«, sagte Holly bemüht.

»Nicht unbedingt«, entgegnete Prudence.

Natürlich hatte Prudence Recht, nicht unbedingt. Und ein Mädchen, das die besten Nächte seines Lebens in der

Gesellschaft eines außerordentlich begabten Geistes zugebracht hatte, sollte es wirklich besser wissen.

»Und, welche Erklärung hast du?«, fragte sie Prudence.

»Ich weiß nicht.« Gedankenverloren trank Prudence den letzten Schluck Wein. Die dritte Kerze ging aus. Nur die letzte tapfere Flamme flackerte noch in dem schwarzen Raum. Holly schloss die Augen.

»Ich möchte einschlafen, bevor die letzte Kerze ausgeht«, sagte sie und merkte gar nicht, dass sie laut gesprochen hatte, bis Prudence entgegnete:

»Wenn du aufwachst, wird es auch stockdunkel sein.«

»Daran hatte ich gar nicht gedacht.«

»Heute Nacht können wir jedenfalls nichts mehr machen. Komm, kuschel dich an mich, damit du keine Angst kriegst.«

Holly öffnete die Augen. Prudence hielt den Mantel hoch. Dankbar schmiegte sie sich in die Höhle, drückte sich an den warmen Körper der Freundin.

»Justin?«

»Alles in Ordnung.«

»Gute Nacht«, sagte Prudence. »Aber ich werde nicht gut schlafen können, bei so einem großen Geheimnis direkt über uns.«

»Versuch's«, meinte Justin und machte es sich bequem.

»Gute Nacht, Justin«, sagte Holly.

»Gute Nacht, Holly.«

Sie schloss die Augen, als die letzte Kerze verlöschte.

27. Kapitel

Die Unendlichkeit begann in seinen Händen und breitete sich in alle Richtungen aus, ein Nichts, das drohte, eine Lücke in seinem Kopf zu öffnen und ihn auseinanderzureißen.

Es kommt. Bald.

Seine Hände berührten eine Wand. Kühle Erde. Zuerst erleichterte es ihn, etwas Festes in der Leere zu spüren, doch dann kam die eisige Gewissheit: *Das ist mein Grab.* Er streckte die andere Hand aus, um eine gegenüberliegende Wand zu ertasten, eine dritte, eine vierte. Ein enger Raum, der sich über ihm zu einem Lichtfleck verjüngte. Und so wie sich der Mond vor die Sonne schiebt, schob sich eine dunkle Gestalt über das Licht. Die Erde unter ihm begann zu zittern. Eine ewige Leere wartete auf ihn.

Lucien schreckte hoch. Er war wach. Der Griff des Schreckens lockerte sich. Er berührte sein Kissen, grub die Finger in den weichen Stoff.

Es ist gut, es ist gut, es ist nur ein Traum.

»Emma?« Er tastete neben sich nach ihrem Körper, fand jedoch nur ein kaltes, leeres Bett. Wo war sie? Vielleicht war sie nach unten gegangen, um sich etwas Warmes zu trinken zu machen. Manchmal fiel es ihnen schwer, nach den nächtlichen Sitzungen abzuschalten.

Lucien stieg aus dem Bett, schlüpfte in seine Pantoffeln, zog den Morgenmantel an und ging nach unten.

Emma war nirgendwo zu sehen. Er setzte den Kessel auf und machte sich einen Tee. Wo mochte sie stecken? Kurz kam es ihm in den Sinn, dass sie ihn verlassen hatte, und er schämte sich fast dafür, mit wie viel Erleichterung ihn der Gedanke erfüllte. Natürlich hatte sie ihn nicht verlassen. Obwohl der Streit, den sie wegen Justin gehabt hatten, wirklich heftig gewesen war.

Er hatte sie am Dienstag zum Essen ausgeführt, in der Annahme, dass sie in einem Restaurant nicht eine solche Szene wie zu Hause machen würde. Nach dem Essen, als sie ihren Kaffee tranken und Emma recht zugänglich wirkte, hatte er ihr mit deutlichen Worten erklärt, dass sie Justin in Ruhe lassen sollte. Sie hatte so getan, als wisse sie nicht, wovon er sprach, räumte ein, dass es vielleicht Justin war, der sich in sie verliebt hatte – daher seine üble Laune –, und hatte lächelnd versprochen, ihm aus dem Weg zu gehen.

Das reichte Lucien nicht. Justin musste bleiben, aber er konnte Emma nicht verraten, warum. Noch nicht. Also musste er mit ihrer dummen Eitelkeit spielen und tat so, als sei er eifersüchtig.

»Du bist meine Frau, Emma. Es schickt sich nicht, dass du mit meinem Neffen flirtest.«

Sie hatte die Bemerkung förmlich aufgesogen. »Was ist so falsch am Flirten?«, antwortete sie.

Nachdem er alles versucht hatte, beschloss er, seinen endgültigen Trumpf auszuspielen. Magnus – der paranoide Vater, der mehr um sein Vermögen als um das Wohl seiner Söhne besorgt war – hatte die Heirat zwischen Lucien und Emma aufs Heftigste missbilligt, da sie beide noch sehr jung waren. Er hatte die Ehe nur unter der Bedingung gestattet, dass Emma einen Vertrag unterschreiben sollte, in dem sie auf jede Beteiligung am Humberstoneschen Vermögen verzichtete, sollte Lucien wünschen, sich aus vertretbaren Gründen, etwa Ehebruch, von ihr zu trennen. In dem naiven Glauben an ewige Liebe hatte Emma unterschrieben und erklärt, dass dieser Vertrag niemals zur Hand genommen werden müsse. Wahrscheinlich hatte sie sogar geglaubt, dass er gar nicht mehr existiere. Aber natürlich existierte er noch. Wenn die Humberstones eins waren, dann sorgfältig.

Lucien trank den Tee aus und spülte die Tasse. Bei dem Gedanken an den folgenden Streit schauderte es ihm immer noch. Nicht einmal die anderen Gäste hatten sie davon abhalten können, ihre giftige Zunge im Zaum zu halten. Aber all ihr Zetern und Keifen hatte ihr nicht geholfen, weil er sie in der Hand hatte, und sie wusste es. Am Schluss hatte er sich über den Tisch gebeugt und mit weicher, aber fester Stimme gesagt: »Willst du Justin von nun an in Ruhe lassen?«

Und sie hatte so ernst wie damals beim Eheversprechen geantwortet: »Ja, ich will.«

Aber wenn sie ihn nicht verlassen hatte, wo steckte sie dann um vier Uhr morgens? Er sah im Wohnzimmer nach, in der Annahme, dass sie vielleicht gelesen hatte und dabei eingeschlafen war, aber dort war sie auch nicht. Vielleicht lag sie längst wieder im Bett.

Er ging nach oben und blieb auf dem Treppenabsatz stehen. Das Schlafzimmer lag rechts, das Gästezimmer links. Er ging nach links und öffnete die Tür zum Gästezimmer. Es war dunkel, aber unter der angrenzenden Badezimmertür drang ein schwacher Lichtschein hervor. Ein schwerer Duft hing in der Luft. Er ging zur Tür und schob sie auf.

»Emma?«

Es war ein seltsamer Anblick, und es dauerte eine Weile, bis er begriff, was er da sah. Emma saß nackt vor der Badezimmerbank. Vor ihr, in einem Viereck arrangiert, stand eine Schüssel mit Wasser, eine Schüssel mit Salz, eine Kerze und eine Schale mit brennendem Weihrauch. In der Mitte zwischen den vier Punkten lagen ein paar Dinge, die er nicht richtig erkennen konnte. Emma hatte sich gerade mit einem scharfen Messer den Daumen aufgeritzt und ließ Blut auf die Gegenstände tropfen. Beim Klang ihres Namens fuhr sie herum und schaute verschämt zu ihm auf.

»Lucien ... ich ...«

Er zog seinen Morgenmantel aus und reichte ihn ihr. »Zieh das an. Aber sieh zu, dass kein Blut drankommt.« Er schaltete das Licht ein, das die Szene in ein grelles Gelb tauchte.

»Was machst du da?«, fragte er, obwohl er die Antwort zu kennen glaubte.

»Nur ein Experiment«, sagte sie verlegen und streifte sich den Mantel über.

»Du weißt, dass wir diese Art von Experimenten schon zu einem frühen Zeitpunkt unserer Studien ad acta gelegt haben.« In den ersten Teilen des Grimoire hatte Owling verschiedene Wege beschrieben, niedere Formen der Magie auszuüben – leichte Hexerei, sozusagen –, und Lucien glaubte in der Anordnung auf der Bank einen *gris-gris*, einen Liebesfetisch zu erkennen.

»Versuchst du, Justin dazu zu bringen, sich in dich zu

verlieben?«, fragte er und beugte sich vor, um einen Blick auf die Objekte vor ihr zu werfen.

»Ich höre schon auf«, sagte sie und schob sich zwischen ihn und die Bank. Sie versuchte etwas zu verbergen.

»Emma, geh zur Seite.« Er legte ihr die Hand auf die Schulter und schob sie weg, um genauer betrachten zu können, an was sie da arbeitete.

Ein Stück roter Stoff. Ein Haufen Erde. Ein gefaltetes Stück Papier. Ein paar Tropfen Blut und ... ein Haar. Ein violettes Haar.

»Emma, du hast doch nicht etwa ...« Er nahm das Haar in die Hand. »Das ist doch nicht etwa ein Hexenfetisch?«

Emma schwieg vielsagend.

Er faltete das Papier auseinander. Es war ein Teil einer alten Weihnachtskarte. *Fröhliche Weihnachten, Emma und Lucien, wünscht Prudence Emerson.* »Hast du vor, Prudence mit schwarzer Magie zu belegen?«

»Du hast nur gesagt, ich solle Justin in Ruhe lassen.«

Er sah sie an. Hielt sie das etwa für eine vernünftige Erklärung?

»Das ist nicht das, worum es bei Magie geht, Emma. Es geht nicht um Hexensprüche und Voodoo.« Er schaute wieder auf den *gris-gris.* »Was hast du gedacht, dass du das einwickeln und unter ihr Kissen legen könntest?«

»Ich wollte es unter ihrem Schreibtisch im College festkleben.«

»Und was ist das?« Er zeigte mit dem Finger auf den Haufen Erde.

»Nur Erde.«

Er sah sie erneut an. »Die Wahrheit, Emma. Jeder Teil eines Fetischs erfüllt einen Zweck.«

Sie schüttelte heftig den Kopf, und ihre Weigerung zu antworten, ließ ihn das Schlimmste fürchten.

»Emma, ist das Friedhofserde?«

Wieder keine Antwort.

»Emma?« Er versuchte, ruhig zu bleiben, aber seine Stimme zitterte.

Sie seufzte. »Ja, Lucien, es ist Friedhofserde.«

»Du wolltest sie töten?«

»Nur krank machen.«

»Du Närrin. Du ...« Vor Wut verschlug es ihm die Sprache. All ihre Arbeit, und das kam dabei heraus? Seine Frau formte im Badezimmer eifersüchtige Zaubersprüche, Sprüche, die den Tod der Freundin seines Neffen bewirken konnten, wenn sie mit genügend Kraft und Konzentration ausgesprochen wurden. Und als erfahrene Teilnehmerin an ihren magischen Ritualen war sie sicherlich in der Lage, so viel Kraft und Konzentration einzusetzen. Er erinnerte sich daran, was das Wesen zu ihm gesagt hatte. Du hilfst diesen Leuten dabei, schwarze Magie zu lernen, aber dann achtest du nicht darauf, wofür sie sie einsetzen. Würde er Emma ebenfalls aus dem Zirkel werfen müssen? Sie war doch seine Frau ...

Aber er hatte sie in der Hand.

Er nahm die Objekte und warf sie ins Waschbecken, drehte das Wasser auf und spülte fort, was sich fortspülen ließ. Den ruinierten, nassen Rest warf er Emma in die Hände.

»Zerstöre all dieses Dinge.«

»Gehst du wieder ins Bett?«, fragte sie.

»Nein, ich gehe in mein Büro. Ich muss über einiges nachdenken.«

Justin wachte auf, als ihm ein grelles Licht in die Augen schien. Er öffnete sie und sah blinzelnd, dass Prudence sich über ihn beugte und die Taschenlampe auf sein Gesicht hielt.

»Sie wollten geweckt werden, Mr. Penney.«

»Danke«, krächzte er. Er kam sich absolut verkatert vor. »Mann, habe ich eine trockene Kehle. Fühlst du dich immer so, wenn du morgens aufwachst?«

»Ach was, mich haben Jahre des Drogenmissbrauchs abgehärtet«, antwortete Prudence und weckte Holly auf die gleiche rüde Weise wie Justin.

»Schon gut, schon gut, ich bin schon wach«, sagte Holly. »Weiß jemand, wie spät es ist?«

Prudence leuchtete auf ihre Armbanduhr. »Kurz nach sechs. Ich konnte nicht mehr schlafen. Mein Rücken bringt mich um.«

Justin setzte sich auf und sah um sich. Im Licht der Taschenlampe sah man die Überreste der Party. Folienbehälter, leere Weinflaschen, Zigarettenstummel. Kein Wunder, dass er sich wie in der Hölle fühlte. Er fragte sich, ob diese Mischung aus Übelkeit und schlechtem Gewissen während der Jahre des Exzesses der ständige Begleiter seiner Mutter gewesen war.

»O Gott, für ein Glas Wasser könnte ich jemanden umbringen«, sagte er und hielt sich den Kopf.

»Wir müssen sichergehen, dass niemand mehr oben ist, dann können wir die Toiletten benutzen«, sagte Prudence.

»Ich glaube nicht, dass sie noch da sind«, meinte Holly unsicher.

»Ich will raus hier«, meinte Justin. Er wollte ans Tageslicht. Sein Schlaf war unruhig gewesen, von aufblitzenden Alpträumen durchzogen.

»Okay, packen wir zusammen und gehen wir«, sagte Prudence und begann, ihren Müll in die Take-Away-Tüten zu packen. Justin und Holly halfen ihr, und kurz darauf standen sie wieder vor der Kellertür. Prudence öffnete sie und lauschte eine Weile.

»Ich glaube nicht, dass jemand hier ist«, sagte sie. »Justin, halt dieses Zeug, ich schaue mal nach.« Sie gab ihm ihre Mülltüte und die Decke. »Wenn mich jemand sieht, sage ich einfach, dass ich mir ein Buch hole oder so was.

Gebückt lief sie los. Justin blieb bei Holly. Sie sah blass und müde aus. Er hätte ihr gerne etwas Aufmunterndes oder Lustiges gesagt, aber Schweigen war einfacher. Ein paar Minuten später kehrte Prudence zurück.

»Niemand da«, sagte sie. »Wir sind sicher.«

Sie gingen durch das Foyer und warfen auf dem Weg ihre Tüten in einen Mülleimer.

»Meine Zähne fühlen sich an, als trügen sie filzige kleine Pullover«, verkündete Prudence, als sie zu den Toiletten im dritten Stock hinaufgingen.

»Aber dein Wunsch wurde erfüllt, wir haben die ganze Nacht im Beichtstuhl verbracht.«

Sie blieben vor As' Büro stehen. Prudence klimperte mit ihren Schlüsseln. »Ich glaube, ich schaue noch mal rein.«

»Ist das klug?«, fragte Justin.

»Ich muss mir die anderen Briefe ansehen. Ich muss herausfinden, was sie dort oben tun. Aber ihr braucht nicht mitzumachen.«

»Gut, dann treffen wir uns unten«, sagte Holly. »Und tun so, als wüssten wir von nichts.«

»Alles klar. Aber wenn ich etwas Aufregendes finde, könnte ich es vielleicht für mich behalten«, meinte Prudence, bevor sie sich an das Schloss machte.

Holly sah Justin an. »Als ob sie das könnte.« Sie verschwand in die Damentoilette, und Justin ging in die Männertoilette, wo er sich kaltes Wasser ins Gesicht klatschte. Als er herauskam, war Holly nicht auf dem Flur, und er ging direkt in ihr Zimmer hinunter. Er schloss die Tür auf. Das Zimmer war leer. Jemand hatte eine Bibliotheksnotiz unter der Tür durchgeschoben. Er hob sie auf. Sie war an Holly adressiert.

In diesem Augenblick kam Holly herein. »Ist Prudence noch nicht zurück?«, fragte sie.

Er schüttelte den Kopf. »Hier, du hast eine Nachricht aus der Bibliothek.«

»O nein, hoffentlich keine Mahngebühren. Lies vor.«

Justin faltete den Zettel auseinander. »Er kommt von Noni. ›Liebe Hollywood, das Buch, das du wolltest, ist Freitag gekommen. Ich dachte, du brauchst es über die Ferien, deshalb habe ich es in das Brieffach vor der Bibliothek im dritten Stock gelegt‹ … sie nennt dich Hollywood?«

»Ja, sie hat für jeden einen Namen.«

»Ich weiß. Mich nennt sie Justin Hoffman. Ich glaube, nur für Prudence hat sie keinen.«

»Das ist schon Spitzname genug. Ich hole das Buch, kommst du mit?«

»Klar.«

Sie gingen die Treppe hinauf zur Bibliothek, wo Holly das Buch aus dem Brieffach nahm. Es steckte in einem gelben Umschlag. Während der Ferien blieb die Bibliothek geschlossen, genau wie alle anderen Einrichtungen des Colleges. Auch so sparte Lucien Geld.

Holly versuchte den Verschluss des Umschlags zu öffnen, als Prudence verdrossen aus As' Büro kam und die Tür zuschlug.

»Was ist?«, fragte Justin.

»Kein Glück. Sie sind nicht mehr da.«

»Was?«

»Entweder hat er gemerkt, dass irgendjemand dran war, oder er hat nur seine Schublade aufgeräumt. Unsere Kondome waren auch nicht mehr da.«

»Oh«, sagte Holly. »Das tut mir Leid.«

»Ach was, egal«, meinte Prudence. »As ist jetzt aus einem ganz anderen Grund für mich interessant, denn er ist Teil eines Geheimnisses.«

Die drei gingen die Treppe hinunter zum Ausgang.

»Aber sei vorsichtig mit dem Entwirren, Prudence«, riet ihr Holly. »Wer weiß, was du für Ärger bekommen könntest.«

»Bei meinem Glück wird es sich wahrscheinlich herausstellen, dass es doch die ›logische Erklärung‹ gibt, von der du immer gefaselt hast. He, Justin, vielleicht könntest du ein bisschen bei Emma und Lucien lauschen, für mich. Ich will der Sache auf den Grund gehen.«

»Okay, ich achte darauf.« Er hätte sich dafür treten können, Luciens Arbeit je erwähnt zu haben. Unter normalen Umständen war ihre Neugier anstrengend, jetzt würde sie unerträglich werden.

»Wie stehen die Chancen, zu Hause in Luciens Büro zu kommen?«

»Bei Null.«

»Aber wenn du eine Gelegenheit bekommen solltest, nutze sie.«

»Ich werde mein Bestes tun.«

Sie gingen am Empfang vorbei und schlossen die Vordertür auf. Als sie in die kalte Morgendämmerung hinaustraten, wandte sich Prudence an Holly und Justin. Ihr Make-up war verschmiert, und sie sah bleich aus.

»Frühstück bei mir? Wir können noch mal die Hinweise durchgehen.« Ihr Atem verwandelte sich in eine Dampfwolke.

»Du hast in deiner Kindheit zu viele Fünf-Freunde-Bücher gelesen«, sagte Holly.

»Ich will nach Hause – ich brauche ein paar Stunden richtigen Schlaf.« Justin gähnte und rieb sich die Augen. Nach Stunden in der dunklen Kammer tat das Tageslicht ihnen weh.

Prudence zuckte mit den Schultern. »Wie du willst. Holly und ich können auch allein arbeiten. Was meinst du, Partner?«

»Das Gleiche wie Justin. Ich kann weitaus klarer denken, wenn ich ein paar Stunden in einem weichen Bett verbracht habe. Komm heute Nachmittag vorbei.«

»Na schön«, sagte Prudence. »Ich werde mir nachher ein Notizbuch kaufen, das bringe ich dann mit.« Sie ging davon.

Justin und Holly sahen ihr nach und gingen dann den Hügel hinauf zu ihren Wohnungen. »Glaubst du wirklich, dass sie wegen dieser Sache ein Notizbuch anlegt?«, fragte er.

»Was glaubst du? Natürlich. Sie ist nicht zu stoppen. Ich hoffe, du hast keine Geheimnisse, Justin, denn früher oder später kommen auch die ans Tageslicht«, sagte sie flapsig.

Doch er reagierte nicht gerade gelassen. Manche Dinge nahm er einfach zu ernst. »Weißt du, Holly«, sagte er mit verhaltener Stimme, »das Gleiche gilt für dich.«

Als Lucien die Tür zu seinem Büro aufschloss und sich darauf einstellte, einen weiteren frustrierenden Tag mit Owlings unentschlüsselbarem Grimoire zu verbringen, wurde ihm plötzlich schlecht. Die Angespanntheit, die

Kopfschmerzen und die Albträume machten ihn mürbe. Dazu kam, dass sich das sonntägliche Ritual als Flop erwiesen hatte. Es hatte schon vorher erfolglose Abende gegeben, an denen es ihm nicht gelungen war, in Trance zu fallen, aber so kurz vor Abschluss seines Werkes hatte er so etwas nicht mehr erwartet. Seine Anspannung stand ihm im Weg und beeinträchtigte seine Fähigkeit, sich in den Zustand magischer Vibration fallen zu lassen. Wenn ihm seine eigenen unkontrollierbaren Gefühle in die Quere kamen, wäre es das unentschuldbarste Versagen, das es geben konnte.

Er schlug die Tür hinter sich zu. Außer seinen Schritten ertönte kein Laut in seinem Büro, als er zum Safe ging und ihm das Grimoire und seine Notizen entnahm. Gerne hätte er einen Tag Pause gemacht, um ins Bett zu gehen und zu schlafen, bis die gezackten, unleserlichen Buchstaben sich verflüchtigten. Vielleicht hätten auch die bunten Bilder des Fernsehens ihm geholfen, die Besessenheit von den Wörtern aus seinem Kopf zu vertreiben.

Er setzte sich, öffnete das Grimoire, ging seine Aufzeichnungen durch und hätte vor Frustration fast geweint. Die Anweisungen zu der Beschwörung, mit denen man den Verräter-Dämon auf ihre Ebene bringen konnte, schienen unentwirrbar. Hier und dort weckte eine Zeile Hoffnungen, aber der wichtigste Abschnitt entzog sich seinem Verständnis ebenso sehr, als ruhe er in einer Kiste mit Salz in Jerusalem.

Er ertappte sich dabei, wie er Kritzeleien an den Rand seiner Aufzeichnungen malte, und ließ entnervt den Stift fallen; stöhnend legte er den Kopf in die Hände. Ihm war die wichtigste Sache der Welt versprochen worden, und nun schien es, als solle sie ihm doch nicht vergönnt sein. Seine einzige Hoffnung war das Wesen, mit dem er Kontakt aufgenommen hatte. Wenn er sich beim nächsten Treffen so entspannen konnte, dass er die Grenze überschritt, konnte er es um Hilfe bitten. Wenn das Wesen ihm helfen wollte. Es hatte sich widerspenstig und grausam gezeigt. Bei dem Gedanken, mit einem solchen Wesen zusammenzuarbeiten, überkam ihn Angst. Aber wenn Lucien erst seinen Namen kannte und seine Wünsche erfüllt hatte, musste es ihm gehorchen. Besser gesagt, ihnen. Die anderen drei waren, zu seinem Bedauern, ebenso an der Beschwörung beteiligt.

Lucien hob den Kopf und starrte ins Leere. Aber das Wesen hatte doch etwas gesagt, etwas, das Lucien zunächst für ein perverses Rätselspiel gehalten hatte. Es sagte, es habe die Gruppe seit Monaten und Jahren beobachtet. Und als Lucien es um Hilfe bei dem Code gebeten hatte, hatte es nur die Worte ›Monate und Jahre‹ wiederholt.

War das ein Hinweis? Wenn ja, was bedeutete er? Er öffnete die oberste Schublade seines Schreibtischs, holte sein Tagebuch hervor, in dem alle wichtigen Daten eingetragen waren, und blätterte es durch. Das erste magische Ritual hatte an einem 14. August vor fast siebzehn Jahren stattgefunden. Er schrieb das Datum auf. Er schrieb die Anzahl der Monate auf, die seit damals vergangen waren und teilte sie durch die Zahl der Jahre. Nun hatte er eine neue Zahl, mit der er nichts anfangen konnte. Er legte das Tagebuch wieder in die Schublade und schlug sie zu. So hatte es keinen Sinn.

Das Grimoire lag aufgeschlagen vor ihm. Er kehrte zu den ersten Seiten zurück, wo alles angefangen hatte. Die frühen Abschnitte kannte er noch sehr gut, die experimentellen Bannsprüche, die Aufforderungen zur Hingabe, die rigide Methodologie – das meiste davon hatte Owling selbst aufgegeben, während er sich immer weiter auf die dunkle Seite der Magie vorwagte, wo Chaos manchmal bessere Ergebnisse lieferte als Konzentration. Lucien entdeckte einige der alten Randnotizen Magnus'. Magnus war ein brillanter Mann gewesen, er hatte in einem klaren Stil von manchmal fast schmerzhafter Intelligenz geschrieben. Was würde er Lucien heute raten?

Mit einem bitteren Lächeln sagte sich Lucien, dass Magnus ihm nicht geholfen hätte. Er war gestorben, ohne das Geheimnis des ewigen Lebens zu kennen und hätte es vorgezogen, dass es auch niemand anderes mehr ergründete. Lucien erinnerte sich, wie er am Krankenbett des alten Mannes gesessen hatte, dessen Haut gelb und papierdünn war und dessen Atem nach Tod roch.

»Du musst die Gruppe auflösen«, hatte er gesagt. »Ohne mich könnt ihr nicht weitermachen.«

Sie hatten natürlich weitergemacht. Zu ihrem Glück hatte Magnus' plötzliche Krankheit und sein Tod bedeutet, dass er keine Zeit mehr gehabt hatte, in seinem Testament diejenigen zu enterben, die es wagen sollten, auch nach seinem Tod Magie zu betreiben. Magnus war in die Leere gegangen, aus der er nie wieder zurückkehren würde, die Leere, der Lucien entgehen wollte. Wofür er alles tat.

Lucien fuhr mit dem Finger über eine Seite. Ihm war etwas aufgefallen. Owling hatte seine Experimente stets datiert – hier, der 22. Dezember 1860, der 19. Juli 1862, und so weiter. In den späteren Abschnitten fehlten die Datierungen, schienen die Seiten ohne Gliederung ineinander überzugehen. Aber waren sie wirklich nicht datiert?

Monate und Jahre, Magus. Das ist ein Hinweis.

Mit zitternden Händen blätterte er zum Ende des Buches weiter. Das letzte datierte Experiment hatte im Oktober 1866 stattgefunden. Er kam zu den verschlüsselten Teilen. Owling begann für jedes Experiment eine neue Seite. Hier war eine solche neue Seite, bedeckt von stummen Hieroglyphen. Das erste Wort hatte vier Buchstaben. Juni oder Juli. Er versuchte es mit dem Juni, notierte die Buchstaben und verglich, wie sie zu anderen Buchstaben in anderen Wörtern passten. Er trug I's ein und N's und erhielt lesbare Wörter. Dieses Wort mit zwei Buchstaben begann mit N und I – hieß es Nie? Wenn dem so war, hatte er die E's. Langsam begannen sich Wörter zu entfalten. Er griff nach einem leeren Blatt, schrieb das Alphabet auf die eine Seite, die dazugehörigen Ziffern auf die andere. Mit wachsender Erregung sah er, wie die gleichen Buchstaben in Wörtern und Sätzen auftauchten.

Doch seine anfängliche Begeisterung kühlte sich ab, als ihm auffiel, wie weit ihn dieser Versuch nach den ersten Zeilen gebracht hatte. Er hatte nur ein Viertel der Buchstaben entschlüsselt – wobei er viel geraten hatte – und eine Hand voll kompletter Wörter. Er blätterte weiter, fand erneut etwas, was ein Datum sein mochte. Acht Buchstaben – November, oder auch Dezember. Ihm wurde klar, wie viel Arbeit hier zu leisten war. Seiten über Seiten – es würde ewig dauern.

Er gab sich einen Ruck und griff nach einem neuen Blatt. Wenn er nicht aufgab, hatte er vielleicht bald die Ewigkeit auf seiner Seite.

28. Kapitel

Erst am Dienstag, nach einer ganzen Nacht ununterbrochenen Schlafs und einer vierundzwanzigstündigen Entgiftung, begann Holly, sich wieder einigermaßen wie ein Mensch zu fühlen. Der Montag war kalt und regnerisch gewesen, und sie hatte den ganzen Tag vor dem Fernseher verbracht und war während der Rikki-Lake-Show immer wieder eingenickt. Das Buch von Noni hatte sie ganz vergessen, bis sie am Dienstagmorgen ihr Bett machte. Der Umschlag lag neben ihrer Handtasche zwischen Bett und Nachttisch. Sie glättete die Tagesdecke, legte sich aufs Bett und nahm ihn zur Hand. Eigentlich wusste sie selbst nicht genau, wonach sie suchte. Wahrscheinlich nach irgendeiner Stelle, an der Peter Owling oder Christian erwähnt wurde, auch wenn sie nicht damit rechnete.

Als sie den Umschlag aufgerissen hatte, fand sie zwei Bücher darin. Eines war eine gebundene Doktorarbeit von Magnus Humberstone, das andere ein schmaler Band mit dem Titel *Die Humberstone-Bibliothek und ihre Geschichte.* Noni hatte einen Haftzettel auf die Vorderseite geklebt: *»Das ist mir noch eingefallen, vielleicht bringt es dir was.«*

Holly nahm sich zuerst die Doktorarbeit vor. *Privatban-*

ken und die koloniale Entwicklung. Wie langweilig, hätte Prudence gesagt. Sie blätterte die Arbeit durch. Maschinengeschriebene Seiten, Fußnoten, Schautafeln. Ein Kapitel handelte von den Humberstones, bot aber nichts Interessantes. Sie blätterte zum Ende, wo sich ein Appendix fand, der einen Familienstammbaum der Humberstones und einige alte Fotos enthielt. Sorgfältig klappte sie das Buch ganz auf und verfolgte mit dem Finger die Genealogie rückwärts. Graham und Lucien. Graham war Justins Vater – der noch gelebt hatte, als die Arbeit geschrieben worden war. Ein Todesdatum war nicht angegeben. Magnus selbst, natürlich, und sein Bruder Dominic, Randolphs Vater. Der Baum verzweigte sich nach links und rechts. Sie kam zu Magnus' Vater Quincy, dem einzigen Nachfahren Philberts. Neben Philberts Namen stand in kleinen Buchstaben, als habe sie bei der Zeugung eines Erben nur eine untergeordnete Rolle gespielt: *Lucy Humberstone, geb. Mancini, geb. 1839, gest. 1902.* Lucy, Christians Geliebte!

Holly bekam eine Gänsehaut, als sie las, dass diese Menschen wirklich existiert hatten und nicht nur Figuren einer fehlgeleiteten Phantasie waren, die ihr Hirn sich spontan erdacht hatte. Lucy Humberstone war die Ur-Ur-Urgroßmutter Justins. Sie spürte den verzweifelten Drang, jemandem davon zu erzählen, am liebsten Justin, aber wie konnte sie das? Wie konnte sie ihm erzählen, dass sie eine Affäre mit dem selben jungen Mann hatte, der vor über einem Jahrhundert Sex mit einer seiner Vorfahren gehabt hatte.

Sie erinnerte sich daran, dass Christian gesagt hatte, Lucy sei Ende Zwanzig oder Anfang Dreißig gewesen und rechnete schnell nach. Das würde Christians Geschichte Mitte bis Ende 1860 ansiedeln. Und da er 1867 gestorben war, musste er bei ihrem letzten Treffen fast am Ende seiner Geschichte angelangt sein. Sie verspürte einen Stich im Herzen. Zu lange war sie schon ohne Christian; mit jedem Tag schien es mehr und mehr wie ein Traum.

Sie drehte die Seite um und betrachtete die Fotos. Auf den meisten waren Schiffe und Geschäftsfassaden zu sehen, aber ein Bild erregte ihre Aufmerksamkeit. Es handelte sich um ein Porträt von Philbert und Lucy, und Holly betrachtete es sehr lange. Lucy war blond und hatte dunkle Augen, wie Christian sie beschrieben hatte, aber Holly sah nichts von der verruchten Erotik, von der er gesprochen hatte. Sie stand da, ohne zu lächeln, in einem dunklen Samtkleid und mit Diamanten geschmückt. Sie war hübsch, aber nicht auffallend attraktiv. Einen Augenblick lang konnte sie es kaum fassen, dass diese Lucy 1864 in die Linse einer Kamera geschaut hatte und dass Holly sie zum ersten Mal sah, nachdem sie lange tot war. Es machte ihr Angst, denn sie musste an all die Fotos denken, auf denen sie posiert hatte, in die Gegenwart lächelnd, um irgendwann einmal jemandes Vergangenheit zu werden. Sie schüttelte den Kopf und suchte im Index nach dem Namen Peter Owlings, fand ihn jedoch nicht, deshalb legte sie das Buch beiseite und nahm das andere in die Hand.

Auf dem Rücken liegend, blätterte sie den schmalen Band der Bibliotheksgeschichte durch: noch mehr Humberstonesche Selbstbeweihräucherung. Sie schienen sich für die Königliche Familie oder so etwas zu halten. Auch hier schaute sie im Index nach und stieß zu ihrer Überraschung unter O auf den Eintrag ›Owling-Sammlung‹. Sie schlug die angegebene Seite auf. Unter der Überschrift hieß es:

Mr. Peter Owling war bis zu seinem Tod im Jahre 1867 Schuldner der Humberstones. Seine Wertsachen wurden beschlagnahmt. Kurz darauf wurden seine Bücher in die Humberstone-Bibliothek geschickt. In der Sammlung befanden sich Erstausgaben und Lyrik sowie eine Anzahl von Büchern über experimentelle Wissenschaft und Mystizismus, keines davon besonders selten. Im dritten Stock zwischengelagert.

Owlings Bücher waren ins Humberstone College gekommen, vielleicht sogar die, aus denen Christian Lesen und Schreiben gelernt hatte! Die Seiten, die er berührt hatte. Vielleicht hatte er sogar eine Notiz oder eine Zeichnung am Rand hinterlassen. Zu schade, dass die Bibliothek geschlossen war. Sie brannte darauf, die Bücher zu finden, sie in den Händen zu halten und durch sie vielleicht eine neue Verbindung mit Christian zu schaffen.

Dann kam ihr ein dunklerer, kälterer Gedanke. Owlings Bücher. Das Grimoire, von dem Christian gesprochen hatte. Und Prudence hatte davon gesprochen, dass Randolph auf der Suche nach einer seltsamen Schriftensammlung gewesen sei, die vielleicht etwas mit Magie zu tun hatte.

Sie schüttelte den Kopf und legte das Buch zur Seite. Zum einen hieß es in der Beschreibung, dass keines von Owlings Büchern selten gewesen sei, also machte sie sich vielleicht unnötig Sorgen. Sie wusste ja nicht einmal, ob es sich überhaupt um ein gebundenes Buch handelte. Wenn nicht, war es wahrscheinlich längst verloren gegangen oder zerstört. Außerdem war Randolph in Jerusalem und nicht in London gewesen. Im viktorianischen London mochte man an Magie geglaubt haben, aber am Lehrstuhl eines modernen Colleges in Melbourne? Lächerlich. Sie hatte zu viel Zeit mit Prudence verbracht. Und sie würde sich eher die Zunge abbeißen, bevor sie ihr ein Wort von all dem erzählte.

Sie wollte gerade noch einmal Magnus' Doktorarbeit zur Hand nehmen, als es an der Tür klopfte. Wahrscheinlich Prudence, die gestern Nachmittag nicht gekommen war. Jetzt wartete sie sicherlich mit blitzenden Augen vor der Tür, ein neues Notizbuch in der Hand, übersprudelnd von absurden Spekulationen. Stattdessen stand Justin vor ihr.

»Justin!«

»Hi, ich störe hoffentlich nicht.«‹

»Nein, ich hab nur gelesen. Komm rein.« Sie bat ihn herein, und er blieb zögernd im Wohnzimmer stehen. »Möchtest du einen Kaffee, oder Tee?«

»Ein Kaffee wäre schön. Schwarz, ohne Zucker.«

Holly wies ihn nicht darauf hin, dass sie seit langem wusste, wie er seinen Kaffee trank. »Kommt sofort. Setz dich.«

Sie machte den Kaffee in der Maschine, die Prudence ihr geschenkt hatte, und brachte ihn in der Kanne ins Wohnzimmer. Er saß auf dem Boden, zwischen den gefärbten Batikkissen, und sie setzte sich zu ihm und schenkte den Kaffee ein. Obwohl sie sich schon so lange kannten, konnte sie sich nie recht entspannen, wenn sie mit ihm allein war. Sie verfügte nicht über das Talent von Prudence, unentwegt zu plaudern, und sie hatte noch immer Probleme damit, sein Schweigen nicht als Gelangweiltsein zu deuten, obwohl sie mittlerweile wusste, dass er eben so war.

Sie trank ihren Kaffee und spähte über den Rand ihrer Tasse zu ihm hinüber. Prudence hatte ihr versichert, dass er auf sie stand, aber Prudence hatte eine lebhafte Phantasie.

»Hm, hat es dir gefallen, Sonntagnacht?«, fragte sie, und kaum hatten die Worte ihre Lippen verlassen, wusste sie, dass es kaum eine dämlichere Art gab, das Gespräch zu eröffnen.

»Ja, schon, auch wenn es auf dem Boden ziemlich ungemütlich war.«

»Ja, fand ich auch.«

Ein peinliches Schweigen folgte. Sie fragte sich, warum er gekommen war, wagte aber nicht zu fragen, um die Sache nicht noch mehr zu komplizieren.

Er schien etwas sagen zu wollen, tat es aber dann doch nicht. Verzweifelt suchte sie nach einem Gesprächsthema, aber sie konnte nur daran denken, ob seine Augen denen Lucy Humberstones auf dem Foto ähnelten. Sie waren recht dunkel hinter den kleinen, runden Brillengläsern. Vererbten sich genetische Merkmale so lange weiter?

»Was ist?«, fragte er. Sie musste ihn sehr intensiv angesehen haben.

»Oh, tut mir Leid, ich habe nur deine Augen betrachtet«, sagte sie spontan. Sie spürte, wie sie errötete. Das musste ziemlich seltsam geklungen haben. »Ich meine …«

»Schon gut.«

Erneutes Schweigen. Holly biss sich auf die Lippen. Sie fühlte sich verlegen und angespannt.

»Es gefällt mir, dass du nicht ununterbrochen redest«, sagte er plötzlich, als habe er es schon die ganze Zeit sagen wollen, sich aber nicht getraut.

Sie lachte. »Das ist gut. Ich habe mir schon Sorgen gemacht.«

»Es ist schön, einfach nur mit dir zusammen zu sein«, sagte er vielleicht ein bisschen zu ernst. Er streckte die Hand aus, und für eine Sekunde blieb die Zeit stehen und sie fragte sich, was er wohl machen würde. Doch er berührte nur kurz ihre Schulter, ganz sacht, und zog die Hand wieder zurück. Was hatte Prudence gesagt? Du brauchst ihn dir nur zu nehmen. Sie hatte Recht, aber sie würde ihn auch nehmen müssen, wenn sie ihn wollte. Mehr als ihre Schulter zu berühren würde er kaum wagen. Sie dachte an Christian, wie sehr sie ihn liebte. Aber es war hoffnungslos. Und hier war ein echter, lebendiger Mann – gut aussehend, intelligent und sensibel. Sie sah ihn an und wollte gerade etwas sagen, vielleicht ein Wort der Ermunterung murmeln, aber bevor ihr etwas über die Lippen kam, klopfte es laut an der Tür, und eine Stimme rief: »Aufmachen! Inspektor Prudence hat den Fall übernommen!«

Justin hatte es sich wieder auf seinem Kissen bequem gemacht und trank seinen Kaffee, als sei nichts zwischen ihnen passiert. Vielleicht war es besser so.

Das rituelle Treffen am Sonntag wurde von Interessenkonflikten getrübt, noch bevor es begonnen hatte. Randolph hatte sich empört darüber gezeigt, dass Jane aus der Gruppe ausgeschlossen worden war, ohne dass Lucien ihn vorher informiert hatte. Jetzt schien es, als wolle er etwas beweisen. Lucien berichtete ihnen von seinem

Durchbruch bei der Entschlüsselung des Textes, als Randolph ihn unterbrach.

»Mit meiner Hilfe würde es viel schneller gehen«, sagte er. »Ich glaube, ich sollte meine Lehrtätigkeit ruhen lassen und dir helfen.«

»Das geht nicht, Randolph. Nachdem wir Jane verloren haben, brauche ich dich um so nötiger am College. Ich komme schon allein zurecht.« Natürlich hatte Randolph Recht. Das Schlimmste, was dem College passieren konnte, war, dass ein paar reiche Studenten sich beschweren würden, bis Lucien einen Ersatz für Randolph gefunden hätte. Aber er konnte den Gedanken nicht ertragen, dass Randolph auch an den Transkriptionen arbeitete. Was, wenn er etwas Wichtiges falsch übersetzte? Oder, noch schlimmer, wenn er etwas von Bedeutung fand und es für sich behielt? In dem manisch-obsessiven Zustand, in den Lucien sich hineingesteigert hatte, kam das einfach nicht in Frage.

»Dann erwarte ich, dass du mich öfter über deine Ergebnisse informierst. Vielleicht könnte ich dich jeden Abend anrufen. Einmal in der Woche reicht nicht.«

Lucien spürte einen Knoten im Bauch. Er nickte steif. »Wie du willst.«

Randolph lächelte. »Es wird dich freuen, dass Laurence und ich noch ein anderes Problem gelöst haben.«

»Was für ein Problem?«

»Du erinnerst dich doch, dass ich davon sprach, wie schwierig es werden würde, mich Sonntagnacht mit euch zu treffen, wenn meine Frau zu Hause ist«, begann Aswell. Lucien wappnete sich.

»Nun, während wir hier miteinander reden, sind Randolph und ich eigentlich beim Angeln.«

»Was?«

Randolph erklärte es. »Mandy denkt, dass Laurence etwas mit mir unternimmt. Was er ja auch tut. Er kommt Sonntagnacht zu mir, und mir machen uns auf erfundene frühmorgendliche Angelausflüge. Ein paar Einkäufe auf dem Fischmarkt am Montagmorgen werden die Geschichte glaubhaft machen. Laurence bleibt bei uns, Lucien.«

Der letzte Satz hatte wie eine Herausforderung geklungen, subtil, aber unmissverständlich. Lucien bezähmte seine Wut. »Wie schön«, sagte er kurz angebunden. Er war so nahe dran gewesen – es wären nur noch drei gewesen, nur er, seine Frau und sein Cousin. Leicht zu kontrollieren. Er hatte nie verstanden, was Randolph an einem Narren wie Aswell fand, aber er hatte den Verdacht, dass er ihn deshalb in der Gruppe haben wollte, um es Lucien schwerer zu machen, die Gruppe allein zu beherrschen.

Aber nun musste er sich entspannen. Das Ritual würde nicht funktionieren, wenn er zu hektisch war, und dann würde er eine weitere Woche warten müssen, bevor er wieder mit dem Wesen sprechen konnte. Jetzt, da Jane nicht mehr dabei war, würde es ihm seinen Namen nennen. Dann konnte die Arbeit wirklich beginnen!

Mit äußerster Selbstbeherrschung schob Lucien seine Emotionen beiseite, und das Ritual nahm seinen Lauf.

Es dauerte länger als sonst, aber schließlich brach die Welt auf und veränderte sich, bis er sich auf einem Hügel wiederfand und auf eine graue, zerklüftete Landschaft hinabblickte.

»Komm, Verräter!«, rief er.

Eine Sekunde später tauchte das Wesen neben ihm auf. »Es ist gut, dich wiederzusehen, Magus«, sagte es. »Das letzte Mal hast du es nicht ganz geschafft.«

»Jane ist fort«, entgegnete er. »Deinen Namen, bitte.«

»So einfach ist es nun auch wieder nicht. Ich muss eine Entscheidung treffen, verstehst du.« Mit seinem verdorrten Stumpf rieb es sich über den glänzenden, missgestalteten Schädel. »Wenn ich meinen Namen sage, dann laut.«

»Laut?«

»Ja, damit die anderen ihn hören können. Verstanden?«

»Verstanden. Ich befehle dir, deinen Namen zu nennen.«

»Wenn sie meinen Namen kennen, können sie mir auch Befehle erteilen.«

»Ich weiß.«

»Du glaubst, du weißt so gut wie alles, Magus. Aber da irrst du dich.«

Nach dem bislang so frustrierend verlaufenen Abend brachten ihn die Sticheleien des Wesens schnell aus der Fassung.

»Was sollte ich denn wissen und weiß es nicht?«, fragte er.

»Nur einer von euch kann es haben.«

Ein schrecklicher Verdacht drängte sich Luciens Bewusstsein auf. »Nur einer von uns kann was haben?«

»Das ewige Leben. Ich vergebe es nur einmal. Mein Name lautet …«

»Halt! Sag ihn nicht!« Wie von Sinnen rasten die Möglichkeiten durch Luciens Kopf. »Ich muss darüber nachdenken. Laurence kann ich ohne Bedenken ausschließen, aber die anderen sind mir nah. Meine Frau, mein Cousin. Die Familie.«

Das Wesen grinste. »Es scheint mir, als müsstest du eine Entscheidung treffen. Frag nicht wieder nach mir, bevor das geschehen ist.«

»Das Grimoire«, sagte Lucien. »Ich habe einen Teil des Codes entschlüsselt. Bald werde ich die Beschwörungsgesänge übersetzen können.«

»Gut. Du wirst sie brauchen. Und du wirst natürlich mich brauchen. Wenn es an der Zeit ist, wirst du mich finden.« Er beugte sich vor, und Lucien roch seinen ranzigen Atem. »Dich will ich, Magus, nicht die anderen. Du trägst den Funken in dir, sie nicht. Es sind Narren und Schwächlinge.«

Die Landschaft verschwamm, und Lucien kehrte in die Wärme des Zimmers zurück. Obwohl er bei vollem Bewusstsein war, wartete er minuntenlang, bevor er die Augen öffnete, denn es war ihm zuwider, in die Gesichter der abscheulichen Menschen zu blicken, die ihm im Wege standen.

Prudence konnte sich an keine schöneren Ferien erinnern. Nicht einmal die Ferien, als sie elf Jahre alt gewesen war, und ihre Eltern, die erkannt hatten, dass sich hier ein trotziges, ungehorsames Kind entwickelte, versucht hatten, sie mit aufwendigen Geschenken zu bestechen. Als sie ihren Fehler erkannt hatten, war es zu spät. Sie hatten sie gut ausgebildet, und sie konnte ihnen mühelos Kompensation für vermeintliche Vernachlässigung entlocken, ohne dass sie es überhaupt merkten.

Jetzt, mit zweiundzwanzig, hatte sie herausgefunden, dass Konsumgüter nicht mit der Anziehungskraft von zwei guten Freunden und einem ungelösten Rätsel mithalten konnten.

Der Spaß ging meistens morgens gegen zehn los, wenn sie mit Justin oder Holly telefonierte und sie sich verabredeten. Manchmal trafen sie sich in der Stadt, gingen in Cafés, tranken Espresso, alberten herum oder flüchteten vor der bitteren Kälte in geheizte Kinos. Wenn Holly knapp bei Kasse war, saßen sie an Prudences Ofen und sahen sich ein Video an. Sie knabberten Chips, und irgendwann bestellte Prudence Pizza für alle. Manchmal lud Holly sie in ihre Wohnung zum Essen ein, nur zu Justin gingen sie nie. Die Vorstellung, Lucien oder Emma über den Weg zu laufen, behagte niemandem.

Und der knallrote Faden, der alles miteinander verband, war für Prudence das Geheimnis. Sie trug alle Teile des Puzzles in ihr Notizbuch ein. Ein unerklärliches mitternächtliches Treffen, wahrscheinlich regelmäßig. Die Wahrscheinlichkeit, dass Randolph eine merkwürdige Schriftensammlung aus Jerusalem mitgebracht hatte. Lucien, der sich in seinem Büro einschloss und an einem Buch oder einer Übersetzung arbeitete. Justin und Holly stimmten nicht unbedingt mit Prudence überein, dass diese Dinge in Zusammenhang standen, aber sie hörten sich ihre Spekulationen – die von internationalen Drogenbanden bis zu außerirdischen Kontakten reichten – geduldig an. Sie schrieb jede Idee in das Notizbuch. Meistens erfand sie irgendwelchen Blödsinn, der sie selbst belustigte, aber dann war sie wieder überzeugt davon, dass hier vor ihrer Nase etwas sehr Seltsames vorging, und die Abenteuerlust packte sie. In solchen Augenblicken platzte sie fast vor Neugier.

Manchmal dachte sie an die letzten Halbjahres-Ferien. Sie hatte die beiden Studentinnen, mit denen sie sich das Büro teilte, gehasst – zwei hochnäsige Zicken in Landhauspullovern – und hatte die Ferien lesend in ihrem Zimmer verbracht und sich nach As gesehnt. Jetzt dachte sie nur noch an As, wenn sie überlegte, welche Rolle er in dem Geheimnis spielte. Die Sehnsucht ließ sich auf verschiedene Wege leiten.

Am letzten Feriensamstag trafen sie sich zum Essen bei Holly. Holly stand in der Küche und kochte, und Prudence nutzte die Chance, Justin noch über das auszuquetschen, was Emma über Luciens Buch gesagt hatte.

»Sie hat also gesagt, er schriebe ein Buch?«

»Ich kann mich an ihre genauen Worte nicht mehr erinnern. Vielleicht an einem Buch ›arbeiten‹. Ich fand es komisch, weil ich weiß, dass Lucien sich gar nicht für akademische Forschung interessiert.«

»Und mehr hat sie nicht gesagt?«

Justin rutschte auf seinem Stuhl hin und her. »Ich habe einmal mitbekommen, wie sie sich mit Lucien stritt. Sie sagte so etwas wie: ›Und was ist, wenn das mit dem Buch nicht funktioniert, oder wenn der Plan nicht funktioniert?‹ Aber es ging wohl um das Buch.«

»Ein Plan? Was für ein Plan könnte das sein?«

»Keine Ahnung. Ich wusste es damals nicht, und ich weiß es heute nicht.« Er fuhr sich mit der Hand durch die Haare. »Prudence, diese Leute haben eine Menge Geld. Und für Geld tun die Leute alles Mögliche.«

»Du glaubst, es geht um Geld?«

»Du weißt genauso gut wie ich, wie geizig Lucien ist. Mir ist sogar der Gedanke gekommen, dass es etwas mit mir zu tun haben könnte.«

Prudence sah ihn aufmerksam an. »Warum?«

»Mein Vater ist Luciens Bruder. Vielleicht geht es ums

Erbe. Lucien hat darauf bestanden, dass ich bei ihm wohnen bleibe.«

»Hast du ihm gesagt, dass du ausziehen willst?«

»Das brauchte ich gar nicht.«

Sie nickte bedächtig. »Das könnte eine Spur sein. Dein Vater, Graham, muss einiges hinterlassen haben, und Lucien hat das Geld zweifellos geerbt. Graham hat nie geheiratet, richtig?«

»Soweit ich weiß, bin ich sein einziges Kind.«

»Aber warum hat Lucien sich dann die Mühe gemacht, dich zu suchen? Du hattest doch keine Ahnung, wer dein Vater war, bevor er kam, oder?«

»Nein, meine Mutter hat sich geweigert, mir etwas über ihn zu erzählen.«

»Aber warum sollte er dir Zugang zum Familienvermögen verschaffen, wenn es finanzielle Nachteile für ihn hätte?«

»Ich weiß es nicht. Ich verstehe diese Familie nicht, und es macht mich ganz nervös, dass ich ihre Gene habe.«

Holly kam ins Zimmer, und Justin war dankbar für die Unterbrechung. »Kann ich dir irgendwie helfen?«, fragte er Holly.

»Nein, alles unter Kontrolle. Ich habe übrigens jedes Wort mitgehört. Was sagen Sie dazu, Inspector Prudence?«

Prudence kritzelte etwas in ihr Notizbuch. »Ich habe keine Ahnung, aber vielleicht sollte Justin sich einen Anwalt nehmen. Zu schade, dass Julia nicht hier ist.«

Justin schüttelte den Kopf. »Ich mache mir nichts aus Geld. Schon gar nicht aus ihrem Geld. Ich weiß nicht, ob du das aufschreiben solltest, Prudence.«

Sie winkte ab. »Keine Sorge. Deine Geheimnisse sind gut bei mir aufgehoben.« Prudence war etwas enttäuscht. Sie hatte sich Geheimnisse ausgemalt, die exotischer waren als banale Erbschaftsstreitigkeiten, doch jetzt schien es eine sehr nahe liegende Antwort. Aber es erklärte nicht, warum sie sich dazu um Mitternacht treffen mussten, oder warum As mit von der Partie war.

Holly schenkte ihnen ein Glas Wein ein und setzte sich zwischen sie auf den Fußboden. »Auf das zweite Semester«, sagte sie.

»Girlie-Power«, entgegnete Prudence.

»Cheers«, sagte Justin.

Das Telefon in der Küche klingelte. »Bin gleich wieder da«, sagte Holly.

Prudence schwenkte gedankenverloren ihr Glas. »Du könntest Lucien direkt fragen«, sagte sie zu Justin. »Du hast das Recht dazu. Vielleicht steht dir ein Vermögen zu, und du weißt es nicht.«

»Irgendwann mal«, wich Justin aus.

Aus der Küche ertönte ein Schrei. Prudence schreckte auf. »Holly?«

»Nein«, hörten sie Holly sagen. »O Gott, nein, bitte nicht.«

Prudence und Justin sprangen auf, Prudence war als Erste in der Küche. Holly drückte den Hörer ans Ohr und griff sich mit der Hand an den Kragen ihrer Bluse. Ihr Gesicht war gerötet, Schmerz verzerrte ihre Züge. Prudence legte ihr die Hand auf die Schulter.

»Was ist passiert?«

Holly weinte ins Telefon und hörte der Stimme am anderen Ende der Leitung zu. Prudence ahnte bereits, was geschehen war.

»Ja«, sagte Holly schließlich. »Ja, ich komme.« Sie legte auf und fiel Prudence laut schluchzend in die Arme.

»Michael?«, fragte Prudence.

»Dieses Mal hat er es geschafft.«

»Er ist tot?«

Holly nickte, den Kopf an Prudences Schulter gelehnt.

Justin strich Holly sanft übers Haar. »Es tut mir so Leid, Holly.«

»Sie haben mir für morgen früh um fünf einen Flug gebucht. Schon bevor sie angerufen haben, damit ich nicht Nein sagen kann. Wofür halten sie mich?«

»Ist ja schon gut«, sagte Prudence besänftigend.

Hollys Schluchzen wurde leiser. »Dieses Mal hat er

sich nicht mit den Pulsadern aufgehalten. Er hat sich ein Gewehr in den Mund gesteckt und … sein Vater hat ihn heute Morgen gefunden. Mein Gott, er ist einen ganzen Tag lang tot, und sie rufen mich erst jetzt an. Er ist einen Tag tot, und ich weiß es nicht einmal.« Sie machte sich von Prudence los, strich sich das Haar aus dem Gesicht und lief in der Küche auf und ab. »Ich habe mich vergnügt, ich hab mit euch rumgehangen, und er lag da, und sein Gehirn …« Sie brach wieder in Tränen aus.

Dieses Mal ging Justin zu ihr. Prudence drehte den Herd ab, weil die Nudelsauce anbrannte. »Bring sie rüber«, sagte sie zu Justin. Sie füllte den Wasserkocher, um Tee zu machen. Justin führte die völlig aufgelöste Holly ins Wohnzimmer. Prudence wappnete sich für eine lange Nacht.

Aber nachdem kaum eine Stunde vergangen war, in der sie sich tränenreich an ihren toten Ehemann erinnert hatte, bat Holly die beiden Freunde, nach Hause zu gehen.

»Der Flug geht sehr früh«, sagte sie.

»Wirst du überhaupt schlafen können?«

»Ich weiß nicht.«

»Ich kann hier bleiben. Es macht mir nichts aus, auf dem Fußboden zu schlafen. Oder du kommst mit zu mir. Ich mache dir Frühstück, bevor du ein Taxi rufst.«

»Nein, ich möchte lieber allein sein. Danke, Prudence, sei mir nicht böse.«

Prudence berührte sanft ihren Arm. »Ich bin dir bestimmt nicht böse, ich möchte doch nur das Beste für dich.«

»Ich möchte allein sein. Ich muss nachdenken.«

»Na gut. Aber versprich mir, mich anzurufen, wenn du irgendwas brauchst.« Plötzlich schien ihr einzufallen, dass ihre Gesellschaft auch etwas anstrengend sein konnte, und sie fügte hinzu: »Oder ruf Justin an. Er wohnt schließlich noch näher.«

Holly sah Justin an und brachte ein verunglücktes Lächeln hervor. »Okay, ich verspreche es.«

Justin zog seinen Mantel an und umarmte Holly verlegen. Prudence legte die Arme um sie und hielt sie lange fest. Hollys Haut fühlte sich heiß an, und ihr Puls raste. »Pass auf dich auf«, sagte sie. Sie ließ ihre Freundin nicht gern allein. »Ruf mich sofort an, wenn du aus Townsville zurückkommst.«

»Das werde ich. Gute Nacht.«

Sie stand in der Tür und winkte Prudence und Justin tapfer zu. Alle Geheimnisse waren vergessen, und Prudences Aufregung löste sich im frostigen Wind auf. Zum ersten Mal war ihr auf ihrer ruhelosen Suche nach Vergnügen eine Tragödie begegnet.

Holly wartete eine halbe Stunde, bis sie sicher sein konnte, Prudence oder Justin nirgends zu begegnen. Dann zog sie Mantel und Schal an und schloss die Wohnung hinter sich ab. Der heiße, brennende Schock hatte nachgelassen, aber die Übelkeit erregende Mischung aus Schuld und Trauer lag wie ein kalter Stein in ihrem Magen. Es gab nur einen, der sie in ihrem Kummer trösten konnte. Sie musste es versuchen.

Ihr Atem dampfte in der Nachtluft. Der kalte Wind tat ihr wohl auf der Haut.

Michael. Dahin.

Wer war er überhaupt gewesen? Sie hatte das Gefühl, sich kaum mehr an ihn zu erinnern, obwohl sie so viele Jahre miteinander verbracht hatten. Die Unbegreiflichkeit des Todes überwältigte sie für einen Augenblick. Der Gedanke war unfassbar, zu groß für sie.

Dahin.

Auch wenn sie ihn nur kurze Zeit geliebt hatte, der Schmerz war direkt und unnachgiebig. Verdammt noch mal, sie war Witwe. Eine fünfundzwanzigjährige Witwe.

Aus der Ferne schien die Vorderfront des Colleges zu glühen. Als sie die Auffahrt hinaufging, dachte sie: *Er muss kommen.* Er konnte ihren Schmerz und ihre Trauer nicht ignorieren.

Sie mühte sich mit den Schlüsseln ab. Schließlich öffnete sie die Tür und ging hinein. Der Geruch nach altem

Holz und Papier. Sie ging zu den Toiletten in der dritten Etage hinauf und kehrte mit dem Spiegel in ihr Büro zurück. Dann schloss sie die Tür ab, zündete die Kerzen an und schluckte eine Tablette gegen Seekrankheit, ohne Wasser. *Er muss kommen.*

»Christian!« Ein Schrei in der Dunkelheit. Das folgende Schweigen dauerte zu lange. Sie zitterte. Tief Atem holend, sagte sie: »Bitte. Michael ist tot. Ich brauche dich. Ich brauche dich.«

Nichts. Sie erinnerte sich an etwas, das er gesagt hatte und wiederholte es. »Der einzige Grund, irgendwo zu sein, ist Liebe. Wenn du mich liebst, musst du kommen. Bitte, Christian, ich sterbe sonst.« Ihre Worte gingen in Schluchzen über.

Die Luft um sie herum waberte. Ihr Herz schlug schneller. Eine warme Berührung auf ihrer Wange.

»Es ist gut, Holly«, flüsterte er. »Ich bin hier.«

29. Kapitel

Seine geisterhafte Hand strich durch ihr Haar und über ihren Nacken.

»Ich möchte dich sehen«, sagte sie.

Er tauchte im Spiegel auf. Sein Anblick – die schwarzen Locken, die traurigen blauen Augen – raubte ihr den Atem. Hatte sie so schnell vergessen, wie schön er war? Wie zerbrechlich und engelsgleich?

»O Gott, wie habe ich dich vermisst«, sagte sie.

Er nickte lediglich, und in seinem Blick lag eine Spur von Tadel.

»Es tut mir sehr Leid, Christian, es tut mir Leid, was ich beim letzten Mal gesagt habe.«

»Peter war mein Retter«, sagte er bestimmt.

Holly verkniff sich jeden weiteren Kommentar zu Peter. »Natürlich«, sagte sie. »Du hast ihn geliebt und ihm vertraut.«

»Es tut mir Leid, dass dein Ehemann tot ist«, sagte er mit sanfterer Stimme.

Michael. Sie hatte ihn vergessen und wand sich fast vor Scham. »Er hat sich das Leben genommen, ich fühle mich, als wäre ich schuld.«

Christian schüttelte den Kopf. »Nein, wenn sich jemand das Leben nimmt, ist es seine eigene Schuld.«

»Hast du das auch getan, Christian? Bist du freiwillig ins Wasser gegangen?«

Christian sah sie verblüfft an. »Nein, natürlich nicht. Es war ein Unfall. Ich bin von einer Gangway gefallen.«

Holly schwieg eine Weile und dachte darüber nach, wie sie das nächste Thema am besten ansprechen konnte. »Hast du ... Christian, wie ist Peter gestorben?«

Er kräuselte traurig die Lippen. »Du musst mich meine Geschichte zu Ende erzählen lassen. Peters Tod ist ein Teil davon.«

»Ich habe in alten Zeitungen nachgelesen. Dort stand, du hättest ihn getötet.«

»Das habe ich nicht!«, schrie er wütend.

»Nachdem ... du ertrunken bist, hat die Polizei bestätigt, dass du der Mörder warst.«

»Das ist eine abscheuliche Lüge. Die Polizei wusste, dass ich Peter nicht ermordet hatte. Einige hatten einen Verdacht, was wirklich geschehen war, haben ihn aber nie in der Öffentlichkeit geäußert.« Er hielt inne und sah sie an. »Holly, du hast doch nicht geglaubt, dass ich ...«

»O nein, natürlich nicht«, log sie und schenkte ihm ein, wie sie hoffte, beruhigendes Lächeln.

»Dann will ich dir die wahre Geschichte von Peters Tod berichten. Beim letzten Mal hatte ich dir erzählt, dass Rosalind schwanger war ...«

Holly nickte.

»Ich war entsetzt und ... ja, ich glaube, ich war sehr wütend auf Peter. Nachdem ich es erfahren hatte, versuchte ich tagelang, ihm aus dem Weg zu gehen, aber eines Sonntags brachte er es bei unserem abendlichen Ritual selbst zur Sprache. ›Ich nehme an, Rosalind hat dir verraten, dass sie ein Kind erwartet.‹ Er sagte es genau so – ›ein Kind‹, nicht ›mein Kind‹.«

»Hat er je seine Vaterschaft zugegeben?«

»Viel später. Zuerst schien er so zu tun, als handele es sich um eine unbefleckte Empfängnis. Er sagte zu mir: ›Ein Kind im Haus wird nichts ändern, keine Sorge. Alles wird so bleiben wie bisher, und das Kind wird einer von uns.‹ Natürlich gelang es ihm, mich zu überzeugen, und ich malte mir schon in den schönsten Farben aus, wie es sein würde, mit dem kleinen Kind im Haus zu spielen und es später zu unterrichten. Manchmal legte ich mich zu Rosalind, wenn sie ins Bett gegangen war und ließ meine Hand auf ihrem anschwellenden Bauch ruhen. Dann stellte ich mir das kleine Wesen darin vor. Rosalind plauderte schläfrig über ihre Pläne. Wenn es ein Mädchen werden würde, wollte sie es Emmeline nennen, nach einer Heldin aus einem ihrer Bücher. Einen Jungennamen hatte sie noch nicht. Sie wollte dem Kind das Zeichnen und Malen beibringen und es vielleicht auf eine gute Schule schicken, damit es eine Zukunft hatte. Leider sollte aus all dem nichts werden.«

»Hat sie das Kind verloren?«

»Es war im Winter. Den ganzen Tag fiel Schnee und verwandelte sich in grauen Matsch. Die Sonne schien erst spät am Tag, und manchmal war es, als sei sie gar nicht aufgegangen. Es waren lange, düstere Tage, an denen der Himmel tief und grau über uns hing. An einem solchen Tag verloren wir sie. Im Haus brannten den ganzen Tag Lampen, Feuer prasselten in jedem Kamin. Es war zwischen Weihnachten und Neujahr. Kurz nach dem Abendessen wurde Rosalind sehr krank.«

Er zögerte, als müsse er seine Kraft zusammennehmen. »Zunächst klagte sie lediglich über Bauchschmerzen und ging nach oben, um sich hinzulegen. Doch etwa eine Stunde später rief sie nach Peter. Ich höre es noch immer: ›Papa, Papa, es ist ganz schlimm, bitte komm.‹ Peter und ich saßen unten vor dem Kamin und lasen, als sie zu schreien begann. Doch er ignorierte sie und las weiter, ja, er tat so, als könne er sie nicht hören. Doch als die Schreie immer lauter und verzweifelter wurden, hielt ich es nicht mehr aus. Ich sprang auf und stellte mich vor ihn.

›Peter, bitte, du musst zu ihr gehen. Wenn du's nicht tust, gehe ich.‹

›Beruhige dich, Junge. Sie bekommt das Kind noch nicht. Erst in drei oder vier Monaten. Sie hat einfach zu viel gegessen, das ist alles.‹

›Aber es hört sich an, als habe sie Schmerzen.‹

Peter winkte ab und befahl mir, mich zu setzen. Immer wieder rief Rosalind nach ihm, aber genauso beharrlich weigerte er sich, zu ihr zu gehen. Doch als sie begann, meinen Namen zu rufen, starb ich fast vor Mitleid.

›Christian, komm bitte. Bitte, kommt.‹

›Lass mich zu ihr gehen, Peter. Vielleicht ist sie krank.‹

›Dann geh, wenn du willst, aber lass mich in Ruhe.‹ Ungerührt blätterte er eine Seite um. Ich rannte die Treppe hinauf. In diesem Augenblick tauchte Rosalind schreiend auf dem Absatz auf. Ihr Kleid war blutgetränkt.

›Papa!‹, schrie sie. ›Papa, hilf mir.‹

›Peter!‹, rief ich, während ich die Stufen hinaufeilte. ›Peter, komm schnell, sie blutet.‹

Ich hob sie hoch. »Komm, Rosalind, du musst sofort wieder ins Bett.‹

Peter kam die Stufen hinaufgestapft. ›Was soll das, Rosalind?‹, fragte er, fast so, als blute sie, um ihn zu ärgern.

Ich trug sie in ihr Zimmer und legte sie aufs Bett. Sie weinte, und auf ihrer Stirn glänzten Schweißperlen. ›Oh, es tut so weh, Christian, mach, dass es aufhört.‹

Ich strich ihr das Haar aus dem Gesicht und begann, sie auszuziehen, doch Peter stieß mich beiseite.

›Fort, Bursche, ich kümmere mich um sie.‹

›Soll ich einen Arzt holen?‹

›Nein, das wird nicht nötig sein.‹

Ich war mir sicher, dass ein Arzt benötigt wurde, aber ich wich zurück, und Peter drängte mich aus dem Zimmer und schloss die Tür. Das Letzte, was ich sah, war Rosalind, die sich im Licht der Lampe auf dem blutgetränkten Bett wälzte.

Ich wartete den ganzen Abend vor ihrer Tür. Sie hörte kaum noch auf zu weinen. Von Peter hörte ich zwei, vielleicht drei Worte, während Rosalind die ganze Zeit wimmerte. ›Es tut weh.‹ ›Hol doch einen Arzt.‹ ›Bitte, Papa, lass mich nicht sterben.‹ Ich saß im Flur, den Kopf gegen die Tür gelehnt und weinte selbst angesichts ihrer Schmerzen. Aber Peter schickte noch immer nicht nach einem Arzt. Ich war verzweifelt und dachte schon daran, zu Lucy Humberstone zu laufen und sie um Hilfe zu bitten, aber ich konnte Peter nicht hintergehen. Niemand wusste, dass ich sprechen konnte, niemand wusste überhaupt von der Existenz Rosalinds. Ich musste darauf vertrauen, dass Peter wusste, was zu tun war.«

Christian hielt inne. Holly ahnte, was als Nächstes kommen würde. »Er wusste es nicht, stimmt's?«, fragte sie leise.

Er schüttelte den Kopf. Seine Augen waren so traurig, dass es ihr wehtat. Sie hätte alles dafür gegeben, ihn in diesem Augenblick in die Arme nehmen zu können, ihn an sich zu drücken und ihm den Schmerz zu erleichtern.

»Vielleicht wusste er es. Aber er wollte sich schützen. Wenn ein Arzt gekommen wäre, hätte er viele Fragen gestellt. Vielleicht hat er auch geahnt, dass es hoffnungslos war.

Gegen zehn Uhr ließ er mich zu ihr. Das Zimmer stank nach Blut, und sie war sehr blass. Ich setzte mich zu ihr. Sie würde nicht stumm sterben, soviel stand fest. Sie schrie und klagte ihr Schicksal an, und manchmal hieb sie sich auf den Bauch, als wolle sie dieses winzige Leben bestrafen, das nur kurz aufgeflackert war und sie jetzt in die Dunkelheit mitnehmen würde.

Sie sagte immer das Gleiche: ›Wer wird sich meiner erinnern?‹ ›Wer wird an mich denken?‹ ›Niemand weiß, dass es mich gibt.‹ ›Wenn ich tot bin, bin ich nichts.‹

›Ich werde mich an dich erinnern‹, sagte ich.

›Nein, das wirst du nicht, Christian.‹ Sie wandte sich

an Peter. ›Du, du musst mein Andenken bewahren, Papa. Du musst dafür sorgen, dass ich kein Niemand werde.‹

Diese Worte brachen Peters scheinbar kühle, teilnahmslose Fassade. Er nickte ernst, und Tränen glitzerten in seinen Augen. ›Natürlich, Rosalind. Du kannst mir vertrauen. Die Zeit wird dich nicht vergessen.‹

›Ich werde dich auch nicht vergessen, Rosalind‹, wiederholte ich. Sie gab mir eine höchst seltsame Antwort. ›Das kannst du nicht.‹«

»Was, glaubst du, meinte sie damit?«

Er schüttelte den Kopf. »Vielleicht hatten die Schmerzen sie verwirrt. Es hätte alles heißen können, aber es irritierte mich sehr.«

»Ist sie gestorben?«, fragte Holly und dachte an ihren eigenen Verlust.

»Um elf. Sie wütete bis zum letzten Atemzug. Sie schrie, klagte Peter an, dass er sie sterben lasse, schlug mit den Fäusten und schüttelte den Kopf. Dann wurde sie von einer Reihe von Krämpfen geschüttelt. Ihre Augen rollten, und sie streckte die Arme nach mir aus. Ich ergriff ihre Hand und sagte ihren Namen, aber wenn sie mich hörte, zeigte sie keine Reaktion. Mit einem unmenschlichen Schrei endete ihr Leben.«

Holly sah im Spiegel, dass Christian die Augen schloss. »Es kam mir so unwirklich vor, sie dort leblos liegen zu sehen. Und doch war ich mir zum ersten Mal vollkommen sicher, dass es ein Leben nach dem Tode gab. Der Unterschied zwischen der lebenden und der toten Rosalind, die Energie, die sie bis zu ihrem Tode gehabt hatte – all das musste irgendwo geblieben sein. Energie verschwindet nicht, sie wird umgewandelt.« Er hob die Arme, als wolle er es beweisen, und ließ sie wieder fallen.

»Peter war sehr ruhig. Ich weinte an ihrem Bett wie ein Wahnsinniger. Ich war mir sicher, dass mir das Glück von nun an abhold sein würde, sicher, dass ich vor Trauer den Verstand verlieren würde. Peter zog mich an den Schultern hoch, führte mich aus dem Zimmer und sagte, ich solle schlafen, in seinem Bett. Ich blieb ein paar Minuten vor ihrer Tür hocken, rief nach Peter und murmelte schluchzend immer wieder ihren Namen. Dann lehnte ich mich an die Wand, schlug meinen Kopf dagegen und presste die Lippen an die Tapete, um die Schreie zu ersticken, die aus meiner Kehle drangen. Schließlich riss Peter die Tür auf und schlug mir mit der flachen Hand ins Gesicht.

›Geh zu Bett‹, sagte er. ›Ich kümmere mich um alles.‹

Ich hielt mir das Kinn. Aus meiner Nase lief Blut. ›Aber Rosalind ist tot!‹, schrie ich, als würde ich damit jedes Übel auf der Welt benennen.

›Das ist sie in der Tat‹, sagte er düster und trat einen Schritt zurück. Er starrte lange auf den Boden. ›Und schuld daran sind die Humberstones. Ohne ihre bodenlose Gier hätte ich sie vielleicht richtig behandeln können‹, sagte er mit stiller Wut.

›Was?‹, fragte ich, denn ich wusste nicht, warum er plötzlich von den Humberstones sprach.

›Immer wieder bedrängen sie mich wegen meiner Schulden. Ich hätte sie von hier fortbringen können – an einen ruhigen Ort für Mädchen wie sie. Zum Henker, ich hätte sie fortbringen können, bevor mich ihr Körper in Versuchung führte. Aber nein, sie mussten ihr Geld haben. Ihr dreckiges, schmutziges Geld. Ich verfluche sie.‹ Er sah mich an, redete sich immer weiter in Rage. ›Die Humberstones seien verdammt, alle. Rosalinds Blut klebt an ihren Händen, sie seien verflucht. Ich sagte, verfluche sie, Junge.‹

›Ja, Peter‹, antwortete ich unsicher.

Er holte aus und schlug gegen die Wand. ›Aber ich werde mich rächen. Bei Gott, ich werde Rosalinds Tod rächen. Bei allen Teufeln der Hölle, Rosalind!‹, brüllte er und hob den Kopf. Tränen rollten über seine Wangen. Mit äußerster Beherrschung wandte er sich zu mir und sagte: ›Du – du gehst jetzt ins Bett, bevor ich dich wieder schlage. Ich kümmere mich um alles.‹

Ich folgte seinem Befehl. In dieser Nacht, während ich versuchte zu schlafen …« An dieser Stelle senkte sich

Christians Stimme zu einem Flüstern. »Mauerte er sie im Keller ein … bei den anderen.«

Hollys Augen waren tränennass. »Es tut mir so Leid.«

»Das Leid ist eine große Verführerin, Holly. Mit einem Schwung ihrer schwarzen Arme entlockt sie dir Versprechen ewiger Hingabe. Denn das Leid ist untrennbar mit der verbunden, von der du getrennt bist, nach der du dich aber so sehr sehnst. In jener Nacht verehrte ich das Leid, Holly, ich versprach, dass ich es im Herzen tragen würde, solange es Rosalind in seiner Umarmung hielt.

Peter kam nicht ins Bett. Ich hörte, wie er am frühen Morgen ein Bad nahm und danach nach unten ging. Ich stellte mir vor, dass er vor dem Kamin saß, vielleicht Whisky trank, vielleicht so ruhig las, wie er es am Abend zuvor getan hatte. Trockenen Auges.«

»Er weinte nicht?«

»Nein, nach seiner Tirade gegen die Humberstones verfiel er sofort wieder in seine gelassene, ruhige Haltung. Aber deute das nicht als mangelnde Trauer. Was in den Monaten nach Rosalinds Tod mit ihm geschah, zeigte, wie tief es ihn getroffen haben musste.«

»Warum? Was ist passiert?«

Christian antwortete nicht sofort. Er sah Holly lange Zeit an, bevor er etwas sagte. »Ich weiß nicht genau, wie ich beschreiben soll, was mit Peter vorging. Wahrscheinlich wäre es am einfachsten zu sagen, dass er wahnsinnig wurde. Wahnsinnig vor Kummer.

Zunächst zeigte es sich nur an Kleinigkeiten. Er wurde vergesslich, war oft abwesend, lebte verloren in seiner traurigen, grauen Welt. In dieser Zeit erwähnte er den Namen Rosalinds nie, und wenn ich es einmal tat, ging er einfach fort. Ob es bei einem Essen war, mitten in einem Gespräch oder wenn wir Freitagabend vor dem Kamin saßen. Er stand auf und ging, als hätte er irgendwo anders etwas Wichtigeres zu tun.

Aber auch wenn sein Schweigen und seine Abwesenheit mich zutiefst betrübten, so gelang es ihm doch, eine gewisse … Rationalität, das ist wohl das Wort, zu bewahren. Er setzte seine Sprechstunden fort – ohne Freude, aber das merkten die Patienten nicht –, und wir aßen und schliefen noch zu regelmäßigen Zeiten.

Ich setzte meine Affäre mit Lucy Humberstone fort. Nur zu gerne hätte ich ihr erzählt, was geschehen war, aber wenn ich darüber nachdachte, wurde mir klar, dass das unmöglich war. Man würde Fragen stellen, Peter würde zur Rechenschaft gezogen werden, und wenn man ihre Leiche sehen wollte, würde man auch die anderen vier finden. Nein, mein Schweigegelübde zu brechen würde nur Unheil heraufbeschwören. Und um ehrlich zu sein, auch dir gegenüber, Holly, Lucy Humberstone interessierte sich eben nur als stummes Objekt für mich. Ihre Wärme war oberflächlich, aber ich suchte Trost in dieser seichten Wärme, so oft ich konnte, wortlos, schweigend.

Der vertraute Geruch von verwesendem Fleisch zog erneut durch unsere Küche, wenn auch dieses Mal schwächer. Wir hielten diese Seite des Hauses fest verschlossen, wenn Patienten kamen. Irgendwann verflog er, aber ich war mir sicher, er war im Keller noch so stark, dass ich ihn nie vergessen würde, sollte ich dort hinuntergehen.« Seine Stimme wurde wieder leiser. »Dieser Duft von Rosalinds verwesendem Fleisch, er traf mich tief. Man will von denen, die man liebt, nicht wissen, wie schwach das Fleisch ist. Die Phantasie schuf Albträume, in denen ich ein hübsches Gesicht und helle Locken vor mir sah, und in der nächsten Sekunde Verwesung und Fäulnis. Früher hatte es mich schon gequält, auch nur den leisesten Hauch der Melancholie auf diesen Zügen zu sehen. Mir jetzt die blauen Augen trüb und blind vorzustellen, den Körper schlaff und grau, das war …«

»Christian, bitte.« Seine Worte setzten Hollys Phantasie in Gang. Michael, dem der obere Teil seines Kopfes fehlte, Hirnmasse in alle Richtungen verspritzt, Blutlachen um ihn herum, die Haut aschgrau und kalt. »Ich muss an Michael denken.« Ihre Stimme brach, und die Tränen flossen.

Er verschwand aus dem Spiegel, und plötzlich spürte sie seine Arme auf den Schultern. Seine Fingerspitzen strichen über ihre Kehle, und sie spürte heiße Lippen neben ihrem Ohr.

»Es ist nicht genug«, murmelte sie. »Solange ich meine Arme nicht um dich legen kann, solange ich meinen Körper nicht an deinem spüre, ist es nicht genug.«

»Dann wird es nie genug sein.« Die seltsame, körperlose Stimme hallte um sie herum.

»Aber wieso?«

»Weil ich nicht von dieser Welt bin. Ich lebe in deinem Kopf, an den äußersten Rändern deiner Wahrnehmung. Ohne dich, Holly, bin ich nur ein trauriger Schatten in den Außenbezirken der Welt. Ich existiere nur als ein Bild oder eine Erweiterung deiner Sinne.«

»Warum ich, Christian?«

Er löste seine Berührung, tauchte wieder im Spiegel auf. »Warum verlieben sich zwei Wesen? Vielleicht, weil sie in dem anderen eine Sehnsucht sehen, die sie erfüllen können. Vielleicht ist es auch nur ein übertriebenes Interesse an der Schönheit eines anderen.«

»Das ist zynisch.«

»Viele haben behauptet, mich zu lieben, Holly, aus dem einzigen Grund, mich betrachten zu wollen.«

Holly senkte den Kopf. Ein seltsames und unerwartetes Schuldgefühl bemächtigte sich ihrer.

»Soll ich fortfahren?«

»Ja«, sagte sie.

»Peters Verbindung zur Realität wurde im Laufe der Monate immer zerbrechlicher. Ich bekam Angst vor ihm. Mein Elend war unvorstellbar – er war der einzige Mensch auf der Welt, den ich noch liebte, aber ich musste ihm aus dem Weg gehen, aus Furcht, er könne mich wieder packen und stundenlang in den Armen halten, wobei er unmögliche Behauptungen über seine magischen Fähigkeiten von sich gab und was er erreichen würde. Das meiste ergab keinen Sinn – seine rhetorischen Werkzeuge bestanden aus Andeutungen und wirrem Kauderwelsch.

Ich fürchtete mich vor den Sonntagen, an denen ich mit ihm in das Lesezimmer musste und der kalte Atem Aathahorus' von mir Besitz ergriff. Stunden später kam ich schwach und orientierungslos zu mir. Manchmal verbrachte ich Stunden als Gefangener dieser Höllenlandschaft und sah den Verdammten bei ihren Geschäften zu. Manchmal, Gott sei Dank, war alles nur schwarz. Aber ich tat, was ich für Peter tun musste.

Nach einem dieser Rituale erwachte ich und sah ihn nackt durch das Zimmer tanzen. Er hatte sich mit seinen eigenen Fäkalien beschmiert und sich mit einem Messer zwei Schnitte unterhalb der Achseln beigebracht, aus denen das Blut floss.

Ich sah ihn zu Tode erschrocken an. ›Peter, was tust du?‹

›Das ist nicht mehr mein Name‹, zischte er und beugte sich so dicht über mich, dass mir sein Blut auf die Brust tropfte. Er stank entsetzlich. ›Ich habe einen Geisternamen, den Namen eines Dämonen. Ich werde Satan befehlen, mir das ewige Leben zu schenken.‹

›Was meinst du, Peter?‹

›Nenn mich nicht so!‹, brüllte er. Sein Gesicht war tief rot, als wütete ein irrsinniger Zorn in seinem Blut. ›Von nun an darfst du mich nur noch Archimago nennen, den Erz-Magus.‹

»Archimago?«, wiederholte Holly.

»Ja. Ich kannte den Namen aus einem Gedicht, das er liebte und aus dem er oft vorgelesen hatte. Ich glaube, er hatte vergessen, dass es ein fiktiver Name war, und meinte, dies sei seine neue Identität.«

»Hat er seine Patienten behalten?«

»Eine Weile noch. Er konnte sich noch hinter der Fassade der Normalität verbergen, aber nicht über einen längeren Zeitraum. Bald brauchte er seine Patienten auch nicht mehr, dank eines unglücklichen Umstands, dessen Ursache leider ich war.

Mein siebzehnter Geburtstag fiel auf den ersten Montag im Juni. Zuvor hatten wir stets zu dritt gefeiert, Rosalind hatte einen Kuchen gebacken, und ich bekam selbstgebastelte Geschenke. Dieses Mal wünschte ich mir nichts sehnlicher, als dass mein Geburtstag ignoriert würde. Wenn man jemanden liebt, ihn als den einzigen Menschen verehrt, der einen glücklich machen kann, dann ist der Schmerz über den Verlust dieses Menschen vielleicht tief, aber zu bewältigen. Aber ich konnte es nicht ertragen, diesen Menschen vor mir zu sehen, wie er ging, sprach, atmete und lebte, und doch ein anderer war. So furchtbar, furchtbar anders, ein Zerrbild des Mannes, der er einmal war. All seine Intelligenz, seine Weisheit, sein Potential, und nun war er nur noch ein trauriges Wrack. Er konnte den Unterschied zwischen der Realität und der Schattenwelt des Wahnsinns, in der er lebte, nicht mehr erkennen. Ich betete nur dafür, dass er es nicht mehr merkte – dass er nicht mehr spürte, wie tief er gefallen war, und dass ihm das Vergessen bei seinem abstoßenden Abstieg ein Freund war. Aber manchmal sah ich es, ein Aufblitzen in den Augen, das Aufflackern einer schrecklichen Erkenntnis, und ich wusste, dass er es wusste – er wusste, dass er zu einer tragischen Gestalt wurde. Letzten Endes war das der Hauptgrund dafür, dass ich ihm aus dem Weg ging. Ich konnte sie nicht ertragen, diese allzu kurzen Augenblicke der Erkenntnis, wenn der Schmerz und die Scham in seinem Blick mich wie Dolchstöße ins Herz trafen.

Leider hatte er meinen Geburtstag nicht vergessen. Da die Nacht davor das Ritual stattgefunden hatte, hatte ich in Peters Bett geschlafen. Er war früher aufgestanden als ich, und ich erwachte mit einem Gefühl nahenden Unglücks auf, als ich hörte, wie er unten Möbel verrückte und dabei pfiff – ein schreckliches, zu lautes, zu fröhliches Pfeifen, das sich nicht um Rhythmus oder Melodie scherte.

Hastig zog ich mich an und eilte nach unten, weil ich fürchtete, er könne sich in seinem Zustand irgendwie verletzen. Am Ende der Treppe blieb ich stehen. Er hatte seine besten Ausgehkleider angezogen – seine goldenpurpurne Seidenweste, die dunkelrote Krawatte, darüber einen schwarzen Mantel, die Schuhe auf Hochglanz poliert. Nach dem Tode Rosalinds war er noch fetter geworden, und die Weste, die sich um seinen feisten Bauch spannte, drohte jeden Moment aufzuplatzen. Er hatte den Tisch aus der Küche geholt und stellte die Stühle ringsherum auf. Der einzige Stuhl, der an seinem alten Platz geblieben war, war der gegenüber dem Kamin. Auf dem Tisch standen zwei Kristallschüsseln, deren Inhalt ich nicht genau erkennen konnte. Das Zimmer war mit träge herabhängenden, verstaubten Weihnachtsgirlanden geschmückt.

Als er mich sah, eilte er auf mich zu und umarmte mich. Sein strenger Schweißgeruch war mit teurem Parfüm überdeckt. Die Kombination der beiden Gerüche nahm mir den Atem.

›Herzlichen Glückwunsch zum Geburtstag, mein Junge. Herzlichen Glückwunsch, mein Christian, mein Waisenknabe.‹ In diesen Tagen nannte er mich oft seinen ›Waisenknaben‹. Ich nahm an, dass er das auch aus einem Gedicht hatte, und ich zog es vor, dass er mich so nannte und nicht ›mein Engel‹, wie Lucy es tat. Diese Worte waren für mich mit der süßen, dunklen Welt von Lucys Körper verbunden.

Als er mich endlich losließ, trat ich ein paar Schritte zurück, um wieder zu Atem zu kommen.

›Wir werden eine kleine Feier veranstalten‹, sagte er. ›Nur wir drei.‹

Ich nickte und lächelte. Offenbar hatten sich die Erinnerungen an die Feste, als wir noch zu dritt waren, mit dem Heute vermischt. ›Danke, Archimago‹, sagte ich.

›Setz dich, setz dich. Ich werde dir Wein einschenken.‹ Er schob mich auf einen Stuhl und deutete auf die Kristallschüsseln. ›Bediene dich. Hier sind ein paar Köstlichkeiten und Erfrischungen.‹

Während er den Wein holte, beugte ich mich vor und sah mit tiefem Schrecken, was die Schüsseln enthielten. Sie waren mit toten und sterbenden Insekten gefüllt, so wie die, deren Körper ich beim Aufräumen des Kellers haufenweise zusammengefegt hatte. Eine große, schwarze Spinne zappelte mit ihren restlichen sieben Beinen und zog sich vor meinen Augen zusammen, um zu sterben. Ich versuchte, Peter nicht merken zu lassen, wie ich vor diesen ›Köstlichkeiten‹ zurückzuckte. Er brachte mir ein Glas Wein.

›Auf den siebzehnten Geburtstag meines kleinen Waisenjungen‹, sagte er mit seiner alten, normalen Stimme, die er von Zeit zu Zeit annahm.

Ich stieß mit ihm an und trank den Wein. Peter griff in die Schüssel mit den Insekten und fuhr darin herum. Glücklicherweise aß er keine.

›Ich habe eine Überraschung für dich, Junge‹, sagte er mit solch vernünftiger Stimme, dass ich annahm, es handele sich um ein ganz normales Geburtstagsgeschenk.

›Was ist es, Archimago?‹, fragte ich.

›Ein ganz besonderer Besucher.‹

›Ein Besucher?‹ Verblüfft überlegte ich, wer das sein mochte. Die einzigen Menschen, die mich überhaupt näher kannten, waren Lord Burghley und Lucy Humberstone. Peter hatte geschworen, mit ersterem nie mehr ein Wort zu wechseln, und von meiner Beziehung zu Lucy wusste er nichts. Er war auf den Stuhl vor dem Kamin zugegangen und stand dort, mit dem Rücken zu mir. Ich erschauderte.

Er drehte den Stuhl um, und dort saß sie. Auf den Resten des schmutzigen Nachthemds, in dem sie gestorben war, klebte altes, getrocknetes Blut. Dort saß Rosalind. Oder besser, ihre Überreste. Ich glaube, ich habe geschrien. Ich weiß, dass mir bei ihrem Anblick das Glas aus der Hand fiel und der Wein wie Blut auf meine Kleider spritzte. Ich sah sie nur eine Sekunde, bevor ich mir die Hände vor die Augen hielt, doch hatte sich das Bild auf ewig in meinen Kopf gebrannt. Sie war wenig mehr als ein in Lumpen gehülltes Skelett. Ein paar Büschel blonden Haares hingen noch an ihrem Schädel, als habe Peter sie dort festgeklebt. An einigen Stellen der moosbraunen Knochen hingen Fetzen einer grauen Substanz, die Augen waren schwarze Löcher, der Mund das typische Grinsen.

›Willst du nicht guten Tag sagen?‹, fragte Peter. Als ich die Augen öffnete, stand er dicht vor mir.

›Nein, Peter, nein.‹ Oft dachte ich nicht daran, ihn Archimago zu nennen, aber er war es schon seit langem müde, mich jedes Mal deswegen zu prügeln.

›Aber warum nicht, Christian? Du hast doch Geburtstag. Sie musste doch kommen.‹

So ruhig, wie ich nur konnte, sagte ich: ›Peter … Archimago, sie ist tot.‹

›Tot?‹, wiederholte er, als falle es ihm jetzt erst auf. Und wieder sah ich, wie für eine Sekunde so etwas wie Erkenntnis in seinen Augen aufleuchtete. ›Natürlich‹, sagte er. ›Natürlich ist sie tot.‹

›Bitte, Peter …‹

›Ich bringe sie in ihr Zimmer.‹ Er ging zum Stuhl und begann ihre Überreste in die Arme zu nehmen. Ein Knochen fiel unter ihrem Kleid hervor und landete mit einem dumpfen Poltern auf dem Boden.

›Du musst sie wieder in den Keller bringen.‹

›Was? Mein kleines Mädchen in den Keller? Wo diese teuflischen Männer sind? Sie küssen sie, sie fassen sie an, sie sagen, es ist alles gut, und es wird nicht wehtun. Und sie werden sie vergewaltigen, und sie wird ein wenig weinen, aber sie wird nicht nein sagen, weil ich ihr Papa bin.‹ Er wiegte sie zärtlich in seinen Armen und ging zur Treppe. ›Ich bin ihr Papa.‹

›Peter, sei vernünftig. Du kannst sie nicht in ihr Zimmer bringen.‹

›Warum nicht?‹, herrschte er mich an. ›Es *ist* ihr Zimmer. Du wolltest es immer für dich haben. Aber du wirst es nicht bekommen, Waisenjunge. Nicht einmal an deinem Geburtstag.‹

Es hatte keinen Sinn, ihn aufhalten zu wollen, also ließ ich ihn gehen. Ich blieb mit geschlossenen Augen sitzen und wünschte, ich wäre an diesem Tag nicht aufgestanden. Erst als Peter nach mehr als einer halben Stunde noch nicht aufgetaucht war, wurde ich neugierig und schlich mich nach oben, um zu sehen, was er dort trieb. Auf dem Absatz hörte ich ihn, sein Schluchzen, das aus Rosalinds Zimmer kam. Ich ging leise durch den Flur und lauschte an der Tür.

Er weinte, als würde ihm das Herz brechen, und ich glaubte, meines würde mit ihm brechen. Dann herrschte plötzlich Stille, auf die unvermittelt ein lang gezogener Schrei folgte, ein Heulen wie das eines Hundes in einer Falle. Es traf mich bis ins Mark. Er holte tief Atem, und stieß einen erneuten Schrei aus. Das ging eine ganze Weile so weiter, und ich war an meinem Platz an der Tür wie angenagelt.

Der letzte Klagelaut verwandelte sich in ein Wort. Zuerst verstand ich es nicht, aber dann hörte ich es. ›Ich, ich‹, wiederholte er immer wieder mit hoher, schriller Stimme. ›Ich, ich, ich habe dir das angetan. Ich und mein Kind. Mein Kind in meinem Kind. Ich, ich habe dich getötet. Ich habe dich getötet.‹ Ich sank zu Boden und griff mir an die Brust. Ihn auf diese Laute reduziert zu hören, mit einer Stimme wie ein kleines Mädchen, das sich das Knie gestoßen hat, war mehr, als ich ertragen konnte.

Doch dann wurde seine Stimme immer lauter. Er begann zu fluchen und zu schimpfen, und ich hörte dumpfe Geräusche, als werfe er etwas durch das Zimmer; vielleicht Rosalinds Bücher und Spielzeuge. ›Verdammte Hure. Teuflische Hure. Eine Hure, wie deine Mutter. Sei verflucht, Hure.‹

Die Tränen rannen mir in heißen Sturzbächen die Wangen herab. Meine Kehle schmerzte, weil ich die Schluchzer unterdrücken musste, die mich verraten hätten.

›Ich will nicht mehr an dich denken, ich will die Erinnerung an dich aus meinem Kopf haben, es tut zu weh. Ich will dich vergessen, und ich werde dich vergessen, Hure. Schmutzige Dirne.‹ Erneute Schläge. Ich wich zurück und hockte mich an den Treppenabsatz, aus Furcht, er könne jeden Augenblick rasend vor Wut aus dem Zimmer stürmen und mich dafür bezahlen lassen, dass ich seinen Zornesausbruch belauscht hatte.

Keine Sekunde zu früh, denn schon kam er aus ihrem Zimmer und schlug die Tür hinter sich zu. Er sah mich an der Treppe und starrte mich einige Sekunden lang an. Doch anstatt mich zu packen und zu verprügeln, sagte er lediglich: ›Der Name Rosalind wird in diesem Haus nie mehr erwähnt werden.‹

›Ja, Archimago‹, antwortete ich mit zusammengebissenen Zähnen.

›Räume mein Arbeitszimmer auf. Ich stelle unten die Möbel zurecht.‹

›Ja, Archimago.‹ In seinem Arbeitszimmer empfing er seine Patienten, und ich begann brav, Bücher und Papiere zu ordnen, während er hinunterging.

Als ich hörte, wie er im Salon die Möbel verrückte, schlich ich zu Rosalinds Zimmer. Es war verschlossen, und ich kniete mich vor das Schlüsselloch und spähte hindurch. Ein Lichtstrahl, der an einem teilweise geöffneten Vorhang durch das Fenster schien, erhellte eine düstere Szenerie. Rosalinds Bett, dessen Laken noch immer den riesigen, braunen Blutfleck trugen, stand in der Mitte des Zimmers und darin verstreut, willkürlich gegen Möbel geworfen, lagen Rosalinds Knochen. Peter hatte ihr Skelett auseinander gerissen und es in alle Richtungen geworfen, derweil er sie verfluchte. Ich war zu schockiert, um zu weinen, eilte in das Arbeitszimmer zurück und versuchte den grauenhaften Anblick zu vergessen.

Ich vergrub all mein Entsetzen und meinen Schmerz tief in mir und sagte mir, dass ja in zwei Tagen Lucy komme. Dann könnte ich mich in ihren Armen etwas von meinem Elend erholen. Ich weiß kaum noch, wie ich diese Tage überstand. Das Haus schien mit Grauen gefüllt. Unten im Keller die Spuren eines schreckliches Mordes, oben in Rosalinds Zimmer die Schatten einer noch größeren Tragödie. Und durch den Rest des Hauses stapfte das Monster, zu dem mein geliebter Peter geworden war. Den Großteil der Zeit verbrachte ich vor dem Kamin. Ich las und versuchte mich in den einfachen, simplen Seiten eines Buches zu verlieren.

Als es am Mittwoch elf Uhr schlug, lauschte ich auf die Geräusche von Lucys Kutsche, ihre sanften Schritte vor der Tür. Aber sie kam nicht. Als eine halbe Stunde vergangen war, sah ich, dass Peter in seinem grünen Hausmantel aus Satin herumlief, als erwarte er niemanden. Ich ahnte Übles.

Behutsam fragte ich ihn, wo Lucy heute bliebe.

›Du magst sie, mein Junge, nicht wahr? Ich kann's dir nicht verdenken. Manchmal, wenn sie in Trance war, habe ich auch schon daran gedacht, es ihr tüchtig zu besorgen.‹

›Ist sie krank, Archimago? Ist sie deshalb nicht gekommen?‹

›Die Krankheit, die sie hat, wird noch einige Monate dauern, Christian. Mrs. Humberstone braucht meine Hilfe nicht mehr. Es sieht so aus, als sei sie schwanger geworden. Sie kommt nicht mehr.‹

Ich fühlte mich, als habe mir jemand mit der Faust in den Magen geschlagen, und musste mich setzen. Die Treffen mit Lucy waren mein letzter Trost in dieser Welt gewesen. Die Hoffnung, dass Peter wieder normal werden würde, hatte ich schon lange aufgegeben, aber solange ich jede Woche mit Lucy in eine andere Welt flüchtete, konnte ich irgendwie weitermachen. Jetzt war mir selbst das nicht mehr vergönnt.

›Möchtest du etwas Gerissenes hören, mein Junge? Möchtest du ein Geheimnis von Lucy Humberstone kennen?‹, fragte Peter und beugte sich mit funkelnden Augen zu mir.

›Was?‹

›Philbert schickte Mrs. Humberstone zu mir, weil er glaubte, sie habe Nervenprobleme, die sie daran hinderten, einen Erben zu gebären. Aber wenn du mich fragst, hieß das Problem Philbert. Seine erste Frau starb vor etwa fünf Jahren, und auch sie wurde nicht schwanger. Was für ein Zufall, nicht wahr?‹

›Ich verstehe nicht, wovon du sprichst.‹

›Philbert. Er kann seine Mannespflicht nicht erfüllen. Er ist impotent. Seine Frau ist nicht frigide, ich möchte sogar behaupten, im Gegenteil. Ich würde auch behaupten, dass das kleine Wesen in ihrem Bauch das Geschenk eines anderen Mannes ist. Verstehst du jetzt?‹

Natürlich verstand ich. Ein erneuter Schlag.

›Ich frage mich, wer der glückliche Stecher war‹, fuhr Peter gut gelaunt fort. ›Ich wage zu behaupten, dass dieser Unbekannte außerordentlich erfreut war, als sie ihre wohlhabenden Beine breit gemacht hat. Ja, in der Tat. Was ist los, mein Junge, bist du eifersüchtig?‹

›Gar nichts ist los.‹

›Nun, ich werde deinen Kummer lindern, denn ich werde das Haus renovieren. Ich werde mir Geld von den Humberstones leihen und uns ein paar neue Sachen kaufen.‹

Sein Gedankensprung verwirrte mich. ›Wie? Du schuldest ihnen doch schon so viel. Sie werden dir kaum noch mehr leihen.‹

Er zwinkerte mir zu. ›Philbert vielleicht nicht. Aber ich gehe davon aus, dass Mrs. Humberstone sehr zuvorkommend sein wird, wenn ich sie wissen lasse, dass ich ihr Geheimnis kenne.‹

Ich hielt den Atem an. ›Welches Geheimnis?‹

›Dass ihr Erbe kein Humberstone ist, nicht sein kann. Philbert wird sich nur bis zu einem gewissen Punkt zum Narren halten lassen. Wenn ich drohe, ihm den Beweis zu erbringen …‹

›Welchen Beweis?‹, rief ich und sprang von meinem Stuhl auf. Ich wusste, dass ich die Beherrschung verlor und mehr verriet, als gut für mich war, aber ich konnte mich nicht bremsen. Jede Wärme und jeder Trost waren mir genommen worden.

›Die Leute reden unter Hypnose, wenn man die richtigen Fragen stellt‹, sagte Peter ruhig.

Ich senkte den Blick. ›Was hat sie gesagt?‹

›Sie erzählte mir die Hälfte einer Geschichte von unziemlicher Liebe‹, sagte er bedächtig. ›Vielleicht erzählst du mir die andere.‹

Ich antwortete nicht und sah ihn nicht an.

›Oh, Christian‹, sagte er und nahm mein Gesicht in eine seiner großen, fetten Hände. ›Oh, du bist so ein guter, guter Junge. Du warst es, nicht wahr? Du hast es ihr hier in diesem Haus besorgt, nicht wahr, wenn ihre hässliche Schwester bei mir war.‹

›Nein, bestimmt nicht.‹

›Lüge mich nicht an‹, blaffte er. ›Denk daran, wer ich bin.‹

Er war mein Retter. Ich hatte ihm etwas geschworen. Ich sah in seine Augen und bedauerte jede Silbe, die über meine Lippen kam. ›Ja, Peter, ich war es.‹

Holly schüttelte entgeistert den Kopf. »Du warst Quinceys Vater?«

»Ich weiß nicht, wie sie das Kind genannt hat.«

»Christian, er war das einzige Kind, das sie gebar. Die Leute, denen das College heute gehört, sie stammen alle von ihm ab. Mein Freund Justin ist dein Ur-Ur-Urenkel, keiner von ihnen also ein richtiger Humberstone.«

»Das spielt kaum eine Rolle. Es war stets der Name und nicht das Blut, das ihnen ihre Macht verliehen hat. Und Peter hatte sie verflucht, hatte sie arrogante Narren genannt und für Rosalinds Tod verantwortlich gemacht. Er nutzte das Wissen um meine Beziehung zu Lucy zu seinem Vorteil aus und erpresste sie. So kam ein weiterer Kredit zustande, und unser Lebensstil wurde mit einem Mal sehr aufwendig. Plötzlich hatten wir Dinge aus Gold und Samt, neue Seidenhemden, Artefakte aus allen Winkeln der Erde, teure Kommoden aus Eiche, in denen sich teures Silber, Porzellan und Kristall nur so stapelte und mehr Juwelen, als wir tragen konnten. Und das Essen – Peter kaufte die exotischsten Lebensmittel und Gewürze und verbrachte Stunden damit, die ausgefallensten Gerichte zu kochen, die für mich stets zu üppig waren, mit denen er sich jedoch regelmäßig mästete. Er wurde immer fetter, ich immer dünner, da ich so schwermütig war, dass ich kaum einen Bissen herunterbrachte. Ich stocherte in meinem Essen herum, und was ich übrig ließ, stopfte Peter in sich hinein.

Der Sommer verging, und mit ihm ein Teil von mir. Ich war nur eines der hübschen Schmuckstücke im Haus am Milton Close, das versuchte, nicht zu hell zu funkeln, um Peters Aufmerksamkeiten zu entgehen. Unsere sonntäglichen Rituale wurden fortgesetzt, und Peter sprach leidenschaftlich vom ewigen Leben. Ich konnte mir nichts Schrecklicheres vorstellen als die Unsterblichkeit, da Schmerz und Elend meine ständigen Begleiter waren. In mancherlei Hinsicht war es mir auf der Straße besser ergangen. Ich hätte noch immer meinem Gewerbe nachgehen können, und falls ich nicht irgendwann in einer Nacht erfroren wäre, hätte ich ein einfaches Leben führen können. Ich hätte Peter und Rosalind und Lucy nie kennen gelernt. Ich hätte nie Liebe erfahren, aber auch nicht den schwarzen Schatten in ihrem Gefolge, den Verlust.« Er sah auf und sah Holly in die Augen. »Hast du diese Gefühle auch, was Michael betrifft?«

»Vielleicht. Ich habe mir in letzter Zeit oft gewünscht, ich hätte ihn nie geheiratet«, antwortete Holly. »Dass ich mich nach der Universität von ihm hätte trennen sollen. Die Trennung wäre für ihn einfacher gewesen, als wir uns noch nicht niedergelassen hatten. Denn ich liebte ihn nicht mehr, Christian, vielleicht habe ich ihn nie geliebt. Mein Schmerz bezieht sich mehr auf mich selbst. Es ist Schuld. Es ist Furcht.«

»Schuld und Furcht? Warum?«

»Schuld, weil ich ihn vielleicht dazu getrieben habe. Furcht, weil es mich an meinen eigenen Tod erinnert hat.«

»Keiner dieser Gedanken sollte dich bekümmern.«

»Ich hoffe, sie mit ihm bei seiner Beerdigung zu begraben.« Holly schreckte auf. »Mein Gott, die Beerdigung. Ich muss mein Flugzeug kriegen.« Sie sah auf ihre Uhr. Es war drei. »Ich muss gehen, Christian. Leider.«

Er winkte ab. »Entschuldige dich nicht. Ich sollte mich

entschuldigen, weil ich dich so lange vernachlässigt habe.«

»Du hattest einen guten Grund, schließlich war ich sehr grausam zu dir.«

»Ich bin fast am Ende meiner Geschichte angelangt. Kommst du zu mir, wenn das Begräbnis vorüber ist?«

»Ich werde über eine Woche fort sein. Doch sobald ich zurück bin, komme ich.«

»Auf Wiedersehen«, sagte er, und sein Bild verschwand aus dem Spiegel. Warme Lippen berührten ihre Wange, und dann war das Gefühl vorbei.

Holly atmete tief ein und bereitete sich auf Michaels Begräbnis vor.

30. Kapitel

Wenn sie sich selbst gegenüber vollkommen ehrlich war, musste Prudence zugeben, dass sie gerne schlechte Nachrichten überbrachte. Nach dem ersten Schock schien das Leben weiterzugehen, und Prudence wurde klar, dass Michaels Tod sie nur deshalb mitgenommen hatte, weil ihre beste Freundin betroffen war. Dafür verfügte sie nun über eine interessante Gesprächseröffnung. Sie ging die Stufen zur dritten Etage hinauf. Schließlich musste As es tatsächlich erfahren. Ihr Herz schlug etwas schneller als sonst, denn sie brannte darauf, ihn wieder zu sehen. Es gab Fragen, die sie ihm stellen wollte, doch musste sie vorsichtig sein.

»Herein«, sagte er auf ihr Klopfen.

Sie betrat sein Büro, schloss die Tür hinter sich und lächelte ihn an. »Hi, As«, sagte sie.

Er sah sie missmutig an. »Hi, Prudence. Dich hätte ich nicht erwartet.«

»Ich komme wegen Holly. Sie muss für eine Weile fort und bat mich, es dir mitzuteilen.« Das stimmte nicht ganz, aber Samstagnacht hatte Holly keinen klaren Gedanken fassen können und bestimmt hätte sie sich bei As für ihr Fernbleiben entschuldigen wollen.

»Oh. Wo ist sie hin?« Eine blonde Haarsträhne rutschte ihm über eines seiner grauen Augen, und Prudence musste sich zwingen, nicht zu ihm zu gehen und sie ihm aus der Stirn zu streichen.

»Ihr Ehemann ist tot. Sie ist zum Begräbnis nach Hause gefahren.«

As sah sie erschüttert an. »Tot? Wie ist das passiert?«

»Fellatio mit einem Gewehrlauf. Du weißt, wie die Jungs vom Lande so sind.«

»Prudence, darüber macht man keine Witze. Dazu ist es zu ernst. Arme Holly. Es muss schrecklich für sie sein, damit umzugehen.« In seinen Augen spiegelte sich echtes Mitleid, und Prudence ärgerte sich, ohne genau zu wissen, warum.

»Es tut mir Leid. Natürlich fühle ich mit Holly. Aber sie wollten sich sowieso scheiden lassen …«

»Trotzdem, es muss ein schrecklicher Schock sein. Das tut mir sehr Leid für sie. Sie hat es jetzt sehr schwer.«

»Und was ist mit mir?«, hätte Prudence am liebsten geschrien. »Ich habe meine Eltern seit achtzehn Monaten nicht mehr gesehen, und meine Schwester hat mich ein einziges Mal angerufen, seit sie ans andere Ende der Welt gezogen ist. Es ist, als täten sie alle so, als gäbe es mich nicht.« Aber sie sagte nichts von all dem. Mitleid ist für Todesfälle reserviert und besonders Todesfälle, von denen hilflose, hübsche Landmädchen betroffen sind.

Dann schämte sie sich für ihre hässlichen Gedanken und steuerte rasch den nächsten Programmpunkt an.

Sie hockte sich auf die Schreibtischkante. »Ach, As, Randolph hat mir übrigens alles von seiner Reise nach Jerusalem erzählt.«

»So?«

»Ja. Ich weiß, es sollte eigentlich niemand erfahren … seine Entdeckung und so.«

As schüttelte den Kopf. »Ich kann dir nicht ganz folgen, Prudence.«

Sie überlegte. Wenn sie zu viel preisgab, verriet sie ihm, dass sie seine Briefe gelesen hatte. »Vielleicht habe ich ihn auch missverstanden«, fuhr sie fort und spielte scheinbar gedankenverloren mit einer Locke. »Ich dachte, es ging um irgendwelche Schriftstücke aus dem neunzehnten Jahrhundert, nach denen er suchte. Aber vielleicht verwechsele ich das mit irgendwas anderem.«

»Bestimmt.«

Sie sah ihn an. Seine Augen blieben kalt. Sie dachte daran, dass die Briefe nicht mehr da gewesen waren, als sie ein zweites Mal gekommen war. Hatte er gemerkt, dass jemand an seiner Schublade gewesen war? Es wurde Zeit, sich zurückzuziehen, bevor er misstrauisch wurde. »Ist auch nicht so wichtig. Randolph ist übrigens ein guter Tutor. Eigentlich bin ich froh, dass ich gewechselt habe. Ich arbeite viel mehr.«

»Ach ja?«

Sie merkte, dass er beleidigt war, und beschloss, das Messer in der Wunde herumzudrehen, bevor sie ging. »Ja, er ist ganz anders als du. Sehr … fachkundig.« Sie rutschte von der Schreibtischkante und ging zur Tür. »Wiedersehen, As.«

»Prudence?«

Sie wandte sich um. »Ja?«

»Randolph kann sehr …« Er fuhr sich mit der Hand durchs Haar, als überlege er, was er sagen wollte. »Verärgere ihn nicht. Ich bin vielleicht nicht so fachkundig, aber ich trage niemandem etwas nach.«

Sie runzelte die Stirn. Sollte das eine Art Warnung sein. »Ich werde ihn schon nicht reizen.«

»Stell ihm nicht zu viele Fragen«, sagte er, und als er merkte, wie missverständlich das klang, fügte er hinzu: »Über persönliche Dinge, meine ich.«

»Werde ich nicht.«

Er lächelte. »Alles Gute, Prudence.«

»Danke, bye.«

Sie blieb auf dem Flur stehen. Das war nicht sehr befriedigend gewesen, es hatte eher neue Fragen aufgeworfen als alte beantwortet. Sie war dieses halbherzige Fünf-Freunde-Herumgeplänkel leid. Es wurde Zeit für radikale Maßnahmen.

Am Sonntagabend gegen neun saß Justin vor seinem Laptop und gab einige Notizen ein, als jemand an die Tür seines Zimmers klopfte. Er stand auf und öffnete. Emma stand vor ihm.

»Ja?«, sagte er unsicher. In den vergangenen Tagen hatte sie die perfekte Tante gegeben; es war fast schon unheimlich.

»Prudence ist am Telefon«, sagte sie.

»Oh.« Er wollte seine Arbeit wirklich zu Ende bringen, und Prudence würde bestimmt auf ein langes, intimes Gespräch hoffen.

»Soll ich ihr sagen, dass du nicht zu Hause bist?«, fragte Emma, die sein Zögern spürte.

»Nein, nein, ich rede mit ihr.« Vielleicht hatte sie ja Neuigkeiten von Holly. Seit dem Wochenende hatten sie nichts von ihr gehört. »Ich nehme den Anruf in der Küche an.«

Emma nickte und zog sich zurück. Justin ging in die Küche und nahm den Hörer ab.

»Prudence?«

»Hi, Justin.«

Ein Klicken ertönte, als Emma den Hörer des anderen Telefons auflegte.

»Hast du was von Holly gehört?«

»Nein«, sagte sie und klang ziemlich ungeduldig dabei. »Komm vorbei.«

»Ich arbeite gerade.«

»Ich brauche deine Hilfe.«

»Wobei?«

Ein längeres Schweigen.

»Prudence?«, sagte er. »Was ist los?«

»Ich bin doch nicht so mutig, wie ich dachte.«

»Wozu brauchst du mich?«

»Das kann ich dir am Telefon nicht sagen, falls … du weißt schon …«

Justin sah auf die Küchenuhr über der Tür. Wenn er jetzt zu Prudence ging, würde er heute bestimmt nichts mehr schaffen.

»Bitte, Justin«, sagte sie. »Bin ich nicht deine beste Freundin?«

»Nur Mädchen haben ›beste Freundinnen‹.«

Sie kicherte. »Na und? Komm schon, ich bitte dich wirklich nicht oft um Hilfe. Du kennst mich doch – stets unabhängig.«

Er gab auf. »Also schön, ich komme. Jetzt hast du mich neugierig gemacht.«

»Glaub mir, das wird ein Knüller. Du rätst nie, was ich vorhabe.«

»Das klingt verdächtig.«

»Ich gebe dir eine halbe Stunde.« Sie legte auf. Justin ging in sein Zimmer und zog sich Schuhe an.

Prudence saß schräg gegenüber von seinem Haus rauchend auf der Bordsteinkante; ihr lila Haar glühte im fahlen Licht der Straßenlaternen. Sie sah ihn nicht kommen und schaute erst auf, als er ihren Namen rief.

»Bist du in der Gosse gelandet?«

Sie grinste. »Manche würden sicher sagen, das sei der geeignete Ort für mich.«

Er setzte sich neben sie. »Warum wartest du hier auf mich?«

»Weil ich nicht den ganzen Weg zum College zurückgehen wollte.«

»Wir gehen zum College?«

»Genau.« Sie drückte ihre Zigarette aus und schnippte sie in einem eleganten Bogen auf die Straße. »Komm, es ist eiskalt.«

Sie stand auf, reichte ihm die Hand und zog ihn hoch. Ihm fiel auf, dass sie unter ihrem Mantel ein schwarzes T-Shirt und Jeans trug. Bislang hatte er sie nur Röcke tragen sehen. Sie machten sich auf den Weg.

»Also worum geht es jetzt, Prudence?«

»Ich werde etwas Wagemutiges tun, aber ich hatte Angst, es allein zu machen.«

»Wie kommst du auf die Idee, ich würde etwas Wagemutiges mit dir unternehmen?«

Sie lachte. »Hast du doch schon.«

Justin wollte etwas entgegnen, aber sie schnitt ihm das Wort ab. »Spielt auch keine Rolle. Du sollst gar nichts tun – nur auf mich warten.«

»Wo?«

»Im Uhrenturm.«

Sie gingen die Auffahrt zum College entlang. Unter einem Baum blieb er stehen. »Also, Prudence, jetzt verrate mir endlich, was du vorhast.«

Ihre im Schatten der Zweige fast schwarzen Augen wichen seinem Blick nicht aus. »Ich will sehen, was sie treiben.«

»Prudence …«

»Ich war sehr brav, Justin. Ich habe dieses Geheimnis seit über einer Woche nicht mehr erwähnt und habe den Toten ein respektvolles Schweigen gewährt. Aber ich muss es wissen. Sonst sterbe *ich*.«

»Du wirst schon nicht sterben.«

»Doch. Du bist nicht ich, du weißt nicht, wie ich mich fühle. Ein Geheimnis ist für mich wie ein Bohrer, der in meinem Kopf steckt. Es tut mir weh, wenn ich etwas nicht weiß. Ich muss ihn herausziehen und mir ansehen. Ich muss.«

Justin konnte nicht umhin, sich einzugestehen, dass er selbst neugierig war, aber das würde er Prudence auf keinen Fall verraten. »Was hast du vor?«

»Nun, ich denke, dass sie sich bestimmt in Luciens Büro versammeln. Es ist der einzige Raum im College, den niemand regelmäßig betritt. Der beste Ort, um ein Geheimnis zu wahren.«

»Meinst du wirklich, Prudence?«

»Ich habe ein Gespür für solche Dinge. Hör zu.« Sie sah die Vorderfront hinauf, und der Wind wehte ihr die Haare ins Gesicht. »Luciens Büro ist direkt über Randolphs. Alle Büros haben genau den gleichen Schnitt – die auf der Ostseite sind Spiegelbilder der Westseite, und so weiter.

In jedem Raum gibt es ein Belüftungsrohr, oben in der Ecke gegenüber dem Fenster, du weißt schon, hinter dieser Stuckblende.«

»Ich kann nicht behaupten, dass sie mir je aufgefallen ist.«

»Mir fällt alles auf. In As' Büro – das wie Luciens im dritten Stock liegt – kann man das silberne Rohr der Klimaanlage sehen, da gibt es eine Lücke. Die Rohre laufen durch die alten Luftschächte in der Decke. Auf dem Dach, hinter dem Uhrenturm, führt eine Tür zur Klimaanlage, die die Techniker benutzen, wenn irgendwas kaputtgeht. Da will ich rein, ich werde versuchen, Luciens Büro zu finden, und dann werde ich sehen, ob ich durch den Schacht was sehen kann.«

»Du bist irre.«

»Irre hübsch?«, fragte sie grinsend.

»Nein, irre wie verrückt.« Er tippte ihr sachte mit dem Finger an die Schläfe.

Plötzlich ergriff sie seine Hand und drückte sie aufgewühlt. »Du musst nur im Uhrenturm auf mich warten. Wenn ich bis, sagen wir, zwei Uhr nicht zurück bin, dann stecke ich irgendwo fest oder ich bin tot, und du kannst den Krankenwagen holen.«

»Prudence, sag so was nicht …«

»He, schon okay, ich mache nur Spaß.« Sie ließ seine Hand los. »Es wird schon klappen. Bei mir klappt alles. Komm, gehen wir rauf.«

Sie gingen zur Eingangstür und schlossen auf.

»Dort oben wird es kalt sein, Prudence«, sagte Justin, als sie die Stufen zum dritten Stock hinaufgingen.

»Nicht im Uhrenturm. Du kannst dich in eine Ecke kuscheln. Es ist höchstens ein bisschen staubig.« Sie blieben vor einer Tür stehen, die Unbefugten den Zutritt zur Treppe, die zum Dach führte, untersagte. Prudence holte ihre Wunderschlüssel hervor und öffnete sie.

»Nach dir.«

Justin ging die Stufen hinauf, während Prudence die Tür abschloss. Er spürte ein leichtes Panikgefühl; hier überschritten sie wirklich eine Grenze. Unter der Tür zum Dach fuhr eine kühle Brise ins Treppenhaus. Prudence schloss die letzte Tür auf, und sie traten auf das Dach hinaus.

»Gott, ist das kalt«, sagte Justin und hüllte sich in seinen Mantel ein.

»Komm, zum Uhrenturm.« Er folgte ihr über den Laufsteg. Das Metall ächzte unter ihren Füßen. Links von der alten Uhr blieben sie stehen.

»Eine schöne Aussicht, nicht wahr?«, fragte Prudence.

Justin beugte sich über das kalte Geländer und ließ den Blick über die Stadt gleiten, deren Lichter in der Dunkelheit strahlten. »Es scheint, als wollten wir uns Sternenlandschaften auf der Erde schaffen.«

»Ja, deshalb mögen wir Weihnachtsbäume und Feuerwerk. Irgendeine gute philosophische Erklärung, warum das so ist?«

Er schüttelte den Kopf. »Vielleicht nur, weil es schön ist.«

Sie nahm ihn beim Arm. »Nichts wie raus aus dieser Kälte.«

Prudence schloss die Tür zum Uhrenturm auf, und sie gingen hinein. Sie zog ihren Mantel aus und legte ihn auf den Boden. Darunter trug sie ein langärmeliges Nick-Cave-T-Shirt und schwarze Cordhosen. »Hier«, sagte sie. »Ich kann ihn nicht anbehalten, also kannst du dich genauso gut draufsetzen.«

Justin ließ sich auf dem Mantel nieder, Prudence hockte sich neben ihn. »Also, jetzt ist es kurz nach zehn. Das letzte Mal sind sie kurz vor Mitternacht gekommen. Ich gehe jetzt rein, wahrscheinlich brauche ich lange, bis ich das richtige Zimmer gefunden habe.« Sie holte die Taschenlampe aus ihrer Tasche. »Ist dir warm genug?«, fragte sie Justin.

Er stand zwar nicht mehr im eiskalten Wind, aber warm fühlte er sich keineswegs. »Es geht schon. Pass auf dich auf, ja?«

Sie sah ihn an, und plötzlich legte sie ihm die Arme um

den Hals und drückte ihren Oberkörper an ihn. Instinktiv legte er seine Hände auf ihren Rücken. Sie drückte ihre Lippen auf seinen Hals. »Danke vielmals«, murmelte sie, bevor sie sich losmachte und er daran denken musste, wie warm sich ihre Haut unter dem dünnen Shirt angefühlt hatte. Seine Fingerspitzen schienen zu prickeln.

»Keine Ursache«, brachte er heraus und senkte den Blick.

»Okay, ich gehe los.«

Sie ließ ihn im Turm zurück. Er sah ihr durch einen Spalt in der Tür hinterher, wie sie über den Laufsteg ging und zur Klimaanlage gelangte. Dort öffnete sie eine Eisenluke und kletterte eine Leiter hinunter. Bevor sie die Luke schloss, grinste sie aufgeregt zu ihm herüber.

Justin schloss die Tür und lehnte sich an die Wand. Über ihm schwebten etwa zwei Quadratmeter Spinnweben in der Luft. Seine Nase juckte von all dem Staub. Das Uhrwerk ratterte und quietschte im Dunkeln und verrichtete einsam seine Arbeit, die Minuten und Stunden anzuzeigen, bis Prudence wiederkehrte.

Prudence hockte am Ende der Leiter und ließ den Strahl ihrer Taschenlampe umherwandern, auf der Suche nach dem richtigen Weg. Das Licht erhellte den langen, silbernen Schacht der Klimaanlage, der in der Ferne um eine Ecke bog. Sie konnte an der rechten Seite des Schachts entlangkriechen, nicht jedoch an der linken, und gerade die hätte sie gebraucht, um durch das Belüftungsrohr schauen zu können.

»Über diese Brücke gehen wir, wenn wir dort sind, Prudence«, sagte sie zu sich selbst und begann auf allen vieren auf ihr Ziel zuzukriechen. Ein Tragbalken teilte ihren Pfad in zwei Hälften, sodass sie einen Arm und ein Bein links und rechts davon halten musste. Bald hingen Staub und Spinnweben an ihr. Jede ihrer Bewegungen hallte durch den Schacht. Gut, dass sie so früh gekommen war, denn jeder hätte sie aus den Büros im dritten Stock hören können. Sie versuchte abzuschätzen, wie weit sie gekommen war, und tippte auf einen Punkt in Höhe der Toiletten. Sie kroch weiter. In etwa vier Meter Entfernung bog der Schacht nach links ab. Eigentlich musste Luciens Büro direkt hinter der Kurve liegen.

Auf ihrem Weg wirbelte sie Staubflocken auf, von denen ihr einige in den Mund flogen, sodass sie husten musste. Sie hoffte nur, dass sich der Staub bis zum Beginn des Treffens wieder gesetzt hatte, denn Niesen und Husten aus der Klimaanlage würden wohl jedem verraten, dass irgendwas nicht in Ordnung war.

Wenn es ein Treffen geben würde. Wenn sie zur richtigen Zeit am richtigen Ort war.

Sie verdrängte die Wenns. Natürlich würde ein Treffen stattfinden, um Mitternacht, in Luciens Büro. Und sie würde Zeuge des Ganzen sein.

Sie schlich sich um die Ecke, über Balken hinweg. Über der Biegung des Metallschachts hielt sie an und leuchtete mit der Taschenlampe die linke Wand hinauf und hinunter. Das Licht erhellte eine Zierblende aus Stuck, etwa zwanzig mal dreißig Zentimeter groß. Sie kroch weiter, beugte sich über den Metallschacht und leuchtete durch die Blende. Luciens Büro befand sich unter ihr. Bingo.

Sie sah auf ihre Uhr: noch anderthalb Stunden. Sie versuchte herauszufinden, in welcher Position sie möglichst bequem am meisten sehen konnte. Sich auf den Knien über die Biegung des Schachts zu lehnen schien die beste Lösung. Nachdem sie die Taschenlampe ausgeschaltet hatte, setzte sie sich, den Rücken an den Schacht gelehnt. Eine Zigarette hätte ihr jetzt gut getan, aber das kam nicht in Frage. Sie dachte an Justin, der auf dem Dach auf sie wartete, und hoffte, dass er sich nicht annähernd so langweilte wie sie bereits jetzt.

So saß Prudence da, eine Ewigkeit, wie ihr schien. Es war kalt und ungemütlich. Sie spielte Wortspiele in ihrem Kopf – nenne eine Band, einen Film und ein Buch mit dem Anfangsbuchstaben A, und dann das ganze Alphabet durch – damit sie nicht einschlief und den harten Dachbalken vergaß, auf dem sie saß. Als sie irgendwann eine

Stimme hörte, war sie so überrascht, dass sie zusammenzuckte.

Die Tür zum Büro hatte sich geöffnet; Lucien sprach mit Emma.

»Nein, nicht deswegen, Emma. Ich wünschte, du würdest nicht alles so persönlich nehmen.« Ein Licht ging an und schien durch die Zierblende. Langsam und vorsichtig drehte Prudence sich um und lehnte sich über den Schacht. Lucien konnte sie nicht sehen, nur Emma. Sie trug ein blaues Kleid, ihr Haar war offen, und sie kaute nachdenklich auf der Unterlippe.

»Persönlich? Aber es ist persönlich. Du bist ein Humberstone, aber du bist auch mein Mann.«

Lucien trat vor, sodass Prudence auch ihn sehen konnte; er hielt Emma seinen langen Zeigefinger vors Gesicht. »Das reicht. Wir werden dieses Gespräch später fortsetzen. Denk bitte daran, deine häuslichen Probleme zur richtigen Zeit und am richtigen Ort vorzutragen.«

Er drehte sich um und sah nicht, wie sie ihm hinter seinem Rücken die Zunge herausstreckte.

Beide verschwanden aus Prudences Blickfeld, und es klang, als würden sie den Schrank öffnen und etwas herausholen. Schon jetzt schmerzten ihre Knie von der harten Unterlage, deshalb streifte sie sich das T-Shirt ab und schob es unter die Knie. Jetzt trug sie nur noch ihren BH und ein dünnes, schwarzes Top; ihr wurde noch kälter. Die Bürotür ging erneut auf, und As und Randolph kamen herein. Prudence spürte, wie ihr Blutdruck stieg. Was, zum Teufel, machten sie hier?

»Hi«, begrüßte Emma sie. »Holt ihr den Teppich?«

»Hat Lucien Neuigkeiten, was die Übersetzung angeht?«, fragte Randolph sie statt Antwort zu geben, während As Luciens Schreibtisch beiseite schob.

Lucien kam herbei und half As. »Nein, nichts Neues«, erwiderte er. »Es ist mühsam, und ich werde wohl noch einige Zeit brauchen.«

»Ich habe dir meine Hilfe angeboten.«

»Momentan, glaube ich, ist es besser, so fortzufahren

wie bisher. Es könnte nur Verwirrung schaffen, wenn wir beide gleichzeitig versuchten, den Code zu entschlüsseln.«

Welchen Code? Den des ›Dunklen Fragments‹? Worum ging es hier? Und warum, zum Teufel, schoben sie den Schreibtisch beiseite und rollten den Läufer aus? Und was waren das für Zeichen auf dem Teppich, und … Prudence machte sich vor Aufregung fast in die Hose, als sie erkannte, was auf den Boden gemalt war.

Ein magischer Kreis.

OGottoGottoGott. Prudence musste sich zwingen, nicht laut aufzuschreien, als sie schwarze Kerzen anzündeten und sich um den Kreis herum niederließen. Ihr wurde leicht schwindelig, weil sie bereits seit Sekunden den Atem angehalten hatte. Emma schaltete das Licht aus und setzte sich zu den anderen. Das Kerzenlicht war so dunkel, dass Prudence es wagte, sich ein paar Zentimeter weiter vorzubeugen. Sie sah, wie Lucien eine gebundene Sammlung von Blättern in den Schoß nahm und eine bestimmte Stelle aufschlug. Das Dunkle Fragment vielleicht, bei dessen Suche ihnen der alte Zauberer geholfen hatte.

Dann sagte einer nach dem anderen: »Ich beschwöre meinen Erlöser.«

Noch besser – ein schwarzmagischer Kreis! Nur in ihren wildesten Träumen hätte sie sich vorzustellen gewagt, dass so etwas hier vor sich ging, am langweiligen alten Humberstone College, zwischen diesem Haufen analer akademischer Erbsenzähler, von denen jeder seine eigene, hässlich gezackte Klinge für die Vivisektion von Schönheit besaß. Sie starrte unverwandt Lucien an, der im schwachen Licht der Kerzen saß und das Buch fest in seinen langen Händen hielt. Wer hätte gedacht, dass er im Mittelpunkt dieser Sache stand. Sie konnte es kaum abwarten, Justin davon zu erzählen. Aber zuerst musste sie sehen, was hier noch passieren würde.

Lucien stimmte einen Singsang an, langsam wie ein Gebet. Prudence konnte kein Wort verstehen, aber es war ohne Zweifel etwas aus diesem Buch. Als sei es eine

Sammlung von Zaubersprüchen, wenn nicht gar ein Teufelsbuch. Sie versuchte, einzelne Worte herauszuhören. Fast klang es wie eine Liste. Die Namen von Dämonen? Wenn dem so wäre, wenn sie dort unten tatsächlich Teufel heraufbeschworen, dann, so erkannte Prudence, war sie in ihrem Versteck vielleicht doch nicht sicher. Zum ersten Mal spürte sie im Verlauf ihrer Entdeckungen so etwas wie Angst und wich in die Schatten zurück. Emmas Gesicht und Luciens Profil konnte sie noch sehen, die beiden anderen waren aus ihrem Blickfeld verschwunden.

Der Singsang ging weiter; nun formten sie Sätze, die Prudence ebenfalls nicht verstand, doch schien es sich um eine Art Zauberformel zu handeln. Sie dachte an all die Bücher über rituelle Magie, die sie gelesen hatte. Lucien und die anderen passten nicht in das gängige Bild – hier trug niemand schwarze Umhänge, hier wurden keine Dinge geweiht, es gab kein ausgedehntes Rollenspiel, keine dramatischen Gesten. Entweder handelte es sich um absolute Amateure, die keine Ahnung von dem hatten, was sie da taten, oder hier ging etwas weitaus Gefährlicheres vor sich. Sie hatte von den Magiern des dunklen Pfades gelesen, die Levi und Crowley als unwissende Stümper abtaten, Magier, die latente psychische Fähigkeiten nutzten, um ein großes Ritual und ein missverstandenes Klammern an ethische Prinzipien zu umgehen, Magier, die teuflische Geister in die Welt zogen, zum Schaden der Menschen um sie herum. Was war das hier?

Plötzlich löste sich Luciens Stimme aus dem Singsang, seine Augen rollten nach oben, und er versank in Trance. Die anderen machten weiter, konzentrierten sich auf die Wörter. Prudence spürte, dass es viel wärmer geworden war. Selbst in ihrem Versteck spürte sie den Biss des Winters nicht mehr auf ihrer Haut.

Zehn Minuten lang beobachtete Prudence mit ungläubigem Staunen, wie Lucien unter ihr zuckte und lallte, während der Gesang weiterging. Plötzlich fiel er auf den Rücken und verlangte krächzend nach etwas zu trinken. Emma kniete sich neben ihn und hielt ihm eine Flasche

Mineralwasser an die Lippen. Er trank heftig schluckend, als könne nichts seinen Durst stillen. Emma richtete ihn langsam auf, und er schüttelte den Kopf, als müsse er ihn freibekommen.

Sofort sank die Temperatur wieder, und Prudence bekam eine Gänsehaut.

»Was hast du gesehen? Hat es irgendetwas zu dir gesagt?«, fragte Randolph und beugte sich begierig vor.

»Nein, nichts. Es will nicht kooperieren.«

Es? Vielleicht hatte Lucien Kontakt zu einem Wesen von der anderen Seite hergestellt. Prudence fragte sich, seit wann das hier vor sich ging und was sie sich davon erhofften. Lag hier das Geheimnis des Humberstone-Vermögens?

Randolph erhob sich enttäuscht. Die anderen standen ebenfalls auf, Emma half Lucien auf die Beine. Einen Augenblick lang schwankte er, dann hatte er sein Gleichgewicht wiedergefunden und wirkte so wie vorher.

»Vielleicht nächsten Sonntag«, sagte er. »Es kann uns nicht ewig ignorieren.«

Sie machten sich daran, Teppich und Läufer wieder einzurollen und rückten den Schreibtisch gerade. Nun sah der Raum wieder wie ein ganz normales Büro aus. Nur der leichte Geruch nach Kerzenwachs deutete darauf hin, dass hier etwas stattgefunden hatte, das über die üblichen Geschäfte hinausging. Fast enttäuscht beobachtete Prudence, wie sie nacheinander den Raum verließen. Lucien machte das Licht aus und schloss die Tür hinter sich ab. Jeder Laut verstummte.

War es das? Prudence machte es sich wieder bequemer und setzte sich. Sie wollte warten, bis sie sicher sein konnte, dass alle das Gebäude verlassen hatten und sie sich nicht vorher durch Scheppern im Luftschacht verraten würde. Vielleicht, dachte sie, betrieben sie die Magie als Hobby und meinten es weder besonders ernst, noch waren sie bewandert darin. Dadurch, dass sie sich heimlich trafen, wirkte es lediglich finsterer. Aber anerkannte Mitglieder der Gesellschaft wollten sicher nicht, dass jeder von ihrem Flirt mit schwarzer Magie wusste, auch wenn es eher peinlich als schockierend war.

Gerade, als sie zurückkriechen wollte, hörte sie, wie die Tür wieder aufging. Sie drehte sich leise um. Es blieb dunkel, aber sie erkannte Luciens große Gestalt in der Finsternis. Ihr blieb fast das Herz stehen – er hatte etwas bemerkt! Er kam zurück, um sie zu bestrafen! Doch er nahm sie überhaupt nicht wahr, ging in die Mitte des Raumes, blieb dort einige Augenblicke vollkommen ruhig und still stehen, als konzentriere er sich auf etwas. Das Buch lag geöffnet in seiner Hand, und er las etwas daraus vor – es war zu leise, um es genau zu verstehen, aber es war eindeutig Englisch. Sie hörte Worte wie ›Verrat‹ und ›ruhige Hände‹ und ›erhebe dich auf meinen Befehl‹. Prudence hatte genug über Magie gelesen, um zu wissen, dass die Anrufung eines Wesens ohne den Zirkel gefährlich war, denn sie mussten beschworen und dadurch gefangen werden. Sie fragte sich, warum Lucien den Kreis nicht wieder aufgedeckt hatte. Nachdem das frühere Ritual nichts Denkwürdiges oder Aufregendes hervorgebracht hatte, war jetzt sicher kaum etwas zu erwarten. Lucien schien ebenso geschockt wie sie, als die Temperatur plötzlich wieder in die Höhe schoss. Die Wände schienen zu ächzen, und ein fahles bläulich-weißes Licht erschien vor ihm in der Luft.

Prudence legte die Hand auf den Mund, um einen Schrei zu ersticken. Langsam begann das Licht eine Gestalt anzunehmen. Unsicher trat Lucien einen Schritt zurück. Sie dachte daran, sich umzudrehen und so schnell sie konnte zurückzukriechen. Alles in allem mochte das die sicherere Option sein.

Das Wesen materialisierte: eine massige Gestalt, wahrscheinlich männlich, mit kahlem, missgestaltetem Kopf und deformierten Gliedmaßen. Der Schwefelgeruch schnürte ihr die Kehle zu; es war, als käme die Gestalt direkt aus der Hölle. Von Entsetzen und Angst fast überwältigt, erkannte sie, dass es ohne Zweifel wohl so war.

»Dein Name«, sagte Lucien energisch.

»Bist du sicher, dass du ihn wissen willst, Magus?«, fragte das Ding. Seine Stimme schien aus den Wänden zu kommen.

»Ja.«

»Die anderen scheiden aus?«

»Ich werde mich darum kümmern.«

»Ich werde meinen Körper bekommen?«

»Das wirst du.«

»Und du vertraust mir, Magus? Das ist wichtig. Du vertraust mir?«

»Natürlich«, antwortete Lucien gelassen. Entweder war er ein Novize oder er war wahnsinnig. Einem Wesen wie diesem konnte man nie vertrauen.

»Dann wird dir bald das ewige Leben zuteil werden. Arbeite weiter an deiner Übersetzung. Sobald du die letzte Beschwörungsformel vollständig hast, ruf mich wieder. Ich gebe meinen Herren in deine Hände, und dein Wunsch wird dir erfüllt werden.«

»Ja, ja. Dein Name.«

In einem blauen Blitz, der ein Muster auf Prudences Netzhaut hinterließ, verschwand das Wesen. Seine Gegenwart war jedoch noch wahrnehmbar, sein Gestank hing nach wie vor in der Luft.

»Dein Name! Wie lautet dein Name?«, rief Lucien.

Prudence hielt den Atem an und wartete darauf, dass sich Dunkelheit und Stille wieder verfestigten. Doch zuvor brach eine raue Stimme, die von überall und nirgends zu kommen schien, noch einmal durch die weiche Materie des Zimmers.

»Mein Name ist Archimago.«

Mit einem Schlag war die Präsenz des Wesens dahin. Lucien stieß einen Triumphschrei aus, eilte aus dem Raum und schlug die Tür hinter sich zu. Prudence atmete heftig aus und legte die Hand auf die Stirn. Sie war möglicherweise auf ein größeres Geheimnis gestoßen, als ihr lieb sein konnte.

Vom Dach aus hatte Justin auf dem dunklen Teil des Laufstegs hockend beobachtet, wie Randolph und Aswell davonfuhren. Emma blieb einige Minuten im Wagen sitzen und wartete auf Lucien. Als auch sie schließlich davongefahren waren, ging Justin zum Uhrenturm zurück. Prudence musste gleich zurück sein. Wenn nicht, was sollte er dann tun? In der Tat hatte er bereits die letzten zweieinhalb Stunden in einem Zustand leichter Panik verbracht und sich verflucht, weil er Prudence nicht von ihrem wahnwitzigen Vorhaben abgehalten hatte. Klar, auch er spürte einige Neugier, was die Aktivitäten seines Onkels und seiner Tante betraf, aber die Sicherheit einer Freundin war wichtiger. Er blieb vor der Tür zum Uhrenturm stehen und beobachtete den Eingang zur Klimaanlage. Ein eisiger Wind küsste seine Wangen und zerzauste ihm das Haar. Er hatte die Hände tief in die Manteltaschen gesteckt, aber nichts schien sie mehr wärmen zu können. Bis Prudence wohlbehalten zurückkehrte, würden sie wohl kalt bleiben.

Nach einigen spannenden Minuten pochte jemand gegen die Luke und öffnete sie. Prudence steckte den Kopf heraus und blickte wild um sich. Als sie ihn sah, platzte sie sofort heraus:

»Großer Gott, Justin, das glaubst du nicht!«

Er packte ihren unbedeckten Oberarm – das T-Shirt hatte sie um die Hüften gewickelt – und half ihr aus der Luke. Ein paar Fetzen Spinnweben hingen in ihrem Haar, und ihre Kleidung war ziemlich staubig. »Prudence, du erfrierst.«

Sie schüttelte den Kopf und schloss die Luke. »Innerlich ist mir ganz heiß. Du wirst nicht glauben, was ich gerade gesehen habe. Komm.« Sie ging voran in den Uhrenturm und schloss die Tür hinter ihnen. Es war fast pechschwarz dort drinnen. Nur ein paar Strahlen der Scheinwerfer vor der Fassade drangen unter der Tür und durch Lücken im Uhrwerk hinein.

Justin ließ sich von Prudence auf seinen ausgebreiteten Mantel herunterziehen. Sie machte keinerlei Anstalten, sich das T-Shirt wieder anzuziehen, sondern kuschelte sich seltsam unbeholfen an ihn. Er spürte, wie sie zitterte, und ahnte, dass es nicht die Kälte war. Sie ergriff seine Hände und hielt sie fest.

»Prudence? Alles okay mit dir?«

»Ich ... ich habe einen Schock«, flüsterte sie. »Ich kann nicht fassen, was ich gesehen habe.«

»Erzähl es mir.«

Sie sah ihn an wie eine Betrunkene; ihre Augen waren riesig. Mit Mühe nahm sie sich zusammen und holte tief Atem. »Okay«, sagte sie leise, »okay.«

Justin hörte zu, während sie alles beschrieb, was sie gesehen hatte. Zunächst fand er es faszinierend, dann überraschend, dann unglaublich. Während sie sprach, wich langsam die Anspannung aus ihrem Körper, bis sie sich schließlich erschlafft an ihn lehnte. Diese fünfzehn Minuten hatten etwas Betörendes gehabt – ihre fast greifbare Erregung, ihr warmer Körper, der eisige Wind, der um den Turm herum pfiff, während die Lichter der Stadt gleichgültig in der kalten Nacht funkelten, die Art, wie sie niemals den Blick von ihm abwandte – es schien sehr intim und fast verboten, wie sie ihm das düstere Geheimnis in der Dunkelheit anvertraute. Atemlos beendete sie ihre Geschichte, ließ aber seine Hand nicht los.

»Um Gottes willen«, sagte er. »Das muss entsetzlich gewesen sein.«

»Das war es, aber eigentlich kam es zu unerwartet.«

»Wie soll ich meinem Onkel je wieder in die Augen schauen ... ich kann es nicht fassen. Er beschwört Geister? Mir fehlen die Worte.«

»Er beschwört Dämonen, Justin. Das ist Teufelswerk.«

Justin schüttelte ratlos den Kopf. »Was sollen wir machen?«

»Du solltest erst mal aus diesem Haus.«

Was ihn schmerzhaft daran erinnerte, dass er Prudence schützen musste. »Das geht nicht.«

»Klar geht das. Du kannst eine Zeit lang bei mir wohnen.«

Er antwortete nicht. Sie hatte ihre Hand weggezogen und spielte gedankenverloren mit seinen Locken. »Vielleicht bist du dort nicht mehr sicher. Ich könnte es nicht ertragen, wenn dir etwas passieren würde.«

Er erstarrte, wusste nicht, was er sagen oder tun sollte. Sie war so nah, so warm, so weich. Aber es war Prudence. Er hatte sie nie zuvor begehrt. Die Reaktion seines Körpers verwirrte ihn. Seine Haut juckte, ein elektrischer Strom schien durch seine Wirbelsäule zu fließen.

»Justin?«, sagte sie, und es klang, als frage sie ihn, ob er bereit sei, weiterzumachen.

Er öffnete den Mund. Zunächst brachte er das Wort nicht heraus, als wäre es unter irgendwelchen Schichten begraben. Aber dann bahnte es sich seinen Weg, kam wie ein Hauch über seine Lippen: »Ja.«

Sie nahm sein Gesicht in ihre Hände und küsste ihn, ihre warme Zunge fuhr über seine Lippen. Er stöhnte und legte die Hände auf ihren Rücken, schob sie unter das Top. Dabei dachte er, als würde er sich beobachten, *ich küsse Prudence*, oder, *das ist ihr Busen*, oder, *Prudence reibt über meinen Schwanz*. Es war wie in einem verrückten Traum. Die Vorstellung, dass es die Realität war, machte ihm fast Angst. *Prudence macht meine Hose auf.* Sie war überall, weiche Hände, große Augen, heißer Mund. »O Gott«, sagte er immer wieder. »O Gott.«

Mit zitternden Händen fuhr er über ihre Kleider, Knöpfe und Haken entglitten ihm immer wieder, bis sie plötzlich aufgingen. *Prudence ist nackt.* Sie fühlte sich so weich an, er selbst fühlte sich so hart, seine Gelenke und Sehnen straff und gespannt. Sie zog mit dem Mund eine heiße Spur über seinen Körper, und er hörte nicht auf, sie zu streicheln. Wie besinnungslos lag er auf ihrem Mantel, mit kaum noch etwas am Leib.

»O Gott, o Gott.«

»Es ist schon gut, Justin«, murmelte sie, den Mund auf seiner Haut.

»O Gott.«

»Es ist okay.« Sie wandte sich kurz von ihm ab, suchte

etwas in ihrer Tasche, fand es nicht sogleich, fluchte. In der Dunkelheit war ihr Körper blass und schemenhaft. »Ich hab's«, sagte sie. Er hatte keine Ahnung, wovon sie sprach, bis er hörte, wie etwas aufgerissen wurde und sie ihm fachkundig ein Kondom überstreifte.

Ich habe Sex mit Prudence. »O Gott«, hauchte er mit einer Mischung aus Erregung und einer seltsamen, beklemmenden Furcht.

»Es ist okay«, wiederholte sie. »Wirklich, es ist okay.« Sie ließ sich auf ihn herab und begann sich zu bewegen. Sein Körper war ein einziger, pochender Herzschlag. Ihr Haar hing ihm ins Gesicht. Er griff nach ihren runden, schweren Brüsten.

»O Gott.«

»Bitte«, sagte sie. »Nenn mich Prudence.«

»O Prudence, o Prudence.« *Ich habe Sex mit Prudence.* »O Gott, Prudence.« Plötzlich hielt er es nicht mehr aus, unter ihr zu liegen, als ginge ihn die ganze Show nichts an. Energisch schob er sie auf die Seite, presste seine Lippen auf ihren Mund, drückte sie fest auf den Boden und stieß hart in sie hinein, immer wieder. Sie schrie auf. Er streifte mit seinen Lippen über ihre Brüste, *Prudences Brüste.* Es war zu viel, er würde entweder kommen oder sterben. Zum Glück kam er.

Das Bedauern folgte dem Orgasmus auf dem Fuße; sein erster Gedanke galt ihr.

»Tut mir Leid«, murmelte er. »Tut mir Leid. Was ist mit dir – bist du …? Ich meine, soll ich …?«

»Mir geht es gut«, erwiderte sie und strich ihm übers Haar. »Ich bin vor dir gekommen. Hast du mich nicht gehört?«

Er schüttelte den Kopf. »Ich hab irgendwie nichts mitgekriegt.«

»Ich komme schnell«, sagte sie beiläufig. »Auch eines meiner Talente, mit denen ich keinen Job kriege.«

»Hoffentlich«, sagte er, vor allem, weil er etwas sagen musste. Er zog seinen Schwanz vorsichtig aus ihr heraus und streifte das Kondom ab. Erneut suchte sie in ihrer Tasche herum, dieses Mal nach einem Taschentuch, mit dem sie es einwickelte.

»Ich sollte mich bei dir entschuldigen«, sagte sie leise und küsste ihn sanft auf die Schulter. »Ich weiß, ich bin nicht das Mädchen, das du willst.«

Er seufzte und bedeckte sich mit seinen Jeans. Es wurde wieder kalt. »O Gott, warum bin ich ein solcher Arsch? Warum kann ich nicht einfach Spaß haben? Du … gehst so selbstverständlich mit deinem Körper um.«

Sie zuckte mit den Achseln und begann sich anzuziehen. »Das ist eine nette Art zu sagen, ich sei eine Schlampe«, meinte sie unwirsch.

»Nein, nein, natürlich nicht.« Er zog sie an sich heran. »Tut mir Leid, Prudence, ich hab alles vermasselt. Typen werden nach dem Sex doch angeblich nicht depressiv.«

Sie lachte. »Instant-Schlechtes-Gewissen, nur noch Sperma hinzufügen«, sagte sie.

Unwillkürlich musste er lachen. Es tat ihm gut, verscheuchte sein Unwohlsein.

»So«, sagte sie und zog sich das Top über. »Was machen wir jetzt?«

»Frag nicht mich.«

»Wir machen so weiter wie bisher.«

»Was, so tun, als sei nichts passiert?«

»Nein, wir sprechen einfach nicht mehr davon. Ich meine, du und Holly … du weißt schon.«

»Zwischen mir und Holly ist nichts.« Und jetzt hatte er Angst, dass auch nie etwas sein würde.

»Gut, dann versuchen wir so weiterzumachen wie immer.«

»Okay.« Er küsste sie, aber die Sehnsucht war verflogen. Es war wieder, als küsste er eine gute Freundin.

»Und wenn Holly zurückkommt«, sagte Prudence, »haben wir ihr interessantere Dinge zu erzählen, als dass wir es miteinander getrieben haben.«

»Genau.« Bei dem Gedanken an Holly fühlte er sich schmutzig und dumm. Wie ein Tier, das sich wahllos begattete und seinen niederen Instinkten folgte, ohne zu überlegen oder Unterschiede zu machen. Er zog sich Hemd und Mantel an und öffnete die Tür des Uhrenturms. Der Eiswind blies ihm ins Gesicht, und ein kalter Hauch schien durch seinen Mund in seinen Bauch zu gleiten und sich dort festzusetzen. Prudence schob ihn hinaus.

»Komm«, sagte sie. »Wir sollten gehen.«

31. Kapitel

Aswell loszuwerden würde am leichtesten sein. Lucien hatte alles gut geplant, wie er glaubte. Der Morgen war knackig kalt, alles von Raureif bedeckt. Er spürte in der Manteltasche den Brief, den er an Mandy Aswell geschrieben hatte und den er persönlich einwerfen wollte. Sonst brachte Emma ihre Briefe einmal in der Woche zum Postamt. Heute schien ein morgendlicher Spaziergang zum Briefkasten angebracht.

Es war einfach – ein anonymer Hinweis darauf, dass mit Mandys Ehemann einiges nicht stimmte, dass die Angelausflüge Sonntagnacht vielleicht nur vorgeschoben waren und dass es möglicherweise eine gewisse Studentin gab, die intimeren Umgang mit As hatte. Lucien hatte Mandy kennen gelernt, sie war nicht dumm. Sie musste schon vorher Zweifel beziehungsweise einen Verdacht gehabt haben. Der Brief würde das bestätigen, und damit würde sich Aswells Engagement, was das Grimoire betraf, dem Ende zuneigen, wenn er seine Ehe retten wollte. Lucien würde Verständnis zeigen, würde Aswell versichern, dass er noch immer Teil des großen Plans war. Ob er das glaubte oder nicht, nun, das war nicht Luciens Problem. Er würde an den Treffen nicht mehr teilnehmen, nur das zählte.

Aber was war mit den anderen?

Lucien schob den Brief in den stets hungrigen Mund des Briefkastens. Auf Wiedersehen, Laurence. Archimago hatte sich sehr deutlich ausgedrückt – die anderen mussten gehen. Er hatte Mord vorgeschlagen – Vergiften oder Erwürgen –, aber Lucien zierte sich. Solange ihm legale Wege offen standen, wäre es närrisch, sie nicht zu gehen. Mord war kompliziert, es war schwierig, damit durchzukommen.

Er zitterte, während er nach Hause zurückging, teils wegen der Kälte, teils wegen der Erinnerung an die Gegenwart des Archimago in seiner Welt, in den vier gewöhnlichen Wänden seines Büros im College. Lucien war so nahe dran. Er hatte seinen Verräterdämon, fast die Hälfte der Übersetzung war geschafft, er hatte einen Waisenjungen als Bezahlung. Aber vor allem hatte er eines: Mut. Kleine Opfer mussten gebracht werden. Schließlich lohnte der Preis die Übertretung jedes moralischen Gebots, das es gab. Instinktiv trat er über einen Spalt auf dem schmalen, moosüberwachsenen Bürgersteig. Emma war sein nächstes Problem. Er überschlug die Summe im Kopf – wenn er eines hasste, dann sich von Geld zu trennen. Aber sobald er die Ewigkeit auf seiner Seite hatte, würden sich seine Verdienstmöglichkeiten enorm verbessern.

Er ging die Auffahrt hinauf und betrat das Haus. Unbemerkt gelangte er in sein Büro. Der Vertrag lag in der untersten Schublade des Aktenschranks. Er holte ihn heraus, legte ihn vor sich auf den Schreibtisch und strich ihn glatt. Magnus' Bedingungen, säuberlich aufgelistet – Luciens Vater war in der Tat der sorgfältigste Mann, den er je gekannt hatte. Emmas Unterschrift, die Buchstaben so rundlich, wie ihr Körper im Lauf der Jahre werden sollte, mit der sie alle Rechte weggab, bis auf das der bedingungslosen Liebe. Lucien suchte in der obersten Schublade nach seinem Scheckbuch. Er glaubte nicht an bedingungslose Liebe, dafür umso mehr an die Macht des Geldes. Zeit für Emma, eine kleine Reise zu machen.

»Wie lange bleibt sie weg?« Prudence häufte zwei Löffel Zucker in ihren Kaffee. Sie saß mit Justin in einem Café im Flughafen, während sie auf Hollys Flugzeug warteten, das Verspätung hatte.

»Ich weiß nicht.« Justin zuckte mit den Schultern. »Lucien sagte zu mir, ihre Schwester sei sehr krank, und Emma würde sich um sie kümmern. Sie ist irgendwo auf Phillip Island. Mehr weiß ich auch nicht. Es ist ziemlich schwer, etwas aus Lucien rauszubekommen.«

Prudence rührte eifrig ihren Kaffee um. Sehr seltsam, dass Emma plötzlich aus dem Haus der Humberstones verschwand, kurz nachdem Lucien dem Dämon versprochen hatte, die anderen Mitglieder der Gruppe auszuschalten. »Ich weiß nicht, Justin. Was, wenn er sie umgebracht hat oder so etwas?«

»Prudence, sie ist nicht tot. Ich habe noch gestern Abend mit ihr gesprochen. Sie hat angerufen, weil sie etwas von Lucien wollte.«

»Wie klang sie?«‹

»Gut. Ich habe mich nicht lange mit ihr unterhalten. Nach dem, was passiert ist, habe ich nicht die ungetrübteste Beziehung zu ihr, wie du dir sicherlich vorstellen kannst.«

Verlegen senkte Prudence den Blick. Ihr schlechtes Gewissen meldete sich wieder. In gewisser Weise war sie genau so schlecht wie Emma. Sie grübelte noch immer darüber nach, warum sie eigentlich Sex gehabt hatten. Bei dem Gedanken daran, dass es etwas mit Eifersucht auf Holly zu tun gehabt haben könnte, beschlich sie ein Gefühl der Schuld. Alle liebten Holly. Einmal wollte sich auch Prudence im Mittelpunkt des Universums sehen. Sie wusste, dass die Mädchen mit dem lauten Mundwerk meistens zweiter Sieger hinter den stilleren, ausgeglicheneren Naturen werden.

Sie seufzte. Eine Prise Eifersucht, eine gute Dosis Aufregung, der richtige Ort und die richtige Zeit – und sie konnte Justin als Nummer 24 in ihrer ständig wachsenden Liste der Eroberungen eintragen. Er hatte Besseres verdient. Und so sehr sie sich danach sehnte, er würde es kein zweites Mal tun. Sie wusste das ohne ihn zu fragen und ersparte ihm deshalb die Peinlichkeit, antworten zu müssen.

»Was ist los?«, fragte er.

»Nichts. Ich hab nur keine Lust zu warten.«

»Bin ich froh, dass Holly zurückkommt. Ich hatte schon das Gefühl, als würden mich alle verlassen. Habe ich dir erzählt, dass Jane gegangen ist?«

»Nein. Tatsächlich?«

»Ja, ich wollte letzten Mittwoch zu ihr, und sie war nicht da. Ich habe Allison gefragt, wann sie käme, und sie hat mir erzählt, sie habe während der Ferien gekündigt. Sie heiratet oder so.«

»Ist ja wie in den Fünfzigern. Aufhören zu arbeiten, weil man heiratet.« Sie nippte an ihrem Kaffee, der schal und wässerig schmeckte. »Bah. Das ist der fieseste Kaffee, den ich je getrunken habe. Schmeckt wie mit einem verbrannten Stück Holz umgerührt.«

»Holly weiß also gar nicht, dass wir sie abholen?«

Prudence schüttelte den Kopf. Holly, Holly, Holly. »Nein. Ihre Mutter hat mir heute Morgen die Ankunftszeit genannt.«

»Wie klang ihre Mutter am Telefon?«

»So als könne sie mich auf den Tod nicht ausstehen. Daran bin ich gewöhnt. Mich hat noch keine Mutter gemocht, nicht mal meine eigene.«

Justin legte seine Hand sanft auf ihre Finger. Sie zog sie leicht zurück, und er ließ los.

»Da«, sagte sie und zeigte auf den Arrival-Monitor. »Ihr Flugzeug landet. Gehen wir zum Gate.«

»Du hast deinen Kaffee noch nicht ausgetrunken.«

»Das werde ich auch nicht. Komm.«

Holly wäre fast an ihnen vorbeigelaufen; Prudence musste sie am Ellenbogen packen.

»Prudence! Justin! Wie schön, dass ihr gekommen seid.« Herzlich erwiderte sie Prudences Umarmung. Als Prudence sie auf die Wange küsste, vergaß sie ihr schlechtes Gewissen.

»Ich hab dich schrecklich vermisst«, sagte sie.

»Ich dich auch. Und Justin. Hi.«

Justin umarmte Holly fast vorsichtig und trat an seinen Platz zurück. Als Prudence das sah, meldete sich das schlechte Gewissen sofort wieder. Sah aus, als habe sie die Sache zwischen Holly und Justin gründlich vermasselt. Ach, er wird drüber wegkommen.

»Wir sind mit dem Bus gekommen«, sagte Prudence, als sie auf das Gepäckband zugingen. »Aber ich habe genug Geld dabei, um mit dem Taxi zurückzufahren.«

»Danke, Leute, das ist prima.« Holly sah blass aus, aber nicht gerade von Trauer überwältigt.

»Wir müssen dir eine unglaubliche Geschichte erzählen«, sagte Prudence. »Aber das spare ich mir für später auf.«

»Danke. Ich bin auch ein bisschen müde.«

»Wie war's?«, fragte Justin vorsichtig. »Sehr schlimm?«

Holly presste die Lippen zusammen und schüttelte den Kopf. Einen Augenblick sah es aus, als würde sie in Tränen ausbrechen. »Es war ziemlich schrecklich. Seine Eltern waren sehr … hört zu, ich möchte jetzt lieber nicht darüber sprechen. Vielleicht später. Vielleicht können wir morgen Abend zusammen essen oder so. Jetzt will ich nur nach Hause und mich ausruhen.«

»Also gut«, sagte Prudence. »Dann morgen Abend Essen bei mir.«

Sie redeten nicht viel, aber es war kein verlegenes Schweigen, mit dem sie Hollys Gepäck abholten und ein Taxi nach Hause nahmen. Auf der Fahrt lehnte Holly ihren Kopf an Prudences Schulter, während Justin, der auf dem Beifahrersitz saß, aus dem Fenster starrte.

»Danke«, sagte Holly leise. »Ich brauche euch jetzt.«

»Freunde für immer«, murmelte Prudence und strich über Hollys Haar. Wie hatte sie nur so schlecht über sie denken können, wie eifersüchtig auf sie sein? Sie musste sich zurückhalten, um Holly nichts von dem magischen Zirkel zu erzählen, denn das war im Augenblick nichts für ihre Freundin.

Sie stiegen alle vor Hollys Haus aus. Prudence bezahlte den Fahrer und nahm eine von Hollys Taschen, Justin die andere.

»Froh, zu Hause zu sein?«, fragte Prudence, als sie um das Haus herum zu Hollys Wohnung gingen.

»Zu Hause? Nun ja, das ist jetzt wohl tatsächlich mein Zuhause. Bislang hatte ich bei dem Wort immer an das Haus meiner Eltern gedacht.« Sie suchte in ihrer Handtasche nach den Schlüsseln und schloss die Tür auf; dann blieb sie wie angewurzelt stehen und starrte auf den Boden.

»Was ist das? Wieso ist es hier so nass?« Auf den Fliesen im Eingangsbereich stand Wasser. »Was riecht hier so furchtbar?«

Prudence und Holly gingen ein paar Schritte in die Wohnung, während Justin draußen wartete. »Das ist der nasse Teppich. Holly, ich glaube, deine Wohnung ist überflutet.«

»Wie kann das sein?« Sie standen im Wohnzimmer, unter ihren Füßen gurgelte das Wasser im tropfnassen Teppich. In der Küche stand das Wasser fast zwei Zentimeter hoch. »O Scheiße. Das gibt es doch nicht. Mein Schlafzimmer, meine Bücher!«

Vorsichtig stellte Prudence Hollys Tasche auf den Stuhl und beugte sich hinab, um das Bücherregal zu begutachten, während Holly ins Schlafzimmer eilte.

»Sieht gar nicht so schlecht aus. Nur zwei standen auf dem Boden, die anderen sind außer Gefahr gewesen«, stellte Prudence fest.

Holly kam aus dem Schlafzimmer, ein durchnässtes Heft in der Hand. »Großartig, einfach großartig. Die Anmerkungen von zwei Monaten – alles hinüber.«

Justin hatte Hollys andere Tasche draußen stehen lassen und kam auf Zehenspitzen herein. »Wie ist das passiert?«

Holly warf das Heft in eine Ecke. »Was weiß ich. Die Installation oder so.«

Justin ging ins Badezimmer. »Sieht aus, als käme es aus dem Abfluss in der Dusche. Du musst sofort deine Vermieterin informieren. Die Rohre sind wahrscheinlich verstopft, und dann ist alles übergelaufen.«

Holly schlug die Hände vors Gesicht und begann haltlos zu schluchzen. »Das hat mir noch gefehlt, das hat mir noch gefehlt.«

Prudence legte ihr eine Hand auf die Schulter. »Kein Problem, du wohnst bei mir, bis das hier in Ordnung gebracht ist. Mach dir keine Sorgen, alles wird gut.«

»Aber ich will allein sein.«

Prudence strich ihr besänftigend übers Haar. »Du hast keine große Wahl. Soll ich zu Mrs. Partridge gehen? In deinem Zustand sprichst du lieber nicht mit ihr.«

Holly schaute auf und strich sich seufzend die Haare aus dem Gesicht. »Also gut. Ich packe ein paar Bücher und andere Sachen zusammen. Du bist sicher, dass ich bei dir bleiben kann?«

»Natürlich.«

»Aber nur bis die Rohre repariert sind und die Wohnung wieder trocken ist.«

»Du kannst bleiben, solange du willst. Wenn du magst, kannst du auch ganz zu mir ziehen.«

»Nein, nur bis alles wieder okay ist.«

Prudence zuckte mit den Schultern. Warum jemand allein bleiben wollte, ging über ihre Vorstellungskraft hinaus. »Wie du willst.« Sie verließ die Wohnung und ging zu Mrs. Partridge, während Justin und Holly mit dem Packen begannen. Sie sagte sich, dass man sich kein Unglück wünschen sollte, selbst wenn man dann im Mittelpunkt des Interesses stand.

Holly wollte nur eines – ins College gehen, Christian rufen und den Rest seiner Geschichte hören. Und bei ihm sein. Es schien, als sei die Aussicht darauf das Einzige, was sie vor dem Untergang bewahren konnte. Aber in den vergangenen anderthalb Tagen hatte eine schon irritierend fürsorgliche Prudence sie nicht aus den Augen gelassen. Sie sprach häufig davon, ihr Geheimnis zu lüften, aber in ihrem Zustand wollte Holly nichts davon hören. Die letzte Woche war die Hölle gewesen. Halb Daybrook war zu Michaels Beerdigung gekommen, und es schien, als wären alle der Meinung, sie sei schuld an seinem Ende. Alte Schulfreunde schnitten sie, Michaels Verwandte sahen sie verbittert an, und sein Chef aus dem Eisenwarenladen beschuldigte sie sogar öffentlich, Michael in den Tod getrieben zu haben – wahrscheinlich hatte er selbst Schuldgefühle. Am Ende der Ereignisse hasste sie Michael mit einer Inbrunst, die sie selbst überraschte. Sie hatte ihn im Verdacht, sich umgebracht zu haben, um ihr Leben zu ruinieren. Nun, sie würde es nicht zulassen.

Zumindest ihre Eltern hatten etwas mehr Verständnis gezeigt. Die Standardfrage ihres Vaters, wann denn dieses ›alberne Abenteuer‹ endlich vorbei sei, hörte sie nicht ein einziges Mal. Vielleicht hatte er sich damit abgefunden, dass sie nicht mehr zurückkommen würde. Ihre Mutter, die Michael immer gern gehabt hatte, war kühl, behielt aber jeglichen Vorwurf für sich. Trotz des wärmenden Sonnenscheins und des blauen Himmels hatte Holly nie in ihrem Leben mehr Kälte gespürt als in dieser Woche.

An dem Donnerstagabend, als sie zurückgekommen war, gab es kein Entrinnen vor Prudence, und am Abend danach kam Justin zum Essen. Mit zusammengebissenen Zähnen zwang Holly sich zum Warten. Vielleicht Samstagabend. Christian wartete auf sie. Außerdem war die Zeit, die sie mit ihren guten Freunden verbrachte, besser als eine Therapie.

Freitagabend war es bitterkalt. Die drei saßen nach dem Essen bei aufgedrehter Heizung in Prudences Wohnzimmer und tranken Rotwein. Holly wusste, dass es nicht sehr klug war, nach dem emotionalen Stress der letzten Tage Alkohol zu trinken – es bestand die Gefahr, dass sie trank, um sich zu betäuben –, aber wie immer konnte Prudence sie gut überreden.

»Irgendwann musst du in das Land der Lebenden zurückkehren«, sagte sie zu Holly und schenkte ihr zum zweiten Mal ein.

Holly lächelte leicht wehmütig. Prudence hatte ohne es zu wissen den Nagel auf den Kopf getroffen. Das Land der Lebenden. Es schien, als würden zwei Tote ihre emotionalen Pole besetzen. »Ich weiß, ich weiß.«

»Du bist so mürrisch, seit du wieder hier bist.«

»Prudence, sie kommt von der Beerdigung ihres Mannes«, wandte Justin ein.

Holly schüttelte den Kopf. »Nein, nein, sie hat Recht, Justin. Ich habe kein Wort gesagt, ich habe euch nichts erzählt.« Sie deutete auf Prudence. »Ich wollte nicht einmal etwas von deinem schrecklichen Geheimnis hören, obwohl ich weiß, dass du darauf brennst, es mir zu erzählen.«

Prudence nickte. »Und wie ich darauf brenne.«

Holly lehnte sich zurück. »Also gut, erzähl mir alles.«

Prudence sprang auf. »Nicht hier.«

»Nein, nicht im Beichtstuhl«, stöhnte Justin.

»Natürlich im Beichtstuhl. Das ist der Ort für solche Dinge.«

»Es ist bitterkalt da draußen, Prudence, und als ich kam, fing es an zu nieseln«, protestierte Justin. »Können wir nicht hier reden? Wir können das Licht ausmachen, wenn das für dich besser ist.«

»Du hast wirklich keinen Sinn für das Dramatische«, erwiderte Prudence, die sich bereits einen Mantel, Handschuhe, einen Schal und ein Barett angezogen hatte. »Jeder nimmt eine Decke mit, und ich hole noch zwei Flaschen Wein. Kommt schon, Leute – es ist fast August. In etwa drei Monaten muss ich meine Arbeit einreichen. Die lustigen Zeiten sind bald zu Ende.«

Holly stand auf. Eine Nacht im Beichtstuhl kam ihr gelegen. Vielleicht konnte sie sich genügend entspannen, um über ihre schreckliche Woche in Daybrook zu reden. Und dieses Mal wollte sie nicht diejenige sein, die zuletzt zustimmen musste. »Justin, sieht aus, als hättest du verloren.«

Er griff nach seinem Mantel, der hinter seinem Stuhl lag. »Offensichtlich.«

»Ihr holt die Decken«, sagte Prudence, als sie aus dem Zimmer ging. »Ich gehe in den Keller. Daddy soll noch einmal für einen vergnüglichen Abend sorgen.«

Lucien wusste nicht, wie spät es war, als das Telefon klingelte. Erst ein Blick auf die Uhr verriet ihm, dass es elf war. Wer rief ihn um diese Zeit unter der Geschäftsnummer an? Es konnte nur eine sein – Emma.

»Hallo, Emma«, sagte er, nachdem er den Hörer abgenommen hatte.

Ein kurzes Schweigen. »Woher wusstest du, dass ich es bin?«

»Weil du es dir in den fünf Tagen, die du fort bist, zur Gewohnheit gemacht hast, mich in den unpassendsten Augenblicken zu stören.«

»Ich habe mit einem Anwalt gesprochen. Er sagt, der Vertrag habe vor Gericht keinen Bestand.«

»Dann zerre mich vor Gericht.« Das würde sie Geld kosten, das sie nicht hatte, und ihm Zeit verschaffen, die er gut nutzen konnte.

»Ich will doch nur zurückkommen. Ich verstehe nicht, warum du das getan hast.« Wieder Tränen. Er hatte diese Tränen satt. Vor langer, langer Zeit hatte es ihn gerührt, wenn sie weinte. Vor langer Zeit. Jetzt kam es ihm vor wie ein Trick, den sie zu oft anwandte, um ihn zu manipulieren.

»Weil ich Grund dazu habe anzunehmen, dass du mich betrogen hast. Jetzt hast du eine schöne Wohnung und bekommst einen fetten Unterhalt, also geh mir aus dem Weg.« Er hatte ihr einen Scheck ausgeschrieben und sie in eine Eigentumswohnung geschickt, die sie in Cowes in der Bucht besaßen. Sie war zwei Stunden entfernt von ihm – zweieinhalb Stunden, so wie sie fuhr.

»Es geht hier gar nicht um Justin und mich«, sagte sie plötzlich triumphierend. »Es geht um dieses dämliche Grimoire. Du willst mich loswerden, so wie du Jane losgeworden bist.«

»Glaub, was du willst, Emma. Das Resultat ist stets das Gleiche.«

Sie lachte bitter. »Das Resultat. Nun, Lucien, dann will ich dir etwas sagen. Das Resultat deiner Arbeit wird sein, dass du feststellen wirst, eine Menge Geld und Zeit für einen Haufen alter Papiere verschwendet zu haben, deren magische Kraft nicht existiert. Glaubst du wirklich, du kannst mit dem Teufel handeln und ewiges Leben erlangen? Merkst du nicht, wie lächerlich das ist?«

Lucien spürte, wie die Hitze in ihm aufstieg. Unbändiger Zorn bemächtigte sich seiner. »Du bist dabei gewesen, Emma. Du weißt, dass es nicht lächerlich ist.«

»Vielleicht nicht alles, aber wir glauben, dass du zu viel Hoffnung in ein Ergebnis gesetzt hast, das es wahrscheinlich nicht geben wird.«

»Und wer ist wir?«

»Der Rest der Gruppe. Laurence, Randolph – selbst Jane hat mir einmal gestanden, dass sie glaubt, du würdest zu viel …«

»Halt den Mund!«

»Niemand will sterben, Lucien. Was macht dich glauben, du seist der einzige Mensch auf der Erde, der dem Tod entkommen könnte? Was macht dich glauben, du seist derjenige?«

Eine Sekunde lang zweifelte er tatsächlich an sich selbst, trotz des Kontaktes und des feierlichen Versprechens, das er dem Archimago abgerungen hatte. Einen Augenblick lang schien alles nur Täuschung, und die Sterblichkeit raste auf ihn zu wie eine schwarze Dampflok, unter deren schwarzem Eisen er zermalmt wurde. Er hasste sie, weil sie diesen Zweifel geschürt hatte.

»Du Miststück!«, brüllte er. »Du wirst nie zurückkommen. Du kannst froh sein, dass ich …«

»Ich sehe dich vor Gericht.« Es klickte in der Leitung, als sie auflegte.

Er legte ebenfalls auf und lehnte sich zurück. Überrascht stellte er fest, wie schnell sein Herz schlug. Sie zweifelten an ihm. Alle zweifelten an ihm.

Aber Randolph sicherlich nicht. Randolph hatte für das Grimoire getötet. Nein, Randolph war ein Humberstone –

er glaubte daran. Und ebendieser Randolph war Luciens nächstes großes Problem. Seine Hingabe, eine Qualität, die stets Luciens größter Vorteil gewesen war, war nun zu einem Nachteil geworden. Er hatte ihm noch nicht mitgeteilt, dass Emma fort war, hatte sich nur eine plausible Lüge zurechtgelegt. Sicherlich würden sie bald von Aswell davon unterrichtet werden, dass er an den Treffen nicht mehr teilnehmen konnte, und dann waren nur noch sie beide übrig. Lucien rechnete nicht damit, Randolph vorgaukeln zu können, man solle die Treffen unterbrechen, bis alle wieder mitmachten. Dazu war er zu intelligent, und dazu hatte er zu viel riskiert.

Lucien stand auf und ging ein paar Minuten auf und ab. Schließlich blieb er stehen und betrachtete nachdenklich den Safe. Nein, was Randolph betraf, musste er drastischere Maßnahmen ergreifen.

32. Kapitel

»Wie fühlst du dich?«

»Angenehm betäubt«, antwortete Justin.

Prudence lächelte ihm zu. »Gut.«

Holly entzündete die Kerzen und setzte sich zu ihnen; Prudence schaltete die Taschenlampe aus und legte sich auf ihre Decke. Der Wein, den sie heute Nacht tranken, war stärker als sonst, und Justin fühlte sich ziemlich benebelt. Sie waren alle drei bereits angeheitert gewesen, als sie das Haus verlassen hatten. Der Weg zum zwei Kilometer entfernten College hatte ihn bereits schwindelig gemacht. Drinnen empfand er den Beichtstuhl eher als angenehm – aber alles war angenehmer, als im kalten Nieselregen herumzulaufen.

»Also«, sagte Holly und trank einen Schluck Wein. »Ich bin bereit für das große Geheimnis.«

Justin sah, wie Prudence sich vorbeugte und Hollys Handgelenk ergriff. »Du wirst es nicht glauben.«

Holly sah Justin an. »Werde ich es glauben?«

»Wahrscheinlich nicht«, antwortete Justin. Er konnte es selbst kaum glauben. Es war ein Punkt auf seiner ständig wachsenden Liste der unglaublichen Dinge in seinem Leben. Wie zum Beispiel die Tatsache, dass er mit Prudence intim geworden war. Aber in seinem jetzigen Zustand, halb betrunken und wie in Watte gepackt, schien das kaum eine Rolle zu spielen. Die Welt steckte voll von unglaublichem Zeug; Normalität war nur eine kollektive Fiktion.

»Also«, begann Prudence. »Sonntagnacht habe ich Lucien und den anderen nachspioniert.«

»Was? Wie?«

»Ich bin unters Dach geklettert – Justin hat im Uhrenturm auf mich gewartet – und habe ihnen durch die Belüftungsblende zugesehen.«

»Bin ich froh, dass ich nicht da war. Ich hätte dich zurückgehalten.«

»Nichts hätte mich aufhalten können.«

»Nichts hätte sie aufhalten können«, echote Justin. »Sie ist unaufhaltbar.«

Prudence grinste. »Er hat Recht.«

»Weiter, weiter – das Geheimnis«, drängt Holly. Sie hatte das Gefühl, bereits leicht zu lallen. Und sie hatten noch zwei Flaschen Wein. Justin hielt die andere im Schoß.

»Holly, hier im College trifft sich ein Zirkel, der schwarze Magie betreibt.«

Holly erstarrte. Sie war sprachlos. Schließlich sagte sie: »Du machst Witze.«

»Ich habe sie gesehen, Holly, ich habe sie gesehen. Lucien las aus einem Grimoire, schwarze Kerzen, ein großer magischer Kreis auf den Boden gemalt. Sie sangen, und Lucien fiel in eine Art Trance.«

»Eine Trance?« Holly klang besorgt.

»Ja, und dann, nachdem alle gegangen waren, kam Lucien allein zurück, und vor meinen Augen beschwor er einen beschissenen Dämon.«

»O Gott, nein. Nein«, sagte Holly.

»Du denkst, du seist schockiert. Ich habe es gesehen. Ich war dabei. Nicht auszudenken, wenn das Ding mich gesehen hätte.«

»Was hat er – worum hat er den Geist gebeten?«

»Um ewiges Leben.«

Holly fuhr sich mit der Hand über die Stirn und sah wild um sich. »O mein Gott.«

»Und er hatte den Geist – ich meine, technisch gesehen war es ein Dämon – nicht einmal gefangen. Er spielt ein verdammt krankes Spiel, Holly, ein verdammt krankes Spiel.«

Holly drehte sich zu Justin um und packte ihn beim Oberarm. »Du musst aus diesem Haus raus«, zischte sie. »Unbedingt.«

Justin klopfte Holly beruhigend auf die Finger. »Ist schon okay. Er wird niemandem schaden außer sich selbst. Ich sehe ihn kaum, ehrlich. Und jetzt, wo Emma fort ist, ist es fast so, als lebte ich allein.«

»Emma ist fort?«

»Ja«, sagte Prudence und zündete sich eine Zigarette an. »Das war diese andere Sache – es scheint, als habe dieser Dämon oder Geist von Lucien verlangt, die anderen loszuwerden.«

»Wie viele sind in der Gruppe?«, fragte Holly.

»Vier.«

»Nur vier?«

»Ja, warum, was ist los?«

Holly schüttelte den Kopf. »Ich finde es einfach Wahnsinn, das ist alles.«

»Stell dir vor, wie ich mich gefühlt habe. Ich habe dabei zugesehen.«

»Prudence, du musst vorsichtiger sein. Du darfst das nicht noch einmal machen, ja?«

Vehement schüttelte Prudence den Kopf. »Verdammt, nein. Das ist selbst mir zu abgefuckt. Gibst du mir den Wein, Justin?«

Er reichte ihr die Flasche, und ihre Finger berührten

sich kurz. Sie lächelte ihm kurz zu, und er zog seine Hand weg. Wäre er nur nicht letzten Sonntag mit ihr zum College gegangen. Gäbe es nur keinen Grund, aus dem sie ihm so ein intimes, kleines Lächeln schenken könnte. Er sah Holly an, die sichtlich blass geworden war.

»He, mach dir keine Sorgen, es wird schon nichts passieren.« Er wünschte sich, mehr sagen oder tun zu können, um sie zu trösten. Aber nach dem kleinen Abenteuer von Sonntag war es damit vorbei. Wie konnte er Holly guten Gewissens umwerben, wenn er schon Sex mit ihrer besten Freundin gehabt hatte? Eine Kluft hatte sich zwischen dem Trio aufgetan, ein fieses, dunkles Geheimnis. Er hätte alles dafür gegeben, die Zeit zurückzudrehen und alles anders zu machen.

»Es tut mir Leid«, sagte Holly. »Wirklich, Prudence, ich hatte keine Ahnung, was du da zurückhalten musstest. Ich hätte nicht gedacht, dass es so … wichtig ist.«

Für kurze Zeit schwiegen alle. Prudence bot Holly und Justin eine Zigarette an, und beide nahmen eine. Justin kam zu der Überzeugung, dass er sehr betrunken sein musste, weil ihm der Tabak richtig gut schmeckte.

»Sollen wir etwas unternehmen?«, fragte Holly schließlich und blies eine zitterige Rauchwolke aus. »Sollten wir versuchen, ihn aufzuhalten?«

»Auf keinen Fall«, sagte Prudence. »Wir halten uns da raus. Und so etwas sage ich nur sehr selten, das könnt ihr mir glauben. Nein, diese Scheiße ist verdammt ernst. Wir tun lieber so, als wüssten wir von nichts. Ich habe versucht, Justin zu überreden, bei mir einzuziehen, aber er will nicht.«

»Das wäre gemütlich«, meinte Holly trocken. »Wir drei in einem Haus.«

»Wie lange wirst du bei Prudence bleiben?«, fragte Justin, der für einen Themenwechsel dankbar war.

»Ich habe heute Nachmittag mit Mrs. Partridge gesprochen, und was die Reparaturen anbetraf, war sie ziemlich zurückhaltend.«

»Aber du kannst so lange bei mir bleiben, wie du

willst«, warf Prudence ein. »Ehrlich, ich freue mich über deine Gesellschaft, und ich kann dir auch wirklich aus dem Weg gehen und dir deine Privatsphäre lassen, wann du willst. Ich bin dazu fähig, du musst mich nur daran erinnern.«

Justin wand sich innerlich. Wenn Holly in Prudences Haus wohnte, gäbe es noch einen Grund mehr, warum er das Heim der Humberstones nicht verlassen konnte. Wenn Prudence ausziehen musste, würde Holly ihr folgen.

Prudence reichte Holly die Weinflasche. »Okay. Holly, willst du über die Beerdigung sprechen?«

Holly seufzte. »Ich weiß nicht. Es ist alles so morbide.«

»He, du bist unter Freunden.«

»Ich muss erst noch ein bisschen betrunkener werden.«

»Na schön. Dann beichten wir eben. Hat jemand ein gutes Thema?«

Holly schüttelte den Kopf, Justin zuckte mit den Schultern.

In gespielter Verzweiflung hob Prudence die Arme. »Wie langweilig. Euch fällt nie was ein. Wie wäre es mit ... Wen hasst ihr auf der Welt am meisten?«

»Ich weiß nicht, ob ich jemanden hasse«, entgegnete Holly.

Prudence verdrehte die Augen. »Ach ja, du bist ja so tugendhaft. Komm schon, du musst jemanden hassen. Es muss dort draußen jemanden geben, der dir tierisch auf den Wecker geht. Der dir etwas Gemeines oder Grausames angetan hat, was du ihm nie zurückgezahlt hast. Jemand, wo du lachen würdest, wenn du hörtest, dass er nur noch drei Monate zu leben hat.«

»Du klingst fies, Prudence«, meinte Justin leicht verunsichert.

»Ihr ziert euch nur so, weil ihr euch irgendwann im Leben genauso gefühlt habt«, verkündete Prudence. »Hass ist ein wirklich starkes Gefühl, aber wir lassen es nie völlig zu. Wir sitzen ihn aus. Wir üben uns in ewigem Verzeihen.«

»Also gut«, sagte Holly. »Aber du fängst an. Wen hasst du am meisten auf der Welt?«

Ihre Antwort kam sofort. »Meinen Vater.«

Justin und Holly sahen sie verblüfft an.

»Deinen Vater?«, fragte Holly.

»Er ist ein gemeiner Idiot, dessen beste Eigenschaft sein gut gefüllter Weinkeller ist. *Salute,* Daddy.« Sie setzte die Flasche an und trank einen kräftigen Schluck.

»Ich hatte keine Ahnung«, sagte Holly. »Du hast von deiner Schwester gesprochen und von deiner Mutter, aber von ihm nie.«

»Er ist bis ans andere Ende der Welt gezogen, um mich nicht mehr sehen zu müssen.«

»Ich bin sicher, dass er es nicht deshalb getan hat«, sagte Holly.

»Ich bin meiner Familie absolut peinlich. Sie haben altes Geld, sie haben Diplome und Auszeichnungen und Top-Gehälter. Und seht mich an. Seht mich nur an.« Sie hob die Arme, damit sie sie begutachten konnten. »Ich bin ein verdammter Freak.«

»Es tut mir wirklich Leid, dass du so denkst«, sagte Justin, der langsam Angst bekam, dass sie zu viel tranken und ihre Emotionen außer Kontrolle gerieten.

»Es braucht dir nicht Leid zu tun. Ich glaube, wir alle sollten uns von Zeit zu Zeit in unserem Hass suhlen. Es bedeutet nur, dass man lebt und fühlt. Also, Holly, wen hasst du am meisten?«

Holly dachte kurz nach. »Im Augenblick bin ich stinksauer auf Michaels Chef aus dem Eisenwarenladen. Er hat zu mir gesagt, ich hätte Michael in den Tod getrieben.«

»Das Arschloch«, murmelte Prudence. »Hast du ihm gesagt, wo er sich das hinstecken kann?«

»Nein, ich denke, er war erregt und hatte selbst Schuldgefühle und ...«

»Denk dir keine Entschuldigungen für ihn aus, er hat sich auch keine für dich ausgedacht. Er ist ein Arschloch. Er verdient den Tod. Mach schon, sag, dass du ihn hasst.«

»Prudence ...«

»Hasse ihn. Du hattest es schon schwer genug. Sag, dass du den Bastard hasst.«

»Also gut, ich hasse ihn.«

»Und wenn du hören würdest, dass er bei einem Verkehrsunfall ums Leben gekommen ist …«

»Prudence, das geht zu weit.«

Prudence lächelte. »Man kann nie zu weit gehen. Mach schon, im Ernst. Wie würdest du dich fühlen, wenn du hören würdest, dass dieser Arsch seine Karre gegen einen Baum gerammt hat?«

»Traurig.«

»Und?«

Holly hielt den Hals der Weinflasche fester. Justin spürte, wie sich seine Bauchmuskeln nervös zusammenzogen. Er kannte den Hass. Er kannte ihn nur zu gut, und wenn er gezwungen wurde, zu viel an den verräterischen schwarzen Klumpen in seinem Herzen zu denken, dann würde zu viel von der Schutzhülle zerstört werden. Ein Gefühl der Angst, das er seit Monaten nicht mehr gespürt hatte, begann zurückzukehren. Er wollte raus aus dem Beichtstuhl, nach Hause. Stattdessen versuchte er, die Situation etwas zu entschärfen. »Prudence, vielleicht sollte man seine Kräfte lieber für das Gute statt für das Böse einsetzen.«

Prudence ignorierte ihn. »Holly?«

»Ich wäre froh«, sagte Holly mit kaum hörbarer Stimme, »wenn er in seinem Autowrack sterben würde. Dann würde ich denken, das hat er verdient.«

»Gut so. Wenn du es fühlst, solltest du es nicht verbergen. Besonders nicht vor uns.« Prudences Blick heftete sich auf Justin. »Okay, jetzt du. Wen hasst du am meisten auf der Welt.«

»Das beantworte ich nicht.«

»Warum nicht?«

Er sah sie an. »Ich möchte nichts Schlechtes über die Toten sagen.«

Sie biss sich auf die Lippen und wandte den Blick ab. »Sorry, jetzt bin ich wohl doch zu weit gegangen.«

»Was ist denn nun bei dem Begräbnis passiert, Holly?«, fragte Justin. »War es wirklich so schrecklich?« Justin legte sich wieder auf seine Decke und betrachtete die beiden Mädchen, die im Kerzenlicht saßen. Ein dunkler, kalter Ton hatte sich in seine entspannte, alkoholisierte Stimmung geschlichen.

Holly trank etwas Wein und reichte die Flasche an Justin weiter. Sie strich sich das Haar nach hinten und begann: »Ich wünschte, ich könnte sagen, dass ich den Friedhof traurig verlassen hätte … wie eine Witwe, die um Michael trauert und der er Leid tat.« Ihre Stimme brach, aber sie holte tief Atem und fuhr fort. »Aber so war es nicht. Manchmal … bin ich wütend auf ihn, weil er mir alles kaputt gemacht hat. Es ist besser, wenn ich wütend bin, denn sonst empfinde ich diese furchtbare, furchtbare Schuld.«

Justin lief ein kalter Schauer den Rücken hinab. Das klang auf schreckliche Weise vertraut. Furcht, Tod, Schuld. Verfluchte Prudence, verfluchte Holly. Er verfluchte sich selbst, weil er sie so nahe an sich herangelassen hatte. Er wäre besser damit zurechtgekommen, sich hinter seinem undurchdringlichen Schild der Unfreundlichkeit zu verbergen.

»Wie kannst du dich schuldig fühlen?«, wollte Prudence wissen. »Du hast ihm nicht den Gewehrlauf in den Mund gesteckt, du hast nicht abgedrückt.«

»Aber ich habe ihn wie einen Toten zurückgelassen. Als ich ihn das letzte Mal besucht habe, hätte ich etwas mit ihm machen können, ich hätte mehr Zeit mit ihm verbringen können, mit ihm reden und vielleicht helfen können. Aber das habe ich nicht getan. Ich habe ihn liegen lassen, als sei er bereits tot.«

Justins Beine begannen zu zittern. Er streckte sie aus und dehnte die verspannten Muskeln, versuchte sich zu beruhigen. *Du bist nur betrunken,* sagte er sich. *Du bist nur betrunken, und alles kommt dir schlimmer vor, als es ist. Niemand muss es je erfahren.*

»Deine Schuldgefühle sind wirklich nicht angebracht,

Holly«, sagte Prudence. »Du hast jedes Recht, wütend auf ihn zu sein. Es ist kein Verbrechen, wenn man aufhört, jemanden zu lieben. Nicht wahr, Justin?«

»Was?«

»Sie sollte sich nicht schuldig fühlen, oder?«

»O Gott«, stöhnte Justin und richtete sich auf. Ein überwältigendes, dunkles Gefühl stieg in ihm auf, als sei kaltes, schwarzes Wasser in seinem Bauch.

»Was ist los, Justin?«

»Justin?« Holly beugte sich zu ihm hinüber und ergriff seine Hände. »Was hast du?«

»Es gibt etwas, das ich euch noch nie gesagt habe.« Er hörte seine Stimme, als käme sie aus weiter Ferne. Eine strenge Stimme in seinem Kopf brüllte, du Idiot, behalt es für dich, behalt es für dich.

Prudence war näher an ihn herangerückt. Er zitterte. Tief in ihm lief alles aus dem Ruder. Prudence zog mit warmen Händen seinen Kopf auf ihre Schulter und strich ihm übers Haar. »He, ist schon gut. Es ist alles gut. Du hast nur ein bisschen zu viel getrunken, das ist alles.«

»Nein, es gibt etwas, das ich euch sagen muss. Ich habe es euch bis jetzt verschwiegen.« Sein Herz schlug laut.

Verschwommene Echos unerträglicher Erinnerungen trieben durch die Schichten nach oben. Würde er wirklich darüber sprechen? Aber wenn er es nicht tat, würde er explodieren, verrückt werden, sich in einen dunklen Schatten verwandeln und mit den Wänden um ihn herum eins werden.

Prudence rückte etwas zurück und sah ihn mit ihren großen, dunklen Augen an. »Justin?« Er hatte immer gewusst, dass es so kommen würde. Er wusste, früher oder später würde sie es aus ihm herausbekommen. Das war so unausweichlich wie der Tod. Er spürte, wie eine warme Hand sich auf seine legte. Holly.

»Bist du okay?«, hauchte sie atemlos.

Leise sagte er: »Ich muss euch erzählen, was in der Nacht passiert ist, als meine Mutter starb.«

»Du musst uns gar nichts sagen«, widersprach Prudence, aber er wusste, dass sie es nicht so meinte.

Er nickte. »Doch. Ich habe das Gefühl, als hätte ich euch die ganze Zeit angelogen, sodass ihr mich für einen anderen haltet, als der ich wirklich bin.«

Prudence nahm seine andere Hand.

»Ich versichere dir«, sagte Prudence sanft, »dass wir danach nicht anders von dir denken werden als jetzt.«

Justin spürte, dass er am ganzen Körper zitterte, so als habe sich dieser gegen ihn verschworen, um das schreckliche Geheimnis, das er in dieser Nacht preisgeben wollte, für sich zu behalten. Ohne eine von ihnen anzusehen, begann er zu reden. Seine Stimme hallte laut und heiß in seinen Ohren.

»Meine Mutte…« Er schluckte und setzte erneut an. »Ich hasste meine Mutter. Ich hasste sie von ganzem Herzen. Meine Mutter war schuld, dass mein Leben so grau war. Sie trank, und sie stank nach Schnaps, und jede Nacht weinte sie vor meiner Tür, und ich konnte sie nicht verlassen. Mein Herz sehnte sich nach der Frau, die sie einmal gewesen war – wisst ihr, wir hatten ein Klavier, aber als sie wegen ihrer Trinkerei Schulden machte, musste sie es verkaufen. Sie spielte ›Autumn Leaves‹ und ›Tenderly‹, und manchmal sang sie dazu. Als sie dann zu dieser ständig betrunkenen Harpyie wurde, dachte ich nur noch daran, wie sie früher war. Ich konnte nicht gehen, sie war alles, was ich hatte. Ich war wie in Ketten gelegt, aber so, als lägen die Ketten auf meinen Schultern. Es drückte mich nieder.«

»Aber du hast sie geliebt, nicht wahr?«, sagte Holly sanft. »Du hast sie ebenso sehr geliebt, wie du sie gehasst hast.«

»Natürlich. Natürlich habe ich das getan.«

»Was geschah in der Nacht, in der sie gestorben ist?«, gab Holly das Stichwort.

Justin hatte das Gefühl, als löste sich die Wirklichkeit um ihn herum auf. Dies war ein Alptraum, und er redete im Schlaf. »Sie kam nach Hause, betrunken, wie immer.

Dann machte sie sich etwas zu essen. Sie grillte Lammkoteletts.« Er schluckte. »Ich wachte auf, auch wie immer, denn ich schlief nie richtig, weil ich nie wusste, ob sie nach Hause kam oder ob ich einen Anruf aus dem Leichenschauhaus bekommen würde. Ich roch das fettige Lammfleisch. Sie kam an meine Tür und fing an zu weinen. Sie sagte immer das Gleiche. ›Justin verzeih mir, verzeih mir. Ich bin deine Mutter, bitte, sprich mit mir. Ich will nicht allein sein, ich will nicht allein sein.‹ Seine Stimme brach, aber er unterdrückte das Schluchzen. »Und ich ignorierte sie wie immer, und sie ging zurück in die Küche, und dann hörte ich diesen schrecklichen … Laut. Ein Poltern. Ich wusste, dass irgendetwas nicht stimmte, also stand ich auf und ging in die Küche.

Sie hatte die Grillpfanne schief eingehängt, und das Fett war auf den Boden gelaufen, und sie musste darauf ausgerutscht und mit dem Kopf auf den Küchenboden geknallt sein.« Ohne es zu merken, drückte Justin eine Hand an die Schläfe. »Zuerst dachte ich, sie sei tot. Und … o Gott.«

»Es ist alles gut«, sagte Prudence und drückte seine Hand. »Es wird dir besser gehen, wenn du es uns erzählt hast.«

»Ich war froh«, sagte er, und seine Stimme war schwer von unvergossenen Tränen. »Ich dachte, endlich ist sie fort. Endlich ist es vorbei. Aber sie war nicht tot.« Er schüttelte den Kopf, und seine Augen füllten sich mit Tränen. »Sie lebte noch. Sie streckte die Hand nach mir aus und sagte: ›Justin, hilf mir, ruf einen Krankenwagen. Ich kann mich nicht bewegen.‹ Ihr Kopf blutete, und es sah komisch aus, irgendwie nicht richtig. Als hätte sie sich vielleicht das Genick gebrochen. Ihr Atem ging schwer. Ich stand da und sah sie an. Sie lebte, sie streckte die Hand aus. Und ich wusste nicht, was ich tun sollte. Ich schaltete den Grill aus. Ich berührte ihre Hand. Sie sagte noch einmal, ›Justin, bitte ruf einen Krankenwagen.‹ Er schloss die Augen, die Tränen liefen über und strömten die Wangen hinab. »Aber ich tat es nicht.«

In das folgende Schweigen hinein sagte Prudence: »Du hast was nicht getan?«

»Ich habe keinen Krankenwagen gerufen. Ich ging zurück in mein Zimmer und legte mich ins Bett. Sie fing an zu wimmern – nicht sehr laut, vielleicht wie ein Hund, den man getreten hat. Also stand ich auf und drehte meine Stereoanlage auf, so laut, dass ich sie nicht mehr hören konnte. Ich legte mich wieder ins Bett und verbrachte die nächsten Stunden dösend, immer wieder voller Schrecken aufwachend, um aber jedes Mal erneut einzunicken. Als es dämmerte, stand ich auf und ging in die Küche. Sie war tot.«

Er öffnete die Augen und sah die Mädchen an. Holly hatte Tränen in den Augen. Prudence sah ihn fassungslos an. »Ich habe sie sterben lassen«, sagte er. »Ich habe meine Mutter sterben lassen.«

»Sie wäre vielleicht sowieso gestorben«, sagte Prudence.

»Vielleicht hätte sie auch überlebt«, entgegnete Justin. »Glaub nicht, dass ich nicht jede Möglichkeit durchdacht hätte. Ich bin verantwortlich für ihren Tod, Prudence, dessen bin ich mir nur allzu bewusst.«

Prudence schüttelte den Kopf. »Nein, Justin, das bist du nicht. Du bist nur für dich selbst verantwortlich.«

Holly hatte ihre Hand zurückgezogen und saß schweigend da. Das war es. Jetzt würde sie ihn verabscheuen. Vielleicht hatte er vorher eine kleine Chance gehabt, aber jetzt wusste sie, wer er wirklich war. Er konnte sich selbst nicht lieben, wie sollte es da jemand anderes können?

Justin seufzte und senkte den Kopf. »Ich kann nicht fassen, dass ich es euch erzählt habe.«

»Wir sind deine Freunde«, sagte Prudence. »Wir lieben dich.«

»Was ich getan habe, ist verwerflich«, sagte er und sah sie an. »Wie könnt ihr es ertragen, ein Zimmer mit mir zu teilen?«

Statt einer Antwort zog Prudence ihn zu sich und drückte ihn an sich. Er legte ihr die Arme um die Schulter und ließ sich gegen sie fallen und weinte, wie er noch nie im Leben geweint hatte. Ihr Duft hüllte ihn ein. Er wünschte sich, Holly würde ihn so halten und verfluchte sich sogleich für den Wunsch. Holly blieb verdächtig still. Schließlich ließ er Prudence los, nahm seine Brille ab und wischte sich die Tränen aus den Augen.

»Es tut mir Leid«, sagte er und drehte sich zu Holly um. »Es tut mir Leid.«

Zu seiner Überraschung erwiderte sie seinen Blick. »Es ist schon gut«, sagte sie. »Wirklich, es ist schon gut.«

Er strich sich das Haar zurück. Plötzlich überkam ihn eine schreckliche Angst. »Bitte verratet es keinem. O Gott, wenn es …«

»Natürlich verraten wir es niemandem«, sagte Prudence schnell. »Natürlich nicht.«

»Bei uns ist es sicher«, fügte Holly hinzu. »Du bist bei uns sicher.«

Er holte einige Male tief Atem. »Okay«, sagte er mehr zu sich selbst. »Okay.«

Prudence griff nach der Weinflasche, schien es sich aber plötzlich anders überlegt zu haben. »Ich werde nie mehr ein Geheimnis ergründen wollen«, sagte sie. »Es ist zu schmerzhaft.«

»Prudence«, sagte Holly, »bevor du aufgibst, möchte ich euch beiden auch etwas anvertrauen.« Sie nahm Prudence und Justin bei der Hand. »Ihr auch.«

Prudence ergriff Justins Hand, sodass sie einen engen Kreis bildeten, sich an den Händen haltend. Justin fühlte sich unerträglich leicht, als habe er ein schweres Gewicht abgeschüttelt.

Holly lächelte ihm zu. »Du bist nicht der Einzige, der ein Geheimnis hat«, sagte sie.

Er wusste nicht, wovon sie sprach, war auch viel zu sehr mit der verblüffenden Erkenntnis beschäftigt, dass weder Prudence noch Holly ihre Meinung über ihn geändert zu haben schienen. Offenbar hatte sein Geständnis Holly sogar dazu gebracht, ebenfalls etwas zu beichten. Jeder hatte wohl seine dunklen Seiten.

»Prudence, bei dir muss ich mich besonders entschuldigen«, sagte Holly. »Vor allem dir hätte ich es nicht verschweigen dürfen. Aber du musst verstehen, es hat mir so viel bedeutet, dass ich es für mich behalten wollte.«

Prudences Lippen formten sich zu einem Laut der Überraschung, doch sie sagte nichts, als sei dies alles ein Fiebertraum, in dem alle Geheimnisse letzten Endes an die Oberfläche drangen.

Mit leiser, aber fester Stimme fuhr Holly fort: »Es gibt einen Geist in unserem Arbeitszimmer. Ich weiß das seit März, weil ich seitdem eine Art Beziehung mit ihm habe.«

Prudence fehlten die Worte, Justin fröstelte es. Geister? Jetzt auch noch Geister? Er hatte die Existenz des Übernatürlichen nie angezweifelt, hätte aber nie erwartet, so direkt damit konfrontiert zu werden.

»Der Grund, warum ich euch das erzähle? Ich habe Angst, ich habe sehr große Angst, aber nicht vor dem Geist. Sein Name ist Christian, und er hat mir die Geschichte seines Lebens im neunzehnten Jahrhundert erzählt. Er war eine Art Zauberlehrling bei einem Mann namens Peter Owling. Ich habe Angst, weil ich befürchte, dass Lucien Owlings Grimoire benutzt, obwohl ich nicht weiß, wie es nach Jerusalem gekommen ist.«

Prudence hatte ihre Stimme wiedergefunden. »Du hast mit einem Geist gesprochen, oben in unserem Zimmer?«

Holly nickte. Prudence schwieg eine Sekunde, ihre Unterlippe zitterte, und schließlich brach sie in lautes Weinen aus. »Warum du?«, schluchzte sie. »Warum nicht ich? Warum nicht ich?«

Justin und Holly sahen einander an. Sie waren alle sehr, sehr betrunken. Die Ereignisse des Abends bekamen einen fast komischen Anstrich. Augenblicklich ließen Holly und Justin Prudences Hände los, und die drei sanken in inniger Umarmung auf den Boden des Beichtstuhls. Justin spürte Hände und langes Haar auf seinem Gesicht und wünschte sich für einen kurzen Augenblick, sie könnten zu einer Person verschmelzen. Kurz darauf lösten sie sich etwas verlegen voneinander. Nachdem alle ihre Augen getrocknet hatten, wurde die Weinflasche wieder herumgereicht.

»Ihr versteht, warum ich mir Sorgen mache«, sagte Holly leise. »Wenn es sich um Owlings Grimoire handelt ... er war ein teuflischer Mann.«

»Was ist mit ihm geschehen?«, fragte Prudence.

»Ich weiß es nicht«, antwortete Holly. »Christian will es mir bei unserem nächsten Treffen erzählen. Gott, das ist alles so seltsam. Ich habe es so lange geheim gehalten, und jetzt, wo ich es euch erzählt habe, kommt es mir irgendwie unheimlich vor.«

»Wann wirst du ihn wiedersehen?«

»Sobald ich kann.«

»Du liebst ihn, nicht wahr?«, fragte Prudence. Justin spürte eine riesige Enttäuschung.

Holly senkte den Blick. »Ich glaube schon.«

»Du kannst ihn niemals bekommen, Holly, das musst du dir klarmachen.«

»Ich weiß. Ich weiß.«

Schweigen. Justin griff nach dem Wein. Er wollte jedes Gefühl, das er hatte, betäuben. In Augenblicken wie diesem konnte er die endlose Romanze seiner Mutter mit der Flasche fast verstehen.

»Owling ließ den Dämon in Christians Körper fahren«, sagte Holly. »Hattest du den Eindruck, dass Lucien auch so etwas praktiziert?«

Prudence schüttelte den Kopf. »Vielleicht ist es nicht dasselbe Wesen.«

»Doch, bestimmt. Christian sagt, dass die Beschwörungsformeln im Grimoire stehen. Der Name des Dämons lautete Aathahorus.«

»So hieß er nicht.«

»Bist du sicher?«

»Natürlich bin ich sicher. Das Wesen hatte den gleichen Namen wie dieser Zauberer in dem Gedicht von Spenser.«

Holly zuckte zusammen und sah Prudence mit offenem Mund an. »Nein, doch nicht …«

»Archimago«, sagte Prudence bedacht. »Das Wesen sagte, sein Name sei Archimago.«

»O mein Gott«, hauchte Holly.

»Was ist denn?«, fragte Justin. Die Kerzen flackerten in der dunklen Kammer, der Geruch nach Erde und Feuchtigkeit schien sehr nahe.

»Ich muss mit Christian sprechen«, sagte Holly. »Sofort.«

Holly saß zitternd im dunklen Arbeitszimmer. Prudence und Justin waren auf ihren Wunsch nach Hause gegangen zu Prudence, weil Justin nicht allein sein wollte. Sie versuchte, nicht daran zu denken, was in einer solchen Nacht zwischen den beiden ablaufen könnte, wenn die Intensität der Emotionen ebenso hoch war wie der Alkoholspiegel und Trost benötigt wurde. Sie wollte nur an Christian denken, an seine traurigen blauen Augen, an das Ende seiner Geschichte. Von irgendwo in ihrem Bauch breitete sich eine unbeschreibliche Angst in ihr aus. Archimago – hier im College. Sein Grimoire noch erhalten. Die Suche nach dem ewigen Leben begann erneut. Christian wusste, wie es enden würde. Er war dabei gewesen.

Der Alkohol hüllte sie noch immer in einen sanften Nebel ein, aber der Schock über die Enthüllungen, die heute Nacht zwischen den Freunden stattgefunden hatten, ließen sie frösteln. Prudences schockierendes Geheimnis, Justins schreckliche Beichte und ihre eigene zögerliche Enthüllung, mit der sie den wundervollsten Schatz befleckt hatte, den sie je besessen hatte. Ihn der Welt zu zeigen – auch wenn sie nur aus ihren zwei besten Freunden bestand – kam ihr vor wie ein eklatanter Betrug.

»Christian?« Sie blickte in den Spiegel. Die beiden Kerzen flackerten unheimlich. »Christian, ich muss wissen, wie alles endete.«

Er erschien hinter ihr. Sein Anblick rührte sie fast zu

Tränen, seine Schönheit war so bewegend wie die Tragödie, von der er berichtete.

»Ja, Holly«, sagte er ernst. »Es wird Zeit, dass du es erfährst.«

33. Kapitel

»Peter sank immer tiefer in den Wahn. In gewisser Hinsicht eine Erleichterung – bekam er doch das Ausmaß seines Niedergangs nicht mehr mit. Aber er wurde unerträglich. Er wurde beängstigend gewalttätig, und doch wollte er mich in seiner Verrücktheit immer bei sich haben. Ich durfte ihm nicht aus den Augen gehen. Dass er mich nicht fesselte oder einsperrte, grenzte an ein Wunder. Patienten hatte er keine mehr. Als der Oktober kam, hatte ich seit zwei Monaten außer Peter kein menschliches Wesen mehr gesehen. Seine verdrehte Logik und seine plötzlichen Wutausbrüche raubten mir die letzten Kräfte. Zweimal wurde ich sehr krank, so sehr, dass ich am Morgen keine Kraft hatte, den Kopf zu heben. Selbst meine Knochen schienen vor Elend zu schmerzen.

Dann, eines Abends, fing alles an. Der Anfang vom Ende. Ich erinnere mich gut. Es war ein Dienstag, und nach einer zweiwöchigen Krankheit fühlte ich mich seit drei Tagen besser. Peter saß bei mir und erkundigte sich ausführlich nach meinem Zustand.

›Christian, wie geht es dir?‹

›Gut, Archimago.‹

›Dein Körper verrichtet wieder seinen Dienst? Keine Schmerzen, keine Gebrechen? Keine blauen Flecke, keine ächzenden Gelenke?‹

›Wirklich, es geht mir recht gut, danke.‹

›Sehr schön. Denn weißt du, der kommende Sonntag ist ein sehr wichtiger Tag. Dieser Sonntag ist der erste Tag der Ewigkeit.‹

Ich war es gewöhnt, dass er Dinge sagte, die keinen

Sinn ergaben, daher nickte ich nur und lächelte. ›Aber ja.‹

Erzürnt schüttelte er den Kopf. ›Du scheinst wenig beeindruckt von einer solch großartigen Verkündung, mein Waisenknabe. Ich sagte, der erste Tag der Ewigkeit. Meiner Ewigkeit. An diesem Sonntag wird mir ewiges Leben zuteil werden.‹

Ich hielt es noch immer für Gewäsch, aber da er mich offenbar beeindrucken wollte, sagte ich: ›Ewiges Leben, Archimago? Nur du könntest ein solches Ziel erreichen.‹

›Ja, in der Tat. Ich werde Satan befehlen, es mir zu geben. Unser Freund Aathahorus war mir ein guter Lehrmeister. Ich muss einen Kreis zeichnen und ihn beschwören, muss ihn in dem Kreis gefangen halten und ihm befehlen.‹

›Ich begann zu glauben, dass es vielleicht doch keine Täuschung war, dass er wirklich so etwas vorhatte und dass es vielleicht sogar möglich war, dass er Erfolg hatte. Der Gedanke, dass Peter in seinem jetzigen Zustand ewig leben würde, entsetzte mich fast noch mehr als die Vorstellung, er könnte Satan heraufbeschwören, hier in unserem Heim. Für mich waren alle Teufel gleich, und seit fast einem Jahr hatte einer jede Woche von mir Besitz ergriffen.

Aber dann sah ich einen Hoffnungsschimmer. Wenn diese Transformation stattfand und Peter das ewige Leben gewährt wurde, würde er vielleicht auch wieder er selber werden. Auf seltsame Art sah ich nun auch dem Sonntag erwartungsvoll entgegen.«

Christian zögerte.

»Mach weiter«, sagte Holly, die ihre eigene Furcht im Zaum halten musste. Das war es doch nicht, was Lucien beabsichtigte? Sie kannte ihn nicht, aber als wahnsinnig hatte ihn noch niemand bezeichnet.

»Holly, ich möchte nicht, dass du schlecht von mir denkst«, sagte Christian.

»Das werde ich nicht«, sagte sie, auf das Schlimmste gefasst.

»Da ich mein Leben dauernd in der Gesellschaft eines Verrückten verbrachte, dachte ich vielleicht auch selbst nicht mehr klar. Sicherlich hatte auch meine Krankheit meine Gedanken verwirrt. Ich traf eine Entscheidung. Wenn Peter Satan befehlen konnte, ihm das ewige Leben zu gewähren, konnte er ihm auch befehlen, Rosalind zum Leben zu erwecken.

Aber Peter hatte mir verboten, ihren Namen je wieder zu erwähnen. Ich wollte ihn nicht erzürnen, aber vielleicht konnte ich mit ihm reden, wenn er wieder sein altes Ich zurückgewonnen hatte. Ich nahm mir vor, ihre Knochen zu sammeln und sie zu dem Ritual am Sonntagabend mitzubringen.

Ihr Zimmer war seit Monaten verschlossen, und er behielt mich dauernd im Auge, sodass ich keine Zeit fand, das Schloss zu knacken und ihre Überreste hinunterzutragen. Er schlief kaum noch, und wenn, bestand er darauf, mich in seinen Armen zu halten. Ich musste ihn durch irgendeine List aus dem Haus bringen. Am Freitag, als mir die Zeit langsam davonlief, beschloss ich, seine größte Schwäche auszunutzen – die Gier.

Lucy Humberstones erste Nachricht, in der sie mich gebeten hatte, ihr die Handschuhe nach Hause zu bringen, steckte noch immer in einem meiner Schreibhefte. Ich tat, als würde ich am Nachmittag lesen und üben; in Wahrheit schrieb ich einen gefälschten Brief, in dem Lucy Peter zu einem Treffen einlud, um weitere finanzielle Zuwendungen zu besprechen. Mit ruhiger Hand ahmte ich die Rundungen und Kringel von Lucys Schrift nach. Sie wollte, so der Brief, Peter in einem Kaffeehaus in einer abgelegenen Seitenstraße treffen, damit niemand Zeuge ihrer Begegnung würde. Ich entfernte das Siegel von Lucys Originalbrief und hielt die beiden Stücke kurz über eine brennende Kerze, klebte die beiden Teile so gut ich konnte zusammen und presste sie auf die Rückseite meiner Nachricht.

Ich schob sie halb unter die Türritze, als Peter einmal nicht hinschaute und wartete den Rest des Tages darauf, dass er den Brief bemerken würde.

Ich saß in der Küche und stocherte in einem Teller voller unappetitlicher Reste herum, als Peter mit ärgerlich gerunzelter Stirn hereinkam. Er hielt den Brief hoch. ›Wann ist das gekommen?‹ erkundigte er sich.

Ich zuckte mit den Schultern und tat, als wüsste ich von nichts.

›Glaub nicht, dass du einen Idioten vor dir hast, Bürschchen. Hast du gedacht, es sei ein Liebesbrief für dich? Es würde mich überraschen, wenn Mrs. Humberstone dich nicht mit aller Inbrunst hassen würde, nachdem du sie so verraten hast.‹ Er faltete den Brief auseinander. ›Er ist jedoch für mich. Ich muss für ein paar Stunden fort. Du darfst das Haus nicht verlassen.‹

Ich nickte. ›Natürlich nicht. Warum sollte ich auch ...‹

›Warum ist egal. Ich brauche dich hier, du bist sehr wichtig für mich.‹ Er strich mir über die Wange, und ich spürte einen Hauch der Verehrung, die ich stets für ihn empfunden hatte und die nun unter vielen Schichten der Trauer begraben lag.

Kurz darauf ging er, und ich lief sofort zu Rosalinds Zimmer. Ich ging mit der Laterne durch den dunklen Flur und schaute durch das Schlüsselloch, aber der Nachmittag war vorangeschritten, und ich konnte in der staubigen Düsternis nichts als Schatten erkennen. Ich mühte mich mit der Klinke ab, doch vergebens, Peter hatte seine Schlüssel mitgenommen, deshalb musste ich das Schloss aufbrechen.

Ich stellte die Laterne ab und lief hinunter in die Küche, um ein paar Messer zu holen. Als ich zurückkam, steckte ich ein Buttermesser in das Schlüsselloch und versuchte den Riegel beiseite zu schieben, ohne Erfolg. Jedes Mal, wenn er nachgab, rutschte er wieder in seine alte Stellung, sobald ich die Klinke drückte. Schließlich hielt ich mit einem Messer den Riegel fest, während ich ein anderes ins Schlüsselloch steckte. Ich balancierte die beiden Messer aus und drückte mit der anderen Hand die Klinke. Dieses Mal öffnete sich die Tür, und die beiden Klingen fielen klappernd zu Boden, als ich Rosalinds Zimmer betrat.

Zunächst schloss ich den Spalt im Vorhang, dann holte ich die Laterne aus dem Flur und sah mich um. Überall lagen ihre Knochen; ich sammelte sie zusammen, wobei ich oft Übelkeit unterdrücken musste. Ich tat so, als ginge mich das alles gar nichts an, und häufte die Knochen auf dem blutverkrusteten Bettlaken auf. Ich griff unter das Bett und die Schränke, falls dort noch Knochen lagen, und wenn ich die Hand zurückzog, war sie staubbedeckt und kleine schwarze Käfer krabbelten darauf herum. Angeekelt schüttelte ich sie ab. Unter dem Bett entdeckte ich einen Leinensack, in dem sie ihre Puppen aufbewahrt hatte. Ich leerte ihn aus, in der verrückten Hoffnung, hier vielleicht einen Brief an mich zu finden, in dem sie mir ihre Liebe gestand oder mir verzieh, aber außer Puppen enthielt er nichts. Ich stieß sie unter das Bett und steckte die Knochen in den Leinensack.

Ich arbeitete sehr gründlich und vergewisserte mich, dass ich kein Teil vergessen hatte. Ihren armen Schädel legte ich zuletzt in den Sack und versuchte nicht daran zu denken, wie ich einst über ihre weichen, vollen Wangen gestrichen hatte.

Die nächste Schwierigkeit bestand darin, die Knochen zum Ritual zu bringen, ohne dass Peter es merkte. Peter verlangte stets, dass ich unter meinem Umhang nackt war, und er überzeugte sich jedes Mal, dass dies auch der Fall war. Ich schloss die Tür von Rosalinds Zimmer hinter mir, und das Schloss schnappte wieder ein. Dann ging ich mit der Lampe in das Lesezimmer, wo Peter stets das Ritual durchführte. Ich versteckte den Knochensack neben einem Bücherschrank. Zur Sicherheit stellte ich noch einen Stuhl davor und rannte mit klopfendem Herzen nach unten. Ich legte die Messer wieder in die Schublade, stellte die Lampe an ihren Platz im Esszimmer und setzte mich auf den Stuhl vor dem Kamin, um Peters Rückkehr abzuwarten.«

Holly sah im Spiegel, dass Christian den Kopf schüttelte. »Natürlich waren meine Gedanken wirr«, sagte er. »Rosalinds Geist wohnte nicht mehr in dieser Ansammlung von Knochen. Aber in der Tiefe meiner Einsamkeit und meines Elends sehnte ich mich allzu sehr nach der Gesellschaft eines Wesens, das mich liebte und verstand. Der Zweck, die Wiederherstellung der früheren Umstände, als ich das Glück noch gekannt hatte, schien auch unselige Mittel zu rechtfertigen. Ich malte mir aus, was Sonntag geschehen würde – Peter würde Satan befehlen, mit dem ewigen Leben würde ihm auch die geistige Gesundheit gewährt, und ich würde meine Bitte äußern. Erwecke Rosalind zum Leben. Und alles würde sein wie früher, als wir drei zusammen in unserem staubigen Haus gelebt hatten und lesend vor dem Kamin saßen.

Peter kam später zurück und beklagte sich darüber, dass Lucy nicht zu der Verabredung erschienen sei. Er murmelte etwas davon, dass er sich rächen würde, wenn er unsterblich sei, aber ich versuchte nicht mehr darüber nachzudenken, was nach dem Sonntag kommen würde. Sonntag war alles – der erste Tag der Ewigkeit, wie er gesagt hatte. Und mit der Ewigkeit würde ich mich befassen, wenn sie kam.«

Christian senkte die Stimme. »Holly, was geschah, war sehr düster. Ich bringe es kaum über die Lippen. Der Sonntag dämmerte. Peter war über die Maßen erregt. Er kämmte mir das Haar, ich musste baden und meine besten Kleider anziehen.« Er hob die Arme, um Holly sein rotes Wams, das weiße Seidenhemd mit der Krawatte und die schwarz-gold bestickte Weste zu zeigen. »Wie du siehst, trage ich sie noch heute.

Peter machte sich den ganzen Tag über zu schaffen. Am Morgen malte er den Kreis auf dem Boden des Lesezimmers neu nach, verbot mir jedoch zu helfen, damit ich mich nicht schmutzig machte. Nervös saß ich vor dem Regal, neben dem Rosalinds Knochen versteckt waren und betete, dass er sie nicht bemerken würde, bevor alles vorbei war. Er summte, er sang, er kicherte vor sich hin. Meistens jedoch betrachtete er mich aufmerksam und sagte immer wieder, wie schön und wie wertvoll ich für ihn sei, wie sehr er mich liebte, wie sehr ich ihm bei all dem geholfen hätte.

Am späten Nachmittag begann er zu kochen. Er stand in der Küche und fertigte Speisen und Süßigkeiten aus den ausgefallensten Zutaten an. Ich sah ihm zu, während ihm der Schweiß das Gesicht hinablief. Er arrangierte ein üppiges Mahl auf unserem Esstisch – Schinken, Sülzen, Pasteten, geröstetes Lamm und Rind, cremige Saucen in Porzellanschüsseln, dazu Wein, mehrere Flaschen, wie Soldaten aufgereiht. Ich fragte ihn, wen er erwartete, und er antwortete, dass ihm bald die wichtigsten Persönlichkeiten der Welt ihre Aufwartung machen würden. Er bereite sich lediglich auf ihre Ankunft vor.

Kurz vor Mitternacht schleppte er mich nach oben, und ich musste ihm beim Baden zusehen. Er schrubbte sich den bleichen Rücken, Seifenblasen hingen in seinem Brusthaar, und der warme Geruch von sauberem, nassem Fleisch lag in der Luft. Ich half ihm beim Abtrocknen und ertrug seine gebellten Ermahnungen, mich dabei nicht nass zu machen. Dann half ich ihm in seine rituelle Robe.

›Soll ich jetzt auch meinen Umhang anziehen, Archimago?‹ fragte ich, als wir nach unten gingen.

›Nein, Junge. Bleib, wie du bist. Du siehst jung, gesund und schön aus, und genau so soll es heute Nacht sein.‹ Er ging ins Esszimmer und entzündete die Kerzen. Ich hatte den ganzen Tag nichts gegessen und beim Anblick des Essens wurde mir vor Hunger schlecht, auch wenn das Fleisch längst erkaltet war und die Saucen verklumpt.

›Komm mit nach oben, Junge. Es wird Zeit.‹

Mein Puls beschleunigte sich, als ich ihm ins Lesezimmer folgte. Es roch nach der Farbe, die er am Morgen benutzt hatte. Er befahl mir, mich zu setzen, und ich setzte mich auf den Stuhl neben dem Regal, hinter dem der Sack mit Rosalinds Knochen lag. Ich sagte mir immer wieder, dass Peter mir meinen Wunsch erfüllen würde, sobald er wieder der Alte war, aber insgeheim fürchtete ich, dass er nie wieder der Alte werden würde, dass er auf ewig dieser groteske Irre blieb.

Peter entzündete in jeder Ecke des Zimmers eine Kerze. Dort, wo ich saß, fast hinter dem Regal, war Schatten. Ich sah, wie Peter das Grimoire hervorholte und es öffnete. Er begann zu lesen – zunächst eine lange, kaum verständliche Schmährede gegen Christus, gefolgt von einer noch längeren Lobpreisung Satans. Dann senkte sich seine Stimme zu einem Murmeln, und er begann mit der Beschwörung.

Ich kannte die Formel, mit der er Aathahorus von meinem Körper Besitz ergreifen ließ, aber dies war eine andere. Er deutete auf den Kreis, und eine blauweiße Flamme breitete sich in der Mitte aus, etwa anderthalb Meter über dem Boden. Ich bekam Angst. Peter sah mich nicht an, und ich drückte mich noch tiefer in die Schatten, wobei ich meinen Stuhl etwas verrückte. Plötzlich hörte ich ein Knacken. Ich hatte ein Stuhlbein auf den Sack gestellt, und ein Knochen war gebrochen. Die Furcht lähmte mich fast, aber Peter hatte nichts gehört. Ich griff hinter mich, zog den Sack unter dem Stuhl hervor und nahm ihn auf den Schoß, wo ich ihn umklammerte, als sei er ein Schutzschild. Und vielleicht war er das auch.

Ich glaubte, Satan würde in dem blauweißen Licht erscheinen, aber ich sollte mich irren. Schon bald rumpelte Aathahorus' vertraute Stimme durch den Raum. Das Licht nahm eine schemenhafte menschliche Gestalt an, und er sagte: ›Archimago, bist du bereit?‹

›Ja‹, sagte Peter. Schweißbäche liefen seinen Körper hinab. Sein Umhang stand etwas offen, und sein nacktes, weißes Fleisch glänzte fahl im Kerzenlicht.

›Du musst mir die Richtung zeigen‹, sagte Aathahorus. Ich wusste nicht recht, was er meinte, bis Peter seine Hand hob und mit einem Schwall unverständlicher Worte die weißblaue Lichtgestalt nahm und in meine Richtung schob. Das Licht kam auf mich zu, und ohne nachzudenken, hielt ich den Sack hoch, um mich zu schützen.«

Christian zögerte, und Holly merkte, dass sie den Atem angehalten hatte.

»Und dann?«, fragte sie.

Er schüttelte den Kopf. »Der Schrecken«, sagte er. »Oh, der Schrecken. Etwas begann sich in dem Sack zu bewegen. Zuerst glaubte ich, das Licht habe mich getäuscht, aber als der Sack in meinen Armen hin- und herzuckte warf ich ihn mit einem Schrei auf den Boden. Ein zorniges Gebrüll ertönte, das eindeutig aus dem Sack kam. Ich presste die Hand auf meinen Mund, damit ich nicht noch einmal schrie. Peter stürzte sich auf mich. »Was hast du getan? Was hast du getan?«, schrie er außer sich.

Ich schüttelte stumm den Kopf. Er nahm den Sack, öffnete das Band, mit dem er geschlossen wurde und leerte ihn aus. Die Knochen purzelten heraus, durch eine böse Magie zusammengesetzt und belebt. Aber wie! Der Schädel hing an den Rippen, die Armknochen wahllos aneinander gereiht, Hände, wo Füße sein sollten, Gelenke statt Händen, so kroch es durch den Raum in eine Ecke. Es heulte wie eine böse Fee. Peter näherte sich vorsichtig.

›Was ist geschehen?‹ fragte er.

Bis zu dem Augenblick, in dem das Skelett sprach, glaubte ich noch, dass Rosalind von den Toten auferstanden war. Ich glaubte, mein Wunsch sei erfüllt worden, auf schreckliche Weise verzerrt. Doch als sich der Kiefer bewegte und Aathahorus' Stimme ertönte, floß die Erleichterung durch mich hindurch wie warmes Öl.

›Mein Körper! Mein Körper, Archimago! Das ist nicht der Körper, den du mir versprochen hast.‹

›Es hat einen Fehler gegeben‹, sagte Peter rasch. ›Ich könnte den Burschen dafür umbringen. Dieser Narr, was hat er sich dabei gedacht? Aber wir können sicherlich alles wieder gutmachen.‹

Ich verkroch mich noch tiefer in die Schatten.

›Wir haben die Beschwörung begonnen‹, fuhr Peter fort. ›Wir müssen sie beenden.‹

›Ich werde dir nicht helfen!‹ kreischte das Ding. ›Du hast dein Versprechen nicht erfüllt!‹

Peter sah das Ding verschlagen an. ›Aber jetzt bist du in dieser Gestalt gefangen, nicht wahr? Wenn du mir nicht hilfst, wird es dabei bleiben, dafür sorge ich.‹

›Ich will meinen Körper‹, wiederholte das Ding, allerdings leiser.

›Und du sollst ihn bekommen. Hilf mir bei der Beschwörung, und es soll das Zweite sein, was er mir erfüllen muss.‹

›Es soll das Erste sein.‹

Peter schien zu überlegen. Dann nickte er. ›Also gut. Nun komm her und liefere deinen Herrn an mich aus.‹

Das Ding hockte vor Peter; beide schienen meine Anwesenheit völlig vergessen zu haben. Ich wollte davonlaufen, fürchtete aber, dass sie dann wieder auf mich aufmerksam würden. Also blieb ich in meiner dunklen Ecke und sah ihnen zu.

Die Beschwörung ging endlos weiter. Manchmal wurde Peters Stimme durch die Aathahorus' unterbrochen, der in einer dämonischen Sprache etwas sagte, das wie ein ernstes Versprechen klang. Die Temperatur stieg an, weitaus höher als bei Peters Ritualen. Der Schweiß lief mir über die Stirn und unter den Kleiderschichten über den Bauch. Ich konnte kaum atmen. In der Ferne hörte ich ein Grollen, als baue sich ein Donnerschlag am Horizont auf, bereit, sich auf die Erde zu stürzen und alles unterzupflügen.

Plötzlich fegte ein eisiger Wind durch die Dielenbretter und wehte lose herumliegende Papiere auf. Zunächst verschaffte die Kälte Erleichterung, doch dann wurde sie so unangenehm, dass ich mich wie ein Ball zusammenkauerte und das Geschehen voller Entsetzen verfolgte.

Peter und Aathahorus sprachen noch immer. Ich suchte in Peters Gesicht nach irgendeinem Zeichen von Furcht. Er wischte sich immer wieder Schweiß von der Stirn, doch seine Augen waren dunkel und trübe, und er fuhr wie in Trance mit dem Singsang fort.

Langsam und zögernd leuchtete in der Mitte des Kreises etwas auf, ein heller Wirbelwind in Gold und Orange, in dessen Mitte sich ein Kreisel zu drehen schien. Der eisige Wind hatte sich gelegt, die Blätter lagen überall auf dem Boden, als wollten auch sie der Szene zusehen. Noch immer grollte es in der Ferne. Fast verrückt vor Angst sah ich, wie der Wirbelwind in der Mitte von Peters Kreis tanzte.

›Erhebe dich, wie ich es dir befehle‹, sagte Peter immer wieder. ›Erhebe dich, wie ich es dir befehle.‹

Mit einem seltsam schönen Klirren zerbarst der Wirbelwind auf spektakuläre Weise. Winzige goldene Lichter stoben durch die Luft, gingen aber nur innerhalb des Kreises nieder.

Einige Sekunden lang herrschte Stille, nichts bewegte sich, der Kreis schien leer zu sein. Ich hielt den Atem an. War das Experiment misslungen? Doch dann, begleitet von einem plötzlichen, ohrenbetäubenden Schrei erschien ein Wesen in der Mitte des Kreises, als habe man es aus einer anderen Dimension gezerrt. Holly, er war wunderschön und abstoßend zugleich. Er landete auf der Schulter und erhob sich mit einer unmenschlichen Eleganz. Er war groß, Muskeln und Gliedmaße lang und perfekt geformt. Seine Füße waren Hufe, aber die Beine die eines Adonis, seine Finger Klauen, die Form seiner Hände und Arme jedoch die eines Bildhauers oder begnadeten Liebhabers. Seine Haltung war majestätisch, sein Gesicht eine schreckliche, vernarbte Masse, die Augen in unterschiedlicher Höhe, der Mund grausam verzerrt. Er war nackt, seine Haut rotbraun, wie verbrannt. Aus seiner Stirn ragten zwei winzige Hörner, scharf und perlweiß. Er drehte sich um und betrachtete uns. Eine Sekunde nur blieb sein Blick an mir hängen, aber diese Sekunde kam mir vor wie die Ewigkeit. Die Iris war hellgrün wie Blätter im Sommer, die Pupillen riesig und schwarz, die Wimpern lang und fast weiblich. Holly, ich habe Satan in die Augen gesehen, und es ist wahr, was man sich erzählt – er war einst ein Engel.

Er schien kein Interesse an mir zu haben, wohl weil er spürte, dass ich in diesem diabolischen Spiel nicht wichtig war. Und so wandte er seine Aufmerksamkeit Peter und dem Wesen zu, in dessen Körper Aathahorus hauste.

›Wer hat das getan?‹ Seine Stimme dröhnte durch das Zimmer und ließ die Wände erzittern.

Tapfer trat Peter einen Schritt vor, wobei er darauf achtete, nicht in den Kreis zu kommen. ›Ich. Ich habe vor, dir einen Befehl zu erteilen. Du bist in meinem Kreis gefangen. Sage deinen Namen, laut und deutlich.‹

›Du weißt, wer ich bin.‹

›Er soll seinen Namen nennen‹, sagte Aathahorus.

Das Wesen blickte auf die verdrehte Ansammlung von Knochen hinab. Ohne Vorwarnung streckte es einen seiner prachtvollen Arme aus und gab einen Laut von sich. Ich kann mich nicht mehr genau erinnern – aber es klang wie ein abschätziges Zischen, als sehe er sich mit abgrundtiefer Dummheit konfrontiert. Aathahorus explodierte augenblicklich, und Rosalinds Knochen verwandelten sich in feinen Staub, der sich auflöste, noch bevor er den Boden erreicht hatte. Peter erbleichte und drückte das Grimoire an die Brust.

›Du bist in meinem Kreis gefangen‹, sagte er, sich nervös die Lippen leckend. ›Du bist in meinem Kreis und wirst nun deutlich deinen Namen sagen.‹

Vor Schrecken und Ehrfurcht erstarrt sah ich, wie das Wesen ein vollkommenes Bein ausstreckte und einen einzigen Schritt aus dem Kreis heraus tat. Der Huf senkte sich auf der anderen Seite von Peters vergeblich gezogener Linie.

›Ich bin Satan‹, sagte er. ›Ich bin der Herr des Elends. Und mich kann kein Sterblicher fangen.‹

Peter schrie auf und rannte davon. Er schlug die Tür zu, und das Wesen folgte ihm. Ich blieb allein zurück. Wie betäubt saß ich da, und erst Peters Schreie brachten mich wieder zu Bewusstsein. Er war alles, was ich in der Welt hatte, und nun wurde er vernichtet.

Ich sprang auf, lief durch den Flur die Treppe hinunter ins Esszimmer, aus dem die Schreie kamen. Dort blieb ich wie angewurzelt stehen. Das Biest machte Peter den Garaus. Eine seiner enormen Hände umklammerte Peters Kehle, mit der anderen streifte er ihm die Robe ab und warf sie beiseite. Dann, mit einer Bewegung, die fast zärtlich aussah, ließ das Wesen seine Klauen über Peters weißes Fleisch fahren und grub dünne tiefe Linien in das Fett. Blut quoll daraus hervor. Mit einem unmenschlichen Geheul ließ Peter das Grimoire fallen. Als er mich sah, streckte er verzweifelt eine Hand nach mir aus.

›Christian, hilf mir! Hilf mir!‹ schrie er, auch wenn er gewusst haben musste, dass ich nichts mehr für ihn tun konnte. Das Biest hob ihn über seinen Kopf und mit einem großen Schwung der massiven Arme schleuderte es Peter auf den Esstisch, mitten zwischen die Teller und Kerzen und Weinflaschen. Ich hörte ein Ekel erregendes Knirschen, als er mit dem Hinterkopf aufschlug. Peter rollte wild mit den Augen – er lebte noch, aber damit würde es bald vorbei sein. ›Ich will nicht sterben!‹ brüllte er. ›Ich will nicht sterben!‹

Der Teufel hob das Grimoire auf und begann es auseinanderzureißen. Er riss ein Viertel ab und warf es in die Luft, wo es verschwand, als habe es der heiße, hungrige Atem, der das Wesen umgab, verschluckt. Dann ein weiteres Viertel, dann noch eins. Alle drei lösten sich in Nichts auf. Das letzte Stück behielt er in der Hand. Er nahm ein langes Fleischmesser vom Tisch, warf die letzten Seiten des Buches auf Peters Brust, holte mit einer schnellen, kräftigen Bewegung aus und trieb es durch das Buch Peter ins Herz. Peter war sofort tot, er starb ohne einen Laut und in Schande.«

Christian senkte den Kopf. »Ich schrie, ich weinte, ich lief zu ihm und versuchte, ihm Leben in die Fingerspitzen zu reiben, ohne auf meine eigene Sicherheit zu achten.« Erneut schaute er auf und sah Holly an. »Aber er war tot. Und nun wandte sich das Wesen mir zu. ›Hier ist die Geschichte, die du erzählen sollst‹, sagte es. ›Das Buch ist in die vier Ecken der Welt gesandt worden. Der Tod dieses Mannes soll euch Narren vor jedem weiteren Versuch, über mich zu herrschen, warnen. Wenn es noch einmal geschieht, werde ich euch alle vernichten. Ein großes Verderben wird über euch kommen. Ganze Völkerscharen werden zugrunde gehen, und meine Gesandten werden die Welt in Besitz nehmen. Dies ist die Geschichte, die du erzählen sollst. Aus diesem Grunde verschone ich dich.‹

Einen Wimpernschlag später war er verschwunden, und meine einzige Gesellschaft waren mein eigener gehetzter Atem, Peters Blut, das auf den Boden tropfte und das Ticken der Uhr auf dem Kaminsims. Ich begann zu schreien, und ich hörte nicht mehr auf. Irgendwann kam jemand – ein Constable – ich wurde in Gewahrsam genommen, und man gab mir eine Mahlzeit und steckte mich in eine kalte Zelle. Ich träumte von Peter und Satan, und ich wusste, dass ich für den Rest meiner Tage von ihnen träumen würde. Das ist alles.«

»Nein, das ist nicht alles. Das ist das Ende von Peters Geschichte, aber was geschah mit dir?«, fragte Holly. Eine kalte Furcht hatte sie umklammert, und ihr Puls galoppierte wie ein Wildpferd. Ein großes Verderben. Sicherlich nur eine wüste Drohung? Peters Missetat konnte kaum solch kosmische Konsequenzen auslösen. Oder doch?

Christian seufzte. »Am Morgen holten sie mich aus meiner Zelle. Ich konnte ihre Fragen nicht beantworten und tat wieder so, als sei ich stumm. Aber sie ahnten etwas. Der Constable, der mich gefunden hatte, wusste, dass in jener Nacht etwas Unseliges geschehen war, und wollte nichts damit zu tun haben. Der Teil des Grimoire, der zurückgelassen worden war, faszinierte ihn ebenso wie er ihn abstieß. Er hielt es so weit wie möglich von sich weg, als er mit mir redete.

Ich wollte nicht wieder in Peters Haus zurück, und ich wollte nicht wieder auf die Straße. In meiner Zelle hatte ich ein Dach über dem Kopf und Nahrung, und ich konnte nachdenken. Als der Constable kam, um mich freizulassen, klammerte ich mich an die Gitterstäbe und schüttelte den Kopf.

›Komm, mein Junge. Du kannst gehen.‹

Erneut schüttelte ich den Kopf. Er kam in die Zelle und wollte mich hinausschieben. ›Komm schon, mach keinen

Ärger.‹ Er zog an mir und stieß mich, aber ich hielt die Stäbe umklammert.

Schließlich trat er einen Schritt zurück und sah mich an, als sei ich verrückt. ›Du kannst nicht hier bleiben.‹

Ich trug an jedem Finger einen Ring – Geschenke von Peter, mit dem von Lucy erpressten Geld bezahlt. Ich zog mir den prächtigsten ab, ein silberner mit einem großen Rubin, und hielt ihn dem Constable hin. Er sah mich misstrauisch an.

›Was soll das, Junge? Was willst du?‹

Ich drückte ihm den Ring in die Hand und setzte mich in die Ecke meiner Zelle. Er hielt den Stein gegen das Licht, das durch das kleine Fenster drang, schien das Tauschobjekt für angebracht zu halten und verließ die Zelle. ›Also schön, bleib hier, wenn du willst, aber nur einen Tag.‹

Auch am nächsten Tag gab ich dem Constable einen Ring, als er mich aus meiner Zelle holen wollte. Aber wir wussten beide, dass irgendwann das Ende kommen würde, denn ich hatte nur acht Ringe. Und so musste ich acht Tage nach Peters Tod endgültig gehen.

Ich lief durch London, wie betäubt, frierend. Doch in das Haus am Milton Close wollte ich nicht mehr. Der Einzige, zu dem ich gehen konnte, war Lord Burghley. Er hatte gesagt, dass er mich aufnehmen würde, und die Aussicht auf ein warmes Bett in einem stillen Haus schien sehr verlockend, auch wenn ich dafür dieses Bett mit ihm teilen musste. Ich ging zu einem Fuhrunternehmen am Leighton Grove und buchte für den Abend eine Kutsche.

In den Stunden bis zur Abfahrt lief ich ziellos durch die Gegend, und gleichermaßen ziellos schossen mir die Gedanken durch den Kopf, selten länger als Sekunden verweilend. Ich versuchte mich vor den Schmerzen und dem Horror zu schützen, aber schließlich drängte sich ein Gedanke so auf, dass ich ihn wahrnehmen musste. Das Grimoire. Wenn jemand es wieder zusammensetzen und benutzen würde, käme großes Verderben über die Welt, das hatte Satan gesagt. Ich wusste zwar, dass die Teile in alle Welt verstreut worden waren, aber es schien mir nicht unmöglich, dass sie irgendwann wieder zusammenkommen könnten. Peter war sicherlich nicht der einzige Mensch, dessen Furcht vor dem Tod so groß war, um solch diabolische Geheimnisse ergründen zu wollen. Ich beschloss, noch einmal zur Polizei zu gehen und nach den Überresten des Grimoire zu fragen. Ich wollte es zerstören oder es bei mir behalten und als alter Mann mit ins Grab nehmen. Das Wichtigste war, es nicht in fremde Hände zu geben.

Es dämmerte, als ich auf der Polizeiwache eintraf. Vor dem Eingang standen zwei Constables, die Pfeife rauchten und sich mit ruhigen Stimmen unterhielten. Ich wollte mein Schweigen brechen und nach dem Polizisten fragen, der mich gefunden hatte. Dann würde ich ihn von der Notwendigkeit überzeugen, dass ich das Buch haben musste. Ich wusste, dass er Angst davor hatte und sicherlich froh sein würde, es loszuwerden. Aber so weit kam es nicht. Ich hörte Gesprächsfetzen und versteckte mich im Schatten, um zu lauschen.

›Hallam hat sich darum gekümmert.‹

›Und das ist gut so. Er sagte, es sei ein Buch der schwarzen Magie und dass Owling durch schwarze Magie ums Leben gekommen sei.‹

›Ich glaube, Hallam ist ein bisschen zu abergläubisch. Genau wie du.‹

Der zweite Constable rieb seine Hände gegeneinander. ›Man kann gar nicht abergläubisch genug sein. Also was hat er damit gemacht?‹

›Die Humberstones schicken eine Ladung Bücher nach Australien, mit der *Antiope*. Hallam hat es dazu gesteckt. Er geht heute Abend zu den Docks, um sich davon zu überzeugen, dass es mitgeht. Das ist nun wirklich zu abergläubisch.‹

Die Docks waren gute zehn Meilen entfernt, und meine Kutsche ging in zwei Stunden. Ich zögerte und wünschte mir, die Verantwortung für Peters Handlungen abschütteln zu können, doch es ging nicht. Ich machte mich auf den Weg zu den Docks. Bis heute weiß ich nicht, ob meine Entscheidung richtig oder falsch war.«

»Und dort bist du ertrunken?«, fragte Holly.

Christian nickte. »Ich lief die Gangway hinauf, völlig verzweifelt. Ein Ladehaken traf mich am Kopf, und ich wurde ins Wasser geschleudert. Es war sehr kalt und sehr dunkel, und ich wusste nur, dass ich gescheitert war.«

»Wann wurde dir klar, dass du ein … ein …«

»Ein Geist warst? Ich weiß nicht. Es gab lange, graue Phasen, die ich nicht bewusst wahrnahm. Manchmal war ich hier in der Bibliothek bei den Büchern, dann wieder im Wasser der Themse, wo dunkle Gebilde über mir trieben. Zunächst war ich nur eine traurige Einheit, die sich von Raum zu Raum bewegt. Ich suchte etwas, wusste aber nicht, was. Aber dann kamst du, und etwas in mir erwachte. Als hätte ich das einzige Wesen gefunden, das warmherzig genug war, mir zuzuhören und mich zu verstehen.«

Holly sah ihn im Spiegel an. Er blinzelte und erwiderte ihren Blick. Sie hätte die Welt anhalten mögen. Aber jetzt war seine Geschichte erzählt, und sie musste ihm enthüllen, was mit dem Grimoire geschehen war und was aus seinem geliebten Peter geworden war. Es würde alles ändern, aber sie konnte es ihm nicht vorenthalten.

»Können wir jemals zusammen sein?«, fragte sie. Sie wollte diesen letzten stillen Augenblick auskosten.

Traurig schüttelte er den Kopf.

»Aber was, wenn ich sterben würde?«

»Noch ist es nicht Zeit für dich.«

Sie seufzte traurig. »Christian, hier am College geht etwas sehr Schlimmes vor. Deine schlimmsten Befürchtungen haben sich bestätigt – Lucien Humberstone hat das Grimoire wieder zusammengesetzt.«

»Was?«

»Und noch mehr. Lucien hat die Hilfe eines Geister-Dämonen aufgerufen. Er sagt, sein Name sei Archimago.«

Er riss die Augen auf. »Peter?«, flüsterte er. »Peter ist hier?«

»Ich weiß nicht, wo er ist, aber er war hier.«

»Ich muss ihn sehen«, sagte er, noch immer mit dieser leisen, etwas schweren Stimme.

Es überraschte Holly nicht, sie kannte Christians tiefe Hingabe an Owling. »Christian, er ist gefährlich. Er ist jetzt ein Dämon wie Aathahorus.«

»Aber ich liebe ihn«, klagte er. »Ich muss ihn sehen. Holly, du kannst mich zu ihm bringen.«

Sie hatte nicht die Absicht, sich in Luciens Nähe aufzuhalten, wenn er wieder um dämonische Hilfe bat. »Nein, Christian.«

»Doch, das kannst du. Du weißt, wo es geschehen ist. Nächsten Sonntag geschieht es wieder, so steht es im Grimoire.«

»Ich würde mich in große Gefahr bringen, wenn ich …«

Sein Gesicht verzerrte sich vor Wut. »Ich kann es nicht allein. Ich bin mit dir verbunden.«

»Nein. Ich kann dir nicht helfen«, sagte sie bestimmt.

Plötzlich verschwand er. Ein zischendes Geräusch fegte an ihr vorbei, und der Spiegel auf ihrem Schreibtisch fiel völlig unerwartet zu Boden und zersprang. Die Kerzenflammen zitterten, als streife sie ein starker Wind, und die Bücher fielen von ihrem Schreibtisch. Ein Band verharrte kurz in der Luft, bevor er gegen die Wand flog.

»Christian? Machst du das?«, fragte sie voller Furcht.

»Ich bitte um so wenig!«, schrie er. Seine Stimme schien aus allen Richtungen zu kommen. Auf Prudences Schreibtisch begannen Bleistifte und Kugelschreiber zu klappern und zu hüpfen. »Ich muss Peter sehen.«

»Ich *kann* dich nicht zu ihm bringen.«

»Doch.«

»Also gut, ich *will* dich nicht zu ihm bringen. Es wäre für uns beide zu gefährlich. Verstehst du das nicht? Was mit Rosalinds Knochen passiert ist, das war dir zugedacht! Aathahorus sollte in deinen Körper fahren!«

»Er fuhr jeden Sonntag in meinen Körper.«

»Peter versprach ihm deinen Körper als Teil des Handels. Und zwar für immer.«

Ein unirdischer Schrei erschütterte die Mauern. »Du – lügst!«

Die Glühbirne in der Lampe über Hollys Schreibtisch explodierte. Winzige Splitter regneten herab. Sie hob die Hände, um ihr Gesicht zu schützen. Blut sickerte aus einem winzigen Schnitt in der Handfläche.

»Ich werde dich heimsuchen«, sagte er. »Bis du tust, was ich von dir verlange.«

»Christian, er war ein teuflischer Mann. Er war schuld am Tod seiner Tochter, und er wäre auch an deinem schuld gewesen, wenn die Dinge so gelaufen wären, wie er es geplant hatte.«

Die Kerzen gingen aus und tauchten sie in völlige Dunkelheit. Sie stand auf und tastete sich zum Fenster, um wenigstens die weit entfernten Lichter der Straßen sehen zu können. Im Zimmer war es still geworden. Sie blickte hektisch um sich, versuchte herauszufinden, ob Christian noch da war. Am anderen Ende des Zimmers erklang ein tiefes Summen, das sich auf sie zu bewegte und dabei immer schneller wurde.

»Christian, tu mir nicht weh«, hauchte sie.

Das Summen raste auf sie zu und verwandelte sich in ein ohrenbetäubendes Geheul. Sie hob die Arme zur Abwehr. Im letzten Augenblick zischte es an ihrem linken Ohr vorbei und verschwand. Es klingelte in ihrem Kopf, und ihr Herz raste, aber sie war sicher, dass er fort war. Holly kümmerte sich nicht um den zerbrochenen Spiegel und die Bücher auf dem Boden. Sie rannte zu Prudences Haus. In ihrer Brust machte sich eine schreckliche Angst breit.

34. Kapitel

Prudence und Justin hatten eigentlich auf Holly warten wollen, doch als gegen zwei der Alkohol und ihre emotionale Erschöpfung ihren Tribut forderten, gab Prudence schließlich auf.

»Sie wird uns wecken, wenn sie kommt«, meinte sie gähnend, während sie Justin zum Gästezimmer brachte. Fast hätte sie ihn gefragt, ob er nicht doch bei ihr schlafen wolle.

»Ich hoffe, sie ist okay«, sagte er.

»Klar ist sie okay. Sie kann auf sich selbst aufpassen«, maulte Prudence leicht verärgert.

»Gute Nacht, dann.«

Sie drehte sich um und ging.

»Prudence?«

»Ja?« Er stand in seinem grünen Pullover und den Blue Jeans vor ihr und sah wie immer leicht zerknittert aus.

»Was ich euch letzte Nacht erzählt habe …«

»Keine Sorge, niemand erfährt etwas.«

»Aber ihr … müsst mich doch jetzt verachten.«

Sie legte ihm die Hand auf die Schulter. »Ich kann nur für mich sprechen, und ich sage dir, ich werde dich sicherlich niemals verachten.«

Er schwieg und senkte den Blick.

»Gut«, sagte er schließlich. »Gute Nacht.«

»Gute Nacht.«

Er schloss die Tür, und Prudence ging die Treppe hinauf zu ihrem Zimmer, wo Sooty als schwarzer Fleck auf ihrer Bettdecke lag. Ihr Anrufbeantworter blinkte im Dunkeln; jemand hatte angerufen, während sie im Beichtstuhl gewesen waren.

Sie ließ sich aufs Bett fallen, legte den Arm um ihre Katze und drückte auf die *Play*-Taste.

Zu ihrer Überraschung hörte sie As' Stimme, er klang sehr, sehr wütend. Flüsternd zischte er: »Hör zu, du kleine Schlampe, wenn du dein Leben ruinieren willst, bitte, aber ruiniere nicht auch noch meines. Halt dich von mir und meiner Familie fern. Und hier noch ein kleiner Ratschlag, aber du bist wahrscheinlich zu blöd, um ihn zu befolgen – werde erwachsen und hör auf, dich wie eine rachsüchtige Hexe zu benehmen.« Abrupt endete die Nachricht. Prudence atmete tief durch. Was sollte das? War er betrunken? Verrückt?

»Wie kann er es wagen?«, sagte sie laut; Wut stieg in ihr auf. »Wie kann er es wagen, mich eine Schlampe zu nennen?« Sie griff nach dem Hörer und hämmerte seine Privatnummer ein – auswendig gelernt, aber nie benutzt –, doch dann legte sie auf, bevor eine Verbindung zustande kam. Es war zwei Uhr morgens. Was, wenn seine Frau ans Telefon ging? Sie nahm Sooty in den Schoß und strich ihm übers Fell, auch um sich zu beruhigen.

»Scheiß drauf«, sagte sie, nahm den Hörer erneut ab und drückte auf Wahlwiederholung.

Fast war sie enttäuscht, als sie, nachdem es acht Mal geklingelt hatte, As' schlaftrunkene Stimme hörte. »Hallo?«

»Was ist eigentlich dein beschissenes Problem?«

»Was mein beschissenes Problem ist?«, fragte er zurück. Es klang, als wundere er sich darüber, dass sie die Frechheit besaß zu fragen. »Du bist diejenige mit einem beschissenen Problem.« Er redete so leise wie bei seinem Anruf, sicherlich, um seine Frau nicht zu wecken.

»Die Nachricht auf meinem AB. Wie kommst du dazu, mir grundlos solche Dinge an den Kopf zu werfen ...«

»Grundlos! Das ist dreist. Aber du hast ja nur einen Brief an meine Frau geschrieben.«

»Du bist verrückt. So etwas würde ich nie tun.«

»Mandy hat mir heute einen Brief gezeigt, an sie adressiert, in dem sie gewarnt wird, dass ich eine Beziehung zu einer gewissen hübschen Studentin hätte. Nur du bist eitel genug, dich selbst als hübsch zu bezeichnen.«

Prudences Blut geriet in Wallung. »Du Schwachkopf. Ich habe deiner Mandy diesen beschissenen Brief nicht geschrieben, ich bin nicht blöd. Und ich bin auch nicht eitel, rachsüchtig oder eine Schlampe. Andere Leute wussten auch, dass wir gebumst haben. Du hast selbst gesagt, dass Lucien ...«

»Lucien!« Er sprach das Wort aus, als sei ihm soeben etwas klar geworden. Ein verlegenes Schweigen folgte.

»As?«

»Ich glaube, ich muss mich bei dir entschuldigen«, sagte er zerknirscht.

»Ich scheiß auf deine Entschuldigung. Ich scheiß auf dich.«

»Prudence, ich …«

Sie knallte den Hörer auf die Gabel. Ihr Herz pochte; der Triumph, den sie empfand, war auch mit Neugier versetzt. Lucien wollte also, dass Mandy von As' Seitensprüngen erfuhr. Das Wesen hatte von ihm verlangt, die anderen loszuwerden. Emma war bereits fort, und wenn As seine Ehe retten wollte, musste er seine sonntäglichen Ausflüge beenden.

»Sieh dich vor, Randolph«, murmelte sie, während sie sich auszog und unter die Decke schlüpfte. Sie war wieder hellwach, starrte an die Decke und dachte darüber nach, wie sie in dieses Abenteuer geraten war. Dann fragte sie sich, was Holly gerade machte, und spürte den Stacheldraht der Eifersucht in ihrer Brust. Ihr Blick wanderte die Bücherregale entlang. Sie wusste mehr über das Übernatürliche und das Okkulte als jeder andere, und trotzdem hatte sich der Geist an Holly gewandt und nicht an sie. Bevorzugten selbst Geister zurückhaltende Blondinen? Seufzend drehte sie sich um. Sooty rollte zur Seite, bevor Prudence sich auf ihn legen konnte. Es war falsch, Holly gegenüber solche Bitterkeit zu empfinden. Es war nicht Hollys Schuld, dass Justin sie attraktiver fand, dass As sie für klüger hielt, dass der Geist des Humberstone Colleges sich nach all den Jahren sie und nur sie ausgesucht hatte. Prudence kam der schreckliche Verdacht, es könnte an ihr liegen, dass sie im Vergleich als laut, seltsam und aufdringlich empfunden wurde.

Sie setzte sich auf und tastete auf dem Nachttisch nach Zigaretten. Keine da. Im Bett sollte man sowieso nicht rauchen. Warum musste sie dauernd an Justin denken? Je mehr er sich seiner ersten Flamme Holly zuwandte, desto mehr begehrte sie ihn, vor allem nachdem er sein tiefes, dunkles Geheimnis preisgegeben hatte. Er war in ihren Augen zu einer Art Byronschem Helden geworden, den keine Frau glücklich machen konnte. Das war genau die richtige Herausforderung für sie. Sie erinnerte sich daran, wie sich sein Körper in der Nacht im Uhrenturm angefühlt hatte, wie seine Hände über ihre Haut geglitten waren.

»Großartig. Jetzt werde ich auch noch geil«, murmelte sie in die Dunkelheit, bevor sie sich unter die Decke kuschelte, fest entschlossen einzuschlafen.

Sie hatte vielleicht zehn Minuten gedöst, als es leise an ihre Tür klopfte. Sie richtete sich auf. »Justin?«

»Nein, ich bin's, Holly.«

»Komm rein, ich hab nicht abgeschlossen.«

Die Tür ging auf, und Holly kam herein und setzte sich auf Prudences Bett.

»Wie ist es gelaufen?«, fragte Prudence.

Holly legte den Kopf in die Hände. »Hol Justin. Ich muss alles von Anfang an erzählen.«

Die Sonne lugte über den Horizont, als Holly ihre Geschichte schließlich zu Ende gebracht hatte. Sie saßen blass und müde auf Prudences Bett. Jetzt kannten sie alle den Lebenslauf von Peter Owling und Christian, Rosalind und Lucy. Die Geschichte war zu absurd, um glaubhaft zu sein, aber die Details bewiesen, dass sie sich so ereignet hatte. Und wenn dem so war, dann lag eine große Verantwortung auf ihnen.

»Wenn Lucien Owlings Fehler wiederholt«, sagte Prudence, »müssen wir ihm erzählen, wie alles endete. Wir müssen ihm sagen, dass Owling Archimago ist und dass er nur mit Lucien spielt, weil er sich an den Humberstones rächen will.«

»Was, wenn er nicht auf uns hört?«, wollte Holly wissen. »Dann haben wir ihn wissen lassen, dass wir seine Machenschaften kennen, und haben uns selbst in Gefahr gebracht. Ich will diesem Mann nicht in die Quere kommen. Justin, du musst weg aus seinem Haus.«

»Das wäre zu offensichtlich, gerade jetzt. Mach dir keine Sorgen, ich bin sicher. Ich sehe Lucien kaum noch«, sagte Justin.

»Es geht nicht nur um deine eigene Sicherheit«, sagte

Holly. »Christian sagte, der Teufel habe von einem großen Verderben gesprochen.«

»Das war bestimmt nur eine leere Drohung«, meinte Prudence abschätzig.

»Und wenn nicht? Wir können es nicht riskieren. Wir müssen an das Grimoire kommen und es zerstören. Ohne das Grimoire kann er das Beschwörungsritual nicht vollziehen.«

»Und wie kriegen wir dieses Grimoire?«, fragte Prudence und sah Justin dabei an.

»Ich weiß nicht«, murmelte er.

»Du bist Lucien am nächsten. Was glaubst du, wo er es versteckt?«

»Vielleicht in seinem Arbeitszimmer. In einem Safe. Oder im College.« Er fuhr sich mit der Hand durchs Haar. »Was weiß ich, vielleicht liegt es unter seinem Kopfkissen.«

Prudence nickte nachdenklich. Holly hatte Recht, sie mussten an das Grimoire kommen und es zerstören. »Was ist mit Emma? Vielleicht weiß sie es.«

Justin überlegte. »Ja, wahrscheinlich. Aber Emma wird nicht mit mir sprechen wollen. Wie ihr wisst, ist unsere Beziehung nicht die beste.«

»Vielleicht spricht sie doch mit dir, wenn du andeutest, dass sie sich wieder Hoffnungen machen könnte«, schlug Prudence listig vor.

»Prudence!«, rief Holly entrüstet. »Das geht zu weit.«

»Er muss es ja nicht durchziehen. Er soll sie ja nur anrufen, so tun, als vermisse er sie, und die Informationen aus ihr rausholen«, verteidigte sich Prudence. Sie hätte sich dafür verfluchen können, dass sie es Holly so leicht gemacht hatte, den Moralapostel zu spielen und sich dabei auch noch auf Justins Seite zu schlagen.

Justin schüttelte den Kopf. »Ich bin nicht wie du. Ich kann nicht gut lügen.«

»Danke«, erwiderte Prudence schnippisch.

»Ich meine, ich kann die Leute nicht so gut manipulieren wie du. Besonders nicht am Telefon. Das ist so unpersönlich. Wenn sie noch zu Hause wäre. Aber so …«

»Okay. Dann musst du sie besuchen. Ich gebe dir das Geld für die Busfahrt und die Unterkunft. Schau unangemeldet bei ihr vorbei. Spiel den treuen Neffen, der sich Sorgen um sie macht. Lade sie zum Essen ein, mach sie betrunken und lass dir alles von ihr erzählen.«

Sie saßen schweigend da. Prudence spürte, dass Holly die Idee im Grunde ablehnte, aber erkannt hatte, dass hier ihre größte Chance lag.

»Ich bin nicht Prudence«, sagte Justin. »Ich kann keine Informationen aus Leuten hervorholen.«

»Dann sorge dafür, dass etwas Alkohol, etwas Sehnsucht und etwas Wut den Job für dich machen. Ich glaube nämlich nicht, dass sie ihre Schwester versorgt, nein, ich glaube, Lucien hat sie auf die zugige alte Phillip Island abgeschoben. Wir wissen, dass Owling seine Partner ermordet hat, und wir wissen, dass der Dämon Lucien gedrängt hat, die anderen auszuschalten. Wenn Emma sich wegen des Grimoire bereit erklärt hat, schwarze Magie anzuwenden, ist sie jetzt bestimmt ziemlich sauer auf Lucien. Wenn du sie erinnern kannst, wie sauer sie ist, wird sie quieken wie ein abgestochenes Schwein, glaub mir.« Prudence wusste, dass sie es schaffen würde. Aber Justin konnte nicht halb so gut kommunizieren wie sie, besaß allerdings den Vorteil, dass er in den vergangenen Monaten Emmas Objekt der Begierde gewesen war.

»Kannst du es dir leisten?«, fragte Holly. Sie war skeptisch, hielt es aber auch für die beste Lösung.

»Machst du Witze? Es kostet nicht viel da unten. Außerdem hat Daddy mir zusätzlich zweitausend für Dachreparaturen und die Fliesen auf der Veranda geschickt. Ich bin sehr flüssig.«

»Aber wenn er …«

»He, ich rette den Planeten, oder? Man muss Prioritäten setzen. Wirst du's tun?«, fragte sie Justin.

Er lächelte gezwungen. »Du bringst mich immer dazu, das zu tun, was du willst«, entgegnete er leicht gereizt.

»Du musst nichts tun, was du nicht willst«, konterte

Prudence. »Niemand kann dich zwingen, etwas gegen deinen Willen zu tun.«

Holly saß entgeistert zwischen ihnen. »Leute, streitet euch doch nicht deswegen.«

»Ich gehe«, sagte Justin plötzlich. »Wenn es die beste Lösung ist, gehe ich.«

Justin hatte vom Busbahnhof aus ein Taxi genommen. Hinter ihm lag die Bucht, grau und melancholisch. Der Fahrer bog nach links ab und hielt vor einem Apartment-Block, der sich hinter hohen Palmen versteckte.

»Hier ist es«, sagte er.

»Danke.« Justin blickte an der Vorderfront des Gebäudes hinauf, in dem Emma wohnte. Es war blau angestrichen und erstreckte sich um einen ganzen Eckblock. Die Adresse zu finden war nicht einfach gewesen. Er hatte lediglich eine Telefonnummer und zögerte verständlicherweise, Lucien zu fragen. Aber dieses Mal hatte er Glück: Lucien war mit einer Hand voll Briefe in die Küche gekommen, die er zur Post bringen wollte. Während er die Autoschlüssel suchte, legte er die Briefe auf die Küchenbank, und der oberste war an Emma adressiert; folglich konnte Justin sich problemlos Straße und Hausnummer merken. Prudence hatte ihm vom Renovierungsgeld ihres Vaters ein Busticket gekauft, ihm zweihundert für den Notfall zugesteckt, ihn instruiert, welche Fragen er stellen musste, ihn zum Busbahnhof gebracht und viel Glück gewünscht. Es war Mittwochnachmittag, und er fühlte sich keineswegs glücklich.

Er zahlte, stieg aus und warf sich die Reisetasche über die Schulter. Emma wohnte in Apartment vier – ob sie überhaupt zu Hause war? Er sah auf die Uhr, während das Taxi wieder auf die Straße hinter ihm bog. Vier. Die Zweige wehten in der Luft, vom Meer drang ein salziger Geruch nach Tang kalt und frisch in seine Nase. Er ging zur Vordertür, drückte auf die Klingel von Wohnung vier und hielt sein Ohr an die Sprechanlage.

Es tat sich so lange nichts, dass er überzeugt war, sie

sei nicht zu Hause. Gerade wollte er gehen und sich ein Hotel suchen, als ihre zurückhaltende Stimme aus dem Lautsprecher drang.

»Ja?«

Er holte tief Luft. »Emma, hier ist Justin.«

»Justin! Was machst du hier?« Überraschung. Verständlicherweise.

»Ich … Ich muss mit dir sprechen. Kann ich raufkommen?«

Die Antwort bestand im Summen des Türdrückers. Er stieß die Tür auf und ging zur Treppe.

Er hatte Schmetterlinge im Bauch, als er die zwei Stockwerke zu ihrer Wohnung hinaufging, zudem das Gefühl, als sei sein Leben ganz ohne sein Zutun unerträglich kompliziert geworden, und als müsse er nun alles lösen. Und so war es eigentlich auch. Damit sich alles zum Guten wendete, mussten sie das Grimoire zerstören, Emma war der Schlüssel zum Grimoire, und Justin war Emmas Schwäche. Er konnte Prudence und Holly nicht enttäuschen, sie waren nicht nur die einzigen Freunde, die er hatte, sondern auch die Hüter seines dunkelsten Geheimnisses. Er war an sie gebunden, ob ihm das gefiel oder nicht. Zum tausendsten Mal verfluchte er sich, weil er nicht den Mund gehalten hatte. Wahrscheinlich hätte er sich nie mit ihnen anfreuden dürfen. Das Leben wäre viel einfacher geblieben. Oder doch nicht?

Wohnung vier lag links. Er klopfte einmal an ihre Tür. Eine Sekunde später machte Emma auf. Sie sah ihn an, und er schaute über ihre Schulter hinweg in ein einfach, aber geschmackvoll eingerichtetes Zimmer, Balkon mit Aussicht auf die Bucht.

»Hi«, sagte er.

»Wieso bist du gekommen?«

»Bist du allein?«

»Ja.«

»Kann ich reinkommen?«

Sie trat beiseite, und er ging hinein und stellte seine Tasche ab, während sie die Tür schloss. Er drehte sich zu ihr und versuchte ein Lächeln. »Ich habe dich vermisst.«

»Ha.«

Er ging einfach auf sie zu und nahm sie in die Arme. Ihre Verblüffung ließ rasch nach, und sie grub ihre Hände in seinen Rücken. »Justin?«, sagte sie unsicher.

Er holte tief Atem und verbannte das Flattern von Angst und Schuld aus seinem Bauch. Egal, was Prudence vorgeschlagen hatte, er hatte nicht vor, Emma an der Nase herumzuführen und sie dann im Stich zu lassen. Dieses Mal nicht. Er hatte es satt, Leute im Stich zu lassen. »Ich bin hier«, sagte er und küsste sie auf die Stirn. »Ich bin hier, Emma.«

Lucien trat gerade aus der Dusche, als jemand an die Tür klopfte. Hatte Justin die Hausschlüssel vergessen? Er hatte ihn den ganzen Tag nicht gesehen und überlegte, ob er ihn nicht zwingen sollte, zu gewissen Zeiten im Haus zu sein. Er verbrachte oft ein oder zwei Nächte bei Prudence, und Lucien machte sich Sorgen, dass er vielleicht gerade dann nicht bei ihm war, wenn er am nötigsten gebraucht wurde. Lange würde es nicht mehr dauern. Aber ihm so etwas aufzuzwingen, würde ihn misstrauisch machen. Am besten, er behielt ihn aus der Ferne im Auge, wie er es jetzt tat, um ihn, wenn die Zeit gekommen war, unter einem Vorwand im Haus zu halten.

Lucien zog einen Bademantel an und ging zur Tür. Es war nicht Justin, sondern Randolph.

»Ich muss mit dir sprechen«, sagte Randolph und folgte Lucien in die Küche.

Lucien machte Kaffee, Randolphs Blicken ausweichend. »Was gibt's?«

Randolph ließ sich auf der Küchenbank nieder. »Du bist der Einzige, mit dem ich darüber reden kann. Nur du weißt, was … in Jerusalem geschehen ist.«

Lucien reichte Randolph eine Tasse Instantkaffee. Dunkle Schatten unter den Augen ließen ihn noch hagerer aussehen. Lucien setzte sich ihm gegenüber und wartete.

Randolph fuhr sich mit der Hand durch den Bart. »Albträume, Lucien. Seit Wochen werde ich von den grauenhaftesten Albträumen geplagt. Ich habe Angst vor dem Einschlafen. Kaum bin ich weg, fangen sie an.«

Lucien nickte teilnahmsvoll. »Wovon träumst du?«

»Von Lily Kirkwood. Es treibt mich in den Wahnsinn.«

»Du hast von Lily Kirkwood nichts zu befürchten. Sie ist tot.«

»In meinen Träumen ist sie auch tot, Lucien. Sie ist blutüberströmt, voller Stichwunden, ihre Haut ist grau, und ihre Augen sind nach hinten gerollt. Ich träume, dass ich wieder in ihrem Haus bin und im Schrank nach dem Grimoire suche, und dann drehe ich mich um, und sie steht da und starrt mich an. Ich versuche zu fliehen, aber sie packt mich mit Händen, die so kräftig sind wie eiserne Klauen. Sie zieht mich aus und beschmiert mich überall mit Blut ... und dann bläst sie mir einen. Aber ihr Mund ist wie eine Falle aus Eisen, und ich spüre, wie sie mir das Blut aussaugt. Es läuft ihr übers Kinn und ... Gott, Lucien, es ist so grauenhaft.« Er beugte sich vor und stützte den Kopf in die Hände. Erschöpfung, sowohl körperliche als auch emotionale, hatten ihn an den Rand der Tränen gebracht; Lucien berührte ihn nicht und sagte kein einziges tröstendes Wort.

»Aber es ist nicht nur das, was in den Träumen passiert«, fuhr Randolph fort. »Es ist dieses Gefühl, das ich die ganze Zeit habe. Es ist, als sei etwas Schwarzes, Böses in meinem Kopf, das meine Gedanken ausradiert oder sie beschmutzt. Wenn ich aufwache, spüre ich ein solches Gefühl der Verzweiflung und Hoffnungslosigkeit, dass es mich überwältigt, aber im Schlaf finde ich auch keinen Trost.« Er schüttelte den Kopf und schaute zu Lucien auf. »Was soll ich nur tun?«, fragte er mit brechender Stimme. Er konnte die Tränen kaum zurückhalten.

»Was könnte der Grund dafür sein, dass du diese Albträume hast?«, fragte Lucien.

»Ich weiß es nicht.«

»Schuld? Angst? Wir nähern uns dem Ende unseres Abenteuers.«

»Versuch nicht, mich zu psychoanalysieren, Lucien.«

»Hast du Schuldgefühle wegen Lily Kirkwood? Hast du Angst vor ihr?«

»Nein, natürlich nicht.«

»Gar keine Schuldgefühle?«

Randolph senkte den Blick. Nach einer kurzen Pause sagte er: »Doch, manchmal.«

»Hast du Angst?«

»Ich weiß nicht. Ich verspüre Angst, aber ich weiß nicht, wovor. Ich kann nicht klar denken, und der Druck, der auf mir lastet, ist unerträglich. Ich habe das Gefühl, ich werde verrückt.«

»Ich bin sicher, du wirst nicht verrückt.«

»Was soll ich nur tun?«

Lucien stellte seine leere Tasse in die Spüle und machte sie sauber, ohne Randolph anzusehen. »Wir könnten eine kleine Pause mit dem Grimoire machen.«

»Was? Jetzt, wo wir so nahe dran sind?«

»Aswell hat sich eine Auszeit genommen, Emma ist bei ihrer Schwester. Vielleicht könnten wir einen Monat oder so pausieren, bis alle wieder an Bord sind. Vielleicht ist es die Anstrengung, die dir böse Träume macht und die Depressionen verursacht.«

Das Schweigen hinter ihm irritierte Lucien. Fast fürchtete er sich davor, Randolph ins Gesicht zu sehen.

»Lucien, was sagst du da?«

Langsam drehte er sich um. Randolphs seltsame albinoartige Augen waren schmal geworden, sein Mund zu einer erzürnten Linie zusammengepresst.

»Ich finde das ganz plausibel.«

»Das würde dir so passen, nicht wahr? Wenn ich doch auch nur aus dem Weg wäre! Zum Teufel, wahrscheinlich hast du As' neuestes Problem inszeniert. Was ist mit Emma? Unter welchem falschen Vorwand hast du sie weggeschickt?«

»Ich weiß nicht, wovon du redest.«

»Doch, das weißt du. Aber du wirst mich nicht los, Lucien. Ein paar schlechte Träume werden mich nicht davon abhalten, mein Ziel zu verfolgen. Emma, Laurence, ja selbst Jane, sie zweifelten immer an unserem Weg, aber ich weiß, es wird gelingen. Ich habe für das Privileg, meine Sterblichkeit zu bezwingen, getötet. Ich bleibe bei dir bis zum bitteren Ende.« Er zögerte kurz und fügte dann hämisch hinzu: »Cousin.«

»Randolph, du verstehst mich falsch. Ich will nur dein Bestes. Ohne euch kann ich doch gar nichts machen. Ich schlage nur eine kurze Auszeit vor – einen Monat, höchstens zwei. Dann nehmen wir unsere Arbeit wieder auf, mit höchster Intensität.«

Randolph erhob sich. Obwohl er viel kleiner war als Lucien, hielt ihn das nicht davon ab, sich mit einem drohenden Grinsen dicht an Luciens Gesicht zu recken. »Vergiss, dass ich hier war. Vergiss die Albträume. Mit denen werde ich fertig. Ich bin ein Teil dieses Projekts, und so wird es bleiben. Wage es nicht, auch nur daran zu denken, die letzte Beschwörung ohne mich durchzuführen. Emma ist mir egal, Laurence auch. Aber ich habe dafür getötet. Das solltest du nicht vergessen.«

Er drehte sich um und stapfte aus der Küche.

»Randolph, lass dich nicht von deinen Gefühlen leiten. Benutze deinen Verstand. Natürlich bist du dabei.«

Die Vordertür schlug zu. Wutentbrannt hämmerte Lucien mit der Faust auf den Küchentisch. Der Schmerz beruhigte ihn. Es hatte keinen Sinn, sich aufzuregen. Er musste handeln und das Problem lösen.

Er ging nach oben, holte den Schlüssel zu seinem Arbeitszimmer, öffnete die Tür und trat an den Safe. Noch zitterten seine Hände so sehr, dass er die Kombination kaum einstellen konnte. Er holte tief Luft und versuchte es noch einmal. Randolph wollte unbedingt bleiben, und das war nicht gut. Hatte er ihm gar gedroht? Er glaubte doch nicht etwa, die Beschwörung ohne Lucien durchführen zu können.

Egal. Er würde jedenfalls nicht dabei sein, das hatte Lucien bereits entschieden. Er griff in den Safe und holte ein Stück weißes Tuch hervor. Dieses legte er auf den Schreibtisch und faltete es mit seinen langen Fingern auseinander. Vor ihm lag die Puppe von Randolph, die Lily Kirkwood gemacht hatte. Mit den scharfen Spitzen einer Schere löste er die Naht an der Seite des Kopfes auf und zog den Stoff auseinander, sodass die Füllung zum Vorschein kam. Ein Fliegenbein ragte daraus hervor. Er zog den Insektenleichnam mit der Schere heraus. »Du hast mir nicht sehr geholfen«, sagte er zu der Fliege, als er sie in den Papierkorb warf. Er suchte in seiner Schublade nach Nadel und Faden und nähte die Seite des Kopfes wieder zu, wie er es schon einmal getan hatte. Er hatte keine andere Wahl: Eine skrupellosere Lösung musste her.

Auf seinem Schreibtisch stand ein mit Kieseln gefüllter Topf mit einer Plastikpflanze. Er nahm einen der kleinen Steine heraus und befühlte ihn. Scharfe Kanten, erstaunlich schwer. Damit sollte es klappen. Brutal stach er der Puppe mit der Schere in den Bauch und öffnete sie, dann steckte er den Stein in die Füllung und nahm noch einmal Nadel und Faden zur Hand. Er ließ die Puppe auf dem Schreibtisch liegen und holte aus der untersten Schublade eines Schranks ein Tablett, auf dem dieses und jenes Hilfsmittel der praktischen Magie lag: Salz, Weihrauch, eine kleine Flasche mit Wasser, eine Kerze. Einfache Beschwörungen murmelnd, begann er mit einem Ritual, das Randolph endgültig aus dem Weg räumen sollte.

Justin lag neben Emma vor dem knisternden Kaminfeuer. Draußen wehte eine steife Brise, und die Wellen schlugen gegen den Strand. Sie schmiegte sich an ihn, und er versuchte, sich so locker wie möglich zu geben. Ihr Körper war weich und warm, aber er konnte nicht vergessen, dass sie seine Tante war. Der Karton einer großen Pizza aus dem Holzofen und zwei leere Flaschen Weißwein – wovon Justin nur ein Glas getrunken hatte – lagen zwischen ihren Kleidern auf dem Fußboden. Justins Blick fiel auf seine Jeans, die er achtlos hingeworfen hatte und deren Beine genauso leer und flach aussahen, wie er sich fühlte. Emma gurrte sanft und betrunken in sein Ohr.

»Danke für alles.«

»Keine Ursache.«

»Für den Wein, das Essen! … und das andere.« Sie kicherte.

»Keine Ursache.« Ihm war klar, dass er nicht dauernd das Gleiche sagen konnte. »Es war mir ein Vergnügen.«

Sie strich über die Innenseite seines Oberschenkels. »Das hoffe ich.«

Sie war betrunken, glücklich, satt und sexuell befriedigt. Einen besseren Zeitpunkt für Fragen würde es nicht geben.

»Emma, du besuchst hier doch gar nicht deine Schwester, oder?«

Sie schüttelte den Kopf, und ihr Haar kitzelte auf seiner Schulter. »Nein. Meine Schwester lebt in Schottland.«

»Warum bist du dann hier?«

Sie kicherte erneut. »Eigentlich wegen dir.«

»Wegen mir?«

»Ja. Ich bin so froh, dass du gekommen bist, denn jetzt ist Luciens Klage wegen Ehebruch wenigstens begründet. Wenn ich schon bestraft werde, will ich wenigstens meinen Spaß haben.«

»Ich verstehe nicht.«

»Luciens Vater – dein Großvater – Magnus war ein fieser kleiner Mistkerl, der mich vor der Ehe einen Vertrag unterzeichnen ließ. Lucien hat mich vor die Tür gesetzt, weil ich angeblich eine von Magnus' heiligen Bedingungen gebrochen habe. Diese Familie hat einen miesen Charakter. Sei froh, dass du nicht ihren Namen trägst.«

»Das tut mir Leid.«

»Es braucht dir nicht Leid zu tun. Vor Gericht hätte es nie Bestand. Ich werde ihn verklagen, auf alles.« Sie bewegte sich neben ihm, ihre runde Schulter ruhte an seiner

Achsel. »Lucien ist ein seltsamer Mensch, Justin. Du solltest lieber ausziehen.«

»Ich kann nicht.«

»Natürlich kannst du. Du bist Grahams Sohn. An deinem dreißigsten Geburtstag wartet ein Trust-Fond auf dich.« Wieder dieses Kichern. »Das wusstest du nicht, was?«

»Nein, aber ich mache mir nichts aus dem Geld.«

»Das würde ich an deiner Stelle aber tun, sonst wird Lucien versuchen, es dir wegzunehmen.«

In dem folgenden Schweigen hört man leise, wie die Wellen tief unter dem Apartment an den Strand schlugen. Schließlich sagte Justin: »Emma, du hast mal davon gesprochen, dass Lucien an einem Buch arbeitet.«

»Habe ich das?«, entgegnete sie. »Ich kann mich nicht erinnern.«

Vorsichtig jetzt. »Ich weiß etwas davon.«

»Ach ja.«

»Lucien hat ein paar Andeutungen gemacht.«

»Wahrscheinlich braucht er dich für den Zirkel, jetzt da ich fort bin. Wie Jane. Die ist er schon vor einiger Zeit losgeworden.«

Jane hatte auch teilgenommen? Justin nahm sich vor, demnächst genauer auf die Menschen zu schauen. »Ich denke auch«, log er. »Aber ich soll es natürlich keinem erzählen. Schon gar nicht dir.«

Sie legte ein Bein über seine Hüften. »Ich schweige. Wer freundlich zu mir ist, zu dem bin ich auch freundlich. Und du warst heute Abend besonders freundlich zu mir.«

»Das war keine Freundlichkeit«, sagte er und hoffte, dass es nicht allzu gezwungen klang. Sie küsste ihn, und ihr Kuss schmeckte nach Alkohol und Knoblauch.

»Wo bewahrt er das Buch auf?«

»Hat er es dir noch nicht gezeigt?«

»Nein, ich bin nur neugierig.«

»In seinem Safe natürlich, im Arbeitszimmer. Dort ist auch mein Schmuck, den ich wahrscheinlich nie wieder sehen werde. Du wirst es schon sehen, wenn er dich zu einem der Treffen mitnimmt. Hat er dir das schon vorgeschlagen?«

»Ähm … ja.«

Sie stützte sich auf dem Ellbogen ab. »Hör zu, wenn du meinen Rat willst, lass dich nicht darauf ein, Justin. Es ist ein Haufen Mist, wirklich. Ewiges Leben – man braucht kein Nobelpreisträger zu sein, um sich vorstellen zu können, dass es nie funktionieren wird. Die ganze Sache frisst Lucien auf, und er wird auf schreckliche Weise scheitern. Am Anfang war es okay, da war es nur die Magie und das Ritual … weißt du, es war so dramatisch. Aber dann hatte Lucien die Umhänge und Lobpreisungen satt. Er hat eine angeborene Fähigkeit, mit Wesen anderer Ebenen Kontakt aufzunehmen, und konnte dadurch auf eine Menge Dramatik verzichten. Aber gerade das hatte ja Spaß gemacht. Ich blieb dabei, weil ich seine Frau bin, von den anderen weiß ich es nicht. Vielleicht glaubt Randolph noch an das alles, ich jedenfalls nicht. Lucien ist labil. Halt dich von ihm fern.«

»Das tue ich vielleicht«, sagte Justin und dachte über die nächste Frage nach. Der Safe im Arbeitszimmer. Wie kam er in das Arbeitszimmer, wie an den Safe? Wenn er direkt danach fragte, würde Emma vielleicht misstrauisch werden, aber war das nicht egal?

»Weißt du was, Justin«, sagte sie in diesem Augenblick listig. »Du könntest meine Diamanten holen.«

»Wie bitte?«

»Ja, aus dem Safe. Lucien würde gar nicht merken, dass sie fort wären, vor allem, wenn du das Kästchen dalässt.«

Er atmete erleichtert auf. »Oh, ja sicher. Sicher hole ich dir deinen Schmuck.«

»Der Schlüssel zum Arbeitszimmer liegt in der obersten Schublade seines Nachtschranks. Die Safe-Kombination lautet 34–28–36, vier nach links, drei nach rechts, zwei nach links und wieder zurück auf die Null. Das waren mal meine Maße. Vor langer Zeit.«

Zuerst wusste er nicht, wovon sie sprach, aber dann dämmerte es ihm. »Oh, in Inches.«

»Ja.« Sie nahm seine Hand und führte sie über ihre vollen, schweren Brüste. »Findest du mich unattraktiv, Justin? Bin ich zu dick?«

»Nein, natürlich nicht.«

»Prudence ist sicher schlank und ihr Körper fest.«

»Du fühlst dich wundervoll an«, sagte er. Es war keine Lüge. Auch wenn ihre Figur etwas aus der Form gegangen war und leicht aufgedunsen wirkte, so bestand ihr Körper im Dunkeln nur aus Rundungen und weichen Höhlen. Das letzte, woran er jetzt denken wollte, war seine unüberlegte Nummer mit Prudence. Er sah Emma an und berührte ihre Wange. »Du bist unwiderstehlich. Warum wäre ich sonst hier?« Ihrer Eitelkeit zu schmeicheln war sicherlich klug.

»Du bist selbst ziemlich unwiderstehlich«, sagte sie. »Wann geht dein Bus nach Hause?«

»Morgen Mittag.«

»Dann reden wir morgen darüber, wie wir das mit den Diamanten machen. Keine Sorge, technisch gesehen gehören sie mir. Wenn es Ärger gibt, nehme ich alles auf mich. Du bekommst keine Schwierigkeiten.«

»Ich mache mir keine Sorgen.«

»Morgen«, sagte sie, drückte ihre Lippen an seinen Hals und fuhr seinen Oberschenkel hinauf. Er spürte, wie sich etwas zwischen seinen Beinen regte, ohne dass er es wollte. »Das besprechen wir alles morgen.«

»Klar. Morgen.«

35. Kapitel

Prudence hatte darauf gewartet, dass Justin an die Tür klopfte. Er hatte schon vom Busbahnhof angerufen und nur zwei Worte gesagt: »Auftrag ausgeführt.« Jetzt riss sie die Tür auf und zog ihn am Handgelenk rein. »Ich will alles wissen«, sagte sie.

»Wo ist Holly?«, fragte er, als sie ins Wohnzimmer gingen. Er zog seinen Mantel aus und hängte ihn über einen Stuhl.

»Sie ist im College. Wollte arbeiten.« Als sie das sagte, kam ihr der Gedanke, dass Holly auch ein bisschen vor ihr geflüchtet war. Wenn jemand im Haus war, konnte sie nicht anders. Sie musste reden.

»Das Grimoire ist im Safe in Luciens Arbeitszimmer. Ich habe die Kombination.« Er griff in die Vordertasche seiner Jeans und holte einen Zettel hervor.

»War es schwer, das aus ihr rauszukriegen?«

»Überhaupt nicht. Sie hat Diamanten in dem Safe, die ich ihr bringen soll.«

Prudence klatschte entzückt in die Hände. »Ha! Das ist perfekt.«

Er sah sie skeptisch an. Sein Haar war zerzaust, und er hatte dunkle Ringe unter den Augen. »Das einzige Problem ist, an den Schlüssel zum Arbeitszimmer zu kommen. Er hat ihn im Schlafzimmer, und das schließt er ab, wenn er aus dem Haus geht. Du weißt, wie paranoid er ist.«

»Nun, jetzt wissen wir, warum.«

»Genau. Ich denke, wenn wir bis Montag warten – es ist der erste Montag im August, also geht er ganz bestimmt ins College – kann ich in sein Schlafzimmer schleichen, wenn er duscht, und mir den Schlüssel holen. Wenn er weg ist, hole ich mir das Grimoire.«

»Ich will dabei sein.«

»Lieber nicht.«

»Was, und den ganzen Spaß verpassen?«

»Das ist kein Spaß. Es könnte gefährlich werden.«

Prudence zuckte mit den Achseln. »Na schön, und was machen wir dann mit dem Grimoire?«

»Ich weiß es nicht. Ich weiß nicht mal, wie lange es dauert, bevor Lucien es vermisst. Vielleicht sofort, vielleicht erst nächsten Sonntag.«

»Wenn wir es haben, kommst du besser zu mir. Sollte Lucien dich verdächtigen, bist du dort nicht mehr sicher.«

Er schüttelte den Kopf. »Er wird mich verdächtigen,

wenn ich ausziehe. Er hat drei Mitglieder seines magischen Zirkels vertrieben – ich wette, die wird er als Erste in Verdacht haben. Bis er merkt, dass wir es waren – wenn er es überhaupt merkt –, ist das Buch längst zerstört. Um den Rest kümmern wir uns später. Ich habe von Emma erfahren, dass ich Lucien gegenüber einen großen Vorteil habe.«

»Welchen?«

»Ich habe einen Trust-Fond von meinem Vater. Er gehört mir, sobald ich dreißig bin, aber Lucien hat das Geld benutzt, um Investitionen zu tätigen. Er wird sie innerhalb von zwei Jahren flüssig machen müssen. Wenn er nett zu mir ist, darf er das Geld behalten.«

»Ein Trust-Fond, das ist cool. Du kannst dir das Geld nehmen und verschwinden. Weißt du, wie viel es ist?«

»Ich habe nicht gefragt, aber es handelt sich bestimmt um eine beträchtliche Summe. Emma sagt, dass es Lucien schon immer gestört hat, weil so viele seiner Grundstücksinvestitionen daran gebunden sind.«

»Er darf es nicht bekommen.«

»Ich mache mir nichts aus Geld, Prudence.«

»Du bist seltsam.« Sie stand auf und streckte gähnend die Arme über den Kopf. »Kaffee?«

»Ja, gerne.«

Sie ging in die Küche. Alles schien prima zu laufen, und sie konnte es kaum abwarten, das Grimoire zu sehen. Es würde bestimmt der aufregendste Augenblick in ihrem Leben werden. Der Kaffee roch wunderbar, sie brachte zwei Tassen ins Wohnzimmer. Sie war völlig überdreht, gab es doch so vieles, was sie ihn fragen musste, besonders, wie es mit Emma gelaufen war.

»Und?«, fragte sie, nachdem sie ihm eine Tasse gereicht und sich wieder gesetzt hatte. »Wie geht es Emma?«

»Ganz gut«, antwortete er verhalten. »Wie immer.«

»Hast du ... du weißt schon, hat sie dir einfach so geholfen oder musstest du sie mit deinen subtileren Fähigkeiten überreden?« Sie wusste, dass die Frage ziemlich direkt war, aber Justin kannte ihre Art. Deshalb hätte sie nie erwartet, dass er wütend werden könnte.

»Musst du alles wissen?«, fuhr er sie an und stellte seine Tasse ab.

»He, tut mir Leid, war nur 'ne Frage.«

»Ja, immer nur 'ne Frage. Bist du erst zufrieden, wenn du alles von mir weißt?«

»Justin, reg dich nicht auf. Bitte.«

»Ja, ich habe sie gefickt. Bist du jetzt zufrieden? Wolltest du das wissen? Oder hättest du gerne noch ein paar Details? Ist dein Leben dann schöner? Ich habe dir schon alles gezeigt – meinen Körper und meine Seele. Wo hört deine Neugierde auf?«

»Hör auf, es so klingen zu lassen, als hätte ich dich zu diesen Dingen gezwungen«, schnappte sie. »Du hast deinen eigenen Willen. Vielleicht solltest du ihn einfach von Zeit zu Zeit gebrauchen.«

»Tu nicht so unschuldig. Du bist die Königin der Manipulation, und das weißt du. Ich weiß nur, dass ich in den letzten vierzehn Tagen zweimal Sex mit Frauen hatte, mit denen ich keinen Sex haben wollte, und beides wäre nicht passiert, wenn ich dich nicht kennen gelernt hätte.«

Prudence war vor Zorn sprachlos. »Das klingt ja so, als hätte ich dich vergewaltigt«, sagte sie schließlich.

»Vielleicht ist es so. Du vergewaltigst die Psyche der Leute.«

Ihre Augen füllten sich mit Tränen. »Du Heuchler. Wenn du mich nicht ficken wolltest, hättest du es mir damals sagen müssen. Du hättest keinen Ständer kriegen sollen und du hättest wirklich nicht kommen sollen. Aber du hast das alles getan, und ich schätze, bei Emma war es genauso.«

Justin machte den Mund auf, als wolle er etwas sagen, aber dann überlegte er es sich. »Das ist doch alles beschissen«, murmelte er. »Ich komme mit Sex nicht klar. Sex ist der kaputteste Teil meines Lebens.«

»Darauf trinke ich«, sagte sie, wischte sich die Tränen aus den Augen und versuchte sich zu beruhigen.

»Du trinkst doch auf alles.«

»Ich bin nicht deine Mutter.«

Das brachte ihn zum Schweigen.

»Es tut mir Leid, Justin«, sagte sie. »Ich will mich nicht mit dir streiten. Ich dachte, wir wären Freunde.«

Er nickte traurig. »Mir tut es auch Leid.«

»Du bedeutest mir so viel. Mehr als du solltest, wenn du weißt, was ich meine.«

Er sah sie nicht an. »Dann tut mir das auch Leid.«

»Aber ich kann meine Gefühle verdrängen«, sagte sie, und schalt sich für den flehenden Ton in ihrer Stimme. »Ich meine, ich weiß, dass du Holly magst. Ich kann euch helfen, zusammenzukommen – ich würde mich freuen, wenn ihr zusammen wärt.« Eigentlich würde es sie eher sehr eifersüchtig machen. Warum hatte sie das gesagt? Nur damit Justin sie wieder mochte? Sie konnte nicht gut damit umgehen, wenn jemand böse auf sie war.

Zu ihrer Überraschung lachte er bitter auf. »Das wird nicht passieren.«

»Wieso nicht?«

»Weil sie etwas Besseres verdient.«

Sie hätte schreien können. *Ach, Holly verdient etwas Besseres – und ich nicht?* Holly war kein verdammter Engel. Prudence war es leid, mit ihr verglichen zu werden. »Besseres als was?«, fragte sie und hielt mühsam eifersüchtige Tränen zurück.

»Jemand Besseren als mich. Sie weiß nicht, was ich gemacht habe, und sie wird es auch nicht erfahren, weil du ihr nichts sagst, versprochen?«

»Klar. Bei mir kannst du all deine schmutzigen Geheimnisse abladen, damit du Holly weiterhin als reine, unbefleckte, männliche Phantasie für dich behalten kannst.« Sie zog die Nase hoch. »Ich bin die reinste Müllhalde, eben eine dreckige Schlampe.«

»Prudence, sag so etwas nicht.«

»Das denkst du doch. As hat es gedacht. Wahrscheinlich hat es jeder Typ, mit dem ich mal was hatte, gedacht, denn keiner ist bei mir geblieben.«

Sie sahen sich einige Augenblicke lang schweigend an, zwischen Wut und Tränen schwankend. Prudence spürte, dass Justin gerade aufstehen und sie in die Arme nehmen wollte, als die Haustür zuschlug und Holly nach ihnen rief.

»Wir sind hier!«, rief Prudence zurück. Justin und sie tauschten noch einen Blick aus, bevor Holly in der Tür erschien.

»Justin, da bist du ja wieder. Wie ist es gelaufen?«

»Alles prima«, erwiderte er leichthin. »Am Montag holen wir das Grimoire.«

Holly setzte sich zu ihnen. »Probleme im College«, sagte sie niedergeschlagen.

»Was ist los?«, fragte Prudence.

»Christian. Jetzt benimmt er sich wirklich wie ein Geist. Wenn ich unser Zimmer betrete, fliegen Bücher von den Schreibtischen, und Schubladen gehen von selbst auf und zu. Es ist beängstigend.«

»Du solltest keine Angst vor ihm haben«, sagte Prudence. »Du kennst ihn. Er würde dir nicht wehtun.«

Holly schüttelte den Kopf. »Das weiß ich nicht. Er ist wütend. Es … tut so weh.«

Die drei saßen schweigend zusammen, jeder mit seinem eigenen Kummer.

»Ich will, dass alles bald vorbei ist«, sagte Justin und legte die Hand auf die Stirn.

»So oder so, es wird bald vorbei sein«, sagte Prudence sanft. »Dann können wir wieder auf Normal schalten. Hoffentlich.«

Als Justin am Montagmorgen erwachte, schlug der Regen auf das Dach, und der Himmel war schiefergrau. Seine erste Sorge war, dass Lucien nicht ins College gehen könnte, wenn das Wetter zu schlecht war. Er verspürte eine gewisse Erleichterung bei dem Gedanken, obwohl er wusste, dass sie das Grimoire dann an einem anderen Tag holen mussten. Der Druck wurde zu groß für ihn, und er wäre am liebsten vor allem davongelaufen. Fort von Holly und Prudence und dem College und in der Anonymität verschwinden. Das Einzige, was ihn davon abhielt, war das sichere Wissen, dass den Leuten, die er zurückließ, dann großes Unheil drohte. Und wenn Hollys Geist die Wahrheit über die Folgen von Luciens Plan sagte, dann drohte allen großes Unheil. Er schüttelte den Kopf und versuchte, nicht daran zu denken. Die Verantwortung lastete zu schwer auf seinen Schultern.

Er zog Jeans und ein Hemd an und ging in die Küche. Zu seiner Überraschung fand er Lucien dort, der im Morgenmantel Kaffee kochte. Justin schaute auf die Uhr an der Mikrowelle. Halb neun. Er hatte verschlafen, weil es draußen so dunkel und regnerisch war. Dabei hätte er vor seinem Onkel aufstehen müssen, damit er am Summen der Heißwasserrohre hörte, wann sein Onkel duschte. Das hatte sich erledigt.

»Guten Morgen, Justin«, sagte Lucien und setzte sich mit seinem Kaffee. »Ich bin froh, dass ich dich noch sehe. Ich muss mir dir reden.«

Wenn er schon geduscht hätte, trüge er sicherlich den Anzug fürs Büro. »Was gibt's?«, fragte er.

»Du verbringst viel Zeit außer Haus. Mit Prudence, nehme ich an?«

Justin nickte. »Ja.«

»Erinnerst du dich an unsere Abmachung? Du sollst hier bleiben.«

»Es waren ja nur ein paar Nächte.«

Lucien schob die Lippen zusammen. »Na schön, aber dann sag mir bitte vorher Bescheid, wenn du gehst, oder hinterlasse eine Nachricht. Ich möchte wissen, wo du dich aufhältst.«

»Wenn ich nicht hier bin, bin ich entweder im College oder bei Prudence.«

»Und was ist mit Hollys Wohnung?«

»Ja, manchmal auch bei Holly.« Lucien brauchte nicht zu wissen, dass Holly bei Prudence wohnte. Es war besser, wenn sein Onkel nicht wusste, wie viel noch davon abhing, dass Prudence ihren Abschluss machen durfte.

»Du lässt mich also in Zukunft wissen, wohin du gehst?«

»Klar. Heute gehe ich zu Prudence. Vor morgen bin ich wohl nicht zurück.« Warum wollte Lucien wissen, wo er war? Wollte er so das Geld schützen, das er für ihn verwaltete?

»Gut.« Er trank seinen Kaffee aus und stellte die Tasse in die Spüle. »Ich gehe jetzt duschen, und dann bin ich den ganzen Tag im College.«

»Okay.« Er blieb in der Küche, bis Luciens Schritte auf der Treppe verhallt waren. Dann folgte er ihm, leise und vorsichtig.

Auf dem Flur blieb er stehen, zwei Türen von Luciens Schlafzimmer entfernt. Eine Weile blieb es still, dann hörte er das Geräusch der Wasserrohre und der Dusche. Er schlich sich zu Luciens Zimmer und spähte durch die halb geöffnete Tür. Die Tür zum Badezimmer war geschlossen. Nachdem er tief Luft geholt hatte, ging er auf Zehenspitzen auf den Nachttisch zu. In der obersten Schublade fand er den Schlüssel, steckte ihn ein und schlich wieder hinaus.

Erst als er am Ende der Treppe stand, fiel ihm etwas ein. Irgendwann würde er den Schlüssel wieder zurücklegen müssen, aber in einer halben Stunde – bevor er ging – würde Lucien die Tür zum Schlafzimmer abschließen. Plötzlich fühlte sich der Schlüssel in seiner Tasche kalt und schwer an. Er blieb unschlüssig stehen; die Unentschlossenheit lähmte ihn.

Schließlich wandte er sich nach rechts und ging zu Luciens Arbeitszimmer. Vorsichtig schloss er auf. Der Türgriff ließ sich drehen. Er ließ die Tür so, wie sie war und schlich sich die Treppe hinauf zum Schlafzimmer. Sollte Lucien vor seiner Abfahrt noch einmal ins Arbeitszimmer gehen, würde er schlimmstenfalls annehmen, er habe vergessen, die Tür abzuschließen.

Als Justin zum zweiten Mal mitten in Luciens Schlafzimmer stand, hörte er, wie das Wasser abgestellt wurde. Das Herz hüpfte ihm bis zum Hals. Mit zitternden Händen legte er den Schlüssel eiligst zurück und rannte aus dem Zimmer, wobei er fast über den Läufer am Schminktisch gestolpert wäre. Kaum hatte er die erste Stufe betreten, hörte er, wie die Schiebetür zum Bad aufging. Er hastete hinunter und versteckte sich in seinem Zimmer.

Zehn Minuten später ging Lucien, ohne auf Wiedersehen zu sagen. Erleichtert atmete Justin auf. Die erste Phase war vorüber, und für den Rest des Abenteuers würden Holly und Justin ihn begleiten. Er ging zum Telefon und wählte Prudences Nummer.

Obwohl sie sich einen Regenschirm geteilt hatten, waren Holly und Prudence völlig durchnässt, als sie eintrafen. Der kräftige Wind hatte den Schirm zwei Mal umgeschlagen und den Regen in ihre Kleider gepeitscht.

»Kommt rein und wärmt euch auf«, sagte Justin und zeigte ins Wohnzimmer. Ich mache den Heizofen an.«

Prudence und Holly zogen sich im Flur Schuhe und Mäntel aus, bevor sie Justin folgten. Er schaltete den Radiator an.

»Braucht ihr ein Handtuch?«, fragte er.

»Es geht auch ohne«, meinte Prudence und strich feuchte lila Strähnen von den Schultern.

»Sobald mir wärmer wird, ist alles okay«, sagte Holly.

»Ihr trocknet euch vielleicht doch besser ab, bevor wir in Luciens Arbeitszimmer gehen«, riet Justin. »Wir wollen doch keine verräterischen Pfützen hinterlassen.«

»Verräterische Pfützen? Vielleicht mach ich mir ja in die Hosen, wenn ich das Grimoire endlich sehe?« Prudence lachte; sie schien den Streit von letzter Woche vergessen zu haben. Er wand sich innerlich, wenn er daran dachte, was er zu ihr gesagt hatte. Damals schien alles seine Berechtigung zu haben, aber jetzt bedauerte er zutiefst, so ausgerastet zu sein. Zum ersten Mal in seinem Leben schien er Menschen getroffen zu haben, die ihn bedingungslos akzeptierten. Der Streit hatte nur gezeigt, dass er zu so etwas nicht fähig war.

»Wir beeilen uns besser. Wie lange bleibt er für gewöhnlich im College?«, fragte Holly.

»Normalerweise den ganzen Tag. Aber wir sollten uns nicht darauf verlassen und vorsichtig sein«, meinte Justin.

»Ich warte hier, ich bin nasser als Prudence. Sie ist ein Regenschirmschwein.«

»Oink, oink. Komm, Justin. Hast du die Kombination für den Safe?«

Er tippte sich an die Stirn. »Hier oben.«

Sie stand auf und zog ihn mit einer kalten, feuchten Hand hoch. »Los. Ich sterbe.«

Als sie die Tür zum Arbeitszimmer geöffnet hatten und vor der Schwelle standen, war es plötzlich Justin, der kalte Füße bekam.

»Ich weiß nicht, Prudence. Wir begehen ein Verbrechen.«

»Justin, du weißt, was er vorhat. Du kennst seine Pläne.«

»Aber haben wir wirklich was damit zu tun? Soll er doch seine eigenen Fehler machen.«

»Es ist dir egal, ob er stirbt?«

Justin zuckte mit den Schultern. »Eigentlich schon.«

»Und wenn du selbst nicht sicher bist?«

»Was immer er vorhat, er wird es im College tun.«

»Und wenn Christian Recht hat und der Satan ›großes Verderben‹ bringt, falls Lucien weitermacht?«

»Das klingt absurd.«

»He, fast alles, was ich in den letzten drei Wochen gesehen und gehört habe, klang vorher absurd. Willst du das Risiko eingehen?«

Justin spürte, wie sich eine Ekel erregende Furcht in seinem Magen ausbreitete. »Es ist alles so schwierig«, murmelte er. »Ich würde am liebsten davonlaufen.«

»Aber nicht vor dieser Sache«, sagte Prudence. Sie hob das Kinn. »Nach dir.«

Sie überquerten die Schwelle.

»Hast du schon mal einen Safe aufgemacht?«, fragte Prudence, als sie die Bilder anhoben, um zu sehen, hinter welchem der Safe steckte.

»Ja, ich habe mal in einem großen Schreibwarenladen gearbeitet. Abends musste ich die Einnahmen einschließen.«

»Bingo.« Sie nahm ein Bild ab und enthüllte die Front eines Stahlschranks. »Also, sieh zu, was du tun kannst.«

Justin stand zögernd davor.

»Nicht lange nachdenken«, sagte Prudence. »Tu's einfach.«

»Du klingst wie eine Reklame für Sportschuhe«, sagte er und probierte an der Skala herum. Dann schob er sie viermal nach links und landete auf 34, dreimal nach rechts auf 28 und zweimal nach links auf 36 – jetzt war er bei Emmas Hüften angelangt, in Inches, und er wusste aus Erfahrung, dass sie dort nicht mehr 36 hatte. Zurück auf Null, und er hörte, wie das Schloss einschnappte. »Okay«, sagte er, weil er das Gefühl hatte, etwas sagen zu müssen.

»Mach ihn auf, mach ihn auf«, drängte Prudence.

Er drehte sich zu ihr um. »Wie kannst du es überhaupt ertragen, in meiner Nähe zu sein, nachdem ich gestern so schrecklich zu dir war?«

Sie sah ihn verblüfft an. »Komischer Zeitpunkt, um darauf zu sprechen zu kommen.«

»Und?«

»Justin, krieg dich ein. Wir sind Freunde, wir können ein paar Meinungsverschiedenheiten aushalten. Mach jetzt den Safe auf.«

Er zog an dem Griff und öffnete den Safe. Das Grimoire lehnte an der linken Seite. Es war mit einem Gummiband an einer Kladde mit Notizen befestigt. Justin nahm das Paket heraus und reichte es Prudence. Lucien hatte das Grimoire in Leder eingeschlagen, sehr ordentlich, aber man sah, dass er es selbst gemacht hatte. Ein solches Dokument konnte man auch nur schwerlich zum Buchbinder schicken, dachte Justin. Er schob ein paar andere, nicht identifizierbare Dinge zur Seite, bis er die Samtschachtel sah, in der laut Emma die Diamanten lagen. Vorsichtig holte er sie heraus, entnahm ihr eine diamantene Halskette und Ohrringe, schloss die leere Schachtel und stellte sie wieder zurück.

»Was ist da noch drin?«, fragte Prudence und schaute ihm über die Schulter.

Er schlug die Safetür zu. »Keine Ahnung, ist mir auch egal. Verschwinden wir hier. Justin fühlte sich erst sicher, als sie Prudences Haus betreten hatten, die Türen fest hinter sich verschlossen, die Vorhänge zugezogen und die Heizung aufgedreht hatten. Das Grimoire und die Notizen lagen ausgebreitet auf Prudences Bett, und Prudence blätterte alles begeistert durch.

»Seht euch das an!«, rief sie jedes Mal, wenn sie etwas Aufregendes fand.

»Ich dachte, wir wollten es zerstören«, sagte Justin nervös. Holly ging im Zimmer auf und ab.

»Schon bald. Ich muss es mir vorher nur gut ansehen. Dieser letzte Abschnitt ist automatisches Schreiben, fast vollständig verschlüsselt. Lucien muss die Geduld eines Sisyphus gehabt haben, das alles zu übersetzen.«

»Ich weiß nicht, ob Sisyphus geduldig war, ich glaube, er hatte nur viel zu tun«, meinte Holly.

»Von mir aus.« Sie verglichen einige der Notizen mit den Originaleinträgen. »Hier, hört zu. *Es will einen Jungen, einen Jungen ohne Anhang und Familie. Es will einen Waisenjungen. Diesen Christian-Jungen.* Hört sich an, als habe er eine Art satanischer Opferung geplant.

Holly beugte sich über sie. »Damit muss Christian gemeint sein. Der Geist, dessen Dienste Owling in Anspruch nahm, durfte bei jedem Ritual in Christians Körper fahren.«

»Nun, es sieht jedenfalls so aus, als habe Owlin ihn nicht nur wegen seiner Schönheit geliebt. Hört zu. *Ohne den Jungen, ohne den Körper gibt es nichts für den Magus. Kleide ihn gut und lass ihn schön sein. Ich werde diesen Waisenjungen besitzen.*«

»Ich muss das mit ins College nehmen«, stieß Holly plötzlich verzweifelt hervor. »Ich muss es Christian zeigen. Er muss mir glauben, dass ich die Wahrheit über Peter gesagt habe. Er muss mir verzeihen.«

Prudence berührte Hollys Schulter. »Holly, was spielt das für eine Rolle. Er ist seit über hundert Jahren tot. Vielleicht solltest du ihn einfach gehen lassen.«

Holly wandte sich ab. »Ich kann nicht, Prudence.«

»Das geht zu weit«, sagte Justin. »Du musst verrückt sein, mit dem Grimoire ins College gehen zu wollen, wenn Lucien dort ist.«

»Dann gehe ich heute Nacht, wenn niemand mehr da ist.« Ihre Sturheit überraschte und schmerzte ihn.

»Klug ist es nicht«, sagte Prudence sanft.

»Das ist mir egal. Seht ihr nicht, dass das meine einzige Chance ist?«

Justin und Prudence sahen einander an. »Wir müssen diese Blätter so bald wie möglich zerstören«, sagte Justin.

»Wir können es morgen zerstören. Oder heute Nacht, wenn ich zurückkomme. Ich dulde kein Nein.«

Obwohl er wusste, wie dumm es war, sagte Justin zögernd: »Aber sei vorsichtig.«

»In der Zwischenzeit muss jeder so tun, als sei alles normal«, meinte Prudence.

»Aber alles ist so wenig normal, wie es nur geht«, klagte Justin.

»Trotzdem. Es hängt eine Menge davon ab.«

Es war drei Uhr nachts. Vor Kälte zitternd, betrat Holly das College. Sie hatte das Grimoire in eine Plastiktüte gewickelt und dann in Justins Rucksack gesteckt. Der Regen hatte nachgelassen, aber der Wind schüttelte immer noch Tropfen aus den Bäumen. Erleichtert schloss Holly die Tür und ging zu ihrem Arbeitszimmer.

Vor der Tür blieb sie kurz stehen. Wenn er sich so verhielt wie gestern, würde Christian in einer Minute bei ihr sein. Aber nicht, um sie zärtlich zu umarmen oder traurige Geschichten zu erzählen. Stattdessen würde er wieder einen Aufruhr veranstalten – Dinge, die durch die Gegend flogen, ratternde Fenster, eine seltsame, bedrückende Hitze an ihren Ohren, eine undefinierbare Kühle, die ihr die Nackenhaare aufstellte.

Sie schloss die Tür auf und spähte in die Dunkelheit.

»Christian?«, flüsterte sie unsicher, als sie die Tür hinter sich zugemacht hatte und ihre Augen sich an die Dunkelheit gewöhnten. Aus Angst, jemand könnte von draußen sehen, machte sie kein Licht an. Sie war sich sehr wohl bewusst, wie gefährlich es war, das Grimoire in ihrem Besitz zu haben. Als keine Antwort kam, ging sie zu Prudences Schreibtisch und entzündete eine Kerze. Die Möbel warfen Schatten an die Wand; bei Kerzenlicht sah alles fast unheimlich aus, beinahe zum Fürchten.

»Christian, ich möchte mit dir reden. Ich muss dir etwas zeigen, das meine Behauptungen über Peter belegt. Bitte, komm und sprich mit mir – ruhig, vernünftig.«

Irgendwo hinter ihr ertönte ein wütender Aufschrei, und der Stuhl hinter Prudences Schreibtisch rollte plötzlich auf sie zu und prallte so heftig gegen ihr Knie, dass sie fast gestolpert wäre, hätte sie sich nicht mit einer Hand an Justins Schreibtisch abgestützt.

»Das Grimoire, Christian«, sagte sie tapfer in die Dunkelheit, auch wenn ihr Herz heftig pochte und ihr ein Frösteln über den Rücken lief. »Ich habe es hier. Du musst es dir ansehen, Teile davon.«

»Es ist hier?« Seine Stimme kam aus allen Richtungen gleichzeitig und hinterließ einen seltsamen, heißen Eindruck an ihrem Ohr.

Sie legte den Rucksack auf Justins Schreibtisch, zog die Tüte heraus und nahm das Grimoire mit Luciens Notizen heraus. Zaghaft drückte sie das Grimoire an die Brust und blätterte mit der anderen Hand in den Notizen. »Hier. Ich lese es dir vor: *Es will einen Waisenjungen. Es will diesen Christian.* Und hier: *Ohne den Jungen, ohne den Körper gibt es nichts für den Magus. Kleide ihn gut und lass ihn schön sein. Es soll seinen Waisenjungen haben.* Und etwas weiter; *Die Bedingungen müssen erfüllt werden. Es soll den Jungen haben, den Christian.*«

»Das ist nicht das Grimoire.«

»Das ist Lucien Humberstones Übersetzung des Grimoires. Es ist verschlüsselt.«

»Er ist ein Humberstone – er ist ein Lügner. Er will Peter verleumden.«

»Er ist ein Humberstone, und deshalb will Peter ihn in

den Tod schicken. Und uns alle. Aber hör zu. Ich habe noch mehr.« Sie legte die Notizen beiseite und öffnete vorsichtig das Grimoire. »In diesem Teil steht – unverschlüsselt – *bezahle mit diesem Körper diesen Christian diesen Waisenjungen,* und darunter, in Peters Schrift, *das werde ich.* Was sagst du dazu?«

»Du irrst dich.«

»Christian …«

Plötzlich flog ihr das Grimoire aus den Händen und landete aufgeschlagen, den Rücken oben, auf dem Boden. »Nein!«, rief sie.

»Es muss zerstört werden.«

Sie bückte sich, um die Seiten aufzusammeln. Einige hatten sich aus der Bindung gelöst, ein Viertel war ganz herausgefallen. »Wir werden es zerstören«, sagte sie und hob die Blätter auf. Das alte Papier fühlte sich auf seltsame Weise ekelhaft an. Durch den Kontakt mit dem Grimoire war ihre Liebe für alte Bücher fast völlig dahin. Sie erhob sich und drückte das Buch an die Brust. »Du solltest nur wissen, dass Peter dich in jener Nacht sterben lassen wollte.«

»Man stirbt nicht, wenn man besessen ist.«

»Du wärst so gut wie tot gewesen. Peter hatte Aathahorus versprochen, dass er deinen Körper für immer haben könne. Der Funke deiner Persönlichkeit wäre bald erloschen, durch seinen Willen erstickt.«

»Das stimmt nicht.« Erneut wehte ein heißer Luftzug an ihren Ohren vorbei. Es tat weh. Stifte und Kugelschreiber flogen von Prudences Tisch, Bücher tanzten und kippten aus den Regalen.

»Du bist unmöglich!«, schrie Holly entnervt. »Ich liebe dich und will nur dein Bestes.«

»Wie Peter.«

»Du belügst dich selbst. Du weißt, dass ich Recht habe, Christian«, sagte sie über die Maßen frustriert.

»Es ist alles, was ich habe.«

»Was?«

»Die Erinnerung an Liebe.«

Holly musste die Tränen zurückhalten. »Du hast meine Liebe«, sagte sie leise.

»Ich will sie nicht.« Ein eisiger Wind fuhr zwischen ihr und dem Grimoire hindurch und hätte es ihr fast aus den Händen gerissen.

»Nein«, sagte sie und hielt es fester. »Warum hörst du nicht auf die Wahrheit?«

»Weil ich nur Lügen höre. Bring mich zu Peter.«

»Ich will dir nur helfen.«

»Dann bring mich zu Peter!«, schrie er.

Das Zimmer wurde lebendig. Sie steckte das Grimoire und die Notizen wieder in Justins Rucksack und schloss die Tür auf. »Ich habe es versucht, Christian«, sagte sie mit zitternder Stimme. »Jetzt sage ich auf Wiedersehen.«

»Wage es nicht zu gehen. Sag mir, wo er ist. Bring mich zu ihm. Oh, ich sterbe.«

»Du bist schon gestorben«, sagte sie böse, als sie die Tür hinter sich zuschlug und auf den stillen Flur flüchtete. Sie stand lauschend an der Tür. Die Atmosphäre im Zimmer schien sich zu beruhigen. Gerade hatte sie einen Schritt auf die Treppe zu gemacht, als hinter ihr ein lautes Klirren ertönte.

Sie fuhr herum. Der Glasrahmen eines Moore-Drucks war zerbrochen, die Scherben auf den Gang geschleudert worden. Sie hielt den Atem an. Konnte er ihr über die Grenzen ihres Zimmers hinaus folgen?

»Christian?«, flüsterte sie. Aber alles blieb dunkel und still. Sie warf sich den Rucksack über die Schulter und eilte so schnell sie konnte zum Ausgang.

36. Kapitel

Als Prudence um sieben in die Küche stolperte, machte Holly Kaffee und Toast.

»Wie ist es gelaufen?«, fragte sie und rieb sich den Schlaf aus den Augen.

»Nicht gut.«

Prudence sah, dass Holly dunkle Ringe unter den Augen hatte. »Hast du überhaupt geschlafen?«

Holly schüttelte den Kopf. »Nein. Ich will nur noch dieses Ding zerstören und mit all dem Schluss machen.«

»Warte bis heute Abend, wenn Justin hier ist. Wir müssen ganz normal tun. Es fällt auf, wenn wir alle drei zwei Tage hintereinander nicht im College erscheinen.«

»Du hast Recht. Ich fühle mich einfach nicht wohl, solange das hier ist.« Sie deutete auf den Küchentisch, wo Justins Rucksack lag.

»Ich bringe es nach oben in mein Zimmer und stecke es zwischen andere Bücher, da ist es sicher. Wenn Lucien bemerkt, dass Emmas Diamanten ebenfalls verschwunden sind, wird er nicht uns suchen. Zunächst wird er wohl sie verdächtigen.« Justin hatte Emma den Schmuck per Kurier zugeschickt, so wie sie es gewollt hatte.

»Und wenn er herausfindet, dass sie es nicht war?«

»Bis dahin ist das Buch längst zerstört. Das ist dann egal.«

»Wenn Justin dann noch im Haus ist, sicher nicht. Lucien kommt uns bestimmt bald auf die Schliche.« Sie zitterte am ganzen Körper. »Großer Gott, was wenn er einen Dämon auf uns hetzt?«

»Das kann nicht geschehen, keine Sorge. Ohne Grimoire kann er wahrscheinlich gar keinen beschwören.«

»Aber Justin sagt, Emma habe ihm erzählt, dass Lucien über ungewöhnliche psychische Fähigkeiten verfüge. Du hast selbst angedeutet, dass das der Grund sein könnte, warum es überhaupt so weit kommen konnte.«

»Ach, mach mal keinen Stress. Dieses Ding hat sich an Lucien gebunden. Wenn es keinen irdischen Körper bekommt, haben wir nichts zu befürchten. Und Lucien hat keinen Zauberlehrling wie Owling, also fällt dieser Teil des Deals dieses Mal flach.«

»Was will Owling – Archimago – dann?«

»Vielleicht Rache?«, mutmaßte Prudence. »Ich schätze,

es liegt in seinem Interesse, dem Fürsten der Finsternis zur Herrschaft über die Erde zu verhelfen.« Sie klang flapsiger, als sie sich fühlte. Aber einen Witz über die Sache zu machen verhinderte vielleicht, dass einen das kalte Grausen überkam.

»Vielleicht sollten wir es jetzt verbrennen.«

Prudence nahm das Grimoire aus dem Rucksack und blätterte ein paar Seiten um. Eigentlich wollte sie es gar nicht zerstören – es war unglaublich faszinierend und würde gut in ihre Büchersammlung passen. Nur die Gefahr, die sie damit über alle bringen würde, hielt sie davon ab zu bitten, es behalten zu dürfen. »Nein, warten wir auf Justin, damit es symbolischer wird.« Sie sah auf und lächelte Holly zu. »Wo Magie im Spiel ist, ist das Symbolische wichtig.«

Holly seufzte und kippte ihren halb aufgegessenen Toast in den Mülleimer. »Ich leg mich hin. Ist wohl keine so gute Idee, jetzt ins College zu gehen. Das gäbe mit Sicherheit mehr Schaden, als ein Affe in einem Porzellanladen anrichten würde.«

»Schon gut«, sagte Prudence und winkte ihr hinterher. Noch ein, zwei Stunden im Grimoire schmökern, bevor sie ins College ging. Sehr schön.

Versuche, dich normal zu benehmen.

Die Worte liefen wie ein Mantra durch Justins Kopf, während er vor dem Bibliothekscomputer saß und darauf wartete, dass die ächzende, müde Festplatte auf seine Sucheingabe reagierte. Lucien war er an diesem Morgen nur kurz in der Küche begegnet, und er hatte sich so normal wie immer verhalten. Prudence hatte gesagt, dass Holly gesund nach Hause gekommen war und dass sie ›es‹ am Abend ›machen‹ würden. Bislang lief alles okay.

Trotzdem konnte er diese schreckliche Ahnung kommenden Grauens nicht abschütteln. Er konnte nicht länger bei Lucien bleiben. Wenn er herausfand, dass das Grimoire fort war, würde er durchdrehen, und davor hatte

Justin Angst. Doch wenn er ging, waren Prudence und Holly aufgeschmissen.

Justin seufzte. Wenn er Lucien gegenüber seinen einzigen Vorteil aufgab und ihm den Fond überließ, bliebe finanzielle Sicherheit in Zukunft ein schöner Traum. Er erzählte immer, dass er sich nichts aus Geld mache, aber je mehr er daran dachte, sich vorstellte, es zu besitzen und was er damit tun könnte, desto weniger glaubte er seinen eigenen Worten.

»Alles okay, Justin?« Der schwere schottische Akzent holte ihn wieder in die Wirklichkeit.

»Oh. Hi, Noni. Mir geht's gut, ich war nur gerade in Gedanken.«

Sie zog einen Stuhl heran und setzte sich neben ihn. »Ich dachte, der Geist hätte von dir Besitz ergriffen«, sagte sie mit großen, runden Augen.

Er sah sie verwirrt und verängstigt an. »Der Geist?«

»Oh, mach dir mal keine Sorgen. Die meisten Leute denken, es ist nur meine überspannte Phantasie. Aber im College waren heute Morgen ein paar Sachen zerbrochen, und acht – acht – Bücher sind aus den Regalen geflogen.«

»Du hast gesehen, wie sie aus den Regalen geflogen sind?«

»Nein, sie lagen auf dem Boden. Aber wie sonst sollen sie dahin gekommen sein? Ich glaube, es gibt hier einen Poltergeist. Mir wird ganz blümerant, wenn ich nur daran denke.«

Hollys Geist. Es würde ihnen wenig nützen, sich normal zu geben, wenn Christian sich plötzlich entschieden hatte, seine Anwesenheit laut und polternd kundzutun.

»Es gibt keine Geister, Noni«, sagte er fast mechanisch.

Sie lächelte. »Na, so ganz scheinst du aber davon nicht überzeugt zu sein. Du bist ja ganz blass geworden.«

Er schaute auf den Computerbildschirm; die Festplatte war abgestürzt. »Mist«, sagte er.

»Sieht so aus, als verstünde der Poltergeist was von Computern«, sagte Noni lächelnd. »Lass mal sehen, ob ich das System neu booten kann.«

Sie ging hinter ihre Theke, und er sah auf die Uhr. Noch zwei Stunden, dann war alles vorbei.

Zumindest der erste Teil. Mit Grauen dachte er daran, was dann käme.

»Ein richtig schönes Feuerchen Prudence«, sagte Holly und wärmte sich die Hände über dem offenen Rost des rundbäuchigen Ofens.

»Aber klar. Ich bin ein Melbourner Mädchen, schon als Teenager war ich auf eigentümliche Weise vom Feuer fasziniert.«

»Warum machst du den Ofen nicht öfter an?«

»Zu viel Arbeit. Man muss Holz besorgen, und das vergesse ich immer.«

»Also, solange ich hier wohne, kümmere ich mich um das Feuerholz, unter der Voraussetzung, dass du das Ding jeden Abend anwirfst«, schlug Holly vor.

»Abgemacht«, sagte Prudence und schob noch ein Scheit in die Flammen; Holly sah ihr zu. Bald war es soweit: Das Grimoire würde zerstört werden; und mit ihm die letzte Chance, Christian zurückzugewinnen. Wenn Lucien Archimago nicht mehr rufen konnte, gab es für Christian nicht länger die Möglichkeit, seinen einstigen Ernährer wiederzutreffen, und dann würde er wahrscheinlich aus ihrem Leben verschwinden. Würde es nur nicht so wehtun. Fast hätte sie Prudence gebeten, es noch etwas länger zu behalten. Nicht, dass sie ihre Freundin lange würde überreden müssen – seit sie aus dem College gekommen war, hatte Prudence sich intensiv in die Seiten vertieft. Sie hatte sogar das Abendessen vergessen, für Prudence wirklich absolut untypisch.

»Okay, zuerst Luciens Notizen«, sagte Prudence. Sie hockte vor dem Feuer und streckte die Hand aus.

Justin gab sie ihr, in der linken Hand hielt er das Grimoire. Nacheinander übergab Prudence die Seiten den

Flammen. Sie kringelten sich zusammen und zerfielen zu Asche.

»Wir sollten etwas zum Anstoßen haben«, meinte Prudence, während sie weitere Blätter nachlegte.

»Besser erst dann, wenn wir das Grimoire zerstört haben«, schlug Justin vor.

Prudence verbrannte die letzten Seiten der Notizen und griff zum Grimoire. »Mann, im Grunde tue ich das nicht gerne. Es ist das unglaublichste Dokument, das wir je zu Gesicht bekommen werden.«

»Mach es, Prudence«, sagte Holly. »Bring's hinter dich.«

»Okay, aber ich kann nicht hinsehen.« Sie hielt sich eine Hand über die Augen und schob mit der anderen das Grimoire in den Ofen. Justin griff an ihr vorbei und schlug den Rost zu.

»Hat dein Vater auch was Stärkeres als Wein in seinem Keller?«, fragte er, als er aufstand und Prudence hochzog.

»In der Küche ist Sherry, zum Kochen. Ein ziemlich fieser, aber er wird seinen Zweck erfüllen. Also, trinken wir darauf, eine wertvolle Antiquität zerstört zu haben.«

Holly warf noch einen sehnsüchtigen Blick auf den Ofen und folgt den anderen in die Küche. Prudence goss jedem ein halb volles Glas Sherry ein. »Auf uns«, sagte sie und hob ihr Glas.«

»Auf uns«, stimmten sie ein und stießen miteinander an.

»Ex und hopp«, meinte Prudence. »Wer als Letzter fertig ist, ist ein Waschlappen.«

»Auf den Rest der Welt, wir sind alle Waschlappen«, erwiderte Justin lapidar und setzte das Glas an die Lippen.

Holly schüttete ihren Sherry runter; fies und billig beschrieb den Geschmack nur ansatzweise.

»Iih«, entfuhr es Prudence.

»Genau meine Meinung«, bestätigte Justin.

»Nun, was uns nicht umbringt …«, sagte Prudence und stellte ihr leeres Glas in die Spüle. »Sollen wir heute Abend in den Beichtstuhl gehen?«

»Ich glaube, ich hatte diese Woche schon genug Aufregung«, entgegnete Justin und fuhr sich mit der Hand durchs Haar. Seit seiner Reise zu Emma wirkte er erschöpft und abwesend, und Holly befürchtete, dass er sich für ihre Sache geopfert hatte. Sie wollte ihn jedoch nicht verlegen machen, also fragte sie ihn nicht. Eigentlich wollte sie es auch gar nicht wissen. Sie fand die Vorstellung, dass sich eine Tante an ihren Neffen heranmachte, immer noch widerlich. Jedenfalls schien er zu ihr auf Distanz zu gehen, was ärgerlich war. Michael war tot, und Christian würde bald aus ihrem Leben verschwinden. Vielleicht wurde es Zeit für eine ganz normale, nette Beziehung mit einem Mann.

»Ob es schon ganz verbrannt ist?«, fragte Holly plötzlich.

Prudence nickte. »Bestimmt. Sieh doch nach.«

Holly stellte ihr leeres Glas neben dem von Prudence ab und ging ins Wohnzimmer. Sie klappte die Ofentür auf und schaute hinein.

»O Gott«, hauchte sie.

»Sind Luciens Pläne schon ein Haufen Asche?«, rief Prudence fröhlich.

»Ihr solltet euch das lieber ansehen«, antwortete Holly. Sogleich standen Prudence und Justin neben ihr.

»So etwas gibt es doch nicht«, sagte Justin schließlich.

Das Grimoire war vollkommen unversehrt. Luciens Ledereinband und die Bindung waren zerfallen, aber die Seiten des Grimoires waren intakt; die Flammen leckten vergeblich daran.

»Scheiße!«, entfuhr es Prudence. »Ich hätte es wissen müssen.«

»Wieso verbrennt es nicht?«, fragte Justin. Die Flammen spiegelten sich in seinen Brillengläsern, dahinter glaubte Holly Furcht in seinen dunklen Augen sehen zu können.

»Weil man damit einen Dämon heraufbeschwören kann. Es ist Magie.«

»Dann können wir es nicht zerstören?«, fragte Holly, gleichzeitig entsetzt und erleichtert.

»Oh, wir werden schon einen Weg finden. Ich muss nur in meinen Büchern stöbern.« Prudence strich sich eine Haarsträhne aus dem Gesicht. »Sieh sich einer das an. Ich komme mir vor wie in einem dieser üblen Horrorfilme aus den Achtzigern. Wir holen es lieber raus.«

Mit der Ofenzange zogen sie das Grimoire heraus und legten das qualmende Bündel auf die gekachelte Ofenplatte.

»Lassen wir es abkühlen. Dann verstaue ich es wieder in meinem Zimmer.«

Justin stöhnte auf. »Was machen wir jetzt? Bald ist Mittwoch. Irgendwann wird er es merken.«

»He, keine Bange«, sagte Prudence und packte ihn fest bei der Schulter. »Mir fällt schon etwas ein. Wie immer.«

»Aber wie sollen wir es zerstören, wenn es …«

»Hör auf. Wenn wir es nicht zerstören können, müssen wir es eben für immer aus dem Verkehr ziehen. Lasst mir nur ein bisschen Zeit.«

»Wir haben keine Zeit, Prudence«, sagte Holly. Sie fühlte mit Justin, der offenbar große Angst hatte. »Denk daran, dass Justin bei Lucien wohnt. Er ist in größerer Gefahr als wir.«

Prudence wandte sich an Justin. »Ein für alle Mal, verschwinde aus diesem Haus! Komm zu mir und Holly.«

Justin schüttelte den Kopf. »Das ist nicht so einfach.«

»Es ist ganz einfach. Packen. Ausziehen. Einfach.«

»Nein. Wenn Lucien das Fehlen des Grimoires bemerkt und ich gleichzeitig ausziehe, wird das seinen Verdacht erregen. Er hat keine Ahnung, was vor sich geht, also wird er mich auch nicht dafür verantwortlich machen, egal wie wütend er ist. Er könnte mich dann verdächtigen, wenn er herausfindet, dass ich bei Emma war, und sie wird es ihm wohl kaum sagen. Sie hasst ihn und ist ganz auf meiner Seite.«

Holly seufzte. »Es gefällt mir trotzdem nicht, Justin.«

»Mir gefällt das alles nicht«, entgegnete er. »Aber wir tun, was wir tun müssen. Du fängst jetzt besser mit deinen Nachforschungen an«, sagte er zu Prudence. »Ich will das hier so schnell wie möglich hinter mich bringen.«

Das Klingeln des Telefons weckte Lucien um ein Uhr nachts. Zuerst war er verärgert; er hatte sich einen Schnupfen geholt, und Husten und Niesen hatte ihn bis Mitternacht wach gehalten. Wie stets erinnerte ihn auch die kleinste Krankheit an die Hinfälligkeit seines Körpers und weckte andere, tiefere Ängste. Wahrscheinlich war es sowieso nur Emma. Dann dachte er daran, dass ein Telefon, das nachts um ein Uhr klingelt, meistens eine schlechte Nachricht bedeutet und entschied sich, ranzugehen.

Er richtete sich auf und tastete auf dem Nachttisch nach dem Telefon. Gerade als er den Hörer abnehmen wollte, hörte das Klingeln auf. Er wartete, ob es noch einmal klingeln würde, und hatte sich gerade wieder hingelegt, als es leise an der Tür klopfte.

»Lucien?« Es war Justin. Er musste vor ihm ans Telefon gegangen sein.

»Ja?«

Die Tür ging auf, und Justins Silhouette hob sich vor dem Licht im Flur ab. »Ein Anruf. Jemand vom St. Andrews.«

Zuerst begriff er nicht. Ein Kloster?

»Das Krankenhaus«, fuhr Justin fort. »Es geht um Randolph.« Lucien erkannte Justins Gesicht nicht und wusste nicht, ob es sich bei dessen sanftem Tonfall um echte Besorgnis oder nur um seine übliche einsilbige Idiotie handelte.

Jetzt verstand er. »Oh. Danke.«

Justin schloss die Tür, und Lucien nahm den Hörer ab.

»Lucien Humberstone.«

»Hallo, Mr. Humberstone. Ich bin Doctor White vom St. Andrews Krankenhaus. Ihr Name ist mir hinsichtlich des nächsten Verwandten Randolph Humberstones genannt worden.«

»Das ist richtig. Was ist geschehen?« Sein Atem schien in der Kehle festzustecken.

»Randolph wurde am frühen Abend mit starken Bauchschmerzen eingeliefert. Er hat eine tumorartige Geschwulst im unteren Darmbereich. Wir haben für morgen früh eine Notoperation anberaumt, aber er hat den Wunsch geäußert, sie vor der Operation zu sprechen.«

»Natürlich. Ist es … sehr ernst?«

Ein vorsichtiges Schweigen. Dann sagte der Arzt: »Das kann man zu diesem Zeitpunkt noch nicht genau sagen. Es hängt davon ab, ob das Geschwür bösartig ist oder nicht und wie weit der Darm betroffen ist. Momentan ist er in einem ernsten Zustand und hat große Schmerzen.«

»Ich komme sofort.«

»Danke, Mr. Humberstone.«

Winzige Eiszapfen liefen über seine Haut. Randolph war krank, vielleicht sogar sterbenskrank. Er dachte daran, wie er dem Archimago versichert hatte, dass er kein Mörder war und wie der Dämon ihn hämisch angegrinst hatte. »Ach, wirklich?« Sein Magen rebellierte, und in einer Ecke seines Kopfes machte sich mit eisigen Tritten eine schwarze Erinnerung bemerkbar; Panik stieg in ihm auf.

Mit Mühe beruhigte er sich. Randolph würde nicht sterben, er war in guten Händen. Lucien wollte ihn nur für ein paar Wochen aus dem Weg haben. An diesem Sonntag würde er die Beschwörung vollziehen – allein. Die Übersetzung war seit zwei Wochen vollständig. Er musste nur allein sein. Um alles andere würde er sich später kümmern. Wenn er immun gegen das Schlimmste war, das einem widerfahren konnte.

Krankenhausgeruch ekelte ihn, auch in einem teuren Privathospital wie diesem, in dem die Zimmer aussahen, als befände man sich in einem Country Club. Eine Krankenschwester brachte ihn zu Randolph, kümmerte sich noch kurz um ihren Patienten und ließ die beiden dann allein.

Lucien trat ans Bett. Randolph war bleich, er zitterte. Unter dem Baumwollpyjama stachen die Schulterknochen hervor.

»Randolph?«

Randolph sah ihn mit hasserfüllten Augen an. »Hast du mir das angetan?«

»Was? Du glaubst doch nicht im Ernst …«

»Hast du?«

»Nein«, antwortete Lucien entschieden. »Du beleidigst mich.«

»Das paßt dir alles sehr gut, nicht wahr?«

»Passen?«

»Jetzt kannst du ohne mich weitermachen.«

»Nach der Operation geht es dir wieder gut. Es bedeutet nur, dass wir ein paar Wochen Pause machen müssen. Dann ist auch Emma wieder da, und vielleicht hat Aswell seine ehelichen Schwierigkeiten überwunden. Dann wird alles wie früher.« Der bloße Gedanke erfüllte Lucien mit Ekel.

»Wenn ich mich von dieser Operation erholt habe, wird alles anders mit dem Grimoire«, zischte Randolph. Er wand sich, als ein Schmerz ihn durchfuhr; er hielt sich den Bauch und schnappte nach Luft.

»Geht es dir gut?«, fragte Lucien zwischen zwei gewaltigen Niesern.

»Es wird sich einiges ändern«, fuhr Randolph fort. »Ich werde das Grimoire verwalten, ich werde die Übersetzungen machen und die Beschwörungen vollziehen. Ich traue dir nicht, Lucien.«

»Randolph, belaste dich doch jetzt nicht mit …«

»Ich habe dafür getötet, Lucien. Und ich würde wieder töten.«

Bevor Lucien antworten konnte, wurde Randolph von einer erneuten Schmerzattacke geschüttelt. Die Schwester kam zurück, und Lucien erhob sich schweigend und ging ohne ein Wort. Er kochte vor Wut. Wie konnte Randolph es wagen, ihm zu drohen. Langsam ging er den Krankenhausflur hinunter. Die Operation würde sicherlich erfolgreich verlaufen, und Lucien hatte vorgehabt, den Stein aus dem Bauch der Puppe zu entfernen. Aber wollte er Randolph um sich haben, wenn er sein Ziel erreicht hatte?

Als er in den bitterkalten Morgen hinaustrat, packte ihn ein erneuter Niesanfall. Eins, zwei, drei. Er blieb mit dem Taschentuch in der Hand stehen. Wer dreimal niest, darf sich etwas wünschen.

Ich wünsche mir, Randolph würde sterben.

Justin saß im College und machte halbherzige Notizen. Er wartete darauf, dass Prudence oder Holly kamen. Als um vier Uhr keine der beiden aufgetaucht war, begann er sich Sorgen zu machen und ging zu Prudence nach Hause.

»Justin! Da bist du endlich. Wir haben uns schon gefragt, wann du wohl kommst«, sagte Prudence und zog ihn hinein.

»Ich war schon ganz beunruhigt. Wieso ist keine von euch gekommen? Was ist aus dem Sich-so-normal-wie-möglich-benehmen geworden?«

»Ich habe meine Bücher durchgesehen, um eine Lösung für unser ... kleines Dilemma zu finden. Und Holly kann mühelos die Toten erwecken, wenn sie im College ist, also hielten wir es für besser, hier zu bleiben.«

Holly saß vor dem Feuer, starrte in die Flammen, in den Händen eine Tasse heißen Kakao. »Hi«, sagte sie kraftlos, als er hereinkam. Sie sah wirklich aus wie ein Mädchen mit gebrochenem Herzen, auch wenn Justin nicht verstand, wie sie sich überhaupt auf eine so unmögliche Weise hatte verlieben können. Er war jedoch erleichtert, sie beide wohlauf zu finden und freute sich, nicht mehr allein zu sein. Im Haus seines Onkels wurde es manchmal sehr deprimierend, auch weil Lucien kaum ein Wort mit ihm wechselte.

»Du kommst gerade rechtzeitig«, sagte Prudence und ließ sich in einen Sessel fallen. »Ich hab's gefunden.«

»Was?«

»Einen Weg, das Grimoire loszuwerden.«

»Wie?«, fragte Justin.

»Also, wir haben es nicht geschafft, es zu vernichten«, begann Prudence. »Vielleicht löst es sich irgendwann auf, aber zerstören – verbrennen, zerschneiden, was auch immer – kann man es nicht. Es ist so gemacht, um selbstgerechten Wohltätern wie uns zu widerstehen. Das einzige Wesen, das es zerstören könnte, ist eines seiner eigenen Art – deshalb konnte Satan auch ein Messer hindurchstoßen. Aber ich werde nicht Satan heraufbeschwören, damit er uns davon befreit. Die andere Möglichkeit ist, es in Salz zu packen – Salz hält böse Geister fern, sodass es seine Kraft verlieren würde, Menschen wie Lucien in Versuchung zu führen. Aber jemand könnte es zufällig finden.

Was wir tun können, ist allerdings, die einzelnen Seiten herauszunehmen. Die Bindung hat sich aufgelöst. Holly und ich haben heute Vormittag damit experimentiert. Die Gefahr besteht darin, dass es immer wieder jemanden geben könnte, der es wieder zusammensetzen will. So wie Lucien. Das heißt also, wir müssen verhindern, dass es jemand finden und zusammensetzen kann. Wir teilen das Grimoire auf und vergraben es an mindestens zwölf verschiedenen Stellen, in Säcken mit Salz. Und zwar ganz tief. Das Buch wird für immer vergessen unter der Erde liegen. Wir vergraben die Teile in alten Steinbrüchen, in Nationalparks, im Wald, am Rande der Autobahn, wo auch immer. Es muss weit verstreut an den unzugänglichsten Orten liegen.

»Wann und wie machen wir das?«, fragte Justin ebenso hoffnungsvoll wie skeptisch.

»Wir müssen einen Wagen mieten und es nachts tun«, sagte Holly.

»Heute Nacht?«

»Morgen. Holly kann als Einzige von uns fahren, also wird sie morgen einen Wagen besorgen.«

»Wir müssen es heute Nacht machen«, forderte Justin. »Ich kann nicht mehr ertragen, dass es noch da ist.«

»Lucien hat noch nichts bemerkt?«

»Nicht, dass ich wüsste. Randolph ist im Krankenhaus. Sie haben heute Nacht angerufen. Das sollte ihn für ein, zwei Tage beschäftigen. Aber wir müssen es heute Nacht loswerden.«

Prudence seufzte. »So schnell geht das nicht. Wir müssen zum Supermarkt und etwa dreißig Pakete Salz kaufen, wir müssen das Grimoire aufteilen, die Teile verpacken, wir müssen uns Spaten besorgen, uns überlegen, wo wir sie vergraben ... wenn wir bis morgen Nacht warten, können wir sicher sein, dass es richtig gemacht wird.«

Justin seufzte und legte die Hände aufs Gesicht.

»Morgen ist früh genug«, sagte Prudence entschieden. »Lucien hat mit Randolph zu tun, und er verdächtigt uns sowieso nicht.

Justin sah Holly bittend an.

»Das wird schon, Justin«, sagte sie.

Verdammt. Sie zögerten beide, das Ding verschwinden zu lassen; er stand auf verlorenem Posten.

»Dann kann ich noch mal reinschauen«, sagte Prudence und ging in die Küche. »Willst du einen Kakao?«

»Ja, danke.«

»Bleibst du zum Essen?«

Er sah Holly an, die wieder ins Feuer starrte. »Ja, okay.«

»Wir hätten Luciens Übersetzungen nicht so hastig verbrennen sollen. Es wäre gut gewesen, sie noch näher zu studieren«, sagte sie laut aus der Küche.

Justin schüttelte den Kopf und sank in einen Stuhl. »Ich drehe noch durch.«

»Mach dir keine Sorgen«, sagte Holly und strich ihm über die Schulter. »Es wird alles gut.«

Er sah ihre Hand auf seiner Schulter und spürte einen tiefen Schmerz. Das Einzige, was ihn in all seiner Verwirrung und Angst hätte trösten können, hatte er sich durch Prudence und Emma entfremdet.

»Ja, du hast sicher Recht«, seufzte er. »Bald ist alles vorbei.«

Mit dem Abendessen übertraf sich Prudence selbst. Sie hatte die köstlichste Lasagne gemacht, die er je gegessen hatte. Alle drei hielten sich mit dem Wein zurück, die Erinnerungen an die Farce, in die die letzte Beichte ausgeartet war, hatte sie zur Vorsicht gemahnt. Später setzten sie sich wieder an den Ofen und tranken heiße Schokolade mit Marshmallows.

»Gott, bin ich voll«, stöhnte Holly, streckte sich und legte die Hände auf den Bauch. »Das Essen war fantastisch. Du hast echt Talent.«

»Ich werde eines Tages eine gute Ehefrau abgeben«, meinte Prudence und warf Justin einen kurzen Blick zu. »Vorausgesetzt, ich kann einen Kerl dazu bringen, länger als zwölf Minuten bei mir zu bleiben.«

»Sei nicht albern. Du bist bewundernswert«, sagte Holly, drehte sich herum und nahm Prudences Hand. »Du wirst einen ganz tollen Mann finden, einen millionenschweren Maler oder Rockstar oder so.«

»Ach, mit mir würde es keiner aufnehmen wollen«, entgegnete Prudence. »Ich bin nur ein Fliegengewicht. Ihr beide wisst das.«

»Jemand wird sich der Herausforderung schon stellen«, sagte Justin.

Sie schaute ihn kurz an. »Wir sind alle hoffnungslose Singles. Beziehungen funktionieren einfach nicht. Lasst uns alles so beibehalten wie bisher. Nur wir drei, im Zölibat, einander Geheimnisse erzählend. Wir werden fett und alt und leben glücklich in einem Landhaus, das mir mein Vater gekauft hat, nur damit ich den Mund halte. Was haltet ihr davon?«

»Ich glaube nicht, dass du zölibatär leben könntest«, meinte Holly frech.

»Nun, ich habe zu meinem persönlichen Vergnügen einen hübschen Jungen im Schrank – er ist mit Gold angemalt und trägt nur einen Lendenschurz und einen Strauß Lilien.« Prudence stellte ihre leere Kakaotasse auf den Boden und griff in die Tüte mit den Marshmallows. »Die weißen sind die besten, oder?«

»Ich ziehe rosa vor«, sagte Holly.

»Weiß«, meinte Justin.

»Was glaubt ihr, wer von uns wird als Erster sterben?«, fragte Prudence.

»Wenn wir alle an Altersschwäche sterben ...«, begann Holly.

»Natürlich. Alt, zahnlos und glücklich.«

»Ich sterbe zuerst«, sagte Justin. »Ich bin der Älteste.«

»Nein, sag das nicht. Das hieße, ich würde als Letzte sterben. Und ich hasse das Alleinsein«, jammerte Prudence.

»Vielleicht stürzt ein Jumbo Jet auf unser Landhaus und tötet uns alle drei gleichzeitig«, sagte Holly. »Bleiben wir optimistisch.«

Das Telefon klingelte, und Prudence ging ran. Justin starrte in das Feuer, das im Dunkeln knisterte und knackte. Er fühlte sich warm und satt, und laut Prudence würde er zahnlos und glücklich an Altersschwäche sterben. Eigentlich gar nicht schlecht.

»Justin?« Prudence stand in der Tür. »Lucien ist am Telefon.«

Holly schreckte hoch. »Glaubst du, er ...?«, flüsterte sie.

Prudence schüttelte den Kopf und legte einen Finger auf die Lippen. Als Justin sich erhob, fühlten sich seine Knie wie Gummi an. Er ging in die Küche und hielt den Hörer ans Ohr.

»Hallo?«

»Justin, hier ist Lucien. Du solltest doch eine Nachricht hinterlassen, wenn du weggehst.« Sein Onkel klang gereizt, stieß die Silben geradezu hervor.

»Tut mir Leid. Ich bin vom College direkt hierher gegangen.«

»Du warst den ganzen Tag nicht zu Hause?«

»Nicht mehr seit elf Uhr heute Vormittag. Warum? Ist irgendwas? Wie geht es Randolph?«

»Randolph geht es bald wieder gut«, antwortete Lucien abwesend. »Justin, hast du kürzlich deine Tante gesehen?«

Justin spürte einen heißen Hauch. »Emma?«

»Ja, Emma. War sie hier?«

»Nein, ich habe sie nicht gesehen, seit sie fort ist. Ich dachte, sie ist in ...«

»Bist du sicher, dass du niemanden hier gesehen hast, außer mir? Weder Randolph noch sonst … jemanden?«

»Nein, Lucien, aber ich war in den letzten drei Tagen wenig zu Hause. Erwartest du jemanden?«

»Das geht dich nichts an«, schnappte Lucien. »Bleibst du die ganze Nacht weg?«

Justin wünschte sich nichts sehnlicher, als wegzubleiben, am besten die ganze Woche. Aber morgen Nacht wollten sie das Grimoire vergraben, und er durfte keinen Verdacht erregen. »Nein, ich komme gleich nach Hause«, sagte er.

»Gut.« Es klickte in der Leitung. Justin legte auf und ging wieder ins Wohnzimmer, wo Prudence und Holly auf ihn warteten.

»Und?«, fragte Prudence.

»Er ist außer sich«, sagte Justin. »Ich nehme an, er hat gemerkt, dass das Grimoire fort ist.«

37. Kapitel

Lucien knallte den Hörer auf die Gabel und schaute verzweifelt um sich. Der offene Safe – ein gähnendes Loch in der Wand – er war viel, viel zu leer. Sein Buch, sein kostbares Buch war verschwunden. Sein Schlüssel zum ewigen Leben. Vor dem Safe lagen die Puppe von Randolph und ein samtenes Schmuckkästchen. Wider sein Wissen schaute er noch einmal in den Safe. Vielleicht hatte er sich doch getäuscht. Aber nein, er war natürlich leer.

»Großer Gott, es ist fort, es ist fort.« Er brach in Tränen aus, legte die Wange an den kalten Stahl der Safetür. »Wo ist es? Wer hat es?«

Er trat einen Schritt zurück und wäre fast über das Schmuckkästchen gestolpert. Er bückte sich, hob es zusammen mit der Puppe auf und legte beides auf seinen Schreibtisch. Nachdem er sich schwer auf seinen Stuhl hatte fallen lassen, starrte er das Kästchen an. »Wo? Wo?«, stieß er hervor, und ein winziger Teil seines Bewusstseins sagte ihm, dass er kurz davor stand, völlig die Fassung zu verlieren, dennoch konnte er die aufsteigende Hysterie kaum in Schach halten.

Die Puppe. Er war wegen der Puppe gekommen. Die vier Punkte waren auf seinem Schreibtisch markiert, sein Plan konnte ausgeführt werden. Er musste Randolph den Rest geben, also nahm er die Puppe und wickelte sie aus, sah die klaffende Wunde in ihrem Bauch; dann zog er eine Phiole aus seiner Tasche. Darin hatte er Proben seiner Körperflüssigkeiten gesammelt; Schleim aus seiner Nase, ein winziges Stück verfaulten Fleisches, jedes nur denkbare infektiöse, schmutzige, bakterielle Zeug. Stirb, Randolph.

Aber was, wenn Randolph das Grimoire hatte? Was, wenn er es Montag oder Dienstag gestohlen hatte? Bevor er krank geworden war? Er legte die Phiole beiseite und begann, abwesend mit dem Schmuckkästchen zu spielen. Ohne hinzusehen, ließ er den Verschluss auf und zu springen, bis es ihm aus der Hand rutschte und auf den Boden fiel, mit dem geöffnetem Deckel oben. Er hob es auf.

Es war ebenfalls leer.

»Emma«, flüsterte er. Sie hatte sich ihre Juwelen geholt – wahrscheinlich Montag, sie wusste, dass er dann im College war – und hatte ihm diesen bösen Streich gespielt.

Gnade ihr Gott, wenn sie es beschädigt hatte.

Entschlossen entfernte er den Verschluss der Phiole, leerte die Substanzen in die Puppe hinein und wickelte sie wieder ein, wobei er seine Beschwörungen murmelte. Dann legte er sie wieder in den Safe, nahm seine Autoschlüssel aus der Tasche und ging in die Garage. Er würde Emma einen kleinen Besuch abstatten.

»Ich bin's, Prudence.«

Die Stimme am anderen Ende der Leitung klang winzig. »Justin?«

Justin ließ den Blick durch die dunkle Küche schweifen. »Ich bin zu Hause, alles in Ordnung. Er ist gar nicht da.«

»Nicht da?«

Er wickelte die Schnur des Telefons um seinen Finger. »Der Wagen ist fort, Lucien ist also weg. Hab im ganzen Haus nachgesehen, ich bin allein und ganz froh darüber.«

»Schließ deine Zimmertür ab, für alle Fälle.«

»Das tue ich sowieso.«

»Okay. Holly holt dich morgen Mittag ab. Pass auf dich auf.«

»Werde ich.«

»Und wenn wir das verdammte Ding begraben haben, ziehst du zu mir.«

»Morgen Nacht werde ich bestimmt bleiben.«

»Nein, Justin, du musst da endlich raus, endgültig.«

»Prudence ...«

»Deine Entschuldigungen taugen nichts. Wenn es wegen dem ist, was zwischen uns passiert ist ...«

Er unterbrach sie und platzte damit heraus, bevor er es sich wieder anders überlegte. »Prudence, der Grund, warum ich bei Lucien bleiben muss, bist du.«

Sie schwieg ein paar Sekunden. »Wieso ich?«

»Er will deine Einschreibung löschen, wenn ich ausziehe. Vergiss nicht, er denkt, du seist meine Freundin.«

»Er erpresst dich?«

»Ja.«

»Scheiß auf ihn. Es ist mir egal, wenn er meine beschissene Einschreibung aufhebt. Dann mache ich was anderes.«

»Lucien kennt deinen Vater, nicht wahr?«

»Na und?«

»Er hat mir erzählt, dass dein Vater dich rausschmeißen würde, wenn du das Studium nicht beendest.«

Prudence lachte zynisch. »Ja, das hört sich ganz nach meinem Dad an.«

Sie schwiegen. Traurig platschten zwei Wassertropfen aus dem Hahn in die Spüle.

»Wie lange hast du das mit dir herumgeschleppt, Justin?«, fragte sie schließlich.

»Eine Weile.«

»Es macht nichts, wirklich. Ich komme schon klar, suche ich mir halt einen Job oder so. Irgendwas wird sich ergeben.«

»Aber Holly ...«

»Sie will ja sowieso nicht hier bleiben. Seien wir ehrlich, sie ist doch die Einzige von uns, der es mit ihrer Arbeit ernst ist. Wir beide schlagen nur die Zeit tot.« Sie zögerte kurz, bevor sie leise hinzufügte: »Wir könnten zusammen davonlaufen.«

»Das könnten wir.«

»Wirklich, Justin, es ist mir egal. Hau da ab. Pack deine Sachen, und wenn Holly dich morgen abholt, schmeißt du alles in den Wagen und bist weg. Ich hebe Dads Renovierungsgeld ab, und wir verschwinden für eine Weile.«

Es klang so verlockend, dass er fast zugestimmt hätte. »Wir werden sehen«, sagte er.

»Sei tapfer, aber nicht dumm«, riet sie ihm.

»Gute Nacht. Bis morgen.«

»Gute Nacht, Justin.«

Lucien schloss die Tür des Apartments auf. Draußen schlug der Ozean leidenschaftslos gegen den Strand, wie immer. Es war dunkel. Emma schlief wahrscheinlich.

Er wartete ein paar Atemzüge, bis sich seine Augen an die Dunkelheit gewöhnt hatten, und schlich sich ins Schlafzimmer. Ihr Berg von einem Körper zeichnete sich unter der Decke ab. Er verzog das Gesicht und kam näher. Sie lag auf dem Rücken, ein Arm über der Bettdecke, der andere darunter. Als er sich auf die Bettkante kniete, wachte sie mit flatternden Lidern auf.

Er beugte sich über sie und hielt sie an den Händen fest; sie schrie vor Schrecken auf.

»Wer ist da? Wer sind Sie?«

»Dein Mann.«

»Lucien?«, hauchte sie. »Lucien, lass mich los. Du tust mir weh.«

Er lehnte den Oberkörper nach hinten, holte aus und schlug ihr mit aller Kraft ins Gesicht. Ihr Kopf flog zur Seite, und sie stieß einen entsetzten, grunzenden Laut aus.

»Wo ist es?«, fragte er.

»Wo ist was?«

Ein zweiter Schlag ins Gesicht; das Blut schoss ihr aus der Nase und spritzte auf die Decke.

»Ich weiß nicht, wovon du redest«, kreischte sie. »Schlag mich nicht. Ich weiß nicht, was du willst.«

Er holte erneut aus, hielt dann aber inne. Sagte sie die Wahrheit? »Das Buch«, sagte er.

»Das Buch?« Sie verstand. »Das Grimoire?«

»Ja, es ist nicht mehr im Safe.«

»O nein.«

»Wie deine Diamanten.«

»Oh, meine Diamanten, ja, die habe ich.«

Er schlug sie ein drittes Mal, einfach, weil ihm danach war. »Und wo ist das Grimoire?«

»Es ist im Safe. Es war da, als ich mir die Diamanten geholt habe«, sagte sie, von atemlosen Schluchzern geschüttelt. »Schlag mich nicht mehr. Ich schwöre, ich habe das Grimoire nicht genommen.«

»Wenn nicht du, wer dann?«

»Ich weiß es nicht. Vielleicht habe ich den Safe offen gelassen. Vielleicht war es ein Einbrecher.«

»Hast du ihn geschlossen, ja oder nein?«

»Ich weiß es nicht mehr. Ich hatte es eilig. Ich wollte nur meine Diamanten und verschwinden.«

»Du – dumme – fette – Kuh!«, brüllte er, jedes Wort mit einem Schlag in ihr Gesicht betonend. Dann beugte er sich dicht über sie. »Lügst du? Erzählst du mir diese Geschichte, damit ich glaube, du hättest das Grimoire nicht?«

Er verpasste ihr einen Hieb gegen die Schläfe. Zu seiner Verblüffung wurde sie mit einem Furcht erregenden Stöhnen ohnmächtig.

»Verdammt«, stieß er hervor, stieg vom Bett und schaltete das Licht an. Dunkle Tropfen Blut hingen in ihrem blonden Haar, und ihr Gesicht zeigte die Abdrücke seiner Knöchel. Er drehte sie zur Seite, damit sie nicht ersticken konnte und begann, das Apartment zu durchsuchen. Er musste das Grimoire finden.

Der Digitalwecker auf dem Nachttisch zeigte elf Uhr, als das Telefon klingelte. Prudence schob Bücher beiseite und kippte einen Aschenbecher um, als sie nach dem Hörer griff, bevor der Anrufbeantworter ansprang; vielleicht war es Justin.

»Hallo?«

Eine weibliche Stimme, die ihr bekannt vorkam. »Prudence?«

»Ja. Wer ist da?«

»Emma Humberstone.«

Prudence rieb sich die Augen. »Emma? Was ist passiert?«

»Ist Justin da?«

»Nein, er ist zu Hause … ich meine, bei euch zu Hause.«

»Ja, dort kann ich ihn nicht anrufen, falls Lucien ans Telefon geht.«

»Was ist denn?«

»Du musst ihm etwas von mir ausrichten. Es ist dringend, sehr, sehr dringend. Kann ich dir vertrauen?«

»Aber ja.« Prudences Puls beschleunigte sich.

»Ich glaube, er hat etwas genommen, das Lucien gehört. Etwas, das ihm sehr viel bedeutet. Ich wollte ihm sagen, dass er es zurückstellen soll, solange er noch kann. Lucien ist … sag ihm, dass in dieser Sache mit Lucien nicht zu scherzen ist.«

»Gut, ich sage es ihm.«

»Ich meine es ernst.« Emma begann zu schluchzen und brachte die Worte nur mühsam hervor. »Er, er war hier … und er hat … er hat mich geschlagen, und mein Gesicht ist geschwollen wie ein … wie ein …«

»Emma, brauchst du Hilfe?«

»Nein, nein, es geht schon. Er hat alles durchwühlt, hat die ganze Wohnung auf den Kopf gestellt. Ich weiß nicht, wann er gegangen ist. Er ist ein böser Mann, und es ist ein böses Buch. Bitte, bitte, sag Justin, dass er sich vorsehen muss. Und sag ihm, ich habe Lucien nicht verraten, dass er hier war. Lucien ahnt nichts, aber wenn er es erfährt ... sag ihm, er soll aufpassen. Er muss es zurücklegen.«

»Das werde ich. Emma, du solltest einen Arzt rufen. Es klingt, als hättest du einen Schock erlitten.«

»Er hat böse Dinge getan, sehr böse Dinge. Er schreckt nicht einmal vor Mord zurück, Prudence. Er schreckt vor nichts Teuflischem zurück. Warne Justin, warne ihn.« Sie brach in lautes Schluchzen aus. »Wenn nur sein Vater hier gewesen wäre, um ihn zu schützen.«

»Gut, Emma«, sagte Prudence beruhigend. »Ich werde deine Nachricht weitergeben, mir ist klar, wie wichtig sie ist.«

»Sie ist sehr wichtig.«

»Ja, ich weiß. Ich verstehe alles, vertrau mir. Und wenn wir unser Gespräch beendet haben, musst du einen Arzt anrufen. Wie weh hat er dir getan?«

»Ich weiß nicht, ich weiß nicht«, schluchzte sie. »Mein Gesicht ist ganz dick. Überall ist Blut.«

»Wirst du einen Arzt rufen?«

Emma schniefte in den Hörer. »Ja. Wenn du versprichst, Justin zu warnen.«

»Ich verspreche es. Und lass dich versorgen, okay?«

»Er ist in der Lage, teuflische Dinge zu tun«, sagte sie. »Wie sie alle. Es liegt ihnen im Blut.«

»Ich verstehe. Okay, ruf jetzt jemanden an, der dir hilft.«

Emma legte ohne ein weiteres Wort auf, und Prudence hielt den summenden Hörer am Ohr. Sie sah auf die Uhr. In etwa zehn Stunden würden sie alle drei beisammen sein, in Sicherheit, und sie bräuchte sich keine Sorgen mehr zu machen.

Ein kräftiger Wind war aufgekommen und blies die Regenwolken fort. Lucien sah die kalten Stecknadelköpfe der Sterne, die zwischen den Wolken auftauchten; er stand am Fenster seines Büros im Humberstone College, hatte die Stirn an das kühle Glas gedrückt und sagte sich, dass er sich zusammenreißen müsse.

Emma hatte das Grimoire nicht. Er hatte sich vergewissert, dass sie noch atmete, und sie bewusstlos auf dem Bett liegen lassen, war dann frustriert und wütend nach Melbourne zurückgefahren. Was sollte er nun tun? Was, wenn sie den Safe tatsächlich aus Versehen offen gelassen hatte und ein Einbrecher das Buch gestohlen hatte, in dem Glauben, es handele sich um eine wertvolle Antiquität? Wie sollte er es jemals wiederfinden? Seine Notizen hatte er fotokopiert und sie in seinem Büro versteckt – er hielt sie jetzt in der Hand –, aber ohne das Buch hatten die Worte keine Macht. Die Zeit lief ihm davon – sein Tod näherte sich unaufhaltsam, er brauchte eine Abkürzung, er brauchte Hilfe von der anderen Seite.

Er drehte sich um. Der magische Kreis war aufgedeckt, die Kerzen brannten. Es war nicht die bezeichnete Stunde, und er hatte das Grimoire nicht, aber er verfügte noch immer über seine psychischen Fähigkeiten, und den Singsang, der ihn in Trance versetzen konnte, kannte er auswendig. Die Gefahr bestand darin, dass ihn niemand zurückholen konnte, wenn er den Draht zur Wirklichkeit verlieren sollte. Vorsichtig setzte er sich an die Spitze des Kreises und nahm eine brennende Kerze in die Faust. Kerzenwachs tropfte warm auf seine Haut. Wenn es so weit kommen würde, dass er nicht mehr zurückfand, würde er so lange dort bleiben, bis die Kerze herabbrannte und ihm die Haut versengte. Der Schmerz würde ihn in die Wirklichkeit zurückholen. Er holte tief Atem und begann zu singen.

Die Hölle leuchtete heute in einem changierenden Blau, ein Ekel erregendes Grau-Blau wie ein Bluterguss auf der Haut eines Babys. Harte, eisige Regentropfen fielen auf die entzündete Scholle, von der Dampf aufstieg.

»Komm, Verräter!«, rief er, und seine Stimme klang in dem Regen wie ein dünner, gepresster Insektenlaut. Keine Antwort.

»Archimago. Hilf mir, Archimago. Ich bin bereit, deine Wünsche zu erfüllen, wenn du mir jetzt hilfst.«

Ein ranziger Atem hinter seinem linken Ohr. »Magus, warum bist du hier?«

Lucien fuhr herum. »Das Grimoire ist gestohlen worden.«

»Gestohlen? Bist du so sorglos damit umgegangen?«

»Nein, ich glaube nicht. Ich weiß nur, es ist fort, und ich weiß nicht, wo es ist.« Er spürte, wie verzweifelt er klang. Eigentlich war es klüger, diesem Wesen seine Gefühle nicht zu offenbaren, aber er konnte nicht anders. Er war verzweifelt.

»Du willst wissen, wo es ist?«

»Ja. Ich habe die Beschwörung für Sonntag geplant.«

»Ach ja, die Beschwörung, ich freue mich schon.«

»Kannst du mir helfen?«

»Ja, das kann ich. Aber es kostet dich etwas.«

Das hatte Lucien geahnt. »Alles, ich tue alles, was in meinen Kräften steht.«

»Ich will meinen Körper früher. Ich will meinen Waisenjungen. Ich will wieder fühlen und schmecken können.«

»Du kannst ihn haben, wann du willst.«

»Ich will ihn jetzt. Du bringst ihn mir her, sofort.«

Lucien dachte daran, dass Justin wahrscheinlich jetzt gerade in seinem Bett schlief. Wie konnte er es anstellen?

»Bevor die Sonne aufgeht, Magus. Einverstanden?«

»Einverstanden.«

»Sehr gut. Und hier – die Hüterin des Grimoire.« Ein Bild materialisierte neben ihm, ein Mädchen mit lila Haaren und einem spöttischen Grinsen.

»Prudence Emerson«, murmelte er.

»Sie versteckt es zwischen ihren Büchern.«

»Ich muss …«

»Das Erste zuerst, Magus. Ich will meinen Körper.«

»Natürlich. Ich werde …« Ein plötzlicher, heftiger Schmerz an seiner Hand riss ihn in die Wirklichkeit zurück. Er ließ die Kerze los. Die Temperatur war gesunken, und er saß wieder auf dem kalten Boden seines Büros.

Prudence hatte sein Buch. Wie hatte sie es bekommen? Wieso wusste sie überhaupt davon? Aswell? Justin? Der wusste bestimmt nichts, dieser mundfaule Tropf, der sich für gar nichts interessierte.

Egal. Er wusste, wo das Buch war, und nun musste er nur noch Justins Hülle dem Archimago zur Verfügung stellen und Prudence zum Schweigen bringen. Er löschte die restlichen Kerzen und machte sich auf den Weg.

Ein Geräusch im Dunkeln weckte ihn auf, und aus irgendeinem Grund dachte Justin an Emma. Hatte er von ihr geträumt? Das Geräusch ertönte erneut. Jemand klopfte leise an seine Tür.

»Wer ist da?«, fragte er schlaftrunken.

»Lucien. Mach auf.«

Lucien. Was nun? Er weiß es nicht, er kann es nicht wissen.

»Beeil dich, Justin, es ist dringend.« Vielleicht hatte es was mit Randolph zu tun. Lucien klang gehetzt. Justin stand auf, zog sich Jeans und Pullover an und ging zur Tür.

»Moment«, sagte er und hielt eine Weile die Hand über der Klinke. Vielleicht würde er es bedauern. Aber wenn er nicht aufmachte, würde Lucien Verdacht schöpfen. Und schließlich hatte er keine Ahnung, dass Justin etwas mit dem Verschwinden des Grimoire zu tun hatte. Er machte auf.

Zu seiner Erleichterung hielt Lucien weder ein Messer noch eine Pistole in der Hand.

»Was ist los?«, fragte Justin.

»Ich glaube, oben ist ein Einbrecher. Ich habe Geräusche gehört.«

Justin trat auf den Flur hinaus und lauschte. Kein Laut.

»Ich kann nichts hören«, flüsterte er und fiel in Luciens angespannten Tonfall ein.

»Ich bin gerade nach Hause gekommen. Ich war schon fast auf der Treppe, als ich es hörte.«

»Vielleicht solltest du die Polizei rufen.«

Er schüttelte den Kopf. »Das dauert viel zu lange. Komm mit. Wenn dort oben jemand ist, können wir ihn zu zweit bestimmt verjagen.«

Justin nickte. »Okay.«

»Geh du voran«, sagte Lucien.

Der Schlag auf den Kopf war ebenso überraschend wie schmerzhaft; etwas schlug mit Wucht gegen seinen Schädel. Benommen dachte er, der Einbrecher habe sich an sie herangeschlichen, doch als er sich taumelnd umdrehte, sah er, dass Lucien einen gläsernen Briefbeschwerer in der rechten Hand hielt. Selbst in der Dunkelheit erkannte er, dass Blut daran klebte.

Er brachte kein Wort des Protests hervor. Lucien hob den Arm zu einem zweiten Schlag, und alles um Justin herum wurde schwarz.

Danach blitzte seine Wahrnehmung noch ein paar Mal auf. Der Geruch des Autopolsters. Das Geräusch der Collegetür, die sich hinter ihm schloss. Der Gedanke an Prudence und den Beichtstuhl. An dieser Stelle wäre er fast wieder zu sich gekommen, aber Lucien legte ihm die Arme um den Hals und zog ihn Stufen hinauf, die nicht zu enden schienen. Dann Kerzen im Dunkeln, eine seltsame drückende Hitze, ein unheimliches Gemurmel, das kam und ging wie sein Bewusstsein.

Und dann berührte eine eisige Hand sein Herz. Er hatte das unangenehme Gefühl, aus seinem eigenen Körper gestoßen zu werden und ins Chaos zu stürzen. Auf dem Grunde seines Seins wartete eine furchtbare blau-graue Landschaft auf ihn. Was von ihm übrig geblieben war, paßte auf einen winzigen Fleck. Er war auf einen Schatten reduziert, war in der Dunkelheit gefangen und erstickte fast. Sein einziger Begleiter war die Verzweiflung.

»Ich habe gerade ein Taxi gerufen«, sagte Prudence, als Holly in der Küche auftauchte. Sie wollte den Mietwagen holen.

»Danke. Ich hätte auch die Straßenbahn genommen.«

»Tu dir was Gutes. Hier.« Prudence reichte Holly eine Hand voll Zwanzig Dollar-Scheine. »Und kauf unterwegs ein paar Süßigkeiten, einen Beutel Marshmallows oder eine große Tafel Schokolade. Notration für unser nächtliches Abenteuer.«

Holly steckte das Geld in ihre Tasche. »Okay.«

»Auf dem Rückweg holst du zuerst Justin ab?«

»Ja, ich schätze, es wird insgesamt eine Stunde dauern. Du wirst dich doch nicht langweilen, so allein, oder?«

»Ich habe ja ein teuflisches Buch der Magie zur Unterhaltung«, entgegnete Prudence.

»Ruf nur ja keine Geister an.«

»Der Einzige, den ich anrufen werde, ist Justin, um zu hören, ob alles in Ordnung ist. Emmas Anruf hat mir einen schönen Schrecken eingejagt.«

Holly schüttelte den Kopf. »Wir haben keine Wahl, Prudence. Wir geben das Buch nicht zurück. Es muss zerstört werden.«

»Ich weiß. Je eher Justin da raus ist, desto besser.«

Ein Taxi hupte vor dem Haus. Prudence begleitete Holly bis zur Tür. »Fahr vorsichtig. Die Straßen von Melbourne sind belebter als die von Townsville.«

»Bis bald.« Prudence schloss die Tür und ging in die Küche, um sich eine Tasse Kakao zu machen. Sie tauchte gerade Marshmallows in die heiße Flüssigkeit, als es an der Tür klopfte. Sie nahm an, dass Holly etwas vergessen hatte, und eilte in den Flur, wo sie fast über Sooty gestolpert wäre. Sie riss die Tür auf.

»Hast du die Schlüssel vergessen oder ...« Die Worte blieben ihr im Hals stecken, als sie Lucien Humberstone vor sich sah.

»Lucien«, hauchte sie wie versteinert.

Er machte einen Schritt nach vorne und packte sie am Handgelenk. Sie setzte zu einem Schrei an, aber schon drückte er ihr ein feuchtes Tuch aufs Gesicht. Es roch überwältigend, ein süßlicher, brennender Geschmack. Sie hustete. Die Haustür schloss sich. Sie wollte um ihr Leben betteln, doch die Chemikalie klebte heiß auf ihrer Zunge. Sie streckte die Hand aus, erwischte ihren Mantel, der an einem Haken an der Garderobe hing. Der Mantel fiel, und sie fiel mit ihm. Der Boden brach unter ihr weg. Ihre Beine gaben nach, sie sah sein Gesicht dicht über ihr, und dann wurde alles schwarz.

Es machte Spaß, wieder hinter dem Steuer eines Wagens zu sitzen. Michael hatte nicht gewollt, dass sie den Führerschein machte, hatte behauptet, sie würde es eh nicht schaffen. Sie hatte ihm das Gegenteil bewiesen, wie in so vielen Dingen.

Sie seufzte und blinkte, bevor sie in Justins Straße einbog. Der arme Michael. Sie sollte nicht böse von den Toten denken. Draußen schüttelte der eisige Winterwind die Zweige und fegte durch schmale Seitenstraßen. Die Heizung im Wagen war voll aufgedreht und trocknete ihre Gesichtshaut aus. Heute Nacht würde es bitterkalt werden, wenn der Wind nicht aufhörte; sie musste sich wärmer anziehen.

Am Ende der Straße erhob sich das Anwesen der Humberstones. Sie hielt davor, schaltete den Motor aus und bereitete sich auf die Kälte vor. Der Wind wehte ihr das Haar in den Mund, als sie den Weg zum Haus ging und auf die Klingel drückte. Sie sah auf die Uhr – zwölf Uhr mittags. Sie war pünktlich. Nachdem sie eine Weile gewartet hatte, klingelte sie erneut. Prudence hatte gesagt, dass Justins Zimmer nach hinten lag und er die Türklingel manchmal gar nicht hörte.

Als die Tür schließlich aufging, stand nicht Justin vor ihr. Jetzt, da Holly wusste, was für ein Mensch Lucien Humberstone war, fuhr ihr sein Anblick regelrecht in die Glieder. Seine Größe, seine hagere Gestalt, die dunklen Augen, die denen Justins ähnelten, doch ohne jede Spur von Freundlichkeit oder Bescheidenheit. Auch unter normalen Umständen hätte er sie eingeschüchtert, aber so brachte sie kaum ein Wort über die Lippen. Doch es musste sein.

»Hi, ist Justin da?«

»Wer sind Sie?«, fragte er zurück.

»Ich bin Holly Beck. Sie müssen Lucien Humberstone sein.« Sie streckte ihm die Hand entgegen. Schließlich verdankte sie diesem Mann ihr Stipendium.

Eine große, kalte Hand umfasste ihre Finger. Er schüttelte sie fest. »Schön, dass ich Sie endlich kennen lerne. Es tut mir Leid, dass ich mich nicht früher mit Ihnen in Verbindung gesetzt habe, aber ich hatte viel zu tun.«

Seine Freundlichkeit verblüffte Holly.

»Justin ist nicht hier«, fuhr er fort. »Hat er sie erwartet?«

Eine Alarmglocke schrillte in ihrem Kopf. Verrate ihm nichts. »Nein«, sagte sie. »Ich wollte mir nur ein Buch holen, das er sich von mir geliehen hat.«

»Vielleicht ist er bei Prudence.«

»Ja«, sagte sie und nickte. »Es ist auch nicht so wichtig.«

»Wissen Sie, wo Prudence wohnt?«

»Ich war ein, zweimal bei ihr.«

»Dann probieren Sie's doch mal da.«

»Vielleicht.« Sie rang sich ein Lächeln ab. »Danke.«

»Keine Ursache.«

Sie ging zum Wagen, ohne sich umzusehen. Wo war Justin? Vielleicht war er wirklich schon zu Prudence gegangen. Sie zwang sich, nicht in Panik zu geraten, alles war in Ordnung. Justin saß mit Prudence vor dem Ofen und trank eine Tasse Kakao. Der Wind fuhr ihr über die Wangen, und sie stellte sich vor, dass Lucien dort stand und ihr hinterhersah. Ahnte er etwas?

»Reiß dich zusammen«, sagte sie laut, als sie in den Wagen stieg und den Motor startete. »Alles ist okay.« Zumindest so okay, wie es die Achterbahnfahrt des letzten halben Jahres zuließ. Sie fuhr zu Prudence' Haus und parkte mit klopfendem Herzen davor. *Bitte, lass Justin hier sein.*

Sie schloss die Tür auf und rief: »Prudence? Justin?«

Keine Antwort. Kalte Furcht erfasste sie. Vorsichtig schaute sie ins Wohnzimmer. Leer. Die Küche. Leer. Eine Tasse mit Kakao stand auf dem Tisch. Sie tauchte ihren Finger hinein. Eiskalt.

Ein Geräusch hinter ihr ließ sie herumfahren; Sooty schaute sie erwartungsvoll an und miaute laut. »Wo ist Prudence?«, fragte sie die Katze.

Sooty miaute noch einmal und schlenderte davon. Holly ging die Treppe hinauf. »Prudence?« Ihre Stimme klang zittrig, ihre Knie wurden zu Gummi. Auf dem Absatz blieb sie stehen. »Prudence? Justin?« Sie hätten längst antworten müssen. Wenn sie hier waren, hätten sie geantwortet. Waren sie zusammen irgendwo hin gegangen? Zigaretten holen? Hatten sie nicht warten können, bis Holly die Schokolade mitbrachte?

Die Tür zu Prudences Zimmer stand einen Spaltbreit auf. Sie betrat das Zimmer und blieb entsetzt stehen: Jemand hatte Dutzende von Büchern aus den Regalen gerissen, die nun überall herumlagen. Manche waren zerrissen. Jemand hatte das Grimoire gesucht. Prudence und Justin waren weg. Ihr Puls donnerte in ihren Ohren.

In diesem Augenblick klopfte es unten an die Tür. Sie erstarrte. Justin? Prudence? Oder jemand anderes, jemand, der ihr gerade geraten hatte, hierher zu kommen. Sie lief in das Schlafzimmer der Eltern, das auf der Vorderseite des Hauses lag. Ängstlich schaute sie zwischen den Vorhängen hindurch. Hinter ihrem Mietwagen parkte ein dunkelblaues Auto. Sie hatte keine Ahnung, welche Farbe Luciens Wagen hatte, und ein efeubedecktes Vordach verdeckte die Sicht auf die Haustür. Ihr Atem ging schwer. Wieder dieses Klopfen. Sie wartete. Dann trat jemand ein paar Schritte zurück und schaute herauf. Sie duckte sich hinter den Vorhang. Ihr Herz hämmerte wie wild. Es war Lucien. Und er wusste, dass sie hier war, denn er hatte ihren Wagen vor seinem Haus gesehen.

Sie musste fliehen. Er würde nicht ewig klopfen, und irgendwie würde er schließlich hereinkommen. Um mit ihr das zu tun, was er mit Prudence und Justin gemacht hatte, was immer das war. Sie lief zurück in Prudences Zimmer und schaute aus dem Fenster. Ein Abflussrohr lief unter dem Badezimmerfenster entlang. An zwei Stellen konnte man sich abstützen, aber dann ging es tief hinab. Daneben streckte jedoch ein Baum seinen Ast aus. Sie schätzte es ab – würde er ihr Gewicht halten? Ihre Arme und Beine waren wie gelähmt, ihre Gedanken kreisten ziellos umher.

»Scheiße«, sagte sie mit Tränen in den Augen. »Scheiße, Scheiße.«

Erneut klopfte er an die Tür. Sie musste raus hier! Eilig zog sie Stiefel und Strümpfe aus und stopfte alles in ihre Tasche, deren Gurt sie sich zuerst über die Schulter und dann den Hals streifte, damit sie fest saß. Auf dem Nachttisch, neben einem überquellenden Aschenbecher, lag Prudence' Schlüsselbund; instinktiv steckte sie es ein. Dann machte sie das Fenster auf und stieg ohne viel zu überlegen hinaus.

Vorsichtig streckte sie das Bein aus und fand an einem Rohr Halt, das vom Hauptrohr abging. Während sie sich mit der einen Hand am Fensterbrett abstützte, tastete sie mit der anderen nach dem des Badezimmers. Geschafft. Jetzt die andere Hand. Sie hielt einen Moment inne, weil ihr vor Angst fast die Luft wegblieb. Dann schwang sie sich hinüber und umklammerte mit der freien Hand das Rohr, ließ das Fensterbrett los und nahm die andere hinzu. Langsam glitt sie hinab, verlor mit einer Hand den Halt, brach sich einen Fingernagel ab. Ihre Füße spürten das nächste waagerechte Rohr. Es ging. Die Zweige des herüberreichenden Astes schlugen gegen ihre Waden, als wollten sie mit ihr spielen. Langsam drehte sie sich um, die nackten Zehen auf dem kühlen, glatten Metall, und während sie sich an der Mauer abstützte, langte sie zu dem Ast hinüber.

»Bitte, bitte«, hauchte sie. Sie musste handeln, jede Sekunde zählte. Dann hatte sie eine Hand über den Ast gebracht. Sie schwang die andere herüber und hielt sich wie an einer Reckstange fest, beugte sich vor und testete die Stärke: Der Ast schien zu halten. Dann schob sie sich noch weiter vor, hing eine Sekunde keuchend auf dem Ast und konnte endlich den Baum hinunterklettern. Ein letzter kurzer Sprung, und sie landete mit den Füßen auf dem Boden. Ein gutes Gefühl.

Sie rannte zu dem Zaun hinter dem Haus und stieg mit Leichtigkeit darüber, lief durch den Nachbargarten zur Straße, wo sie nur einmal kurz stehen blieb, um Strümpfe und Stiefel anzuziehen. In die erste Straßenbahn, die kam, stieg sie ein. Sie wollte in die Anonymität der belebten Innenstadt, bis sie einen klaren Gedanken fassen konnte, um zu entscheiden, was als Nächstes zu tun war.

Das warme Nichts der Bewusstlosigkeit machte einer kalten Dunkelheit Platz. Prudence war noch nicht ganz erwacht, Erinnerungen flackerten auf und verschwanden in den dunklen Korridoren ihres Geistes. Die Kälte. Der Geruch. Es kam ihr bekannt vor. Sie glaubte, die Augen geöffnet zu haben, sah aber nichts. Also war sie noch bewusstlos. Aber warum konnte sie dann denken? Etwas krabbelte über ihren Arm. Sie zuckte zusammen, sah noch immer nichts. Wie konnte sie wach sein und mit geöffneten Augen trotzdem nichts sehen? Wieder krabbelte etwas über sie, diesmal über das Bein. Ein Käfer. Nach Luft schnappend, richtete sie sich auf und fegte ihn davon. Um sie herum war es pechschwarz. Sie saß auf einem kalten Steinboden; ihre Muskeln hatten sich verkrampft, weil sie lange in einer merkwürdigen Haltung gelegen hatte. Wie lange? Wo war Lucien? Und was noch wichtiger war, wo war sie?

Sie versuchte aufzustehen, doch als sie kniete, zwang sie ein überwältigendes Schwindelgefühl wieder auf den Boden.

Sie tastete um sich herum und spürte ihren Mantel, der neben ihr lag. Lucien musste sie darin eingehüllt haben. Mit vor Kälte zitternden Gliedern und schmerzendem Kopf streifte sie ihn über und kroch über den Boden, bis sie eine Wand ertastete. Sie kroch weiter, bis sie an eine

Tür kam, und zog sich hoch. Zwei vorsichtige Schritte nach links, sie fühlte nach einem Türgriff. Unter ihren Füßen knackte etwas – alte Zweige oder irgendwelcher Schutt vielleicht. Sie fand die Klinke, drückte sie herunter. Abgeschlossen.

Dann wusste sie, wo sie war. Der Geruch war ihr bekannt vorgekommen, weil es der Geruch des Beichtstuhls war. Sie suchte in ihrer Tasche nach einem Feuerzeug. Mit zitternden Händen hielt sie es hoch. Die Flamme warf einen kleinen, gelben Lichtkreis. Sie hielt das Feuerzeug ans Schlüsselloch und versuchte, hindurchzuspähen.

»Lucien?«, rief sie mit schwacher Stimme.

Sie drehte sich um und hielt die Flamme wie einen Schild vor sich. Sie schaute nach unten, auf den Schutt, über den sie fast gestolpert war, und ein Schrei drang aus ihrer Kehle; schieres Grauen umklammerte ihre Brust. Neben ihr, in zerfallene Lumpen gehüllt, lag ein menschliches Skelett. Sie fuhr zusammen und ließ das Feuerzeug fallen, was ihr wenigstens den grauenhaften Anblick ersparte.

»Hilfe! Hilfe!«, schrie sie und hämmerte gegen die Tür und riss an der Klinke, bevor sie schluchzend zu Boden sank. Jetzt endlich wusste sie, was sich in dem geschlossenen Raum in den Gängen von Humberstone College befand.

38. Kapitel

Holly brauchte lange, bis sie sich entschieden hatte, was sie als Nächstes tun würde. Es war neun Uhr, und der Wechsel von einem Café und Diner zum nächsten hatte sie müde gemacht. Sie wollte sich nur noch irgendwo hinlegen und schlafen. Aber wo? In ihrer eigenen Wohnung würde Lucien sie als Erstes suchen, danach in Prudences Haus. Er wusste Bescheid. Was immer er mit Justin und Prudence gemacht hatte, würde er auch mit ihr machen.

Sie überprüfte ihr Bankkonto, aber ihr Stipendiumsgeld war noch nicht eingegangen, ein Hotelzimmer kam also auch nicht in Frage. Es gab nur einen Ort, den Beichtstuhl.

Sie kaufte sich eine Schachtel Streichhölzer und eine Packung Kerzen und nahm eine Bahn zum College. Der Weg den Hügel hinauf brachte sie fast um, nachdem sie den ganzen Tag auf den Beinen gewesen war. Ihre Beine schmerzten, ihr Kopf ebenfalls, weil sie sich so viele Sorgen um Justin und Prudence gemacht hatte. Sie brauchte einen ruhigen Platz zum Nachdenken.

Im College war alles leer und still. Sie probierte die Schlüssel aus, bis sie die richtigen für den Keller und die Gänge gefunden hatte. Mit einer brennenden Kerze in der Hand ging sie zum Beichtstuhl. Es gab keinerlei Anzeichen dafür, dass hier irgendjemand längere Zeit verbracht hätte. Holly bedauerte, dass sie stets so penibel aufgeräumt hatten – es gab nicht eine einzige leere Weinflasche oder einen abgebrannten Kerzenstummel, der sie an ihre Freunde hätte erinnern können. Sie legte den Mantel auf den Boden, nahm die Tasche als Kopfkissen und legte sich hin.

Denk nach, Holly.

Die Polizei anrufen? Die würden sie auslachen. Prudence und Justin waren noch nicht lange genug verschwunden, als dass sich außer ihr jemand deswegen Sorgen gemacht hätte. Lucien hinterherspionieren? Zu gefährlich. Was immer sie tat, sie musste sich so weit von Lucien entfernt halten wie möglich.

Sie dachte an Prudence, fragte sich, wie es ihr jetzt wohl ging. Ihr ganzes Leben lang war Prudence auf der Suche nach dem Kick gewesen, und jetzt hatte sie ihn gefunden. Aber Holly hätte wetten können, dass sie ihn im Augenblick gerne gegen ein paar triviale Probleme eingetauscht hätte. Und Justin, wie furchtbar für ihn. Er war ohne Vater aufgewachsen, hatte seine Mutter auf so schreckliche Weise verloren und dann seine Familie gefunden, nur um von seiner Tante bedrängt und von seinem Onkel betrogen zu werden.

Ein schrecklicher Verdacht regte sich in einer Ecke ihres Verstandes. Justin und Lucien. Christian und Peter. Waisen, die in eine Ersatzfamilie gelockt worden waren, um auf grausame Weise hintergangen zu werden.

Das konnte nicht sein. Lucien hatte keinen Assistenten.

Aber Lucien arbeitete mit Peter Owling zusammen, dem Autor des Grimoire. Wollte er sich nur an den Humberstones rächen? Oder wollte er noch etwas viel Schlimmeres? War Justin als Gefäß für den Geist von Peter Owling auserkoren?

Holly setzte sich auf und zog die Knie ans Kinn. Sie durfte nicht weinen, sie musste stark und ruhig bleiben. Sie atmete tief durch. Das Letzte, was sie wollte, war, noch jemanden zu verlieren, der ihr etwas bedeutete.

Sonntag, alles hing vom Sonntag ab. Lucien hatte sein Grimoire zurück, und er hatte den Körper für den Archimago. Das bedeutete, dass die letzte Beschwörung Satans nicht lange auf sich warten lassen würde. Vielleicht war es schon diesen Sonntag soweit. Ihr gefror das Blut, und sie wünschte sich nichts sehnlicher, als nicht in diesem kalten Keller zu hocken, nicht für das Schicksal von Justin und Prudence, vielleicht sogar das der Welt verantwortlich zu sein. Sie wollte es nicht allein tun. Ihr Körper schrie nach Schlaf, doch ihr Verstand ließ sich nicht abschalten.

Sie legte sich auf den Rücken, starrte ins Nichts und durchforstete Christians Geschichte nach einer Antwort für ihr Problem, nach einem Weg, Lucien aufzuhalten und ihre Freunde zu retten. Immer wieder ging sie die Einzelheiten durch, bis sie schließlich eindöste. Teile von Christians Geschichte schienen in ihren Träumen wie ein Film abzulaufen, auch wenn sie Rosalind, Peter oder seine Partner nie gesehen hatte. Im Halbschlaf dachte sie über Rosalinds Furcht nach, dass sie vergessen werden würde, und nun erinnerte sich jemand fast einhundertvierzig Jahre später in seinem Traum an sie.

Plötzlich riss Holly die Augen auf. Als Rosalind im Sterben lag, hatte sie Owling das Versprechen abgenommen, die Erinnerung an sie zu bewahren. Als Christian ihr das Gleiche versprach, hatte Rosalind geantwortet: »Das kannst du nicht.«

Rosalind musste gewusst haben, was Owling mit Christian vorhatte. Holly kamen aus Mitleid mit ihm fast die Tränen. Er war von Anfang an verdammt gewesen, egal was er von Owling hielt. Alles, was Owling für ihn getan hatte, hatte er für sich getan. Und hier saß sie, der einzige Mensch, der ihn wirklich geliebt hatte, und er hatte sie verstoßen. Sie schloss wieder die Augen, dachte an sein Gesicht, seine Berührungen, und sie vermisste ihn schmerzlich. Irgendwann fiel sie trotz ihrer Angst und ihres Kummers in einen tiefen, traumlosen Schlaf.

»Bring mir mehr, Magus!«

Lucien erschauderte; das Wesen hatte es sich in Luciens Schlafzimmer bequem gemacht, lag nackt auf dem Bett und verschlang alles, was Lucien ihm an Essen brachte, rasch und mit großem Appetit. Lucien hatte das Junkfood, das Emma so gerne in sich hineinstopfte, aus der Tiefkühltruhe geholt und bereitete unablässig Waffeln mit Eiskrem zu. Er ließ sich Zeit dabei, denn er war nicht erpicht darauf, das Wesen oft zu sehen. Es hatte Justins Körper und Justins Gesicht, abgesehen von der Brille, die es aus Eitelkeit abgenommen und von sich geschleudert hatte, aber es hatte nicht seine Stimme, und sein Mienenspiel war ein anderes. Archimagos raue Stimme klang grollend aus seiner Kehle, die Augen waren schwarz und tot. Das Wesen sprach unaufhörlich mit sich selbst, beschrieb die sinnlichen Vorteile seines neuen Körpers, stopfte Essen in sich hinein und spielte mit seinen Geschlechtsteilen. Es war widerlich.

Zumindest lenkte all das Lucien von seinen Gedanken an Randolph ab. Nach der Operation hatte sich die Wunde entzündet, so wie es Lucien geplant hatte, und die Ärzte hatten ihn angerufen und ihre tiefste Besorgnis über seinen Zustand ausgedrückt. Er war nicht immun gegen Gefühle wie Schuld und Mitleid. Die abstoßende Gestalt auf seinem Bett bot ihm immerhin die Gelegenheit, diese Emotionen, die er sowieso für die der restlichen Menschheit hielt, zu verdrängen.

Er trug ein Tablett mit heißen Süßspeisen und Kakao ins Schlafzimmer hinauf. Archimago saß in seinem Bett, den Kopf mit den langen Haaren an ein Kissen gelehnt. Lucien stellte das Tablett neben ihm ab, und das Wesen machte sich mit Gusto darüber her, wobei es abwechselnd Messer, Gabel und die Finger benutzte.

»Weißt du, Magus«, sagte Archimago zwischen zwei Bissen, sich die Finger leckend. »Du könntest mir noch etwas anderes besorgen.«

»Was?«

»Eine Frau. Ich möchte gerne wieder den Körper einer Frau spüren.«

»Das kommt nicht in Frage.«

»Komm, du kannst es dir leisten, mir eine Hure zu bringen. Es scheint ewig her, seit ich in warmes Fleisch eingedrungen bin.«

Lucien wollte nicht, dass irgendein anderer Mensch Justin – Archimago – sah. »Warte bis Sonntag«, sagte er. Danach konnte ihm alles egal sein.

»Und was soll ich bis dahin tun?«, fragte Archimago und schlug die Decke beiseite, um seine Erektion zu enthüllen.

»Genau das, was du seit gestern Morgen damit tust.«

Das Wesen zog einen Schmollmund und bedeckte sich wieder. »Na schön. Ab Sonntag bin ich ein freier Mann. Wie heiße ich eigentlich?«

»Justin.«

»Habe ich eine Freundin?«

»Sie hatte das Grimoire. Ich musste sie ausschalten.« Bei dem Gedanken an Prudence zog sich sein Magen zusammen. Mittlerweile saß sie schon vierundzwanzig Stunden in ihrem Gefängnis unter dem College. Weggesperrt wie die anderen dunklen Dinge, an die er nicht zu denken wagte.

»Schade, dass du sie nicht noch ein paar Stunden hier

behalten konntest. Ich hätte meinen Schwung üben können.« Archimago lächelte kurz. »Wie sind dir Justin und seine Freundin auf die Schliche gekommen?«

Lucien schüttelte den Kopf. »Ich weiß es nicht. Aber es gibt noch ein anderes Mädchen, das mir Sorgen macht. Sie hat sich mit ihnen ein Arbeitszimmer im College geteilt, und ich glaube, sie sind Freunde. Aber ich kann sie nicht finden.«

»Das macht nichts, Magus. Oder soll ich dich Onkel Lucien nennen?« Er lachte, und Lucien spürte, wie sich seine Nackenhaare aufrichteten. »Niemand kann dich mehr aufhalten. Du hast das Grimoire, du hast den Beschwörungs-Gesang, du hast mich. Nächster Halt – Unsterblichkeit.« Archimago nahm seinen Teller und leckte die Reste von Ahornsirup und geschmolzener Eiskrem davon ab.

»Ich schätze, du hast Recht.«

»Natürlich habe ich Recht«, sagte das Wesen. »Vertrau mir.«

Die Hungerattacken lenkten Prudence für kurze Zeit von ihrem schrecklichen Durst ab. Sie döste vor sich hin, immer wieder aufschreckend. Manchmal träumte sie, sie läge zu Hause in ihrem Bett, dann wieder watete sie durch einen Fluss und nahm das Wasser durch jede Pore auf. Dann biss sich die Kälte und die Dunkelheit in ihren Verstand, und sie verzweifelte.

Für ein Glas Wasser hätte sie alles gegeben. Ihr Mund fühlte sich an wie ein Stück Stoff, ihr Magen verkrampfte und beschwerte sich. So wollte sie nicht sterben. Nicht so jung, nicht vergessen. Vielleicht suchten Holly und Justin nach ihr. Vielleicht fanden sie sie.

Sie schloss die Augen und konzentrierte sich. »Holly, Justin, bitte findet mich.« Sie musste ihnen eine telepathische Botschaft senden. Sie hatte gelesen, dass Menschen in der Wüste nach zwei oder drei Tagen ohne Wasser starben. Zumindest war es hier so kalt, dass sie nicht schwitzte, und sie hatte erst einmal pinkeln müssen. Eine Packung M&M in ihrem Mantel hatte den Hunger am ersten

Tag gestillt, aber langsam wurde ihr klar, dass die Zeit ablief. Und das Skelett neben der Tür sagte ihr, dass Lucien hier nicht oft vorbeikam.

Ein Gefühl der Panik stieg in ihr auf und drohte sie zu verschlingen; mühsam kämpfte sie dagegen an. Wenn sie am Leben bleiben wollte, musste sie ihre Energien sparen, durchzudrehen würde ihr nicht helfen. Irgendjemand würde sie retten. Sie hatte es nicht verdient, so zu sterben. Sie war doch etwas Besonderes; Mädchen wie ihr passierte so etwas nicht. Zum tausendsten Mal sehnte sie sich nach einer Zigarette, steckte sich aber keine an, da sie wusste, dass sie auf diese Weise nur schneller Flüssigkeit verlieren würde.

»Justin, Holly, bitte findet mich«, sagte sie immer wieder. Sie wusste, dass die Chancen schlecht standen, versuchte sich jedoch das Gegenteil einzureden.

Sie stand auf und streckte die Beine. Ihre Gelenke schmerzten, ihre Haut juckte, und ihre Augen fühlten sich trocken und entzündet an. Sie streckte den Arm aus, um sich an eine Wand zu tasten. Am meisten fürchtete sie sich davor, wieder auf das Skelett zu treten, aber sie brauchte ihr Feuerzeug. Sie wollte sich das Schloss noch einmal genauer ansehen, auch wenn sie keinen spitzen Gegenstand dabei hatte, um es zu knacken. Dabei wusste sie, wie es ging.

Sie kroch über den Boden und tastete nach dem Feuerzeug. Ab und zu krabbelte eine Schabe über ihre Hände. Nach kurzer Zeit umschlossen ihre Finger das glatte Gehäuse des Feuerzeugs, und sie hob es auf und machte es an.

Zum zweiten Mal tanzten düstere Schatten über das Skelett. Sie versuchte, nicht hinzusehen, während sie auf die Tür zuging. Auf den Knien schaute sie in das Schlüsselloch, versuchte den Mechanismus zu erkennen, der sie von der Freiheit trennte. Sie untersuchte das Mauerwerk am Rande der Tür. Zehn Zentimeter Mörtel und eine Stahlzunge hielten sie gefangen. Wenn sie ein Brecheisen gehabt hätte, wäre es kein Problem gewesen.

Seufzend ging sie in die Hocke. Und wenn sie einen Zauberstab hätte, könnte sie sich eine Fee verwandeln und durch das Schlüsselloch fliegen – beides Lösungen, die nicht realistisch waren. Sie nahm ihren Mut zusammen und beleuchtete das Skelett; vielleicht konnte sie bei ihm etwas finden, das ihr weiterhalf. Auch nicht realistisch, aber es wäre dumm gewesen, es nicht herauszufinden. Sie beugte sich über die Leiche und tastete die Lumpen ab. Ein ganzes Büschel Haare war auf den Boden gefallen, so schmutzig und angenagt, dass die Farbe nicht mehr zu erkennen war. Er hatte Jeans und ein Polyesterhemd getragen. Seine Uhr, die neben ihm lag, tickte noch. Sie warf einen Blick darauf – es war Freitag, sechs Uhr nachmittags. Zerlumpter, verrottender Jeansstoff über traurigen Knochen. Doch dann fiel ihr eine rechteckige Ausbeulung auf. Etwas steckte in seiner Gesäßtasche.

Vorsichtig hob sie den Stoff an und zog eine lederne Brieftasche hervor. Der Inhalt war schimmelig, aber weitestgehend unversehrt. Vier Zwanzig Dollar-Scheine und Kreditkarten steckten in den Fächern. Aus einem lugte ein Führerschein hervor. Sie zog ihn heraus und hielt ihn an die Flamme.

Der Mann auf dem Foto kam ihr auf seltsame Weise bekannt vor, und sobald sie den Namen darunter gelesen hatte, wusste sie, warum. Graham Humberstone. Justins Vater! Das gleiche Haar, die gleichen Augen, vielleicht etwas maskuliner um Mund und Nase. Es war also kein tragischer Angelunfall, bei dem er ums Leben gekommen war, es war ein teuflischer jüngerer Bruder. Jetzt verstand Prudence, was Emma gemeint hatte, als sie sagte, dass Lucien auch vor Mord nicht zurückschrecken würde. Warum hatte sie sich nicht aus dem Staub gemacht und war mit Justin und Holly vor diesem Abenteuer davongelaufen?

Sie machte das Feuerzeug aus und überlegte. Wie Graham hatte auch sie keinerlei Werkzeug, das sie hier rausbringen konnte.

Oder vielleicht doch?

Sie machte das Feuerzeug wieder an und untersuchte die Knochen von Grahams Fingern. Sie zog an einem – er löste sich sofort. Klein, aber nicht scharf genug. Die Flamme wurde schwächer, und da sie das Gas so lange wie möglich bewahren wollte, machte sie das Feuerzeug wieder aus. Sie betastete die Wand und fand einen Spalt zwischen zwei Ziegelsteinen, der mit hartem, kantigem Mörtel gefüllt war. Sie begann, den Knochen daran abzufeilen, damit er so spitz wurde, dass sie damit das Schloss knacken konnte. Vielleicht.

Es dunkelte, als Holly um die Ecke von Prudences Straße bog. Sie hatte ihr Haar unter einer schwarzen Baskenmütze versteckt, die sie während eines weiteren langen Tages in der Stadt gekauft hatte; außerdem hatte sie sich ihren Schal bis übers Kinn gewickelt. Der silberne Mietwagen schimmerte im Licht einer Straßenlaterne. Luciens blauer Wagen war nirgends zu sehen, und im Haus brannte kein Licht.

Sie musste es tun. Sie musste hineingehen, denn es waren mehr als vierundzwanzig Stunden vergangen, und sie wusste noch immer nicht, was zu tun war. Schließlich war sie zu der Überzeugung gekommen, dass dieses übernatürliche Problem nach einer übernatürlichen Lösung verlangte. Prudences Bücher waren ihre letzte Hoffnung. Sonntagmitternacht näherte sich rasant, und bis dahin musste sie einen Plan haben.

Als sie die Haustür von innen schloss, war im Haus alles still. Sie wartete ein paar Herzschläge, bevor sie in die Küche ging, und schrie vor Schreck leise auf, als Sooty laut miauend an ihr hochsprang.

»Oh, Sooty, du bist es«, sagte sie leise und legte erleichtert die Hand auf die Brust. Sie nahm die Katze in den Arm, aber Sooty entwand sich ihr sofort und lief miauend zu einem Schrank.

»Du hast bestimmt furchtbaren Hunger«, sagte Holly und schaltete die Lampe an. Im Hellen und in der Gesellschaft der Katze ließ ihre Angst etwas nach. Die Küche lag nach hinten hinaus, sodass niemand von der Straße aus sehen konnte, dass jemand im Haus war. Sie öffnete eine Dose mit Katzenfutter und kippte den Inhalt in Sootys Schüssel, der sich auf sein Futter stürzte und sie vollkommen ignorierte.

Sie legte den Dosenöffner in die Schublade zurück und entschied, ein Messer mit nach oben zu nehmen. Für alle Fälle. Die Treppe blieb dunkel, weil man das Dielenlicht von außen hätte sehen können. Sie ging den Flur entlang und stieß tief Luft holend die Tür zu Prudences Zimmer auf.

Das Fenster war noch offen und ließ die kalte Luft herein. Holly schaltete das Licht ein; es sah hier noch genauso aus, wie sie es vorgefunden hatte, die Bücher überall verstreut. Sie ging zum Fenster, schloss es und sah sich um. Was sie hier suchte, war die Nadel im Heuhaufen. Wahllos hob sie ein Buch auf – *Von Außerirdischen entführt: die Wahrheit* – und legte es sofort wieder beiseite. Sie bahnte sich ihren Weg über *Ley-Lines of Britain* und Aleister Crowleys *Diary of a Drug Friend* und sortierte die Bücher. Einige stellte sie wieder ins Regal, andere, die sich irgendwie auf Geister und den Umgang mit schwarzer Magie bezogen, stapelte sie neben sich auf. Schließlich hatte sie achtzehn Bücher gefunden, die sie durchschauen wollte. In Prudences Kleiderschrank fand sie einen Karton mit alten *Rolling-Stone*-Ausgaben. Sie nahm die Magazine heraus und packte die Bücher hinein und steckte noch ein Kissen dazu. Die Versuchung, hier zu bleiben, war nur allzu groß; es war warm und gemütlich, sie hätte duschen können und andere Sachen anziehen, aber sie hatte schon jetzt das Gefühl, sich zu lange hier aufgehalten zu haben. Lucien konnte jederzeit hier aufkreuzen. Wer weiß, vielleicht stand er schon jetzt vor dem Haus.

Als sie fertig war, ging sie ins Elternschlafzimmer, um sich zu überzeugen, dass Luciens Wagen nicht auf der Straße zu sehen war. Weit und breit nichts zu sehen. Gut. Sie ging in die Küche, machte eine große Tüte mit Trockenfutter auf und füllte eine Schüssel mit Wasser. Nachdem sie eine Taschenlampe und Ersatzbatterien gefunden hatte, klemmte sie sich die Bücherkiste unter den Arm und verließ vorsichtig das Haus.

Sie atmete erst etwas ruhiger, nachdem sie den Park durchquert hatte und das College vor ihr lag. Immer wieder hatte sie über die Schulter geschaut und darauf geachtet, dem Licht der Laternen aus dem Weg zu gehen. Mit jedem Schritt den Hügel hinauf war die Kiste schwerer geworden. Dann endlich hatte sie das College erreicht. Sie ging hinein, schloss die Tür zum Keller auf und begab sich in den Beichtstuhl.

Dort legte sie das Kissen auf den Boden, entzündete einige Kerzen, bis es hell genug war, und nahm das erste Buch zur Hand.

Gegen fünf Uhr morgens taten ihr nicht nur die Augen weh, sie war auch noch verwirrter und unsicherer als zuvor. Was das Übernatürliche betraf, schienen sich alle Theorien zu widersprechen. Geister konnten beherrscht werden, wenn man sie beim Namen nannte, indem man einen Kreis um sie herum zog oder sie im Namen Gottes befehligte. Teufel konnten durch das Beten des Vaterunsers vernichtet werden, indem man sie auf Versprechen festlegte, die sie im Leben nicht gehalten hatten, und sie mit Salz bewarf. Aber genauso viele Quellen sagten, dass Geister überhaupt nicht kontrolliert oder vernichtet werden konnten, dass die Menschen ihnen aus dem Weg gehen und sich nicht mit ihnen abgeben sollten, es sei denn, sie seien Experten mit über zehnjähriger Erfahrung. Wenn sie nur Prudence an ihrer Seit gehabt hätte, die zwischen pubertären Spekulationen und verlässlichen Erkenntnissen sicher unterscheiden konnte.

Seufzend rieb sie sich die Augen. Nur in einem waren sich alle Autoren – bis auf zwei – einig: die effektivste Waffe gegen einen bösen Geist war ein guter. Und das brachte sie auf Christian. Sie musste ihn irgendwie dazu bringen ihr zu helfen. Aber sie hatte Angst davor, nach oben zu gehen und sich wieder seinem Zorn zu stellen. Mit Schaudern dachte sie an den zerbrochenen Rahmen im Flur, hatte sie bislang doch angenommen, dass sich seine Macht nur auf ihr Zimmer beschränkte. Je zorniger er wurde, desto stärker wurde er.

Und selbst wenn sie ihn überreden könnte, ihr zu helfen, so besaß sie doch nicht die magischen Fähigkeiten, ihn in ihre Welt zu holen. In den Büchern stand, dass er lediglich eine Erweiterung ihrer Sinne bleiben würde – was er ihr immer wieder gesagt hatte –, für niemanden außer ihr wahrnehmbar. Kaum eine effektive Waffe im Kampf gegen zwei mächtige Magier.

Aber sie musste es versuchen, Christian war ihre letzte Hoffnung. Sie stellte die Bücher in eine Ecke, nahm die Taschenlampe und löschte die Kerzen; dann ging sie in ihr Studierzimmer hinauf.

Dort war es nach dem Beichtstuhl warm und fast gemütlich. Sie schloss die Tür hinter sich und sagte so zuversichtlich wie sie konnte seinen Namen:

»Christian?«

Keine Antwort. Sie spürte, wie ihr Herz klopfte. Was, wenn er verschwunden war? Was, wenn er glaubte, dass Holly das Grimoire bereits zerstört hatte und seine Aufgabe beendet war?

»Christian, wenn du in der Nähe bist, komm. Ich muss dir etwas sagen.« Sie zögerte. »Etwas über Rosalind«, fuhr sie fort.

Ein zorniges Grollen erschütterte die Regale.

»Werde nicht böse, hör mir nur zu.«

Die Bücher bewegten sich nicht. »Ich höre zu. Was kannst du schon über Rosalind wissen?«

Sie hätte gerne sein Gesicht gesehen, hatte sich aber nicht die Zeit genommen, den Spiegel zu holen; vielleicht hätte er sich aus Trotz ohnehin nicht blicken lassen. Die Stimme, die aus allen Richtungen kam, irritierte sie immer wieder, aber dennoch meinte sie ihn wahrnehmen zu können, eine leichte Erwärmung von Luftmolekülen in der Ecke neben ihrem Schreibtisch.

»Rosalind sagte, dass du die Erinnerung an sie nicht bewahren würdest können. Weißt du warum?«

»Ich habe es dir gesagt. Sie sprach im Fieberwahn.«

»Aber alles andere sagte sie nicht im Wahn?«

Ein zorniges Schweigen. »Was willst du ihr anhängen?«

»Gar nichts. Ich glaube, Rosalind hat dich sehr geliebt, und du hast ihr sehr Leid getan.«

»Ich habe ihr Leid getan?«

»Weil sie wusste, dass Peter vorhatte, dich Aathahorus zu opfern.«

Sie wappnete sich gegen einen Schwall von Beleidigungen, doch er blieb aus. Stattdessen sagte er nur leise: »Ich glaube dir nicht.«

»Du bist meine letzte Hoffnung, Christian«, sagte sie. »Meine beiden Freunde sind verschwunden, und ich bin sicher, dass Lucien die letzte Beschwörung für Sonntagnacht geplant hat. Du musst mir helfen.«

»Rosalind hat mich geliebt«, sagte er.

»Ich weiß. Und ich liebe dich auch.«

»Vielleicht wollte sie mich warnen.«

Holly atmete erleichtert auf. »Ja, vielleicht.«

»Ich weiß nicht, was ich glauben soll«, sagte er. »Ich hatte Zeit zum Nachdenken, und ich weiß nicht, was geschehen wird.«

Schweigen.

»Ich brauche dich. Ich muss mich Lucien entgegenstellen, und Archimago wird dabei sein. Du könntest mit ihm reden und vielleicht herausfinden, ob er dir Böses wollte oder nicht.«

»Du musst mich zu ihm bringen«, erwiderte er.

Holly hielt den Atem an. Er würde es tun. »Ich weiß nicht, wie«, sagte sie.

»Ich schon.«

»Ich habe nicht das Werkzeug und nicht die Erfahrung.«

»Es gibt einen anderen Weg, aber er ist gefährlich.«

»Das kümmert mich nicht. Ich muss ihn aufhalten.«

»Du musst kommen und mich holen.«

Sie vergaß ihre Furcht. »Ist das möglich?«

»Es ist der einzige Weg.«

»Was muss ich tun?«

»Hol mich am Sonntag, etwa fünf Stunden, bevor die Beschwörung beginnt. Faste bis dahin und schlafe viel. Hab keine Angst.«

»Ich werde da sein«, sagte sie. »Was auch passiert, ich werde da sein.«

»Ich hoffe es.« Im nächsten Augenblick war er verschwunden. Sollte sie ihm trauen? Hatte sie eine Wahl?

Nachdenklich ging sie zum Fenster und schaute auf die Straße. Sie musste schlafen, wollte aber ihren Kopf gern auf etwas Weiches und Warmes betten und deshalb nicht im Beichtstuhl bleiben. Sie beschloss, doch in Prudences Haus zurückzukehren.

Zurück nach unten, zurück in den Keller. Sie packte die Bücherkiste und machte sich auf den Weg hinaus. Ihr Körper war müde, ihr Verstand in Aufruhr. Voller Furcht starrte sie in das Dunkel der Gänge. Alles um sie herum schien dunkel und gespenstisch. Prudences Zauberschlüssel in der Handtasche, ging sie vorsichtig zu ihrem Haus zurück. Sooty schlief friedlich in einem Lichtschein, der von der Straße kam. Sie wusste, dass Prudence in einer Dose in der Küche ein paar Notgroschen aufbewahrte. Sie schaute hinein – es reichte. Sie rief ein Taxi an und ließ sich in die Stadt fahren. Eine halbe Stunde später schloss sie die Tür eines Hotelzimmers hinter sich, drehte die Heizung voll auf, duschte und kuschelte sich schließlich unter warme, weiche Decken.

Sie schlief sehr lange.

Immer wieder versuchte sich Prudence mit ihrem improvisierten Dietrich – einem Fingerknochen Grahams – an dem Türschloss. Ab und zu zog sie an einer Zigarette, schaute im Schein der Glut nach, ob sich etwas getan hatte. Sie wollte immer noch das Gas ihres Feuerzeugs sparen, das nicht ewig halten würde.

Genausowenig wie sie.

Ihr war klar, dass sie langsam an Austrocknung starb.

Ihre Haut schuppte, schien viel zu straff über ihre Knochen gespannt. Die trockenen Augen waren tief in die Höhlen gesunken. Sie hatte seit über vierundzwanzig Stunden kein Wasser mehr gelassen, und immer öfter nahmen ihr Schwindelanfälle den Orientierungssinn, und sie konnte oben von unten, links von rechts nicht mehr unterscheiden. Trotzdem versuchte sie, sich auf ihre Aufgabe zu konzentrieren. Immer wieder sagte sie sich, dass sie hier schon rauskommen würde. Sie sagte es laut, als wolle sie mit ihrer Stimme die sich heranschleichende Furcht in Schach halten, sie könne hier neben Justins Vater sterben, aus Mangel an der Substanz, die sie sonst nie zu sich nahm, wenn etwas mit Alkohol oder Koffein in der Nähe war.

Die Zigarette zwischen ihren Lippen war bis zum Filter runtergebrannt. Sie spuckte sie auf den Boden und zählte in ihrer Packung nach. Noch fünf. Kurz machte sie wieder das Feuerzeug an, das so viel heller schien als die Tabakglut. Als sie es wieder in die Tasche stecken wollte, wurde ihr plötzlich wieder schwindelig. Das Feuerzeug glitt ihr aus der Hand und fiel auf den Boden. Sie lehnte sich gegen die Tür und wartete, bis der Schwindel nachließ. Dann begann sie nach dem Feuerzeug zu suchen.

Ein paar schreckliche Sekunden lang fürchtete sie, dass es unter die Tür auf die andere Seite der Freiheit gerutscht sein könnte, doch dem war zum Glück nicht so: Es hing in der Ritze fest. Als sie danach griff, spürte sie etwas anderes zwischen den Fingern. Ein Stück Papier.

Mit einer Hand zog sie das Feuerzeug unter der Tür hervor und steckte es in ihre Tasche, die Finger der anderen hielt sie auf der Ecke des Papiers. Was konnte es sein? Plötzlich schien es die wichtigste Sache der Welt, das herauszufinden. Hatte Lucien ihr etwa eine Nachricht hinterlassen, mit dem Versprechen zurückzukommen? War sie unter die Tür geweht worden, als er sie geschlossen hatte?

Sie verzog das Gesicht. Und wenn es ein McDonald's-Gutschein war, der Lucien aus der Tasche gefallen war, als er sie in die Kammer getragen hatte?

Aber sie musste es wissen. Ihre Finger waren steif, und fast hätte sie das Papier weiter in den Flur geschoben. Sie holte tief Atem, und es gelang ihr, das Blatt so weit heranzuschieben, dass sie es unter der Tür durchbekam. Zwei Seiten, mit irgendeinem alten Klebstoff zusammengehalten. Sie machte das Feuerzeug an und betrachtete sie.

Zuerst glaubte sie, ihre schmerzenden Augen spielten ihr einen Streich. Die Buchstaben, die die Seiten bedeckten, waren vollkommen unleserlich. Aber dann wurde ihr klar, dass sie diese verschlüsselten Seiten schon einmal gesehen hatte. Das Grimoire.

Das Buch hatte soviel durchgemacht, hatte seine Bindung im Feuer verloren, und einige Seiten hatten sich gelöst. Lucien musste es bei sich gehabt haben, als er sie in den Keller getragen hatte, vielleicht eifersüchtig ins Hemd gesteckt, damit es nicht noch einmal verloren ging. Und vielleicht waren die beiden Seiten herausgefallen, als er sich gebückt hatte, als er sie herunterließ oder als er die Tür abgeschlossen hatte.

Sie starrte die Blätter eine Weile an, bevor sie merkte, dass sie Gas verschwendete, und machte das Feuerzeug aus. Auch wenn sie verwirrt und erschöpft war, erkannte sie, dass sich hier eine Möglichkeit für sie bot.

Es war so, er musste zurückkommen. Egal, wie viele Beschwörungen er auswendig kannte, die Kraft lag im Buch. Er musste spätestens dann kommen, wenn er das Buch brauchte, also Sonntagnacht.

Und dann konnte sie entkommen. Hoffnung flammte in ihr auf. Ein Plan, sie brauchte einen Plan, um an ihn ranzukommen.

Zuerst musste sie wissen, welcher Tag es war und wie spät. Ihr Zeitgefühl war zwischen Dösen und Schwindelanfällen verloren gegangen. Sie beleuchtete Grahams Armbanduhr. Vorausgesetzt, sie ging nach all den Jahren noch richtig – es war ein teures Schweizer Stück, also war die Wahrscheinlichkeit groß –, dann war es Samstag, zweiundzwanzig Uhr. Also musste sie noch mindestens vierundzwanzig Stunden aushalten, bis er kam.

Sie stöhnte auf. Würde sie es solange schaffen?

»Sei optimistisch, Prudence«, sagte sie sich. In der Sahara starb man vielleicht nach drei Tagen ohne Wasser, aber in dieser unterirdischen Kammer war es kühl und feucht. Solange sie bei Bewusstsein blieb, war alles gut. Aber wie wollte sie Lucien überwältigen, wenn Hunger und Austrocknung sie schwach wie ein Kätzchen gemacht hatten. Eine Waffe hatte sie nicht.

Sie spürte Grahams Skelett neben sich auf dem Boden. »Es tut mir Leid«, sagte sie zu ihm. »Es tut mir Leid, dass ich dich als Werkzeugkasten missbrauche.« Sie fuhr mit der Hand über die Rippen, über die Hüfte die Beine entlang. Sie löste einen Oberschenkelknochen und schätzte sein Gewicht. Nicht besonders schwer. Sie brauchte etwas anderes. Sie zog den anderen Oberschenkelknochen heraus und spürte, wie irgendetwas riss, als er sich löste. Sie versuchte, ihn in der Mitte durchzubrechen, aber er war zu hart. Von der Anstrengung wurde ihr sofort schwindelig, und sie musste warten, bis sie wieder Kräfte gesammelt hatte. Mit allem, was sie hatte, schlug sie den Knochen gegen die Mauer neben der Tür. Nichts. Sie versuchte es noch einmal. Der Knochen brach und zersplitterte. Sie befühlte die Bruchstelle. Gezackt und spitz, genau richtig.

Prudence steckte die Seiten des Grimoire in ihre Manteltasche, setzte sich und wartete auf Luciens Rückkehr.

39. Kapitel

Was am frühen Morgen als winterlicher Nieselregen begonnen hatte, war bis Sonntagabend gegen halb sieben ein eiskalter Dauerregen geworden. Der Himmel war so dunkel gewesen, dass es aussah, als sei die Sonne gar nicht aufgegangen. Holly, die den Furcht erregendsten Tag ihres Lebens erwartete, schien das angemessen.

Fröstelnd schloss sie die Tür ihres Arbeitszimmers hinter sich. Leider wusste sie nicht, wo sich die Zentralschaltung für die Heizung befand. Trotz ihres Regenschirms waren Arme und Beine total durchnässt worden; Ärmel und Hosenbeine klebten auf Gänsehaut.

Leise atmend sah sie sich um. Wie viel doch hier geschehen war. Mehr als je zuvor wünschte sie sich, dass alles so sein könnte wie noch vor ein paar Tagen, dass Justin und Prudence sicher wären und diese schreckliche Finsternis, die in ihr Leben gekrochen war, über Nacht davonziehen würde wie die schwarzen Wolken am Himmel. Ohne sich Lucien und Peter Owling entgegenstellen zu müssen, ohne Christians Totenreich betreten zu müssen, ohne die schreckliche Gewissheit, dass nur sie ihre Freunde vor tödlicher Gefahr bewahren konnte.

»Christian, ich bin hier«, sagte sie mit fester Stimme.

Ein Atemhauch an ihrem Ohr, dann die seltsame körperlose Stimme. »Wir müssen sicherstellen, dass niemand dich stört. Kannst du etwas vor die Tür schieben?«

Holly nickte. »Klar.« Sie nahm einen Stuhl und schob ihn unter die Türklinke. »Was muss ich tun?«, fragte sie, als sie in die Mitte des Zimmers zurückkehrte.

»Leg dich hin. Atme ein paar Mal tief durch. Egal was passiert, konzentriere dich nur auf meine Stimme. Folge meiner Stimme.«

Sie ließ sich auf dem Teppich nieder und schloss die Augen. Die Muskeln in ihren Beinen zuckten vor Aufregung.

»Du musst dich entspannen, Holly«, sagte Christian, und für einen kurzen Augenblick spürte sie seine warme Hand auf ihrer Stirn.

»Ich habe Angst.«

»Hör mir sehr gut zu. Was immer geschieht, folge meiner Stimme. Wenn du etwas Schwarzes siehst, halte dich davon fern. Wenn du dich in den Schatten verlierst, ruf meinen Namen.« Dann wiederholte er mit ernster Stimme zwei seiner Befehle. »Folge meiner Stimme. Halte dich von allem Schwarzen fern.«

Holly nickte beklommen. Kalte Furcht machte sich in

ihren Gliedern breit. »Ich weiß nicht, ob ich ruhig genug bin, das alles zu befolgen.«

»Deshalb helfe ich dir ja. Folge meiner Stimme, verlasse dich ganz auf sie. Solange du meine Stimme hörst, bist du sicher.«

»Okay.«

»Was hörst du jetzt? Nenn mir alles, was du hörst.«

»Ich höre den Regen.«

»Streng dich an. Was hörst du noch?«

Sie lauschte. In der Ferne rauschte der Verkehr, die Blätter an den Zweigen raschelten, irgendwo tickte eine Uhr, ihr Herz pochte. Sie nannte ihm diese Dinge.

»Lass sie nacheinander verstummen. Werde stumm. Du sollst nur noch meine Stimme hören oder die Stille.«

Sie zog einen unsichtbaren Schleier zwischen sich und die Geräusche, bis es schien, als sei die Welt ganz still geworden.

»Was spürst du jetzt?«

»Ich spüre den Teppich unter mir. Die feuchte Hose, die an meinen Beinen klebt. Ein leichtes Jucken an meiner linken Schulter. Mein Atem, der mich unter der Nase kitzelt.«

»Lass auch diese Empfindungen gehen. Verlasse deinen Körper. Lass dich von meiner Stimme leiten.«

Langsam streifte sie jedes Gefühl ab und spürte, wie sie sich aus ihrem eigenen Körper zu lösen begann, als schwebe sie einige Zentimeter über dem Teppich. Ein angenehmes Gefühl, befreiend.

»Holly.« Der Klang seiner Stimme war wie ein Haken, der ihr Seele fing und sie hochzog, immer weiter fort. In weiter Ferne hörte sie einen leisen Schreckensschrei.

»Christian!«, sagte sie, aber es war weniger gesprochen als laut gedacht. »Ich habe Angst.«

»Schau dich um, Holly.«

Ihr Blickfeld veränderte sich. Sie war noch immer im Büro, aber die Winkel wirkten flacher und die Farben ausgebleicht. Als sie nach unten schaute, sah sie eine blasse Gestalt in Schwarz – sich selbst – auf dem Boden liegen.

»Hab keine Angst, geh nicht wieder dorthin zurück«, sagte Christian. »Folge meiner Stimme.«

Als sie wieder nach oben schaute, sah sie hinter sich eine silberne Nebelspur, in der Eiszapfen glitzerten. Der Nebel schien von ihrem Körper auf dem Boden zu dem Punkt zu wabern, an dem sie sich jetzt befand; Sterne taten sich über ihr auf.

»Komm, Holly, komm zu mir.«

»Wo bist du?«

»Du musst noch einige Schritte tun. Wir sind noch durch viele Schichten voneinander getrennt. Geh immer auf meine Stimme zu.«

»Dann hör nicht auf zu sprechen«, sagte sie angsterfüllt. »Sing oder sag Gedichte auf oder sonst was.«

»Mein Herz tut weh und träge Taubheit trübt meine Sinne, als hätte vom Schierlingsbecher ich getrunken«, begann er. »Bist du in meiner Nähe?«

»Ja, geh weiter. Hör nicht auf.« Die Sternenlandschaft hinter ihr verblasste, vor ihr ging hinter einer stillen Ebene glühend die Sonne auf. Sie hatte ein Körpergefühl, spürte ihre Haut und ihre Sinne, aber es unterschied sich vollkommen von dem, wie sie normalerweise fühlte. Ein leichtes Prickeln lief über ihre Glieder, als sei sie aus glitzerndem Licht und nicht aus Fleisch und Blut gemacht.

»Dass du, leichtgeflügelter Driade der Bäume, an einem melodiösen, zweigengrünen Ort der zahllosen Schatten, vom Sommer sängest, aus leichter, voller Kehle.« Seine Stimme bahnte sich irgendwo über ihr einen Weg. Sie hörte zu und folgte ihr. Ein Geruch nach Erde umhüllte sie, und plötzlich ging sie durch einen großen, dunklen Wald.

»Bleib von allem Schwarzen fern«, wiederholte er.

Sie sah argwöhnisch nach links und rechts. Hinter Baumstümpfen taten sich dunkle Schatten auf. Waren das die schwarzen Orte, vor denen sie sich hüten sollte? Der silbern schimmernde Nebelschweif folgte ihr noch immer und erstreckte sich hinter ihr scheinbar in die Unendlichkeit.

»Wo bin ich, Christian?«

»Frage lieber nicht. Komm. *Doch hier gibt es kein Licht, dort wo die Winde wehn durch üppiges Blattwerk und sich die Mooswege winden in der Finsternis.*«

Der betörende Geruch nach frisch gefallenem Regen hing überall. Sie ging immer tiefer in die grüne Finsternis hinein, folgte Christians Stimme, als zöge er sie an einem Seil hinter sich her. Sie fühlte sich auf wunderbare Weise lebendig, sie sprühte vor Leben. Farben schlängelten sich kühlend um sie herum, silberne Laute liefen in Mustern über ihren Körper.

»Dieser Ort ist wunderschön, Christian. Können wir nicht eine Weile hier bleiben?«

»Folge mir.«

Etwas Dunkles bewegte sich am Rande ihres Blickfelds. Sie drehte sich um. An einem Ast saß ein großer Vogel, die Augen von einem gedämpften, an Zinn erinnernden Grün.

»Oh, wie bist du schön«, sagte sie und näherte sich ihm.

Je näher sie kam, desto mehr verschwand die Farbe aus seinen Augen, als färbten sich die Pupillen schwarz.

»Holly, hör mir zu. Hör auf meine Stimme.«

Auch die Federn des Vogels verdunkelten sich. Er breitete die Flügel aus, deren Spanne fast den ganzen Ast ausmachte. Zu spät erkannte sie, dass die Innenseiten der Flügel pechschwarz waren.

»Holly!«, rief Christian.

Sie riss den Mund auf und taumelte zurück, als der große Vogel sich auf sie stürzte, schwärzer als schwarz, als hätte jemand ein Stück aus dem Himmel gerissen und man könnte in das Nichts dahinter sehen.

»Nein! Christian, hilf mir!« Sie rannte vor dem Tier davon, kauerte sich hinter einen Baum. Der Vogel war ein paar Meter vor ihr gelandet und hackte mit dem Schnabel auf den Sternennebel ein, der ihr folgte. Bei jedem Biss spürte Holly einen schrecklichen, eisigen Schmerz tief im Inneren.

»Christian? Hilf mir. Wo bist du?«

Sie hörte seine Stimme nicht, hatte sie die Verbindung zu ihm verloren? Und wenn der Vogel den Nebel hinter ihr zerhackte, was blieb ihr dann?

»Holly?« Seine Stimme klang weit entfernt, gedämpft.

»Ja! Ja, ich kann dich hören. Rede weiter!«

»Kann nicht erkennen, welche Blumen zu meinen Füßen blühn, noch welcher süße Weihrauch in den Zweigen hängt …« Seine Stimme wurde fester, und sie fühlte sich wieder zu ihm gezogen. Der schwarze Vogel verschwand in den Schatten, der eisige Schmerz verschwand.

»Doch in von Duft umhüllter Dunkelheit«, fuhr er fort.

»Ja, ich habe dich. Ich bin wieder bei mir.«

»Holly, dieser Ort ist gefährlich. Achte nur auf meine Stimme.«

»Das werde ich. Dieser Ort ist so verführerisch. So wunderschön.«

»Der Tod kann verführerisch sein, wunderschön ist er nie. Komm, wir müssen noch einige Schritt gehen.«

Sie spürte, wie sie noch einmal aufstieg, sah die Wipfel der Bäume, durch die sie noch eben gegangen war. Von oben erkannte sie, dass ein Fluss durch den Wald lief, das Wasser dick und schwer wie Teer; heiße Schwefelblasen platzten, wenn es über Steine und Baumwurzeln lief. Sie schaute nach vorne. Die Welt, die sie jetzt umgab, war neblig, blau. Wortfetzen drangen zu ihr.

»Wer redet da?«, fragte sie.

»Höre auf keine Stimme außer meiner«, sagte Christian.

»Das werde ich.«

»Egal, was geschieht, egal, was du hörst. In diesen Nebeln schweben die Seelen der Toten, Seelen, die noch nicht zur Ruhe gekommen sind. Manche leiden, manche zürnen, aber keine kann dir etwas tun. Folge nur meiner Stimme.«

»Ja, rede weiter.«

»Dunkles Wesen, ich lausche; und da oft ich halb verliebt gewesen bin in einen leichten Tod, gab ich ihm schöne Namen wohlgereimt …«

»Holly!« Eine zu vertraute Stimme, zu nah.
»Christian, ich glaube ...«
»Holly! Was machst du hier?«
»Michael?«
Die Furcht ließ sie erstarren.
»Hör ihm nicht zu, Holly«, warnte Christian.
»Holly, was habe ich getan?«, fragte Michael. »Ich will hier nicht sein. Ich wollte nicht sterben.«
»Wo bist du? Ich kann dich nicht sehen.«
»Du kannst ihn nicht sehen«, sagte Christian. »Ignoriere ihn.«
Sie zögerte. Michaels Stimme zog sie zu sich. »Hilf mir zurückzukommen«, sagte er. »Ich will nicht hier sein. Es tut mir Leid, dass ich es getan habe.«
»Holly, du musst ihn ignorieren«, sagte Christian bestimmt. »Du musst mir folgen. Für ihn kannst du nichts mehr tun.«
Ihr Schuldgefühl nahm sie für einen Augenblick als Geisel, doch dann verdrängte sie es und folgte Christians Stimme.
»Hol-ly!«, schrie Michael, bereits aus weiter Ferne. »Verlass mich nicht schon wieder!«
»O Gott«, sagte sie leise. »O Gott.«
»Meine Stimme, Holly, folge nur meiner Stimme. Du bist fast da.«
Sie ließ Michael hinter sich zurück und ging weiter. Die blauen Nebel verzogen sich. Eine Stadt tauchte unter ihr auf, Häuser, enge Straßen, Bäume, aber alles seltsam flach, seltsam zweidimensional.
»Wo sind wir?« An den gepflasterten Straßen erhoben sich große Steinhäuser, anderswo standen ärmliche Hütten in staubigen Seitenstraßen; durch all das lief ein schmutziger Fluss.
»Wir sind in London. Komm. Du bist fast da, ich kann dich fast berühren.«
Unter ihr bewegten sich die Menschen wie winzige Puppen zum Ausschneiden. Kutschen und Karren verstopften die Straßen. Die Geräusche der Stadt ertönten –

klappernde Hufe, das Gelächter von Kindern, die Rufe der Marktschreier. Aus den Kaminen wehten seltsame flache Rauchwolken.

»Ich hab dich!«, rief Christian plötzlich, und dann stürzte sie auf das Dach eines zweistöckigen Backsteinhauses zu. Unwillkürlich schrie sie auf. Dann sah sie Ziegel, einen Dachboden, verstaubte Holzbalken, das erste Stockwerk, tiefer hinab, sie sah Leinen und Gemälde und Porzellanpuppen und noch tiefer. Vor Angst schloss sie die Augen.

Plötzlich endete der Fall. Etwas umklammerte ihr Handgelenk; zögernd öffnete sie die Augen und schaute herab. Es war Christians Hand.

»Christian?« Er stand vor ihr wie ein Wesen aus Fleisch und Blut. Sie sah ihn von oben bis unten an.

»Mein Gott, du bist noch schöner, als ich dachte«, sagte sie. »Aber ich habe dich nur immer als flaches, farbloses Bild gesehen.«

Er war groß, viel größer als sie jemals erwartet hätte, sein Gesicht das eines Engel – blasse Haut, eine leichte Rötung auf den makellosen Wangen, die Augen so blau wie der Ozean, schwarze Locken, die sich um die Ohren wickelten. Sie berührte seine Lippen; sie waren warm.

»Ich kann dich fühlen«, sagte sie. »Ich kann dich sehen, dich berühren.«

»Ja, hier schon.«

Sie sah sich um. »Wo sind wir?« Aber sie ahnte es bereits. Rot-goldene Tapeten, jeder freie Zentimeter mit Gold, Samt und Kristall voll gestopft, ein roter marmorner Kamin, vor dem ein abgewetzter Sessel mit hoher Rückenlehne stand.

»Es ist Peters Haus. So wie es damals war.«

»Lebst du hier?«

Er seufzte. »Das ist nicht leicht zu erklären. Ein Hier gibt es eigentlich nicht. Das Hier bin ich, es ist ein Teil von mir, ein Bauwerk meiner Erinnerung. Du bist hier, weil du zu mir kommen musst. Wenn ich mit dir in die Welt der Lebenden gehe, wird dieser Ort verschwinden.«

»Wirst du je zurückkehren können?«

Er schüttelte den Kopf. »Ich will nicht zurückkommen. Ich will mich ausruhen, zusammen mit den anderen, die das Glück hatten, auf die andere Seite zu gelangen.«

Sie konnte nicht aufhören, ihn zu streicheln, strich über das Samt seines Wamses, schlug die Hemdsärmel zurück, um die langen, blassen Hände zu betrachten. So wie er jetzt vor ihr stand, sah er jünger aus, mehr wie der Siebzehnjährige, als der er gestorben war.

»Kann ich dich so halten?«, hauchte sie.

»Ja.« Sie legte die Arme um ihn, spürte seine Brust, spürte, wie sich seine Rippen mit jedem Atemzug hoben und senkten. Das Einzige, was sie daran erinnerte, dass dies nicht die Wirklichkeit war, war dieses seltsame, körperlose Prickeln um ihre Glieder herum. Sie ignorierte es und schmiegte sich an ihn.

»Ich liebe dich«, sagte sie in dem Bewusstsein, dass Worte nicht die tiefe, süße Dunkelheit, die sie empfand, ausdrücken konnten.

»Und ich liebe dich«, sagte er, und sie meinte, sein Herz schneller schlagen zu hören. »Aber wir müssen zurück.«

»Können wir nicht etwas länger bleiben? Ich möchte dich ewig so halten.«

»Wir haben nicht viel Zeit, hier verstreichen die Stunden schneller. Deine Freunde sind in Gefahr, die Welt ist in Gefahr.«

Sie begann zu schluchzen. »Das ist nicht gerecht. Ich will nur dich.« Sie spürte Samt an ihrer Wange. Ihre warmen Tränen tropften auf den Stoff.

»Aber es ist das Richtige«, sagte er, trat einen Schritt zurück und sah sie mit großen, blauen Augen an. Seine Mundwinkel hingen traurig herab. »Wir müssen das Richtige tun.«

Sie sah zu ihm auf, und er küsste sie. Sie seufzte, spürte seine warme Zunge in ihrem Mund, und seine blassen Finger gruben sich in ihre Schultern. Alles drehte sich. Seine Lippen strichen über ihre Wangen, über ihre Ohren.

»Bist du bereit?«, murmelte er.

»Halt mich noch ein bisschen länger. Nur fünf Minuten. Bitte, nur noch fünf Minuten.«

»Also gut«, sagte er sanft.

Die Uhr auf dem Kaminsims zeigte die Zeit an. Sie presste ihr Gesicht an seine Brust, rieb ihre Wange an seiner Weste, fuhr mit den Lippen über seinen Hals. Er hielt sie fest in den Armen, als seien einhundertunddreißig Jahre Sehnsucht zu fünf kurzen Minuten verdichtet worden. Sie wusste, dass sie ein solches Glück nie mehr in ihrem Leben finden würde und klammerte sich verzweifelt daran, kostete die letzten fünf Minuten aus, in denen sie ein zufriedener, optimistischer Mensch sein würde.

»Komm«, sagte er und machte sich von ihr los. »Es ist an der Zeit zu gehen.«

Er nahm ihre Hand, und sofort ergriff sie ein seltsames Gefühl von Höhenangst. Peters Haus löste sich um sie herum auf, und sie flogen davon. Die Rückkehr ging schneller vonstatten, gemeinsam reisten sie den silbernen Nebelschwaden entlang auf das Hier und Jetzt zu. Holly sah, wie unter ihr die Welt auftauchte, und sie schloss die Augen, weil sie auch dieses Mal das gleiche Schwindelgefühl ergriff, das sie von ihrem ersten Sturz kannte.

Als sie landete, spürte sie einen leichten Stoß. Das Geräusch des Regens auf dem Dach verriet ihr, dass sie zurück war. Vorsichtig öffnete sie die Augen. Sie lag wie vorher auf dem Teppich, ihr war bitterkalt. Mühsam richtete sie sich auf und sah sich nach Christian um, sie war allein. War alles nur ein Traum gewesen?

»Christian?«

Plötzlich materialisierte er vor ihr, das gleiche seltsam zweidimensionale Wesen, das er im Spiegel gewesen war. »Ich bin hier. Du kannst mich rufen oder fortschicken, wann immer du willst. Wohin du auch gehst, muss auch ich gehen, bis du mich freigibst. Und ich kann nirgendwo hingehen ohne dich.«

Sie blickte auf die Uhr auf dem Schreibtisch. Es war kurz vor Mitternacht. »Und das gilt auch für Luciens Ritual«, sagte sie. »Wir müssen zusammen gehen, nicht wahr?«

Er nickte. Sie wollte ihn berühren, doch ihre Hand ging durch ihn hindurch, sie spürte etwas Festeres als Luft, aber beileibe kein Fleisch und Blut. »Christian«, sagte sie. »Wie kann ich je wieder glücklich werden?«

»Eines Tages wirst du wieder glücklich sein. Du wirst dich in einen anderen verlieben. Einen, den es wirklich gibt.«

Sie stand auf und ging zum Fenster. Während sie hinausschaute, stritten die widersprüchlichsten Gefühle in ihr. Plötzlich erhellten die Scheinwerfer eines Wagens die Auffahrt zum College. Lucien kam. Sie drehte sich um und sah Christian an, der auf ihre Anweisungen wartete.

»Was können wir tun, um ihn aufzuhalten?«

»Ich kann ihn aufhalten.«

»Wie?«

»Ich bin jetzt stärker als Peter. Unter den Seelen der Toten gibt es eine Rangordnung. Er steht auf der niedrigsten Stufe. Du musst mir vertrauen.«

Vertraute sie ihm? Er liebte Peter noch immer. Er hatte sich noch immer nicht eingestanden, dass Peter ihn vernichtet hatte. Sie überlegte kurz. Dann fasste sie einen Entschluss.

»Du kannst ihnen nicht erscheinen, bevor ich es dir befehle?«

»Das stimmt.«

»Gut. Dann verschwinde jetzt. In ein paar Minuten gehe ich ins Büro hinauf. Komm mit mir, aber zeige dich erst, wenn ich dich rufe.«

»Wie du wünschst.« Er verschwand.

Sie ging zur Tür, schob den Stuhl weg, mit dem sie sie verbarrikadiert hatte und lauschte auf Luciens Schritte. Er kam nicht allein – sie konnte deutlich eine zweite Person ausmachen. Wen hatte er mitgebracht? Sie hielt das Ohr ans Schlüsselloch, um etwas von den Worten der beiden mitzubekommen.

»… sehr aufgeregt. Es ist lange her, seit ich …« Eine unbekannte Stimme, rau und tief wie die eines starken Rauchers.

»… von mir, Archimago.«
»Keine Bange, Magus.«
Die beiden gingen die Treppe zur nächsten Etage hinauf, und die Stimmen verhallten. Archimago war bei Lucien, bereits in einem anderen Körper! Alles schien bereit für die allerletzte Beschwörung. Bei dem Gedanken daran, was geschehen war, als Owling versucht hatte, Satan zu beherrschen, lief ihr ein Schauder über den Rücken. Wie leicht der Teufel aus dem magischen Kreis treten konnte. Wie war sie nur in all das hineingeraten?
Sie lehnte sich mit dem Rücken gegen die Tür, atmete schwer und legte die Hand auf den Bauch. So stand sie eine Weile unschlüssig da. Sie hatte Angst zu gehen, aber sie konnte nicht zurück. Schließlich öffnete sie die Tür und trat auf den Flur hinaus. Ihre Beine waren weich wie Gummi, sie fühlte sich schwindelig und zitterte fast vor Angst. Doch dann ging sie auf die Treppe zu.
Es wurde Zeit.

40. Kapitel

Durch den Spalt unter der Tür zu Luciens Büro tanzten die Schatten der Kerzenflammen hindurch. Tiefe Stimmen, das Lachen Archimagos. Holly schlich sich näher und lauschte. Lucien rezitierte eine Art Liste der Schmähungen gegen jeden christlichen Heiligen und Propheten, den es gab. Es hatte begonnen! Das Herz schlug ihr bis zum Hals und sie war schweißgebadet; es war, als springe man von einer Klippe, ohne zu wissen, ob ein Rettungsnetz aufgespannt war oder nicht.
Sie drückte die Türklinke. Verschlossen, natürlich. Wie sollte sie hineinkommen?
Plötzlich wurde die Tür aufgerissen, und Lucien starrte düster auf sie herab. Er musste gesehen haben, wie sich die Klinke bewegte, vielleicht hatte auch Archimago ihn gewarnt. Sie schrie auf und wich zurück, aber er packte

sie mit seinen großen Händen an Schulter und Arm und zog sie ins Zimmer. Die Tür schlug hinter ihr zu, und Lucien stieß sie gegen seinen Schreibtisch. Ihr Blick fiel auf den Kreis, die Kerzen, und in der Ecke …«

»Justin!«

Das Wesen lachte, ein schrecklicher Laut wie Glas auf einer Schiefertafel. Es war nicht Justin, es war Archimago. Sie sah sich verzweifelt nach Prudence um, wurde aber bald ihrer eigenen prekären Lage gewahr, als Lucien ihr die kalte Spitze eines Brieföffners an die Kehle hielt.

»Was, zum Teufel, hast du hier zu suchen?«, herrschte er sie an.

»Sie … Sie müssen aufhören«, stammelte sie. »Sie können diesem Wesen nicht vertrauen.«

»Und woher willst du das wissen?«

»Ich weiß, wer er ist. Es ist Peter Owling. Er versucht, sie zu täuschen.«

»Was?« Lucien sah sie eindringlich an. »Wieso weißt du von Peter Owling?«

»Er nennt sich Archimago, aber er ist Peter Owling.«

»Es ist wahr, Magus«, sagte das Wesen in Justins Körper. Es war das Unheimlichste, was sie je gesehen hatte. Justins Augen waren tot und leer, und das andere Wesen sprach durch ihn. »Ich war Peter Owling.«

Lucien hielt sie noch immer fest, aber sein Blick richtete sich auf Archimago. »Was …! wie …«

»Aber ich versuche nicht, dich zu vernichten. Ich versuche, dir zu helfen.« Archimago sprach mit vernünftiger, ja, fast sympathischer Stimme. »Du hast gesehen, welche Gestalt ich auf der anderen Seite habe. Ich wollte nur wieder einen Körper, wollte das ewige Leben auf der Erde, genau wie du. Gemeinsam können wir es erlangen.«

»Du hättest es mir sagen müssen«, erwiderte Lucien.

»Dann hättest du mir misstraut. Bitte, Magus, willst wirklich sterben? Willst du spüren, wie der Tod durch deinen Körper schleicht, dir die Kälte durch die Knochen pfeifen lässt? Willst du in die Hölle kommen? Du hast sie gesehen, du weißt, wie es dort ist, du weißt, was dort mit dir geschehen wird. Und du bist zu weit gegangen, um erlöst zu werden. Du hast so viele Tode zu verantworten, so viel Leid. Es ist der einzige Weg, deiner Strafe zu entgehen.«

Lucien starrte Holly an, und plötzlich holte er aus, um ihr den Brieföffner in die Kehle zu stoßen. Sie schrie auf, aber wie aus dem Nichts stand Archimago hinter Lucien und hielt seine Hand fest.

»Töte sie nicht«, sagte er.

»Warum nicht?«

Archimago stieß Lucien beiseite und strich zärtlich über ihre Kehle. »Weil ich sie will. Sie ist die erste Frau, die ich seit über einem Jahrhundert berührt habe. Töte sie nicht.«

»Jetzt ist nicht die Zeit für dich …«

»Dann nehme ich sie mir danach. Sie soll zusehen. Ich sage dir im Voraus, dass sie schreien wird, wenn sie sieht, was wir geplant haben.«

Hollys Atem ging stoßweise, keuchend. Von diesem Wesen betatscht zu werden war abstoßender als alles, was sie sich vorstellen konnte, auch wenn es in Justins Körper steckte und es Justins Hände waren, die über ihr Bluse glitten und lüstern ihre Brüste umschlossen.

»Ich halte das nicht für sehr klug«, sagte Lucien.

Das Wesen lachte hämisch. »Ich sage dir, was klug ist. Ich habe hier das Sagen. Ohne mich hast du gar nichts. Ich kann dir Satan in die Hände spielen, ich kann ihn halten und ihn zwingen, dir ewiges Leben zu schenken.«

»Glauben Sie ihm nicht«, sagte Holly. »Niemand kann den Satan halten. Er ist zu mächtig.«

»Halt den Mund!«, schrie Lucien und schlug ihr ins Gesicht. »Du weißt nichts, du bist nur eine Frau. Ich dagegen bin ein Magus.«

Holly spürte, wie ihr ein brennendes Rinnsal Blut aus dem Mundwinkel tropfte. Archimago beugte sich vor, streckte die Zunge heraus und leckte ihr das Blut vom Kinn. Sein Atem roch nach Schwefel, er stank. Ein Schauer lief ihr über den Rücken, und ihr wurde übel.

»Also gut«, gab Lucien nach. »Du hältst sie. Ich suche etwas, um sie zu fesseln.«

Er schob sie Archimago in die Arme, der sie weiter quälte. Er nahm ihre Hand nach hinten und rieb damit über die Ausbuchtung in seiner Hose.

»Bitte, nicht«, flehte sie und versuchte, die Hand wegzuziehen. »Wo ist Justin?«

»Justin ist fort«, antwortete er.

Holly tat so, als ignoriere sie die geilen Hände Archimagos. Sie beobachtete Lucien, der einen Schrank öffnete und ein langes Stück schwarzen Stoff herausnahm – vielleicht eine Robe für die Rituale –, das er in Streifen riss. Er stellte einen Stuhl an die Außenseite des magischen Kreises, und mit Archimagos Hilfe zwang er sie, sich zu setzen und fesselte sie. Sie zitterte am ganzen Körper, als sie sah, wie nahe sie dem Kreis war. In ihrer Verzweiflung wollte sie schon Christian rufen, hielt sich jedoch zurück. Noch war die Zeit nicht gekommen. Sie wusste, dass sie warten mussten, zusehen mussten. Owling war hier, und bald würde Christian auf ihn treffen. Aber zuvor musste sie ihm noch einige Fragen stellen.

»Archimago, was war mit Christian?« Sie nahm all ihren Mut zusammen. Lucien hatte wieder das Grimoire in die Hand genommen, um mit der Beschwörung fortzufahren.

»Was soll mit ihm gewesen sein?«, erwiderte er, die Augen zu Schlitzen zusammengezogen.

»Sag mir, was du mit ihm vorhattest.«

Lucien kam auf sie zu und schlug sie erneut. Ihr Kopf fiel auf die Seite, und der Schmerz ließ sie für einige Sekunden Sterne sehen. »Schweig.«

»Aber …«

Er ging zum Schreibtisch, wo die übrig gebliebenen Stoffstreifen lagen, wie ein Haufen schwarzer Knochen. Er nahm einen Streifen und presste ihn zu einem Ball zusammen und schob ihn Holly in den Mund. Einen zweiten band er ihr um den Kopf, damit sie den Stoff nicht ausspucken konnte. Der Stoff sog die Feuchtigkeit in ihrem Mund auf, bis sie das Gefühl hatte, zu ersticken. Mit Entsetzen wurde ihr klar, dass sie jetzt nicht mehr in der Lage war, Christian zu rufen. Sie brachte kein einziges Wort mehr hervor. Hatte sie ihre einzige Chance verpasst? Hatte sie alle in Gefahr gebracht, nur weil sie Christian beweisen wollte, dass sie in Bezug auf Owling Recht hatte? Sie versuchte, den Stoff aus dem Mund zu bekommen, irgendwie, versuchte ihn mit der Zunge zu bewegen. Mittlerweile hatte Lucien seinen Gesang fortgesetzt. Archimago warf ihr einen langen argwöhnischen Blick zu, bevor er seine Aufmerksamkeit wieder Lucien zuwandte.

»Komm, Magus, mischen wir den alten Herrn mal ein bisschen auf.«

Der Schwall der Beleidigungen setzte sich fort, bis er von den Lobpreisungen Satans abgelöst wurde. Holly versuchte noch immer, den Knebel aus ihrem Mund zu bekommen.

»Die nächsten zwei Seiten kannst du überschlagen«, meinte Archimago lässig. »Meinen Körper habe ich ja schon. Du kannst direkt zu der Beschwörung übergehen.«

Lucien zögerte, schaute zu Holly hinüber und auf die Begrenzung.

»Hab keine Angst, Magus«, sagte Archimago. »Stirb nicht vor deiner Zeit wie ich und verpasse dadurch die Gelegenheit.«

Lucien blätterte weiter und begann mit leiser Stimme die Beschwörung. Holly merkte, dass sie zu schwitzen begann; die Temperatur war mindestens um zehn Grad gestiegen. Verzweifelt riss sie an den Stofffetzen, mahlte mit dem Kiefer. In der Ferne hörte sie Donnergrollen. Lucien beschrieb einen Kreis in der Luft. Er und Archimago blickten erwartungsvoll in die Mitte des Kreises. Fünf Sekunden vergingen, zehn. »Warum funktioniert es nicht?«, fragte Lucien.

»Lass mich das Buch sehen.«

Lucien reichte es Archimago. »Es muss funktionieren«, sagte er mit der Stimme eines kleinen Jungen. »Es muss.«

Archimago blickte auf die Seiten. »Was soll das?«, dröhnte er. »Es fehlen zwei Seiten!«

»Was?«

»Das Grimoire ist nicht vollständig. So kann die Beschwörung nicht gelingen.«

Holly genoss einen Augenblick der Erleichterung.

»Wo sind sie?«, fragte Lucien. »Weißt du, wo sie sind?«

Archimago ließ den Kopf in den Nacken fallen und schloss die Augen. Jetzt sah es aus, als sei Justin wieder er selbst und nicht nur eine monströse Marionette. Ihr Herz flatterte.

»Du hast sie verloren, als du das Mädchen eingesperrt hast«, sagte Archimago verächtlich, öffnete die Augen und gab Lucien das Buch zurück. »Du Idiot.«

Lucien knirschte vor unterdrückter Wut mit den Zähnen. »Und wenn schon. Ich hole sie schnell.«

»Nun, dann beeile dich. Ich bin hungrig, und vielleicht habe ich schon bald keine Lust mehr zu arbeiten.«

Lucien legte das Grimoire auf den Schreibtisch, nahm eine Taschenlampe aus der untersten Schublade und ging zur Tür. »Ich bin bald wieder zurück«, sagte er verbissen. »Spätestens in zehn Minuten.«

Archimago grinste Holly an. »Wir werden uns schon vergnügen. Lass dir Zeit.«

Lucien eilte die Treppe hinunter, zwei Stufen auf einmal nehmend und wäre fast gestürzt, als er um die Ecke kam und das Foyer durchquerte. Dieser verdammte Archimago. Er hätte seinen Teil der Abmachung niemals zuerst einlösen dürfen. Welch ein Schrecken zu erfahren, dass es sich um Peter Owling handelte und dass Lucien wahrscheinlich für die Ewigkeit an ihn gebunden war, während die beiden über das Angesicht der Erde wandelten – er ein Dämon in menschlicher Gestalt, Lucien ein Mensch, den dämonische Mächte unsterblich gemacht hatten. Nur die Gewissheit, dass alles besser war als der Tod, trieb ihn voran.

Er stand vor der Kellertür und hantierte mit den

Schlüsseln. Er fürchtete sich davor, hinunterzugehen. Als er Prudence durch die Gänge getragen hatte, war es ihm vorgekommen, als ginge er durch die dunklen Korridore seines Verstandes, wo ihn eine schreckliche Erinnerung erwartete, die er fast vier Jahre lang verdrängt hatte. Sein Bruder. Was er seinem Bruder angetan hatte, aus Geldgier und Machthunger, und weil Graham nicht an das Grimoire geglaubt hatte. Er hatte es im Affekt getan, es war nicht geplant oder beabsichtigt gewesen. Ein Schlag auf den Kopf, ein Gang durch die Tunnel unter dem College. Graham dort liegen zu lassen hatte ihm all seine Selbstbeherrschung abverlangt. Kein Zorn mehr, keine Gefühlsausbrüche, er hatte den Mann vergessen, der er früher gewesen war.

Aber jetzt ging er wieder zu dem alten Lucien zurück, ein Gefühl der Schuld saß wie ein schleimiger Klumpen in seinem Kopf, dazu die kalte Furcht, die Kontrolle zu verlieren.

Sie musste mittlerweile tot sein. Wenn nicht tot, dann so gut wie. Er schaltete die Taschenlampe ein, beleuchtete seinen Weg durch die Tunnel. Um die erste Biegung, zum Scheitelpunkt des zweiten Rings. Er sagte sich, dass es keinen Grund gäbe, sich vor Erinnerungen zu fürchten, fand den richtigen Schlüssel und steckte ihn ins Schloss.

Kaum hatte Lucien die Tür hinter sich geschlossen, nahm Archimago Holly den Knebel ab. Er presste seine Lippen auf ihren Mund und gab ihr einen feuchten Kuss, dem sie nicht entrinnen konnte. Schließlich trat er zurück und sah sie aufmerksam an.

»Was weißt du von Christian?«

Mit klopfendem Herzen nahm sie ihren Faden wieder auf. »Ich weiß, dass du ihn für deine Zwecke missbraucht hast. Ich weiß, dass du von Anfang an vorhattest, ihn Aathahorus zu opfern.«

»Was stört dich daran?«

»Er hat dich geliebt. Er hat dir vertraut. Du hast ihn betrogen. Habe ich Recht?« Sie wollte, dass er es zugab, wollte Christian klarmachen, dass Owling weder damals noch jetzt seine Liebe oder Loyalität verdiente.

»Natürlich hast du Recht. Er war ein hübscher Junge, und ich mochte hübsche Dinge. Aber er wurde älter, und er wäre nicht ewig hübsch geblieben.«

»Aathahorus wollte einen Körper, und du hast ihm Christian versprochen, nicht wahr? Für immer. So wie du dir Justins Körper genommen hast … für immer.« Ihre Stimme brach, als Trauer und Angst sie überwältigten.

Archimago lachte. »Vermisst du ihn, Mädchen? Warum denn, ich kann alles, was dein Justin auch kann. Ich kann stark und hart sein.« Wieder begrapschte er sie.

»Aber es stimmt doch, oder?«, sagte sie verzweifelt. »Das hast du die ganze Zeit mit Christian vorgehabt. Es war dir egal, ob er lebte oder starb.«

Er wurde ungeduldig. »Natürlich stimmt das. Natürlich war es mir egal. Eine hübsche Hülle ist schön anzusehen, aber man sollte sich nicht zu sehr binden.«

Holly lehnte sich erleichtert zurück. »Christian, komm!«, rief sie.

Zuerst ertönte der zornige Aufschrei, dann tauchte ihr geisterhafter Liebhaber neben ihr auf. Entsetzt wich Archimago zurück.

»Du!«, stieß er hervor.

»Zeig dich, wie du wirklich bist!«, befahl Christian. »Lass mich dich sehen. Fahre aus diesem Körper.«

Archimago sah ihn völlig verblüfft an, doch dann wanderte ein verschlagenes Grinsen über sein Gesicht. Zu Hollys Überraschung begann er zu lachen. »Das hast du nicht erwartet, was? Du wusstest nicht, dass ich bereits einen Körper hatte. Ha ha ha. Der Gedanke, dass du vorhattest, mich zu finden, amüsiert mich zutiefst. Aber sieh dich an – du bist nichts als ein Geist. Ich bin nicht mehr auf deiner Ebene, Junge. Du weißt, was das bedeutet?«

Holly sah zu Christian hinauf. »Was meint er?«, fragte sie beunruhigt.

Sein Blick wanderte von ihr zu Archimago und wieder zurück.

»Stimmt es? Bist du machtlos gegen ihn?«

»Nur solange er in einem Körper wohnt«, sagte Christian. »Ich habe so viel Macht über ihn, wie ich über dich habe oder sonst etwas auf der physischen Ebene.«

»Dann ist alles verloren?«, hauchte Holly.

»Dummer, ohnmächtiger, kleiner Junge«, höhnte Archimago, und sein Lachen wurde immer lauter. »Du warst nie zu etwas gut. Du warst ein hübsches, aber leeres Gefäß.«

Christian heulte vor Wut auf. »Ich hasse dich!«, schrie er schluchzend. »Ich hasse dich, ich hasse dich.«

Archimago schlug sich vor Lachen auf die Schenkel.

Sie stand in einem großen, hallenden Badezimmer. In der Ferne wuchs das Gras fett und grün, und die Bäche schwollen vom Tauwasser an. An der Wand waren drei große Wasserhähne angebracht. Freudig erregt lief Prudence darauf zu. Kühler, weißer Marmor schimmerte um sie herum. Sie drehte an dem ersten Hahn – nichts kam heraus. Der zweite Hahn – nichts. Angst und Verzweiflung machten sich in ihrer Brust breit. Der dritte Wasserhahn – ein Geräusch, als sich Druck aufzubauen schien. Dieses Mal würde Wasser kommen. Bestimmt.

Mit einem schrecklichen, zischenden Geräusch rieselte Sand aus der Armatur und fiel auf ihre Füße. Sie schrie auf.

Und erwachte. Noch immer war es dunkel, noch immer hungerte sie, und ihre Kehle brannte vor Durst. Sie hatte nicht einmal gemerkt, dass sie eingenickt war. Würde er so aussehen, der Tod? Würde sie in einem Augenblick wach sein, im nächsten in einen schrecklichen Albtraum driften und schließlich ohne es zu merken von Traum in Tod übergehen? Ohne kämpfen zu können?

Sie richtete sich auf und tastete nach ihren Waffen. In jeder Hand einen Knochen. Wieder packte sie ein Schwindelanfall. War es das? Würde sie jetzt sterben?

Nein, es verging wieder. Wie spät war es? Welcher Tag? War Lucien schon gekommen? Sie griff in ihre Tasche. Nein, die beiden Blätter waren noch da. Aber was, wenn es noch immer Samstag war, wenn sie noch stundenlang warten musste?

Schritte.

Nein, sicherlich nur Einbildung.

Erneut, Schritte. Sie hielt den Atem an. Fast hätte sie geweint. Er kam.

Sie drückte sich an die Wand neben der Tür. Die Schritte kamen näher. Sie stand so still da wie sie konnte, um nicht zu verraten, dass sie noch lebte. Ihr Herz schlug so heftig in ihrer Brust, dass sie fürchtete, einen Infarkt zu bekommen, noch bevor er die Tür überhaupt erreicht hatte. Ein Lichtstrahl drang durch das Schlüsselloch. Sie starrte ihn ehrfürchtig an, als sehe sie zum ersten Mal in ihrem Leben Licht. Das Geräusch von Schlüsseln. Nimm deine ganze Kraft zusammen, Prudence. Jetzt gilt es.

Die Tür wurde vorsichtig nach innen aufgedrückt, und Lucien kam herein, die Taschenlampe auf den Boden gerichtet. Mit aller Kraft schmetterte sie den Knochen seines Bruders auf seinen Kopf. Er schrie auf und wankte, die Lampe fiel ihm aus der Hand. Es gelang ihm, sie zu packen, und sie merkte, wie schwach sie war. Er hatte das Gleichgewicht wiedergefunden, aber nach dreieinhalb langen Tagen konnte sie in der Kammer viel besser sehen als er. Sie trieb ihm die scharfe Spitze des Knochens so tief sie konnte in den Leib, spürte, wie der Stoff zerfetzt wurde, das Fleisch nachgab. Er taumelte nach hinten, versuchte, sich nach der Taschenlampe zu bücken, schwankte und stürzte zu Boden. Sie beugte sich über ihn, holte noch einmal mit dem stumpfen Knochenende aus, versetzte ihm einen Schlag auf den Schädel und rannte hinaus. Als sie die Tür zuschlug, sah sie, dass er die Schlüssel im Schloss stecken gelassen hatte. Sie drehte sie herum, nahm sie an sich und stolperte zum Ausgang.

»Nein! Nein!« Er hämmerte von innen gegen die Tür.

Sie ignorierte seine Schreie und lief weiter.

»Nein! Lass mich nicht hier zurück. Ich will nicht sterben!« Seine Stimme verebbte, nachdem sie den ersten

Ring umrundet hatte und am zweiten vorbeikam. Sie lief durch den Beichtstuhl, weiter zur Kellertür. Bevor sie die Tür öffnete, blieb sie kurz stehen, um Atem zu schöpfen. Regnete es draußen? Ungeachtet ihrer Benommenheit rannte sie durch das Foyer, schloss die Eingangstür auf und stand auf den Treppen, im Regen. Sie riss den Mund auf und fing die fetten, nassen Tropfen auf. Träumte sie wieder? Sie taumelte, fiel auf den Rücken und spürte, wie ihr Handgelenk umknickte. Der Schmerz zuckte durch sie hindurch. Nein, es war kein Traum. Ihr überreiztes, erschöpftes Nervensystem quittierte den Dienst. Das Bewusstsein glitt ihr aus den Händen. Der Regen prasselte auf sie herab.

Holly hatte das Gefühl, wahnsinnig zu werden, während von der einen Seite Archimagos Gelächter an ihr Ohr drang, von der anderen Christians Schluchzer. Lucien war seit einer Ewigkeit fort, und so sehr sie seine Rückkehr fürchtete, so sehr ekelte sie sich vor den Zudringlichkeiten Archimagos, der lachend auf die Knie gefallen war und lüstern ihre Fesseln leckte.

»Nun, Mädchen«, sagte er schließlich, »wollen wir deinen kleinen Helfer nicht langsam entlassen? Er kann dir nichts nützen, und sicherlich möchtest du nicht, dass er zusieht, wenn wir uns lieben.« Er betonte das letzte Wort mit einem abstoßenden Grinsen. Seine Finger fuhren an ihren Beinen entlang, über die Innenseite ihrer Schenkel. Sie erschauderte.

»Wir wollen doch nicht, dass er eifersüchtig wird, oder?«, fuhr er fort. »Ich habe schließlich einen Körper, den ich gebrauchen kann. Das ist mehr als die Zärtlichkeit eines Geistes.« Er grub seine Hände in ihre Beine. Sie ekelte sich so sehr vor dem, was Archimago vorhatte, dass sie beinahe den Hinweis überhört hätte, den er ihr unfreiwillig gegeben hatte. Doch nachdem sie ein halbes Jahr mit Prudence Emerson verbracht hatte, wusste sie, dass jede Bemerkung eine zweite Bedeutung haben konnte.

»Warum willst du, dass Christian geht?«, fragte sie.
Christian hörte auf zu weinen.

Archimago lachte. »Ich will den Jungen nicht mit meinen Talenten in Verlegenheit bringen.« Er knöpfte ihr die Bluse auf. Wo immer er sie berührte, bekam sie eine Gänsehaut.

Er wollte, dass Christian verschwand, und dafür musste es einen Grund geben. Es musste doch etwas geben, mit dem Christian ihn vernichten konnte. Sie überlegte angestrengt. In den Büchern, die sie gelesen hatte, stand, dass die Erinnerung an einen gebrochenen Schwur genügte, um einen bösen Geist zu bannen. Vielleicht stimmte das; vielleicht war es Archimago unangenehm, dass Christian alles über sein Leben als Peter Owling wusste. Mit flehenden Augen schaute sie zu Christian hinauf, aber der hatte die Hände vors Gesicht geschlagen. Seine schwarzen Haare fielen nach vorne. Er nützte ihr nichts.

Aber Christian hatte ihr die ganze Geschichte erzählt. Was er wusste, wusste sie auch. Sie durchforstete ihr Gedächtnis nach jedem kleinen Detail, das ihn aufhalten könnte. Mit steifem Rücken ließ sie seine Liebkosungen über sich ergehen, während sie Christians Geschichte Revue passieren ließ. Wo lagen Owlings Schwächen?

Natürlich. Rosalind.

»Hast du so deine Tochter vergewaltigt?«, fragte sie bitter.

Sein Kopf fuhr hoch. Die leeren, schwarzen Augen, die sie ohne zu blinzeln ansahen, brachten sie beinahe aus der Fassung. »Woher weißt du von Rosalind?«

Sie hatte sich an seinen gebrochenen Schwur erinnert; Hoffnung keimte in ihr auf. »Es wundert mich nicht, dass du erstaunt bist. Schließlich hast du geschworen, die Erinnerung an sie zu bewahren, aber du hast es nicht getan. Im Gegenteil, du hast versprochen, sie zu vergessen.«

Archimago senkte den Kopf und nahm die Hände von ihren Brüsten, um sein Gesicht zu bedecken. Holly glaubte schon, gewonnen zu haben. Sekunden vergingen. Plötzlich nahm er die Hände vom Gesicht und grinste sie an. »Ach ja, jetzt erinnere ich mich. Rosalind, die Hure. Das kleine Mädchen mit dem festen Körper, wie hat sie mich becirct und herumkommandiert. Ich erinnere mich. Sie starb, und ich habe sie in Stücke gerissen. Erinnerst du dich, Christian?«

Christian reagierte nicht.

»Ich war diesem Mädchen alles, das kann ich euch sagen. Ich habe sie gezeugt, ich habe sie geschwängert, und ich habe sie getötet. Du hast schon irgendwo in der Welt einen Vater, Mädchen, aber die beiden anderen Dinge kann ich noch für dich tun. Und es ist so«, sagte er und richtete sich drohend auf, »dass ich deiner langsam überdrüssig werde.« Er riss ihre Bluse auf und schob ihr den Rock hoch. Dann beugte er sich über sie, bedeckte ihren Hals mit ekelhaften Küssen und griff ihr mit den Händen zwischen die Beine.

Sie stöhnte vor Schrecken auf. Es hatte nicht funktioniert. Sie ließ den Kopf nach hinten fallen und begann in ihrer Verzweiflung das Vaterunser zu beten: »Vater unser, der du bist im Himmel …«

Archimago prustete vor Lachen. »Ja, ja, das ist mein Mädchen. Peinlicher geht es nicht mehr.«

»Geheiligt sei dein Name …« Tränen liefen über ihre Wangen, Schluchzer ließen ihren Körper erzittern. »Dein Königreich komme, dein Wille geschehe …« Seine Lippen, seine Zähne fuhren grob über ihre Brustwarzen. »Wie im Himmel, so auf Erden …« Er schob ihre Beine auseinander und löste die Gürtelschnalle an seiner Hose.

»Peter.« Endlich ergriff Christian das Wort. Holly sah zu ihm hinauf. Er wirkte emotionslos, ausgehöhlt.

»Nenn mich nicht so!«, schrie Archimago. »Du solltest es wirklich besser wissen.«

»Du gibst zu, Rosalind getötet zu haben?«

»Ja, ja, komm damit klar, Bursche. Es ist über einhundertunddreißig Jahre her. Ich habe dich nicht geliebt, und ich habe Rosalind getötet. Warum glaubst du, bin ich geradewegs in der Hölle gelandet? Weil ich mich wie ein Chorknabe benommen habe?«

»Ich erinnere mich an etwas, das du einmal zu mir gesagt hast«, fuhr Christian fort. »Soll ich dir sagen, was es war?«

Archimago sah ihn an.

»Soll ich es dir sagen?«, wiederholte Christian.

Archimago schüttelte den Kopf. »Nein, ich bin fertig mit dir. Mädchen, befehle ihm zu verschwinden, oder ich werde dich mit dem Brieföffner vergewaltigen, den der Magus an deine Kehle gedrückt hat.«

»Christian!«, rief sie verzweifelt.

»Eine Weile dachtest du doch, dass vielleicht die Humberstones für Rosalinds Tod verantwortlich seien«, fuhr Christian mit der gleichen, unbeteiligten Stimme fort.

Archimago ging zum Schreibtisch und ergriff den Brieföffner. »Letzte Chance, Mädchen«, sagte er und kam auf sie zu. »Es wird Zeit, dass du deinen neuen Liebhaber kennen lernst.«

Der Brieföffner glitzerte grausam im Licht der Kerzen. Christian stand scheinbar leidenschaftslos neben ihr. Ihre Kehle schnürte sich zusammen. Das würde Christian nicht zulassen.

Nein, natürlich nicht.

»Christian«, sagte sie leise, »ich vertraue dir.«

»Du sagtest, bei allen Dämonen der Hölle, Rosalind, ich schwöre, dass ich deinen Tod rächen werde.«

Archimago ließ den Brieföffner fallen und erschauderte.

»Du hast geschworen, Peter. Bei allen Dämonen der Hölle. Es scheint also, als müsstest du dich selbst vernichten, bevor sie es tun.«

Plötzlich durchriss ein Geheul die Luft. Zuerst dachte Holly, es käme von Archimago, aber dann mischte sich ein zweiter Laut in den ersten, und dann immer mehr, bis es schien, als würde der Raum durch das fürchterliche Kreischen in Fetzen gerissen. Schatten tanzten vorbei, nur um zu verschwinden und an anderer Stelle wieder aufzutauchen.

»Ah, sie erwachen!«, rief Christian. »Sieh nur, Peter, sie erwachen. Sie wissen Bescheid, und sie holen dich.«

Mit einem unheimlichen Zischen erschien eine Klauenhand in der Luft, als griffe sie durch einen Vorhang aus Wasser auf die andere Seite. Als sich der Raum um die Hand öffnete, wurde das Geheul lauter und deutlicher. Ein verkümmerter Arm folgte der Klaue und berührte Archimago im Nacken, und Archimago stürzte zu Boden. Ein seltsames blauweißes Licht hüllte Justins Körper ein und verwandelte sich in das Bild eines fetten alten Mannes, bis zur Unkenntlichkeit verstümmelt und deformiert. Seine Stimme hallte von den Wänden. »Nein! Schick mich nicht zurück! Christian, nein! Sag ihnen, du hast gelogen. Sag, sie sollen mich in Frieden lassen! Schick mich nicht in die Hölle! Ich kann es nicht ertragen. Du liebst mich, Christian, schick mich nicht dorthin zurück.«

Je näher sie kamen, desto dunkler wurden die makabren Schatten und umringten das Bild Archimagos. Die Hitze wurde so unerträglich, dass Holly glaubte, ohnmächtig zu werden. Die Wände erzitterten, Schränke und Schubläden öffneten sich. Bücher, Blätter, Kerzen, Stifte, alles Mögliche flog durch das Zimmer. Das diabolische Geheul wurde immer lauter, denn immer mehr Räume taten sich in der Luft auf, und unirdische, dämonische Gestalten drängten sich in die Wirklichkeit, in das gleiche weiß-blaue Licht gehüllt wie ihr Opfer. Holly schrie, ein Echo der Schreie Archimagos, als sie ihn umringten. Sie hatten die verschiedensten Formel und Größen, einer hatte keinen Kopf, ihre Gesichter waren grotesk, die Glieder verkümmert oder verstümmelt, sie stanken, und ihre Haare waren schwarz und stachelig wie Spinnenbeine. Sie landeten auf dem Boden, halfen einander auf, kniffen und schlugen Archimago und zogen ihn von Justins Körper fort.

»Christian, ruf sie zurück. Sag ihnen, du hast gelogen.«

»Es ist zu spät«, sagte er. »Die Wahrheit ist gesprochen.«

Die Dämonen stellten sich im Kreis um Archimago und begannen ihn in Stücke zu reißen. Mit einem knallenden Geräusch und einem Lichtblitz wurde ihm der rechte

Arm vom Körper getrennt, dann der linke. Ein Wesen fuhr ihm mit seiner lange Klaue ins Auge und klaubte den Augapfel heraus. Die Körperteile, die auf den Boden fielen, flammten knisternd auf, bevor sie sich auflösten. Das dämonische Geheul wurde von unheiligem Grunzen und Stöhnen begleitet, als wäre dies die einzige Freude, die diesen Gestalten je zuteil geworden war. Archimago hörte nicht auf zu schreien, er schrie bis zum bitteren Ende, flehte Christian an, die Dämonen innehalten zu lassen. Als der letzte Teil von ihm verstümmelt worden war und sich aufgelöst hatte, endete das Geschrei abrupt. Die Herde der Dämonen zerstreute sich, und Archimago hatte aufgehört zu existieren. Einer nach dem anderen kehrten die Wesen auf ihre Ebene zurück, als tauchten sie in einen senkrechten See ein. Der Schwefelgestank ihrer Haut und ihres Atems hing noch kurz in der Luft, dann wurde es totenstill, und das Einzige, was Holly noch hörte, war ihr eigener, flacher Atem. Sie waren verschwunden.

»Christian?«

Er stand vor ihr und beugte sich hinab, um ihre Kleider zu glätten, aber irgendwie schien er zu ungeschickt, denn es dauerte etwas. »In der physischen Welt bin ich dir kaum eine Hilfe«, sagte er traurig.

»Du bist alles für mich.«

»Ich kann dich nicht einmal losbinden.« Er hielt die Hände vor sich, als hätten sie ein Verbrechen begangen.

»Du hast mich gerettet. Du hast Owling vernichtet.«

»Ich glaube, dein Freund wacht auf.«

Holly schaute nach unten. Zu ihren Füßen regte sich Justin; sie sah wieder zu Christian hoch. »Lucien ist schon über eine Stunde fort. Vielleicht kommt er nicht wieder.«

»Du musst das Grimoire nehmen und zerstören.«

»Das werde ich. Vertrau mir.«

Er richtete seine blauen Augen auf sie, und sie sah, dass Tränen darin glänzten. »Ich wünschte, ich könnte dich noch einmal halten.«

»Ich auch.«

»Du musst mich jetzt gehen lassen.«

Sie kämpfte gegen die eigenen Tränen an. »Ich weiß. Wenn es das ist, was du willst.«

»Ich bin so müde, Holly. Ich möchte auf die andere Seite, dort, wo Rosalind ist. Ich möchte ihr sagen, dass ich ihr vergebe.«

Sie schloss die Augen, spürte die Tränen hinter den Lidern. Noch einmal strich er ihr über die Wange. »Auf Wiedersehen, Christian«, sagte sie. »Ich gebe dich frei.«

Seine Hand löste sich. Sie spürte ein Kitzeln auf der Haut, dann war alles vorbei. Sie öffnete die Augen. Er war fort.

Jetzt erst dachte sie an Justin. »Justin? Justin, wach auf.«

Er stöhnte und zuckte.

»Bitte, Justin, du musst mir helfen.«

»Holly?« Justins Stimme, nicht die des schauderhaften Wesens, das von ihm Besitz ergriffen hatte.

»Bitte, Justin, wach auf. Lucien kommt vielleicht zurück. Wir müssen hier verschwinden.«

Er öffnete die Augen und betrachtete das Chaos um sich herum. Dann sah er Holly, mit geöffneter Bluse an einen Stuhl gefesselt. »Holly? Was ist geschehen?«

»Binde mich los. Wir müssen hier weg.«

Schwankend erhob er sich und band Holly mit schwerfälligen, müden Händen los. Schließlich hatte er es geschafft. Sie stand auf, knöpfte sich die Bluse zu, strich ihre Kleider glatt und schalt sich dafür, selbst in dieser Situation noch prüde zu sein.

»Welchen Tag haben wir?«, fragte er.

»Sonntag«, antwortete sie und nahm das Grimoire von Luciens Schreibtisch. »Wir können später über alles reden. Komm jetzt.«

Sie traten aus der Vordertür und sahen Prudence im Regen liegen.

»Prudence! O mein Gott, Prudence.«

Justin beugte sich über sie. »Sie lebt, aber sie ist bewusstlos. Ich glaube, sie hat sich den Arm gebrochen. Kannst du sie tragen?«, fragte Holly.

Justin hob Prudence hoch und machte ein paar unsichere Schritte, bis er das Gleichgewicht gefunden hatte. »Wir müssen einen Krankenwagen holen.«

»An der Ecke ist eine Telefonzelle.« Holly warf einen ängstlichen Blick über die Schulter. »Ins College gehe ich jetzt nicht.«

»Okay, dann los.«

Unaufhörlich prasselte der Regen herab, als die drei das Gebäude hinter sich ließen.

Epilog

Schuld hat etwas Heimtückisches an sich, das man besser mit seinen Freunden teilt.

Holly fiel auf, dass Prudence sehr still geworden war, nachdem sie sich wie gewohnt zwischen vier flackernden Kerzen im Beichtstuhl niedergelassen hatten; dabei war es Prudences eigener Vorschlag gewesen, hierher zu kommen. Vier Wochen waren mittlerweile vergangen.

Während der Rest der Welt sich fragte, wo Lucien Humberstone abgeblieben sein mochte, zog Emma wieder in ihr Haus ein, Randolph starb friedlich in seinem Krankenhausbett, und Prudences Eltern waren gekommen, um ihre kranke Tochter zu pflegen.

Prudence entkorkte die Flasche, probierte einen Schluck und reichte sie weiter an Holly. Auch sie nahm einen Schluck – billig und ungenießbar im Vergleich zu dem, was sie früher hier genossen hatten! Aber Mister Emerson hatte leider seinen Weinkeller mit einem dicken Vorhängeschloss versehen … Holly reichte die Flasche an Justin weiter. Er hatte lauter weiße Farbspritzer im Haar, Spuren seiner Renovierarbeiten. Eine der Immobilien, die Lucien von Justins Fondgeld gekauft hatte – ein recht geräumiges Haus war frei geworden, und Justin hatte ohne Zögern diese Chance ergriffen, um endgültig von Emma loszukommen. Bis Prudences Eltern wieder nach Hong Kong zurückreisten, wollte Holly bei ihm wohnen, um ihm Gesellschaft zu leisten, denn er hatte sein Studium geschmissen und sich in der letzten Zeit immer mehr zurückgezogen.

Leise, indem sie ihm die Weinflasche aus der Hand nahm, sagte Prudence: »Also, Justin, erzähle uns doch noch mal von der Hölle.«

»Hab ich doch schon ausführlich. Und ich bin davon überzeugt, ihr haltet mich bestimmt für verrückt.«

Holly erinnerte sich an die endlosen Stunden im Krankenhaus, als sie darauf warteten, dass Prudence endlich wieder das Bewusstsein erlangte, und Justin die Gelegenheit genutzt hatte, ihr von seiner aufgezwungenen Reise zu berichten.

Während Archimago in seinen Körper gefahren war, hatte sich seine Seele in einer heißen, erodierten Landschaft aufgehalten, wo die Äste der Bäume wie die Arme von Skeletten aussahen, wo die Schreie der Verdammten Tag und Nacht hallten, wo die Sonne eine schwarze Scheibe hinter dichten Vorhängen infernalischen Rauches war. Seitdem hatte er die unumstößliche Gewissheit, dass er eines Tages zu diesem Ort zurückkehren musste, und auch Holly und Prudence, die beide an ihrer eigenen, schrecklichen Schuld litten, befürchteten das gleiche Schicksal.

»Ich glaube dir. Du bist keineswegs verrückt, im Gegenteil. Das ist ja das Problem.« Prudences Stimme klang ziemlich niedergeschlagen.

Auch Holly war überzeugt, dass Justin die Wahrheit berichtet hatte. »Was ist eigentlich los, Prudence?«, fragte sie. »Der Beichtstuhl kann doch wohl nicht für alle Zeiten dein Lieblingsaufenthaltsort sein. Warum hast du uns überhaupt hergeschleppt?«

»Selbstverständlich zum Beichten.« Prudence nahm einen kräftigen Schluck und stellte die Flasche behutsam vor sich hin. Ihr linker Unterarm steckte noch in Gips, der mit lila Glitter verziert war und jetzt im Kerzenschein funkelte. »Es geht um Lucien.«

»Kannst du bitte etwas deutlicher werden?«, verlangte Justin ungeduldig.

Prudence hatte ihnen erzählt, dass Lucien gekommen sei, um sie zu befreien, dann aber – bevor sie eine Gelegenheit gehabt hatte, ihn festzuhalten – die Flucht ergriffen hätte. Holly hatte sie daraufhin bedrängt, dies alles der Polizei zu berichten, doch Prudence hatte sich strikt geweigert.

Prudence wies mit dem Kopf in Richtung des tiefen Kellers. »Er ist immer noch da drin.«

Holly überlief es eiskalt. »Du meinst ...?«

»Inzwischen muss er tot sein.« Prudences Stimme war kaum zu hören. »Ich wollte es euch nicht erzählen, bevor ich mir sicher sein konnte, dass es keinerlei Möglichkeit mehr gab, ihn womöglich doch noch zu retten.«

Eine ganze Weile herrschte tiefes, bedrücktes Schweigen. Dann schüttelte Justin den Kopf und sagte: »Ich habe kein Mitleid mit ihm. Es ist nur gerecht.« Gleich nachdem sie aus ihrer Bewusstlosigkeit erwacht war, hatte Prudence ihren Freunden erzählt, wie Justins Vater Graham ums Leben gekommen war. Doch wie sie ihr Geheimnis um Luciens Schicksal so lange hatte für sich behalten können, war Holly einfach unbegreiflich.

»Deshalb ist es jetzt wohl an der Zeit, in dieser Angelegenheit eine Entscheidung zu treffen. Ihr könnt euch ja bestimmt vorstellen, wie ich mich fühle.«

»Holly?«, fragte Justin. »Du bist diejenige mit den Zweifeln.«

»Ich habe es versprochen.«

»Christian ist fort«, sagte Prudence »für immer aus deinem Leben verschwunden.«

Holly seufzte. »Ich stehe euren Plänen so gut wie jedes Mal im Wege, nicht wahr?«

»Es ist sicher«, erwiderte Prudence. »Es wird nicht mehr in die falschen Hände geraten. Wir sind jung – wir können uns auch später entscheiden. Aber wenn wir es jetzt zerstören und dann eines Tages feststellen würden, dass wir es bräuchten und vielleicht sogar einen Weg entdecken, dem Plan die Gefahr zu nehmen, dann würden wir uns das nie verzeihen.«

Holly lachte, ein bitteres Lachen, wie es nur allzu oft in letzter Zeit erklang. »Wir können uns sowieso nie verzeihen.«

Und genau das war doch letztlich der wunde Punkt, um den es ging, oder? Justins Beschreibung der Hölle ließ keinen von ihnen mehr los, jeder von ihnen hatte in der Vergangenheit Schuld auf sich geladen, jeder fühlte sich in seiner ganz persönlichen Art und Weise verantwortlich für den Tod eines anderen Menschen: Justins Mutter, Michael und nun Lucien.

Prudence griff in ihren Rucksack, nahm das Grimoire heraus und legte es zwischen ihnen auf den Boden. »Justin hat jetzt einen großen Keller – der perfekte Ort, um ein paar Geheimnisse zu vergraben. Alles, was wir brauchen, ist eine Kiste mit Salz und eine verschlossene Tür. Für alle Fälle.«

Ich weiß nicht so recht, ob mein Haus wirklich der richtige Ort ist«, sinnierte Justin. »Schließlich möchte ich nicht der alleinige Verantwortliche sein.«

»Aber du lebst doch nicht allein dort«, sagte Prudence.

»Nun, ich hatte nicht vor, für alle Zeiten dort zu bleiben«, entgegnete ihr Holly.

»Aber eine Weile wird's schon noch sein müssen, denn meine lieben Eltern waren ganz und gar nicht begeistert davon, wie ich mit ihrem Geld umgegangen bin, und haben mich heute Morgen kurzerhand vor die Tür gesetzt. Jetzt haben wir beide keine richtige Bleibe, doch ich hoffe sehr, dass Justin uns nicht draußen in der Kälte erfrieren lässt.«

Justin fühlte sich wie ein gefangenes Tier in der Falle und konnte einfach nur murmeln: »Natürlich könnt ihr bei mir wohnen bleiben.«

Holly sah ihn an. Es fiel ihr schwer, nicht an Archimago zu denken, wenn sie sah, wie er die Hände bewegte.

Schließlich hatten diese Hände ihr Schmerzen zugefügt, sie terrorisiert und erniedrigt. Er wusste allerdings nichts davon, wusste nur, dass irgendetwas zwischen ihnen nicht stimmte; ihr Unbehagen spürte er deutlich. Und je mehr er versuchte, Holly näher zu kommen, desto ungehaltener wurde Prudence. Je ungehaltener Prudence wurde, desto ärgerlicher wurde Justin. Wenn sie ihre überbordenden Emotionen nicht in den Griff bekamen, würden sie einander an die Kehle gehen, bevor das Jahr vorbei war.

»Lasst uns einen Pakt schließen«, schlug Prudence vor.

»Wir können dieses Gespräch in zwanzig Jahren noch einmal führen. Dann können wir entscheiden, ob wir es endgültig zerstören oder es behalten.«

»In zwanzig Jahren?«

»Ja«, sagte Prudence und strich sich eine Haarsträhne von der Schulter. »Dann bin ich alt, fett und hässlich und in der richtigen Gemütsverfassung, um ein Geschäft mit dem Teufel zu machen.«

»Das ist nicht zum Scherzen«, sagte Justin stirnrunzelnd.

»Was meinst du, Holly?«

»Holly«, warf Justin ein. »Denk daran, was ich euch erzählt habe. Denk daran, was ich gesehen habe. Dort will ich die Ewigkeit nicht verbringen.«

Prudence hatte natürlich Recht. Christian war aus ihrem Leben verschwunden, was es kaum noch lebenswert machte. Aber solange sie an gebrochenem Herzen litt und emotional verwirrt und ausgelaugt war, wollte sie keine übereilte Entscheidung treffen, die ihre ewige Seele betraf. Vielleicht brauchte sie nur Zeit. »Also gut«, sagte sie. »Also gut, verstecken wir es im Keller. Tragt den 5. September 2018 in eure Kalender ein; dann entscheiden wir erneut, was mit dem Grimoire geschehen soll. Jemand hat einmal zu mir gesagt, dass man nie etwas gleich tun sollte, wenn man es bis zum Jüngsten Gericht aufschieben kann.«

»Das muss eine sehr kluge Frau gewesen sein«, sagte Prudence lachend.

»Noch Wein, Prudence?«, fragte Justin, nachdem er sich nachgeschenkt hatte.

»Ja, mehr Wein für alle«, antwortete Prudence. »Mir

gefällt die Vorstellung, dass wir in zwanzig Jahren noch zusammen sind. Ich wusste immer, dass wahre Freundschaft ewig besteht.«

Justin schüttelte mit einem bitteren Lächeln den Kopf. »Und die Schuldigen fürchten sich stets vor dem Tod«, fügte er hinzu.

»Wusste ich's doch, dass du uns die Laune vermiest«, sagte Prudence und hob ihr Glas. »Auf uns. Aneinandergekettet, was auch kommen mag.«

Holly wusste nicht, ob sie lachen oder weinen sollte.

»Auf uns«, flüsterte sie.

»Ja, auf uns«, bekräftigte Justin um so lauter. »Auf uns.«

Danksagung

Bei folgenden Personen möchte ich mich bedanken für ihre Hilfe und Unterstützung: Selwa Anthony, wie immer der Fels in der Brandung, stets freundlich und verständnisvoll; Kirstyn McDermott hat sich während meiner kreativen Ausflüge als Beraterin, Freundin und auch als Mitverschworene bewährt; Janine Haig, ich werde für immer in deiner Schuld stehen; *Merci* an Nicole Ruckels, die mich mit der Story von Mister Buchmann versorgt hat (es ist alles *wahr!*); Charles Samuel in Jerusalem und Dr. Wally Wood vom Anatomiefach an der Universität von Queensland für ihre unschätzbaren Hilfestellungen bei meinen Recherchen; an kalten, trübsinnigen Tagen sorgten Claude und Polly für die nötige Nestwärme; Mirko Ruckels hat mir mehr aufmunternde Tassen Tee eingeschenkt, als ich jemals zählen kann, auch hat er mir immer wieder in seiner sanften Art klargemacht, dass ein unproduktiver Tag nicht gleich das totale Ende bedeuten muss.

Zu all denen, die hier dankbare Erwähnung finden sollen, gehören auch meine Professoren an der Universität von Queensland und meine Freunde Drew Whitehead, Davin Patterson, Dansex Johnson, Boris Ruckels, Allison Gallagher und natürlich meine Mutter und mein Bruder, die mich noch immer gern haben, obwohl ich dabei bin, unseren guten Namen langsam in Verruf zu bringen.

Ganz besonderen Dank aber schulde ich Kate Morton, durch deren Zuneigung und unerschütterlichen Optimismus ich Dinge in mir entdeckt habe, die irgendwann in meiner Jugendzeit verloren gegangen waren. Ein Hoch auf all die vielen Male, wenn wir uns als Märchenprinzessinnen verkleideten, danke auch für die Unmengen an Pizza und Rotwein, die wir vertilgt haben.

Angesichts all der Gruselstorys, die wir uns erzählt oder gegenseitig vorgelesen haben, sowie Kates Fähigkeit, meine oft kindgemäße Vorstellungskraft ins schier Unermessliche zu steigern, ist es mir eine ganz besondere Freude, ihr dieses Buch zu widmen.